D1735296

1. Auflage
Dezember 2020

THE DANDY IS DEAD

Copyright © 2020 by Germaine Paulus
Copyright © 2020 by The Dandy is Dead Publishing House,
Tom Becker, Nauwieser Str. 48, 66111 Saarbrücken
Covergestaltung: Stefan Hübsch
Lektorat: Hanka Leo
Druck und Bindung: GGP Media GmbH, Pößneck
Printed in Germany
Alle Rechte vorbehalten
ISBN: 978-3-947652-26-6
www.thedandyisdead.de

Germaine Paulus

Ohnmacht

INTRO

Schwer atmend starrte er auf den Boden vor seinen Knien.

Eine Pfütze links von ihm, das Wasser darin abgestanden. Braun. Alt. Kleine Steine daneben, brüchiger Beton, aufgeplatzt wie brandige, graue Haut. Wie oft war er schon an der leerstehenden Halle vorbeigefahren, entlang eingeworfener Fenster, Graffiti, keine Kunst, pubertäres Geschmiere, das ihn jedes Mal hatte lächeln lassen.

Jung.

Ich war einmal jung.

Er dachte an Gras, das ausgehungert vor Mauern emporragte und den Müll am Boden versteckte. Die alte Fabrik. Ein neuer Besitzer, die Meldung in der Tageszeitung hatte er nur überflogen. Gestern? Vorgestern? Er runzelte die Stirn.

Der Tritt traf ihn direkt auf die Wirbelsäule.

Etwas knackte, er stöhnte auf, fiel nach vorn, wollte sich abstützen. Kabelbinder verhöhnten den Reflex, hielten seine Hände gefesselt auf dem Rücken. Er krachte auf die rechte Schulter. Seine Zähne schlugen aufeinander und er schmeckte Blut.

Wieder Blut, während er mühsam auf den Rücken rollte und nach oben sah.

Er konnte sich nicht daran erinnern, wann er vom Stuhl geglitten war. Sein Anzug war schmutzig. Dunkel von trübem Wasser, Staub, Erde. Speichel und Rotz und Blut. Er kniff die Lider zusammen, versuchte den beiden Schatten, die groß und endgültig vor ihm aufragten, Form zu geben. Mehr Form. Details, irgendetwas, wovon er berichten konnte, wenn.

Wenn.

Der umgestoßene Stuhl. Die Campinglampe, die weiter hinten stand und das verlassene Szenario in grelles Hell und Dunkel tauchte.

Der linke Schatten lachte verächtlich auf. Der rechte blieb stumm. Still, nur atmend. Kein einziges Wort, seit endlos langen Minuten schon. Nur Atmen. Immer wieder dieser Atem, der nach Anis roch. Jedes Mal Anis, wenn die Faust in seine Nieren hämmerte. Seinen Unterleib. Seine Hoden schmerzten.

Er konnte nicht verhindern, dass er zusammenzuckte, als Bewegung in den stummen Schatten kam. Ein Griff in den Mantel, etwas wurde herausgezogen. Es klickte metallisch.

Das Klicken. So vertraut.

Der Mann trat breitbeinig über ihn, ging dann langsam in die Hocke und sah ihn mit zur Seite gelegtem Kopf an. Sah, wie Blut in seine Augen rann. Sah, wie er blinzelte, wie er versuchte, zu erkennen. Wie seine Nasenflügel sich blähten und der Schmerz in sein Hirn schoss, als der gebrochene Knochen darüber sich bewegte.

Er keuchte. Glaubte, den Schatten lächeln zu sehen, als er in sein Haar griff und seinen Kopf brutal nach oben zog.

Die Mündung der Walther berührte seine Stirn beinahe zärtlich.

»Das war's dann, Wegmann.

Vier Wochen zuvor.

Benzin.

Der Geruch war überall.

Kriminalhauptkommissar Gerd Wegmann zog die Luft tief ein. Blaulicht kämpfte gegen einen trüben Vormittag, von weiter hinten ertönte ein ungeduldiges Hupen.

»Arschloch«, murmelte er.

Der Mann, der neben ihm stand, nickte. »Immer das gleiche«, sagte er. »Dringender Termin, verschlafen, Kind zur Kita bringen. Irgendwas ist immer wichtiger. Scheiß auf drei Tote.« Er rieb sich über die Augen und seufzte. Schrammen überzogen den Helm, den er sich unter den Arm geklemmt hatte.

Wegmanns Blick strich über die Aschespur, die auf der Wange des stämmigen Einsatzleiters der Feuerwehr zurückgeblieben war, nachdem dieser die Hand über sein Gesicht hatte gleiten lassen. Sie wirkte feucht. Wie Öl. Benzin. Flammen. Er runzelte die Stirn.

»Es besteht keine Gefahr.« Der Feuerwehrmann lächelte halb. »Nicht mehr.«

Wegmann hob die Brauen.

»Na los, gehen Sie schon. Sie werden erwartet.« Müde deutete der Einsatzleiter nach vorn.

Ein Brummen wich über Wegmanns Lippen. Dann schob er sich an dem schief stehenden Toyota vorbei, ignorierte die aufgeschnittene Fahrertür am Boden, den Leichnam, der gerade in einen schwarzen Plastiksack verladen wurde, ging fünf Meter weiter und schaute in den Graben.

Der BMW lag nicht auf dem Dach.

Nicht so wie erwartet.

Kein Drama.

Nicht auf den ersten Blick.

Er sah Dr. Blumbergs schlanke Gestalt, halb versunken in dem aufgesprungenen Kofferraum. Sah Tim Taubring in angemessenem Abstand hinter ihr stehen, die Finger an der Nasenwurzel. Keine Augen für den ansprechend gebeugten Frauenkörper vor ihm. Keine Zigarette in der freien Hand. Abgesackte Mundwinkel.

Als hätte er die Ankunft seines Vorgesetzten gespürt, sah Taubring aus dem Graben nach oben und schüttelte unwirsch den Kopf.

Kurz darauf stand Wegmann neben ihm und rieb sich das vom Abstieg schmerzende Knie.

»Tim«, grüßte er knapp.

»Warum hat das so lang gedauert?« Taubrings Lippen waren schmal geworden. Er war verärgert, ohne Zweifel. Doch Wegmann hatte keine Zeit und vor allem keine Lust, sich mit den Launen seines Freunds zu beschäftigen.

»Ich hatte zu tun.«

»Mann, Gerd! Das hier ist –«

»Ein Scheißverkehrsunfall!« Der Hauptkommissar schob den Unterkiefer vor.

»Sag mal, welcher Depp hat dich angerufen und offensichtlich nicht informiert? Ich kann's ja wohl nicht gewesen sein, nicht, nachdem ich gut zwanzig Mal bei dir hab durchklingeln lassen und du – einfach – nicht – an dein Handy gegangen bist!«

»Tim, lass es!«

»Ganz ehrlich, so langsam kotzt mich das echt an! Du –«

»Mord.«

Die Rechtsmedizinerin richtete sich auf. Ihr im Latexhandschuh steckender Zeigefinger wies ins Innere des Kofferraums.

Wegmann blinzelte. Sein Blick huschte zum Fahrersitz und der zusammengesackten Gestalt darauf. Kein Gesicht mehr. Das Feuer hatte ganze Arbeit geleistet. Kopf und Hals ruhten reduziert und verkohlt auf Schultern, die von Löschschaum bedeckt waren. Der Rumpf darunter war so gut wie unversehrt. Dunkles Shirt, dunkle Anzughose. Hände, die vom Steuer abgerutscht waren, nur leicht verbrannt. Benzin. Benzin und Barbecue. Wegmann spürte ein Stechen im Magen.

»Mord«, wiederholte Dr. Rebecca Blumberg. »Wo hast du dich rumgetrieben, Gerd?«, fragte sie beiläufig, während sie die Handschuhe auszog und in einem separaten Beutel verstaute.

»Ich hatte zu tun, verdammt!«

Wegmann sah nach unten. Aus dem Schneematsch neben seinem Schuh ragte eine aufgesprungene Kastanie wie ein Relikt des Herbsts. Die Landstraße war von Wald umgeben, eine Idylle am Rand der Stadt. Naherholung, gute Luft.

Benzin.

Er schaute auf, fand das starre Antlitz der Leiterin der Rechtsmedizin. Sie sah nach links, und er folgte ihrem Blick, hin zum Inneren des Kofferraums, in dem ein unnatürlich verbogener Körper ruhte. Barfuß, schlanke Schenkel. Eine goldene Kette um die linke Fessel geschlungen. Filigran. Kostbar. Wegmanns Blick glitt weiter, nach oben, über das Yoga-Dress, eine perfekte Silhouette, geformt durch Zeit und Disziplin, hin zu einem Gesicht, das in seiner Perfektion knapp über den Lippen endete. Silbernes Gewebeband verbarg Nase, Augen, Stirn. Der Kopf war mehrfach umwickelt. Das Einschussloch befand sich unter dem rechten Auge.

»Scheißverkehrsunfall? Am Arsch.« Taubring schnaubte.

»Mord.« Dr. Blumberg deutete auf die Waffen und Werkzeuge, die neben der toten Frau im Kofferraum lagen. »Und somit jetzt euer Problem.«

Das Hupen auf der abgesperrten Straße wurde lauter.

Das Anzeigenfeld präsentierte eine träge blinkende rote Ziffer, als Gerd Wegmann die Wohnungstür hinter sich schloss und aus seinem Mantel schlüpfte.

Eine kleine Tüte klemmte zwischen seinen Zähnen, ihr Boden war durchdrungen von austretender Soße. Ehe das Papier nachgeben und seinen Inhalt auf dem Teppich verteilen konnte, packte der Hauptkommissar die Verpackung mit einer Hand, während er sich nach unten beugte und den Knopf neben dem Display drückte.

»Sie haben ... vier ... neue Nachrichten.«

»Leck mich«, entgegnete Wegmann.

Warum hört sich diese verfluchte Zahl immer so an, als ob eine andere Person sie eingesprochen hätte?, fragte er sich. Er zog die Taxiquittung aus der Hosentasche und legte sie auf der Kommode ab.

»Nachricht eins.«

Er ging in die Küche.

»Autoteile Becker, Momsen am Apparat. Herr Wegmann, ich sollte mich melden, wenn es etwas zu beanstanden gibt. Tja ... gibt es. Es tut mir leid, aber ich muss Ihnen mitteilen, dass Ihr Wagen nicht über den TÜV gekommen ist. Die Bremsanlage ist quasi nicht vorhanden, die Schläuche sind porös, der Blinker rechts hinten flackert und die Winterreifen sind glatt wie ein Babypopo. Ich bin heute bis achtzehn Uhr zu erreichen, meine Nummer haben Sie. Tschüssi.«

Tschüssi? Wegmanns linke Augenbraue schnellte nach oben. Er brummte. Die nahende Nacht schob sich durchs Fenster, und der Hauptkommissar streckte sich nach dem Lichtschalter. Kurz darauf war der kleine Raum von unfreundlichem Neon erhellt.

»Nachricht zwei.«

Er öffnete den Hängeschrank, zögerte kurz, drehte den Kopf Richtung Flur und lauschte. Nichts. Dann klickte es. Aufgelegt. Meinetwegen.

»Nachricht drei.«

Tim Taubrings Bariton hallte durch den Flur.

»Gerd! Wo bist du? Ich versuch seit zwei Stunden, dich zu erreichen! Geh verdammt noch mal an dein Handy, Mann!«

Wegmann verdrehte die Augen, während er einen Teller auf der Anrichte abstellte.

»Nachricht vier.«

Mit einem geübten Ruck öffnete er die klemmende Schublade.

»Ich bin's. Ruf mich bitte zurück.«

Wegmann erstarrte mit der Hand zwischen Löffeln und Messern, als er die leise Stimme erkannte. Das Gespräch des Nachmittags drang zurück in sein Hirn, zog durch seinen Verstand wie eine Klinge.

»Du blockierst, Gerd.«

»Ich blockiere nicht.«

»Bist du wirklich bereit, diesen Schritt zu gehen?«

»Ich denke schon.«

»Das reicht nicht.«

Ein angespannter Zug umgab seine Lippen, während er auf den Teller starrte. Dann schälte er sein Abendessen aus der Papiertüte, bevor sich diese gänzlich mit der vor Soße triefenden Brottasche vereinen würde. Er legte Messer und Gabel daneben und schwor sich zum wiederholten Mal, niemandem zu verraten, wie sehr er es hasste, Döner aus der Hand zu essen.

Er atmete tief durch.

Der Tag war vorbei.

Irgendwie geschafft. Feierabend, keine Verpflichtungen mehr, kein Druck. Keine Leichen. Der verkohlte Kopf des Fahrers blitzte vor seinem inneren Auge auf. Wurde überlappt von dem mit Gewebeband umwickelten Kopf der Frau im Kofferraum. Das kleine Loch unterhalb ihres Jochbeins. So klein. Als ob ein Grundschüler einen Bleistift durch ein Blatt Papier gesteckt und von Aufmerksamkeitsdefizit geplagt hin und her gedreht hätte.

Feierabend.

Kebab.

Scheiße.

Er hatte gar keinen Hunger.

Missmutig spießte er einige Fleischstückchen auf und schob sie sich in den Mund. Die orientalische Würze erfüllte ihren Zweck, und Bissen um Bissen in sich hineinschaufelnd schlenderte Hauptkommissar Gerd Wegmann ins Wohnzimmer.

Die Frau auf der Couch verzog keine Miene.

»Warum wusste ich, dass ich dich heute Abend nirgendwo sonst außer hier antreffen würde?«

Wegmann versteinerte mit der Gabel im Mund.

»Rebecca«, nuschelte er. »Wie bist du reinge –«

»Wann hast du mir den Schlüssel gegeben, Gerd, hm?« Dr. Blumberg schüttelte den Kopf. Ein spöttischer Ausdruck lag auf ihren Zügen.

Weihnachten. Verdammt. Und er hatte es immer noch nicht verinnerlicht.

»Die großen Gesten solltest du dir in Zukunft sparen.« Elegant schob sie ihren Körper in eine vorteilhaftere Position. »Wenn du dich nicht mal daran erinnern kannst, stehen sie dir nicht.«

Er grinste schief. Soße lief aus seinen Mundwinkel.

»Ich arbeite dran«, sagte er.

»Tust du nicht«, entgegnete sie, während sie sich nach hinten lehnte und die Hand über die Rückenlehne der Couch gleiten ließ. »Was war heute los mit dir?«

»Was meinst du?«

»Komm mir nicht blöd. Du weißt genau, was ich meine.«

Er senkte den Blick. Schluckte.

Als er wieder aufsah, fand er nicht, wie erwartet, das strenge Gesicht vor, für das die Leiterin der Rechtsmedizin bekannt war.

Dr. Rebecca Blumberg lächelte.

»Ablenkung?«

»Durchaus«, antwortete er, immer noch Teller und Gabel vor sich haltend.

»Ja oder nein?«

»Kommt drauf an.«

Sie hob die Brauen. Dann wurden ihre Lider schwer. Sie schob das linke Bein zur Seite und erst jetzt registrierte Wegmann, dass sie nur einen Bademantel trug, seinen Bademantel, ein schäbiges, abgenutztes Ding, grüner Frottee, der irgendwann einmal weich gewesen war und sich nun an alabasterfarbene Haut schmiegte, bevor er abglitt und sie blank und bloß zurückließ.

Er grunzte anerkennend.

»Was, Gerd?«

»Na was wohl, Rebecca?« Sein Blick wanderte die Innenseite ihres Schenkels entlang.

»Sag schon.«

Hin zu ihrer Scham.

»Ich bin gerade dabei, ein Kebab zu essen.« Er deutete mit der Gabel auf seinen Mund, atmete vielsagend aus. Knoblauch war plötzlich überall.

»Ich erwarte keinen Vortrag von dir.« Ihr Lächeln wurde breit.

»Sondern?«

»Ich erwarte nicht mal Küsse.«

»Aha.«

Ihr rechter Schenkel dehnte sich nach außen. Präsentierte sie offen. Bereit.

»Das hat jetzt schon ein bisschen was von Softporno, meine Liebe.«

»Ich erwarte einiges, aber bestimmt nichts Softes, Gerd. Außerdem weiß ich, dass du auf nuttig stehst.«

Er lachte laut.

Dann stellte er den Teller auf dem DVD-Regal zu seiner Rechten ab, wischte sich über den Mund und schritt zur Couch, während er seine Hose öffnete.

2

Geschwister. Wie Geschwister.

Wieder Geschwister.

Hauptkommissar Gerd Wegmann betrachtete die beiden Leichen und sank ab in die Vergangenheit, dachte an hochgewachsene, blassblonde Gestalten. Tod. Sex. Lügen. Keine zwei Monate her.

»Sie hatte Verkehr, bevor sie starb.«

Die Routine ließ Dr. Blumbergs Tonfall noch endgültiger wirken als sonst. Wegmann blickte zum Fenster. Schnee rieselte von dünnen Böen getragen nach unten, bedeckte die Welt vor der Scheibe nicht ausreichend. Es war zu warm. Der Januar neigte sich seinem Ende zu und schien unentschlossen darüber, ob er sich Winter oder Frühling hingeben sollte.

»Mit vier Männern.«

»Was?«, zischte Tim Taubring.

»Mit vier Männern«, wiederholte die Medizinerin. »Aber das ist nicht das Interessante.«

Wegmann schüttelte kaum merklich den Kopf. Dann wandte er sich wieder den Obduktionstischen und den beiden Körpern darauf zu. Nackt, ausgestreckt und keiner Pflicht mehr unterworfen lagen sie auf dem Stahl. Die Häupter entstellt. Verkohltes Fleisch und ein verklebtes Antlitz, das seltsam schief wirkte. Nur in den Armen des Gesetzes gelandet, weil ein Jugendlicher zu viel gesoffen, sich überschätzt und einen Unfall verursacht hatte. Tragisch, ja. Aber gut? Nun, auf perverse Weise schon.

»Das Gewebeband zu entfernen war, wie soll ich sagen, nicht gerade einfach.« Dr. Blumberg lächelte humorlos.

Kommissar Taubring stutzte.

»Das ist Gaffer-Tape«, merkte er zweifelnd an. »Eigentlich sollte es leicht –«

»Ist es nicht«, unterbrach sie ihn. »Es sieht so aus, das stimmt. Aber das hier«, sie zeigte auf das silbrige Knäuel, das in kleine Teile zerschnitten neben dem Kopf der Toten ruhte, »ist Panzerband. Kein Gaffer.«

»Bedeutet?«, fragte Wegmann.

»Panzerband wird auch vom Militär genutzt, Gerd.«

»Komm schon, Rebecca! Du wirst mir jetzt bitte nicht erzählen, dass ich hier einen Soldaten mit Nebenjob liegen hab!«

»Werde ich nicht«, sagte sie. Gefährlich leise.

Der vorangegangene Abend war nicht so verlaufen, wie er es hätte sollen. Wegmanns Mund füllte sich mit einem sauren Geschmack. Ein Echo ihres Körpers zitterte unter ihm. Zu wenige Stöße. Sein Stöhnen, viel zu früh, als er ejakulierte. Sie war gegangen, als sie den fahrigen Einsatz seiner Zunge satt hatte, er keine Erklärung bieten konnte und stattdessen rauchend an die Decke starrte. Vielleicht hat sie recht, murmelte eine sanfte Stimme in seinem Innern. Er schmetterte sie zur Seite, während zwei Sätze durch seine Erinnerung zogen. Der Anrufbeantworter.

»Ich bin's. Ruf mich bitte zurück.«

Er blickte auf die tote Frau hinab.

Ihr Haar. Zerrupft von den Skalpellschnitten, die nötig gewesen waren, um das Klebeband zu beseitigen. Strähnen, nun nicht mehr lang und brünett. Nicht mehr gepflegt. Weiße Rückstände darauf, die hinüberreichten auf Stirn, Augen und Wangen. Der zerschossene Hinterkopf breitete sich um ihr Haupt aus wie ein Puzzle, das sich erst durch das Entfernen des Bandes offenbart hatte. Ein verdammtes Puzzle aus Knochen, Hirnmasse und der einen Frage: Warum zur Hölle ist das dein Ende gewesen?

»Der Schuss erfolgte aufgesetzt. Schmauchspuren.«

Rebecca deutete auf das rechte Auge der Frauenleiche. Es war grün gewesen. Nun bedeckte es ein silbriger Schleier.

»Übrigens auch an seiner Hand. Dass der Schalldämpfer sich noch auf der Waffe befand, habt ihr beide gesehen.« Sie blickte auf. »Und ihr habt auch gesehen, was dort sonst noch lag.«

Wegmann schloss die Augen. Er dachte an die Heckler & Koch, zuverlässige neun Millimeter. Das Skalpell, die Zange. Die Stücke Teichfolie, säuberlich auf einen Quadratmeter zugeschnitten. Schutzbrille, Sicherheitshandschuhe, Mundschutz, das Fläschchen mit Säure. Der Schlüssel und so viel mehr. Gefunden im Kofferraum, neben der Leiche. Bereit für den Einsatz, zu dem es nie kommen sollte.

»Verdammt«, murmelte Tim Taubring.

»Kann man so sagen«, erwiderte Dr. Blumberg. »Eins ist klar: Dieser Kerl«, sie zeigte auf den nackten Männerkörper, dem Feuer Gesicht und Persönlichkeit geraubt hatte, »dieser Kerl wusste, was er tat. Beziehungsweise was er tun wollte. Und das war nichts Gutes.«

»Bleib bei den Fakten, Rebecca.« Wegmanns Stimme war kalt.

Sie spitzte die Lippen. »Ganz wie du willst.«

Taubring warf seinem Freund einen schwer zu deutenden Blick zu.

Dr. Blumberg verschränkte die Arme vor der Brust. Die Gummischürze wölbte sich unvorteilhaft. »Er hat den Kopf seines Opfers – und ich lehne mich einfach mal so weit aus dem Fenster, dass ich sie sein Opfer nenne und ja, ich weiß verdammt genau, dass das nicht in meinen Zuständigkeitsbereich fällt, aber ganz ehrlich, Jungs: Ich scheiß drauf!« Ihre Nasenflügel bebten. »Er hat sie betäubt. Darauf wette ich einen Hunderter. Das Vlies und die Flasche mit Äther im Kofferraum ... Ist mir egal, ob das Labor das noch analysieren muss, für mich ist es glasklar: Er hat sie betäubt. Wo auch immer. Und sie dann dort getötet. Mit einem gezielten Schuss, nachdem er Panzerband, nicht Gaffer«, ihr Blick huschte zu dem jüngeren Ermittler, »um ihren Kopf gewickelt hat. Das er am Hinterkopf zusammengedrückt hat, damit es widerstandsfähiger wird.«

»Widerstandsfähiger?« Tim Taubring runzelte die Stirn. Er erinnerte sich an das letzte Konzert, das er besucht hatte. Im Mai des vergangenen Jahres. *Sportfreunde Stiller*. Gaffer-Tape auf dem Bühnenboden. Von der Tontechnik sauber verlegte Kabel darunter. Er hatte in der ersten Reihe gestanden.

»Mit dieser Art Tape kannst du nicht nur Munitionskisten abdichten, sondern angeblich auch einen Panzer abschleppen, wenn du es verdrehst, Tim. So oder so: Das Projektil ist beim Austritt darin hängen geblieben, nachdem es durch den Druck einen massiv verstärkten Schaden angerichtet hat.« Rebecca lächelte säuerlich. »Dass es das Tape nicht durchschlagen hat, ist ungewöhnlich. Fragt eure Waffenleute.«

Sie trat um den Tisch herum, bis sie hinter dem Kopf des Mannes stand.

»Tja. Hätte sein Glückstag sein können. Er hätte nicht mal ihrem Hirn herumwühlen müssen, um das Geschoss zu finden. Das Tape hat den Schädel am Explodieren gehindert.«

Taubring verzog den Mund.

Ich wollte dir nur mal eben sagen.

Ohne dass er es wollte, flatterten Bruchstücke des Hits der *Sportfreunde* durch Tims Kopf. Mai. Unschuld. Nichts war geschehen, noch nichts. Damals. Und dann. Er blickte die Rechtsmedizinerin an.

Dass du das Größte für mich bist.

»Okay«, sagte er so nüchtern er konnte. »Also läuft es im Grunde auf eins hinaus: Wir haben einen Mörder, der gerade dabei war, sein Opfer zu beseitigen, und dann in einen Verkehrsunfall verwickelt wurde.«

»Nicht unbedingt«, sagte Dr. Blumberg gedehnt.

»Sondern?« Gerd Wegmann lehnte inzwischen an der Wand.

»Ich darf dich an den Geschlechtsverkehr erinnern.« Rebeccas Miene war eisern.

»Und?«

»Vier Männer, Gerd.«

Wegmann schwieg.

Tim Taubrings attraktives Gesicht verzog sich angewidert, als er den toten Fahrer betrachtete. Dunkles Schamhaar. Mundgerecht zurückgestutzt.

»So ein verdammtes Schwein«, murmelte er.

Rebeccas Stimme hallte hohl durch den gekachelten Saal, während sie auf den nackten Männerleib herunterblickte.

»Er gehörte nicht dazu.«

»Was?« Wegmann glotzte die Rechtsmedizinerin ungläubig an.

»Du meinst ...« Tim verstummte.

»Exakt. Er hatte keinen Verkehr mit ihr. Vier andere schon. Alle etwa zur selben Zeit. Getötet wurde sie erst einige Stunden später«, erklärte Dr. Blumberg.

»Bin gleich wieder da«, sagte Wegmann und verließ den Saal.

»Leon?«

»Rebecca, Liebes!«

Dr. Blumberg schloss die Lider und genoss es, seine Stimme zu hören. Ruhe. Alltag, ein Moment ohne Tod. Freundschaft. Das war, was sie jetzt brauchte.

»Wie geht's dir?«, fragte sie leise, während sie die Augen öffnete und das Mobiltelefon von der linken in die rechte Hand wandern ließ.

Die zur Seite geschobene Haut des Toten wirkte beinahe grell unter dem von bröckelnder, dunkler Kruste überzogenen Gesicht. Das durch die Flammen lippenlos gewordene Gebiss grinste zu der Medizinerin empor, präsentierte in einem letzten Hochmut Goldkronen und alle Weisheitszähne. Jeweils vier. Rebecca zog die Nase hoch und wandte sich von der geöffneten Leiche ab.

Es knisterte am anderen Ende der Leitung. »Mir geht's gut. Ich, äh, warte kurz …« Jemand sagte etwas, das Rebecca nicht verstand. Eine Tür wurde geschlossen.

»Ich geh mal eben mit dir nach draußen«, erklärte Leon Steinkamp.

Rebecca lächelte, während sie seinem Atmen lauschte.

»So. Jetzt«, verkündete der Psychologe nach einigen Sekunden.

Dr. Blumberg öffnete den Mund, doch bevor sie etwas sagen konnte, kam er ihr zuvor. »Oh, Mist, es schneit. Hab ich gar nicht mitgekriegt. Warte, ich geh wieder rein.«

Sie verdrehte die Augen. Dann schmunzelte sie.

Genau das hatte ihr gefehlt. Fehlte schon zu lang.

»Leon, wir sehen uns zu selten in letzter Zeit.«

»Liebes. Das ist nicht allein meine Schuld. Das weißt du«, sagte er sanft.

Ihr kurzes Brummen wertete er als Zugeständnis.

»Ich muss dich nicht daran erinnern«, fuhr er fort, »dass du mich mehr als einmal vor deiner Wohnungstür hast stehen lassen wie bestellt und nicht abgeholt, weil du drinnen mit, äh, etwas anderem beschäftigt warst. Und das nicht erst seit Wegmann, wenn ich das anmerken darf.« Der amüsierte Ton war nicht zu überhören. »Wobei es bei ihm schon ... also manchmal frag ich mich, ob ihr überhaupt was anderes macht, als, äh ...«

»Wir vögeln nicht andauernd.«

Er lachte.

»Manchmal gehen wir auch was essen.«

Er lachte noch lauter.

Und manchmal haben wir einfach beschissenen Sex, dachte sie verstimmt. Der ruinierte gestrige Abend kratzte an ihrem Stolz.

»Leon, hast du nachher Zeit für mich? Meine Schicht geht bis acht. Ich hätte Lust auf einen guten Rotwein irgendwo in der Stadt.«

»Rebecca, ich ...«

Ihre Stirn zog sich zusammen. »Judith, richtig?«

Ein Schnaufen drang durch die kleine Muschel. »Rebecca ...«

»Schon gut, kein Problem. Meld dich einfach, wenn du kannst. Ich komm klar.«

Die Kippe erlosch zischend im Schnee.

»Danke, aber ich brauche keine Tipps.«

Tim Taubring hob die Hände. »Es war nur ein Vorschlag, Gerd. Nur ein Vorschlag.«

Wegmanns Blick war ein einziges Warnsignal.

»Okay, ich bin ruhig«, sagte Taubring, bevor er auf dem Fahrersitz Platz nahm.

»Steigst du jetzt ein, oder nicht?«, fragte er nach einer Weile und schüttelte den Kopf.

Hauptkommissar Gerd Wegmann stand an der geöffneten Beifahrertür des zivilen Dienstwagens und schaute weiter hinauf in den Himmel. Schnee rieselte auf sein Gesicht, berührte es zaghaft. Romantik? Vergiss es. Er kam sich schon dumm vor, wenn er nur eine Kerze anzündete.

Aber vielleicht solltest du dieses Mal …

»Gerd! Das Labor wartet. Auf dich. Auf mich. Der Typ vom TÜV sollte auch schon da sein, das verkehrsanalytische Gutachten ist erstellt, er will uns noch was persönlich dazu erklären. Also platzier deinen Arsch auf dem Sitz und lass uns zum Präsidium zurückfahren!«

Wegmann grummelte eine unvollständigen Fluch, dann stieg er ein.

»Was ist nur los mit dir?«, fragte Taubring, während er den Wagen startete.

Das willst du nicht wissen, dachte sein Freund.

Er starrte auf die Schlagzeile. Versuchte, etwas auf dem unscharfen Foto darunter zu erkennen.

GRAUSIGER LEICHENFUND!
HORROR-UNFALL NAHE DER B44
Wie der Presse heute mitgeteilt wurde, hat sich am frühen
Donnerstagmorgen ...

Schweiß trat auf seine Stirn. Die Abendausgabe des Express lag auf der ledernen Schreibtischunterlage und vergrub das antike Tintenfass und den Federhalter unter sich. Die Klimaanlage summte beruhigend.

»Wenn Sie mich nicht mehr brauchen?«, erklang eine Stimme von der Tür her.

»Machen Sie Feierabend.«

Der akkurat frisierte Kopf seiner Sekretärin verschwand nicht sofort. »Ihre Frau hat angerufen. Ich soll Sie daran erinnern, dass Mia morgen Geburtstag hat.« Ihr Tonfall blieb sachlich. Auch aus diesem Grund hatte er sie eingestellt. »Sie mag *Hello Kitty*. Ich besorge ein Geschenk und lasse es liefern.«

Er nickte, schloss die Augen. Die Tür fiel zart ins Schloss.

Langsam rieb er sich über die Lider.

Es kann ein Zufall sein.

Du weißt nicht, welchen Wagen er fährt.

Er griff nach dem Handy. Wählte die Nummer, die namenlos gespeichert war.

Niemand nahm ab.

Eine Zeitlang blickte er stumpf auf das Display, dann packte er sein Jackett, warf es sich über den Arm, verließ sein Büro und machte sich auf den Weg zur Tiefgarage. Der 24. Januar des Jahres 2003. Freitagabend. Und somit kein Grund, vor Mitternacht nach Hause zu kommen.

Freitagabend.

Du solltest etwas Besseres vorhaben.

Mit einem missmutigen Gesichtsausdruck betrat Dr. Blumberg ihr Apartment, dachte an die angebrochene Flasche Sauvignon Blanc im Kühlschrank und blickte auf die Uhr.

Kurz nach elf.

Die Sektion hatte sie länger beschäftigt als geplant, der Leichnam der noch unbekannten Frau sich interessanter als ohnehin erwartet erwiesen. Seit zwei Tagen arbeitete Rebecca nun schon allein im Institut. Sowohl Mark Winter als auch Susanne Lonski nahmen an einer Fortbildung teil und würden erst am Montag wieder an ihrer Seite sein.

Du wirst lasch, mahnte eine leise Stimme in Rebeccas Innerem. Deine beiden Assistenten, gleichzeitig freigestellt, nur ein Idiot würde so etwas genehmigen und –

Unwirsch brummend schob sie den Gedanken zur Seite, und das Bild der nackten Unbekannten drang erneut in ihren Geist.

Jane Doe. Rebecca bevorzugte die amerikanische Bezeichnung, auch wenn sich ihr der Nachname nicht erschloss. Sie lachte leise auf. Doe bedeutete Reh, Ricke. Weiblich. Erlegtes Wild. Vielleicht war es das. John oder Jane – im Tod wurde das Unbekannte zur Frau.

Und genau das macht euch Angst, dachte sie. Jane Doe war nun mal nicht Erika Mustermann. Jane ... Jane war ein Schemen, dem Tragik anhaftete. Erika trug Lockenwickler, kochte gut und ließ Mann und Kind fett werden. Jane trug Halterlose und ein Geheimnis in sich. Und das Geheimnis der Jane, die kalt auf Dr. Blumbergs Stahltisch lag, hatte sich mit jedem Schnitt, der ihren Körper freilegte, ausgedehnt. Ein fantastischer Körper. Trainiert, ohne zu hart zu sein. Rebecca runzelte die Stirn. Warum hatte sie nicht geduscht? Vier Männer, Spermaspuren in allen Öffnungen. Auf Bauch, Brüsten, Gesäß. Es gab nur zwei mögliche Gründe. Und einiges mehr, das die Leiterin der Rechtsmedizin mitzuteilen hatte. Morgen. Rebecca seufzte. Das Labor arbeitete auch am Wochenende, und wenn sich das, was sie vermutete, bewahrheitete, dann würde die Blut- und Urinanalyse ...

Als sie ihren Mantel an den Haken der Garderobe hängte, hielt sie kurz inne und schnupperte. Erkalteter Zigarettenrauch zog durch den Flur. Aftershave lag als dünner Hauch darunter.

Eine Ahnung hob ihre Lippen.

Dr. Blumberg ging ins Wohnzimmer, platzierte ihre Handtasche auf dem Esstisch und lauschte, während sie Portemonnaie und Mobiltelefon aus dem ledernen Beutel fischte. Kein Geräusch. Die Wohnung lag still im Dunkeln. Stimmen drangen von der Straße her nach oben. Jemand lachte.

Eine Überraschung?

Okay, Gerd. Weniger darf es auch nicht sein nach der versauten Nummer.

Sie schlüpfte aus ihren Pumps und schlich in den Flur. Aus dem Schlafzimmer drang gedämpftes Licht.

Vorsichtig öffnete sie die Tür und wollte eben zu einem Kommentar ansetzen, doch das Bild, das sich ihr bot, ließ sie verstummen.

Er lag auf dem Bett.

Nackt.

Die Teelichter auf dem Nachttisch warfen milde Schatten auf seinen sehnigen Leib.

Auf der linken Seite des Doppelbetts, die von Anfang an Rebeccas Platz gewesen war, ruhte eine Rose. Seine Finger hatten ihren Stil losgelassen.

Gerd Wegmann schlief. Tief und fest.

Die Türangel quietschte leise, als Rebecca das Zimmer betrat und sich auf der Matratze niederließ. Auf dem Boden neben dem Bett stand ein aufgerissener Sixpack. Ihre, nicht seine bevorzugte Marke. Alle Flaschen geleert.

Ein Schmunzeln glitt über ihren Mund, wurde breiter, während sie den schlafenden Mann betrachtete und den Penisring behutsam von seinem Glied zog.

Er brummte irgendetwas.

»Schlaf weiter.« Ihre Stimme war sanft.

Seine Lider öffnete sich schwerfällig.

»Rebecca.«

»Schlaf.«

Gehorsam schloss er die Augen.

»Romantisch kann ich nicht«, murmelte er.

»Ich weiß.«

»Hab ich's verkackt?«

Sie lächelte, antwortete nicht.

Kurz darauf drang sein Schnarchen durch den Raum.

Sie schubste die Rose zur Seite, griff nach der Bettdecke und breitete sie über dem schlafenden Kriminalbeamten aus. Dann ging sie in die Küche, nahm den Weißwein aus dem Kühlschrank, schenkte sich ein Glas ein und leerte es in einem Zug. Der Inhalt der Flasche reichte noch für genau eine Füllung.

Mit dem Glas in der Hand kehrte Dr. Rebecca Blumberg ins Schlafzimmer zurück.

3

Angewidert rührte Hauptkommissar Gerd Wegmann in der Kaffeetasse herum. Falsche Dosierung, egal. Das Koffein war nötig, bitter nötig an diesem Samstagmorgen.

Obwohl er lange geschlafen hatte, fühlte er sich, als hätte ein Zug ihn überrollt. Das kann nur an dieser mistigen Plörre liegen, die sie so sehr mag, dachte er, das ist doch kein Bier! Das ist ... Pferdepisse! Völlig überteuerte Pferdepisse!

Er kratzte sich am Bauch und betrachtete den Zettel auf der Anrichte.

Rebecca hatte das Apartment bereits um sieben Uhr verlassen. Das Knarren der Kleiderschranktür hatte ihn geweckt, als die Medizinerin nach einer frischen Bluse suchte. Mehr als ein genuscheltes »Morgen« und einen schlaftrunkenen Gang ins Bad hatte Gerd Wegmann nicht zustande gebracht, bevor er, nackt wie er war, wieder ins Bett gefallen war und weitergeschlafen hatte.

Er blickte auf seine Uhr. Kurz vor neun. Das Gewicht der Omega war immer noch ungewohnt an seinem Handgelenk.

»Ich bin in der Lage, mir selbst eine Uhr zu kaufen, Rebecca.«

»Und ich bin in der Lage, dir eine zu kaufen und zu schenken. Du musst sie ja nicht tragen.«

Er trug sie.

Und Rebecca hatte im Gegenzug ihren Ehering abgelegt.

Silvester. Kurz nach Mitternacht.

Verträumt lächelte er ihre Handschrift an. Der Zettel lehnte an der Kaffeemaschine, die heute morgen nicht zum Einsatz gekommen war.

Gerd,
ich habe mir über den Geschlechtsverkehr Gedanken gemacht.

Ich mir auch, dachte er und grinste schief. Und wärst du mal zwei Stunden früher heimgekommen …

Kommt nachher ins Institut, ich muss euch einiges zeigen.
Fallrelevant!

Zu Befehl, Frau Doktor.

Kaffee ist alle. Habe dir löslichen rausgestellt. Kaufst du bitte neuen?

Mach ich. Wenn ich dran denke.

Und übrigens: Ich finde gut, dass es eine weiße Rose ist.
Rebecca

Sein Blick huschte zum Küchentisch, auf dem die Blume nun in einer schlichten Vase steckte. Das entschuldigende Gesicht des Floristen tauchte vor seinem inneren Auge auf, der Moment, als der untersetzte Mann ihm mitgeteilt hatte, dass die roten leider aus seien, er aber noch wirklich schöne weiße Rosen da habe. Er hatte *schöne* dabei auf sehr seltsame Weise betont.

Wegmann gluckste, nahm erneut einen großen Schluck Kaffee und verzog das Gesicht.

Sein Mobiltelefon fand er erst, als das Klingeln bereits verstummt war. Warum das Handy auf dem Waschbecken neben den Zahnbürsten lag, war ihm schleierhaft. Doch der

Anblick des ebenfalls dort ruhenden, gereinigten schwarzen Gummirings ließ ihn schmunzeln.

»Tim, was gibt's?«, brummte er in die kleine Muschel, nachdem er die Rückruffunktion getätigt hatte. Abwesend griff er sich in den Schritt.

»Gerd, ich verspäte mich.«

»Kein Ding, ich bin noch nicht mal angezogen.«

»Gut. Oh Mann, ich bin allein am Wochenende. Conny ist zu ihren Eltern gefahren, der Babysitter hat Magen-Darm und Anna hat mir gerade das Hemd vollgekotzt.« Im Hintergrund ertönte Kindergequengel.

Der Hauptkommissar schnaubte amüsiert.

»Mach dich nicht lustig, Gerd! Mit dir redet ein Mann, der am Abgrund steht!«

»Du schaffst das, Tim.«

»Ja, du mich auch! Ich versuche, einen Ersatz für den Babysitter zu besorgen. Conny hat mir zwei Alternativ-Nummern aufgeschrieben. Ich kenn die beide nicht!«

»Du schaffst das, Tim.« Wegmann grinste.

»Und der Kaffee ist alle und ich kann den verdammten Instant-Scheiß nicht richtig dosieren!«

Wegmann lachte laut.

»Komm am besten direkt ins Institut«, sagte er. »Rebecca hat neue Informationen für uns.«

Synchron bliesen die beiden Ermittler auf die dampfenden Plastikbecher, die sie in den Händen hielten.

»Wenn ihr weiter übt, könnt ihr damit auftreten«, stellte Dr. Blumberg fest. »Und ja, mir ist bewusst, dass der Kaffee hier um Meilen besser schmeckt als der im Präsidium. Ihr spart an den falschen Ecken.«

Beide Beamte grinsten nur.

»Das, was ich für euch habe, ist leider weniger ... bekömmlich. Ich habe gestern Abend die Sektion zu Ende durchgeführt und dann heute morgen noch einmal etwas überprüft.«

Sie sprach leise.

Nichts Gutes, dachte Wegmann. Das bedeutet nichts Gutes.

Er stellte den Kaffeebecher auf einem der hüfthohen Schränke ab und schritt hinüber zu den Stahltischen, auf denen die beiden Toten noch immer ruhten. Inzwischen waren zwei weitere Bahren mit dunklen, ungeöffneten Leichensäcken belegt, während auf dem Tisch nahe des Fensters ein grünes Tuch den darunter ausgestreckten Körper bedeckte. Aus dem Nebenraum ertönte ein lautes Scheppern, ein unterdrücktes Fluchen folgte. Wegmann schaute die Leiterin der Rechtsmedizin an, hob die Brauen.

»Nico ist hier«, erklärte sie in gedämpftem Tonfall.

Seine Stirn zog sich in Falten.

»Mach mir bitte keine Szene, Gerd.« Sie blickte ihn an, bis er zur Seite sah.

Tim Taubring spitzte wissend die Lippen. Dann leerte er den Becher und trat neben seinen Kollegen.

»Du hast Neuigkeiten?«, fragte er Dr. Blumberg.

»Oh ja«, antwortete sie. »Da ich gestern Nacht noch ein wenig Zeit zum Nachdenken hatte ...« Sie warf Wegmann einen winzigen verschmitzten Blick zu, bevor sie auf die weibliche Leiche deutete. Jane.

»Warum hat sie nicht geduscht?«

»Was meinst du?« Irritiert sah der Hauptkommissar sie an.

34

»Soll ich deutlicher werden?«

»Ich bitte darum.«

»Also gut. Der Verkehr fand am Abend statt. Ermordet wurde sie erst Stunden später. Vier Männer waren an ihr. Vier. Sie ist vollgespritzt. Wo es nur geht. Und sie hat nicht geduscht. Ich würde duschen.«

Taubring musterte den Boden.

Rebeccas Gesicht war starr. »Entweder wurde sie daran gehindert oder –«

»Oder sie wollte sich an das halten, was wir immer wieder predigen.« Wegmann schob den Unterkiefer vor. »Nicht duschen nach einem Übergriff. Nicht baden, nicht waschen.«

»Möglich«, sagte sie.

»Vielleicht«, schob Tim Taubring ein, »wollte sie ja Anzeige erstatten. Und er«, seine Zeigefinger wies auf den nackten Mann, »hat sie vorher ...«

»Möglich«, sagte Dr. Blumberg erneut. »Ich nehme an, dass ihr dasselbe denkt wie ich – wenn man nur die bislang bekannten Fakten berücksichtigt.«

»Rebecca, wir wissen noch nicht mal, wer sie ist.« Wegmann schnaufte.

Sie hob die Hand. »Sie ist eine Frau, mit der zeitgleich vier Männer Geschlechtsverkehr hatten. Ich habe Fissuren in Vagina und Rektum gefunden, alles was es braucht. Die Vergewaltigung schreit einen förmlich an. Auch wenn Gleitgel im Einsatz war. Was es war. Und dann ist da ein Typ, der sie erschossen hat.«

»Ganz ehrlich, ich verstehe nicht, worauf du hinauswillst!«

»Ich habe keinerlei Abwehrverletzungen an ihr gefunden, Gerd. Weder aktive noch passive. Nichts.«

Wegmanns Kopf sank langsam zur Seite, sein Blick glitt über den Frauenkörper, streifte voll und weich wirkende Brüste, zwischen denen sich die frisch vernähte Wulst wie ein grober Strick entlangzog. Leicht gebräunte Haut, selbst im Tod nahezu makellos. Er entdeckte die feine Linie einer Blinddarmnarbe. Schrammen auf dem linken und rechten Oberschenkel, kaum erkennbare Verfärbungen an den Handgelenken. Kein Piercing. Keine Tätowierung. Keine leichte Identifizierung. Ein Zucken zog über seine Lippen.

»K.-o.-Tropfen?« Mit ernster Miene blickte Taubring die Medizinerin an.

»Der Gedanke liegt nahe.« Ihr im Handschuh steckender Zeigefinger fuhr sanft den Oberarm der Leiche entlang, stoppte an der Schulter. Nachdenklich betrachtete sie die Berührung. »Die vorläufigen Ergebnisse der Tests sind vor einer Stunde angekommen.« Sie sah auf. »Ketamin. Außerdem Rückstände eines Barbiturats.«

Taubring zog die Stirn in Falten. »Also K.-o.-Tropfen.«

»Nein.« Sie legte den Kopf zur Seite. »Etwas anderes. Kommt her. Ich will euch was zeigen.«

»Dr. Blumberg? Ich wäre dann so weit und ...« Der hochgewachsene junge Mann, der aus dem Hinterraum kam, verstummte und zwinkerte nervös, als er den Hauptkommissar erblickte. Das Tablett mit gereinigten Instrumenten, das er auf dem Arm hielt, zitterte.

Wegmann registrierte, dass Nico Barthels Haar von platinblond auf blauschwarz umgestiegen war und schnaubte abwertend.

Rebecca warf ihm einen warnenden Blick zu. »Danke, Nico«, sagte sie mit ruhiger Stimme. »Tisch fünf. Unbestätigter

Hirnschlag. Verdächtige Hämatome. Die äußere Schau habe ich bereits abgeschlossen, waschen Sie ihn bitte.«

Dann nickte sie den beiden Ermittlern auffordernd zu.

Als Tim Taubring und Gerd Wegmann links und rechts neben ihr standen, hob sie behutsam die Hand der toten Frau an.

»Ein winziger Einstich. Hier.« Sie deutete auf den Handrücken.

Wegmann zog die Brauen nach oben. »Drogen?«

»Nein. Auf beiden Seiten neben dem Einstich befinden sich Rückstände von hautverträglichem Kleber. Heftpflaster. Der Frau ist eine Butterfly gesetzt worden.«

»Was sagst du da?« Tim Taubring zischte die Frage.

»Ihr wurde eine Flügelkanüle gelegt. Dann wurde ihr ein Anästhetikum gespritzt. Zwei Komponenten. Und wer immer die Nadel zuvor eingeführt hat, hat dabei nicht mal einen winzig kleinen Bluterguss fabriziert.«

Wegmann zog scharf die Luft ein.

»Jemand vom Fach«, sagte Dr. Blumberg. »Wahrscheinlich ein Mediziner.«

Taubring schüttelte mit offenem Mund den Kopf.

»Außerdem«, fuhr Rebecca fort. »Hat das Labor in den Abstrichen aus ihrem Rektum Reste von Spülflüssigkeit bestätigt.«

»Was?«, hauchte Wegmann.

»Sie wurde auf den Verkehr vorbereitet, Gerd. Nach allen Regeln der Kunst.«

Im Hintergrund erklang die Handbrause, als Nico Barthel mit der Säuberung des alten toten Mannes begann.

»Sie mag mich nicht.«

»Das stimmt nicht.«

»Leon, ich kann eins und eins zusammenzählen.«

Die Mittagssonne erhellte das kleine Bistro mit vorgetäuschter Wärme.

»Warum bist du gestern rausgegangen, um mit ihr zu telefonieren?«

»Judith, bitte.«

Leon Steinkamp sah die Frau an, die ihm gegenübersaß, und vergötterte alles an ihr. Die Locken. Die leicht schiefe Nase. Zu groß für die meisten. Perfekt für ihn. Ein verzweifelter Versuch, die Silvesternacht nicht allein verbringen zu müssen, eine Ü-irgendwas-Party. Und dann … Judith.

Er lächelte bei der Erinnerung.

»Leon«, sagte sie ruhig, bevor sie in das Croissant biss.

»Sie mag mich nicht«, nuschelte sie.

Er seufzte, versuchte, den Psychologen in sich mundtot zu machen. Es war erstaunlich einfach und ließ Leon als verliebten Mann zurück. Der neben einer neuen Frau auch eine beste Freundin hatte. Eine hochgradig attraktive beste Freundin. Ein hochgradiges Problem.

»Sie ist liiert, Judith.«

»Ja, klar. Die Top-Rechtsmedizinerin. Mit einem Hauptkommissar.«

Leon öffnete den Mund, doch sie kam ihm zuvor.

»Den ich noch nie gesehen hab.«

Er schnaubte und schüttelte den Kopf.

»Was denn? Ist doch so!«

»Glaub mir, Judith, wenn du ihn sehen würdest, wüsstest du, warum du dir wirklich keine Gedanken machen musst.«

»Glaub mir, Leon, ich mache mir keine Gedanken.«

Sie warf ihm einen strengen Blick zu. Dann lächelte sie.

»Ist er so ein Geschoss?«

Leon spitzte abwägend die Lippen.

»Ein sexy Bulle neben deiner sexy Freundin?« Sie grinste. Marmelade umrandete ihren Mund.

»Äh«, sagte er.

»Also kein sexy Bulle. Schade.«

Leon lachte.

»Lad sie doch mal ein. Ich will sie kennenlernen. Beide.« Sie machte eine auffordernde Geste. »Deine Rebecca hab ich bis jetzt ja nur einmal getroffen. Und sie hat mir nicht mal die Hand gegeben.«

Leon konnte nicht verhindern, dass ein theatralischer Ausdruck seine Züge erklomm.

»Judith ...«, begann er.

»Was?«

»Sie sind beide ... etwas ... speziell.«

»Ich bin auch speziell, Leon. So weit sind wir zwei nur noch nicht.«

Der Kellner stellte die zusätzlich georderten Brötchen auf dem Tisch ab und lächelte.

»Danke.«

Leon nickte dem jungen Mann zu.

Dann legte sich seine Stirn in Falten, als er an den Donnerstagnachmittag zurückdachte. Die Geständnisse, die schon die erste Sitzung mit sich gebracht hatte. Seine Praxis, der Mann auf dem Sessel. Leon Steinkamp hielt nichts von Klischees. Es gab keine Couch. Er hatte ihm erlaubt zu rauchen. Das gequälte Gesicht, die Worte. Der Stich, den sie auch in Leons

Brust hinterlassen hatten, als Rebeccas glücklich lächelndes Antlitz durch seinen Geist zog.

»*Du blockierst, Gerd.*«

»Dein Rührei wird kalt«, sagte Judith.

»Ich kann mich einfach nicht daran gewöhnen, dass du jetzt einen Kleiderständer hast.« Tim Taubring zog die Lammfelljacke vom Aktenschrank, auf den er sie kurz zuvor geworfen hatte.

»Ich mich auch nicht.« Wegmann deutete auf die Rückenlehne des Schreibtischstuhls, über der sowohl sein Wintermantel als auch das Jackett mehr schlecht als recht drapiert waren.

»Weißt du immer noch nicht ...?« Sein Kollege hob die Brauen.

»Nein, weiß ich nicht.«

Als Hauptkommissar Gerd Wegmann am Morgen des 2. Januars sein Büro betreten hatte, hatte das Ding in der Ecke gestanden. Eine schnörkellose Konstruktion, Chrom, fünf Haken. Er war zusammengezuckt, als er sie erblickt hatte. Seit das Präsidium vor gut einem Jahr in den neuen Bau umgezogen war, hatte Wegmann mehrfach die Hand gehoben, wenn es um die Beantragung von beweglichen oder unbeweglichen Büromaterialien ging, irgendwann die Lust verloren und nicht mehr daran geglaubt, dass Oberbekleidung gleich welcher Art in seinen Räumlichkeiten ordnungsgemäß würde deponiert werden können.

»Du hast einen Gönner, Gerd. Oder eine Gönnerin.« Taubrings Grinsen war an Frechheit kaum zu überbieten.

»Muss an meinem ausgeprägten Hang zur Romantik liegen«, entgegnete Wegmann. »Wenn ich mich richtig ins Zeug lege, springt sogar eine Garderobe dabei raus.«

Taubring lachte.

Dann hängte er seine Jacke auf und wandte sich der noch leeren Wand zu. Keine Fotos, keine Kopien, keine Notizen daran. Auf dem Schreibtisch lagen drei braune Mappen und mehrere lose Blätter. Gefüllt mit unschönen Details.

»Das wird hart«, murmelte er und fuhr sich durch das dunkelblonde Haar.

Wegmann trat neben ihn und lockerte seinen Schlips. »Wird es.«

»Na dann ... Fangen wir an.«

»Ja. Aber zuerst besorg ich uns noch einen Kaffee. Wenn wir schon in der Scheiße wühlen, können wir sie auch dabei trinken.«

Der Anruf des Notfall-Babysitters kam um vierzehn Uhr.

»Anna kann ihn nicht ausstehen, Gerd. Tut mir leid, ich ...«

»Geh. Ist okay. Ich mach hier alleine weiter.«

»Dich mag sie, falls das die Sache etwas entschärft.« Taubring lächelte gleichzeitig gequält und gehetzt.

»Hau schon ab, Tim.«

Drei Stunden waren seitdem vergangen.

Mit dunklen Ringen unter den Augen starrte Wegmann auf die Wand, die nun nicht mehr leer war. Er saß rauchend auf der Kante seines Schreibtischs. Luft drang durch das geöffnete Fenster, hüllte seinen Rücken in anregende Kälte. Er drückte die Kippe aus und verschränkte die Arme vor der Brust.

Drei Tote.

Leiche 1, der Fahrer des Toyotas. Kevin Maier, 19 Jahre alt. 2,9 Promille. Eine Spur Kiff im Blut. Hätte dieses Jahr Abitur gemacht. Traurig. Irrelevant.

Wegmanns Blick wanderte zu den technisch anmutenden Skizzen, die den Unfallhergang rekonstruierten. Blaue, rote, grüne Pfeile. Der Toyota war auf der Landstraße auf die Gegenspur geraten. 89 Stundenkilometer. Keine Chance.

Leiche 2, der Fahrer des BMWs. Die Halterabfrage hatte schnell einen Namen geliefert, der jetzt, zwei Tage später, wie blanker Hohn über den Unfallfotos schwebte: Markus Spaniol, der beim Kraftfahrt-Bundesamt gemeldete Eigentümer, war vor zehn Monaten an den Folgen einer Autoimmunerkrankung gestorben, sein Wagen nie abgemeldet worden und eine Kopie seiner Nummernschilder wie auch immer in die Hände des Mannes gelangt, dessen Kopf und Lungen bei dem Unfall verbrannt worden waren.

Kein Name. Kein Führerschein, keine Fahrzeugpapiere. Nur Rebeccas Worte.

»Männlich, zwischen 35 und 45 Jahre alt, 1,78 m groß, Gewicht 71 kg, schlanke, sportliche Statur. Gepflegt. Keine besonderen Kennzeichen.«

Abgesehen von den vier Goldzähnen. Keine Prothesen. Kaum Karies. Nicht einmal Schiefstände.

Wegmann schüttelte sich.

Forensische Odontostomatologie. Das Wort kam ihm auch nach all den Jahren schwer über die Lippen. Aber es war alles, was er hatte. Die Zähne und das verfluchte Gold. Es gab keinen einheitlichen Identifizierungsbogen, der für alle Polizeistationen in Deutschland verbindlich war. Die Dentalpraxen arbeiteten zum Teil noch mit Karteikartensystemen. Computer? Fehlanzeige Kompatibilität? Scheiß drauf. Und zu all dem kam die ärztliche Schweigepflicht, die eine Datensammlung erschwerte. Er hoffte inständig, dass der unbekannte Mann in der Stadt oder zumindest im Umkreis gewohnt hatte und regelmäßig zum Zahnarzt gegangen war. Und dass der bereit sein würde, Auskunft zu erteilen.

Unbewusst tastete Wegmanns Zunge zu der erst vor wenigen Wochen erneuerten Plombe. Sie war glatt. Beinahe unangenehm glatt.

Der Aufprall mit dem Toyota war nicht frontal erfolgt. Dennoch – keine Chance. Der BMW war von der Straße abgekommen, hatte sich überschlagen und war im Graben gelandet. Er hatte erst Feuer gefangen, als die Benzinspur vom überhitzten Motor des Toyotas aus in Brand gesetzt worden war. Als die Feuerwehr schon vor Ort gewesen war und ihren Job gemacht hatte.

Sonst hättest du jetzt nichts, dachte Wegmann. Gar nichts. Nur zwei verkohlte Körper. Einer am Steuer, einer im Kofferraum.

Er sah zu dem Foto, das das Gesicht der unbekannten Frau zeigte. Nahaufnahme. Von dem aufgeplatzten Hinterkopf war nichts zu sehen. Obwohl ihr Antlitz durch die fehlende Masse etwas verschoben wirkte, war es ... anziehend. Ungemein anziehend, stellte er fest. Kein Treffer bei den als vermisst gemeldeten Personen.

Er hob das Kinn.

Leiche 3, die ermordete Frau. Zwischen 25 und 35 Jahre alt. 1,66 m groß, 58 kg schwer. Trainiert, gepflegte Erscheinung. Keine besonderen Kennzeichen. Getötet durch einen Kopfschuss. Todeszeitpunkt zwischen vier und fünf Uhr morgens. Am Abend zuvor ins Delirium gespritzt durch professionelle Hände. Davor gereinigt. Danach bedeckt von Sperma.

Warum hat sie nicht geduscht?

Und warum, verdammt, war der Mann am Steuer für ihren Tod verantwortlich?

Wegmann verzog den Mund.

Muss ich wirklich dein totes Gesicht an die Presse weitergeben?

Er stand auf, trat hinter den Schreibtisch, schlüpfte in sein Jackett und packte dann seinen Mantel. Der Stoff schleifte über den Boden, während er das Licht löschte und die Tür des Büros hinter sich schloss.

Die Reparatur des Fords hatte 477 Euro gekostet und war es wahrscheinlich nicht einmal wert. Dennoch empfand Wegmann den vertraut muffigen Geruch seines Wagens als beruhigend, als er einstieg.

Sein Magen knurrte. Er sehnte sich nach etwas Einfachem.

»Spaghetti?«

Dr. Blumberg lehnte sich an den Türrahmen.

»Erwarte kein Sternemenü, meine Liebe. Ich kann nicht kochen.«

»Und trotzdem stehst du in meiner Küche und machst ... Was machst du da eigentlich?«

»Ich wärme auf.« Wegmann deutete auf das geleerte Glas Fertigsauce.

Sie bedachte ihn mit einem skeptischen Blick, während sie sich die noch nassen Haare mit dem Handtuch abrieb.

»Und ich glotze dabei auf Nudeln in kochendem Wasser. Ich observiere zwei Töpfe. Ich habe eine Mission.« Grinsend schob er die Ärmel seines Hemds weiter nach oben.

»Na dann observier mal schön.«

Rebecca ging ins Wohnzimmer und ließ den immer noch lächelnden Hauptkommissar in der Küche allein.

Wegmann nahm zwei Teller aus dem Schrank und stellte sie neben dem Herd ab. Ein Sieb, du brauchst ein Sieb, wo hat sie das verdammte Sieb verstaut?

Er fluchte leise vor sich hin, fand dann, was er suchte.

Als er den Topf mit den Nudeln über dem Spülbecken in das Sieb ausleerte, klingelte sein Mobiltelefon. Schnell warf er einen Blick zur Seite, las den Namen auf dem Display. Ein bitterer Zug entstand um seine Mundwinkel. Während er sich streckte, um mit der rechten Hand die kleine rote Taste zu drücken, verkrampfte seine linke um den Griff des Topfes. Das Klingeln verstummte.

»Was Wichtiges?«, ertönte Rebeccas Stimme.

»Nein.«

Ein paar Minuten später stellte er die mit Spaghetti und billiger Tomatensoße beladenen Teller auf dem Couchtisch ab. Dann küsste er die Frau auf dem Ledersofa lang und fordernd. Seine Finger fanden den Knoten, der das Handtuch hielt, das sie um ihren Leib geschlungen hatte. Ein geschickter Griff, und das Frottee glitt auf ihre Hüften hinab.

»Sehr gut«, murmelte Gerd Wegmann dicht an ihren Lippen. »Und jetzt lass uns essen.«

Er erschrak, als sich die Hand auf seine Schulter legte.

Unwirsch löste sich sein Blick von der Frau, die tanzte. Auf der Fläche, auf Edelstahl, die sich widerspiegelnden Lichter warfen tumbe Blitze darauf, während Absätze das Metall ritzten und Narben nach sich zogen. Kleine, sanfte, leise Narben. Die Körper darüber zuckten.

Sie sollen still sein. Gut sein.

Still sein.

»Was?«, brüllte er dem riesigen Kerl entgegen, der ihn aus seinen Beobachtungen gerissen hatte. Die Musik war laut.

»Er ist hier.«

Seine Lippen wurden ein schmaler Strich.

Er warf der tanzenden Frau einen letzten Blick zu, sah, dass sie ihn auffing. Ihr Mund öffnete sich leicht. Ihr Kleid, zu dünner Stoff. Gemachte Brüste. Gerade noch klein genug.

Er bedauerte nur kurz.

»Wo?«

»Folgen Sie mir.«

Die hinteren Räume des Clubs lagen in genau dem schummrigen Dunkeln, das man erwartete. Er schnaubte verächtlich, während er dem breiten Rücken des Riesen durch die Gänge folgte. Eine Neonröhre flackerte.

Der Mann, der ihn erwartete, lächelte nonchalant.

Er erwiderte das Lächeln nicht.

»Sie haben Bedarf?«

Er hob die Brauen, schwieg.

»Sie haben Geld?«

»Habe ich.«

»Dann reden wir über Details.«

Der Riese hatte den Raum längst verlassen.

4

Das Licht des nahenden Morgens kletterte über die Dächer der Stadt.

Kommissar Tim Taubring hockte unrasiert und ungekämmt am Küchentisch, stützte das Kinn auf der linken Hand ab und hielt mit der anderen ein winziges Stück Butterbrot vor den Mund seiner Tochter.

»Es schmeckt«, sagte er gähnend. »Wirklich.«

Anna thronte auf ihrem Kindersitz, starrte ihren Vater mit der Grimmigkeit einer Einjährigen an und presste die Lippen zusammen.

»Pass mal gut auf, kleines Fräulein: Ich kann auch anders!« Er verengte die Lider, ließ das Brot eine Kurve vollziehen und bewegte es ganz langsam auf seinen eigenen Mund zu. Dann schlang er es mit einem einzigen Bissen hinunter.

Sofort begann Anna zu schreien.

»Oh Mann«, murmelte Tim. Sein Kopf sackte nach unten.

Kurz darauf schielte er nach oben.

»Ich weiß was du willst. Aber deine Mutter wird mich umbringen.«

Annas Schreien ging in Schluchzen über, und Tim Taubring konnte nicht widerstehen. Er stand auf, ging zum Schrank, öffnete die Tür und beförderte aus einer der hinteren Ecken Milchpulver und Fläschchen hervor.

Als er den Wasserkocher ausspülte und ihn dann unter den Hahn hielt, warf er seiner Tochter einen strengen Blick zu.

»Wenn du mich verpfeifst ...« Er aktivierte den Schalter des Kochers. »Werde ich jedem einzelnen der pubertierenden

Wichser, die du irgendwann anschleppst, das Leben zur Hölle machen.«

Anna quiekte unschuldig.

Tim schüttelte den Kopf.

Weiber, dachte er.

Dann schob er sich ein weiteres kindgerecht portioniertes Stück Brot in den Mund.

Zur gleichen Zeit betrachtete Hauptkommissar Gerd Wegmann die schlafende Frau, die neben ihm lag, und fragte sich, wie oft sie ihn schon auf diese Weise angesehen hatte.

Öfter als du sie, säuselte eine kleine Stimme in seinem Innern.

Er schnaubte amüsiert.

Vorsichtig beugte er sich über Dr. Blumberg und griff nach dem Aschenbecher, der auf ihrem Nachttisch stand.

Ihre Schulter schmiegte sich in seine Achsel, als sein Blick den Wecker streifte, dann hinüberglitt zu Rebeccas Mobiltelefon, das zwei verpasste Anrufe anzeigte, und schließlich zu seiner Hand wanderte. Der Uhr, die sein Gelenk locker umspannte. *Moonwatch*. Verdammt schön. Verdammt teuer. Seine linke Augenbraue hob sich. Es war ihm nicht leicht gefallen, das Geschenk anzunehmen. Er presste die Kiefer zusammen, als eine Erinnerung sich in sein Hirn schob. Dr. Reuter. Ralf. Er hasste es, den Namen aus ihrem Mund zu hören, zu ahnen, zu wissen, was er alles mit ihr getan hatte, und Gerd Wegmann dachte an die Maßanzüge, das perfekte Gesicht. Die Uhren, das Grinsen, die durchschnittene Kehle, den fast perfekten Schnitt. Perfekt.

Er schloss die Augen.

Wartete einen Moment.

Der Körper unter seinem rührte sich.

Langsam lehnte sich Wegmann zurück und positionierte sich halbsitzend ans Kopfende des Doppelbetts. Das Feuerzeug klickte. Lächelnd blies er auf die Spitze der Zigarette, während seine Finger sanft über den Arm seiner Geliebten strichen. Er hatte sie wohl doch nicht geweckt.

Sie grunzte wohlig, rollte auf den Rücken und tastete träge nach der sie liebkosenden Hand, die durch die Drehung auf ihre linke Brust gerutscht war. Wegmanns Lächeln weitete sich aus. Unbewusst schob Rebeccas freie Hand die Bettdecke nach unten und präsentierte ihren nackten Leib. Dann wurde ihr Griff kraftlos, ihr Atem langsam und ruhig, als der Tiefschlaf sie erneut umfing.

Hauptkommissar Gerd Wegmanns Stirn zog sich zusammen. Kanülen erschienen vor seinem inneren Auge. Finger, die an Spritzenkolben schnippten. Vom geöffneten Fenster her strich ein kühler Hauch über das Bett. Als Rebeccas Körper reagierte, zog Wegmann vorsichtig die Hand zurück, stand auf und ging ins Bad.

»Okay, ich geb's zu: Das überrascht mich.«

»Mich auch, Gerd, mich auch.«

Wegmann senkte die Nase an seinen Unterarm, während er dem Mann am anderen Ende der Leitung lauschte. Seine Haut roch nach Äpfeln. Unwirsch schüttelte er den Kopf, dachte an Apfelwein, an graublaues Steingut und Sodbrennen.

Er grunzte.

»Komm schon. Das ist gut!«, schnauzte die dunkle Stimme.

»Was du nichts sagst, Dirk.«

Sein Gesprächspartner lachte abgehackt. »Ich weiß, es ist Sonntag. Es ist früh. Ich hätte auch gern was Besseres zu tun, als hier in der KTU auszuhelfen und schlecht verschliffene Fahrzeug-Identifizierungsnummern lesbar zu machen! Im Übrigen hörst du dich an, als hättest du einen Eimer auf dem Kopf. Wo bist du?«

Im Bad. Nackt. Nass. Und ich rieche wie der Frühling. Der Abfluss der Badewanne gluckerte.

»Tut das was zur Sache?«, grummelte Wegmann.

»Schon. Wenn es irgendwo ist, wo ich jetzt auch lieber wäre.«

»Willst du ernsthaft, dass ich dir mitteile, dass ich gerade gevögelt hab?«

»Arsch.« Dirk Haase lachte und Wegmanns Lächeln wurde noch einen Tick breiter, weil er genau wusste, dass er sich die dreiste Lüge erlauben konnte. Es gab nur wenige Kollegen, die so entspannt waren wie der Leiter des Erkennungsdiensts.

»Dann pack deinen Schwanz ein und setz dich ins Auto. Alles Weitere sag ich dir erst, wenn du hier bist, Gerd. Ich hab ja auch meinen Stolz. Und ich hab einen Namen für dich.«

Klick.

Der Hauptkommissar schnaubte amüsiert.

Die Frau, die eben am Türrahmen erschien, blinzelte ihn aus müden Augen an. »Lässt du mich bitte durch?«, brummte Dr. Rebecca Blumberg. »Ich muss aufs Klo.«

Exakt siebenundvierzig Minuten später stand Gerd Wegmann in einer kleinen Halle, ignorierte den partiell auseinandergenommenen BMW und blickte auf das beinahe sinnlich lächelnde Porträt eines Mannes mittleren Alters. Dunkles Haar, scharfe Züge. Keine Deckung durch falsche Nummernschilder mehr. Streifen überzogen den Monitor und bedeckten die Wangenpartie des gemeldeten Fahrzeughalters mit grauen Schlieren. Daneben die Daten, die das Foto zu einer Person machten. Aus dem Radio, das auf einem Schreibtisch weiter hinten stand, erklangen Bruchstücke eines Hörspiels.

»Adam ...« Wegmann rümpfte die Nase. »Er heißt nicht wirklich Portulak, oder? Niemand heißt wie ein Scheißgemüse!«

»Es gibt auch Leute, die wie Scheißkleinvieh heißen.« Dirk Haase hatte die Arme vor der Brust verschränkt und verzog keine Miene.

»Sorry, Mann.« Der Hauptkommissar rieb sich über die Wangen, spürte Bartstoppeln und betrachtete das flackernde Gesicht. Du also, dachte er und der verkohlte Stummelkopf überlappte das Lächeln auf dem Monitor, wurde ein Grinsen aus Gold. Erneut glaubte Wegmann, den Geruch nach Grillgut zu vernehmen. Das, was am Ende übrig blieb.

»Er hat ihr in den Kopf geschossen, nachdem sie vergewaltigt wurde«, sagte er leise.

»Ich weiß.«

»Was weißt du noch?«

»Nichts.«

»Ist besser.«

»Ja.«

»Verdammte Scheiße, ich kann nicht mal sagen, ob er das wirklich ist!«

»Was hast du?«

»Vier verfluchte Goldzähne.«

»Dann fang an zu fragen.« Dirk Haase lachte steif. »Viel Glück.«

Wegmann schnaufte.

Er verließ die Halle wortlos.

Fetzen des Hörspiels begleiteten ihn. Ein Krimi. Das Finale. Wer der Mörder war, bekam er nicht mehr mit.

»Bleib zuhause, Tim. Das wird heute nix mehr.«

»Okay.«

»Wir sehen uns dann morgen früh. Ich würd ja in alter Frische sagen, aber wir wissen beide, dass das gelogen ist.«

Kommissar Taubring lehnte angezogen und einsatzbereit an der Wand, als er das Handy in der Tasche seines Jacketts verstaute.

Er warf einen Blick ins Wohnzimmer, wo Notfall-Babysitter Nummer 2 Anna auf ihrem Schoß platziert hatte und mit Kleinkindgeräuschen bespaßte. Sie war sechzehn. Sie sah aus wie einundzwanzig.

Tim Taubrings Nasenflügel blähten sich.

»Ich muss los«, murmelte er in Richtung der jungen Frau.

Sie lächelte ihn an.

»Gute Schicht«, sagte sie fröhlich.

Anna gluckste und ihr Vater verließ die Wohnung.

5

Der Montagmorgen war dunkel.

Gerd Wegmann öffnete die Tür zu seinem Büro und schaltete das Licht an.

In der Nacht hatte ein Einfamilienhaus gebrannt. 50.000 Euro Sachschaden, Innenstadt, nicht sein Problem. Er schmunzelte, während er den vorläufigen Abschlussbericht der kriminaltechnischen Untersuchung auf den Schreibtisch warf und den Kaffeebecher daneben abstellte. Die Gewohnheit siegte unbemerkt, als sein Mantel auf dem Aktenschrank landete.

Dirk Haases zweiter Anruf hatte ihn gestern am frühen Abend erreicht und dieses Mal tatsächlich gestört.

»Der Rahmen, in den das Nummernschild eingesteckt wird. Auf den ersten Blick kaum zu erkennen.«

»Dirk. Komm auf den Punkt!«

»Passt es gerade nicht?« Ein leises Kichern drang aus der Muschel.

»Wie kommst du nur darauf?«, knurrte Wegmann.

»Ich hänge seit Wochen sonntags im Präsidium ab. Meine Frau hasst dich, Gerd.«

»Deine Frau kennt mich nicht.«

»Und glaub mir eins: Sie wird dich auch nie kennenlernen.«

Der Hauptkommissar grinste amüsiert. »Du müsstest nicht immer und überall aushelfen, Dirk, du leitest die verdammte Abteilung! Eigentlich solltest du hinter deinem Schreibtisch hocken und —«

»Wichtig gucken, ich weiß«, fiel ihm Haase ins Wort. »Kann ich offensichtlich genauso gut wie du.«

Wegmann schnaubte.

»Es ist wirklich fast zum Lachen.« Haase kehrte zum Fall zurück. »Und dermaßen simpel, dass ich ehrlich gesagt meinen Hut ziehe.«

»Dirk ...«

»Okay, okay. Ich fass mich kurz. Der Rahmen besteht aus schwarzem Plastik, das Schild wird reingeschoben. So weit klar. Der Rahmen kann bedruckt werden. Werbefläche. Auch klar.«

»Dirk!«

»Schwarzer Edding. Er hat den aufgedruckten Namen des Autohauses übermalt.«

Wegmann lachte laut auf. »Nicht dein Ernst?«

»Doch. Autohaus Bingert. In der Nähe vom Osthafen. Sie öffnen morgen um sieben. Ich war eben auf der Website.«

Wegmann runzelte die Stirn, als sich eine Hand um seine Hüfte schlängelte. »Fax mir bitte alles, was ich brauche.«

»Wohin?«

Dr. Blumberg lächelte, als ihre Hand weiterwanderte und zugriff. Ein unterdrücktes Stöhnen glitt über Wegmanns Lippen.

»An ... warte.« Er blickte streng nach unten.

Rebecca blinzelte unschuldig zu ihm auf.

»Ich schick dir gleich die Nummer per SMS«, murmelte er.

»Noch was, Gerd.«

»Was denn?« Hauptkommissar Gerd Wegmann atmete zischend ein, als sein rügender Blick keinerlei Wirkung zeigte.

»Tu mir einen Gefallen.«

»Der da wäre?«

»Lass Taubring trotzdem morgen die Zahnärzte zur Bestätigung abklappern.«

»Dirk ... Er hat deine Frau nicht angemacht.« Seine Finger gruben sich in schwarzes, seidiges Haar.

»Sagt er.«

»Sagt er.« Wegmann schloss die Augen, dachte nur kurz an die Weihnachtsfeier und war heilfroh, dass er sein Handy seit gestern Abend auf stumm geschaltet hatte.

»Verstehe, er ist dein Freund. Lass ihn trotzdem laufen, okay?«

Wegmann gluckste. Seine Augen blieben geschlossen.

»Und wenn's nur deswegen ist, weil er so ein verdammt gut aussehender Mistkerl ist«, knurrte Dirk Haase. »Ich mach jetzt Feierabend. Und wag es ja nicht, mich in deine Sonderkommission zu bestellen.«

Zu spät, dachte der Hauptkommissar.

Das Handy fiel zwischen die Laken und der Mann, dem es gehörte, gab jeglichen Widerstand auf, als er nach hinten aufs Bett sackte.

Jetzt, zwölf Stunden später, blickte er auf den Bericht, den er eben auf dem Schreibtisch abgeladen hatte.

Der Tag schob sich scheu auf den Himmel, der Parkplatz an der Rückseite des Präsidiums lag noch komplett im Dunkeln. Wegmann schaute aus dem Fenster, fand seinen Wagen, er hatte einen guten Platz ergattert.

Der Besuch beim Autohaus Bingert war ein Musterstück an Kooperation gewesen. Nicht einmal zwanzig Minuten hatte es gedauert, bis die unterkühlt wirkende Rothaarige eine Liste mit zutreffenden Käufern über den Tresen geschoben hatte. Ihr Zeigefinger hatte dabei auf exakt den Namen getippt, den Wegmann sehen wollte, und er hatte den Blick nicht von den Rastas abwenden können, die sich um ihr Genick schlängelten und über das Revers des schwarzen Blazers strichen.

Adam Portulak.

Besitzer eines dunkelblauen BMW E46. Baujahr 1999, Viertürer. Standard. Wie tausend andere auch.

Sonderwünsche, was die Auskleidung des Kofferraums betraf.

Kein Stoff, kein Filz, kein Gewebe. Plastik. Leicht zu reinigen.

Der verächtliche Ton, der unter ihren Worten mitschwang, war ihm nicht entgangen.

»Er ist Jäger, wissen Sie? Und hält sich für sehr charmant.« Ihr Blick wanderte nur kurz hin zu seinem Kehlkopf.

Er hob die Brauen, grinste sacht. »Nicht Ihr Ding, was?«

»Ich bin Vegetarierin.« Das Piercing an ihrer Unterlippe zuckte. Ihr Gesicht blieb reglos. »Flirten Sie mit mir?«

Gerd Wegmann lächelte, als er an seine Antwort zurückdachte. Und ihre darauf folgende. Er nahm einen Schluck aus dem Plastikbecher.

Es war bestätigt.

Adam Portulak.

Profi.

Jäger?

Er schnaubte.

Jäger.

Tim Taubring traf erst vier Stunden später im Präsidium ein. Sichtlich gestresst, aber mit einem Ergebnis.

»Er ist es, Gerd! Hundertprozentig! Wir haben seinen Zahnarzt gefunden. Keins dieser arroganten Arschlöcher. Kooperativ. Die Adresse stimmt überein. Ich hab schon einen Durchsuchungsbeschluss beantragt. Und am liebsten würd ich die Scheißtür selbst eintreten.«

13:38 Uhr. Es roch dezent nach Katzenkotze.

Kriminalhauptkommissar Gerd Wegmann hielt den knochigen Kater mit ausgestreckten Armen vor sich. Er hing in seinen Händen wie ein getigerter Sack und schnurrte.

»Ich ... verdammt, kann mir bitte jemand das Mistvieh abnehmen?«

Mehrere amüsierte Gesichter wandten sich ihm zu.

Unmittelbar nachdem der Schlüsseldienst die Wohnungstür geöffnet hatte, war der ausgehungerte Kater durch den Flur geschossen und um die Beine der ermittelnden Beamten gestrichen. Ein Paar in dunkelgrauen Anzughosen hatte es ihm dabei besonders angetan. Seit gut einer halben Stunde kam sich Wegmann vor wie wandelnde Katzenminze.

Es grenzte an ein Wunder, dass keinerlei Tierhaare im Wagen oder an den Leichen gefunden worden waren.

Ein Wunder ...

Wegmann runzelte die Stirn.

Oder Professionalität.

Es war beängstigend.

Wie die gesamte Wohnung.

Adam Portulak hatte allein gelebt. Allein mit seinem Kater. Und einem Beruf, der Alleinsein erforderte.

Der Hauptkommissar schaute auf die sieben Mobiltelefone, die auf dem niedrigen Schränkchen neben der Tür lagen. Billige Prepaidhandys. Nicht einmal aus ihren Plastikhüllen genommen. Ungenutzt.

Sieben ...

Portulak war vorbereitet gewesen auf ... was? Weitere Jobs?

»Das ist abartig«, brummte Tim Taubring.

»Tim, ich halte eine Katze im Arm.«

»Ja, Gerd, das ist irgendwie auch abartig. Mach dir mal Gedanken über dein Aftershave.« Taubring grinste schief.

Der Kater miaute gequält.

»Danke«, sagte Wegmann, als ein junger Kollege ihm das

halbverhungerte Tier abnahm, es mit Könnergriff und geübtem Ohrenkraulen an die Brust drückte und sich auf die Suche nach Futter machte.

Er sah sich um.

Die Wohnung spartanisch zu nennen, kam einer Übertreibung gleich. Achtzig Quadratmeter, kaum Möbel.

Kaum Besucher, dachte Wegmann.

Er rümpfte die Nase, während er langsam den Blick über die Einrichtung des Wohnzimmers gleiten ließ. Ein beeindruckend breites, aber schlichtes Regal stand an der Wand, bestückt mit Büchern, deren Rücken auf jedem Brett eine vollkommen gerade Linie bildeten. Nicht ein einziges Buch schaute hervor. Mitten im Raum befand sich ein einzelner Ledersessel, exakt ausgerichtet zwischen Surround-Anlage und dem riesigen Flachbild-Fernseher an der Wand.

Wie ein Schauraum.

Ein leises Schnauben drang über Wegmanns Lippen, als sein Blick die vom Kater zerbissene Areca-Palme streifte, deren anverdaute Überreste in der gesamten Wohnung verteilt waren. Kleine grüne Kleckse aus Speichel, Magensaft und Pflanze. Im Schlafzimmer, in der Küche, im Bad. Im Flur. Auch vor der verriegelten Tür, die vom Wohnzimmer aus in einen weiteren Raum führte.

Seine Stirn legte sich in Falten.

Das hochmoderne Zahlenschloss am Türrahmen blinkte höhnisch, zwanzig Zentimeter weiter unten präsentierten sich die bisherigen Bemühungen, die Tür zu öffnen, wie ein Seeigel aus Holz. Der Kollege, der früher beim SEK gewesen war, setzte das Brecheisen ab und drehte sich mit einem genervten Brummen zum Leiter der Ermittlungen um.

»Zwecklos, Gerd. Wir brauchen die Ramme.«

Wegmann spitzte die Lippen und betrachtete das großformatige Foto, das neben der Tür an der Wand hing. Auf Leinwand gedruckt, gut einen Meter hoch. Elegantes Schwarz-Weiß, das die abgebildete Schönheit irritierend in Szene setzte. Sie stand nackt in einem opulent ausgestatteten Zimmer, trug lediglich eine medizinische Halskrause und einen hoch aufragenden Gips am rechten Bein, während sie sich stolz auf einen Stock stützte und in die Kamera sah.

»Die Scheißramme kommt nicht von allein«, zischte er.

»Äh. Entschuldigung?«

Sechs Köpfe zuckten herum.

Die Frau, die an der Tür zum Wohnzimmer stand, hatte einen Eimer in der Hand und blinzelte die Eindringlinge erbost an. Ihre Linke umklammert den Mopp so fest, dass ihre Knöchel weiß hervortraten.

»Wer zur Hölle sind Sie und was bitte machen Sie hier?«

»Ich kann nicht glauben, dass du das durchziehst.« Dr. Blumberg unterdrückte ein Lachen.

»Es soll hier ganz gut sein, Liebes.«

Skeptische Furchen erschienen zwischen den Augenbrauen der Rechtsmedizinerin, während sie ein kleines, in Öl getränktes Tentakel aufspießte.

»Leon, wir sind bei einem der besten Italiener der Stadt ...«

»Ich –«

»Sushi ist ein Sakrileg!«

»Aber –«

»Gut, eigentlich ist es das nicht. Aber ausgerechnet hier ...

Verdammt, hier ist es das! Was willst du mir damit sagen?«

Leon Steinkamp wiegte nachdenklich den Kopf hin und her. Dann erklomm ein verzweifelter Ausdruck sein breites Gesicht. »Ich weiß es nicht«, bekannte er. Er blickte auf die Reisröllchen, die vor ihm auf dem Teller lagen.

»Judith mag Sushi«, murmelte er.

Rebecca seufzte. Während sie ihren Freund mild rügend musterte, löste ihre Zunge einen der kleinen Saugnäpfe, der sich beim Kauen an ihrer Wangentasche festgesogen hatte.

»Muss ich mir ernsthaft Gedanken machen?« Sie schluckte.

»Was, wieso?«

»Verheimlichst du mir etwas, Leon?«

Der Psychologe sah auf, atmete langsam ein. Dann kletterte blitzschnell Erleichterung auf seine Züge.

Dr. Rebecca Blumberg folgte seinem Blick hin zur Eingangstür. Eine kleine füllige Frau stand vor der Glasfront und nestelte in ihrer Handtasche herum.

»Judith«, erkannte sie.

»Ja.«

»Leon!«

»Rebecca, bitte ...«

»Das hättest du mir sagen sollen«, zischte sie.

Ich hätte dir noch einiges mehr sagen sollen, dachte Leon.

Er strahlte, als sich Judith dem Tisch näherte, während sie in ihr Mobiltelefon sprach.

Rebecca Blumberg spießte einen weiteren Calamaretto auf und ignorierte die perfekt al dente zubereitete Pasta, auf der er ruhte. Sie dachte an den finalen Bericht des Labors, der heute morgen eingetroffen war und das Barbiturat im Urin von Jane eindeutig bestimmte. Um ihren Mund schlich ein harter Zug. Thiopental. Unter anderem benutzt zur Vorbereitung auf Hinrichtungen. Ein Schuss Beruhigung. Bevor das Gift fließt.

»Hat Gerd dich schon kontaktiert?«

Steinkamp kniff die Lippen zusammen, ehe er antwortete. »Wieso sollte er?«

»Er wird es, Leon. Glaub mir, er wird.«

»Hallo ihr zwei!«

Judith strahlte die beiden Menschen am Tisch an.

Hauptkommissar Gerd Wegmann erinnerte sich an die Worte der Putzfrau, als er das Filmplakat betrachtete.

»Und das ist Ihnen nie komisch vorgekommen?«

»Nein.«

»Ein mittels Hightech gesicherter Raum, den Sie unter keinen Umständen betreten sollen? Und Sie machen sich nicht ein einziges Mal Gedanken darüber, was sich dahinter befinden könnte?«

»Mache ich nicht. Ich mache sauber.«

Ihrem Kommentar haftete nicht ein Hauch Ironie an.

»Was glauben Sie, was ich so alles sehe, Herr Hauptkommissar?« Die Frau war etwas älter als er. Sie lächelte. Es wirkte einstudiert. Sie hielt den Mopp noch immer in der Hand. »Das hier ist nichts. Glauben Sie mir. Nichts.«

Diese Stadt ist krank.

Wegmann bleckte die Zähne.

»Hast du den Film gesehen?« Tim Taubring trat an seine Seite. Sein Blick glitt über den hochwertigen Druck, der gerahmt an der Wand hing.

Schweigend schüttelte Wegmann den Kopf.

»Hat 1996 in Cannes den Spezialpreis der Jury gewonnen.«

Das Plakat zeigte den Unterleib einer Frau, die an einem Wagen lehnte. Ledermini, Netzstrümpfe unter fetischartig geschienten Beinen. *Crash*. Geilheit, stimuliert durch Autounfälle. Kunst. Literatur, Film. Die Realität ruhte verbrannt in einem Kühlfach und wartete auf ihre Freigabe zur Bestattung.

»Ich fand ihn gut«, murmelte Taubring.

Wegmann schnaubte. Er sah zur Seite, hin zu dem Schreibtisch und den wenigen Notizen darauf. Die eigens angefertigten Regale dahinter. Die Waffen darin, die Box mit den sterilen Tüchern darunter. Sechs verschiedene Nummernschilder, Front und Heck. Messer, Pistolen, mehrere Kaliber, Schalldämpfer. Die auseinandergenommene Barett M82, die transportbereit im Koffer auf dem Boden lag. Ein Scharfschützengewehr. Hinter dem Fenster präsentierte sich ein weitläufiger Hof. Erster Stock, Altbau. Drei Meter weiter unten war der Container für Altpapier bereit, eine aus der Wohnung flüchtende Person ohne Bänderriss zu empfangen.

Ein Profi. Durch und durch.

Nur dank eines beschissenen Zufalls aufgeflogen.

Wegmann hatte einiges erwartet, als der Druck der Ramme die Tür aus den Angeln hob. Nicht jedoch diesen Raum der Kontrolle.

Seine Lider schmerzten.

Ihm war übel.

Er dachte an den Schlüssel, der im Kofferraum des BMWs gelegen hatte. Neben all dem Unheil. Ein simpel geschmiedetes Stück Metall, wahrscheinlich der Zugang zu einem Schuppen. Irgendwo. Vielleicht umgeben von Wald, vielleicht an einem See. Vielleicht ganz woanders. Das Vielleicht wurde zu einer

Last aus Leichen, deren Anzahl nicht beziffert werden würde.

Sie würden es nicht herausfinden.

Sie konnten es nicht.

Zu wenige Leute. Zu viele Möglichkeiten.

Er warf einen letzten Blick auf den Notizblock, neben dem ein weiteres Prepaidhandy lag. Kleine Symbole zierten das oberste Blatt des Blocks, beiläufig hingeschmiert, und Wegmanns Geist projizierte einen durchtrainierten Männerkörper auf den Schreibtischstuhl, einen schlanken Rücken, einen sich sanft bewegenden Arm, eine Hand, die einen Stift über das Papier wandern ließ, während ein Telefonat über Leben und Tod entschied.

Geometrische Formen, ein Kreuz, eine Sonne. Eine Blume.

Ein Venussymbol.

Durchgestrichen.

Das Gesicht der unbekannten Toten erschien vor ihm.

Vier Männer. Und ein endgültig letzter Mann.

Hauptkommissar Gerd Wegmann verließ die Wohnung.

In seine eigene kehrte er erst nach Mitternacht zurück, übergab sich im Bad, wankte zum Bett, fiel vollständig bekleidet darauf und versank in einen langen, traumlosen Schlaf.

Die Stadt atmete die Nacht ein und aus.

Irgendwo im Westend versöhnte sich ein Paar in langsamen Bewegungen, während am Hauptbahnhof ein Mann seiner Frau den Kiefer brach.

Ruhe zog durch das Apartment.

Er stand im Wohnzimmer, inhalierte ihren Geruch. Niemand würde sie je so riechen können, wie er es tat. Niemand.

Vorsichtig glitt er durch ihr Leben, griff automatisch nach der Fernbedienung auf dem Couchtisch, schritt lautlos weiter und legte das schlanke Gerät auf der Fensterbank ab.

So würde sie wissen, dass er hier gewesen war.

Dass er auf sie achtgab.

Da war.

Irgendwann würde sie verstehen.

Sie blieb ungewöhnlich lange weg dieses Mal.

Doch er war geduldig.

Er konnte warten.

6

»Guten Morgen.«

»Was?«

»Guten Morgen, Gerd.«

Sein linkes Auge wollte sich nicht öffnen.

»Rebecca, ich ...«

Vorsichtig richtete Wegmann sich auf und betastete sein Gesicht. »Entschuldige wegen gestern Abend. Ich ... ich bin versackt.« Der Knopf am Ärmel des Jacketts hatte einen tiefen Abdruck auf seiner linken Wange hinterlassen. Umgeben von Bartstoppeln, die inzwischen eine inakzeptable Länge erreicht hatten.

»Nicht weiter schlimm«, sagte Dr. Blumberg. »Ich bin eh vorm Fernseher eingeschlafen.«

Wegmann brummte, während er das Handy an sein Ohr drückte und mit der freien Hand das geschwollene Lid herunterzog, bis es von seinem oberen Pendant abließ. Krümel lösten sich.

Er schnaufte, blinzelte. Dann blickte er zur Zimmerdecke. »Das ist jetzt wahrscheinlich die dämlichste Frage, die dir je ein Mann gestellt hat, nachdem du ihn geweckt hast, aber ... Was für ein Tag ist heute?«

Ihr Lachen perlte durch seine Kopf.

»Dienstag, Gerd. Und wenn mich nicht alles täuscht, hast du in knapp einer Stunde die erste Besprechung mit der Sonderkommission. Die du leitest.«

»Fuck.«

Im Gegensatz zum gestrigen Vormittag hing der Himmel tief und grau über den Dächern. Obwohl es bitterkalt war, schneite es nicht.

»Du siehst echt scheiße aus«, raunte Tim Taubring seinem Vorgesetzten ins Ohr.

»Weiß ich.«

Wegmanns Blick wanderte über die im Besprechungsraum versammelten Gesichter, die ihn mit einer Mischung aus Entschlossenheit und Skepsis musterten.

»Ihr habt alles, was ihr braucht«, schnauzte er und ließ zur Untermauerung des Satzes die Ermittlungsakte auf den Tisch sausen. »Muss ich euch wirklich sagen, was zu tun ist?«

Seine linke Augenbraue hob sich. Und auch wenn Hauptkommissar Gerd Wegmann sich so wenig wie möglich bewegt hatte, als er die maßgeblichen Fakten vor der neu formierten Sondereinheit ausgebreitet hatte, strahlte alles an ihm Weisungsbefugnis aus.

Autorität, verdammt. Taubring presste die Kiefer zusammen, als er sich eingestehen musste, dass er immer noch nicht verstand, wie man die Knöpfe drückte, die sein Freund wenige Minuten zuvor bis zum Anschlag in ihre Gehäuse gerammt hatte. Einige der Kollegen verließen bereits den Raum, andere standen in kleinen Gruppen zusammen und debattierten.

Achtzehn. Nicht so viele wie sonst üblich.

Man vertraute auf Kompetenz. Der Druck der nahenden Landtagswahlen lastete allgegenwärtig auf der Exekutive.

Wegmann atmete schwer aus, als er auf den Konferenztisch hinabsah. Der durchgestrichene Venusspiegel flammte vor seinem inneren Auge auf. Die kalte Frau im Autopsiesaal. Das Wissen, das sie lediglich die letzte von vielen gewesen war, die durch die Hand des verbrannten Mannes den Tod gefunden hatten. Ihr zerschossener Kopf. Und anderthalb Dutzend Ermittler, fachbezogen, fähige Männer, fähige Frauen.

Kein Name. Immer noch kein verdammter Name.

»Gerd?«

Er hob den Blick, fand das eine Gesicht, das er heute morgen nicht hatte sehen wollen, und dachte an den Moment zurück, als er den Antrag auf Einrichtung der Sonderkommission gestellt hatte. Es war das erste Mal in Gerd Wegmanns Kriminalpolizeikarriere gewesen, dass er einen Vermerk hinterlassen hatte. Eine Bitte. *Nicht sie.* Es lag nicht in seiner Macht.

Gabriele Duhn stand direkt vor dem weiß lackierten Tisch. Oberkommissarin, Dezernat Sexualdelikte. Perfekte Kandidatin.

Guter Kopf.

Kein Rock, keine Bluse mehr. Jeans und Sweatshirt. Alles beim Alten.

»Wegmann«, unterbrach eine herrische Stimme seine Gedanken.

Barbara Stolkembach war neben die kleine Beamtin getreten und musterte den Leiter der Ermittlungen mit zur Seite gelegtem Haupt.

»Ich weiß es sehr zu schätzen, dass Sie mich zu dieser ersten Besprechung geladen haben«, sagte die Staatsanwältin. Ein süffisantes Grinsen umspielte ihre Lippen.

»Schön«, presste Hauptkommissar Wegmann hervor.

»Auch wenn Sie noch nichts Großartiges vorzuweisen haben – und ich möchte anmerken, dass ich das auch nicht erwartet habe –, fühle ich mich doch ein wenig ... geschmeichelt.«

Wegmanns Mund wurde ein verkrampfter Strich. Seine Augen fixierten den gläsernen Tropfen, der als Anhänger vor dem braunen Rollkragenpullover der Staatsanwältin baumelte.

»Sonst noch was?«, knurrte er.

»Eigentlich nicht«, antwortete Barbara Stolkembach und machte sich daran, den Raum zu verlassen. An der Tür hielt sie inne, drehte sich um und bedachte den großen Mann hinter dem Tisch mit einem spöttischen Blick, während ihre Finger über ihr Kinn rieben.

»Abseits des Falls, Wegmann«, säuselte sie. »Und abgesehen von der Fahne, die man bis an die Tür riechen kann ... Falls das irgendwann ein Vollbart werden soll – lassen Sie es sein.« Sie lachte kurz auf. Dann ging sie.

Oberkommissarin Duhn schaute betreten unter sich und tat es somit Kommissar Taubring gleich.

Einige Sekunden verstrichen. Erst als die Tür sich schloss und keiner außer den drei verbleibenden Ermittlern mehr im Raum war, räusperte sich Gerd Wegmann.

»Irgendwelche Fragen?« Er blickte Gabriele an.

Sie antwortete nicht sofort.

»Du siehst echt scheiße aus«, sagte sie leise.

Wegmann entgegnete nichts.

Er griff nach der Akte, öffnete sie und schob mit dem Zeigefinger die oberen Blätter zur Seite.

»Irgendwelche Fragen?«, wiederholte er.

»Nein.«

Tim Taubrings Brauen zogen sich zusammen.

Fetzen eines Streits glitten durch den Flur.

Abwesend warf sie einen Blick ins Wohnzimmer, als sie an der Tür vorbeischritt. Das Antlitz einer keifenden Frau füllte den Bildschirm fast gänzlich aus. Lilafarbene Strähnen im Haar, fettige Wangen. Alles an ihr wogte. Die Einstellung wechselte, zeigte nun einen dürren Mann mit Kassengestell, der schwitzte und sich bemühte zu lächeln, bis der Moderator ihm ein Blatt Papier vor die Nase hielt.

»Mit einer Wahrscheinlichkeit von 99,9 Prozent!«

»Und du nennst mich Schlampe?«, plärrte die Dicke. Ein triumphierendes Lachen folgte. »Dafür zahlst du, du Idiot!«

Eine Störung glitt über das Bild.

Die Miene der Frau im Flur blieb starr, als sie das Wohnzimmer betrat und den Fernseher ausschaltete.

Die Liste, die sie in der Linken hielt, landete auf dem niedrigen Tisch, der vor der mit weichem Nappaleder überzogenen Wohnlandschaft stand. Ebenholz, Schnitzereien. Tatsächlich Afrika und nicht Fernost. Sie ging zur Anlage, sanft strich ihr Finger über das polierte Metall. Kurz darauf drang

Chopin durch den Raum und füllte den Nachmittag mit einer Nocturne.

Als sie einige Zeit später aus dem Bad zurückkehrte, streifte ihr Blick nur kurz die Liste. Sie musste sich nicht vergewissern, hatte längst verinnerlicht, was zu tun war. Die Couch umfing sie mit Wärme, als sie Platz nahm, die Schenkel spreizte und den Rasierer ansetzte. Exakt einen Zentimeter breit.

Ihre Haut brannte.

»Wisst ihr, wo Gerd steckt?«

»Keine Ahnung.«

Kommissar Tim Taubring schloss die Tür des Büros, das unmittelbar an Wegmanns Dienstzimmer angrenzte. Dann zog er das Handy aus seinem Jackett und wählte zum fünften Mal dieselbe Nummer.

Niemand nahm ab.

Taubring hatte eine Ahnung und folgte ihr.

Der Keller des Präsidiums roch nach altem Schweiß, und der junge Kommissar verzog angewidert den Mund, als er durch die weiß getünchten Gänge schritt.

Wegmann saß im Technikraum und starrte auf die inaktiven Monitore, die einen Großteil der Wand einnahmen.

Er sah seinen Freund nicht an, als er sprach.

»Du weißt es, hm?«

Leon Steinkamp legte die Tageszeitung zur Seite und schnaubte verächtlich. Er hatte die pummeligen Figuren in dem Boulevardblatt nie ausstehen können. *Liebe ist, wenn sie ... Wenn* er ... Was wusste der Zeichner schon? Wie man Träume füttert. Wie man Geld macht.

Der Psychologe schaute zum Fenster und blinzelte in einen unfreundlichen Himmel. Dann wanderte sein Blick hin zu dem kleinen Brettspiel, das seit gestern Abend unverändert auf dem Esstisch stand. Dazwischen lag nur das Tagesgeschäft. Leons Praxis lief gut, dennoch war er bemüht, sich nicht zu viele Termine aufzuhalsen. Eine Depression. Eine Zwangsstörung. Genug für einen grauen Dienstag im Januar.

Er lächelte, als er an Judiths konzentriertes Gesicht zurückdachte, mit dem sie die mit einer roten Rose gekennzeichneten Scheiben auf dem Brett positioniert hatte. Keiner hatte gewonnen, die *Dornige Fehde für Zwei* war von Verlangen unterbrochen worden. Zärtlich berührte er einen der Spielsteine. Dann wurde seine Miene hart.

Er erinnerte sich an Rebeccas Worte beim Mittagessen. Gestern.

»Er wird es, Leon. Glaub mir, er wird.«

Wegmann hatte sich nicht gemeldet.

Leon Steinkamp schloss die Augen.

Auf der anderen Seite des Flusses ritzte Dr. Blumberg versehentlich eine immer noch prall gefüllte Vene an. Dickes Blut spritzte ihr ins Gesicht. Sie stöhnte angewidert auf, griff nach der Aderklemme und bemerkte nicht, dass Nico Barthel viel zu nah an ihrem nach vorn gebeugten Körper entlangging.

Sachte zog Kommissar Tim Taubring die Tür hinter sich ins Schloss. Er lehnte sich mit dem Rücken an die Wand und wartete.

Es dauerte nicht so lange, wie er gedacht hatte.

Wegmann atmete laut hörbar aus, betrachtete seine zwischen den Knien verschränkten Hände.

»Ich hab Scheiße gebaut, Tim.«

Taubring schwieg.

Wegmann blickte weiter unter sich. Dann zur Seite. Es dauerte einige Sekunden, bis er bereit war, seinem Freund in die Augen zu sehen.

»Ich hatte Sex mit Gabriele.«

»Was?«, zischte Taubring und stieß sich von der Wand ab. »Wann?«

»Vor vier Wochen.«

»Warte mal ... Das war –«

»Genau, Tim.«

»Bei der Weihnachtsfeier? Mann, Gerd!«

»Ja, ich weiß. Mehr Klischee geht nicht. Aber ... Ich meine, ach verdammt, ich will mich nicht rausreden, aber wir hatten Streit. Also Rebecca und ich. Schlimmen Streit. Ich kann nicht mal sagen, dass ich zu viel getrunken hätte. Ich war einfach nur stinksauer. Und dann ... Na ja.«

»Na ja was?«

»Ich hab's drauf angelegt.«

Der junge Kommissar schüttelte ungläubig den Kopf.

»Ich versteh dich nicht«, murmelte er.

»Ich versteh mich selber nicht!«, blaffte Wegmann. »Und ich brauch nicht dich, um's mir zu bestätigen!«

Taubring schluckte die Erwiderung herunter, die ihm auf der Zunge lag. Mit zusammengepresstem Mund schaute er seinen Freund an.

Der sah wieder unter sich.

»Sie ist halt drauf eingegangen«, raunte er. »Ich hab mich an deine Worte erinnert, dass sie auf mich steht, und ...« Er sah auf. »Es war so verdammt leicht, Tim! Ich komme mir vor wie ein Arsch.«

»Das solltest du auch«, sagte Taubring.

Wegmann lachte hart auf. »Aber das ist nicht mal das Schlimmste!«

Der junge Kommissar verschränkte die Arme vor der Brust und neigte fragend den Kopf.

Sein Vorgesetzter griff nach dem Zigarettenpäckchen, das vor ihm auf dem Tisch lag. Er kratzte sich am Arm, während er das Feuerzeug in seiner Hand betrachtete.

»Wir wurden erwischt.«

Taubrings Augen weiteten sich. »Von wem?«

Das Feuerzeug klickte. Wegmann blinzelte an der Flamme vorbei, als er seinen Freund anblickte. »Von der Stolkembach.«

Taubring zog scharf die Luft ein. Jetzt wurde ihm einiges klar.

Wegmanns Oberlippe hob sich leicht. »Plötzlich stand sie an der Tür. Ich hab keine Ahnung, was sie in Herberts Büro zu suchen hatte, und eigentlich tut das auch nichts zur Sache. Sie stand da. Und hat mich angesehen.«

Taubring schwieg. Eine Ahnung erklomm sein Hirn, aber der Hauptkommissar unterband sie, indem er weiterredete. Es musste raus. Es musste einfach.

»Sie steht da, schaut mich an. Willst du Details?«

»Gerd ...«

Wegmann war nicht mehr fähig, die Anrede als Ja oder Nein zu interpretieren. Er kniff kurz die Lider zusammen, erinnerte sich an jeden Moment. Sah Gabriele Duhns kleine Brüste, die offene Bluse, die Brustwarzen, die hoch und flehend aufragten, malvenfarben, seine Lippen, seine Zunge, seine Zähne. Ihr Stöhnen. Dann platzte es aus ihm heraus.

»Scheiße, sie kommt gerade, wimmert auch noch meinen Namen dabei, ich hab die Finger tief in ihr, meinen Schwanz in der anderen Hand, setze an und schieb ihn ihr rein, während sie immer noch kommt, ich fang an, sie zu ficken, und die Stolkembach schaut mir dabei direkt in die Augen!«

Er verstummte.

Taubring glotzte seinen Freund ungläubig an.

»Was hast du getan?«, fragte er tonlos.

»Ich hab weitergemacht, Tim! Ich hab daran gedacht, wie sie mir damals in ihrem Büro die Sache mit Katja vorgehalten hat, und weitergemacht!«

»Wer ... ist jetzt bitte Katja?«

»Ach, scheißegal! Darum geht's doch gar nicht!«

Wegmann war aufgewühlt, und Taubring verstand die Welt nicht mehr. Er dachte an sein eigenes Erlebnis mit Rebecca, die Konsequenzen, die Scham. Sein leichtes Kopfschütteln wirkte manisch, immer wieder huschte sein Schädel von rechts nach links, als er auf den Hauptkommissar hinunterblickte und zuließ, dass sich Bild um Bild in seinem Hirn aufbaute.

»Du hast doch nicht etwa ...«, flüsterte er.

»Was? Nein!« Wegmann verzog den Mund. Dann hob er verzweifelt die Hände.

»Ich hab's zu Ende gebracht! Ich hab nicht lang gebraucht. Das alles hat mich so geil gemacht, wie ich's selten in meinem Leben war. Ich hab sie angesehen. Sie hat mich angesehen. Ich ficke Gabriele und sie ... Scheiße, sie hat mich angesehen, bis ich gekommen bin.«

Er lachte hart auf. »Und wie ich das bin! Ich hab gedacht, ich heb von meinem eigenen Druck ab! Und sie guckt mich dabei an. Mann!«

Er sah Tim an. Der sah ihn an.

»Und dann?«

»Dann hat sie die Tür zugemacht. Ist gegangen.«

»Und Gabriele?«

»Hat nichts davon mitgekriegt. Ihr Hinterkopf zeigte Richtung Tür. Sie lag auf dem Schreibtisch. Sie war ziemlich fertig.« Dem schiefen Lächeln, das folgte, haftete nur wenig Stolz an.

»Gerd, jetzt hast du echt ein Problem.«

»Ich weiß.«

»Und du bist ein Arschloch.«

»Ich weiß.«

Taubring atmete prustend aus. »Und was wirst du nun tun?«

»Keine Ahnung.«

»Weißt du, was mich total ankotzt, Gerd?«

»Was?«

Wegmann nahm einen tiefen Schluck aus dem Plastikbecher. Der Himmel war mittlerweile strahlend blau. Die Nachmittagssonne stach ins Büro, erhellte die aufgeschlagen auf dem Schreibtisch ruhende Ermittlungsakte und hatte die beiden anwesenden Beamten dazu getrieben, ihre Oberbekleidung der fühlbar steigenden Temperatur im Zimmer anzupassen. Gerd Wegmanns Hemd stand mehr als den üblichen einen Knopf am Hals offen. Die Krawatte hing über seinem Jackett am Stuhl. Flavio Garcia hatte sich seines schwarzen Pullovers entledigt und präsentierte ein eng anliegendes, ebenfalls schwarzes T-Shirt, das um seinen Bizeps spannte. Er umfasste seinen Nacken, während er zur Wand sah.

»Dass er einen verdammt guten Geschmack hat. Also hatte. Dieses brutale Schwein.« Sein Blick glitt über die angepinnten Fotos.

»Was genau meinst du?«

»Den Druck hier ...« Flavio stand auf. Ein langer Schritt und sein Zeigefinger tippte auf das Bild der Frau mit dem Gipsbein, das in Portulaks Wohnzimmer hing. »Das Foto ist von Helmut Newton.«

»Wieso überrascht mich nicht, dass du das weißt?« Wegmann schmunzelte.

»Weil du weißt, dass ich ebenfalls ein Mann mit Geschmack bin. Im Gegensatz zu dir.« Garcia grinste. »Wobei ich das im Bezug auf deine Frau zurücknehmen muss, Gerd. Die Leiterin der Rechtsmedizin ...« Er deutete eine Verbeugung an. »Respekt.«

Der bittere Ausdruck, der über den Mund des Hauptkommissars huschte, entging ihm.

»Das ist Jenny Capitain«, sagte er bewundernd, als er wieder auf das Foto blickte. »Was für ein Weib. Wenn ich irgendwann mal eine Muse brauchen sollte ... sie wär's so was von!«

»Es stört dich nicht, dass ich kein Wort von dem verstehe, was du gerade sagst, hm?«

»Kein bisschen.«

Wegmann lachte.

»Was mich allerdings stört, sind zwei andere Dinge.«

»Ich höre?«

»Erstens: Dass jetzt keine Frau anwesend ist.« Garcia wandte sich dem am Schreibtisch lehnenden Hauptkommissar zu.

Eine dunkle Haarsträhne löste sich und fiel ihm ins Gesicht, während er das Päckchen aus seiner Hosentasche fischte.

»Ich bin vielleicht ein sexistischer Scheißkerl«, sagte er, schob die Strähne zurück und rümpfte die Nase. »Aber ich weiß, wann ich eine weibliche Einschätzung brauche.«

Sein Vorgesetzter blieb stumm.

Kommissar Garcia schnaufte, als er sich die Zigarette anzündete. »Und darum war ich einfach mal so frei und hab Gabriele gesagt, dass sie herkommen soll. Sie sollte bald eintreffen.« Ein aufrichtiges Lächeln folgte. »Ich bin froh, dass du sie ins Team bestellt hast.«

Wegmann starrte auf den Becher in seiner Hand. Kälte krabbelte über seinen Hinterkopf und trug einen irritierenden Kampf mit der Wärme auf seinem Rücken aus.

»Und zweitens ...«, fuhr Garcia fort.

Der Hauptkommissar hob den Blick.

»Ich kann es nicht ertragen, dich Kakao trinken zu sehen, Gerd! Das ist ... ekelhaft. Und jetzt lass uns ein Fenster aufmachen, bevor wir hier drin ersticken.«

Tim Taubring saß am Tisch und blinzelte seine Frau verständnislos an.

»Mir fällt die Decke auf den Kopf, Tim!«

»Er war deine Entscheidung, Conny. Du wolltest die Elternzeit!«

»Das weiß ich!«

»Aber ... wie stellst du dir das vor?«

»Ich hab keine Ahnung, ich muss es nur loswerden, okay?«

Cornelia Taubring stand ausgehfertig mitten in der Küche

und stemmte die Hände in die Hüften. Es war kurz vor zwanzig Uhr. »Ich bin Anwältin, Tim. Ich bin gut. Das weißt du. Ich vermisse meine Arbeit. Ich habe mich gegen das Stillen entschieden. Weil ich es so wollte, weil du es so wolltest. Mir ist trotzdem die Milch eingeschossen. Und ich habe es gehasst, wenn meine Bluse nass war.«

»Ich«, begann er. »Ich weiß nicht, was du von mir willst!«

»Ich brauche Freiraum!«

Anna schmiegte sich an ihren Vater und begann leise zu schluchzen.

Tim warf seiner Frau einen wütenden Blick zu.

»Also gut«, knurrte er. »Du willst Freiraum. Willst du fremdvögeln?«

»So wie du?«

Er sah zur Seite. »Auf das Niveau kriegst du mich nicht runter, Conny.« Beruhigend wanderte seine Hand über Annas Rücken.

»Das muss ich gar nicht, Tim. Da warst du schon.«

Er blickte auf, verzog den Mund.

»Der Babysitter sitzt im Wohnzimmer«, raunte Cornelia. »Sie hat mit ziemlicher Sicherheit alles mitgekriegt.«

»Und?«

»Bring ihr unsere Tochter.«

Seine Brauen hoben sich.

»Bring ihr unsere Tochter! Und dann fick mich. Hier.«

Irgendeine Frucht.

Gerd Wegmann sog den Duft ein.

Ihr frisch gewaschenes Haar floss über seine Brust.

»Ganz ehrlich, ich hab nicht erwartet, dass du das kannst.«
Dr. Blumberg kicherte und bewegte sich keinen Millimeter.
Er spürte sie auf sich, ihre Brüste, ihre Rippen, die Weichheit
ihres Bauchs auf seinem. Der Hügel ihrer Scham.

»So langsam.« Ihre Stimme war ein sanfter Wind an seinem
Ohr. »Das muss dich doch irre machen.«

Seine Hände glitten ihre Seiten entlang.

Er schloss die Lider.

»Ich liebe dich«, flüsterte er.

Das Blut schwappte in hellroten Wellen aus ihrem Hals.

Er nickte anerkennend.

Ein Abgang mit Stil.

Sie röchelte. Weit aufgerissene Augen. Blicke zuckten um-
her. Sie konnte nichts tun, konnte nur warten. Warten, bis das
Leben in einem letzten Pumpen aus ihr herausquoll. Seine
Hand umschloss ihren Mund, bis er nichts mehr spürte.

Er lächelte, als er sie ansah.

Ihre Wimpern waren lang.

Schön.

Dann packte er ihren linken Arm, drehte ihn nach außen.
Das Messer in seiner Hand fuhr widerstandslos ins Fleisch.

»Jetzt schlaf«, sagte er.

Der Zucker im Spender hatte sich zu einem Klumpen zusammengezogen. Kommissar Tim Taubring klopfte ein letztes Mal auf den Glaskörper, gab ein Grunzen von sich und stellte das Gefäß unverrichteter Dinge auf dem kleinen Tisch ab.

»Du brauchst das, hm?« Lächelnd hob Wegmann die Tasse zum Mund.

»Ja, ich brauche das, Gerd.«

Sein Vorgesetzter kniff die Lider zusammen, als ein Sonnenstrahl sich durch die Wolken schob und seine linke Gesichtshälfte streifte. Der Morgen war angenehm, frisch auf eine kaum zu deutende Art, und ließ Gerd Wegmann sich wieder jung fühlen, wie an einem jener Morgen, an denen er in schäbigen oder viel zu teuren Cafés gesessen und auf ein Mädchen gewartet hatte, nervös, unsicher, mit einer Cola in der Hand und Hoffnung im Herzen.

Du bist ein Schwein.

Er seufzte und blinzelte in den aufkommenden Tag.

»Tim, ich muss dir was sagen.«

»Ach?« Taubring griff nach seinen Zigaretten. »Wir trinken nie morgens einen Kaffee zusammen. Nicht in einem Café.« Der junge Mann grinste. »Wenn du mich daten willst – das hast du hiermit geschafft!«

Wegmann schnaubte amüsiert. Dann wurde seine Miene ernst.

»Was ich dir gestern erzählt habe ...«

Tim hob die Hand.

»Es bleibt bei mir, das weißt du!«

»Ja«, sagte Wegmann nur.

Sein Blick wanderte über die wenigen anderen Gäste. Halb neun, kein Vergleich zu dem geschäftigen Treiben, das nachmittags oder am Abend im Café Klein herrschte. Dennoch füllten ausreichend Gespräche den Raum, leises Murmeln, Lachen, nachdenkliche Mienen, konzentrierte Blicke, die auf Zeitungen oder Laptops ruhten. Ein perfekter neutraler Treffpunkt, den die beiden Ermittler seit mittlerweile vier Jahren nutzten. Davon abgesehen war der Kirschkuchen exzellent.

»Tim«, murmelte der Hauptkommissar und spielte mit dem Feuerzeug, das auf dem Tisch lag.

Taubring reagierte genau so, wie er es erwartet hatte: Er schwieg.

Beinahe drei volle Minuten sahen sie sich an und doch nicht an.

»Ich weiß nicht mal, was ich eigentlich sagen will«, brummte Wegmann.

»Mach's einfach.«

»Okay. Ich habe zwei Regeln.« Wegmann winkte der Kellnerin zu, bevor er wieder seinen Freund anblickte. »Genau genommen hab ich noch ein paar mehr, aber diese beiden machen mich grade fertig. Niemals eine Kollegin! Und ich ... Ich kann treu sein! Ich ...«

Taubring atmete deutlich hörbar aus. »Gerd, du musst nichts erklären. Gerade mir nicht.« Er lächelte halb.

»Doch, verdammt, muss ich! Scheiße, Tim, ich mag sie! Ich mag Gabriele, ich gehe sogar noch weiter und sage, dass ich sie respektiere, und dann bin ich so ein schwanzgesteuerter Wichser und –«

Beide Handys klingelten zeitgleich.

Angewidert wandte Kommissar Tim Taubring den Kopf zur Seite.

Innerhalb der zwanzig Minuten, die Wegmann und er gebraucht hatten, um zur S-Bahn-Haltestelle zu gelangen, hatte es zu nieseln begonnen. Regen tropfte auf die Leiche, während um sie herum Hektik herrschte. Eilig wurden Planen am Boden verankert und dann nach oben gezogen, bis der Schutzschild stand und die Spuren überdachte. Jemand schnauzte Befehle, Absperrband glitt von Rollen.

Sie war nicht nackt.

Aber fast wäre es besser gewesen.

Der junge Ermittler verzog den Mund, als der Gedanke sich in ihm ausbreitete und er auf das zerrissene Kleid starrte, das Brüste und Unterleib offenlegte und dadurch mehr zur Schau stellte, als Nacktheit es je gekonnt hätte.

Der Anblick war grausam.

Das Kleid keins zum Ausgehen.

T-Shirt-Stoff, braun, kurze Ärmel, bodenlang, sicher bequem, etwas, die sie getragen hatte, wenn sie zuhause auf der Couch saß. Ein Buch las. Vielleicht eine Lesebrille trug.

Ihr Hals klaffte auseinander.

Der Kopf hing grotesk abgeknickt nach hinten.

Die Kehle zerstört. Abgeladen im Dreck. Zwischen verschmierten Servietten, Zigarettenstummeln und festgefrorenem Erbrochenen.

Tim sah nach rechts, hin zu den zwei Teenagern, die die Tote gefunden hatten und heute nicht pünktlich zum Unterricht erscheinen würden. Wegmann stand bei ihnen, redete auf die rechte der beiden jungen Frauen ein. Ihre Freundin schluchzte ununterbrochen. Tränen zerstörten die Schminke und ließen das Mädchen darunter zu jung zurück. Taubring beobachtete, wie die Hand seines Vorgesetzten immer wieder nach oben zuckte, um sich sofort wieder zu senken. Kein Anfassen. Dem Wunsch, zu berühren, widerstehen. Trost musste von anderer Seite erfolgen.

Er zog die Stirn zusammen, als der gestrige Abend vor seinem inneren Auge aufflammte. Seine gerade so weit wie nötig geöffnete Hose, Cornelias nach oben geschobener Rock … Sein Blick glitt über freigelegte, bleiche Haut, stoppte dann auf Dr. Rebecca Blumbergs linker Hand, die das Becken der Toten sanft nach vorn und zur Seite drückte, während ihre rechte das Thermometer hielt. Die Medizinerin blickte auf, sah ihn an. Ihre Mimik war starr.

»Hast du die Achsel gesehen?« Wegmann war neben ihn getreten, er sprach leise. Dennoch schien seine Stimme in Taubrings Kopf zu explodieren.

»Ja«, sagte er nur.

»Glück im Unglück?«, flüsterte sein Freund.

Taubrings Magen knurrte.

»Mir ist schlecht, Gerd.«

»Richtig schlecht?«

»Weiß ich nicht, ich muss was essen.«

»Wie kannst du jetzt ans Essen denken?«

»Wie kannst du jetzt atmen?« Taubring lächelte nicht.

»Na schön«, sagte Gerd Wegmann und setzte den Blinker.

Kurze Zeit später standen sie an einer Imbissbude. Willkürlich gewählt, die erste, die am Straßenrand aufgetaucht war. Der Geruch nach ranzigem Fett füllte die Luft. Eine angetrunkene Frau umklammerte die Theke, musterte das Veranstaltungsplakat, das an der Plastikscheibe neben ihr hing, und kicherte, während sie auf das Datum wies. November 2002.

»Schon vorbei«, lallte sie. »Schon vorbei.« Ihre Hände steckten in dicken Fäustlingen.

Taubring stopfte die Fritten beinahe trotzig in seinen Mund. Es musste weitergehen.

Wegmann aß nichts.

Mark Winter lachte laut, als die Leiterin der Rechtsmedizin die Tür zum Sektionssaal öffnete.

»Hallo, Dr. Blumberg.« Dann nickte er der fülligen blonden Frau zu, die einige Tische weiter vor einer geöffneten Leiche stand. »Der war gut, Susanne!«

»Sie haben Spaß?« Rebeccas Tonfall war Eis.

»Ja, haben wir«, antwortete Winter. Das Eis prallte an ihm ab.

Dr. Blumberg zog die Augenbrauen zusammen.

»Es tut mir leid, dass ich nun genau dasselbe zu dir sagen muss wie du gestern zu mir – obwohl, wenn ich ehrlich bin: Es tut mir nicht leid.« Wegmanns rechte Hand ruhte auf dem Schaltknüppel, als er seinen Freund ansah. »Du siehst echt scheiße aus, Tim.«

Die Ampel sprang auf Grün.

»Gerd?«

»Ja?«

»Ich hab gerade gekotzt.«

»Ich weiß. Ich hab dafür angehalten.«

Wegmann Grinsen reichte von einem Ohr zum anderen, als er den ersten Gang einlegte und losfuhr.

Taubrings Lider bildeten Schlitze in seinem aschfahlen Gesicht. Sein Bartschatten wirkte beinahe schwarz und machte den bis ans Kinn herunterreichenden, schmalen Schnurrbart zu einem blonden Fremdkörper.

»Gerd«, knurrte er. »Du bist –«

Der Hauptkommissar fiel ihm ins Wort. »Weise, mein Lieber. In dem Fall tatsächlich mal weise. Was glaubst du, warum ich vorhin nichts gegessen hab, hm?«

Sein Kollege antwortete nicht und starrte aus dem Fenster. Die Innenstadt glitt vorbei, Nieselregen zog einen Filter über Häuserfronten, Schilder, Leuchtreklame. Er wischte sich zum wiederholten Mal über den Mund.

»Hast du einen Kaugummi für mich?«

»Hast du mich je Kaugummi kauen sehen?«

Taubring brummte, griff dann nach vorn und justierte die Belüftungsschlitze im Armaturenbrett so lange, bis warme Luft in sein Gesicht blies.

»Mach mal kalt«, grollte er.

Schmunzelnd tippte Wegmann auf den entsprechenden Knopf an der Klimaautomatik. Als sein Blick das weiß-blaue Emblem im Lenkrad streifte, überzog ein Runzeln seine Stirn. Er dachte an die Tote, die immer noch unidentifiziert in der Rechtsmedizin lag. Dachte an den Fundort, den Taubring und er vor gut einer Stunde verlassen hatten.

Dass das Opfer nicht an der Haltestelle ermordet worden war, lag auf er Hand. Eine geöffnete Schlagader ...

Der Hauptkommissar schnaufte und wechselte auf die Überholspur.

Der Begriff Blutbad kam nicht von ungefähr. Und dort, einige Meter neben dem Wartehäuschen, hatte die Sauerei sich in Grenzen gehalten. Der linke Arm der Frau musste zufällig in die Position gerutscht sein, als sie abgeladen worden war. Das Szenario wirkte nicht wie eine Präsentation. Und wenn es doch eine war, dann war sie derart subtil, dass ...

Er kniff kurz die Augen zusammen, bevor er sich wieder dem Verkehr widmete.

Als er vorhin den kleinen Schnitt nahe der freiliegenden Achsel erblickt hatte, war sein Puls innerhalb von Sekundenbruchteilen in ungesunde Höhen gerast.

»Ich musste gerade an Lutz denken«, sagte Taubring leise. »Frag mich nicht, wieso.«

Wegmanns Mundwinkel zogen sich nach unten.

Weil er ebenfalls von einem Profi umgebracht wurde, antwortete er stumm. Schnell, effektiv. Wenn auch mit anderen Mitteln. Nicht einmal zwei Monate war es nun her. Der Verlust des Kollegen lastete immer noch auf dem gesamten Dezernat.

Er trat hart auf die Bremse.

Das ältere Paar, das den Zebrastreifen betreten hatte, ohne nach rechts oder links zu sehen, lächelte ihm zu. Er antwortete mit einem abwesenden Nicken.

Ein Schnitt in die Achsel.

Nicht notwendig, eine Spielerei. Ein dünnes Rinnsal Blut, kosmetisch. Ein selbstverliebtes Markenzeichen.

Und wir kennen dich, Arschloch.

Hauptkommissar Gerd Wegmann griff an seinen Kragen und lockerte die Krawatte. Die Fensterscheibe zitterte leicht, als er sie per Knopfdruck ganz nach unten gleiten ließ.

»Was hast du denn noch vor?«

»Ich muss etwas überprüfen, Rebecca.«

»Am Abend?«

»Ja, am Abend.«

Sie schlang die Arme um seinen Hals. »Und du kommst extra her, um mir das zu sagen?«

Wegmann stand an der Tür zu ihrem Apartment.

»Wie es aussieht, mache ich das.« Er grinste schief. »Es ist eine ... nicht gerade offizielle Überprüfung.«

Sie gluckste leise. »Und was erwartest du nun von mir? Dass ich dich aus der Scheiße hole, wenn's hart auf hart kommt? Als One-Woman-SEK?«

Er brummte.

»Gerd«, raunte sie.

»Was?«

»Ich bin mir nicht sicher.«

Er hob die Brauen. Seine Hände glitten auf ihre Hüften. »Wobei?«

Ihr Zeigefinger fuhr seine Schläfe entlang, strich über seine Koteletten, verharrte auf dem Winkel, der Wange in Unterkiefer übergehen ließ.

»Angulus mandibulae«, benannte sie den Knochen, den sie berührte. »Dein Kieferwinkel. Ist sehr ausgeprägt.« Sie legte den Kopf zur Seite, schmunzelte. »Ich bin verwirrt.«

Verständnislos blinzelte er sie an.

»Wir stehen an meiner Türschwelle, Gerd, es ist kalt. Ich hab, im Gegensatz zu dir, kaum etwas an. Du kommst zu mir, um mir zu sagen, dass du nicht zu mir kommen wirst. Und ich schau dich an und stelle fest, dass ich das unsägliche Gestrüpp vermisse, das gestern noch in deinem Gesicht war. Ich steh nicht auf Haare. Hab ich dir das nie gesagt?«

»Nein.«

»Eigentlich mag ich meine Männer glatt. Wo es nur geht.«

»Vergiss es.«

Sie lachte. »Ich sagte doch: Ich bin verwirrt.«

»Das fällt dir früh ein, meine Liebe.«

Sie sah ihm tief in die Augen. »Wir stehen halb im Flur, Gerd.«

»Und?«

»Das ganze Haus könnte uns hören.«

»Und?«

»Sag was Schweinisches.«

Er tat es.

Dann löste er sich von der Medizinerin und stapfte die Treppen hinunter.

Als er knapp eine Stunde darauf in einer schummrigen Bar stand, vergaß er alles, was Bartwuchs und Körperbehaarung betraf, kippte den Obstler hinunter und starrte den Theker an.

»Seit wann ist Jegor in der Stadt?«

Der Barmann präsentierte ein unschuldiges Grinsen.

Hauptkommissar Wegmann griff in sein Jackett, zog den Geldbeutel hervor und schob einen Fünfziger über den Tresen.

Die blonde Frau, die an seine Seite getreten war, lächelte. Das Rot auf ihren Lippen war verschmiert.

Wegmanns linker Mundwinkel hob sich.

»Noch mal zwei. Einen für mich, einen für sie«, sagte er zum Theker. »Und von dir: eine Antwort.«

8

Tim Taubring öffnete die Tür zum Büro und zuckte zusammen. »Uh, Gerd! Du bist schon da?«

Wegmann hob präsentierend die Hände. »In ganzer Pracht.«

Die Bäckereitüte segelte auf den Schreibtisch, die kurze Lederjacke über den Aktenschrank, dann zog Taubring den Stuhl aus der Ecke vor den Tisch seines Vorgesetzten und ließ sich nieder.

Die Begrüßung musste warten. Der Morgen war nicht gut.

»Ich hab nachgedacht, Gerd. Wenn ich's nicht besser wüsste, würde ich drauf wetten, dass er wieder im Land ist. Aber das kann nicht sein.«

Er musste nicht erwähnen, von wem er sprach. Mit gerunzelter Stirn kramte er eine Rosinenschnecke aus der Tüte hervor und ließ seinen Freund dabei nicht aus den Augen.

Wegmanns betrachtete seine linke Handinnenfläche, entdeckte einen Rest Lippenstift darauf und begann, ihn mit dem rechten Daumen zu verreiben.

»Also?«, fragte Taubring ungeduldig.

Der Hauptkommissar hob den Blick. Dunkle Ringe lagen unter seinen Augen.

»Er ist hier. Seit drei Wochen schon, um genau zu sein.«

»Was? Scheiße!« Taubring sprang auf. »Und das sagst du so ruhig?!«

»Tim«, raunte sein Freund.

»Was? Mann, Gerd! Das ist ... das ist ... das kann nicht sein!«

»Doch, kann es.« Wegmann spie den folgenden Satz aus. »Gute Führung, ha! Dass ich nicht lache! Ich hätte nicht übel Lust, an die Kackbude von gestern zu fahren und mir so viele Fritten reinzuschieben, dass ich mit dem Kotzen erst mal nicht aufhöre.«

»Woher weißt du –?«

»Setz dich.«

Taubring gehorchte.

»Jegor ist wieder da, Tim. Und das Letzte, was ich gerade gebrauchen kann, ist ein zweiter Fall. Ich werde abgeben.«

»Aber –«

»Kein Aber.« Wegmanns Blick war hart und gequält zugleich. »Kein Zusammenhang.«

Taubring brummte.

»Es geht mir nicht anders als dir.« Der Hauptkommissar stand auf, ging zum Fenster und öffnete es. »Aber letztlich haben wir nur zwei vergewaltigte Frauen. Eine mit zerschossenem Kopf. Eine mit durchschnittener Kehle.«

Nur.

Er schnaufte. Dank des schnell und routiniert abgelaufenen Einsatzes war es der Polizei gestern morgen gelungen, die Schaulustigen an der S-Bahn-Station auf Abstand zu halten. Keine Presse. Gott sei Dank keine Fotos. Lediglich die mit der gebührenden Distanz mitfühlende offizielle Stellungnahme des Präsidiums. *Ein tragischer Fund. Wir arbeiten auf Hochtouren.* Keine Details. Die beiden Mädchen, die die Tote als Erste erblickt hatten ... Jung genug, um nicht zu bemerken, dass sie eingeschüchtert wurden. Traumatisiert genug. Sie würden sich nicht brüsten. Sie würden schweigen. Und irgendwann eine Therapie brauchen.

Der Zigarettenrauch brannte in Wegmanns Hals.

»Die Autopsie kann ich erst morgen durchführen, tut mir leid.«

Rebeccas Stimme zog durch seinen Geist, untermalte den Anblick des kleinen Schnitts in der Achsel der toten Frau. Die Unterschrift des Russen, dessen Nachnamen niemand kannte.

Jegor.

Nur Jegor.

Wieder ein verdammtes Nur.

Wegmann schnippte die Kippe in den Hof. Er drehte sich um, sah seinen Kollegen an.

Tim Taubring verzog keine Miene, als er sprach. »Ich will ja nichts sagen, Gerd … Aber du trägst immer noch dieselben Klamotten, die du gestern anhattest. Und ich gehe davon aus, dass du mittlerweile bestimmt schon ein paar Sachen zum Wechseln bei Rebecca deponiert hast.«

Sein Freund antwortete nicht.

Keine zehn Minuten später kam der Anruf.

Als Hauptkommissar Gerd Wegmann und Kommissar Tim Taubring kurz darauf den Sektionssaal betraten, wurden sie von drei ernsten Gesichtern empfangen.

Dr. Rebecca Blumberg stand an der Längsseite des Stahltischs, auf der der Leichnam ruhte. Gereinigt. Pur.

»Kommt bitte her«, sagte sie ruhig.

Doch Wegmanns Beine waren schwer wie Blei, weigerten sich, auch nur einen einzigen Schritt nach vorn zu machen. Sein Puls hämmerte im Hals, während sein Blick von Rebeccas aristokratischem Halbprofil zu dem verkniffenen Mund ihrer Assistentin huschte, zurückwanderte über Rebeccas unter der Gummischürze steckender Brust, die sich eben in einem tiefen Atemzug hob. Hin zu der dritten Frau, die zu ihrer Linken stand und der Leiterin der Rechtsmedizin gerade bis zur Schulter reichte.

»Der Verdacht deiner Kollegin hat sich bestätigt, Gerd.«

Dr. Blumberg hob den Arm der Leiche an. Die Hand der Toten hing beinahe vornehm herab, so als ob sie darauf wartete, dass man einen Kuss darauf hauchte.

»Ein Einstich auf dem Handrücken«, kommentierte sie. »Butterfly. Und eine Menge Sperma.«

Gabriele Duhn sah Wegmann direkt in die Augen.

»Sekunde«, sagte er, ohne zu wissen, was er sagte. »Mein Handy klingelt.«

Dann drehte er sich um, verließ den Saal und ließ Tim Taubring mit vier Frauen allein.

»Das geht nicht, Gerd.« Taubring inhalierte tief. »Du musst das regeln!«

Wegmanns Kopf schmerzte.

Sie standen vor dem Eingang des Instituts. Nebel zog in Bodenhöhe über den vollbesetzten angrenzenden Parkplatz. In der Nähe bellte ein Hund.

Der Hauptkommissar blickte zur Tür, vergewisserte sich. Niemand da.

»Wie denn bitte schön?«, quetschte er hervor. Atem bildete eine weiße Wolke vor seinem Mund. »Ich geh ihr seit Wochen aus dem Weg. Ich wollte sie nicht in der verfluchten

Sonderkommission. Ich hab alles getan, was in meiner Macht stand.«

»Hast du nicht«, brummte sein Kollege.

»Tim! Sie ruft mich an. Sie ruft mich andauernd an!«

»Bist du mal rangegangen?«

»Nein.«

»Hättest du vielleicht tun sollen.«

»Ganz ehrlich, dass du so klugscheißend daherkommst, ist schon ein starkes Stück für jemanden, der nicht lang gefackelt hat, als es darum ging, den Schwanz in Rebecca zu versenken!«

Der junge Kommissar presste die Kiefer zusammen und sah in den Himmel.

»Tut mir leid«, murmelte Wegmann.

»Da drin liegt eine tote Frau.« Taubring blickte seinen Freund an. »Da drin liegt dein verdammter Zusammenhang.« Er trat die Zigarette aus. »Ich bin genauso überspannt wie du.«

»Ja«, sagte Gerd Wegmann.

Eine Gestalt näherte sich mit hochgezogenen Schultern und erhielt erst auf den letzten Metern ein Gesicht.

»Mann, ist das ein Mistwetter.« Flavio Garcias Hände waren tief in den Taschen seines Kurzmantels vergraben. »Gabriele hat mich angerufen. Sie ist mit der U-Bahn hergekommen und hat ihren Schirm vergessen. Ich soll sie hier abholen und zum Präsidium fahren. Was ich ehrlich gesagt gerade echt nicht verstehe, wo ich euch beide vor mir sehe.« Er grinste.

»Du musst nicht alles verstehen.« Tim erwiderte das Grinsen. »Du musst nur gut aussehen dabei.«

Garcia lachte laut. »Ist noch Zeit für eine Kippe? Ich bin nicht gern hier, das gestehe ich jetzt einfach mal. Ich hasse den Geruch.«

Gerd Wegmann warf einen kurzen Seitenblick auf Tim Taubring und war dankbar.

Dr. Rebecca Blumberg atmete tief ein.

Eine Spur Vanille. Gerade genug, um der sportlichen Herznote einen Hauch Weiblichkeit zu verleihen. Diskret glitt ihr Blick über die Frau, die neben ihr stand und konzentriert auf die Leiche hinabsah.

»Haben Sie Fragen?«, bot sie an.

»Nein.« Der Mund der durchtrainierten Polizistin wurde schmal. »Doch«, korrigierte sie sich. »Aber wir sollten warten, bis meine Kollegen wieder hier sind.«

Susanne Lonski schnaubte verächtlich. »Männer!«

»Wo steckt eigentlich Winter?«, fragte Rebecca ihre Assistentin.

»Kommt später«, erklärte Susanne. »Seine Mutter. Sie wissen schon.«

Rebecca lächelte, obwohl sie keinen Schimmer hatte, wovon die Rede war.

Fünf Minuten später blickten vier Ermittler und zwei Mediziner auf eine tote Frau hinab.

»Eine überaus scharfe Klinge«, sagte Dr. Blumberg.

Wegmann schnaubte.

Er fühlte die Wärme der beiden Körper, die ihn flankierten, überdeutlich. Drei Männer. Drei Frauen. Zwischen ihnen der Tod.

»Komm schon, Rebecca«, knurrte er. »Ihr Hals ist zerfetzt!«

Die Leiterin der Rechtsmedizin verschränkte die Arme vor der Brust.

Susanne Lonski fixierte den Hauptkommissar streng. »Würden Sie Dr. Blumberg bitte ausreden lassen? Danke.«

Die Rüge ließ Wegmanns linke Braue nach oben zucken.

»Eine überaus scharfe Klinge«, wiederholte Rebecca, bevor er etwas entgegnen konnte. »Und du hast recht, Gerd. Ihre Kehle wurde zerfetzt. Zwei Gründe sind denkbar.«

Flavio Garcia beugte sich nach vorn und musterte den zerstörten Hals der Leiche genauer.

»Eine Scharte in der Schneide?«, murmelte er und blinzelte Rebecca von unten herauf an.

Sie nickte anerkennend. »Zum Beispiel, Herr ...?«

»Garcia«, antwortete Gabriele Duhn an seiner statt. »Flavio.«

Kommissar Garcia lächelte.

Über Rebeccas Mund zog ein undeutbarer Ausdruck. »Spanier?«

»Halb«, bestätigte er.

»Sieht man.«

»Ich weiß.« Garcias Kopf sank nur ein wenig zur Seite, während er sie betrachtete. »Norditalien?«

»Meine Großmutter.«

»Sieht man.«

Gerd Wegmann warf Tim Taubring einen ungläubigen Blick zu. Gabriele Duhn lächelte zum ersten Mal an diesem Morgen.

Dr. Blumbergs Finger stoppte wenige Millimeter über dem zerrissenen Knorpel. »Eine Beschädigung der Klinge«, resümierte sie. »Ich tendiere diesbezüglich übrigens zu einem klassischen Rasiermesser. Das wäre der eine Grund. An den ich ehrlich gesagt nicht glaube. Der andere ist weniger schön.«

Sie zog die Nase hoch.

Wegmann sah sie auffordernd an. »Und zwar?«

Dr. Blumbergs Stimme war kalt. »Er hat gehackt.«

Taubring stöhnte auf.

»Dass sie nicht am Fundort getötet wurde, muss ich euch nicht sagen. Sie war barfuß. Ihre Sohlen sind sauber. Keine Spur von Schotter oder sonst etwas, das an der Haltestelle am Boden klebt. Keine Rückstände. Nichts außer einer hochwertigen Pflegecreme.«

»Bedeutet?«

»Er muss sie getragen haben, Gerd.«

Wegmann spitzte die Lippen.

Über die Schwelle.

»Sie hat schöne Füße«, sagte Dr. Rebecca Blumberg. »Und mindestens zwei Männer hatten mit ihr Verkehr, bevor sie starb. Es könnten auch drei gewesen sein, im Rektum war zu viel Blut. Einer war wohl zu üppig gebaut. Oder zu ungeduldig.«

Gabriele senkte den Kopf.

Die Leiterin der Rechtsmedizin zog die Latexhandschuhe aus. »Mehr dazu in meinem Bericht. Susanne und ich sind noch nicht fertig, und das Labor braucht eh etwas länger. Und darum«, sie lächelte ihre Assistentin an, »gehen wir jetzt erst mal frühstücken. Falls sich jemand uns anschließen will?«

»Wo hast du geparkt?« Gabriele sah Flavio an.

»Gleich vor der Tür«, antwortete er. »Wollen wir?«

Hauptkommissar Wegmann runzelte die Stirn.

Die Morgenausgabe des Express breitete sich vor ihm aus wie ein Bewirtungsbeleg.

TOD AN DER S-BAHN!
Die letzte Fahrt der unbekannten Schönen

Er lächelte. Dachte an das eine Wort, das ihn bereits gestern per SMS erreicht hatte: Check.

Nicht mehr, nicht weniger.

Er schloss die Augen. Der schäbige Club und die schäbige tanzende Frau tauchten in seinem Geist auf. Der dröhnende Bass wich Ruhe, die sein Hirn füllte. Still. Sie sollen still sein. Die Brüste der Frau, die nicht die war, um die es ging. Ihre schäbigen harten Nippel.

Nicht seine Liga.

Check.

»Solch eine Lektüre?« Ein amüsiertes Grinsen umspielte die Züge des Mannes, der an den Tisch getreten war. »Hätte ich nicht von Ihnen erwartet.«

»Volksnähe«, erwiderte er. Dann faltete er das Boulevard-Blatt mit einer geschmeidigen Bewegung und legte es zur Seite, bevor er auffordernd auf den freien Stuhl ihm gegenüber wies.

Der Mann grinste. »Volksnähe ist wichtig. Sehr wichtig.«

Die Nadelstreifen, die sich über seinen Anzug erstreckten, wiesen genau den Abstand zueinander auf, der vom Pöbel unterschied. Er nahm Platz.

»Ich habe gehört, dass Ihre Tochter vor ein paar Tagen fünf geworden ist. Meinen Glückwunsch. Aber nun ... kommen wir zum Geschäft.« Er griff zur Speisekarte. »Was können Sie empfehlen?«

Die übliche Umtriebigkeit eingeschobener Mittagsmeetings glitt durch das Restaurant. Der schon länger am Tisch sitzende Mann musste nicht nachdenken. Nippel. Schäbige Nippel.

Und ein stiller, anbetungswürdig stiller Leib. Mit all seinen Öffnungen.

»Das Rumpsteak«, sagte er. »Und medium wäre in dem Fall eine Schande.«

Sein Gegenüber sah ihn an. Lächelte. »Es geht doch nichts über rare.«

Das Handy klemmte zwischen Schulter und Wange, als Gerd Wegmann den Anruf entgegennahm.

»Leon, verdammt.«

»Du hast es vergessen«, schlussfolgerte der Psychologe.

»Ja. Nein. Ja!«

Ein leises Lachen erklang vom anderen Ende der Leitung. »Gerd ...«

»Was?« Der Hauptkommissar schlug auf das Lenkrad, als er zu schnell an einer Parklücke vorbeifuhr und der Wagen hinter ihm besitzergreifend den Blinker setzte.

»Gerd.«

»Was denn?«, schnauzte Wegmann und zeigte dem Rückspiegel den Mittelfinger.

»Fährst du etwa?«

»Ja, ich fahre.«

»Und du telefonierst dabei?«

»Ja, ich telefonierte dabei, verfickte Scheiße!«

»Es ist Donnerstag. Wie schon letzte Woche. Wir haben einen Termin.«

Leon Steinkamp blickte auf die Teekanne, die vor ihm stand. Ein sanfter Geruch nach Wildkirsche zog durch den beruhigend eingerichteten Raum. Das Stövchen war handgetöpfert.

Ein Geschenk. Eine ehemalige Patientin. Eine gerettete Ehe.

»Ich weiß, dass wir einen Termin haben«, tönte es aus dem Telefon, das Steinkamp in der Hand hielt. »Also jetzt ... weiß ich es wieder.«

»Ich bin da, Gerd. Es war und ist deine Entscheidung. Und für mich ist es mehr als nur ein Gefallen. Du kannst auch jetzt noch vorbeikommen. Du bist mein letzter Klient für heute.«

Wegmann kniff die Lippen zusammen. »Okay«, sagte er. »Gib mir zwanzig Minuten.«

»Kein Problem.«

»Können es auch vierzig sein?«

»Warum?«

»Ich bin kurz vor meiner Wohnung. Ich würde mich gern umziehen.«

»Warum?«

»Leon!«

»Warum willst du dich umziehen, Gerd?«

Hauptkommissar Gerd Wegmann blieb ihm die Antwort schuldig, als er den Wagen stoppte und zu abrupt auf den freien Parkplatz manövrierte. Vom vorderen Kotflügel her erklang ein Knirschen. Blech an Blech.

»Scheißdreck«, zischte er.

Leon Steinkamp hatte bereits aufgelegt.

»Ich pack's für heute.«

Tim Taubring griff nach seiner Jacke und wandte sich ein letztes Mal der mittlerweile mit Notizen, Fotos und Kopien fast vollständig bedeckten Wand zu. Der Fall wuchs, nahm das

Büro des Ermittlungsleiters mehr und mehr ein. Nicht gut. Er atmete laut hörbar aus.

»Wir sind ein ganzes Stück vorangekommen.« Unter Garcias Augen lagen Schatten

Taubring warf seinem Kollegen einen desillusionierten Blick zu. »Findest du?«

»Ich sehe das genauso wie Flavio«, schob Gabriele Duhn ein. »Wir wissen, dass jemand es auf …« Sie verstummte, zog den runden Ausschnitt ihres Shirts zur Seite und strich unbewusst über ihr Schlüsselbein. »Ich hab keine Ahnung, wie ich sie nennen soll.«

»Frauen«, sagte Taubring.

Garcia schnaufte und fuhr sich durchs Haar.

»Ja. Frauen«, murmelte Gabriele. »Wir sind uns alle sicher, dass der Abschlussbericht der Rechtsmedizin erneut Ketamin und das Barbiturat ausweisen wird. Wir wissen, dass diese beiden Frauen betäubt und dann von mehreren Männern vergewaltigt wurden, bevor –«

»Stopp!« Garcia hatte die Hand erhoben.

Zwei irritierte Gesichter wandten sich ihm zu.

Flavio blickte auf seine Hand, drehte den breiten Ring an seinem Zeigefinger. Die drei anderen Ringe bleiben unberührt.

»Ich sag's ungern. Aber ist euch nie der Gedanke gekommen, dass sie nicht vergewaltigt wurden?«

»Sie wurden betäubt.« Die Oberkommissarin hob das Kinn.

»Ich weiß.«

Schweigend zog Taubring seine Jacke an.

»Da gibt es keinen Zweifel!« Über Gabrieles Nasenwurzel zeigte sich eine tiefe Falte. »Ich arbeite seit sieben Jahren im

Dezernat Sexualdelikte, Flavio. Was glaubst du, was für eine Scheiße ich mir schon hab ansehen müssen!«

»Ich bestreite nicht deine Kompetenz. Hör mir einfach zu.«

Gabriele starrte ihn an. Er starrte zurück.

»Kriegen wir das hin?«, sagte er ruhig. »Hörst du zu?«

Sie verdrehte die Augen. »Ja!«

»Gut.«

Taubrings Blick glitt von einem zum anderen. Flavio, der am Tisch lehnte. Gabriele, die vor der Wand auf dem Stuhl saß. Die Nähe zwischen ihnen, die Tim neu war. Nicht gut. Schon wieder nicht gut.

»Es gibt keine Abwehrspuren«, fuhr Garcia fort.

»Mensch Flavio, sie waren betäubt!«, herrschte Gabriele ihn an. »Wie sollen sie sich denn bitte schön gewehrt haben?«

Garcia breitete die Arme aus. »Okay. Gut. Du willst nicht zuhören.«

»Du bist so ein Arsch.«

»Und du bist stur.«

»Leck mich.«

»Ich ... ähm, ich geh dann mal.« Taubring grinste vorsichtig. »Kann ich euch allein lassen?«

Auf Garcias Gesicht schob sich ein süffisantes Lächeln. »Schönen Feierabend. Was auch immer du noch vorhast.«

»Das wird nicht exotisch heute.« Tim tastete die Jackentaschen nach seinem Autoschlüssel ab. »Ich glaub, ich besauf mich einfach.«

»Na dann: Gruß an Gerd.«

Beide Männer lachten.

Gabriele Duhns Blick streifte Flavios Hüfte, wanderte dann zu dem leeren Ssessel hinter dem Schreibtisch.

Die Tür fiel hinter Taubring ins Schloss.

»Ich kann dich nach Hause fahren«, bot Kommissar Garcia an, als er an seiner Kollegin vorbei zum Kleiderständer ging und nach seinem Mantel griff. Für einen kurzen Moment hing elegantes Herrenparfüm in der Luft.

Oberkommissarin Duhn widerstand dem Impuls, die Augen zu schließen, als der Geruch in ihrem Hirn von einem anderen überlagert wurde. Aftershave. Klassisch. Herb. Wie sein Gesicht.

»Danke, Flavio, aber ich nehm den Bus.«

»Sicher?«

Nein.

»Ja.«

Leon Steinkamps Finger fuhren in sanften Kreisen über seine geschlossenen Lider. Die Kontaktlinsen brannten. Er seufzte.

Nach einer Weile erhob sich der massige Mann vom Sessel, ging zum Fenster und öffnete es weit, ließ Gerd Wegmann, Zigarettenrauch und Schuld nach draußen ziehen.

Hinaus in die Nacht.

Leons Praxis befand sich im siebten Stock. Ein urbaner Luxus mit erstaunlich günstiger Monatsmiete. Er blickte auf die Skyline, das Gesicht der Stadt, geformt durch Finanztürme. Lichter überall. Lügen darunter.

Und wir legen sie frei, dachte er. Jeder auf seine Weise. Wegmann, der im Dreck wühlt. Rebecca, die nichts anderes in Körpern tut. Und du, du findest die Scheiße in ihren Seelen.

Er schloss die Augen. Atmete tief ein. Die Nacht war klar und kalt, war so, wie man es von ihr erwartete. Januar. Ein neues Jahr. Und ein altes, auf das Leon gemeinsam mit dem Mann, der vor gut einer Stunde seine Praxis verlassen hatte, zurückgeblickt hatte.

Distanz war nicht möglich.

Nicht in diesem Fall.

»Ich habe sie getötet, Leon.«

Er senkte den Kopf.

Judiths Unschuld schob sich in sein Herz, wärmte ihn, während Minusgrade um seinen Leib strichen. Seine letzte Beziehung lag lange zurück. Zu lange. Ein liebevoller Ausdruck flog über seine Mundwinkel.

Er ließ das Fenster offen und schritt zu dem kleinen Arbeitsplatz, der links neben der Tür eingerichtet war. Ein etwas in die Jahre gekommener PC, ein bulliger Monitor, haufenweise Notizzettel. Die Akte des Falls, bei dem er für einen Rechtsanwalt als Sachverständiger tätig war. Häusliche Gewalt. Nicht ausgehend vom Mann.

Sein Handy vibrierte.

Als er den Namen auf dem Display sah, lächelte er.

»Rebecca. Lust auf einen Rotwein?«

Die Stadt summte, und der Psychologe verließ seine Praxis, tauchte auf der Straße ins nächtliche Leben ein und wurde eine halbe Stunde später von Stimmengemurmel, Jazz und einer attraktiven Frau empfangen, die bereits zwei Gläser Vorsprung hatte.

»Ich vermisse dich«, sagte Rebecca Blumberg, als ihr Daumen über Leon Steinkamps Wange strich. Ihr Blick schwamm.

Tim Taubring umfasste Cornelias Hüfte, ohne dass er es

bemerkte. Ruhig zog sein Atem am Hals seiner Frau entlang. Er träumte.

Gerd Wegmann lag im Bett und starrte die Decke an, während Leons Worte durch seinen Kopf waberten. Er fühlte zu viel, stand auf und ging zum Kühlschrank.

Gabriele Duhn schloss die Augen, verdrängte Gefühl, Wunsch, Traum. Ihre Hand glitt zwischen ihre Beine. Es dauerte nicht lang.

Flavio Garcia bestellte einen weiteren Gin Tonic. Sein Blick haftete nur kurz auf dem Muttermal an ihrer Kehle. »Heute nicht«, sagte er.

Am anderen Ende der Stadt betrachtete ein Mann seine Notizen, strich einen Namen durch und dachte an das Rasiermesser, das er in den Fluss geworfen hatte. Er lächelte.

Nicht weit davon entfernt saß ein anderer Mann hinter einem Schreibtisch, glotzte auf die Zeitung und fegte dann mit einem lauten Schrei das Telefon vom Tisch.

Kurz vor Mitternacht. Es schneite.

9

Die Luft im Besprechungszimmer war trocken und stank.

Gerd Wegmann klopfte den Stapel Papier auf dem Tisch zurecht und blickte verstimmt auf die vor ihm versammelte Sonderkommission. »Und bevor wir zum nächsten Punkt auf der Agenda kommen, möchte ich anmerken, dass wer auch immer dieses Scheißwurstbrot gegessen hat, mit dem Rülpsen aufhören oder seinen Arsch nach draußen bewegen soll.«

Einige jüngere Beamte, die weiter hinten saßen, lachten.

»Ich meine das ernst«, knurrte Wegmann.

Das Kichern verstummte.

»Dr. Blumberg, bitte.« Er stand auf, deutete auf seinen Platz und ging zur Wand, an der Taubring lehnte und ihm ein leises »Danke« ins Ohr hauchte, als er neben ihm Stellung bezog.

Die Rechtsmedizinerin trat hinter den Schreibtisch. »Gern, Herr Wegmann. Und guten Morgen Ihnen allen, möchte ich zuerst einmal anfügen.« Sie grinste und schaltete den Diaprojektor an. »Es spricht übrigens nichts dagegen, kurz die Fenster zu öffnen, während ich aufbaue.«

Eine Viertelstunde später war die Luft frisch und die Stimmung gedrückt.

»Hier unter UV-Licht.« Dr. Rebecca Blumbergs Stimme hatte jede Freundlichkeit verloren und zog nüchtern durch den Raum. Der rote Punkt des Laserpointers, den die Medizinerin in der Hand hielt, formte einen Kreis über dem nackten Leib, der auf dem Stahltisch lag. Kaum weiße Punkte, Streifen oder Schlieren. Nur ein ästhetischer Körper unter violettem Licht, auf die Leinwand projiziert.

»Wie Sie alle sehen können, gab es bei Opfer 1 kaum Blutspuren.«

Das Dia klappte zur Seite weg, ein neues Quadrat erschien und zeigte einen anderen blanken Körper. Neonlicht. Kein UV. Opfer 2. Sie war kleiner, in allem. Zierliche Hände, schmale Schultern, keck nach oben ragende Brüste, zwischen denen keine Naht zu sehen war. Das Foto musste vor der Obduktion gemacht worden sein. Ein schmaler Streifen Schamhaar, der von ihrem Schoß aus nach oben ragte und der wie der Rest ihres Leibs von Rot überzogen war, Rot, das zu einem Meer wurde und ihren Oberkörper von der zerrissenen Kehle aus überflutete.

»Vor der Säuberung.«

Rebecca spitzte die Lippen, drückte den Knopf der Fernbedienung.

Die Frau lag nun auf dem Bauch, ihr Rücken bog sich in ansehnlicher Weise und ging in ein wohlgeformtes Gesäß über. Die gespreizten, verschmierten Beine wirkten wie eine Anklage, auch wenn sie nur verdeutlichen sollten, was geschehen war.

»Ich erspare Ihnen die Nahaufnahme. Zumindest jetzt. In meinem Bericht finden Sie alle Details. Das Blut, das Sie hier sehen, stammt nicht aus ihrer Kehle. Ihr Rektum wurde hochgradig beschädigt.«

Er klickte leise, als sie erneut den Knopf betätigte.

»Das ist nun vielleicht weniger spannend, aber es untermauert das, was ich Ihnen abseits der Todesursachen bereits sagte.«

Das Dia klappte zur Seite, machte Platz für eine mikroskopische Aufnahme. Ejakulat präsentierte seine Essenz auf einem blassblauen Hintergrund und erinnerte an pinkfarbene Sojakeimlinge.

»Wie Sie auf dem gefärbten Objektträgerausstrich gut erkennen können, sind Spermienköpfe in rauen Mengen vorhanden. Da auch die Geißeln noch sichtbar sind, lässt sich der Zeitpunkt des Geschlechtsverkehrs auf zwölf bis vierundzwanzig Stunden vor der Entnahme der Probe einengen. Die seltenen Fälle, in denen Geißeln noch nach drei Tagen nachweisbar waren, können wir ausklammern. Weniger kompliziert bedeutet das: Beide Frauen hatten Verkehr, und zwar einige Stunden bevor sie ermordet worden. Keine große Überraschung, ich weiß.«

Dr. Blumberg griff in in die Tasche ihres Jacketts, zog ein Papiertaschentuch heraus und putzte sich geräuschvoll die Nase. »Entschuldigung«, nuschelte sie. »Ich bin etwas verschnupft seit gestern Abend.«

Sie verstaute das zerknüllte Tuch in der Seitentasche ihres Kostüms. Dann wandte sie sich den im Dunkeln des Zimmers lauschenden Polizisten zu, schritt über die Grenzen ihrer Zuständigkeit und drückte den Knopf auf der Fernbedienung.

Klick.

Ein Foto der im Kofferraum liegenden Leiche erhellte die Wand.

Klick.

Die zweite Leiche auf dem S-Bahn-Steig.

Missbilligend runzelte Hauptkommissar Gerd Wegmann die Stirn.

Dr. Blumbergs dunkle Silhouette wirkte makaber weiblich vor der Toten am Boden. »Sie haben die Kleidung gesehen«, sagte sie leise. »Diese Frauen waren zuhause, als ihr Mörder sie aufgesucht hat. Sie haben sich sicher gefühlt. Sie hatten Verkehr, ja. Und dabei waren sie betäubt, ja. Aber sie haben danach nicht geduscht. Beide. Bitte behalten Sie das im Hinterkopf, wenn Sie ermitteln.«

»Verdammt, Rebecca«, knurrte Wegmann.

Er fing sie im Gang ab.

»Was soll das?«, raunte er und drehte sie so, dass sie mit dem Rücken zur Wand stand.

»Was soll was, Gerd?«

»Du stellst Vermutungen an, vor der gesamten Kommission? Du erteilst verdeckte Weisungen?«

Die letzten Nachzügler verließen das Besprechungszimmer, schoben sich an dem eng beieinanderstehenden Paar vorbei. Hauptkommissar Gerd Wegmann schenkte jedem, der es sehen wollte, ein reserviertes Nicken.

»Du wilderst in meinem Revier, meine Liebe.« Seine Zähne waren zusammengepresst, seine Augen dunkelgrau, als er sie ansah. »Du untergräbst meine Autorität.«

»Es ist noch gar nicht so lange her, dass du es zu schätzen wusstest, wenn ich meine Meinung geäußert habe«, sagte sie, ebenfalls leise und lächelnd. Ihre Arme umklammerten die Tasche, in der das Dia-Rondell ruhte.

»Es ist mir egal, wenn jeder weiß, dass wir vögeln. Aber ausgerechnet heute hättest du besser vorher mit mir abgesprochen, was du –«

Er verstummte.

»Dr. Blumberg, Wegmann.«

Barbara Stolkembach senkte grüßend den Kopf und ließ den Blick langsam über die beiden Menschen gleiten, die vor ihr im Gang standen.

»Es ist schön, dass Sie mich erneut unmittelbar an Ihren Erkenntnissen teilhaben lassen, Wegmann.« Ein pressetaugliches Schmunzeln hob ihre Züge. »Ihre Kooperationsbereitschaft ehrt Sie. Wenn auch sonst nicht viel.«

»Frau Stolkembach.« Der Hauptkommissar präsentierte sein

Gebiss in einem ungeniert falschen Lächeln. »Ich bin froh, dass Sie meine Geste zu schätzen wissen.«

»Oh, das tue ich, Wegmann, das tue ich«, sagte die Staatsanwältin. »Wobei ich die abschließende Anmerkung Ihrer Partnerin«, sie nickte der Rechtsmedizinerin wohlwollend zu, »doch um einiges interessanter fand.«

Rebecca senkte den Kopf.

»Zwei tote Frauen, Wegmann.« Unverhofft wurde Barbara Stolkembachs Tonfall scharf. »Der Fall ist in den Medien angekommen. Ich muss Ihnen nicht sagen, dass die Landtagswahlen vor der Tür stehen.«

Wegmann schaute auf die hagere Herrin des Ermittlungsverfahrens herunter.

»Müssen Sie nicht.«

»Wunderbar. Dann werden Sie meine folgenden Worte kaum überraschen.« Ihre Lippen kräuselten sich, bevor ihr Blick seinen fand und festhielt. »Ich wäre Ihnen dankbar, wenn's diesmal schneller geht als üblich. Dass das für Sie kein Problem ist, weiß ich ja.«

Er entgegnete nichts.

Dr. Rebecca Blumbergs Brauen zogen sich zusammen, als die Staatsanwältin den Gang entlangschritt und um die Ecke verschwand.

»Was sollte das?«, fragte sie.

»Das sollte nichts«, sagte Wegmann. »Ich muss weiterarbeiten.«

»Was gedenkst du zu tun, Gerd? Du hast es gesehen, Mann! Die halbe Kommission ist zusammengezuckt, als Rebecca den

Schnitt an der Achsel gezeigt hat! Und du bist nicht mal darauf eingegangen!«

Tim Taubring stemmte die Hände in die Hüften. Das Schulterholster klebte an seinem Hemd. Im Büro war es viel zu warm.

Die Erkenntnisse, die am Morgen mitgeteilt werden konnten, waren in gleichem Maße dürftig wie frustrierend. Taubring dachte an die wenigen Häuser, die freie Sicht auf die S-Bahn-Haltestelle hatten. Der tote Körper, der gegen vier Uhr morgens dort abgeladen worden war, war von keinem der Anwohner bemerkt worden. Und die Kamera, die den Platz, der direkt an einer schmalen Straße lag, beobachtete ... Ein Knurren wich über die Lippen des jungen Ermittlers, als das signifikante Bildmaterial vor seinem inneren Auge erschien. Ein Wagen, der anhielt. Ein schlanker Mann, der seelenruhig ausstieg, die Beifahrertür öffnete und einen schlaffen Leib wenige Meter weit trug, um ihn dann einfach fallen zu lassen. Nicht einmal eine verdammte halbe Minute im Bild! Dunkle Kleidung, die Kapuze des Pullovers tief ins Gesicht gezogen. Und ein dunkler VW Golf, dessen Nummernschild mit einem Band überklebt war, das das Licht der Laternen reflektierte. Wie ein höhnisches Lachen.

Seit die Besprechung vor zwei Stunden beendet worden war, widmeten sich ausgewählte Teams den Recherchen und befragten erneut spärlich vorhandene Zeugen, die nichts gesehen hatten. Überprüften ein weiteres Mal Spuren, die von Dirk Haase, der eine halbe Stunde vor Dr. Blumberg gesprochen hatte, bereits bestätigt worden waren. Glotzten auf Porträts zweier toter Frauen, denen immer noch kein Name anhaftete. Die niemand vermisst gemeldet hatte.

»Das ist eine beschissene Beschäftigungstherapie«, blaffte Taubring und trat neben den Hauptkommissar.

Wegmann hockte auf der Kante seines Schreibtischs und starrte stumm aus dem Fenster, die Arme vor der Brust verschränkt. Seine Kiefermuskeln arbeiteten.

Taubring stützte sich mit der linken Hand auf der Tischplatte ab und beugte sich zu seinem Vorgesetzten herunter.

»Jegor«, sagte er leise. »Du hast herausgefunden, dass dieser Mistkerl aus dem Knast in Bulgarien raus ist, Gerd! Du hast deine Kontakte angezapft. Du, niemand sonst! Ich wüsste nicht mal, wo ich fragen sollte!«

Gerd Wegmann regte sich nicht, sah weiter nach draußen.

Große Schneeflocken wirbelten unbekümmert vor der Glasscheibe herum, weiter hinter hob ein Helikopter vom Landeplatz ab, der Pilot musste sich des wetterbedingten Risikos bewusst sein. Oder der Einsatz ist es wert, dachte Tim. Seine Nasenflügel blähten sich. Das Rattern der Rotorblätter, das zum Büro herüberdrang, wirkte unnatürlich gedämpft. Ruhiggestellt.

Wie dieser gesamte, elende Freitag.

»Herrgott, Gerd, ich rede mit dir!«

»Sie wird mich auffliegen lassen«, murmelte Wegmann.

»Bitte?«

Der Hauptkommissar kniff einen Moment die Lider zusammen. Dann sah er seinen Freund an. »Sie wird mich auffliegen lassen.«

Fassungslos hob Taubring die Hände. »Hast du mir auch nur eine Sekunde lang zugehört?«

Wegmann richtete sich auf.

»Habe ich, Tim.«

»Aha? Schön!«

Taubring blieb an Ort und Stelle, wich keinen Millimeter zur Seite, sodass Wegmann dicht vor ihm stehen bleiben musste. Runzeln überzogen die Stirn des Leiters der Ermittlungen, doch der Zug um seinen Mund zeigte nichts als Entschlossenheit.

»Ich kümmere mich drum, Tim.«

»Aha? Schön«, zischte Taubring erneut.

»Ich kümmere mich drum.« Wegmanns grauer Blick verankerte sich in Taubrings blauem. »Und zwar dann, wenn ich den Zeitpunkt für richtig erachte.«

»Manchmal bist du einfach ein überhebliches Arschloch.«

»Weiß ich. Und wenn mein Gefühl mich nicht täuscht, werde ich dich in diesem Fall mehr als einmal dazu zwingen, auch eins zu sein.«

»Was willst du mir damit sagen, Gerd?«, presste Tim Taubring hervor.

»Nichts. Ich will dich nur vorwarnen. Und jetzt lass mich durch.«

Sie ging auf die fünfzig zu und kämpfte hart dagegen an.

Flavio Garcias Blick strich unauffällig über die straffe Silhouette. Langes, braunes Haar umschmeichelte ein künstlich gebräuntes Dekolletee, die Falten zwischen den beiden nach oben gedrückten Hügeln kannten keine Gnade. Es war reizvoll.

»Da muss ich schon einen Blick auf meinen Kalender werfen«, sagte sie. »Wenn Sie so lange warten können, Herr Kommissar?«

»Natürlich.«

Mit einem mädchenhaften Schmunzeln verschwand die Frau

im Flur. Sie hatte das Apartment, das neben Adam Portulaks Wohnung lag, vor zwei Jahren gekauft.

»Du glotzt«, sagte Gabriele Duhn.

Garcia grinste. »Stört es dich?«

»Hättest du wohl gern.«

Das Klackern von Absätzen kündigte die Rückkehr der Wohnungseignerin an. Sie wedelte mit einem kleinen ledernen Notizbuch.

»So, nun stehe ich Ihnen voll und ganz zur Verfügung, Herr Kommissar.«

Aber sicher tust du das, dachte Oberkommissarin Duhn. Schön, dass ich nicht existiere. Sie unterdrückte ein Schnaufen.

»Frau Müller-Anstätt«, begann Flavio. Dann hob er das Kinn, wartete einen bewusst dosierten Moment, bevor er lächelte. »Eigentlich wollen wir nur wissen, ob Sie zu dem besagten Zeitpunkt etwas Ungewöhnliches bemerkt haben. Oder irgendwann vorher. Sie ... oder Ihr Mann.«

Die Antwort kam schnell. »Ich bin nicht verheiratet. Nicht mehr.«

Garcia zuckte die Schultern und ließ ein verständnisvolles Nicken folgen. »Tja. So kann's gehen.«

Gabriele verdrehte die Augen und wollte gerade einen Kommentar einschieben, als das Vibrieren ihres Handys sie davon abhielt. Sie zog das Mobiltelefon aus der Hosentasche, erblickte den Namen des Absenders der SMS und versteifte sich.

»Ich geh schon mal zum Wagen«, murmelte sie. »Du kommst hier ja allein klar.«

Garcia blickte ihr mit ernster Miene hinterher, als sie die Treppen hinabschritt.

»Wollen Sie nicht reinkommen, Herr Kommissar? So zwischen Tür und Angel lässt es sich schlecht reden.«

»Ich wäre Ihnen dankbar, wenn's diesmal schneller geht als üblich. Dass das für Sie kein Problem ist, weiß ich ja.«

Die Worte der Staatsanwältin hallten durch ihren Kopf, während Dr. Rebecca Blumberg auf die dunkel angeschwollene Zunge blickte, die aus dem Mund des jungen Mannes herausragte.

»Hang zum Drama«, sagte Mark Winter abwertend. »Mal ehrlich, wer hängt sich heutzutage noch auf?« Er war bereits in Zivil und cremte sich die Hände ein.

»Ein Romantiker«, kommentierte Susanne Lonski trocken.

Rebecca hob die Brauen.

»Ein Romantiker würde sich erschießen.« Winter musterte das ausdruckslose, tote Gesicht.

»Und eine Riesenschweinerei hinterlassen?« Die junge Medizinerin schnaubte. »Also bitte!«

»Hemingway, meine Gute.«

»Hemingway war kein Romantiker. Er war Schriftsteller.« Susanne lachte leise, während sie die Bauchhöhle einer alten Frau öffnete. Fettgewebe wölbte sich willig nach außen.

»Du sprichst Schriftstellern die Romantik ab?« Winter zog seine Jacke an.

»Wenn sie gehen wollen, wollen sie gehen«, sagte Dr. Blumberg ruhig. Sie griff nach der Packung, die Latexhandschuhe in ihrer Größe enthielt.

»Durchaus«, entgegnete ihr Assistent. Eine ungewohnte Härte lag in seiner Stimme. »Aber sie müssten es nicht immer.«

»So wahr«, sagte Susanne.

»Schönes Wochenende allerseits, wir sehen uns am Montag!«

Mit einem gequälten Quietschen schloss sich die Tür hinter Mark Winter.

»Ach fuck!«

Kommissar Flavio Garcia schlug auf das Lenkrad.

»Ich weiß, dass hier ein Blitzer steht, ich weiß es! Scheiße!«

Gabriele Duhn hörte nicht zu. Sie fühlte sich fiebrig. Der Text der SMS waberte durch ihr Hirn.

Ich muss dich sehen. 17 Uhr bei dir. Okay?

»Weißt du, was die Tante eben zu mir gesagt hat? Das glaubst du nicht!« Garcia lachte abgehackt, während er auf den linken Fahrstreifen wechselte.

Dann redete er weiter, redete, redete, seine wohltemperierte Stimme wurde ein Teppich aus Worten in Gabrieles Wahrnehmung und ihre Gedanken glitten zurück in den Dezember, hin zu jenem Abend. Ihre Finger umschlossen den Sicherheitsgurt, ihr Unterleib antwortete und Gerd Wegmann wurde omnipräsent. Sie schloss die Augen.

Seine dunkle Stimme, heiser an ihrem Ohr.

»Ich hab keine Kondome dabei.«

Ihre Hand, die sich weiter in seine Hose schob. Und ihre Antwort, ihre dumme, dumme Antwort, als sie sein pumpendes Glied umfasste. Sein Daumen an ihrer Klitoris, ihre Hände, die ungenau und verwirrt das Hemd öffneten, über seinen Bauch hoch zu seiner Brust strichen, ihren Mund bedeckten, als das geschah, was sie nicht hatte zulassen wollen, und sein Name über ihre Lippen glitt. Der kurze, delikate Schmerz, als er in sie eindrang. Die Stöße,

sein Keuchen, seine Hände, die ihre Hüften packten und besitz-
ergreifend anhoben. Sie sah nur sein Kinn, verbissen nach vorn
gereckt, als seine Bewegungen schneller wurden. Der unterdrückte
Laut, mit dem er sich ergoss. Die Wärme in ihrem Innern.

Das ausdruckslose Gesicht des Arztes, als er das Rezept ausstell-
te. Die Krämpfe. Das Warten.

»Was sagt man dazu?« Flavio Garcia lachte.

Gabriele öffnete die Augen.

»Fährst du mich bitte heim?«, fragte sie und sah aus dem
Fenster.

Garcia stutzte nur kurz. »Klar.«

Er setzte den Blinker und lenkte den Wagen auf die Abbie-
gespur.

Die Dämmerung hing schwer über der Stadt. Um 17:17 Uhr
würde die Sonne untergehen.

Die Fernbedienung befand sich noch genau an der Stelle, wo
er sie vor vier Tagen deponiert hatte. Er spürte einen Stich in
der Brust.

Langsam glitt sein Finger über die Rückenlehne der Ledercouch. Über das matt glänzende Stahl des Esstischs. Über so
viele Oberflächen, die er besser kannte als seine eigene Haut.

Er hatte sich der Hoffnung hingegeben.

Hatte erwartet, eine neue Tasse auf dem Couchtisch vorzu-
finden. Einen erkalteten Rest Tee darin, wie üblich, sie trank
Oolong, immer und immer wieder. Manchmal auch Pfefferminze. Wenn sie erkältet war. Wenn er sich beherrschen
musste und die zerknüllten Papiertaschentücher auf dem
Boden liegen ließ, während sie schlief. So perfekt sie war, so

schlampig konnte sie sein. Wie oft hatte er sie schon richtig zudecken müssen?

Weil er auf sie achtgab.

Weil er für sie da war.

Sein Blick verharrte auf der bauchigen blauen Tasse, die auf dem Tisch stand. Steingut, ein Aufdruck. *Du bist die Beste.*

Der kleine Teller daneben.

Die in zwei Teile zerschnittene Brotscheibe.

Seit vier Tagen.

Weil er für sie da war.

Die Wohnungstür knarrte, als Hauptkommissar Gerd Wegmann sie öffnete. Zischend atmete er ein, lauschte. Kein laufender Fernseher. Keine Musik.

00:39 Uhr. Im Apartment war es still.

Vorsichtig schloss er die Tür, sagte leise Rebeccas Namen und erhielt keine Antwort. Er zog seinen Mantel aus und ging ins Wohnzimmer.

Schwarzer Schimmel bedeckte die Butter beinahe zärtlich und der Stich in seiner Brust wurde tief.

Weil er für sie da war.

Weil er versagt hatte!

Wo war sie?

Er verließ die Wohnung, die immer noch im Dunkeln lag, und rang um jeden Atemzug, als er die Treppen hinuntereilte. Leise. Schnell. Ein verschwiegener Schatten, der übersehen wurde.

Diskretion war wichtig.

Als er die Haustür hinter sich schloss, umfing ihn Schneegestöber. Er schlug den Kragen seiner Jacke hoch und blinzelte in das sanft orange getönte Licht der Laternen. Auf der anderen Straßenseite ließ eine junge Frau ihren Bullterrier an den Stamm einer Linde urinieren. Ihr Blick wandte sich ihm zu, sie hob entschuldigend die Schultern und lächelte.

Er erwiderte das Lächeln.

Nett sein war wichtig.

Es machte unauffällig.

Dann ließ eine Böe die Zeitung an seinen rechten Unterschenkel klatschen. Er runzelte missbilligend die Stirn, als er das Blatt erkannte. Er las diesen Dreck nicht. Er hatte Stil.

Wie sie.

Der Dreck lachte ihm unverfroren ins Gesicht.

Und er erblickte das vergrößerte, grobkörnige Foto auf der Titelseite. Geschossen von irgendjemandem, der am Unfallort gewesen sein musste und dem Geld wichtiger als Anstand war. Das Foto, das einen Unterschenkel zeigte. In einem Kofferraum. Die feingliedrige Kette, die die Fessel umspannte. Gold. Gold vor perfekt getönter, glattrasierter Haut.

WER KENNT DIE UNBEKANNTE TOTE?
Auch wenn die ermittelnde Behörde bislang keinen Wert
darauf legt, sich an die Öffentlichkeit zu wenden, haben
unsere Recherchen ergeben ...

Die Schlagzeile legte sich um seine Kehle und drückte zu.

Gerd Wegmann saß noch fast eine Stunde lang im Wohnzimmer. Erst dann war er so weit, dass er ins Schlafzimmer gehen konnte. Er entledigte sich seiner Kleidung, schlüpfte unter die Bettdecke und zog die schlafende Frau sanft an sich.

Rebecca brummte leise und drückte ihren Hintern in seinen Schoß.

10

Das Klingeln plärrte durchs Zimmer und zerschnitt die Morgenidylle mit Marschtönen.

»Gerd«, murmelte Dr. Blumberg schläfrig.

Der Mann neben ihr reagierte nicht.

Ihr Arm klatschte träge auf seinen Bauch.

»Gerd!«

»Was?«, stöhnte Wegmann.

»Das ist dein Handy.«

»Nein.«

»Doch. Jetzt geh schon ran!«

»Das ist nicht mein Handy.«

»Kein Mensch außer dir hat so einen bescheuerten Klingelton.«

Die Antwort bestand aus einem kehligen Grunzen.

»Und warum hast du eigentlich keine Unterwäsche an?«

»Hab ich wohl.«

»Hast du nicht. Ich spür's doch.«

Fünf Minuten später war Hauptkommissar Gerd Wegmann so gut wie angezogen.

»Es ist Samstagmorgen«, sagte Dr. Rebecca Blumberg. Ein leicht beleidigter Ton hing unter der Feststellung. »Wann krieg ich endlich mal wieder ein Wochenende mit dir?«

»Stell keine Fragen.«

Die noch im Bett liegende Medizinerin warf dem hochgewachsenen drahtigen Ermittler, der mitten im Schlafzimmer stand und umständlich die Enden seiner Krawatte übereinanderführte, einen amüsierten Blick zu. »Du solltest öfter Zivil tragen. Pullis. Shirts. Und anderes waghalsiges Zeug.«

»Rebecca.« Er griff nach seinem Jackett. »Wie oft hatten wir das Thema schon?«

»Es steht dir. Du weißt es. Ich weiß es. Und du würdest mal mit deiner Routine brechen. Ich schlaf weiter.«

Sie drehte sich um, zupfte die Bettdecke zurecht. Dann atmete sie zufrieden aus.

Gerd Wegmann betrachtete ihre blanken Schultern.

Er war groß, dünn und hatte diese seltsame Stimme. Dickflüssig. Kann eine Stimme dickflüssig wirken?

Kommissar Tim Taubring kniff die Augen zusammen und musterte sein Gegenüber.

»Und Sie bestehen immer noch darauf?«, fragte er gedehnt.

So angenehm der gestrige Abend sich auch gestaltet hatte, so unangenehm war der Morgen danach ausgefallen. Gegen halb fünf hatte Anna aus unerfindlichen Gründen angefangen zu schreien, Cornelias Laune war innerhalb von Millisekunden ins Unterirdische gerauscht, und Tim hatte in den folgenden zwei Stunden nicht anderes getan, als zu versuchen, zwischen einjähriger und 34-jähriger Frau zu vermitteln. Als Diplomat wärst du ein Totalausfall, dachte er, als eine Parade der Beschimpfungen durch seinen Kopf zog, mit denen seine Gattin ihn bedacht hatte. Es hatte mit dem üblichen »Hätte ich doch nur nie die Beine für dich breit gemacht!« geendet.

Tauring seufzte und unterdrückte ein Gähnen.

Der Mann, der nun schon seit einer halben Stunde im Eingangsbereich des Präsidiums stand, lachte empört auf.

»Sie haben mich gerade angegähnt! Natürlich bestehe ich darauf!«

»Herr Jansen«, sagte Gabriele Duhn ruhig. »Ihre Bitte ist ungewöhnlich.« Sie lächelte unterkühlt. »Für einen Bürger, so besorgt er auch sein mag«, fügte sie hinzu und ließ ihre Hand scheinbar unbewusst über das Holster an ihrer Hüfte gleiten.

Als sie erkannte, dass sein Blick ihrer Bewegung folgte und seine Stirn sich runzelte, wurde ihr Tonfall auf geschmeidige Weise bestimmend. »Und da Sie offensichtlich nicht bereit sind, uns Details zu verraten, Herr Jansen, weiß ich ehrlich gesagt nicht, ob wir uns wirklich die Mühe machen sollen, den Leiter der Ermittlungen herzubestellen. Es ist Samstag, und er hat dienstfrei.«

Jansens Blick haftete immer noch auf dem Griff der SIG Sauer.

»Schlimm genug«, brummte er.

»Wenn das, was Sie mitzuteilen haben, wirklich so sehr brennt – mein Kollege und ich helfen Ihnen gern weiter.«

Der große dünne Mann löste seinen Blick von der Dienstwaffe. Zorn glomm in seinen wässrig blauen Augen.

»Ich werde nur mit dem Leiter der Ermittlungen reden!

Und glauben Sie mir eins: Das, was ich zu sagen habe, wird ihn interessieren!«

»Gut. Ganz wie Sie wollen. Dann nehmen Sie bitte dort hinten Platz.« Gabriele deutete auf die Stuhlreihe, die vor der Fensterfront stand.

»Es kann allerdings ein bisschen dauern, bis Herr Wegmann hier eintreffen wird.«

»Leon! Hab ich dich geweckt?«

Gerd Wegmann drehte am Knopf des Autoradios herum. Ein Kauderwelsch aus Nachrichten, Kultur und seichtem Pop füllte das Wageninnere. Seit geschlagenen zwölf Minuten hatte sich der Ford nicht einen Zentimeter bewegt.

»Ja«, knurrte der Psychologe. »Hast du.«

»Sorry!«

»Hör auf zu lügen, Gerd.«

Wegmann lachte. »Rebecca hat mir erzählt, dass du eine Freundin hast.« Er gab sich keine Mühe, seine Schadenfreude zu verbergen.

Steinkamps Kommentar bestand aus einem missbilligenden Grunzen. »Bist du schon wieder im Auto und telefonierst?«

»Ja, aber ich fahre nicht. Leider!«

Unfall auf dem Alleenring. Stau in der Innenstadt. Wegmanns Blick kletterte über das Dach der Limousine vor ihm. Etwa fünfzig Meter weiter vorn flackerte Blaulicht durch den Morgen.

»Judith, richtig?«, sagte er und klemmte das Handy zwischen Wange und Schulter fest.

Dann beugte er sich nach unten und zog die Kassetten, die

in dem kleinen Fach der Mittelkonsole steckten, eine nach der anderen heraus, um ihre Beschriftung zu beäugen.

»Richtig«, brummte Leon Steinkamp, während besagte Frau sich enger an seine ausladende Brust schmiegte.

»Judith, von der Rebecca denkt, dass sie sie nicht leiden kann?«

Leon stöhnte. »Gerd, was willst du?«

»Also gut, dann auf die harte Tour.«

Der Psychologe verdrehte die Augen.

»Ich werde dich brauchen, Leon«, flüsterte Wegmann. Keine Fröhlichkeit mehr. »Bald.«

»Ich weiß.«

»Es wird unschön.«

»Ist es jemals anders?«

Der Hauptkommissar legte auf.

Schlaftrunken hob Judith den Kopf. Locken umspielten ihr Haupt wie ungezogene Kinder.

»Jetzt bin ich wach«, sagte sie.

Leon lächelte.

Gabriele Duhn runzelte die Stirn, als sie dem Mann hinterhersah. »Mein Gott, wie er geht ... An dem Kerl ist alles schief.«

Tim Taubring schüttelte sich. »Seine Stimme macht mich fertig. Ich fühle mich, als hätte mich jemand überall ganz dick eingecremt.«

Seine Kollegin lachte leise.

Jansen, der auf den Leiter der Ermittlungen warten wollte, nahm auf einem der dunklen Schalenstühle Platz und griff nach der PR-geprüften Hochglanzbroschüre, die Wartende über die bemerkenswerten Erfolge und Bestrebungen der Landespolizei informierte.

»Er trägt einen Ehering«, murmelte sie.

»Und?«

»Ich weiß nicht. Es wundert mich.«

Taubring hob die Brauen.

Gabriele sah zu ihm auf. »An dir wundert es mich nicht.«

Der jüngere Ermittler atmete prustend aus. »Mich manchmal schon.«

Sie schmunzelte und rammte ihm freundschaftlich den Ellbogen in die Seite.

»Au!« Taubring schmunzelte ebenfalls. »Du protzt mit deiner Dienstwaffe? Das hätte ich eher Flavio gegeben als dir.«

»Du kennst mich nicht, Tim.«

»Scheinbar nicht.«

Ihr Miene wurde ernst. »Hast du Gerd erreicht?«

»Ja.«

»Also wird er bald hier sein?«

Tim konnte nicht verhindern, dass sich seine Lippen gequält verzogen. »Es kann etwas dauern.«

»Aber seine Wohnung ist ganz in der Nähe ...«, begann Gabriele.

Taubring schwieg.

»Okay. Er war nicht in seiner Wohnung.« Die Schultern der kleinen Beamtin sanken herab. Sie atmete tief durch. Dann kletterte ihr Blick langsam Tims Brust hinauf, streifte ein schwarzes Hemd und einen dunkelgrünen Anzug, mied sein Gesicht, strich über kurze, verstrubbelte Haare und fand schließlich doch seine Augen.

»Du weißt es?«

»Kaffee?« Seine Stimme war sanft.

»Kaffee.«

Hauptkommissar Gerd Wegmann fühlte seinen Körper nicht mehr, als die Wohnungstür nach innen aufschwang.

»Hat gepasst«, kommentierte die junge Beamtin, die den Schlüssel ins Schloss gesteckt hatte.

Das Rauschen seines Bluts brandete an Wegmanns Schläfen und er erblickte einen Flur, hell, klar, freundlich. Geschmackvoll. Dezent. Teuer. Attribute schossen durch seinen Geist, eins nach dem anderen, plusterten sich auf wie ein werbender Pfau.

Dreißig Minuten.

Nicht einmal eine lächerliche halbe Stunde war es her, dass der lächerliche Mann mit der lächerlichen Stimme im Konferenzzimmer 2 das Unmögliche offenbart hatte.

Konferenzzimmer 2.

Nicht intern genutzt, ein kleiner Raum, der Öffentlichkeit vorbehalten.

Christof Jansen hatte geschwitzt, sobald der Hauptkommissar ihm gegenüber Platz genommen hatte.

»Also schön. Sie wollen mit mir reden. Hier bin ich.« Wegmanns unrasiertes Antlitz wirkte wie ein gelangweilter schroffer Fels.

Jansen sagte nichts. Stattdessen griff er in seine Hosentasche, kramte umständlich und legte dann einen Schlüssel auf den Tisch.

»Miriam.«

Der Leiter der Ermittlungen neigte fragend den Kopf.

Jansen starrte auf das Diktiergerät, das inaktiv auf der Mitte des Tisches ruhte.

»Miriam Santos.«

»Ist wer?«

Jansen sah auf.

»Ihre Tote.«

Und dann war noch viel mehr aus dem Mund des Mannes geflossen. So viel mehr, verachtenswert und dabei doch so wertvoll, dass Wegmanns Galle immer noch nicht wusste, ob sie überproduzieren sollte oder nicht.

Er wollte den ersten Schritt nicht machen. Steif stand er da, im zweiten Stock eines Treppenhauses, das soeben den Zugang zum einem beendeten Leben freigegeben hatte.

»Meine Tote?«

Jansen blickte ihm direkt in die Augen.

»Kofferraum«, sagte er nur. Dann zogen sich seine Mundwinkel gramerfüllt nach unten.

Wegmanns Sichtfeld wurde zum Tunnel, alles um ihn herum verschwamm. Zurück blieb ein handelsüblicher Sicherheitsschlüssel und ein überdeutlicher Pulsschlag direkt unter dem Ohr.

Jansens Zeigefinger berührte den silbernen Schlüsselbart zaghaft und zog sich direkt wieder zurück.

»Gutsherrenstraße. 48.«

Kein Name über der Klingel. Wie schon bei Adam Portulak. Ein neutrales Echo der vergangenen, lähmenden Tage. Wegmann glotzte auf den weißen Kippschalter, auf dem eine kleine Glocke abgebildet war, und fragte sich, was für ein Ton im Innern der Wohnung wohl erklingen würde, wenn man den Schalter betätigte, sicher kein Marsch, etwas Feminines, er streckte den Finger aus.

»Was machst du da?«, zischte Taubring in sein Ohr.

Sein Freund erstarrte, schloss die Augen.

»Jetzt komm schon rein, Gerd. Ich brauch dich da drin.«

»Ich hab's Ihnen doch gesagt, Herr Wegmann! Ehrlicher kann ich nicht sein. Sie ist meine Frau! Ich gebe auf sie acht!« Jansens Finger wurden zu einem wabernden Knäuel auf der Tischplatte. »Sie ist beruflich stark eingebunden. Viel unterwegs.«

Flavio Garcia, der vor wenigen Minuten das Konferenzzimmer betreten hatte, konnte sich nicht länger zurückhalten.

»Wir haben gerade Ihre Personalien überprüft!«, schnauzte er. »Was labern Sie da für einen Mist, Mann!«

Gabriele legte die Hand auf seinen Arm und schüttelte den Kopf, während sie versuchte, Tim Taubrings lautes Atmen neben sich zu ignorieren.

Der Flur führte in ein großzügig geschnittenes Wohnzimmer. Tönerne Figuren zeigten den jungen Buddha, standen vor dem Fenster, sorgfältig nach Größe arrangiert. Eine Glastür führte auf den Balkon, der von kleinen Buchsbäumen gesäumt wurde. Der Blick in den Hof war luxuriös, die Jalousien leicht nach oben gebogen. Niemand konnte hineinsehen. Wegmanns Blick wanderte über die milden Gesichtszüge der Statuen, deren linke Hände synchron im jeweiligen Schoß ruhten. Ihrem Schoß. Er dachte an den hellgrauen Yoga-Anzug, den die Tote im Kofferraum getragen hatte, ihren nackten Leib auf dem Stahltisch. Die Bruchstücke ihres Schädels. Das Panzerband. Das Sperma. Das Lächeln Buddhas schmerzte.

»Bargeld«, sagte Dirk Haase, der aus einem der hinteren Räume ins Wohnzimmer getreten war. »Eine verdammte Menge. Wollt ihr es sehen, bevor ich es wegpacken lasse?«

Hauptkommissar Wegmann zeigte keine Regung, als er den Mann auf der anderen Seite des Tischs ansprach.

»Herr Jansen.« Seine Stimme war ruhig, obwohl alles in seinem

Kopf schrie. »Sie bleiben also dabei, dass Sie einen Schlüssel zu Miriam Santos' Wohnung besitzen, weil sie ihn Ihnen gegeben hat? Weil Sie nach dem Rechten schauen sollten? Blumen gießen, was weiß ich?«

»Viel mehr! Ich muss auf sie achtgeben!«

»Das sagten Sie bereits.« Wegmann beugte sich vor. »Herr Jansen, ich hab keinen Nerv mehr für Ihre Spielchen.«

Sein Gegenüber blinzelte irritiert.

»Hören Sie endlich auf, mir Scheiße zu erzählen«, sagte der Hauptkommissar. Ein angewiderter Ausdruck flog über seine Züge. »Sie war nicht Ihre Frau! Ihre Frau heißt Stefanie. Und die weiß wahrscheinlich nicht mal, was für einem kranken Scheißhobby Sie nachgehen!«

Jansens Kinnlade klappte nach unten.

»Scheißhobby?«, flüsterte er. Dann erhielt seine Stimme eine Kraft, mit der keiner gerechnet hatte. »Scheißhobby?«, schrie er. »Miriam ist meine Frau!« Seine Augen glitzerten ungesund.

»Blödsinn!«, brüllte Wegmann.

»Sie ist genauso meine Frau«, Jansens Finger zuckte nach oben und wies auf Gabriele, »wie sie Ihre ist!«

Lähmung breitete sich im Konferenzzimmer aus.

»Was denn?«, plärrte Jansen. »Ich bin doch nicht blind!«

Wegmann atmete flach, ignorierte das aufziehende Dunkel in seinen Augenwinkeln.

»Falls Sie Oberkommissarin Duhn meinen«, sagte er leise. »Sie ist nicht meine Frau.«

Jansens Gesicht verzog sich einen Moment lang zu einer skeptischen Grimasse. Dann hob er wissend die Brauen, sah den Leiter der Ermittlungen an und grinste wie ein Teenager.

»Und Sie verurteilen mich?«

Dirk Haase deutete in Richtung des halb verzehrten Brots auf dem Couchtisch. »Die Ausbreitung des Schimmelbefalls passt auf den ersten Blick. Das Labor wird's genauer wissen.« Er zog die Latexhandschuhe aus. »Schade, dass die Leiche, die hier liegen könnte, schon im Kühlfach steckt. Ich hätte deine Freundin gern wiedergesehen. Davon abgesehen, dass sie echt heiß ist, gibt mir ihre Expertise Sicherheit.«

»Sie schläft noch«, sagte Wegmann.

Die Dämmerung nahm den Parkplatz ein.

Hauptkommissar Gerd Wegmann lehnte an der Motorhaube seines Fords und rauchte. Seine Wohnung, Guidos Bar, die Vielzahl der bekannten Zufluchten, die Vergessen und Ruhe boten – alles erschien falsch.

»Und Sie verurteilen mich?«

Jansens Lachen, dieses elende klebrige Lachen.

Gabriele hatte den Konferenzraum kommentarlos verlassen, Garcia seitdem kein Wort mehr mit dem Leiter der Ermittlungen gewechselt. Und Taubring ... Taubring war geblieben.

Wegmann betrachtete die Glut, die zwischen seinem Zeige- und Mittelfinger schwebte. Das Gehäuse der Uhr, die auf sein Handgelenk hinabgerutscht war. Kurz glitten seine Gedanken in die Wohnung zurück, den Nachmittag. Das Foto der ersten toten Frau, das in seinem Büro an der Wand hing und unter das er am Montag endlich einen Namen würde schreiben können.

Miriam Santos.

Miriam.

Sie.

Und ein Spanner.

Nein, ein Stalker. Ein Eindringling, der sich nicht damit zufrieden gab, vor dem Fenster zu verweilen, die Hand im Schritt.

Es war tiefer.

Alles war tiefer dieses Mal.

Er dachte an Ellen, wie so oft in den letzten Tagen. Ellen, die seine emotionale Enthaltsamkeit aufgebrochen und ihn weit geöffnet hatte. Die Frau, die er geliebt hatte, wenn auch nur wenige Wochen lang. Die Frau, die so viele Männer gerichtet und schließlich durch ihn ihr Leben beendet hatte.

Die Frau vor Rebecca.

»Ich habe sie getötet.«

Leon Steinkamps mitfühlendes Gesicht erschien vor ihm, alle Relativierungen wurden weggewischt, ersetzt durch eine Parkplatzwüste, die von niedrigen Pollern durchzogen endlos erschien. Endlos und frei.

Warum er ausgerechnet zu dem verwaist daliegenden Messegelände gefahren war, wusste Wegmann nicht. Die *Paperworld* war seit wenigen Tagen vorüber, die Buchmesse lag fast ein halbes Jahr zurück. Alle Geschichten waren erzählt.

Ellen.

»*Du hast sie nicht getötet. Du hast nicht abgedrückt.*«

»*Es war meine Waffe, Leon!*«

»*Und es war ihre Entscheidung, Gerd. Sie hat abgedrückt.*«

Ellen war in seinen Armen gestorben. Ihr Blut ein weicher Regen auf der Straße. Sie hatte gelächelt, während ihre Augen brachen und er schrie.

Und dann ... Rebecca.

Zweifel, Vertrauen, Erkenntnis. Erfüllung. Liebe. Und sein Schwanz in einer anderen Frau.

Seit zwei Stunden hatte Hauptkommissar Gerd Wegmann keinen einzigen Blick auf sein Handy geworfen. Er schnippte die Kippe in den Schnee, der die Fläche nur spärlich bedeckte.

Er wollte keinen Trost. Er wollte beichten.

Und er hoffte auf Absolution.

Flavio Garcia zog das Becken der Blondine nach oben und drang bis zum Anschlag in sie ein. Sie beschwerte sich mit einem leisen Geräusch.

Er ignorierte es.

»Conny«, sagte Tim Taubring. »Soll ich mich nicht umziehen?«

»Musst du nicht«, antwortete sie. »Du bist perfekt. Ich will tanzen.« Sie griff ihren Mann am Ellbogen und schob ihn in den Flur.

»Wir sind in zwei Stunden wieder da«, rief sie in Richtung des Wohnzimmers.

Die Babysitterin kniff die Lippen zusammen.

Gabriele Duhn wählte zum fünften Mal die Nummer.

Flavio nahm nicht ab.

Gerd Wegmann stand vor der Tür von Rebeccas Apartment und steckte den Schlüssel, den er in der Hand hielt, nicht ins Schloss.

Er atmete tief durch.

Dann klingelte er.

Der Mann hinter dem Schreibtisch stand auf und hob langsam das Glas an die Lippen. Erlesener Gin mischte sich mit
ebenso exklusivem Tonic Water und er lächelte, als er seine
Wurzeln verleugnete und zum Fenster schritt. Er hasste Wodka.

Sein Blick glitt über die Lichter der Stadt.

Wochenende. Hoffnung und Begierde lagen brach. Unten
auf den Straßen, in den Clubs, den Bars, den Kaschemmen,
den Wohnungen. In seiner Hand. Rausch, Vergessen, ein
schneller Fick. Ein zu junges Loch, die eine Dosis, die das Herz
lahmlegte, den Schlauch um den Arm, während ein letztes
Lächeln den Schuss golden machte.

Er trank. Dann wanderte sein Blick zum Schreibtisch zurück. Die Telefonanlage war neu, vor ein paar Tagen erst aus-
getauscht, nachdem er die alte zur Seite gefegt hatte.

Dunkelheit hüllte den Raum in seidene Diskretion, lediglich
erhellt von dem Lichtkegel, den die Lampe auf einige wenige
Unterlagen warf.

Die Frau, die vor dem Tisch stand, brach ihr Schweigen.

»Es könnte ein Problem sein.«

»Es ist ein Problem«, sagte er und leerte das Glas. Kalte Augen trafen ihren Blick. »Er ... ist ein Problem.«

Sie hob die Brauen, wechselte das Thema. »Wir erwarten
heute eine Lieferung. Soll ich mich darum kümmern?«

»Die Kroaten?«

»Ja.«

Er stellte das Glas auf dem Tisch ab. »Ich mache es selbst.«

»Sicher?« Ein leichtes Lächeln hob ihren dunkel geschminkten Mund.

»Ja. Ich hab schon lange keine Knochen mehr gebrochen.«

Die Finger der Nacht drangen tief ins Apartment. Im Wohnzimmer brannte nur ein Licht und überzog die beiden Menschen auf der Couch mit einem milden Schein.

»Jetzt sag doch was!«

Wegmanns Antlitz war zu einem Flehen verzogen.

Rebecca schwieg.

»Bitte«, flüsterte er.

Sie griff nach dem Päckchen, das er vor einer halben Stunde auf dem Couchtisch abgelegt hatte, öffnete es und entnahm eine Zigarette. Mit langsamen Bewegungen führte sie sie zum Mund. Das Feuerzeug klickte und erhellte das ebenmäßige Gesicht der Medizinerin.

Sie rauchte. Schwieg. Sah ihn an.

Minuten vergingen. Keine Silbe, kein einziges Geräusch. Nur ihr ruhiges Ausatmen, wenn der Rauch über ihre Lippen glitt.

Dann streckte sie die Hand aus, spreizte die Finger und ließ die Zigarette in das Glas Rotwein fallen, das vor Wegmann stand. Es zischte.

Er presste die Kiefer zusammen.

Dr. Rebecca Blumberg stand auf und verließ ihr Apartment.

Der Tag verging. Irgendwie.

Erst am Abend fühlte Gerd Wegmann sich dazu fähig, seine Wohnung zu verlassen, um die Tankstelle aufzusuchen. Zigaretten, Schnaps. Sonntag. Scheißegal. Er hatte seit gestern Morgen nichts gegessen, sein Magen bettelte und er bemerkte es nicht. Wie in Watte gepackt strich er durch die Straßen, wusste nicht, ob er sie verloren hatte, widerstand dem Bedürfnis, sie anzurufen, betrat den kleinen Laden, kaufte, was er glaubte zu brauchen, kehrte zurück in die Stille seiner vierzig Quadratmeter und ließ sich aufs Bett fallen, ohne die Flasche auch nur geöffnet zu haben.

Er schlief ein.

Der Tag verging. Irgendwie.

Dann kam die Nacht.

Als der Schlüssel sich im Schloss drehte, schreckte Wegmann hoch. Sein Herz hämmerte gegen seinen Brustkorb, doch sein Verstand analysierte sofort. Es gab nur eine Person, die die Wohnungstür öffnen konnte, ohne sie aufzuhebeln oder einzutreten. Das Licht im Flur ging an, und der Umriss der schlanken Gestalt, die kurz darauf im Türrahmen stand, gab ihm recht.

»Ich ...«, begann er.

Wortlos betrat Dr. Blumberg das Schlafzimmer.

Er stöhnte, kniff die Lider zusammen, öffnete sie direkt wieder. Versuchte mehr zu erkennen als das Wenige, das das

Licht preisgab, das vom Flur ins Schlafzimmer drang. Ein dunkles Kostüm, sie hatte nicht einmal ihr Jackett ausgezogen. Eine cremefarbene Bluse, die offen stand. Die Körbchen des schwarzen BHs waren nach unten gezogen, gaben ihre Brüste frei. Immer wieder erblickte er eine wundervoll rosa schimmernde Brustwarze. Wie ein Versprechen, das aufblitzte und unmittelbar darauf vom Jackett bedeckt wurde, sich ihm entzog, während sie an ihm arbeitete. Kurz fanden seine Finger eine weiche Wölbung, umfassten sie und glitten suchend höher, bevor die Frau, die auf ihm saß, seine Hand zur Seite drängte und ihn erneut aufstöhnen ließ. Ihr harter Griff an seinem Glied, hoch und runter, viel zu fest und doch erregend, der Schmerz, seine protestierende Vorhaut und das Blitzen in ihren Augen. Ihre gebleckten Zähne, als sie ihren Slip zur Seite zerrte, ihn in sich gleiten ließ und zu reiten begann. Ihre linke Hand, die seine Schulter berührte, seinen Kiefer fasste und seinen Kopf nach hinten drückte, während die rechte seinen Hals umschloss. »Wer bin ich?«

Seine Finger, die blind ihre Seiten entlangstrichen, ihre Hüften fanden, während er ihren Rhythmus begleitete und langsam keine Luft mehr bekam.

Ihr Gesicht. Ganz nah nun. Ihre Stimme war rau und schneidend zugleich.

»Wer bin ich!«

Lust fand ihr Zentrum, würde erhöht von Atemnot und wabernden Wellen, die sein Sichtfeld überschwemmten. Nichts war mehr steuerbar, ihm wurde schwarz vor Augen, ganz kurz nur, während sein Samen in sie schoss, seine Lungen zu bersten schienen und alles in ihm implodierte, um dann sein ganzes Selbst zu fluten.

»Rebecca!«

Er wusste nicht, ob er schrie.

Sein Hemd wurde zur Seite geschoben, Finger fuhren durch sein von Schweiß durchzogenes Brusthaar. Er war nicht in der Lage zu lächeln, versuchte es dennoch, wollte etwas sagen, irgendetwas, das –

Die Ohrfeige traf ihn hart.

Dr. Blumberg erhob sich, rückte ihr Kostüm zurecht und ließ ihn keuchend auf dem Bett zurück.

Als kalte Luft von irgendwoher ins Schlafzimmer drang und über seine entblößte Brust strich, stöhnte er auf, immer noch von dem Zuviel getrieben, das sie in ihm ausgelöst hatte.

Er konnte die Augen nicht öffnen. Atmete nur.

Die Wohnungstür fiel leise ins Schloss und Hauptkommissar Gerd Wegmann war wieder allein.

12

»Wenn ich dich so ansehe, trau ich mich nicht, guten Morgen zu sagen.« Tim Taubring grinste.

Gerd Wegmanns Miene präsentierte sich größtmöglich humorfrei.

»Höflichkeit ist eh überbewertet.« Umständlich schälte Tim sich aus der lammfellgefütterten Wildlederjacke, verharrte, hob dann den Finger, wie um sich selbst an etwas zu erinnern, und hängte das schwere Ding an die Garderobe. »Keine Angst, Gerd, ich halte mich mit dem Smalltalk kurz, aber ich muss einfach loswerden, dass es verflucht kalt ist heute.«

Er zog den Stuhl vor den Schreibtisch.

»Und wenn ich von deiner Laune ausgehe, nehme ich an, dass dir eher nicht nach einem kleinen, ungesund schnell reingedrückten Frühstück ist?«

Ein Wedeln mit der Bäckereitüte folgte.

»Doch.«

»Bist du dir sicher?«

»Laber nicht, gib her!«

Mit einem schmalen Lächeln reichte Tim Taubring seinen Einkauf dem Mann, der hinter dem Schreibtisch saß.

»Gerd?«

»Was?« Gut ein Drittel einer Nussecke verschwand in Wegmanns Mund.

»Du siehst ja oft scheiße aus. Aber heute siehst du so richtig scheiße aus.«

Es gab nur wenige Menschen, die derart angefressen dreinschauen konnten, während sie kauten. Gerd Wegmann war einer davon.

»Kein gutes Wochenende?«

Sein Vorgesetzter kaute überdeutlich weiter.

»Okay, kein gutes Wochenende.« Tim spitzte die Lippen.

Was willst du von mir hören?, dachte Wegmann. Dass ich einen Spitzenorgasmus hatte und mir nicht einmal sicher bin, ob ich mit der Frau, die ihn mir beschert hat, noch zusammen bin oder nicht?

Er ließ die halbe Nussecke zurück in die Tüte fallen.

»Tim«, nuschelte er, dann wischte er sich über den Mund. »Ich weiß, dass du nicht aufhören wirst zu bohren, deswegen fasse ich zusammen: Ich hab es Rebecca gesagt. Wie sie reagiert hat, kannst du dir denken. Und dass sie mir eine geschallert hat, ist nur ein Detail von vielen. Ich will nicht darüber reden.«

Taubring nickte.

Dann flog ein irritierter Ausdruck über sein Gesicht. »Ich hab irgendwie gerade total Bock auf 'ne Limo.«

»Gelb oder weiß?«

»Gelb!«

»Bah, nee. Geht gar nicht.«

»Der von Ihnen gewünschte Teilnehmer ist zur Zeit nicht –«

Hauptkommissar Gerd Wegmann legte das Handy zur Seite, als sein Kollege das Büro mit dem angekündigten Kaltgetränk betrat.

Tim schloss die Tür mit dem Fuß. »Lass uns erst mal Ordnung schaffen.«

Er deutete mit dem Kopf auf die neu hinzugekommenen Berichte auf Wegmanns Schreibtisch. »Dieser kranke Spinner hat uns am Samstag massiv nach vorn geschubst, und ich will den Überblick nicht verlieren.«

Wegmann lächelte, zog die Anzughose, die zu tief auf seine Hüften gerutscht war, nach oben. Dann wurde seine Miene ernst. Er schritt zur Wand, den gezückten Marker in der Hand, strich *Unbekannt* durch und schrieb einen Namen unter das Antlitz der ersten toten Frau.

Taubring betrachtete die Fotos von Miriam Santos' Apartment, während er an der kleinen grünen Flasche nippte.

»Die Wohnung ist seltsam.«

»Seltsam?« Über Wegmanns Stirn zogen sich skeptische Furchen. »Geht das auch deutlicher?«

»Ich weiß nicht. Was hat Jansen noch mal über sie gesagt? Sie sei beruflich viel unterwegs?«

Wegmann schnaubte ungehalten. »Ich glaube nicht, dass wir viel auf das wirre Geschwätz von Perversen geben sollten.«

Taubring ließ unschlüssig den Kopf von rechts nach links wackeln.

»Komm schon, Tim! Er hat die ganze Zeit über behauptet, dass sie seine Frau ist!«

»Ja, und er hat auch direkt gemerkt, dass zwischen dir und Gabriele was läuft«, sagte der junge Kommissar. Es klang wertfrei. Und doch war es der Grund für all das, was am Wochenende passiert war.

Wegmann brummte.

»Gehen wir einfach mal von einer Traumwelt aus«, fuhr Taubring fort. »Einer Idealvorstellung, die er seiner Angebeteten übergestülpt hat. Eine Geschäftsfrau, meinetwegen. Und weil sie oft über einen längeren Zeitraum nicht zuhause war, redete er von viel unterwegs.«

Wegmann umfasste sein Kinn. »Möglich. Oder er wollte einfach nicht wahrhaben, dass sie neben ihm noch ein anderes Leben hatte.«

»Gerd. Sie wurde nicht mal als vermisst gemeldet. Bis heute nicht.«

Schweigend blickten beide auf das Foto, das der Hauptkommissar vor einigen Minuten neben dem Leichenporträt an die Wand gepinnt hatte. Miriam Santos. Lebend. Eine schöne Frau. 28 Jahre alt. Sie warf dem Fotografen einen Kuss zu. Wer auch immer er war.

»38.000 Euro. Kleine Scheine. Nicht markiert oder irgendwo

gelistet.« Wegmann rümpfte die Nase. »Ich hab nicht mal 200 in bar bei mir daheim.«

»Was sagen ihre Kontobewegungen?«

»Gabriele ist dran.«

Taubring nickte. »Und Flavio?«

»Hat eine andere Order.«

»Soso. Er redet also wieder mit dir.«

»Er muss.« Der Hauptkommissar grinste schief.

»Wo steckt er?«

»Ich hab ihn aufs Einwohnermeldeamt geschickt. Mit Telefonieren kommst du da nicht weit.«

»Du bist grausam.«

Tim Taubrings Kinn ruhte auf seinen verschränkten Händen. Seine Lider waren schwer wie Blei.

»Mit deiner Heizung stimmt was nicht, Gerd.«

»Mit meinem Leben stimmt was nicht, Tim.«

»Ruf die Haustechnik an. Es ist viel zu warm hier drin. Ich schwitze und ich werde mir garantiert nicht dein Deo ausleihen.«

Wortlos drehte Wegmann den Stuhl zur Seite, streckte sich so weit es ging und musste sich dann doch ein Stück nach oben hieven, um den Fenstergriff zu erreichen. Kaum stand das Fenster offen, ließ er sich schwerfällig auf seinen Platz zurückplumpsen.

»Du gehst dem Problem nur aus dem Weg.« Taubring bemühte sich um eine gerade Sitzposition, hob erst die rechte, dann die linke Schulter und drehte den Kopf. Irgendwo in seiner Wirbelsäule knackte es.

»Kommt dir wirklich nichts daran komisch vor?«

»Tim«, brummte Wegmann. »Fummel sind dein Ding, nicht meins.«

Sein Kollege kratzte sich am Arm und lachte. »Arsch.«

Dann griff er nach dem Foto, das zuoberst auf dem Schreibtisch lag. Es zeigte einen die ganze Wand einnehmenden Kleiderschrank. Die linke der drei Schwebetüren war zur Seite geschoben.

»Irgendwas ist seltsam.«

»Das hatten wir doch schon, Tim!«

»Ja, ich weiß. Aber ... Ich werd das Gefühl einfach nicht los! Die Kleider. So viele Kleider. Schuhe, Stiefel. Der ganze Schmuck. Es stimmt was nicht damit.« Zwei senkrechte Falten erschienen zwischen Taubrings Augenbrauen. An seinem Hinterkopf stand eine breite Haarsträhne nach oben.

Schmunzelnd betrachtete Wegmann seinen Freund. »Sollen wir was essen gehen? Es ist schon nach eins.«

Tim reagierte nicht so auf den Vorschlag, wie er es erwartet hatte. Keine jungenhafte Begeisterung. Kein breites Grinsen. Taubring blickte ihn mit ernster Miene an. Als er sprach, war sein Tonfall scharf.

»Was ist mit Jegor?«

Wegmann verzog den Mund.

»Du weißt, für wen er arbeitet, Gerd.«

»Für wen er gearbeitet hat!« Der Hauptkommissar stand auf, packte unwirsch eine der Mappen, öffnete sie, entnahm einen Ausdruck und knallte ihn auf den Tisch.

»Und sie«, er deutete auf das Foto von Miriam Santos, das an der Wand hing, »wurde nicht von Jegor getötet! Sondern von ihm!« Sein Zeigefinger stach auf Adam Portulaks Antlitz ein, das dem Abschlussbericht der KTU beigelegen hatte. Führerschein. Klasse B.

»Sie nicht, ja«, stieß Tim hervor. »Und was ist mit der anderen? Hm? Muss ich wirklich den Finger heben und auf sie zeigen? Auf den Screenshot des Überwachungsvideos, auf dem er sie auf den Bordstein fallen lässt wie einen Sack Müll? Auf die Nahaufnahme der Obduktion, die ihren aufgespreizten Arsch zeigt?«

Wegmann kniff die Lippen zusammen. »Tim, du vergisst das Wesentliche.«

»Ach ja? Na dann klär mich auf!«

»Das, was sie verbindet.«

»Ich bin ganz Ohr!«

»Sex. Mit vier Männern. Mit zwei Männern.« Wegmann runzelte die Stirn, als Rebeccas Stimme sich zwischen seine Gedanken schob. »*Es könnten auch drei gewesen sein, im Rektum war zu viel Blut.*« Eigentlich hätte der Bericht des Labors längst da sein müssen.

»Das Barbiturat, das Ketamin«, sagte er. »Die Kanüle.«

»Ja, verdammt, ich weiß! Und sie haben beide nicht geduscht! Das weiß ich auch! Rebecca hat es deutlich genug betont und dich damit vor der versammelten Kommission blamiert. Und weißt du was? Das ist mir gerade echt scheißegal! Sie wurden beide ermordet. Kurz nachdem sie Sex hatten. Von zwei beschissenen Profis! Von denen einer tot ist. Und der andere mit dem Schnitt in ihrer Achsel sein verfluchtes Markenzeichen hinterlassen hat! Jegor spuckt dir ins Gesicht, Gerd!«

»Tim«, sagte Wegmann gefährlich leise.

»Er fühlt sich sicher! Und ich muss dir nicht sagen, warum!«

»Tim!«

»Du weißt verdammt genau, was letztes Mal passiert ist, als wir uns zu nah an Dubrov rangewagt haben«, schrie Taubring.

»Scheiße ja, das weiß ich!«

Die beiden Kriminalbeamten starrten sich an.

Nikolaj Dubrov. Ein Schauer lief über Tim Taubrings Genick und fand ein pochendes Echo zwischen seinen Schulterblättern. Die Erinnerung schoss durch seinen Kopf, ob er wollte oder nicht. Fotos, die ihn in mehr als kompromittierender Pose zeigten. Das Video, das ihn agierend und stöhnend präsentierte. Eine, zwei, drei Gespielinnen. Das, was Gerd währenddessen mit zwei anderen Frauen getan hatte, ohne sich daran erinnern zu können. Der Aidstest. Sie hatten nie mehr ein Wort darüber verloren. Tim dachte an Cornelia, seinen Ruf, seinen verdammten Ruf, der ohnehin nur Schein war.

Die Erpressung war damals nur aus der Welt geschafft worden, weil sein Freund bereit gewesen war, Grenzen zu überschreiten. Viel weiter, als er, Tim, es je gewagt hätte.

Und dabei waren sie nicht einmal an den Russen herangekommen, der wie eine Krake unter der Stadt schlummerte. Dubrov hatte lediglich einen seiner Handlanger geopfert. Ohne zu zögern. War galant zur Seite gewichen und zu einem genüsslichen Grinsen geworden, das sich über Drogenhandel, Prostitution, Geldwäsche, Schutzgeld, Verschiebereien jedweder Art legte. Nicht zu belangen. Wie jedes verdammte Mal davor.

Kommissar Tim Taubring musste nicht nachsehen, um zu wissen, dass sich Schweißflecke auf seinem Hemd gebildet hatten.

»Das könnte unsere Chance sein«, sagte er knapp.

»Und genau deswegen will ich es nicht versauen.« Wegmann trat nah an ihn heran. »Verstehst du jetzt?«

»Ja«, zischte der junge Ermittler.

»Fein«, knurrte sein Vorgesetzter. »Und jetzt lass uns essen gehen.«

»Was?«

»Indisch oder italienisch. Entscheide dich.«

»Indisch. Es soll brennen.«

Wegmanns linker Mundwinkel hob sich.

Flavio Garcia flirtete halbherzig mit einer Verwaltungsfachangestellten, die ihre Mittagspause seinetwegen sausen ließ, als Gabriele Duhn auf dem Parkplatz vor der Sparkasse stand, an die sanften Augen des Filialleiters dachte und ihr Notizbuch in der Jacke verstaute.

Dann nahm sie Kurs auf die Eisdiele, die dem Winter in der City schon seit Jahren trotzte, und rammte kurz darauf eine Plastikgabel in eine Banane, die von Schokoladensoße und Eierlikör überzogen war.

Zur gleichen Zeit lächelte Dr. Blumberg den Mann an, der vor ihr stand. Falten tanzten um seinen Mund.

»Prof. Dr. Jungfleisch«, stellte er sich vor. »Machen Sie bitte keine Witze.«

»Werde ich nicht.«

»Ich habe viel von Ihnen gehört. Wie es aussieht, haben wir beide eine Schwäche für den Einfluss von Amphetamin-

Derivaten auf die Aktivierung intrazellulärer apoptotischer Signalwege.«

»Warum so förmlich?« Sie streckte die Hand aus. »Ich bin Rebecca.«

»Thomas.«

Das Waschmittel rutschte aus seiner Umarmung und knallte mit der Kante auf den Boden. Weiße Krümel und der Geruch nach künstlichem Sommer breiteten sich schlagartig über dem Linoleum aus.

Wegmann grunzte, bückte sich und hob den Karton auf.

Sommer, so billig, dachte er. Du bist so billig.

Er schloss die Tür und sperrte ab.

Sie hatte keinen seiner Anrufe angenommen.

Hättest du denn?

Fick dich, antwortete er seinem Hirn und ging ins Bad. Kompakte sechs Quadratmeter, keine Badewanne, aber ein Waschbecken, eine Dusche, ein verdammtes Klo. Und eine Waschmaschine, die das Sitzen auf der Schüssel zu einem sehr beengten Erlebnis machte.

Fick dich! Dies war die City.

Und sein Wohnzimmer war groß genug.

Er stellte das Waschpulver auf der Maschine ab, drehte sich zum Becken, öffnet den Hahn, spritzte eine Ladung Wasser über seine Wangen und blickte trotzig in den Spiegel.

Zurück starrte ein erschöpfter Mann. Tropfen perlten über Bartstoppeln.

»Und ich schau dich an und stelle fest, dass ich das unsägliche Gestrüpp vermisse, das gestern noch in deinem Gesicht war.«

Hauptkommissar Gerd Wegmann schob den Unterkiefer vor. Dann ging er in die Küche, öffnete den Kühlschrank, das Gefrierfach. Zog eine Pizza hervor. Salami. Standard. Schälte sie aus der Verpackung und legte sie auf die Anrichte. Stellte den Herd auf 220 Grad. Umluft war Luxus.

Als er ins Wohnzimmer schritt, schaltete er den Fernseher an. Die letzten Sätze des Wetterberichts erklangen. Frost in der Nacht. Aber hier und jetzt war es warm genug.

Er öffnete sein Hemd.

Nikolaj Dubrov betrachtete das verzerrte Gesicht des Mannes, der vor ihm kniete.

»Unverschnitten ist dir schon ein Begriff?«

Zwei Tage und er war weich wie Brot. Gutes, weiches Brot. Ein verächtliches Grinsen zog über Dubrovs Miene.

»Šupčina!«, presste der Mann hervor. Vier seiner Schneidezähne fehlten. Blut spann Fäden zwischen den Kratern in seinem Mund.

»Du hast recht«, sagte der Russe. »Das bin ich. Das Riesenarschloch, das dir das Knie zertrümmern wird.«

Der Hammer raste nach unten.

Dubrov lächelte. Der Schrei des Kroaten drang in den Nachthimmel.

13

»Ist Ihnen nicht kalt?«

»Doch.« Flavio Garcia seufzte übertrieben und blickte auf die Tasse, die er in der Hand hielt. Schlichtes weißes Porzellan. Dampf stieg auf und verlor sich im Dunkel des aufkommenden Dienstags.

»Ich würd Sie ja glatt reinbitten, wenn Sie verstehen ...« Die Augenbrauen der Kioskbesitzerin zuckten ein paarmal eindeutig in die Höhe. Gleichzeitig breitete sich ein verschmitztes Lächeln auf ihrem Gesicht aus, als sie den Mann, der als einziger Gast an einem der vier Stehtische vor dem kleinen Laden in der Kälte ausharrte, erneut einer Musterung unterzog. Es war halb sieben.

Garcia lachte.

Die Frau, deren Alter irgendwo zwischen Ende fünfzig und Mitte siebzig liegen musste und schwer zu schätzen war, griff unter den Tresen. »Wenn ich mal zwanzig Jahre jünger wär ...«

Kurz darauf hatte sie einen Lappen in der Hand und begann, die Ablage akribisch damit abzureiben.

»Zwanzig? Ich bitte Sie!« Garcia trank einen Schluck Kaffee, bevor er mit der Tasse in ihre Richtung wies. »Höchstens zehn!«

»Machen Sie nur so weiter.« Sie zwinkerte ihm zu, während sie wischte. »Wenn Sie wüssten, was ich in meinem Leben schon so alles vernascht hab ... Sie hätten Angst vor mir, mein Junge.«

Oder du vor mir, dachte Garcia.

Er trank einen weiteren Schluck.

Das Lächeln auf seinem Gesicht wurde schwer. Er rieb sich

über die Augen, ließ dann den Blick auf die Zeitung fallen, die neben Unterteller, Blechlöffel und Aschenbecher lag. Einmal FAZ, einmal Kaffee, drei Euro. Schnörkellos, kein falscher Smalltalk. Kein Geschiss. Die vielen Kioske der Stadt. Die beste Wahl, um den Kopf mit Nichts und Nachrichten zu füllen. Wer hier redete, wählte Worte bewusst.

Seit mittlerweile drei Jahren folgte Kommissar Flavio Garcia seinem Morgenritual, verließ seine Wohnung geduscht, frisiert, rasiert, parfümiert, perfekt, um sich dem prüfenden Blick der Stadt zu stellen. Ins Auto zu steigen, sich eine kurze Zeit lang treiben zu lassen und dann, irgendwo an einem neuen Platz, einem anderen Kiosk, einen Kaffee zu trinken. Zu rauchen, die Zeitung zu lesen. Bevor er sich auf den Weg ins Präsidium machte. Drei Euro, plus/minus. Kein Geschiss. Es erdete ihn. Selbst dann, wenn er bei Starkregen unter wackligen Markisen stand, den Mantelkragen hochgeschlagen, und zitterte.

Er zog die Brauen zusammen.

Columbia.

Das Unglück des Space Shuttles füllte immer noch die Titelseiten. Eine Stellungnahme der Angehörigen. Etwas kleiner weiter unten befand sich ein Bericht über den Bombenanschlag auf das Hauptquartier der Polizei in Jakarta, der gestern ein Gebäude und zwei Autos beschädigt hatte. Kein Personenschaden.

Indonesien. Du solltest mehr reisen, dachte Garcia und zündete sich eine Zigarette an. Vielleicht nicht nach Jakarta.

Seine Erinnerung glitt zurück zum vergangenen Samstag.

Dem darauffolgenden Morgen.

Wieder zum Abend.

Der austauschbaren Blondine. Dem Morgen, der eine Erkenntnis gebracht hatte, die schmerzte. Dem Abend, der nichts anderes getan hatte. Der austauschbaren Blondine, die ihn vom Club nach Hause begleitet hatte und sich nach wenigen Minuten in seinem Bett unter ihm versteift hatte.

Es geschehen ließ. Ihn geschehen ließ.

Sein Mund füllte sich mit einem bitteren Geschmack.

»Soll ich nachschenken, mein Junge? Geht aufs Haus.«

»Danke.«

Kein Geschiss. Etwas ließ ihn nicht los.

Der Geruch ...

Gerd Wegmann grunzte, drehte sich auf den Rücken und breitete die Arme aus. Eine kurze Zeit lang blieb er regungslos auf dem Bett liegen. Die Lider geschlossen, der Herzschlag langsam. Keine Notwendigkeit, etwas an der Situation zu ändern. Alles war gut, so wie es war. Er hatte den Wecker weitergestellt, zwanzig Minuten waren locker noch drin.

Der Geruch?

Er öffnete die Augen.

Dann runzelte er die Stirn, rollte zur Seite und setzte sich auf.

Gähnend verließ er das Schlafzimmer, tappte ins Bad, urinierte, wusch sich die Finger und überließ sein Gesicht weiterhin dem Schlaf.

Im Flur blieb er stehen, änderte seine Meinung, schlurfte in die kleine Küche und griff nach der frisch aufgebrühten Tasse Milchkaffee, die im Ausgabebereich der Maschine stand.

Als er wieder im Flur stand und sein Blick ins Wohnzimmer wanderte, war er innerhalb von Sekunden hellwach.

»Rebecca«, murmelte er verdutzt.

Sie saß auf der Couch. Das Handtuch war zu einem Turm auf ihrem Kopf geworden, das schäbige Grün des Morgenmantels erhielt einen Hauch Eleganz, als die Medizinerin sich nach vorn beugte und Lotion auf ihr Schienbein auftrug.

»Guten Morgen, Gerd. Wie ich sehe, hast du den Kaffee gefunden, den ich für dich gemacht hab, während ich unter der Dusche war.«

»Äh«, sagte Wegmann.

Flavio Garcia blickte auf die Werbung, die das Heck des Busses zierte.

Eine junge Frau lächelte für die Handwerkskammer in die Kamera und hielt einen Tischlerwinkel in der Hand, als wäre er eine 9 Millimeter. Sie war zu stark geschminkt. *Mach deinen Meister!*, forderte die Headline auf.

Die Ampel sprang auf Grün. Als wolle er Schwung holen, senkte sich der Bus und spuckte eine Abgaswolke aus, bevor er losfuhr.

Flavio legte den ersten Gang ein.

500 Meter weiter hielt er am Bürgersteig an und schaltete die Warnblinkanlage ein.

Schein, alles nur Schein.

Er griff in sein Jackett und zog das Handy heraus, ging die eingespeicherten Nummern durch, wollte eben die gesuchte anwählen und verharrte mit dem Finger über den Tasten.

Nicht Gabriele.

Nicht heute.

Heute musste es ein anderer kühler Verstand sein.

Kommissar Garcia überlegte kurz, spitzte dann die Lippen und wählte eine Nummer, die er auswendig kannte.

Wegmann stand im Wohnzimmer, die Haut noch feucht vom Duschen.

»Rebecca –«

Sie stoppte seinen Satz mit einem kurzen Kuss.

»Ich muss los«, sagte sie.

»Schon?«

Er fasste sie um die Taille und zog sie an sich. Seit gut einer Stunde hinterfragte er nichts, zweifelte nicht, war einfach nur erleichtert.

Dr. Blumberg schmunzelte. »Das ist irgendwie witzig.«

»Ich bin nackt und du nennst mich witzig?«

»Du bist nackt und ich bin angezogen. Ich trage Business und du drückst mir deinen halbharten Schwanz an die Hüfte, obwohl ich zur Arbeit muss.«

»Und das ist ... witzig?« Verstimmt hob er die linke Augenbraue.

»Ja, schon. Es ist wie ein schlechter Porno. Den ausnahmsweise mal eine Frau gedreht hat.«

»Und so was aus deinem Mund.«

»Vergiss es.«

»Was soll ich vergessen?«

»Auf diese Steilvorlage werde ich nicht eingehen, Gerd.«

»Schade.«

»Tja. Und jetzt behalt deinen Penis bei dir und lass mich los.«

»Jedes Mal, wenn du Penis sagst, bekomme ich Angst.«

»Merkt man.«

Lachend schüttelte er den Kopf. »Sehen wir uns zur Mittagspause?«

»Nein.«

Rebecca griff nach ihrer Handtasche und ging.

Gabriele Duhn betrachtete den Bericht der KTU und dachte an Jansens klebrige Stimme. Seine Empörung. Diese absolute Überzeugung im langen Gesicht des Stalkers, als er von *seiner Frau* gesprochen hatte.

Sie atmete tief ein und sah aus dem Fenster. Es war noch dunkel.

Seit die Oberkommissarin die Tür zu Wegmanns Büro geöffnet und den Raum wie erwartet verlassen vorgefunden hatte, erhellte nur die Schreibtischlampe die Fakten.

In Miriam Santos' Wohnung waren keine Kampfspuren gefunden worden. Keine offensichtlichen. Wenn man jedoch nach Raum für einen aufschlagenden Körper suchte, der betäubt von Äther zu Boden glitt ...

Es musste im Essbereich passiert sein. Sicher war nichts, aber die Prozentzahl vor der Vermutung reichte aus. Und das einzelne lange, brünette Haar an der Kante des Esstischs und die bemerkenswert dezenten Einbruchsspuren an der Haustür hätten durchaus vor Gericht bestehen können, wenn eine Verhandlung infrage gekommen wäre. Wenn der Täter nicht ohnehin schon gerichtet worden wäre. Durch einen besoffenen Abiturienten und simple Physik.

Gabriele spitzte die Lippen.

Ein Hauch Blut am Haar. Ein Foto des Tisches, an dem vier hochlehnige Stühle standen. Leder. Dunkelbraun. Die

Tischplatte bestand aus kreisförmig abgeflextem Stahl. Dort musste Adam Portulak, der verbrannte Killer, sein Opfer überwältigt haben. Getötet hatte er sie woanders. Wo, blieb sein Geheimnis.

So, wie du seins hättest sein können ...

Ihr Blick glitt über den leeren Sessel hinter Wegmanns Schreibtisch.

In der Wohnung existierten kaum Spuren, die auf ein Gewaltverbrechen hindeuteten. Was es allerdings gab, waren Spermaspuren. Nahezu überall. Jeder Raum, selbst der Flur, war voll davon. Und der Abgleich sprach eine eindeutige Sprache.

Christof Jansen hatte *seine Frau* vielleicht nicht in persona, aber stellvertretend ihr Apartment penetriert. Und das eifrig.

Gabriele betrachtete ihre rechte Hand.

Jansens Händedruck war unerwartet fest gewesen.

Ekel erfasste sie.

Sie verließ das Büro. Die Toiletten befanden sich eine Etage tiefer. Oberkommissarin Gabriele Duhn wusch sie die Hände beinahe zehn Minuten lang.

»Jemand von der Kripo möchte Sie sprechen«, sagte Mark Winter.

Am Türrahmen wirkte sein Kopf irritierend klein.

»Soll ich ihn abwimmeln?«, bot er an.

»Warum?«

Dr. Rebecca Blumberg sah von den histologischen Berichten auf, die zur Sichtung auf dem großen, patriarchalisch wirkenden Schreibtisch lagen.

»Dass es nicht Gerd ist, wissen wir beide.«

Winter lächelte.

Als Tim Taubring die Tür öffnete, war er so sehr in die Unterlagen vertieft, die er in der Hand hielt, dass er den ungewohnten Anblick nicht registrierte: Nicht einer, sondern zwei Ermittler saßen im Büro seines Vorgesetzten hinter dem Schreibtisch.

»Ich habe keine Ahnung, warum Flavio den Meldebescheid gestern bei Dani im Foyer abgegeben hat, anstatt ihn gleich hierherzubringen«, murmelte er. Dann hob er den Blick. »Und Dani ...«

Er hatte sich beeindruckend schnell wieder im Griff.

»... übrigens auch nicht, Gerd«, beendete er seinen Satz, während er die Tür schloss. »Hallo, Gabriele.«

Schmunzelnd erhob sich die Oberkommissarin vom Besucherstuhl. Dann drückte sie die Ellbogen so weit es ging nach hinten, schloss die Augen und sog die Luft ein. Die Bluse spannte.

»Hab irgendwie blöd gelegen letzte Nacht.« Sie grunzte leise.

Wegmann sah seinen Freund mit ausdrucksloser Miene an.

Gabrieles Lider blieben geschlossen. »Gerd«, sagte sie. »Ich weiß, dass er es weiß. Du musst nicht schauspielern. Kannst du eh nicht.«

Tim Taubring konnte sich nicht daran erinnern, dass der Besucherstuhl jemals irgendwo anders als in der Ecke oder vor dem Schreibtisch gestanden hatte.

Eine Lesebrille?

Er hob überrascht die Brauen, als er den ebenso antiquiert wie nobel eingerichteten Raum betrat. Mahagoni vertäfelte die rechte Wand, fand sich in dem wuchtigen Schreibtisch wieder, hinter dem eine halbhohe Fensterfront die im Dunst des Vormittags liegende Stadt zeigte. Der helle Teppich wies keinerlei Verschmutzungen auf, das Sideboard trug die Sechzigerjahre mit Stolz. Bis hierhin war er nie vorgedrungen.

Dr. Rebecca Blumberg nahm die Brille ab.

»Hallo, Spanien«, sagte sie.

Er lächelte.

»Hallo, Italien.«

»Nehmen Sie doch Platz.« Die Leiterin der Rechtsmedizin deutete auf den schweren Ledersessel, der in der Ecke stand.

Kommissar Garcia zog seinen Mantel aus. »Ich danke Ihnen.«

»Dafür, dass ich Sie sitzen lasse?« Sie schmunzelte.

Er sah sie an. »Dafür, dass Sie mir zuhören.«

»Das ist ... scheiße!«

»Perfekt formuliert.« Gabriele verdrehte die Augen.

»Nenn mir ein besseres Wort, nur eins!«

»Okay, Gerd, es ist scheiße.«

»Geht doch«, säuselte er.

»Es ist scheiße und eben auch nicht«, sagte Tim Taubring.

Ein Girokonto. Gebührenfrei, unspektakulär. Verdächtig unspektakulär.

Miriam Santos' Kontobewegungen waren schlicht nicht existent. Niemand zahlte ein, niemand außer ihr selbst. Was nach jedem Monatsersten folgte, waren Abbuchungen, die sich in keiner Weise von denen unterschieden, die millionenfach in Deutschland getätigt wurden. Miete, Krankenkasse, Versicherungen, Kabelfernsehen, Telefon. Kein Einkauf, kein Discounter, kein Drogeriemarkt, kein Chichi gleich welcher Art. Alle Anschaffungen mussten bar getätigt worden sein. Die EC-Karte war nie eingesetzt worden, eine Kreditkarte gab es nicht.

Keine Spuren.

Nur eine Frau, die sich jeden Monat 5.000 Euro auf die Habenseite schob. Bar. Am Automaten. Kein Kontakt zum einstudiert lächelnden Mitarbeiter hinter dem Schalter. Keine Steuer. Nur ein Konto, das seit seiner Eröffnung auf 104.293 Euro angeschwollen war. Und dazu 38.000 Euro in bar.

Kein Arbeitgeber.

»Drogen«, sagte Gabriele. »Ich kann mir nicht vorstellen, wie diese Summe sonst zustande kommen soll. Das ist so elend viel Geld. Vielleicht war sie ein High-class-Kurier. Und hat die falschen Leute über den Tisch gezogen.«

Jansens klebrige Stimme hallte durch Tims Kopf. *»Sie ist beruflich stark eingebunden.«*

»Ich weiß nicht«, sagte er.

»Vermutungen«, sagte Gerd. »Sind übrigens auch scheiße.«

Er stand auf, öffnete das Fenster. »Ich darf euch daran erinnern, dass ich derjenige bin, der sich mit der Staatsanwaltschaft rumschlagen darf.«

Gabriele lächelte.

Tim lächelte nicht.

»Richtungswechsel«, befahl Wegmann knapp. »Ihre Garderobe.«

Die Oberkommissarin sah ihn an.

»Frag ihn.« Wegmann deutete auf seinen Freund.

Tim Taubring griff nach der Akte und entnahm ihr die entsprechenden Fotos.

»Ich will keine Klischees abreiten, Gabriele ...« Er fächerte die Abbildungen auf. »Aber was sagst du dazu? Als Frau.«

Sie schnaubte. »Und das ist also kein Klischee?«

Ihr Blick haftete auf seinen Händen.

»Nein«, sagte Tim und dachte daran, dass Cornelias Teil des Kleiderschranks schmaler war als seiner.

»Ist es nicht.«

Die Medizinerin musterte den Kommissar mit zur Seite gelegtem Kopf. »Hunger?«

Er antwortete nicht.

Sie erhob sich. »Das Gespräch hat länger gedauert, als ich dachte.«

Hatte es in der Tat. Und es hatte eine Ahnung untermauert. Er blickte zur Wandvertäfelung.

Dr. Rebecca Blumberg aktivierte die Rufumleitung der Telefonanlage. »Es ist ein Angebot. Kein Zwang. Ich gehe so oder so. Woher haben Sie eigentlich meine Handynummer?«

»Taubring.«

Ein Anflug von Unmut zeigte sich auf ihren Zügen.

»Ich kann sehr überzeugend sein.« Flavio Garcia hob entschuldigend die Hände.

Sie griff nach ihrem Mantel. »Bevor Sie hier aufgetaucht sind, war mir noch nach Sushi. Aber ich glaube, ich möchte jetzt lieber ein Steak.«

Er stand auf. »Dann sollten wir das schnell erledigen. Wenn

ich nach vierzehn Uhr noch nicht im Präsidium bin, muss ich Fragen beantworten.«

»Und das will doch keiner.« Rebecca schmunzelte.

Dass sie zu spät zu ihrem Termin in der Uni-Klinik kommen würde, nahm sie in Kauf.

»Ich weiß, was du meinst, Tim ...«

Gabriele umfasste nachdenklich ihr Kinn, während ihr Blick immer wieder von einem Foto zum nächsten glitt.

»Etwas ist seltsam.«

Wegmann schüttelte den Kopf, bevor er aufstand. »Schön, wenn ihr euch einig seid. Dann macht euch mal weiter Gedanken über euer ...« Er schnaufte abfällig. »... Seltsam. Ich geh was essen.«

Taubring grinste.

Die Tür fiel ins Schloss.

»Lass uns noch mal zu ihrer Wohnung fahren.« Oberkommissarin Duhn sah ihren Kollegen mit ernster Miene an. »Und bitte, Tim, wenn ich vor lauter Ekel ohnmächtig werde, fang mich auf. Lass mich bloß nicht auf den Boden fallen.«

Er lächelte humorlos.

»Ich besorg den Schlüssel.«

Als Flavio Garcia das Büro betrat, fand er es verlassen vor.

Vielleicht besser so, dachte er und schloss die Tür zu Wegmanns Räumlichkeiten wieder. Zumindest jetzt. Er schritt durch die Gänge des Präsidiums, wich Kolleginnen und Kollegen aus, lächelte hohl und versuchte, Dr. Blumbergs neutralen Gesichtsausdruck zu interpretieren. Dachte an den Morgen in ihrem Büro zurück …

»Sie war … sie tat nichts. Ließ mich einfach machen.«

»Kommt vor. Waren Sie grob?«

»Nein.« Er wich ihrem Blick nicht aus. *»Nicht mehr als sonst.«*

»Ich finde die Situation, in die Sie uns beide gebracht haben, gerade ebenso befremdlich wie interessant.« Die Medizinerin hob die Brauen. Es ließ sich nicht deuten. *»Sie offenbaren mir intimste Details – und haben mir immer noch nicht gesagt, warum.«*

»Weil ich nicht an eine Vergewaltigung glaube.«

Und da war er, der Fall.

»Sie sind der Ermittler. Ich schneide nur ihren Uterus auf.«

»Und eben darum wollte ich mit Ihnen reden.«

»Ah ja?«

Er trat ins Freie. Der Innenhof empfing ihn mit Kälte und knappen Befehlen, die weiter hinter erklangen, als ein SEK einsatzbereit zu einem der schwarzen Kleinbusse stürmte.

Kommissar Garcia ging zu seinem Wagen und dachte an Rebeccas offenes Lachen zurück, das das Restaurant gefüllt hatte, als der Kellner einen Witz gemacht hatte. An den kurzen Dialog auf dem Parkplatz, bevor sie ins Taxi gestiegen war.

»Ich halte Sie übrigens nicht für einen Vergewaltiger.«

»Dafür werden die wenigsten gehalten.«

Genug für heute.

»Es ist zu viel. Einfach zu viel.«

Oberkommissarin Duhn und Kommissar Taubring standen vor dem überbreiten Doppelbett und betrachteten die Kleidungsstücke, die sie darauf ausgebreitet hatten.

»Nix gegen viele Klamotten ...«, murmelte Tim.

»Das ist es nicht.« Gabriele sprach ebenfalls leise.

Seit die beiden Ermittler die Wohnung betreten hatten, verlief die Unterhaltung gedämpft. Wie so oft an Tatorten.

Tim Taubring kniff die Lippen zusammen, als er erkannte, was ihn an dem Anblick störte. Miriam Santos' Garderobe war erlesen. Erlesen und unpersönlich.

Seine Finger kreisten über seine Schläfen. »Hat jemand sie eingekleidet?«

»Nein.« Gabriele schüttelte den Kopf. »Es sind Rollen. Verschiedene Rollen.«

Sie sah zu ihm auf.

»Das ist wie ein Theaterfundus, Tim.«

Sein Blick wanderte über Outfit um Outfit, das sie in der vergangenen halben Stunde zusammengestellt hatten. Dezent. Schreiend. Unschuldig. Rassig. Röcke, Hosen, Oberteile, Kleider, dazu passende Pumps, Sneaker, Stiefel. Schuhe mit abnorm hohen Absätzen. Erlesene Wäsche, ordinäre Wäsche, sogar Männerslips und dann ein Hauch Nichts mit offenem Schritt. Handtaschen. Schmuck. Eine komplette Ausstattung dafür, was Miriam Santos an einem Tag, einem Abend, in einem Moment sein wollte. Oder sein sollte.

Taubring rieb sich über den Hinterkopf.

»Kommst du kurz mit auf den Balkon?« Gabriele war bleich geworden. »Ich krieg keine Luft mehr.«

»Ich kann nicht, Gerd. Ich halte um siebzehn Uhr eine Vorlesung an der Uni. Danach hab ich eine Sprechstunde mit meinen Doktoranden.«

»Kann ich ja nicht wissen.«

»Musst du auch nicht.« Sie lächelte. Dabei blickte sie den Mann an, der auf sie wartete. Ihre Hand bedeckte die Muschel des Mobiltelefons, ihre Lippen formten ein stummes *Bin gleich so weit*, bevor sie sich wieder ihrem Telefonat widmete.

»Sei nicht sauer, Gerd.«

»Bin ich nicht.«

»Nein?«

»Ist er bei der Sprechstunde dabei?«

»Gerd!«

»Ist er?«

»Ja, ist er.«

»Seine Haare sind ein Witz.«

Dr. Blumberg schmunzelte, als sie an Nico Barthels ultraschwarze Färbung dachte. Der junge Mediziner war Gerd schon lange ein Dorn im Auge. Aber er war gut, half im Sektionssaal aus, bemühte sich. Er war gut. Keine Diskussion.

»Vielleicht schaff ich's, später noch bei dir vorbeizuschauen.«

»Vielleicht reicht nicht, Rebecca.«

»Okay, dann morgen. Mittagessen. Versprochen.«

»Steak?«

»Nicht zwingend.«

»Du weißt nicht, was gut ist.«

Doch, dachte sie.

»Bis morgen, Gerd.«

Sie beendete die Verbindung.

»Privater Stress?«, fragte Prof. Dr. Thomas Jungfleisch.

»Nein«, antwortete Dr. Rebecca Blumberg.

Über dem Balkon nahm der Himmel langsam einen grimmigen Farbton an.

Mit einem schiefen Lächeln deutete Kommissar Tim Taubring auf die Zigarette, die seine Kollegin zwischen den Fingern hielt wie etwas, das gleich explodieren könnte.

»Du rauchst nicht, Gabriele. Fang jetzt bloß nicht damit an.«

»Lass mich«, brummte sie. »Vielleicht will ich mich gerade einfach nur an etwas festhalten.«

Asche fiel zu Boden.

Taubring ließ den Blick über die Dächer gleiten. Ein Rabe saß auf einer Antenne. Kondensstreifen zerschnitten das Firmament in großzügige, verpuffende Quader.

»Du kommst nicht drauf klar, dass Jansen überall hingewichst hat, hm?«

»Tim ...«

»Ich komm auch nicht drauf klar.« Er sah in den Innenhof und schnippte die Kippe in das begrünte Dunkel, das unter ihnen lag. »Wenn ich wichse, dann immerhin in ein Tempo. Kein Wort davon zu meiner Frau.«

Sie gluckste.

»Sieh's mal so«, merkte er an. »Wir sind weitergekommen.«

»Sag nicht gekommen.«

Tim Taubring lachte laut.

»Wann krieg ich mein Geld?«

»Gleich. Lass mich erst mal sehen, was du hast.«

Der ausgemergelte Junge griff in die Innentasche seiner Trainingsjacke. »Verarsch mich nicht!« Die Haut seiner Hand wirkte grau, war an mehreren Stellen aufgekratzt.

»Hier«, zischte er. Sein Blick konnte nicht an einem Ort bleiben.

Thorsten Fischer spitzte die Lippen, als er das Foto musterte. Die Frau war außergewöhnlich schön.

»Und das ist sie sicher?«

»So sicher, wie meine Mutter eine Nutte ist.«

»Wenn du es sagst. Ihr Name?«

»Kenn ich nicht, *Compadre!*«

»Könntest du ihn kennen?«

»Nein! Fuck! Mein Geld!« Die Hand des Jungen zitterte.

Fischer zückte sein Portemonnaie und beförderte drei blaue Scheine heraus.

»Sechzig? Du bist ein geiziges Arschloch, *Compadre!*«

»Bring mir einen Namen und du kriegst zwei Hunderter, damit du dir was Ordentliches in die Vene drücken kannst.«

Der kaputte Junge verschwand im Abend.

Der Reporter lächelte kalt.

Und dich, Wegmann, du dumme Sau, krieg ich am Arsch.

Der Express hatte eine neue Schlagzeile.

Thorsten Fischer machte sich auf den Weg in die Redaktion. Kaputt erhöhte den Auflage.

14

»Heute ohne die Stolkembach?« Tim Taubrings Tonfall war ebenso zart wie gehässig. »Ist dein Schmusekurs schon vorbei?«

Wegmanns Antwort bestand aus einem süßlichen Lächeln.

Die beiden Kriminalbeamten standen im Flur vor dem

Konferenzzimmer. Durch die offen stehende Tür drang Gemurmel in den Gang, die Sonderkommission war vollständig vertreten.

»Ich bewundere deinen Mut, Gerd.«

»Mit Mut hat das wenig zu tun. Sie hat drei Gerichtstermine. Hätte also nicht gekonnt, egal für wann ich die Besprechung heute angesetzt hätte.«

»Wie schade.«

»Ja, es ist wirklich schade und ich bedauere es zutiefst.« Der Leiter der Ermittlungen setzte einen übertrieben ergriffenen Gesichtsausdruck auf.

»Ihr seid wieder klar miteinander?« Tim musste nicht erwähnen, dass er nicht die Staatsanwältin meinte.

Wegmann verzog den Mund.

»Ja«, sagte er. »Denke ich. Hoffe ich.«

Sein Freund hob nur kurz die Brauen.

»Und Rebecca wird ebenfalls nicht dabei sein können«, fuhr Wegmann fort. »Sie hat an der Uni zu tun. Konzentrieren wir uns also ausnahmsweise mal nur auf unseren Job.«

»Gerd?«

»Hm?«

»Wenn du Jegor heute wieder nicht erwähnst, werde ich es tun.«

»Bitte sehr«, sagte die Kriminaltechnikerin, als sie den Plastikbecher auf dem Tisch abstellte.

Wegmann hatte ihren Namen vergessen.

Kurz nach zehn. Mittwoch, der erste Kaffee für heute. Bohnen, du musst Bohnen kaufen. Er unterdrückte ein Seufzen, als er an den Moment am Morgen zurückdachte, in dem sein hochkomplizierter Kaffeeautomat wie ein Asthmatiker geröchelt und den Dienst verweigert hatte.

Er musterte das lächelnde Gesicht der jungen Frau, die vor dem Tisch stehen geblieben war, als ob sie auf etwas wartete.

»Danke«, sagte er versuchsweise und hob den linken Mundwinkel.

»Keine Ursache.«

Wegmann spürte sechzehn Blicke auf sich.

Peinlich.

Er hatte im Zuge seines vorangegangenen Monologs einiges gesagt, um die Stimmung aufzulockern, und »Ich bräuchte dringend einen Kaffee« war nur eine Floskel von vielen gewesen. Dass die junge Beamtin daraufhin sofort aus dem Zimmer gestürmt war, hatte ihm nicht nur ein Augenrollen von Dirk Haase, sondern auch einen verstimmten Blick von Gabriele Duhn sowie ein Kopfschütteln von Tim Taubring eingebracht. Vom Rest der Kommission ganz zu schweigen.

»Fassen wir also das Wesentliche zusammen.« Demonstrativ trank er einen Schluck und richtete sich auf.

»Leiche 1. Miriam Santos, 28 Jahre alt, deutsche Staatsangehörigkeit. Details zu ihrer Konstitution sollten bekannt sein, siehe Autopsiebericht.« Er räusperte sich. »Ihre Identität wurde von Christof Jansen an uns herangetragen, der ein kranker Freak ist, sie gestalkt hat und der ... bitte, Dirk.« Er deutete auf den Leiter der Spurensicherung.

»Ihre gesamte Wohnung mit seinem Sperma gepflastert hat«, vollendete Haase den Satz. »Einzelheiten dazu in meinem Bericht. Er gehört nicht zu den vier Männern, mit denen Santos Verkehr hatte, bevor sie starb.«

Wegmann ließ den Blick über die Runde ziehen. »Er hatte einen Schlüssel zu ihrer Wohnung. Sicherheitsschloss. Der Vermieter wusste nichts von diesem dritten Schlüssel, also muss Jansen sich irgendwie eins der beiden Originale beschafft und von einem sackdummen Schlüsseldienst nach machen lassen haben.«

»Das tut nichts zu Sache«, brummte Flavio Garcia.

»Flavio«, sagte sein Vorgesetzter ruhig. »Kommentare bitte erst dann, wenn ich fertig bin.«

Garcia presste die Lippen zusammen. Unbemerkt glitt sein Blick zu Gabriele, die an der Fensterbank lehnte.

»Okay, weiter. Santos' Wohnung. Ihr seht es selbst.« Wegmann deutete hinter sich auf die Wand, wo eine Totale des Wohnzimmers auf die Leinwand projiziert war. »Geschmackvoll, teuer etc. Sie war vermögend, und wie dieses Vermögen zustande gekommen ist, ist jetzt unsere drängendste Frage.«

Gabriele hob die Hand.

»Ja, ich weiß«, sagte der Leiter der Ermittlungen und nickte der Oberkommissarin zu. »Wir vermuten, dass Drogenhandel dabei eine Rolle gespielt haben könnte. Aber schlussendlich wissen wir es nicht. Wie der Kollege Taubring und die Kollegin Duhn gestern am Tatort recherchiert haben, lässt Santos' Garderobe auf einen ...« Sein Mund verzog sich. »Vielfältigen Einsatz ihrer Person schließen. Aber das ist pure Spekulation.«

»Sieht nach Nutte aus«, erklang es von weiter hinten.

Eine Gruppe jüngerer Männer, die gerade ihr Praktikum absolvierten und eigentlich zu Hauptkommissar Jacobsens Team gehörten, war der Kommission zugeteilt worden und versprühte auch jetzt den engstirnigen Geist ihres gewohnten Vorgesetzten.

»Möglich«, sagte Gerd Wegmann. »Aber nicht bewiesen.« Er musterte den Kommissaranwärter, der gesprochen hatte. »Beweisen Sie es mir und ich werde es in Ihrer Leistungsbeschreibung lobend erwähnen.«

Taubring grinste.

Wegmanns Blick wurde dunkel.

»Jetzt mal Tacheles. Wir wissen nichts, ich wiederhole, nichts Konkretes über diese tote Frau. Ich habe sie im Kofferraum liegen sehen. Verdreht. Mit dem Scheißtape um ihren zerschossenen Kopf. Ich kann die Wichse in der verdammten Wohnung riechen, wenn ich nur dran denke, und es sollte mir eigentlich scheißegal sein, weil es nämlich nichts mit ihrem Tod, sondern wahrscheinlich nur mit ihrem Scheißleben zu tun hat. Aber wenn es uns nicht gelingt, dieses Scheißleben aufzudröseln, werden wir nicht wissen, warum jemand ihren Tod gewollt hat. Und dafür einen Killer engagiert hat, der ziemlich sicher mehr gekostet hat, als mein Jahressold hergibt.«

Stille breitete sich im Zimmer aus.

Hauptkommissar Gerd Wegmann hob das Kinn.

»Ich habe eure Aufmerksamkeit? Gut. Dann geht raus und findet Details!«

Er streckte sich zum Projektor und drückte auf einen der Knöpfe an der Rückseite des Geräts. Das Gesicht des zweiten Opfers erstrahlte überlebensgroß auf der Wand. Ihr Mund, geöffnet und schief. Ein groteskes Echo der durchschnittenen Kehle, die zerfranst und blutleer aufklappte.

»Sie«, sagte Wegmann.

Dann drückte er erneut den Knopf.

Die Achsel, der kleine Schnitt.

»... hat keinen Namen. Immer noch nicht. Wer sie abgeschlachtet hat, sollte sich inzwischen rumgesprochen haben. Jegor ist seit drei Wochen wieder in der Stadt, und wir können davon ausgehen, dass er sich seinem alten Arbeitgeber erneut zur Verfügung gestellt hat. Dass er extrem gefährlich ist, muss ich nicht gesondert erwähnen. Dieser Mann kennt keine Gnade, so beschissen pathetisch sich das auch anhört.« Er lachte bitter auf. »Seid vorsichtig. Geht kein Risiko ein. Ich habe schon zu viele Leute verloren.«

Ein Brennen floss über seine Augäpfel und er kniff kurz die Lider zusammen, als die Erinnerung an Lutz und Robert an ihm vorüberzog. Ein andere Killer, ja. Und Leichtsinn. Dummer, tödlicher Leichtsinn.

»Es gibt nur eine Gemeinsamkeit. Beide Frauen wurden betäubt, bevor sie vergewaltigt wurden. Und dann ...«

Angewidert blickte er zur Seite.

»Hat man sie endgültig zum Schweigen gebracht.«

Mehrere Sekunden vergingen.

»Warum? Was verbindet sie?«

Hauptkommissar Gerd Wegmann atmete hart ein.

»Ich betrachte das als sekundär. Wichtig, aber sekundär. Bleiben wir konzentriert.«

Er schob den Unterkiefer vor, das Grau seiner Iris war beinahe schwarz, als er den Blick erneut über die versammelten, stumm lauschenden Ermittler streifen ließ.

»Wenn wir es schaffen, durch diese zweite kalte Frau an Nikolaj Dubrov ranzukommen, werden wir Helden sein. Und wer auch immer mir ihren Namen bringt, den lade ich auf eine Sauftour ein, von der er noch seinen Enkeln erzählen wird.«

Er blickte zu der jungen Frau, die ihm den Kaffee gebracht hatte. »Oder sie ihren Enkeln.«

Dann schaltete er den Projektor aus.

»Das war ... groß.«

Taubrings Gesicht war frei von Hohn.

»Das war Verzweiflung, Tim. Ich werde das Gefühl nicht los, dass etwas auf uns zukommt, womit wir nicht rechnen.«

Mittlerweile hatte der Konferenzraum sich fast gänzlich geleert. Nur eine Handvoll Beamte waren noch anwesend.

Hauptkommissar Gerd Wegmann saß an dem Tisch, der separat vor der hinteren Wand stand, und fühlte sich erschöpft. Er griff nach dem Kaffeebecher, wollte eben zupacken, als eine Hand ihm zuvorkam und den Becher zur Seite zog.

Verstimmt blickte Wegmann auf.

»Himmel, Gerd«, sagte Dirk Haase und drehte den Kaffeebecher hin und her.

»Was?«

»Die Menge an Testosteron, die du gerade verspritzt, ist bemerkenswert. Ich hab ehrlich Angst, dass du die Hälfte der Kolleginnen schon schwängerst, indem du sie nur ansiehst.«

Obwohl er lediglich ihren Hinterkopf und ihre Schultern sah, konnte Wegmann schon vom Eingang her erkennen, dass Rebecca kerzengerade und alles andere als entspannt am Tisch saß.

Er wich dem Kellner aus, der sich mit einem dezent dekorierten Teller in jeder Hand an ihm vorbeischob.

13:07 Uhr. Hochbetrieb.

Und ausgerechnet das Edson.

Seufzend schlängelte der Hauptkommissar sich durch das vollbesetzte Restaurant in Richtung seiner Geliebten. Er hatte sich verspätet. Das der Besprechung folgende Gespräch mit Dirk Haase war etwas ausgeufert, und er hoffte inständig, dass Rebecca sich nicht zurückgehalten, sondern bereits eine Vorspeise geordert und im besten Fall auch verzehrt hatte.

»Sorry, Schatz, ich –«, begann er und verstummte. Dann breitete sich ein Grinsen auf seinem Gesicht aus, als er den Grund für die Angespanntheit der Medizinerin erblickte.

»Leon! Das ist ja nett! Wie lange haben wir uns schon nicht mehr gesehen?«

Steinkamp war professionell genug, den Kopf nur kurz tadelnd zu schütteln. Morgen war Donnerstag, die nächste Sitzung stand an. »Hallo, Gerd.«

Er hob das Glas. Rotwein schwappte träge von links nach rechts. »Du bist spät dran.«

»Ja, ich weiß. Ich ...« Wegmann zog seinen Mantel aus und hängte ihn über die Lehne des freien Stuhls, bevor er sich setzte. »Ich hatte zu tun.«

»Es gibt eine Garderobe, Gerd.« Dr. Blumberg lächelte nicht.

»Und es gibt dich«, raunte er, näherte sich ihren Lippen bis auf wenige Zentimeter und genoss, dass sie genauso reagierte, wie er es erwartet hatte: Ihre Brauen zogen sich verärgert zusammen und bildeten diese entzückende Furche.

Er bog kurz vor dem Kuss ab und schaute die neben Leon sitzende kleine Frau an.

»Ich bin unhöflich. Sie müssen Judith sein«, sagte er und streckte die Hand aus. »Gerd.«

»Ich weiß.«

Tim Taubring musterte die wenigen Nummern. Die Telekom hatte ausnahmsweise schnell geliefert.

»Sag es«, knurrte Gabriele.

Tim schnaufte. »Schon wieder scheiße!«

»Sie muss ein Handy besessen haben. So wenige Telefonate, wie auf dieser Liste ausgewiesen sind, führt kein Mensch!« Die Oberkommissarin tippte auf die erschreckend kargen Verbindungsnachweise der vergangenen drei Monate.

Taubring nickte langsam.

»Selbst wenn es ein Handy gab – es ist nun mal nicht da.« Garcia lehnte an der Wand. Er sah schlecht aus.

»Sie muss eins gehabt haben! Portulak hat es mitgenommen, ich wette drauf!« Gabriele verschränkte die Arme vor der Brust.

»Und hat es in dem Fall entsorgt, bevor er mit ihrer Leiche im Kofferraum losgefahren ist«, ergänzte Taubring. »Das nenn ich abgebrüht. In seinem Auto haben wir kein Mobiltelefon gefunden. Keins mit ihren Fingerabdrücken, keins mit seinen. Nix. Nada.«

»Aber dafür lagen acht in seiner Wohnung.« Flavio ging zum Tisch und griff nach der Wasserflasche. »Sieben davon nicht mal ausgepackt und das achte zeigt genau einen eingehenden Anruf. Einen! Von einem anderen Prepaidhandy. Das ist nicht abgebrüht, mein Freund. Das ist einfach nur durchdacht«, sagte er, während er sich Wasser einschenkte.

Taubring betrachtete seinen Kollegen kritisch. »Nicht doch lieber langsam mal einen Kaffee, Flavio?«

»Nein.«

Gabriele lachte leise. »Was hast du gestern Abend gemacht?«

»Willst du nicht wissen.«

»Deiner Laune nach zu urteilen lief's nicht wie geplant, hm?«

»Gabriele – sei einfach ruhig, okay?« Kommissar Garcia warf seiner Kollegin einen scharfen Blick zu.

Taubring blätterte in den Unterlagen, zog Kopien von Verträgen heraus, die Miriam Santos abgeschlossen hatte und die eher zu einer Rentnerin als zu einer 28-jährigen Frau passten.

»Sie hatte auch keinen Internetanschluss«, murmelte er.

»Es gab ja auch keinen PC oder Laptop in der Wohnung.«

»Und das bedeutet …«, begann Taubring.

»Internetcafé.« Gabriel Duhns Miene wurde sauer. »Verdammt.«

Garcia wedelte mit der Hand. »Oder sie war einer dieser Technikverweigerer. Schön blöd. Ich sag euch, irgendwann wird die Zeit kommen, in der wir kleine Videoclips übers Netz gucken. Und vielleicht sogar ganze Kinofilme.«

Gabriele schnaubte. »Träum weiter.«

Mittlerweile hatte Wegmann auch die Krawatte gelockert. Sein Jackett hing schon seit einiger Zeit ausgebeult über dem Mantel am Stuhl und sah auf seltsame Art übergewichtig aus.

»Einmal Crème brûlée, einmal Tiramisu, einmal das Saisonale Allerlei.« Der akkurat gekleidete Kellner präsentierte die Nachspeise, während er sie vor Rebecca, Leon und Judith positionierte. Dann warf er einen Seitenblick auf den vierten Gast am Tisch. »Einmal nichts«, ergänzte er die Lieferung.

»Soll ich vielleicht Ihre ... Jacken mit zur Garderobe nehmen?«

»Nein, danke«, säuselte Wegmann.

»Wie Sie wünschen«, sagte der Ober und ging.

»Wenn du die Ärmel hochkrempelst, knall ich dir eine«, zischte Rebecca.

Er lächelte süffisant. »Bring mich nicht auf Ideen.«

»Und Sie haben also viel zu tun gerade?« Judith stützte das Kinn auf der Hand ab.

»Habe ich.«

»Ist es spannend?«

»Wie man's nimmt.«

»Sag's ihr ruhig.« Rebeccas Gabel zerstach den karamellisierten Deckel ihres Nachtischs. »So weit du kannst.« Ein kaltes Grinsen folgte.

Er schnaubte leise, musterte die neue Frau, die einzige Frau, die er je an Leons Seite erblickt hatte. Ihre Locken, das runde Gesicht. Die Neugier in ihren Augen war zu scharf, um unschuldig zu sein.

Leons fleischige Hand umschloss ihre rechte.

»Judith«, sagte er sanft. »Wir sind nicht hier, um über die Arbeit zu reden.«

»Hase, ich bitte dich! Das lass ich mir doch nicht entgehen!« Verschwörerisch wandte sie sich wieder an den Hauptkommissar. »Ich sage ja schon seit Wochen, dass ich Sie gern kennenlernen würde – Sie beide!« Ihr Lächeln war offen. »Aber er«, Judith deutete mit dem Kopf in Richtung des Psychologen und seufzte übertrieben, »er bremst.«

»Tu ich nicht«, sagte Leon, obwohl er es tat.

»Und wenn schon.« Sie grinste. »Ich find's toll, dass wir nun endlich mal die Gelegenheit dazu haben. Auch wenn das heute ein lustiger Zufall ist.«

Wegmann gluckste und dachte an Rebeccas Worte am Telefon zurück.

»12:30 Uhr. Im Edson. Da werden wir garantiert unter uns sein. Und das Steak ist ausgezeichnet.«

»Nun sagen Sie schon«, bohrte Judith weiter. »Was war heute die letzte Sache, über die Sie geredet haben, bevor Sie hierhergekommen sind? Natürlich nur, wenn Sie es verraten dürfen.«

»Darf ich, meine Gute.«

»Es war bestimmt gefährlich.«

Er machte eine abwägende Geste. »So ungern ich mich wiederhole: Wie man's nimmt.«

»Auf geheimnisvoll machen liegt Ihnen, hab ich recht?«

Gerd Wegmann lachte.

Am Nebentisch rutschte dem Kellner der Teller aus der Hand. Die silberne Haube, die das Menü bedeckt hatte, krachte scheppernd aufs Parkett. Gabel, Steakmesser, Kräuterbutter, Entrecôte und eine Menge Entschuldigungen folgten, und Dr. Rebecca Blumberg nutzte den Moment.

»Hör auf mit ihr zu flirten«, flüsterte sie Wegmann ins Ohr.

Der Tumult am Nebentisch legte sich. Man war kulant oder gab zumindest vor, es zu sein.

»Wo waren wir stehengeblieben?« Der Hauptkommissar neigte fragend den Kopf und sah Judith an.

»Was war Ihr letztes Gesprächsthema, bevor Sie herkamen?«, erinnerte sie.

»Ah, stimmt.« Unter dem Tisch streiften Rebeccas Finger seinen Oberschenkel.

»Und?«

»Es ging um Sperma.« Er packte ihre Hand und zog sie sich unauffällig in den Schritt. »Viel Sperma.«

»Oha?« Judiths Augen blitzten.

»Oha.«

»Ich muss mich frischmachen«, sagte Dr. Blumberg, stand auf und begab sich zu den Toiletten.

Wegmanns Blick wanderte nur wenige Momente lang über die kaum angerührten Leckereien auf dem Tisch.

»Entschuldigt mich bitte«, sagte er. »Ich muss pinkeln.«

Kaum hatte er den Tisch verlassen, blickte Judith Leon mit weit aufgerissenen, belustigten Augen an.

»Glaubst du, sie vögeln? Ich glaub, sie vögeln!«

»Judith!«

»Was denn? Warte einfach ab und guck dann genau hin!«

»Wohin?«

»Der unterste Knopf seines Hemds befand sich genau zwei Fingerbreit über seiner Gürtelschnalle. Wird er gleich nicht mehr sein. Ich sag's dir: Sie vögeln.«

Leon schüttelte lächelnd den Kopf.

Wegmann zog ihren rechten Oberschenkel weiter nach oben und fand trotzdem keinen guten Winkel. Die Kabine war zu eng.

»Dreh dich um«, raunte er.

»Was hab ich dir gesagt?« Grinsend betrachtete Judith das Paar, das eben das Restaurant verließ.

»Das ist kein Wettkampf.«

»Ich weiß, Leon.« Sie wandte sich ihm zu. Der Kuss war zärtlich. »Ich glaube, er hält mich für naiv. Was sie von mir hält, will ich gar nicht wissen. Es ist schade.«

»Ich habe dich vorgewarnt: Sie sind kompliziert.«

»Leon.«

»Judith.« Seine Hand strich ihre Wange entlang.

Der Espresso kam, und die beiden Menschen am Tisch rührten schweigend in den kleine Tassen herum.

»Kannst du dir vorstellen, wie anstrengend das ist?«, fragte Judith nach einer Weile.

»Was genau meinst du?«

»Das weißt du.«

»Es tut trotzdem gut, es zu auszusprechen«

Sie hob die Tasse an ihre Lippen und leerte sie in einem Zug. Drei Stück Zucker. Die Süße war brutal. Sie liebte es.

»Ich bin intelligenter als die meisten Menschen in diesem Restaurant«, murmelte sie. Ihr Blick kehrte sich nach innen. »Ich bin intelligenter als die meisten Menschen in dieser vermaledeiten Stadt.«

»Ich weiß.«

»Ich hasse es.«

»Musst du nicht. Es ist ein Geschenk.«

»Es ist ein Scheißgeschenk.«

»Judith ...«

Sie schaute auf, lächelte. Es wirkte automatisch. »Egal.«

Zweifelnd legte Leon den Kopf zur Seite.

»Gerd«, sagte sie.

»Ja?«

»Ich find ihn toll.«

Würdest du nicht, wenn du wüsstest, was ich weiß, dachte der Psychologe.

»Und Rebecca irgendwie auch.«

Würdest du ebenfalls nicht.

»Bitte, Leon, lass mich die beiden besser kennenlernen.« Sie blickte ihn mit großen braunen Augen an.

Leon versank in ihrem Blick, vergaß den unglaublichen IQ, die Mensa-Mitgliedschaft. Sah nur sie. Und die Einsamkeit.

»Das kriegen wir hin«, sagte er.

»Kommst du mit?« Tim Taubring lehnte lässig am Türrahmen.

Gerd Wegmann rieb sich über die Stirn und schaute seinen Freund mit einem gequälten Ausdruck an. »Du glaubst nicht, wie gern ich das würde.«

»Hey! Berichte schreiben ist das Rückgrat unserer Arbeit! Du weißt doch: ›Gründlichkeit vor Schnelligkeit!‹«

»Zieh Leine, Tim.«

»Übrigens ...«

»Was?«

»Gabriele hat mich darauf hingewiesen, dass der unterste Knopf an deinem Hemd fehlt.«

Wegmann blickte an sich hinab. Unmittelbar unter seinem Nabel klaffte das weiße Leinen auseinander und präsentierte blanke, vom Urlaub gebräunte Haut sowie einen dunklen Haarstreifen.

»Shit«, zischte er.

»Nun solltest du wissen, warum dir vorhin bei der Flurbesprechung kaum eine Kollegin in die Augen geguckt hat. Und noch was, Gerd ...«

»Was!«

»Ich glaube, ich will ein Kind von dir.«

»Tim, wenn du nicht schnell Land gewinnst, schmeiß ich dich aus dem Fenster! Und dann schreibe ich meine Berichte! Glücklich und zufrieden.«

Lachend zog Kommissar Taubring die Bürotür hinter sich zu und machte sich zusammen mit Kommissar Garcia auf den Weg zu der einzigen Person, die Miriam Santos regelmäßig angerufen hatte.

Unzufrieden betrachtete Dr. Rebecca Blumberg den Verlauf den Schnitts. Er wirkte zittrig, dabei war ihre Hand sicher wie immer.

Sie hob das Skalpell dicht vor ihre Augen. Die Neonröhren im Autopsiesaal ließen die Schneide erstrahlen.

»Sie hat es einfach geschehen lassen.«

Garcias Worte. Gestern Morgen.

Es geschehen lassen ...

Eine Zeile wie aus einem seichten Liebesroman. Starke Arme, Küsse gleich Flügelschlägen. Bebende Lenden. Die Medizinerin setzte das Skalpell am rechten Schlüsselbein der Leiche an und ließ die Klinge tote Haut zerteilen. Bebende Lenden? Sie schnaubte. Erhitzte 83 Kilo und das Klatschen eines Hodensacks an deinem Damm. Die Realität kannte keinen Weichzeichner.

Ein leichtes Lächeln glitt über ihren Mund, als sich Gerds schlafender, ungeniert auf dem Bett ausgebreiteter Körper in ihre Gedanken schob. Ein Penisring, der Romantik und Pragmatismus zu einer Signatur verwob. Seiner Signatur. Ihr

Lächelns verschwand, als zwei Stimmen durch ihren Kopf zogen und sich vermengten. Flavios Worte, Gerds Worte. *Ich habe weitergemacht. Ich liebe dich. Ich habe dich betrogen.*

Sie hat es einfach geschehen lassen.

Ich glaube nicht an eine Vergewaltigung.

Ich liebe dich.

Das Skalpell wanderte über den Brustkorb, den Bauch. Fleisch und Fett öffneten sich.

»Langweilig, wenn Sie mich fragen.« Mark Winter trat an ihre Seite. »Aortenriss, das geht doch spannender. Da hinten liegt eine Wasserleiche und gönnt mir keine Atempause. Baggersee. Mindestens zwei Monate. Mir kommt's schon seit gut einer Stunde permanent hoch.« Die Gummischürze, die er trug, glänzte dunkel.

Rebecca runzelte die Stirn, als sie ihren Assistenten betrachtete. Ein Bedürfnis glomm in ihr auf.

»Winter, eine Bitte.«

»Ja?«

»Würden Sie übernehmen?«

Die Schultern des schmächtigen Mannes hoben sich. »Kann ich machen. Bedeutet Überstunden, aber ...«

»Ich schulde Ihnen was!«

»Na dann.« Er lächelte.

Rebecca zog Handschuhe, Schürze und Kittel aus, wusch sich ausgiebig die Arme und fragte sich, ob ihr Bibliotheksausweis noch gültig war. Dann schlüpfte sie in ihren Mantel.

An der Tür hielt sie inne und drehte sich noch einmal um. Ihr Assistent hatte bereits die Hände im Leib des Aortenrisses. Er sah sie nicht an.

»Danke«, sagte Dr. Blumberg leise.

Garcia hatte nach Zedern und Sandstrand gerochen. Winter roch nach nichts.

»Warum bist du nicht ans Telefon gegangen?«

»Warum klingelst du? Du hast einen Schlüssel.«

Gerd Wegmann hob als Antwort lediglich die Brauen und betrat das Apartment. Er zog seinen Mantel aus, platzierte ihn an der Garderobe und ging direkt ins Bad.

Als er kurz darauf das Wohnzimmer betrat, fand er die Leiterin der Rechtsmedizin auf dem Boden sitzend vor. Der Anblick war irritierend. Dr. Blumberg trug Jogginghose und T-Shirt und blickte auf den Bildschirm.

Kabel umgaben sie. Adapter, Anschlüsse. Eine verstaubte Fernbedienung. Der Videorecorder, der vor dem kaum wadenhohen Schrank stand, auf dem der Fernseher thronte, war ein Fremdkörper. Ein Fremdkörper, der das Bild lieferte, in das Rebecca versunken war.

Wegmann runzelte die Stirn. Sie sieht so jung aus, dachte er. Dann glitt sein Blick auf die Videoaufnahme.

Schwarz-weiß. Körnig. Die Aufzeichnung war alt. Eine Frau, Asiatin, er kannte dieses Gesicht. Sie saß in einem Raum. Beobachter umringten sie. Immer wieder näherte sich einer von ihnen, durchbrach die Schutzzone, drang ins Private vor. Es waren hauptsächlich Männer, die die Grenze überschritten. Sie zogen an ihrem Oberteil. Wurden übergriffig. Die sitzende Frau blieb ein starres Stück Mensch. Tat nichts, regte sich kaum. Auch dann nicht, als Scheren ihr Unterhemd zerschnitten. Sie nach und nach bloßstellten.

»Ist das ...«

»Ja«, sagte Rebecca.

Wegmann nahm auf der Couch Platz.

»Yoko Ono. Im Ernst?«

»Ja, Gerd.«

»Was machst du, Rebecca?«

Sie griff nach der Fernbedienung, drückte die Pause-Taste.

Yoko schaute steif geradeaus und bedeckte ihre Brüste.

»›Cut Piece‹, sagte Dr. Blumberg und wandte sich ihrem Liebhaber zu. »Eine Performance. Von 1964. Eigentlich wollte ich ›Rhythm 0‹ von Marina Abramović haben, aber in der Bibliothek gab es keine Aufzeichnung davon.«

»Lass mich bitte nicht dumm sterben.«

»Gerd, du interessierst dich nicht für Kunst.«

Sein Blick glitt an ihr vorbei, fand den Monitor. »Warum ... das?«

»Warum ich es mir ansehe?«

»Ja. Was es bedeutet, kannst du mir nachher erklären. Auch wenn ich es wahrscheinlich nicht verstehen werde.«

Rebecca betrachtete die Fernbedienung. »Warum ich es mir ausgerechnet jetzt ansehen wollte, kann ich dir nicht mal sagen. Flavio hat mich darauf gebracht.«

»Flavio?« Misstrauische Furchen umgaben seinen Mund.

»Soll ich ihn lieber Kommissar Garcia nennen? Er war gestern morgen bei mir. Es war fallrelevant. Bitte blas die Sache nicht auf.«

Wegmann schnaubte. »Ich hol mir ein Bier.«

»Es ist keins mehr da. Nur noch Wein.«

Als er aus der Küche zurückkehrte, verharrte er am Türrahmen. Die beiden Gläser in seiner rechten Hand stießen mit einem wohltönenden Geräusch aneinander. »Warum kannst du mich nicht mit einfachen Problemen konfrontieren, wenn ich mir Yoko Ono ansehen muss?«

Dr. Rebecca Blumberg schaute zu ihm auf. »Du willst ernsthaft, dass ich die Frage stelle?«

»Ja.«

Sie schmunzelte. Dann tat sie ihm den Gefallen.

»Beatles oder Stones, Gerd?«

»Stones. Keine Diskussion.«

»Du bist so berechenbar.«

»Meinst du?«

»Oh ja. Und jetzt sei tapfer, weil ich dich ins popkulturelle Hier und Jetzt ziehen werde ...« Sie grinste.

Mit wenigen Schritten war er bei ihr, ging in die Knie und schenkte Wein in beide Gläser.

»Na los! Hol mich ins Jetzt«, forderte er.

»Blur oder Oasis?«

Er lachte leise. »Ich glaube, ich kann dich überraschen.«

Sie neigte den Kopf, hob das Glas an ihre Lippen und trank.

»Suede«, sagte er.

Als seine Zunge in ihren Mund drang, zogen Bilder von reglosen Frauen an ihr vorbei. Frauen, die genau wussten, was sie taten.

Die Nacht war nicht kalt genug. Nieselregen überzog die Straßen, Feuchtigkeit kroch in jede Pore, die sich anbot.

Thorsten Fischer zitterte.

Der kaputte Junge zitterte stärker.

»Mein Geld!«, presste er hervor. Seine Lippen waren blau, sein rechtes Auge zugeschwollen.

»Hast was riskiert, hm?« Der Reporter lächelte emotionslos.

»Geht dich nix an, *Compadre*.«

Er nahm die zwei Hunderter an sich und verschwand mit hochgezogenen Schultern. Ob er die Nacht und den guten Stoff überleben würde, interessierte Fischer nicht.

Seine Hand fuhr über sein Nasenbein. Der Bruch, den er Gerd Wegmann verdankte, hatte eine deutlich spürbare Kante hinterlassen. In manchen Nächten fühlte er das Gewicht des Hauptkommissars immer noch auf seinem Brustkorb. Bekam keine Luft mehr, wachte keuchend auf.

Arschloch.

Fischer ging zu seinem Wagen.

Er hatte bekommen, was er wollte.

15

Das Handy klingelte um 5:32 Uhr.

Gerd Wegmann schreckte hoch, verließ um kurz vor sechs Rebeccas Apartment und stieg ins Taxi.

»Nein.« Tim Taubring hielt seine Kollegin an der Schulter zurück.

Gabriele Duhn blickte mit zusammengekniffenen Lippen zu ihm empor.

»Geh nicht rein«, sagte er.

Mit einer ruppigen Bewegung löste sie seinen Griff, machte einen Schritt in Richtung der geschlossenen Bürotür.

Sofort war Tim hinter ihr und umfasste ihre Oberarme.

»Nein.« Seine Stimme war fest.

Ihr Atem schoss laut hörbar durch ihre Nase.

»Ich ...«, presste sie hervor.

»Nein. Lass ihn allein.«

Im Büro ging etwas zu Bruch.

Leon Steinkamp glotzte die Titelseite der Zeitung an, die seit wenigen Sekunden vor ihm lag.

»Weißt du, ich hatte irgendwie Lust auf Tratsch und Klatsch und banales Zeug zum Frühstück. Und auf Marzipan-Croissants.« Judith riss die Bäckereitüte der Länge nach auf. »Normalerweise lese ich den Mist ja nicht, aber ich ...«

Ihr gut gelauntes Plaudern wurde zu Brei in seinem Kopf.

Da war nur noch das Foto, und selbst wenn Wegmann ihn bislang noch nicht offiziell zu den Ermittlungen hinzugezogen hatte – Leon war kein dummer Mann, hatte den Druck, den die vor ihrem Tod betäubten Frauen auf seinen Freund ausgeübt hatten, überdeutlich gespürt, zwischen und hinter Gerds Worten, seinem ambivalenten Verhältnis zum anderen Geschlecht, der Unsicherheit, der Schuld, der Wut und diesem immensen Trieb, der Sex, Liebe und Angst vermengte zu einer zerstörerischen Kraft.

Da war nur noch das Foto.

Das Porträt einer attraktiven Frau.

Direkt darunter ein unscharfes Foto ihrer Leiche. An der Haltestelle. Im Dreck. Ihre linke Brust lag frei.

Nicht mehr unbekannt.

DIE SCHÖNE TOTE HAT EINEN NAMEN!
WIE UNSERE POLIZEI AUF GANZER LINIE VERSAGT HAT
Selbst nach einer Woche ist es der Sonderkommission unter
der Leitung von Kriminalhauptkommissar Gerd Wegmann (48)
nicht gelungen, die Identität der unbekannten Frau festzustel-
len, die am vergangenen Mittwochmorgen ermordet am
S-Bahn-Steig aufgefunden wurde. Express-Reporter Thorsten
Fischer benötigte dazu nicht einmal zwei Tage. Lesen Sie auf
Seite 3 weiter!

»Judith«, sagte Leon. Es klang belegt. »Bitte. Sei ruhig.«
Sie runzelte die Stirn, verstand.

Steinkamp griff nach seinem Mobiltelefon. Es war kein Reflex. Es war ein Angebot, von dem er sicher war, dass es nötig sein würde. Er tippte, zögerte kurz und sandte die SMS nicht ab. Stattdessen suchte er eine andere Nummer im Adressbuch und wählte sie.

Es klingelte nur einmal, dann nahm Tim Taubring ab.

Gerd Wegmann lehnte an seinem Schreibtisch und blickte aus dem Fenster. Die Miene eisern, die Arme vor der Brust verschränkt. Die Morgensonne schien auf den vollbesetzten Parkplatz und versah die Autodächer mit einem glorreichen Schein.

Gut eine Stunde war vergangen.

Als die Tür sich öffnete und leise wieder schloss, reagierte Wegmann nicht. Er wusste, wer sein Büro betreten hatte.

»Ich brech diesem Wichser die Rippen, Tim.«

Taubring warf einen Blick auf das Wasserglas, das neben

dem Telefon stand. Goldbraun gefüllt. Zwei Finger breit. Wahrscheinlich nicht zum ersten Mal.

»Willst du reden?«

»Nein.«

»Vielleicht wäre es besser ... Und wenn nicht mit mir, dann vielleicht mit jemand anderem, Leon wäre sicher bereit –«

»Tim. Ich habe mir heute morgen den Anschiss meines Lebens abgeholt. Ich stehe kurz davor, dass mir der Fall entzogen wird. Und ich war noch nicht mal bei der Stolkembach. Ich bin bis auf die Knochen blamiert. Ich brech ihm die Rippen.« Wegmann sprach leise.

Ein Schauer kroch über Tims Genick.

»Übernimmst du heute?« Der Hauptkommissar richtete sich auf. »Du weißt, was zu tun ist. Ich erteile dir hiermit Weisungsbefugnis.«

»Gerd, ich glaube nicht, dass das eine gute Idee ist ...«

»Tim.«

Wegmann trat so dicht an ihn heran, dass ihre Körper sich fast berührten. »Ich werde mir jetzt ein Taxi rufen und mich zur Staatsanwaltschaft fahren lassen. Ich will nicht, dass mich einer von euch fährt. Ich habe getrunken. Du riechst es, sie wird es riechen.« Seine Nasenflügel blähten sich. »Was dort passieren wird, kannst du dir also denken. Ich scheiß drauf. Was ich dann tue, musst du nicht wissen.«

Er nahm seinen Mantel und ging.

Tim Taubring blieb zurück. Sein Blut hämmerte an seine Schläfen. Er konnte sich nicht bewegen.

11:39 Uhr.

Gerd Wegmann verließ das beigefarbene, unspektakuläre Gebäude und fühlte nichts. Seine Haut, seine Muskeln, seine Gelenke, alles wirkte taub. Er unterdrückte den Wunsch, sich in den Schritt zu fassen, sich zu vergewissern, so rudimentär das Bedürfnis auch war.

Er blieb auf dem Bürgersteig stehen, schloss die Augen.

Ihr gegenüberzutreten, allein ... Es war nur eine Frage der Zeit gewesen, bis es dazu kommen würde. Aber Gerd Wegmann hatte sich die unausweichliche Konfrontation anders vorgestellt.

Und Barbara Stolkembach hatte anders reagiert.

»Das ist schlimm.«

Kein Spott. Keine Anzüglichkeit. Alles Erwartete war verpufft.

»Um nicht zu sagen eine Katastrophe, Wegmann. Sie wissen, was ich nun tun muss?«

Er ließ es über sich ergehen. Stand nur steif vor ihrem Schreibtisch.

Als sie fertig war, musterte sie ihn mit leicht zur Seite gelegtem Kopf. Er konnte ihrem Blick nur wenige Sekunden standhalten und starrte stumpf den Boden an.

»Regeln Sie das. Seien Sie schneller. Treiben Sie Ihre Leute an. Mir ist bewusst, dass Sie ausnahmsweise mal keine Schuld tragen.«

Er hätte sich den verbalen Tritt in den Unterleib gewünscht. Wirklich gewünscht. Etwas, mit dem er umzugehen wusste.

Doch sie hatte es ihm verweigert.

Ein getuntes Auto fuhr vorbei. Aus dem heruntergelassenen Beifahrerfenster dröhnte deutscher Rap, ein nach oben gereckter Mittelfinger in Richtung des Sitzes der Staatsanwaltschaft folgte. Hauptkommissar Wegmann öffnete die Augen, wandte sich nach links und ging los.

Als der letzte zur Sonderkommission gehörende Beamte die Tür hinter sich schloss und sich nur noch zwei Ermittler im Besprechungsraum befanden, wartete Kommissar Tim Taubring lediglich einen kurzen Moment, bevor er sich auf den Stuhl fallen ließ. Alle Anweisungen waren erteilt, was immer sie an Ergebnissen liefern würden, war egal. Nicht egal. Seine Achseln waren nass.

Er senkte den Kopf.

Es war zu früh, er war einfach noch nicht bereit.

»Du machst das gut«, sagte Gabriele.

»Nein«, sagte Tim.

Gerd Wegmann brach keine Rippen an diesem Tag.

Als er um 22:48 Uhr auf seinem Bett erwachte, ließ sein Verstand ihm genau vierzehn Sekunden Ruhe. Dann fluteten Nachmittag und Abend sein Hirn. Whisky, ein Mädchen, zu süßes Parfüm, seine Hand, die ihre Hand stoppte, stickige Luft, Treppen, die nach unten führten. Wodka, eine Toilette, die nach Desinfektionsmittel stank, Pulverreste auf dem Spülkasten, der Abfluss, der gurgelte und Speichel und Galle und das Nichts aus seinem Magen in die Eingeweide der Stadt beförderte. Zuckendes Licht, ein einsamer Tänzer unter Diskokugeln. Plastikpalmen neben der Tanzfläche. Jemand erzählte etwas, hörte nicht auf zu reden. Eine Rückbank, ein anderes Mädchen, das Grinsen des Taxifahrers, Mitleid, Spott. Seine Hand, die wieder eine Hand stoppte, obwohl sein Unterleib schrie und er mehr als bereit war, als ihre Lippen seinen Hals entlangglitten. Schnaps. Zuhause. Allein? Wieder allein? Er konnte es nicht sagen. Alles war verschwommen, und doch fühlte er Sicherheit in sich.

Sein Kopf dröhnte, als er nach seinem Mobiltelefon griff.

»Komm schon. Das wird dich entspannen.«

Sie meinte es gut. War ideal.

Tim Taubring schloss die Augen.

»Ich kann nicht, Conny.«

Die Frau stand nur wenige Zentimeter vor ihm. Sein Körper klebte am Stuhl, gehalten von Gafferband, nein, Panzertape, er verstand die Botschaft.

»Was hast du dir nur dabei gedacht?«

Er wollte etwas sagen, sich erklären. Ihre Hand verschloss seinen Mund und drückte sein Gesicht zur Seite.

»Halt die Fresse«, raunte sie.

Er blinzelte sie an.

Sie kam näher, noch näher. Stand breitbeinig über seinem Schoß.

»Halt einfach die Fresse.«

Etwas krachte auf seine Wange, sein Jochbein splitterte. Knochenstücke breiteten sich in seinem Fleisch aus wie eine finale Unterschrift.

Er stöhnte, wusste selbst nicht, warum ihn der Schmerz kurz

darauf auflachen ließ. Dachte an all das, was er getan hatte, während sein rechtes Auge langsam erblindete. Lachte.

Sie spitzte die Lippen.

»Du findest das komisch? Nun, ich bin noch nicht fertig.«

Er lachte, als der Schlag sein linkes Auge traf, als die Dunkelheit kam. Lachte, als ein weiterer Schlag seine Lippen aufplatzen ließ, er drei seiner Zähne verschluckte, würgte und sich langsam, ganz langsam erbrach. Dann wurde sein Kiefer gespalten und das Lachen verstummte.

Als Hauptkommissar Gerd Wegmann seine Wohnungstür öffnete und Dr. Rebecca Blumberg fest in die Arme schloss, floss am anderen Ende der Stadt Blut über den Boden einer Autowerkstatt, die vor drei Monaten Insolvenz angemeldet hatte. Niemand hörte die Schreie.

Kommissar Tim Taubring stand auf dem Balkon, rauchte und blickte in den Himmel über der Stadt. Keine Sterne. Cornelia schlief.

»*Ist schon okay*«, hallten ihre Worte durch seinen Kopf.

16

Mit einem anerkennenden Nicken betrachtete Gerd Wegmann die Unterlagen, die auf seinem Schreibtisch lagen.

»Das ist eine Menge, Tim!«

Taubring rührte schweigend in seinem Kaffee herum.

Wegmann grinste. »Dann kann ich ja irgendwann guten Gewissens in Pension gehen, mein Lieber. Du bist das bessere Ich, wie's aussieht.«

Er erhob sich und reckte die Arme zur Zimmerdecke. »Na los, bring mich auf Sachstand!« Irgendwo zwischen seinen Schultern und seiner Hüfte krachte es. Er stöhnte leise.

»Scheiße. Ich sollte mich mehr bewegen ...«

Taubring dachte an die unzähligen Stunden Wing Tsun, die er versäumt hatte. Gerd färbte ab. In so vielem.

»Sie heißt Sabine Meier«, sagte er. »Das sollte dir nicht entgangen sein. Auf Seite 3 des Express stand es riesengroß.«

»Danke, dass du mich daran erinnerst«, knurrte Wegmann, wandte sich seinem Kollegen zu, sagte nicht das, was er eigentlich sagen wollte und legte stattdessen den Kopf zur Seite.

»Tim?«

»Was?«

»Du bist sauer.«

»Bin ich nicht.«

»Lüg mich nicht an.«

»Ich bin nicht sauer.«

»Sondern?«

»Ich bin im Arsch, Gerd. Und zwar so richtig.«

»Du siehst nicht danach aus.« Wegmann schmunzelte leicht.

»Ich schon. Aus gutem Grund.«

Der jüngere Mann sah ihn lange an, bevor er sprach. »Mach das nicht noch mal mit mir.« Seine Miene war starr. »Ich bin noch nicht so weit, diese Verantwortung zu tragen. Akzeptier das einfach.«

Sein Freund wich seinem Blick nicht aus.

»Gestern, Gerd«, sagte Taubring leise.

»Was?«

»Es entgleitet uns.«

»Was bitte?«

Skepsis hing unter Wegmanns Worten. Er deutete auf den Tisch. »Das sieht nicht gerade nach Entgleiten aus, Tim! Das sind Spuren, mein Lieber. Die du beigeschafft hast. Beziehungsweise hast beischaffen lassen.«

Schnaubend öffnete er die Mappe, strich mit der flachen Hand über die Blätter und breitete sie zu einer Bahn aus Berichten aus. »Bring mich auf den neuesten Stand. Die Sache wird klarer. Und auch wenn es dieses kleine Stück Scheiße von Reporter war, das uns den Namen der zweiten Toten geliefert hat – wir haben ihren Namen! Und wir können verdammt froh sein, dass Fischer doch nicht so schlau ist, wie er denkt: Bislang hat noch niemand da draußen einen Zusammenhang zwischen den beiden Opfern hergestellt. Gut für uns. Das gibt uns Zeit.« Für einen kurzen Moment presste er die Lippen zusammen, dann fuhr er fort: »Wenn du gestern alles auch nur ein klein wenig nach Vorschrift angeleiert hast, hat der Erkennungsdienst schon die Wohnung beackert, die KTU sitzt an der Auswertung und Meiers Kontakte und ihr ganzes verdammtes Leben werden durchleuchtet. Und wenn auch nur eine einzige verfluchte Hautschuppe von Jegor in ihrer Wohnung gefunden wird, werde ich mit Freuden derjenige sein, der ihm seinen russischen Arsch aufreißt und ihn seinem Boss präsentiert. Und vorher nehm ich Dubrovs Läden auseinander. Einen nach dem anderen. Der Fall wird klarer, Tim. Er entgleitet uns nicht!«

Wegmanns Blick war hart.

Tim hielt stand.

»Ich habe nicht den Fall gemeint.«

Das Licht des Freitagmorgens flutete die Wohnung. Staub tänzelte durch die Luft, seit die beiden Ermittler das Dienstsiegel gebrochen und die Tür, die zur Wohnung der zweiten Toten gehörte, erneut geöffnet hatten.

Sabine Meiers Apartment. Hochmodern, Chrom, Holz, elegant freigelegtes Mauerwerk, durchzogen von einer femininen Note, die sich im Wohnzimmer und einer übergroßen Sitzlandschaft vollends entfaltete. Weiches Leder, Kissen, so viele Kissen ...

Oberkommissarin Gabriele Duhn verspürte den Drang, sich einfach hineinfallen zu lassen, den riesigen Fernseher einzuschalten, sich von dummer Frühstücksunterhaltung beschallen zu lassen und einfach ... nichts ... zu ...

»Was ist los?«

»Hm?«

»Was ist los, Gabriele?«

»Nichts.«

»Ja. Klar.«

»Nichts, Flavio. Wirklich. Ich bin nur müde.«

»Sie hat allein gewohnt. Innenstadt. Fast 110 Quadratmeter.«

Tim Taubring breitete die Fotos auf dem Tisch aus.

»Okay, weiter.« Wegmann konnte nicht verhindern, dass ein neidisches Grollen über seine Lippen kroch. Dann runzelte er die Stirn. »Warum bin ich eigentlich nicht mit zum Tatort?«

»Weil du zu spät hier eingetroffen bist.«

»Aha. Und Warten war also nicht drin?«

»Frag nicht mich. Frag Gabriele.«

Wegmann verdrehte die Augen.

»Weiter«, forderte er nochmals.

»Vier Zimmer. Wohnzimmer, Schlafzimmer und ein Arbeitszimmer, in dem, wie es aussieht, nie auch nur irgendwas gearbeitet wurde, obwohl der Raum in Sachen Technik mit dem Feinsten vom Feinen ausgestattet war. PC, Laptop und alles andere sind schon in der Untersuchung, aber ich glaube nicht, dass es viel bringen wird, frag mich nicht, wieso. Jedenfalls ... hier noch Fotos von Zimmer 4. Dem Ankleidezimmer.«

»Ankleidezimmer?« Fassungslos schüttelte Wegmann den Kopf, dachte an die Enge seines Bads und wiederholte das Wort. »Ankleidezimmer ...«

»Ich will dich nicht komplett runterziehen Gerd, aber es wird noch besser.«

Der Hauptkommissar bedeckte die Augen mit einer Hand, bevor er sagte: »Los, mach.«

»Sie wohnte quasi ums Eck.«

»Von wem?«

»Von dir.«

Wegmann seufzte langgezogen. Dies ist die City!

»Und«, fuhr Taubring fort, »Bargeld.«

»Wie viel?

»53.000 Euro.«

Wegmann klappte der Kiefer nach unten.

Sein Freund verzog keine Miene und legte ein weiteres Foto auf den Luxus, der den Tisch mittlerweile bevölkerte.

»Und ...«

»... das ist so viel Blut.«

»Ist es doch immer.«

»Ich entzaubere deine Meinung von mir nur ungern, Flavio. Aber das ...«

Gabriele deutete auf das Fischgräten-Parkett. Die dunklen Spuren. Die Lache, die nur mit viel Fantasie die Kontur einer Körperseite freiließ. Verschmierte Streifen, die Zucken und Verzweiflung bekundeten. Spritzer, die bis zur Wand reichten und hell und rot und endgültig daran emporschlugen.

»Das ist tatsächlich mein erster Kehlenschnitt.«

Sie sah zu ihrem Kollegen empor, der ihr heute wie ein Todesengel vorkam. Todesengel? Sie schüttelte den Kopf. Todesengel, Schwachsinn, was ist nur los mit dir? Langsam glitt ihr Blick über Garcias durchtrainierte Gestalt. Der Kommissar schaute mit ernstem Gesicht auf den Tatort herunter. Seine linke Hand umfasste sein Kinn. Augen, Haare, Rollkragenpullover, Lederjacke, schwarz, alles war schwarz. Es gab nichts Helles an ihm, da war nicht wie sonst warmes Gold, das sich als breitgliedriges Band um seinen Hals schmiegte. Da war nur Dunkel. Und das gelegentliche Blitzen der vielen Ringe, die er trug.

»Ich weiß, dass du auf ihn stehst«, sagte Garcia beiläufig.

Er ging in die Hocke, betrachtete das vom Parkett gierig aufgesogene Blut, die Markierungen des Erkennungsdienstes. Die Nummern. Die Pfeile. All das, was bereits hinterlassen worden war und den Tod zur Akte machte.

»Was hast du gerade gesagt?«, flüsterte Gabriele.

»Ich weiß es und es ist okay. Ich hoffe wirklich«, Garcia deutete nach vorn, »dass das da uns zu Jegor führen wird.«

»Flavio –«

»Es ist okay.« Er richtete sich auf, schaute auf sie herunter. »Nachdem sogar dieser kranke Stalker am Samstag sofort den Durchblick hatte, hab auch ich Trottel es kapiert. Und wag jetzt bloß nicht, es zu leugnen.« Seine Augen waren kalt. »Beleidige mich nicht.«

Die Oberkommissarin presste die Lippen zusammen. Dann hob sie das Kinn. »Bist du fertig?«

»Nein.«

»Na dann.«

»Gabriele«, sagte er ruhig. »Ich habe seit Samstag zwei Frauen gebumst. Leider nicht dich. Und dazu wird es auch nicht mehr kommen.«

Sie brauchte einen Moment.

»Dass du so ein Arschloch bist ...«

»Hättest du nicht erwartet? Ach komm!«

Gabriele senkte den Kopf, hörte Schritte, vernahm seine sich entfernende Stimme. »Wir sind aus einem bestimmten Grund hier.«

»Ja, sind wir«, murmelte sie.

Kommissar Flavio Garcia stand bereits im Ankleidezimmer. Er blickte mit heruntergezogenen Mundwinkeln zur Decke, schloss die Augen und atmete tief durch.

Dann öffnete er den Kleiderschrank, und seine Kollegin trat an seine Seite.

»Ein fast vollständiger Schuhabdruck. Größe 43.«

»Na bitte!«

»Gerd, 43 hab ich auch. Und wahrscheinlich ein Drittel des Präsidiums.«

Wegmann riss ihm das Foto aus der Hand.

»Egal«, rief er. »Egal!«

»Das Profil wird gerade abgeglichen. Wenn wir Glück haben ...«

»Werden wir, ich bin mir sicher!«

Sie hatten kein Glück.

Nachdem die schüchterne Kriminaltechnikerin die Ergebnisse einem beruhigend lächelnden Tim Taubring in die Hand gedrückt hatte, verlor sie keine Zeit, war froh, dem grimmig dreinblickenden Mann hinter dem Schreibtisch nicht mehr in die Augen sehen zu müssen, und machte sich auf direktem Weg zurück ins Labor.

»Turnschuhe. Niedrigprofil-Laufsohle«, sagte der junge Kommissar, nachdem er einen Blick auf die Unterlagen geworfen hatte. »Zu 99 Prozent Puma, zu 99 Prozent das Modell SpeedCat Sparco.«

Hoffnungsvoll und gleichzeitig nichts Gutes ahnend sah sein Vorgesetzter ihn an.

»Guter Geschmack? Ja.« Tim hob die Schultern. »Extravaganz? Leider nein. Das Modell ist nicht mal drei Jahre alt und ziemlich beliebt. Bei mir zuhause steht auch ein Paar im Schrank.«

»Verdammt.« Gerd Wegmann trommelte auf der Schreibtischplatte herum. Dann stand er auf.

»Besprechung, fünfzehn Uhr. Ticker alle nötigen Kollegen an. Lass die Weicheier weg. Ich schick dir eine SMS mit Namen.«

Er ging ohne ein weiteres Wort.

Im Institut für Rechtsmedizin roch es aus unerfindlichen Gründen nach Pfefferminze.

»Ich möchte mit Dr. Blumberg sprechen!«

»Schön, wenn Sie das möchten.« Mark Winter grinste den Kriminalbeamten, der ihn um fast einen Kopf überragte, abschätzig an. »Aber sie ist nicht da.«

Hauptkommissar Gerd Wegmann reckte den Hals, versuchte einen Blick ins Innere des Autopsiesaals zu erhaschen, zu dem Rebeccas Assistent ihm den Zutritt verwehrte.

»Glauben Sie mir etwa nicht?«

Winter lachte auf.

Von weiter hinten erklangen Stimmen. Eine Frau, ein Mann, dieser Idiot Nico Barthel. An Wegmanns Schläfe pochte eine Ader. Und dann ... Ein unbekannter Bass, der jung und gleichzeitig befehlsgewohnt klang.

»Sie können natürlich trotzdem gern reinkommen, Herr Hauptkommissar«, schnurrte Mark Winter. »Wir diskutieren gerade die Blutspurenmusterverteilungsanalyse aus Sabine Meiers Wohnung. Zwar nicht ganz unsere Baustelle, aber sehr interessant. Wenn auch nicht spektakulär.« Er präsentierte die gesamte Front seines Gebisses. Strahlend weiß. »Einen guten neuen Mann haben Sie da in der Forensik.«

»Ja«, sagte Wegmann, ohne zu wissen, wen Winter meinte, und kniff die Lider zusammen.

»Wollen Sie?« Der schmale Mediziner wich zur Seite und machte eine einladende Geste. »Ich kann Ihnen wirklich nicht sagen, wie lange Dr. Blumberg noch an der Uni zu tun haben wird.«

Der Hauptkommissar zog an ihm vorbei.

»Aber Sie wissen ja selbst, wie das ist. Wenn sie eine Sitzung mit Prof. Dr. Jungfleisch hat, kann es immer etwas länger werden.«

Als er sah, dass Wegmann kurz stutzte, bevor er weiterging, glitt ein Lächeln über Winters Lippen. Es tat gut, so gut, endlich auf der anderen Seite zu sein.

Pfefferminze wich aseptischem Geruch.

Dr. Rebecca Blumberg lachte immer noch.

»Das ist ein Witz, den nicht viele verstehen.« Der Mann, der ihr in seinem Büro gegenübersaß, lächelte verschmitzt.

»Ich weiß, Thomas«, sagte sie. Ein erneutes Kichern drang über ihre Lippen. »Ich weiß.«

Der Nachmittag wirkte ebenso schlecht gelaunt wie der Leiter der Ermittlungen.

Wegmann hob den Plastikbecher an, stellte fest, dass er bereits geleert war, und stellte ihn mit einem Knurren wieder auf dem Tisch ab.

»Ich habe Taubring angewiesen, gerade euch herzubestellen, weil ich weiß, dass ihr das Zeug dazu habt, die Informationen zu besorgen, die wir jetzt brauchen.«

Außer Gerd und Tim befanden sich lediglich fünf weitere Polizisten im Zimmer. Taubring hatte keinen anderen Raum finden können, der um fünfzehn Uhr frei gewesen wäre, also musste das Schulungszimmer herhalten. Es war viel zu groß und strahlte diese Tatsache auf fast vorwurfsvolle Weise aus, seit sich die kleine Gruppe vor der hinteren Wand um den Tisch herum versammelt hatte.

Zum wiederholten Mal tippte der Hauptkommissar auf das Foto, das auf der Platte lag.

Das Porträt eines Mannes. Mittleres Alter, hageres Gesicht. Ein joviales Lächeln. Kurzes, rötliches Haar. Verschlafener Blick. Durchaus attraktiv. Wenn man nicht wusste, wozu der Kerl hinter dem Lächeln fähig war.

Wegmann zog die Stirn zusammen, als das Lächeln auf ihn einwirkte. Man erwartete eine Tätowierung, die sich am Hals nach oben zog. Etwas, wenn schon nicht schreiend Kriminelles, so doch wenigstens Verwegenes. Aber Jegor, der Mann ohne Nachnamen, hatte *Keine besonderen Kennzeichen* zur Kunst erhoben.

Er war Durchschnitt.

Der Durchschnitts-Killer.

Ein Edelhandlanger.

Ein verdammter Joker.

Wegmann schob den Unterkiefer vor.

»Ihr hab den Schnitt in Sabine Meiers Achsel gesehen. Sein Markenzeichen. Verdammt, ihr habt ihre Kehle gesehen!« Er ließ den Blick über die vor ihm sitzenden Ermittler schweifen.

Vier Männer, eine Frau.

»Ich hatte ihn schon zu oft. Und jedes Mal ist mir dieser Schweinehund durch die Finger geschlüpft. Zu gute Anwälte. Zeugen, die widerrufen haben. Neue Zeugen, die in Massen aufgetaucht sind und für die Verteidigung die letzte Scheiße erzählt haben ... Ihr wisst, was ich meine.«

Seinen Stimme wurde leise.

»Das ist die Chance. Wir haben einen Schuhabdruck.«

»Das ist nicht gerade viel«, knurrte Tajan Davidovic.

Wegmann lächelte bei dem Kommentar. Nichts anderes

hatte er von dem Oberkommissar erwartet, der schon beim letzten üblen Fall zu seiner ganz privaten Task Force gehört hatte.

»Es ist nicht viel, Tajan, ich weiß. Das Modell ist außerdem weit verbreitet. Aber«, er hob den Zeigefinger, »es gibt eine winzig kleine Scharte in einer der Rillen des Profils. Das sollte genügen. Und wenn wir ausnahmsweise wirklich mal Glück haben, liefert das Labor noch mehr, und ich werde der Erste sein, der eine DNA-Spur von Jegor abfeiert, als wäre es wieder die Milleniumsnacht.«

»Von der ich so gut wie nichts mehr weiß.« Die einzige Frau im Raum grinste schief.

Wegmann suchte ihren Blick und fand grüne Augen. »Du, Janine, bist meine Überraschung der letzten Wochen.«

Kommissarin Janine Untereiner hatte erst im Dezember von Rauschgift- zu Kapitaldelikte gewechselt. Ihre Kontakte waren Gold wert.

»Ich gebe mir Mühe, Gerd.« Alles an ihr sagte *Mach mich nicht an* und Wegmann bewunderte ihren gestählten Leib in gleichem Maß wie ihre Attitüde.

Er blickte zur Decke. »Also gut. Was will ich von euch?«

»Du bist so eine Drama-Queen.« Dirk Haase musterte seine Fingernägel. »Und ich weiß ehrlich nicht, was ich hier soll. Ich hocke schön im Trockenen und gucke durch Okulare, während ihr im Regen steht und euch die Ärsche abfriert.«

»Wart's ab.«

Haase hob nur die Augenbrauen.

Kriminalhauptkommissar Gerd Wegmann sah einen nach dem anderen an. »Wie ihr bemerkt habt, seid ihr nicht allein. Ich habe den Partner, mit dem ihr am besten könnt, hinzugezogen. Das hier wird für keinen ein Alleingang! Ihr bleibt zu zweit, ihr baut keinen Mist! Geht raus, forscht, grabt in der Scheiße. Ich will wissen, wo Jegor steckt. Ich will wissen, wo er schläft, wo er isst, wo er atmet. Wo er fickt.«

Er zog gut hörbar die Nase hoch. Sein Gesicht war ausgezehrter, unrasierter Wille.

»Ich habt die Beziehungen. Nutzt sie. Und bringt mir verdammt noch mal Ergebnisse. Das heißt ...« Ein bösartiges Grinsen folgte. »Bringt sie erst mal Dirk. Er wird eure Anlaufstelle sein und die Informationen beurteilen, bündeln und mich kontaktieren, wenn es nötig ist. Ich mach jetzt nämlich Wochenende.«

Haase öffnete empört den Mund, doch bevor er etwas sagen konnte, kam der Leiter der Ermittlungen ihm zuvor.

»Deine Frau hasst mich, ich weiß. Dann lass uns diesen Status quo doch einfach beibehalten.«

Wegmann stand auf.

»Fünfzehn bitte sieben. Sieben bitte!«

Die Stimme hallte blechern durch die Luft.

Gerd Wegmann starrte Rebecca Blumberg an und sah aus, als hätte er auf eine Chilischote gebissen.

»Was?«, säuselte sie, während sie nach einer Packung Tampons griff.

»Rebecca!«

»Was, Gerd?«

»Du bringst unsere Beziehung auf eine Ebene, auf der ich mich nicht wohlfühle.«

»Sieht man.« Sie grinste.

»Es ist Freitagabend. Du hast gesagt, du hättest etwas Besonderes geplant.« Er wirkte verzweifelt.

»Habe ich doch auch.«

»Rebecca!«

»Ich wiederhole mich in dem Fall ausnahmsweise gern: Was, Gerd?«

»Verdammt, Rebecca!«

Wegmann schaute nach links, direkt in das aufgedunsene Gesicht einer Frau jenseits der fünfzig, die drei Kinder vor sich her scheuchte. Er wartete, bis sie verschwunden war,

»Ich schiebe einen Einkaufswagen«, zischte er. »Ich schiebe einen Einkaufswagen, in dem Orangen, Süßkartoffeln, Gemüsefond, abgepackte scheißteure Bio-Salami, seit eben Tampons und ...«, er bedachte die Leiterin der Rechtsmedizin mit einem vorwurfsvollen Blick, »vierlagiges Klopapier deponiert ist.«

Sie trat nah an ihn heran.

»Als ob du nicht auch jeden Morgen auf dem Pott hocken würdest, Herr Hauptkommissar«, schnurrte sie. »Was hast du erwartet, hm?«

»Etwas anderes«, brummte er.

»Lass mich raten. Es hat was mit dir auf mir zu tun.«

»Wenn es dir nicht gefällt – bitte! Vielleicht findest du ja einen Prof. Dr. Irgendwas, der bereit ist, an einem Freitagabend deine Hygieneartikel durchs Einkaufscenter zu karren, ohne sich zu beschweren!«

Sie stutzte.

»Dein Assistent ist ein Klatschmaul.« Wegmanns Miene blieb starr. »Was verschweigst du mir, Rebecca?«

Ihre Lippen wurden schmal.

»Ich brauch noch Schaumfestiger.«

Sie wandte sich nach rechts und kollidierte mit einem anderen Einkaufswagen.

»Oh, ich, tut mir leid«, entfuhr es ihr.

Dann kletterte ein überraschter Ausdruck auf ihre Züge.

Leon legte den Arm um Judiths Schultern.

»Du magst das?«

Seine Frage drang als vorurteilsfreier Hauch in ihr Ohr.

Sie hob den Kopf. »Absolut!«

In Saal 3 des Programmkinos befand sich außer ihnen niemand. Fast niemand, korrigierte der Psychologe sich. Der einsame Hinterkopf eines Mannes sieben Reihen vor ihnen zeigte dessen unverstandene Liebe zum Endzeit-Horror.

Die kleine Frau in seinem Arm überwand das Hindernis der Sessellehne und schmiegte sich enger an ihn.

»Es ist spannend! Ein Meilenstein! Ich hab *28 Days Later* schon fünfmal gesehen. Das ist Romeros Erbe. Glaub mir!«

Er verstand nicht. Er glaubte.

Bereits bei der Eröffnungssequenz spürte Leon Steinkamp, wie Judith in seinem Arm mitfieberte, und ließ sich auf etwas Neues ein.

Tim Taubring blickte auf seine gespreizten Schenkel. Der Stuhl war zu hart unter ihm, quetschte Fleisch, wo es nicht gequetscht sein sollte.

Er schob die Hüften verbessernd hin und her.

»Was?«, nuschelte Cornelia. »Nicht gut?«

»Doch, mach weiter.«

Er schloss die Lider, öffnete sie wieder, nur einen Spalt, betrachtete ihren Kopf, das blonde Haar, dachte an den Rave, bei dem sie sich zum ersten Mal begegnet waren. 1998. 1999?

I can't get no sleep.

Er widerstand dem Impuls, ihr Haupt zu umklammern, zu führen, hoch und runter, und plötzlich war er sich sicher, wusste es noch wie gestern, 1999. Sie war bis oben hin zugedröhnt gewesen. An jenem Abend. Als sie sich nach wenigen Stunden zum ersten Mal geliebt hatten. Auf dem Parkplatz, auf der Motorhaube eines Audis. Ihr Lachen. Der aufgebrochene Neon-Leuchtstab. Die martialischen Plateau-Boots und ihre verlangenden Hände, die sein Gesäß gepackt und ihn fordernd in sich gedrückt hatten. Ich werde 31. Nächste Woche.

31.

Er kniff die Lippen zusammen.

Seine Hände umfassten ihren Kopf. Bewegten ihn schnell. Cornelia schnappte nach Atem, ließ sich führen, gurgelte und er zog zischend die Luft ein, als er ejakulierte.

Im Kinderzimmer erwachte Anna und schrie.

Hauptkommissar Gerd Wegmann sah dabei zu, wie Rebecca sich an dem fremden Einkaufswagen vorbeidrückte und den schmächtigen Mann ansprach, der ihn schob.

»Janosch! Dass ich Sie hier treffe!«

Ein inniger Handschlag.

»Dr. Blumberg! Das muss eine Ewigkeit her sein!«

Beide lächelten sich an.

Ganz toll, dachte Wegmann, war ja klar. Sie trifft einen alten

Bekannten und du hast vierlagiges Klopapier im Wagen. Vierlagiges extra sensitiv Klopapier.

Er schnaufte.

Dann wanderte sein Blick einen Meter weiter nach rechts und stoppte auf dem Antlitz einer älteren Frau, bei der es sich offensichtlich um die Begleitung des Mannes namens Janosch handelte. Ihre perfekt dunkelbraun gefärbten Lippen hoben sich zu einem kaum erkennbaren Grinsen.

Wegmanns gelang es im letzten Moment, nicht ihren Namen zu sagen.

Gabriel Duhn betrachtete ihr Bett. Die Kerzen auf dem Nachttisch. Fünf. Wie immer. Fünf. Gerade genug Licht zum Lesen.

Ihre Haut war weich, frisch eingecremt, ihre Beine rasiert. Sie verzog den Mund. Für wen eigentlich!

Wegmanns Silhouette auf der Bettkante erschien vor ihr, verblasste, erschien wieder. Wurde überdeutlich. Eine Woche war es her. Eine verdammte Scheißwoche. Sie schleuderte den Groschenroman, den sie in der Hand hielt, in die Ecke des Schlafzimmers. Dann hob sie das Glas Rotwein an ihre Lippen, leerte es und ging ins Bad zurück.

Innerhalb einer Viertelstunde war sie angezogen und geschminkt.

Sie verließ ihre Wohnung.

Der Push-up, den sie für ihn gekauft hatte, zwickte. Aber er machte aus wenig mehr. Und Gabriele war bereit, heute Nacht nicht anderes zu tun, als zu lügen.

»Dein Arsch ist empfindlich, was?«

»Nicht meiner, ihrer.«

Die Frau an seiner Seite lachte leise.

»Deine Rechtsmedizinerin ist appetitlich, Gerd. Und ich finde es mehr als amüsant, dich hier zu treffen.«

»Ich finde es mehr als amüsant, dass du überhaupt selbst einkaufst, Inken.«

»Oh, glaub mir, Gerd, dahinter steckt viel mehr.«

Aus versteckten Boxen wehte leise Musik durch die Gänge des Einkaufcenters. Bossa Nova. *The Girl from Ipanema.*

Wegmann schaute nach vorn.

Seit mehreren Minuten schon waren Dr. Blumberg und Janosch in ein angeregtes Gespräch vertieft und scherten sich nicht um das, was um sie herum geschah.

»Sag mal, kenn ich ihn?« Wegmann runzelte die Stirn.

»Ja«, sagte Inken Eisegoth knapp. »Na los, streng dich an! Ich bin gespannt!«

Er ließ den Blick über den schlanken Mann gleiten. Da war etwas. Aber es blieb ein Schatten.

»Gerd!« Rebecca wandte sich ihm zu und strahlte übers ganze Gesicht. »Das ist Janosch Markewocz!« Sie deutete auf ihren Gesprächspartner. »Er ist Experte für das dynamische Verhalten roter Blutkörperchen. Wir haben vor sechs Jahren zusammen an einem bemerkenswerten Fall gearbeitet.«

Lächelnd sah nun auch Markewocz Wegmann an. Es dauerte nicht einmal eine Sekunde, bis seine Mimik erstarrte.

Ha!, dachte der Hauptkommissar. Seine Augen! Ich weiß es!

»Guten Abend«, sagte er mehr als freundlich.

Markewocz senkte den Blick und wirkte sichtlich erleichtert, als Dr. Blumberg ihn wieder in Fachsimpelei verstrickte.

»Eine Maske, korrekt?«, sagte Wegmann leise zu der Frau, die geschmackvoll gekleidet neben ihm stand. »Eine Latexmaske und ein Stringtanga. Ehrlich, Inken! Wie hätte ich den Typen, der damals halbnackt unter deinem Schreibtisch gehockt hat, erkennen sollen? Er ist angezogen! Er sieht ... normal aus.«

»Du bist der Bulle.« Ihre linke Augenbraue schnellte nach oben, als sie ihren Sandkastenfreund betrachtete.

»Und du die Domme.« Der Hauptkommissar schenkte ihr einen kurzen, liebevollen Blick.

Inken schwieg. Dann zog Genuss über ihre Miene. »Wie geht's deinem kleinen Kollegen?«

»Nenn ihn nicht klein.«

Sie schnaubte amüsiert und widmete ihre Aufmerksamkeit wieder den beiden Medizinern, die zwischen Einkaufswagen und Sonderangeboten in alten Zeiten schwelgten.

»Fünf ...«, sagte sie.

»Genau, das war es.« Wegmann nickte. »Fünf. Du nennst ihn Fünf.«

Inkens Gesicht wurde streng. »Fünf hat eine Belohnung verdient. Und eine Strafe.«

»Wieso?«

»Geht dich nichts an.«

»Bestrafst du ihn mit einem Einkaufsbummel?«

»Indirekt.«

»Was hat er getan?«

»Du bist dreist. Das gefällt mir.« Ihr Blick schraubte sich in seinen. »Wenn du mir jetzt noch sagst, dass du deine Waffe trägst ... Hier, zwischen all dem Vieh ... Ich könnte meine Prinzipien überdenken, Gerd.«

Er lachte leise. »Vieh ist hart, Inken.«

»Und? Trägst du?«

»Da muss ich dich enttäuschen. Meine Knarre ruht ordnungsgemäß verstaut im Präsidium. Ich bin ein unbewaffneter Beamter.«

»Schade.«

»Tja. Und was hat Fünf nun verbrochen?«

»Er ist gekommen, bevor ich es erlaubt habe.«

Wegmann spitzte die Lippen.

»Ich bin in der Hinsicht sehr eigen, Gerd.«

Nicht nur du, dachte er, während sein Blick das superweiche Toilettenpapier streifte, was der ganzen Situation eine bizarre Note gab.

»In seinen Schuhen stecken Einlagen mit stählernen Spikes.« Inkens Tonfall haftete etwas Gönnerhaftes an. »Nach oben gerichtet.«

»Autsch.«

»Wenn du es so nennen willst ... Autsch mit jeder Verlagerung seines Körpers. Er hat es sich redlich verdient. Er genießt es.«

Wegmann runzelte die Stirn, dachte daran, wie Inken und er Fangen gespielt hatten, wie sie gerauft hatten und er immer wieder den Kürzeren gezogen hatte, er dachte an die vielen Männer und Frauen, die sich ihr unterwarfen. Männer und Frauen, zu denen er nie gehört hatte.

Rebecca berührte Markewocz freundschaftlich am Arm und lachte.

»Richte Tim einen Gruß von mir aus«, sagte Inken Eisegoth.

Was ein Zuhause war, hatte er schon längst vergessen.

Wie so vieles andere.

Sein Leben zuvor, die Kontoauszüge, die er ebenso akribisch abgeheftet hatte wie jede einzelne Gebrauchsanweisung, Rechnung, Versicherungspolice. Bevor es passiert war. Bevor sie passiert war. Die Alimente hatten ihn erdrückt, die Kündigung war nur der letzte Hauch gewesen. Das kurze Pusten, das ihn über die Kante der Gesellschaft gestoßen hatte. Die Freunde, die keine gewesen waren. Es war schon so lange her.

Seine Hände steckten in Wollhandschuhen. Maschen öffneten sich an seinem Zeigefinger, als er in die Jacke des Toten griff und eine Börse ertastete.

Der Abend war gut zu ihm.

Er hustete. Ignorierte das frische Blut auf der grauen Wolle, das getrocknete Blut auf dem Gesicht, das wie ein grotesk aufgeblasener, lilafarbener Sack wirkte. Er durchwühlte die Hosentaschen, fand nichts.

Das Scheinwerferlicht eines vorbeifahrenden Autos glitt scharf über die Kanalkante. Er warf einen letzten Blick auf das tote Gesicht und tätschelte der Leiche die Wange.

Dann stand er auf und warf den geleerten Geldbeutel in den Fluss.

Immerhin siebzig Euro.

Kommissar Flavio Garcia parkte den Wagen halb auf dem Gehweg. Er stieg aus, schnippte die Kippe in die Gosse und ging auf die Lichter zu.

»Nein, so was«, sagte die Frau.

Garcia sagte nichts.

Das Neonschild des Kiosks flackerte.

»Du willst also reinkommen.«

Er verzog den Mund, blickte zur Seite.

Sie sah ihn an. »Mein Hübscher. Ich kann zuhören.«

17

»Ich verstehe dein Problem nicht.« Rebecca Blumberg stand mit der Kaffeekanne in der Hand mitten im Raum und schüttelte den Kopf.

Genervt hob Wegmann die Hände. »Es ist kein Problem! Du machst eins draus.«

»Mach ich nicht.«

»Machst du wohl. Ich hab nun mal einfach keine Lust, an einem«, er betonte das folgende Wort theatralisch, »Freitagabend kurz vor Ladenschluss einkaufen zu gehen. Wenn ich das mache, dann allein. Weil ich noch Bier brauche.«

Sie verdrehte die Augen. »Es passt also nicht in dein Macho-Weltbild?«

»Das ist mir jetzt zu blöd, ehrlich.« Er griff nach einem Toastbrot, legte es auf seinen Teller und begann, Butter darauf zu verteilen. »Vielleicht will ich einfach keinen Alltag, Rebecca. Vielleicht will ich einfach nur ein dreckiges Wochenende.«

Er sah nicht auf, als er mit dem Messer Aufstrich aus dem Plastiktöpfchen schaufelte.

Dr. Blumberg schmunzelte. Dann stellte sie die Kaffeekanne zurück auf die Warmhalteplatte. Mit wenigen Schritten stand sie unmittelbar neben dem Ermittler, der nur mit einer Anzughose bekleidet am Küchentisch saß.

Sie öffnete ihren Morgenmantel.

Wegmann verharrte mit dem Messer in der Hand und Frischkäse auf dem Brot.

»So in etwa?« Ihre Stimme war Seide.

»Äh«, sagte er.

Und schon schloss sie den Mantel.

»Alltag gehört dazu, Gerd. Was macht eigentlich euer Fall?« Sie wusste, wie man entzaubert.

Er redete lange. Erklärte. Trank zwei Tassen Kaffee derweil. Aß zwei Toastbrote. Rauchte nicht. Sie betrachtete die Kette, die immer wieder die Position auf seiner Brust änderte, das kleine Medaillon daran, in dem Fotos von seiner Schwester und seiner Mutter ruhten, betrachtete seinen Bartschatten, die Narbe über seiner linken Augenbraue, sein Haar. In etwa zwei Wochen würde er zum Frisör gehen. Seit sie ihn kannte, trug er das Haar kurz, übergehend in dunkle Koteletten, die einen Tick zu lang waren. Nicht lang genug, um exzentrisch zu sein. Grau an den Schläfen, nur ein wenig. Wie überall an seinem Körper. Ein Klassiker.

»Und weißt du, was mich am meisten ärgert?« Er rümpfte die Nase. »Dass dieses blöde Arschloch gute Chancen hat, uns wieder durch die Lappen zu gehen!«

Sie sagte nichts. Der Zeitpunkt war noch nicht gekommen.

Einige Sekunden vergingen.

»Ich muss mich anziehen, Gerd.«

Irritiert sah er sie an. »Ich dachte, du hättest heute und morgen frei? Also, zumindest heute ...«

»Dachte ich auch. Die SMS kam um halb sieben.«

»Mann, Rebecca.« Die Enttäuschung war nicht überhören.

Mit einem schiefen Grinsen zuckte sie die Schultern. »Ich zieh mich eben an. Bin gleich wieder da.«

Dann ging sie ins Schlafzimmer. Fühlte die Spitze von BH und Slip überdeutlich an ihrem Leib, während sie Rock, Bluse und Jackett wählte. Die Nylons zogen eine Laufmasche, als Rebecca sie über das Knie nach oben rollte, und sie hörte das Glucksen der Kaffeemaschine, während sie leise fluchend die Schublade durchwühlte und keine Ersatz-Strumpfhose fand. Als sie kurz darauf die Küche betrat, klemmten sich halterlose Strümpfe an ihre Schenkel. Sie würde heute frieren müssen.

Wegmann wirkte müde.

»Leg dich doch einfach wieder hin«, schlug sie vor.

Ihre Handtasche hing am Stuhl, der riesige Schlüsselbund ruhte in einer Glasschale auf dem Tisch. Dr. Rebecca Blumberg ergriff beides.

An der Tür drehte sie sich noch einmal um.

»Falls du nachher rausgehst, Gerd … Besorg doch bitte Rotwein. Die letzten beiden Flaschen haben wir vergangene Nacht plattgemacht. Und übrigens, ich habe vorgestern mit Dr. Jonson von der plastischen Chirurgie geschlafen. Schönen Tag dir.«

Die Apartmenttür fiel ins Schloss.

Wegmanns Mund öffnete sich. Blieb offen. Er zwinkerte ungläubig, versuchte, das Gehörte zu verarbeiten, es wollte nicht gelingen, was … was hatte sie da gerade gesagt, das konnte nicht –

Sein Handy klingelte.

»Gerd.« Dirk Haase klang ernst. »Komm. Schnell.«

Der Mann, der auf der Fronthaube des Streifenwagens hockte, heulte immer noch.

»Ich krieg den nicht ruhig, Gerd!«

Tim Taubrings attraktives Gesicht war grau und gestresst. »Und ich will ihn nicht runterspritzen lassen, falls endlich mal jemand aus der Rechtsmedizin hier auftaucht! Vielleicht möchtest du es versuchen ...?«

Er wusste, wie sinnlos die Frage war.

Kopfschüttelnd drehte Taubring sich um und ging zum Streifenwagen zurück. Der kleine Terrier, der zitternd neben den Füßen des Auffindungszeugen ausharrte, kläffte ihn an. Von weiter hinten erklang eine Schiffssirene.

Hauptkommissar Gerd Wegmann glotzte auf den Kanal. Ein stiller Arm, nicht industriell genutzt. Zu schmal. Das Wasser war nicht so trüb, wie es sein sollte.

Nicht so, wie es sein sollte.

Die Falten um seinen Mund wurden tiefer.

Er saß auf einer von Graffiti überzogenen Bank, weit genug vom Tatort entfernt. Es war bereits die dritte Zigarette.

Und es ist nicht einmal ein Tatort, dachte er. Mit gerunzelter Stirn betrachtete er den glimmenden Stängel, schnippte ihn dann in hohem Bogen in den Fluss.

Wie es sein sollte ...

»Gerd.«

Dirk Haase trat neben ihn, schob die Brille hoch und blickte auf die konzentrischen Kreise, die sich im Kanal bildeten. »Ich mach's kurz. Ich weiß, wann ich Beziehungsstress vor mir habe. Du hast es vorhin geradezu ausgeatmet.« Er schnaubte. »Ich spotte nicht.«

Wegmann schaute immer noch starr geradeaus.

»Was willst du, Dirk?«

»Ich will dich am Tatort. So wie du mich zu deinem ... verfluchten Stellvertreter gemacht hast gestern.«

»Es ist kein Tatort.«

»Komm schon! Du kannst gern klugscheißen, aber nicht hier. Vor dich hin sinnierend, weil deine Frau dir eine Szene gemacht hat. Das kommt halt vor.«

Sie ist nicht meine Frau, dachte Wegmann.

Und es war auch keine Szene.

Es war eine Quittung.

Ein beschissener Patt.

»Also gut«, brummte er und stand auf. »Gehen wir.«

Dirk Haase hob überrascht die Brauen.

»Na dann ... Wunderbar.«

»Wann wird Rebecca hier sein?«

»Gar nicht, Gerd. Sie schickt ... Und da ist er auch schon.« Tim Taubring blinzelte die schmale Gestalt an, die sich näherte.

»Morgen, Winter«, grüßte er knapp und machte sich nicht die Mühe, seine Abneigung zu verbergen.

»Morgen, Taubring«, entgegnete der Mediziner. Dann nickte er dem Leiter der Ermittlungen zu.

»Hallo, Wegmann. Ich hätte nicht gedacht, dass wir uns so schnell wiedersehen.« An seiner Seite wirkte der schwarze Koffer, der die nötigen Instrumente für eine erste Bestandsaufnahme enthielt, riesig.

Der Hauptkommissar wies präsentierend zur Seite. »Bitte, Sie haben freie Hand. Ich gehe davon aus, dass Ihnen das Prozedere bekannt ist.«

»Aber ja.« Mark Winter öffnete den Koffer und zog Handschuhe heraus. »Sobald der Erkennungsdienst den Kleckerkram erledigt hat, lege ich los.«

Wegmann presste die Lippen zusammen.

Rebeccas Assistent ließ seine rechte Hand in das gepuderte Latex gleiten. »Ah, bevor ich's vergesse: Ich soll Ihnen etwas von Dr. Blumberg ausrichten.« Seelenruhig betastete er Finger um Finger, drückte Luft in Richtung seiner Handinnenfläche. »Es können gern auch drei Flaschen Rotwein sein«, sagte er lächelnd.

Wegmann wandte sich ab und ging zu der Leiche.

Die Frau, die im Eingangsbereich des Präsidiums wartete, war dick.

Und auf ausgefallene Art schön, stellte Flavio Garcia fest. Das kurze dunkle Haar schmiegte sich um ein flächiges Gesicht, dessen Ausdruck selbstbewusst gewirkt hätte, wenn da nicht die Tränen gewesen wären.

Zwei Streifenbeamte bugsierten einen sich laut beschwerenden Mann an ihr vorbei. Alkohol umgab die kleine Gruppe und erklärte alles.

Samstag, kurz vor neun.

»Guten Morgen.« Flavio deutete kurz auf sich und seine Kollegin, bevor er die Hand ausstreckte. »Wie können wir Ihnen weiterhelfen, Frau ...?«

Sie war größer, als sie von Weitem gewirkt hatte. Ihr Händedruck war fest.

»Susa de Vries.«

Der Name passte nicht zu ihr. Ihre Stimme erst recht nicht.

»Ich rede nur mit dem Leiter der Ermittlungen«, sagte sie. Sinnlich. Dunkel.

Flavio setzte zu einem charmanten Lächeln an. »Und woher wollen Sie wissen, dass ich das nicht bin?«

Ihre Miene blieb ungerührt. »Sie sehen nicht wie ein Gerd Wegmann aus. Sie sehen wie ein Aufreißer aus. Entschuldigung.«

Gabriele verkniff sich ein Grinsen. Dann verharrte ihr Blick auf der verschmierten Schminke, der Trauer, und eine Ahnung ergriff sie.

»Duhn«, stellte sie sich vor und streckte die Hand nicht aus. »Wollen Sie vielleicht mit mir reden?«

Die große korpulente Frau musterte sie eine Spur zu lang und bestätigte die Ahnung.

»Unter anderen Umständen ... sofort. Aber heute ... Nein. Ich rede nur mit dem Leiter der Ermittlungen. Ich rede nur mit Gerd Wegmann.«

Der natürlich kein Aufreißer ist, dachte Garcia.

»Dann müssen Sie warten«, sagte er.

»Werde ich«, sagte sie.

Es war unangenehm. Seine Hüften waren unangenehm.

Gerd Wegmanns Lippen zogen sich zurück, während er den Rechtsmediziner betrachtete, der über der Leiche hockte. Er hätte keinen Schutzanzug mehr tragen müssen, Dirk Haases Leute hatten ihre Arbeit längst beendet. Mark Winter tat es trotzdem. Machte alles richtig. So verdammt akribisch richtig.

Seine Hüften ... unangenehm. Unter dem Weiß des Anzugs war normalerweise nicht viel von dem darinsteckenden

Körper zu erkennen. Nicht so bei Winter. Seine Hüften hoben sich ab, wirkten zu schmal, ein winziger Arsch, der sich wiegend hin und her schob, während der dazugehörige Mann den Leichnam beäugte, erste Proben und Maß nahm, Notizen in sein Diktiergerät sprach.

Wegmann schnaufte.

Winter wirkte nicht wie ein Kollege.

Er wirkte wie etwas, das an diesem Ort nicht sein sollte.

Als Rebeccas Assistent dem Toten die von der Nacht durchnässten Hosen behutsam nach unten zog und das Thermometer zückte, wollte Wegmann sich abwenden. Doch das zerschlagene Gesicht, das sich ihm zuwandte, als Winter die Leiche zur Seite drehte, hielt ihn fest.

Vor einer Dreiviertelstunde war er am Hafen eingetroffen.

»Es ist nicht irgendein Toter«, sagte Dirk Haase.

Er hatte Wegmanns Ankunft noch vor Taubring bemerkt und empfing den Hauptkommissar, nachdem dieser neben einem Einsatzwagen geparkt hatte und gerade ausstieg.

»Danke, dass du nicht den Dienstweg gewählt hast und direkt hergekommen bist.« Haase deutete mit dem Kopf auf Wegmanns privates Fahrzeug.

»Na hoffen wir mal, dass ich keinen Unfall baue, wenn ich zum Präsidium zurückfahre«, sagte Wegmann und schloss den Ford ab. »Und wenn doch, verweise ich die Versicherung direkt an dich, mein Lieber!« Das helle Grau des Himmels stach unangenehm in seine Augen. Er kniff die Lider zusammen und blinzelte den Leiter des Erkennungsdiensts verstimmt an. »Wieso sollte ich herkommen? Da hinten stehen zwei Kollegen, die zu Jacobsens Team gehören. Das hier ist nicht mein Fall, Dirk.«

Haases Miene war starr.

»Es ist nicht irgendein Toter«, wiederholte er nur. *»Komm mit.«*

Er hatte nicht zu viel versprochen.

Gerd Wegmann versuchte, so etwas wie einen Blick des Toten zu erhaschen, so trübe seine Augen auch waren. Aber da war nichts. Nur das aufgedunsene Antlitz. Dunkel verfärbt durch unzählige Einblutungen ins Gewebe. Das linke Auge quoll zwischen dicken Lidern hervor, das Weiß war von Blut durchzogen, die Iris ragte wie ausgestülpt nach oben, schubste die Pupille Richtung Himmel. Den Scheißhimmel.

Mark Winter führte das Thermometer ins Rektum ein.

Wenigstens sieht er dich dabei nicht an wie damals dieser Scheißkerl Reuter, dachte Wegmann,

Er atmete tief durch und konnte trotzdem nicht verhindern, dass sich Dr. Ralf Frederick Reuters elegante Gestalt über die schmächtige Silhouette Mark Winters legte.

Reuter …

Rebeccas verstorbener Ehemann. Koryphäe, bewundertes Aushängeschild der Rechtsmedizin, arrogantes Schwein. Und zu guter Letzt doch nur ein Mann, der einen Liebhaber zu viel erniedrigt und ausgeblutet im Sektionssaal sein Ende gefunden hatte. Rebecca hatte sich nicht erst scheiden lassen müssen, um frei zu sein.

Nicht so wie du vor neun Jahren.

Um seinen Mund strich ein säuerlicher Ausdruck, als sich ein weiterer Name in seine Gedanken drängte.

»Ich habe mit Dr. Jonson von der plastischen Chirurgie geschlafen.«

Winter zog das Thermometer aus dem After des Toten und beäugte es kritisch.

Dr. Jonson. Jonson …

Nie gehört.

Der akademische Grad reichte aus.

»Konzentrier dich, Gerd.« Dirk Haases Stimme war ein gehauchter Anker. »Ich kann den kleinen Pisser genauso wenig leiden wie du, obwohl ich ihn nicht mal kenne. Also gib uns beiden nicht die Blöße, okay?«

Der Hauptkommissar nickte. Dann wanderte sein Blick zum rechten Auge des Toten, dem Glaskörper, der ausgelaufen war und eine schleimige Spur auf dem getrockneten Blut auf der Wange hinterlassen hatte.

Weiter nach unten.

Über den mehrfach gebrochenen Kiefer. Man musste kein Mediziner sein, um es zu erkennen. Alles war krumm.

Weiter nach unten.

Über den Hals, der in einer geöffneten Sportjacke steckte. Der tote Mann hatte keinerlei Gegenstände mit sich geführt. Kein Handy. Keinen Geldbeutel, keinen Ausweis, keinen Schlüssel. Nichts, als man ihn aus einem Auto gestoßen hatte und sein lebloser Körper einige Meter weit gerollt war, bis ein größerer Stein am Ufer ihn daran gehindert hatte, im Kanal abzutauchen. Die Spuren waren eindeutig. Es war kein Tatort. Es war ein verdammter Fundort. Und dass die Leiche nicht im Fluss versunken war ...

Zufall?

Absicht?

Konnte es einen schmachvolleren Abgang geben?

Wegmann verzog angewidert das Gesicht, als er die Reste von Ausscheidungen an der Hose entdeckte.

Absicht.

Weiter.

Sein Blick wanderte über die langen Beine. Das linke hing unnatürlich abgespreizt zur Seite. Und dann war da das Unfassbare, schwarz mit weißen Dekorstreifen. Der Grund für Dirk Haases Anruf. Nicht nur die rötlichen Haare. Ein Paar Sneaker. Das Modell passte. Die Scharte im Profil ebenso.

Der Tote am Kanal war Jegor.

Dr. Rebecca Blumberg saß in ihrem Büro und dachte an das, was ihr Gynäkologe ihr vor ein paar Tagen offenbart hatte. Ganz nebenbei, während einer Routineuntersuchung und dem darauffolgenden Eingriff. Austausch der Spirale, keine große Sache.

Dr. Bradav war kein einfühlsamer Mann. Er war gut. Das genügte. Rebecca brauchte keine verständnisvollen Finger in ihrem Unterleib. Nicht, wenn es um Verhütung und Vorsorge ging. Das Stirnrunzeln war für seine Verhältnisse schon viel an Emotion gewesen.

»Dass sie schwanger waren, wussten Sie?«

Sie starrte auf den Kalender, der vor ihr auf dem Schreibtisch lag. Rechnete zurück. Rechnete wieder und wieder. Erinnerte sich an die Nacht, den Moment, als sie auf dem vereisten Weg vor ihrer Haustür ausgerutscht und gestürzt war. Die kurze, schmerzhafte Blutung danach. Ihre Periode, die zu lange ausgeblieben war. Davor.

Sie rechnete. Wieder und wieder.

Drei Männer.

Tim.

Der Student, dessen Namen sie nicht einmal kannte.

Gerd.

»Machen Sie sich keine Sorgen, so ein Abgang kann unbemerkt erfolgen. Das ist nicht ungewöhnlich. Alles ist in bester Ordnung. Sie können weiterhin empfangen. Und jetzt entspannen Sie sich.«

Ihre Hand griff zum Hörer, wollte Leons Nummer wählen. Sie zog sie zurück und bedeckte ihre Augen.

»Ich lade dich ein.«

»Hm?«

»Auch wenn du schon gefrühstückt haben solltest, Gerd: Ich lade dich ein. Sobald wir hier fertig sind. Ich kenne ein kleines Restaurant in der Nähe, das Carbonara traditionell zubereitet. Da schießt dein Cholesterinspiegel schon vom Angucken in die Höhe.«

Tim Taubring grinste verlegen und Gerd Wegmann liebte ihn dafür.

»Gerne«, sagte er.

»Entschuldigung, Herr … Wegmann?«

Der Hauptkommissar blickte den dunkel gekleideten und bemüht pietätvoll dreinschauenden Mann an. Es war ihm noch nie leichtgefallen, sich auf die unterschiedlichen Bestatter einzulassen. Aber die Stadt war nun mal groß.

»Wir wären dann so weit.« Das Gesicht des dürren Kerls zog sich in die Länge.

Seine Kollegin, die hinter ihm stand, lächelte.

»Bitte«, sagte Wegmann. »Sie wissen ja, wohin Sie ihn bringen müssen.«

Gabriele Duhn reichte der wartenden Frau ein Glas Mineralwasser. Dann ließ sie sich auf dem Stuhl neben ihr nieder.

»Wollen Sie nicht doch reden? Normalerweise dürfte ich Ihnen das gar nicht sagen, aber Herr Wegmann ist zur Zeit an einem Tatort eingebunden. Es kann wirklich lange dauern, bis er hier eintrifft.«

Susa de Vries' Blick unterzog die Frau, die rechts von ihr saß, einer strengen Prüfung. Dann schien sie etwas in Gabrieles Augen zu entdecken. Sie berührte die Polizistin sanft am Arm.

»Ich bin Holländerin«, sagte sie.

Gabriele lächelte. »Ich will kein Vorurteil bedienen, aber das dachte ich mir schon.«

»Kein Problem.« Die große Frau blieb ernst. »Aber es ist wichtig.« Eine Spur Akzent war zu hören.

Die Oberkommissarin runzelte fragend die Stirn.

Susa de Vries hingegen sah den Boden an. »Sabine. Sabine Meier.« Sie hauchte den Namen.

Die zweite Tote. In Gabrieles Geist glomm eine Vermutung auf.

»Wir wollten heiraten. In meinem Land.«

Die Holländerin hob die rechte Hand. Der Ring an ihrem Finger war schlicht. »Europa ist noch nicht so weit. Wir waren es.«

Gabriele Duhn presste die Kiefer zusammen, als Dr. Blumbergs Worte durch ihren Kopf zogen.

»Und mindestens zwei Männer hatten mit ihr Verkehr, bevor sie starb. Es könnten auch drei gewesen sein, im Rektum war zu viel Blut. Einer war wohl zu üppig gebaut. Oder zu ungeduldig.«

Das Bedürfnis, de Vries' Hand zu ergreifen, wurde übermächtig.

Gabriele widerstand.

»Wollen Sie eine Aussage machen?«

»Ich bin's.« Kommissarin Untereiners Stimme klang nach einer durchgemachten Nacht.

»Janine«, sagte Hauptkommissar Wegmann und presste das Handy an seine Wange. Der bleigraue Transportsarg stand aufgeklappt vor seinen Füßen.

»Niemand weiß, wo Jegor steckt. Ich hab alles angestochen, was ich anstechen konnte, Gerd. Er war da, ja. Aber seit zwei Tagen hat ihn niemand mehr gesehen.«

Der Leiter der Ermittlungen seufzte. »Wurdest du nicht angerufen?«

»Schon möglich, dass irgendwer es probiert hat. Und falls du Taubring damit meinst: Sieh es ihm nach. Ich wäre bescheuert, wenn ich dort, wo ich letzte Nacht war, mein Handy nicht ausgeschaltet hätte.« Sie brummte abgehackt. »Wenn mich einer versteht, dann du. Behaupte ich einfach mal so.«

Wegmann schmunzelte. »Du hast gesoffen.«

»Hab ich. Fallrelevant.«

»Und dein Kollege?«

»Hat mir ganz deinen Erwartungen entsprechend den Rücken freigehalten. Stefan ist wie ...«

»... die Hand unterm Rock.«

»Ich trage keine Röcke, Gerd. Und selbst wenn, hätte Stefans Hand da nix verloren.«

»Schon klar.«

»So oder so: Keine Spur von Jegor. Tut mir leid, dass ich dich enttäuschen muss.«

»Er ist tot, Janine. Ich stehe vor seiner Leiche.«

»Ah, okay. Passt dann ja. Ich fahr nach Hause, muss schlafen.«

Wegmann lachte.

»Lass dich fahren«, sagte er. »Ich sollte dich einladen.«

»Mach's doch«, sagte sie.

Hauptkommissar Gerd Wegmann roch nach Rauch, als er an den kleinen Tisch zurückkehrte.

»Ich glaub's einfach nicht«, brummte er.

»Tja.«

Grinsend pikste Tim Taubring eine Olive auf und schob sie sich in den Mund. Er kaute genüsslich, bevor er schluckte. »Es ist halt verboten hier drin. Aber glaub mir, das Essen ist es wert.«

Sein Freund schnaubte trocken. »Ich hab ausnahmsweise nicht von meiner Sucht gesprochen.« Er rieb sich die Hände und pustete darauf. »Aber ich hätte vorhin mal besser meinen Mantel angezogen. Meine Finger fühlen sich an wie Eiszapfen. Außerdem schifft es.«

Wegmann dachte an die wenigen Minuten in der Kälte vor der Tür des Restaurants zurück.

Während er dem Freizeichen lauschte und hektisch an der Zigarette zog, blickte er auf den Schotter, der den Parkplatz bedeckte. Rebecca nahm nicht ab. Wie schon die beiden Male zuvor. Die junge Frau, die auf der anderen Seite des Eingangs stand und ebenfalls rauchte, sah ihn an.

»Sie ist sauer, hm?«

»Bitte?«

Verwundert glotzte er sie an.

Sie zuckte nur die Schultern, trat die Kippe aus, sah ihn noch einmal an, um dann mit einem nicht zu deutenden Lächeln ins Warme zurückzukehren. Ihr Rock war zu kurz für die Temperaturen und ihre Absätze zu hoch für alles, was abseits des Betts passierte.

Taubrings wohltönende Stimme riss Gerd Wegmann aus seinen Gedanken.

»… und im Prinzip war's das also.«

Tim legte die Gabel auf dem kleinen Teller ab und schüttelte den Kopf.

»Das kann einfach nicht sein!«

Der Hauptkommissar breitete die Serviette auf seinem Schoß aus. Dann ließ er den Blick über die anderen Gäste schweifen. Jeder Tisch war besetzt. Männer, Frauen, Paare. Meetings. Zu viel Freizeit. Was auch immer. Und keine Spur von dem Rock, den Absätzen – an keinem der Tische saß ein Sexspielzeug, das ein mutiger Geschäftsmann ausführte, um den Kick des möglichen Auffliegens zu genießen. Wegmann konnte sich nicht an ihre Haarfarbe erinnern, es war nicht einmal fünf Minuten her, gottverdammt, und ihr Gesicht war bereits zu einem Schemen mit eisblauen Augen geworden.

Er runzelte die Stirn. Was war nur mit diesem verfluchten Samstag los?

»Gerd? Hallo?«

»Was?«

Der Blick, den sein Freund ihm zuwarf, war ernst. »Hör mir zu. Hör mir einfach zu.«

Wegmann schaute auf den gedeckten Tisch hinab. Rosafarbene Nelken in einer Vase. Eine kleine Kerze. Zwei Tauben aus Porzellan. Ein Pärchenplatz. Was für ein Mist.

»Mir geht's beschissen, Gerd.« Taubring klang abgeklärt. »Genauso wie dir. Ich will nicht groß ins Detail gehen, aber ich habe das Bedürfnis, es dir zu sagen.«

Der junge Kommissar blickte kurz zur Seite, bevor er Wegmann wieder unmittelbar in die Augen sah. »Lass es uns in einem Satz fixen und dann abhaken, okay?«

»Okay.«

»Fang du an.«

Wegmann wartete einen Moment, atmete prustend aus. Dann sprach er. »Rebecca hat mit einem ihrer Kollegen gevögelt. Am Donnerstag. Als ich von der Presse vor der ganzen Stadt bloßgestellt worden bin und zwei Nutten, die mich für lau gebumst hätten, abgewimmelt hab.«

»Das waren drei Sätze.«

»Es ist auch dreifach scheiße.«

»Auch wieder wahr.«

»Jetzt du.«

Taubring blinzelte nicht, als er sprach.

»Ich glaube, ich will unsere Babysitterin flachlegen.«

»Zweimal die Carbonara«, flötete die Kellnerin und stellte die dampfenden Teller auf dem Tisch ab. »Guten Appetit!«

»Flavio, du solltest dabei sein.« Gabrieles Stimme tönte dumpf aus dem Handy. »Raum 3.14, die de Vries wird aussagen.«

Der Kaffeeautomat knurrte, und Kommissar Garcia schlug kräftig an die Seite des bulligen Geräts. Wie ein pawlowscher Hund. Der Becher plumpste in den Ausgabeschacht. Milchkaffee folgte.

»Bin in vier Minuten da«, sagte er.

»Vier Minuten?« Sie lachte. »Nicht vielleicht doch fünf?«

»Vier Minuten.«

Seufzend betrachtete Gerd Wegmann das Eigelb, das langsam auf dem Berg Pasta zerlief.

»Das sieht wirklich gut aus«, stellte er fest.

»Ich mag zwar viele Fehler haben ... Aber wenn's ums Essen geht, halte ich meine Versprechen.« Taubring begann, Spaghetti um die Gabel zu drehen. »Jegor ist also tot.«

»Ja.«

Tim hob die Gabel an und zeigte mit einem kleinen Pastaknäuel in Richtung seines Freundes. »Ah, das hätte ich beinahe vergessen. Tajan hab ich noch am Fundort erreicht. Als du mit den Bestattern gesprochen hast. Er war schon halb im Tiefschlaf.«

Wegmann nickte, als sein Kollege das zweite Team erwähnte, das er gestern auf den Russen angesetzt hatte. »Ich gehe davon aus, dass Tajan genau wie Janine nur herausgefunden hat, dass Jegor seit zwei Tagen von keinem mehr gesehen wurde.«

»Exakt.«

»Immerhin sind unsere Leute nah an ihren Quellen.« Der Hauptkommissar griff nach der Wasserflasche. Kein Wein heute. »Und ihre Quellen sind verlässlich.«

»Immerhin das.« Taubring hob die Hand und rief der Bedienung zu: »Könnten wir bitte Pfeffer haben?«

Sie nickte.

Daraufhin wandte er sich an den Leiter der Ermittlungen. »Ist unser Fall abgeschlossen?«

»Ich befürchte nicht.«

Sie schwiegen, bis die kleine gläserne Mühle auf dem Tisch stand.

»Bitte«, sagte die Kellnerin.

Wegmann hatte das der Gastronomie förderlichere *Prego* erwartet. Er schmunzelte gefühllos.

»Tim«, meinte er ruhig, nachdem die rundliche Oberin sich entfernt hatte. »Die beiden Frauen sind tot. Ihre Mörder sind tot.«

Taubring drehte den Kopf der Mühle. Grob gemahlener Pfeffer rieselte hinab.

»Aber eins ist klar ...« Wegmann nahm ein Stück Brot und tunkte es in das Öl am Tellerrand. »Jemand hat die Morde an den Frauen beauftragt.«

Sein Freund stellte die Mühle zur Seite. »Und jemand hat Jegor nach der Tat aus dem Weg geräumt. Bei Adam Portulak und seinem Verkehrsunfall war das ja nicht nötig.«

Wegmanns Mundwinkel sanken herab, er legte die Hand auf die Brust.

»Ich glaub, ich bekomm Sodbrennen.«

»Na dann, hau rein! Es gibt kein Morgen.«

Tim Taubring grinste breit.

Die große Frau lag in Gabrieles Armen.

Es hatte sich nicht verhindern lassen, war natürlich.

Menschlich.

In Raum 3.14 roch es nach Lack. Die Aussage war getätigt.

Flavio Garcia kam sich so fehl am Platz vor wie nie zuvor in seinem Leben. Als der Vibrationsalarm seines Handys anschlug und er den Namen des Anrufers auf dem Display erblickte, war er nur kurz verwirrt. Vor allem aber war er dankbar.

»Entschuldigt mich«, sagte er.

Keine der beiden Frauen nahm ihn wahr.

»Wer sind Sie bitte noch mal?« Die weibliche Stimme klang genervt.

»Dirk Haase.«

»Und?«

Haases kantiges Gesicht verzog sich. Du wirst es ihr nicht sagen, dachte er, nein, wirst du nicht.

»Das Einzige, was ich von Ihnen wissen will, ist, wann Sie gedenken, die Sektion des Toten am Kanal vorzunehmen«, knurrte er in die Muschel.

»Der Fall läuft unter Hauptkommissar Jacobsens Leitung. Was befugt Sie, Informationen einzufordern, wenn ich fragen darf?«

»Genug, meine Gute. Genug.«

»Tut mir leid, Herr Haase. Aber meine Chefin ist gerade unabkömmlich und für niemanden zu sprechen. Ich kann Ihnen nichts Genaues sagen.«

»Ganz wie Sie meinen«, entgegnete Haase steif. »Ich werde es genauso an die Staatsanwaltschaft weitergeben, wenn sich Frau Stolkembach nach den Fortschritten der Ermittlungen erkundigt. Wie war noch mal Ihr Name?«

»Lonski.«

»Weiter!«

»Susanne Lonski.«

»Besten Dank.«

Er beendete die Verbindung.

Dr. Blumbergs Assistentin glotzte den Hörer an.

»Arschloch!«

Mark Winter grinste. »Der Leiter vom Erkennungsdienst?«

»Was weiß ich!« Die stämmige Medizinerin sah sie sich um. »Wo ist sie?«

»In ihrem Büro.«

»Immer noch?«

»Ja. Sie telefoniert.«

Susanne Lonski atmete prustend aus.

Dann zog sie ein neues Paar Handschuhe aus der Schachtel und widmete sich wieder dem ungeöffneten Leib, der auf dem Tisch lag und dessen zerschossenes Gesicht ihn laut ihres Kollegen zum Romantiker machte. Ihr Blick floss über tote Haut, sanft hob sie den Arm des Toten an, spürte Fleisch, spürte die Rippen darunter, sah Lila, kränkliches Weiß. Das Mikrofon hing von der Decke, ein zuverlässiges Relikt des vergangenen Jahrtausends.

»Die Intensität der Totenflecke ist noch nicht voll ausgeprägt. Sie lassen sich in einem minimalen Maß wegdrücken«, kommentierte sie ihr Tun. »Kaum ausgeprägte Zeichen der Fäulnis. Mumifikation oder Fettwachsbildung: negativ. Keine Tierfraßspuren.«

»Er hatte ja auch keine Haustiere.« Winter lachte und entnahm der weiblichen Leiche auf dem angrenzendes Tisch ein stark vergrößertes Herz. »Katzen sind nicht besonders wählerisch.«

Susanne brummte.

Der schmächtige Mann hob den Kopf.

»Was?«, fragte er. Seine Schutzbrille war beschlagen.

»Romantik ist scheiße«, sagte seine Kollegin und griff nach dem Skalpell.

»Das ist schon ein bisschen schräg.«

Flavio Garcia rutschte ein Stück zur Seite, um der Frau, die gerade ihren Schirm ausschüttelte, Platz zu machen.

Sie setzte sich neben ihn auf die schmale Bank.

Regen trommelte auf das Dach des Wartehäuschens, immer wieder ließen Windböen dicke Tropfen an das Plexiglas der Seitenwände klatschen.

»Dass Sie exzentrisch sind, wusste ich.« Der Kommissar zog Päckchen und Feuerzeug aus seiner Lederjacke. »Aber das hier ist ...« Er schnaubte erheitert.

»Kein Date«, sagte sie.

»Schon klar.«

Mit verengten Lidern schaute er nach oben. Der graue Nachmittag ging allmählich in einen nicht weniger trüben Abend über. Das Feuerzeug klickte.

»Wieso haben Sie ausgerechnet mich angerufen?«

»Ihre Haare sind nass.«

»Das ist Gel.«

Sie lachte.

Und auch er musste schmunzeln.

»Wenn mein Chef vorbeifährt und uns beide hier sitzen sieht, haut er mir aufs Maul.«

»Möglich«, entgegnete Dr. Rebecca Blumberg. »Vielleicht hab ich Sie deswegen angerufen.«

Er warf ihr einen amüsierten Seitenblick zu. Rauch waberte vor seinem Mund.

Sie sah ihm fest in die Augen. »Hier warten selten Leute auf den Bus.«

»Keine Ahnung, ich fahre Auto.« Er hielt stand, zwei Sekunden. Fünf. »Warum ich?«

»Ich weiß es nicht.«

»Das ist eine dumme Antwort. Und Sie sind keine dumme Frau.«

»Garcia, ich habe heute etwas festgestellt.«

»Und das wäre?«

»Ich habe niemanden zum Reden.«

Seine Brauen zogen sich zusammen.

»Und ich glaube, in dem Punkt sind wir beide uns sehr ähnlich.« Sie griff nach ihrer Handtasche, zog das Handy heraus und schaltete es aus. Sieben Anrufe.

Ein Bus näherte sich. Er hielt nicht an.

Cornelia wirbelte durch die Wohnung.

»Das ist so irre! Ich hab sie seit vier Jahren nicht mehr gesehen und heute Morgen ruft Lucy an und sagt, dass sie übers Wochenende in der Stadt ist!«

Sie sah umwerfend aus. Glücklich. Tim Taubring lächelte, als er hinter seine Frau trat und sie um die Taille fasste.

»Das freut mich für dich«, murmelte er, grub die Nase zwischen das lange blonde Haar und küsste ihren Nacken. »Trefft ihr euch morgen?«

»Viel besser! Wir treffen uns gleich! Ich hab den Babysitter schon angerufen. Sie ist in etwa einer halben Stunde hier. Du musst dich um nichts kümmern, Süßer, du kannst den Abend nutzen, um zu entspannen. Ich hab für alles gesorgt!«

Tim schloss die Augen.

»Ich hab dich gut zwanzig Mal angerufen!«

Sie schwieg.

»Du bist nicht rangegangen! Oder hast dich verleugnen lassen!«

»Habe ich nicht.«

»Ach nein? Zuerst schickst du mir dein Schoßhündchen an meinen Tatort und dann lässt du mich abblitzen, als ob ich einer deiner kleinen Doktoranden wäre, auf dessen Fragen du gerade keinen Bock hast? Rebecca, das geht nicht!«

Gerd Wegmann stand im Hausflur und bemühte sich sichtlich, nicht zu schreien.

»Du sagst mir, was nicht geht? Ausgerechnet du?« Dr. Blumberg schob den Kiefer vor und blockierte weiterhin die Apartmenttür.

»Oh und ob ich das sage!« Seine Lider verengten sich. »Willst du es hören?«

»Und wenn nicht, Gerd?«

»Dann sag ich's dir trotzdem!«

Er trat einen Schritt näher.

»Pass bloß auf«, raunte sie.

Wegmann blickte auf sie hinab.

»Du hattest einen Schuss frei«, presste er hervor. »Okay. Nehme ich hin. Wir sind quitt. Aber ich sag dir eins ...«

»Ich höre.«

Seine Lippen waren ein aggressiver Strich. Atem schoss schwer aus seiner Nase. Er spürte die Wärme ihres Körpers, roch ihre Haut, ihr Haar.

Ihr Blick wanderte über sein Kinn, seinen Hals entlang, hin zu seiner Brust.

»Ich bin noch nicht fertig mit dir, Gerd«, knurrte sie.

»Schön! Ich auch nicht mir dir!«

»Willst du reinkommen?«

»Ja, verdammt!«

Sein Rhythmus war hart und sie presste ihm störrisch das Becken entgegen. Zornige Falten zogen über ihre Stirn, als sein Blick sich in ihrem verankerte.

»Dr. Jonson, hm?«, grunzte er.

Rebecca bleckte die Zähne.

Das Parkett an ihrem Rücken war kühl und quetschte die Haut unter ihren Schultern, wurde aufpeitschender, spitzer Schmerz.

Wegmann umgriff ihre Handgelenke, zog ihre Arme weit über ihren Kopf und fixierte sie, während er unbeirrt in sie eindrang. Schweiß tropfte von seiner Nasenspitze. Er sah das Rund ihrer Brüste, eine wogende Masse, die seine Stöße wie ein leicht versetztes Echo begleitete. Brustwarzen, die hypnotisch auf und ab schwappten, er schloss die Augen, atmete zischend ein. Beherrschte sich. Jetzt .... es musste schnell gehen, schnell. Jetzt!

Er packte ihre Hüften, drehte sie ruppig um, zerrte sie nur so weit es nötig war nach oben, setzte an, war sofort ganz in ihr. Dr. Jonson. Ihr Wimmern war auffordernd, als er grob wurde, und das flehende Geräusch gab ihm den Rest. Er beugte sich vor, umfasste ihre Brüste. Schaffte noch drei Stöße, so tief es ging.

Mit einem rauen Stöhnen ergoss er sich und sackte auf sie hinab.

»Warte.«

Das Gewicht des Körpers auf ihr verschwand. Schritte entfernten sich.

Mit geschlossenen Augen blieb Dr. Rebecca Blumberg auf dem Bauch liegen. Zart wärmte ihr Atem das Holz des Wohnzimmerbodens, sie hatte das Parkett vor ihrem Einzug abschleifen und neu einfärben lassen, bevor es versiegelt worden war. Ein blasses Grau. Wie Staub. *Très chic,* Geschmack, Geschmack war essenziell.

Auch als sie hörte, dass er ins Zimmer zurückkehrte, regte sie sich nicht. Sie spürte seine linke Hand an ihrer Taille. Etwas streifte die Innenseite ihrer Schenkel. Spreizte sie langsam. Sie lächelte, blieb passiv. Erkannte das Papiertaschentuch an ihrer Scham.

»Press«, befahl er leise.

Sie tat es.

Nachdem er sie behutsam abgewischt hatte, spürte sie seine Knie neben ihren Hüften, seine Hände neben ihrem Kopf, als er über ihr kauerte und sich hinabbeugte. Die Spitze seines Glieds strich über ihr Rückgrat. Seine Stimme. Dunkel und rau an ihrem Ohr.

»Wie ich schon sagte, ich bin auch noch nicht fertig mit dir. Willst du so liegen bleiben?«

»Ja.«

»Dann komm mir etwas entgegen, meine Liebe.«

Sie brummte genießerisch.

»Sag es«, murmelte sie und machte sich nicht die Mühe, die Lust zwischen den Worten zu verbergen.

Ein heiseres Lachen folgte. Dann ein leichter Schlag auf ihre Pobacke.

»Arsch hoch, Frau Doktor!«

Kurz darauf fand seine Zunge den Punkt und Dr. Rebecca Blumberg brauchte nicht einmal zwei Minuten.

Der Mond hing als schmale Sichel über der Stadt.

Rebecca betrachtete die Zigarette in ihrer Hand und schlang die Bettdecke fester um sich. Auf dem Balkon war es viel zu frisch. Sie hätte nicht nach draußen gehen müssen, um zu rauchen. Sie hatte die Kälte gesucht, warum auch immer. Ihre Zehen waren bereits taub.

Sie schloss die Lider und reckte der Nacht das Gesicht entgegen.

»Sie können weiterhin empfangen.«

Ein Knarren verkündete, dass die Balkontür zur Seite geschoben wurde.

»Komm ins Bett. Wir müssen beide früh raus.« Wegmann trat hinter sie.

Sie nahm einen tiefen Zug, drehte sich nicht um. »Hast du eigentlich irgendwann mal frei?«

»Wenn der Mist hier vorbei ist. Du weißt, dass mein letzter Urlaub nicht lang zurückliegt und außerdem ...« Er lachte trocken auf. »Lang war. Zu lang.«

»Ja, ich weiß.« Sie drückte die Kippe in dem Aschenbecher aus, der auf der Brüstung stand. Es hatte aufgehört zu regnen. Alles war nass.

»Gerd, wie viele waren es?«

Er runzelte die Stirn.

»Wie viele, Gerd?«

»Wie viele was?«

»Nutten.«

»Rebecca. Ich stehe splitternackt hinter dir. Es ist brutal kalt, mein Schwanz ist klein. Ich bin bereit, mir wegen dir eine Lungenentzündung einzufangen, und du fragst mich nach Nutten?«

Sie schmunzelte.

»Komm ins Bett«, raunte er. Sie fühlte seinen Körper an ihrem Rücken.

»Ja«, sagte sie.

Umständlich schob sie die Daunendecke zur Seite und drehte sich zu ihm um. Der karge Mond hüllte sein Antlitz in schummriges Licht, glättete die Falten um seinen Mund.

»Geh vor«, säuselte sie.

Sie betrachtete das Spiel seiner Muskeln, seine Schultern, die große Narbe, die sich über das linke Schulterblatt hin zur Achsel zog, seine Wirbelsäule, sein Gesäß, als er das Wohnzimmer durchquerte und im Flur verschwand. Wärme schoss durch ihren Leib, bildete ein pulsierendes Knäuel in ihrem Unterbauch. Ihr Verstand blieb hart.

Ich bin noch nicht fertig mit dir.

Sie hob die Decke an, ging ein paar Schritte und schloss die Balkontür.

»Es gibt Ärger unten im Club.«

»Wer?«

»Ein kleiner Scheißer. Er sagt, er gehört zum Okur-Clan.«

Er hob die Brauen. Türken also. Machbar. Ebenso, wie sich das Chapter der Hells Angels an den richtigen Punkten lenken ließ, seit ihr Sergeant at Arms Spielschulden hatte. Die Libanesen und das, was er aus Berlin hörte, bereiteten ihm Sorgen. Er ließ die Mine des Kugelschreibers ein- und ausfahren. Montblanc produzierte nicht nur Füller.

»Was will er?«

»Ficken? Was weiß ich!« Die Frau an der Tür verzog verächtlich das Gesicht.

Die Weisung erfolgte gewohnt schnell. »Koks, ein Gramm. Nicht den verschnittenen Dreck. Schick ihm Nastasya.«

Sie nickte.

»Wenn das nicht reicht, bring ihn unauffällig raus und brich ihm die Hand. Die, mit der er wichst.«

Sie lachte.

»Und in der nächsten Stunde will ich nicht gestört werden.«

Sie nickte erneut.

Nachdem die Tür in Schloss gefallen war, betrachtete Nikolaj Dubrov versonnen den Stift in seiner Hand. Dann seufzte er. Der schwere Ledersessel ächzte, als der Russe sich erhob und langsam zur Fensterfront schritt.

Die Stadt war ein Acker.

Die Furchen gezogen. Der Winter bald vorbei.

»Deine Referenzen sind gut«, sagte er mit ruhiger Stimme und drehte sich um. In seinem Rücken erstrahlte die Nacht.

Die Frau, die auf einem der Le-Corbusier-Sessel saß, hob das Kinn. Stolz umgab sie. Stolz und Verzweiflung.

Er lächelte.

»Steh auf. Zieh dich aus.«

Für zwei Minuten blieb seine Miene starr. Dann sprach er.

»Zu viele Haare.«

Sie spitzte die Lippen.

»Aber das kann nützlich sein.« Er trat an seinen Schreibtisch. Der Siegelring blitzte im Licht der Lampe, als er die Papiere berührte. »Ein Abschluss in Philosophie, nun ja. Zumindest sollte Konversation kein Problem sein.«

Die Frau senkte den Blick.

»Sieh mich an!«

Ihre Augen waren grün.

»Und jetzt mach's dir selbst.«

18

»Oh Mann, ich hab so was von keine Lust, das alles wegzuräumen.«

Gedämpft erklang ihre Stimme aus dem Wohnzimmer.

»Und außerdem hab ich gestern auf einem Adapter gelegen, als wir ...« Sie schnaubte genervt. »Ich werde einen blauen Fleck bekommen. Direkt neben dem Steißbein. Ich danke dir vielmals, Gerd.«

»Keine Ursache.« Ein Grinsen entfaltete sich in voller Pracht auf Hauptkommissar Wegmanns Zügen. Er saß am Küchentisch, der Sonntag machte seinem Namen alle Ehre und hüllte Wegmanns Gesicht in angenehme Wärme. Es war kurz nach acht.

Mit geschlossenen Augen lauschte er Rebeccas leisem Fluchen, während sie den Videorekorder und alles, was sich seit

Mittwoch im Wohnzimmer angesammelt hatte, zusammenraffte und an seinen eigentlichen Platz zurückbrachte.

»Ich versteh nicht, warum du keine Putzfrau hast«, sagte er nach einer Weile. »Du könntest es dir locker leisten.«

Die Antwort war ein übellauniges Prusten.

»Was denn?« Wegmann schmunzelte.

»Ich hab gerade drei leere Weinflaschen und ein Tempo voller Sperma in der Hand, Gerd. Unter der Couch liegt mein Slip.« Sie brummte etwas, das er nicht verstand. »Der Aschenbecher ist vom Tisch gefallen. Und deine Unterhose hängt über der Lampe. Warum auch immer.«

»Und?«

»Und? Mehr fällt dir dazu nicht ein? Ich leite die Rechtsmedizin. Ich habe einen Lehrauftrag an der Uni.«

»Und?«

»Und im Gegensatz zu dir hab ich einen Ruf zu verlieren, Herr Hauptkommissar!«

Er hörte, wie sie die Balkontür öffnete. Kurz darauf drang kühle Luft durch den Flur, schlängelte sich um die Beine des Kriminalbeamten in der Küche. Es tat gut. Wegmann rieb sich genüsslich übers Kinn.

»Hör auf zu räumen. Komm lieber her und mach mir Kaffee!«

»Aber sonst ist alles klar bei dir?«

Glucksend öffnete er die Augen. »Jetzt komm schon her!«

Als Dr. Blumberg kurz darauf mit erboster Miene im Türrahmen stand, lächelte er nur und deutete auf die Maschine, die bereits vor sich hin blubberte und dunkle Flüssigkeit ausspie.

»Setz dich. Aufräumen kannst du auch heute Abend. Oder

erwartest du noch Besuch? Jemanden aus der plastischen Chirurgie vielleicht?«

Ihr Blick war hart. »Du findest das komisch?«

»Ja. Finde ich.«

Demonstrativ stellte sie die leeren Weinflaschen mitten auf dem Tisch ab, nahm Platz und warf dann Wegmann das starre Papiertaschentuch zu.

»Da! Gehört dir.«

Sein lautes Lachen füllte die Wohnung.

»Rebecca«, sagte er. »Du musst dich mehr entspannen.«

»Ich muss vor allem gleich arbeiten, Gerd. Deinetwegen.«

»Ich hab den Wichser nicht erschlagen.«

»Ich könnte auch im Bett bleiben und Winter alles übernehmen lassen. Nur würde ich dann riskieren, dass einer von euch ja so tiefenentspannten Kripo-Jungs meinem Assistenten irgendwann die Nase bricht.«

Er grunzte amüsiert. »Stimmt auch wieder.«

»Siehst du jetzt mein Dilemma?«

Wegmann stand auf und ging zur Anrichte. Dann schenkte er Kaffee in die beiden großen Becher ein, die er vor wenigen Minuten neben die Maschine gestellt hatte.

»Rebecca.« Er drehte sich um. »Gerade jetzt sehe ich einen Kerl, der so verquollen ist, dass er nicht mal die Augen richtig aufkriegt. Und ich sehe eine wundervolle Frau, deren Frisur an ein explodiertes Kissen erinnert.« Ein schiefes Grinsen folgte. »Mit diesem Alltag kann ich gut leben.«

»Dein Wecker geht.«

»Ich weiß, tut mir leid.«

»Kein Ding.« Cornelia bewegte sich keinen Millimeter. »Anna schläft. Keine Ahnung, was ihr gestern mit ihr angestellt habt, aber sie schläft zum ersten Mal richtig durch. Lass mich einfach liegen. Und hör auf, dich zu entschuldigen.«

Tim Taubring rollte zur Seite. Ihm war übel.

»Na, keine Club-Tussi gebumst letzte Nacht?«

»Lass es gut sein, Gabriele.«

»Warum, Flavio?« Sie trat nah an ihren Kollegen heran. »Denkst du, nur du kannst ein Arschloch sein? Denkst du das wirklich?«

Er kniff die Lippen zusammen. Dachte an Regen und Busse, die nicht anhielten.

Gabrieles Haare sanken in braunen weichen Wellen auf ihre Schultern hinab.

Der Mann saß in seinem Büro.

Sonntags zu arbeiten war normal. Business. Wie üblich.

Er genoss diese Momente. Wenn die Welt sanft vor sich hin summte. Ohne Hektik, ohne Stress. Kein DAX, kein Geschrei. Erschöpft von der Nacht. Genau wie er.

Er dachte an seine Frau, die nicht der Grund für seine Erschöpfung war, sah sie in der Küche, im Esszimmer. In eben diesem Augenblick. Das Frühstück. Gesund und ausgewogen. Seine Tochter. Die schon jetzt wusste, wie sie bekam, was sie wollte. Sie würde es weit bringen.

Sein Blick glitt zu dem Handy, das in der Schale neben dem antiken Tintenfass lag.

Stumm.

Seit drei Tagen. Keine SMS. Kein *Check*.

Die Sonne glitt über die Skyline. Für knapp zwei Minuten wirkte die Stadt, als würde sie brennen. Dann zwitscherten Vögel.

»Todesursache ist ein Lungenriss«, sagte Dr. Rebecca Blumberg. »Die vierte Rippe hat sich nach der Fraktur in den linken Flügel gebohrt. Stumpfe Gewalt, golfballgroße Unterblutungen im Gewebe. Ich habe schon lange keinen Totschläger mehr als Tatwaffe benennen können. Es hat etwas erfrischend Altmodisches.« Sie legte den Kopf zur Seite. »So oder so: unschöner Tod.«

Ihr Zeigefinger deutete auf die kaum mehr erkennbaren Spuren von Schaum und Erbrochenem auf den Lippen des toten Russen.

Wegmann rümpfte die Nase. »Ich hätte einen Hunderter auf die Schädelfraktur gesetzt.«

»Knapp daneben.«

»Ich hätte zur Sicherheit gleich mehrere Wetten platziert«, sagte der stämmige Beamte, der den Hauptkommissar aus reiner Neugier begleitete.

Rebecca schmunzelte.

Es kam selten vor, dass sie spontane Sympathie für einen Menschen empfand, und Dirk Haase war so ein Mensch, seit sie ihn zum ersten Mal bei einer Besprechung gesehen und erlebt hatte. Gerade jetzt bestätigte er die ungewohnte Empfindung aufs Neue.

»Sie sind ein kluger Mann«, sagte sie.

Haase lächelte schief. »Kann ich Ihnen meinen Nummer geben?«

Ihre Brauen zuckten nach oben.

»Nicht meinetwegen, Gott bewahre!« Der Leiter des Erkennungsdienstes hob abwehrend die Hände. »Ich stehe neben Gerd, und abgesehen davon, dass er fast einen Kopf größer als ich und bewaffnet ist, würde ich Ihnen meine Nummer mit der Bitte geben, dass Sie meine Gattin anrufen und sie von meiner Großartigkeit überzeugen.«

»Sie haben einen Bock geschossen?«

»Hochzeitstag vergessen. Gestern.«

»Unschöner Tod«, sagte Dr. Blumberg.

Haase lachte.

Gerd Wegmann hörte nicht zu. Er betrachtete den geöffneten Leib, Rebeccas Finger, die auf der zerstörten Lunge ruhten, auf Organen, all dem, was im Innern des Killers ein universeller Plan gewesen war.

Jegor.

Tot.

Ein schlechter Witz.

Ein neuer Fall, nicht seine Zuständigkeit.

Verdammt.

Es konnte Zufall sein. Oder eine Wendung, die alles änderte.

Er rieb sich über die Augen.

»Hat Tim sich bei dir gemeldet, Rebecca?«

»Nein, warum sollte er?« Sie runzelte die Stirn.

»Ich weiß nicht, ich … dachte nur.« Wegmann sah die Medizinerin an. »Ich erreiche ihn nicht.«

»Und wenn er heute einfach mal einen netten Sonntagmorgen mit seiner Frau haben will?«

Sie hob das Kinn. »Was dann?«

Dirk Haase blickte zur Seite, machte sich so unsichtbar wie möglich und unterzog die Wand einer ausgiebigen Musterung.

»Dann hat er trotzdem seinen Arsch hierher zu bewegen«, sagte Wegmann kalt.

Rebecca schwieg. Sie verstand die Botschaft.

Tim Taubring stand am See. Das Gewässer lag außerhalb der Stadt. Ruhig. Friedlich. Zu klein, um für ein aufregendes Wochenende interessant zu sein. Ein unbefleckter Ort. Ein Ort seiner Kindheit. Raureif umhüllte das Gras. Sein Wagen parkte 300 Meter entfernt, die Beine seiner Hose waren nass von der Feuchtigkeit des Morgens.

Er schloss die Augen und atmete tief ein.

Kindheit.

Hier hatte er Schwimmen gelernt.

Die weichen Lippen auf seinen.

Er hatte ihren Mund nur kurz gekostet. Als seine Zunge sanft über ihre Zähne geleckt hatte, als sie sich geöffnet hatte, bereit, ihn einzulassen, als er die Hand zu ihrer Brust hatte gleiten lassen, zart zugepackt und ihr Zittern gespürt hatte.

Als.

Als er das unsichere Atmen vernommen und seine Erektion sich prall gegen den Reißverschluss gepresst hatte. Auf der Couch, die nach seiner Frau roch.

»*Tim. Bitte.*«

Er öffnete die Augen.

Die Oberfläche des Sees war still.

»*Tim. Bitte. Ich hab euch zugesehen.*«

Er senkte den Kopf.

»Als ihr in der Küche ... Tim, ich will, dass du derjenige bist, der mich ... bitte ...«

Ihre Hand, die langsam den Weg zwischen seine Beine gefunden hatte und zurückgezuckt war, als sie ertastete, wonach sie gesucht hatte.

Er hatte die Wohnung verlassen. War durch die Nacht gefahren. Hatte sich auf dem verlassenen Parkplatz eines Möbelhauses selbst befriedigt. Hatte gewartet. War zurückgekehrt, als er sicher war, dass sie nicht mehr da sein würde. Hatte gehofft, dass Cornelia in irgendeiner Bar saß und lachte. War geduscht ins Bett gefallen, während sein Verstand ihm all das zeigte, was möglich gewesen wäre. Während seine Tochter schlief.

»Es entgleitet uns.«

Er brauchte Kontrolle.

Kontrolle, die seine Ehe ihm nicht geben konnte.

Tim Taubring zündete sich eine Zigarette an. Ein Entenpaar landete ungelenk auf dem Wasser. Monogamie. Er schnaubte.

Dann zog er das Handy aus seiner Jackentasche und wählte eine Nummer, während er zu seinem Auto zurückging.

»Morgen, Gerd. Sorry, ich verspäte mich. Bin gleich da. Rechtsmedizin oder Präsidium?«

»Bullshit, Gabriele. Bullshit!« Garcias Augen waren schwarz, als er mit gebleckten Zähnen auf seine Kollegin herunterstierte.

»Du warst doch dabei, als sie gestern ausgesagt hat!« Auf Gabrieles Zügen mischte sich Fassungslosigkeit mit Zorn. »Was soll das, Flavio? Du hast sie gehört! Du hast sie gesehen, verdammt!«

Gerd Wegmann schob den Kiefer vor, während er die beiden Ermittler beobachtete, die mitten in seinem Büro standen und sich anschrien. Im Augenwinkel erkannte er, dass Taubring, der an der Wand lehnte, ihn auffordernd anglotzte. Er blickte seinen Freund nur kurz an, hob leicht die Hand.

Tu nichts. Ich werde auch nichts tun.

Taubring presste die Lippen zusammen. Ein widerwilliges Nicken folgte.

Etwas in Wegmanns Innerem gebot ihm, sich nicht in den Streit, zu dem die Diskussion sich entwickelt hatte, einzumischen. Er wusste nicht, was es war. Garcias Temperament, das derart aggressiv aus seinem Kollegen herausquoll, wie er es selten erlebt hatte? Gabrieles Hände, die gezittert hatten, bevor sie sie zu Fäusten geballt hatte? Etwas kam. Etwas Dunkles.

»Wir beide waren zusammen in Sabine Meiers Wohnung«, zischte Flavio.

»Ja, waren wir! Was willst du mir damit sagen?« Ihre Knöchel traten weiß hervor.

»Es gab dort keine Spur von der de Vries!« Flavios Worte wurden ein rauchiges Grollen. »Nicht ein einziges verfluchtes Indiz! Keine Klamotten in XL, keine zweite Zahnbürste, keine Tampons in Größe normal, ich gucke halt genau hin, Gabriele, und die Meier benutzte Minis, und ich weiß verdammt genau, wie wenige von euch damit was anfangen können, wenn sie jenseits der sechzehn sind!«

Hauptkommissar Wegmann runzelte die Stirn. Dass Taubrings Mundwinkel nach unten sanken, bemerkte er nicht.

»Wie wenige von euch? Euch?« Gabrieles Lider verengten sich zu Schlitzen. »Hast du ein Problem damit, dass sie lesbisch sind?«

»Habe ich nicht! Ich hab ein Problem damit, dass du nicht richtig hinschaust!«

»Ich schaue nicht hin? Die beiden waren verlobt! Sie wollten heiraten, Herrgott noch mal!«

»Der Scheißstalker hat auch behauptet, dass Miriam Santos seine Frau ist!««

Gabrieles Mund öffnete sich, ungläubig schüttelte sie den Kopf. »Du hast sie doch nicht mehr alle!«

»Ach nein?«

Garcia griff an den kleinen Finger seiner linken Hand, zerrte den breiten Reif nach oben. Blitzschnell packte er Gabrieles linkes Handgelenk, zog ihre Hand ruppig empor und drückte dabei so fest auf ihre Sehnen, dass sie in einem Reflex die Finger spreizte. Das silberne Band glitt über ihren Ringfinger und passte perfekt.

Gabriele glotzte ihren Kollegen fassungslos an.

»Na los«, raunte Garcia. »Geh heute ausnahmsweise mal in die Kantine zum Mittagessen und erzähl im ganzen Präsidium rum, dass wir uns verlobt haben und ich dich heiraten werde. Zeig einfach den verdammten Ring! Auch wenn er nicht von dem Mann kommt, von dem du ihn gern hättest!«

Ihre flache Hand traf seine Wange mit voller Wucht. Sein Kopf schnellte zur Seite, blieb dort. Zwei tiefe Atemzüge, dann öffnete Kommissar Garcia die Lider und blickte direkt in ein Paar graue Augen, das zu seinem Vorgesetzten gehörte.

Wegmanns Miene war eisern. »Es reicht, Flavio.«

»Findest du?« Garcia ließ die Oberkommissarin los, drehte sich um, starrte die Wand an. Tatortfotos starrten zurück. Falldetails, Skizzen. Lächelnde Frauen. Tote Frauen. Tote Männer.

Er wirbelte herum. »Seid ihr wirklich so blind?«, schrie er. »Das ist ein Haufen Lügen! Das ist Schein! Oder ein beschissenes Spiel, für das irgendwer bereit ist, viel Geld zu bezahlen!«

»Jetzt komm mal runter, Flavio«, schnauzte Tim Taubring.

Garcias Zeigefinger zuckte in seine Richtung. »Du sei ganz ruhig! Was bei dir an Scheiße unter der Oberfläche schwimmt, will ich gar nicht wissen!«

Das galante Antlitz war zu einer grimmigen Grimasse geworden. Flavios Blick zuckte von Tim zu Gerd, weiter zu Gabriele.

»Wir lügen doch alle«, sagte er leise, während er seiner Kollegin in die Augen schaute. »Ich erzähle meiner Mutter seit vier Jahren, dass ich eine feste Freundin habe. Sie erwartet, dass ich endlich Kinder zeuge und ich hab nicht die Eier, ihr zu sagen, dass ich mich hab sterilisieren lassen. *¡Puta madre!*«

Seine Nasenflügel blähten sich, er sah zur Seite.

»Du kannst den Ring behalten. Ich schenke ihn dir.«

Dann verließ Flavio Garcia das Büro und ließ betäubte Stille zurück.

Leon Steinkamp drückte zum dritten Mal auf die Klingel.

Die Gegensprechanlage blieb stumm.

Sonnenlicht stach in seine Augen, als er an der Hausfront hinaufsah und bei den Fenstern im zweiten Stock verharrte.

»Schade«, murmelte er. Eine Seufzen folgte, als sein Blick nach unten glitt und die prall gefüllte Bäckereitüte streifte. Alles, was sie mochte.

So viele Sonntagmorgen schossen durch seinen Kopf. Verbracht an Küchentischen, Bistrotischen. Auf Sofas. Verschabten

Stühlen der Studienzeit. Rebeccas Lachen. Marmelade in ihrem Mundwinkel. Tiefsinnige Dialoge, flache Witze.

Er vermisste sie.

Und er hatte ein schlechtes Gewissen.

»Was kompensierst du?« Sein professionelles Ich drang durch seine Gedanken, das Ich, das versuchte, seine Gefühle analysierend zu zerschneiden. Er schmunzelte. Blieb im Dialog mit sich selbst.

»Ach, hör doch auf, Leon«, sagte er sanft.

Er hatte ein schlechtes Gewissen. Und eine Frau, die er begann zu lieben. Das war alles.

Alles.

Und zu diesem Alles gehörte seit fast zwanzig Jahren auch Dr. Rebecca Blumberg. Die nicht zuhause war. Leon Steinkamp strich sich über den Bart, überlegte nur kurz. Es gab noch eine Möglichkeit.

Er machte sich auf den Weg zur U-Bahn.

»Also gut.«

Gerd Wegmann brach das Schweigen. Er tippte mit dem Zeigefinger auf den Notizblock, der vor ihm auf dem Schreibtisch lag. Ein neues Blatt. Leer.

»Ich habe genau eine Frage.«

Er spitzte die Lippen.

»Und die geht an dich, Gabriele.«

Die Oberkommissarin wandte den Blick von dem Ring an ihrem Finger ab und sah ihren Vorgesetzten an.

»Warum hat die de Vries ihre Lebensgefährtin nicht als vermisst gemeldet?«

Runzeln krümmten Gabrieles Stirn.

Taubring zog scharf die Luft ein.

»Elf Tage«, sagte Wegmann leise. »Sabine Meier war bereits elf Tage tot, als ihre angebliche Verlobte hier aufgetaucht ist.«

»Sie war in den Staaten«, sagte Gabriele tonlos. »Hatte geschäftlich in Detroit zu tun. Sie ist Controllerin, ihre Firma operiert hier in Deutschland, in Holland, Schweden und den USA. Die Kollegen haben das überprüft, es stimmt. Ihr Flieger ist am Donnerstagabend in Amsterdam gelandet, und sie hat sich direkt auf den Weg hierher gemacht. Sie wurde auf der A45 kurz hinter Dortmund geblitzt, 21 Stundenkilometer drüber. Kein Leihwagen, das Auto ist auf sie zugelassen.«

»Okay.« Wegmann umfasste sein Kinn, schien kurz nachzudenken. Dann stand er auf. »Trotzdem stimmt da was nicht.«

Tim Taubring brummte leise. »Es ist ja nicht so, dass man von Detroit aus nicht telefonieren oder Mails verschicken könnte.«

»Sind die Auswertungen noch nicht da?« Ungehalten hob der Leiter der Ermittlungen die Brauen.

»Nein«, antwortete Gabriele. »Die Kriminaltechnik hatte gestern einen Serverabsturz. Und die Telekom macht's nun mal nicht übers Wochenende.« Sie zuckte die Schultern.

Wegmann nickte langsam.

»Gut. Dann eben auf die harte Tour.«

Zwei Gesichter blickten ihn fragend an.

Hauptkommissar Wegmann fixierte das Unrasierte.

»Such Flavio, Tim.«

Oberkommissarin Duhn schnaufte erbost.

Wegmann hob den Finger. »Ruhe, meine Liebe. Ruhe.« Er sah die kleine Beamtin nicht an.

»Sie ist also lesbisch«, murmelte er. Sein Blick glitt zur Seite, verlor sich für wenige Sekunden im Nichts.

»Erinnerst du dich an meine Worte, Tim? Dass ich von dir verlangen würde, ein überhebliches Arschloch zu sein?«

Taubring verschränkte die Arme vor der Brust. Das Revers des schmal geschnittenen braunen Anzugs wölbte sich.

»Und genau das will ich jetzt von dir.« Als Wegmann aufsah, war sein Blick eiskalt. »Such Flavio, bring ihn irgendwie runter. Und dann fahrt ihr beide zu der de Vries und setzt sie unter Druck. Bis sie heult. Ist mir scheißegal, ob sie gerade die Liebe ihres Lebens verloren hat. Sie kann uns auch einfach nur einen Haufen Mist auftischen. Und du«, er blickte die Oberkommissarin an, »kommst ja nicht auf die Idee, bei der Befragung dabei sein zu wollen!«

Gabriele öffnete empört den den Mund.

»Dein hübscher Arsch bleibt hier«, knurrte Wegmann. »Du hast Gefühle für dieses Paar. Du bist befangen. Das geht nicht.« Kein Lächeln. »Du gehst mit mir mittagessen.«

Er griff nach seinem Jackett.

Als er in die Ärmel schlüpfte, sah er seine beiden Kollegen an. »Hat einer von euch Flavio jemals Spanisch sprechen hören?«

Das Schweigen war Antwort genug.

Etwas schuldbewusst warf Leon Steinkamp einen Blick auf die Tüte in seinem Arm, die nicht mehr so prall gefüllt war, wie sie es noch vor Rebeccas Haustür gewesen war. Aber die U-Bahn hatte Verspätung gehabt, und Leon war ein hungriger Mann gewesen. Es gab Momente, in denen niemand widerstehen konnte. Er stand vor dem unscheinbaren Sechzigerjahre-Bau und blickte nach oben.

Wie er wohl wohnt?, fragte er sich.

Dann drückte der Psychologe die Klingel, über der ein mit krakeligen Buchstaben beschriftetes Namensschild prangte.

Gerd Wegmann öffnete nicht.

Leon wartete kurz, klingelte noch einmal.

Dasselbe Ergebnis.

Eine Überraschung wäre gut gewesen. Hätte gut getan. Ihnen allen.

So aber musste Leon Steinkamp sich geschlagen geben. Umständlich zog er das Handy aus seiner Hosentasche und wählte eine Nummer.

Ein Krankenwagen brauste vorbei, das Martinshorn stumm, nur Blaulicht flackerte. Im Inneren brannte Licht.

»Leon?«

Steinkamp schloss die Augen, als er Rebeccas Stimme vernahm. Die Sonne streichelte sein Gesicht.

»Liebes.«

»Was soll das, Gerd?«

»Wir gehen in die Kantine.«

Gabriele Duhn blieb mitten im Gang stehen. Eine Kollegin stieß mit ihr zusammen, murmelte eine Entschuldigung und eilte mit Akten bewaffnet weiter.

»Was soll das, Gerd?«

Wegmann verharrte ebenfalls.

Dann drehte er sich um, ging die paar Meter zurück, bis er dicht vor der Oberkommissarin stand. Sie reichte ihm gerade bis zur Brust.

»Gabriele.«

Sie schwieg. Sah ihn nur an.

»Ich dachte, wir hätten das geklärt«, raunte er. »Willst du weiterhin mit mir arbeiten?«

Sie versank im Grau seiner Augen.

»Willst du?«

Sie kniff die Lippen zusammen.

»Oder willst du etwas anderes?«

»Nein«, sagte sie mit fester Stimme.

»Gut. Dann gehen wir jetzt in die Kantine.«

Ihre Gedanken glitten zu Flavio. *Wir lügen doch alle.* Der Ring drückte an ihrem Finger.

Kommissar Tim Taubring und Kommissar Flavio Garcia taten das, was ihr Vorgesetzter von ihnen verlangt hatte.

Susa de Vries weinte.

Dirk Haase betrachtete das Haar, das auf der zerschlagenen Leiche gefunden worden war, und wusste nicht, ob es irgendwohin führen würde, als er es für die Laboranalyse vorbereitete. Kurz. Dunkel. Er runzelte die Stirn, nahm die Papiertüte an sich, klebte ein Post-it daran und kritzelte *Dringend, D. H.* auf den kleinen gelben Zettel.

Der kurze Dienstweg existierte. Wenn auch nicht für jeden.

»Rebecca, Schatz! Was gibt's?«

»Gerd.«

Schweigen.

»Ja, ich höre?«

Dr. Blumberg zog die Stirn in Falten.

»Rebecca? Du hast mich angerufen. Was gibt's?«

Die Medizinerin blickte zur Seite. Sie stand an einem der hinteren Fenster des Autopsiesaals. Vor ihr herrschte reger Betrieb, trotz oder vielleicht gerade wegen des zurückliegenden Wochenendes. Abgesehen von Mark Winter und Susanne Lonski war auch ihr Doktorand Nico Barthel anwesend, der sich gerade mit einer Ladung Instrumente zum Sterilisator aufmachte, dabei in ihre Richtung blickte und grinste. Das blauschwarze Haar stand ihm gut.

»Warte mal kurz, Gerd, ich geh mit dir raus.«

Wenig später lehnte Rebecca im Gang an der Wand.

»Jetzt«, sagte sie nur.

»Ich hab wirklich viel zu tun, Schatz.« Wegmann klang gestresst, aber versöhnlich. »Du kannst gern kryptisch sein, aber gerade jetzt passt es mir nicht.«

Sie war sich sicher, dass er lächelte. Dann erschien ein irritierter Ausdruck auf ihrem Gesicht.

»Mir ist gerade aufgefallen, dass ich keinen Kosenamen für dich habe ...«

»Stört mich nicht. Was gibt's?«

»Ich kann heute Abend nicht.«

»Okay. Warum?«

»Ich treffe mich mit Leon.«

»Das ist doch gut!«

»Du bist nicht sauer?«

»Bin ich nicht, Rebecca. Er ist dein Freund. Er fehlt dir. Da steh ich dir nicht im Weg.«

»Danke, Gerd.«

»Danke? Bedank dich nicht für so was. Das sollte klar sein. Auch dir.«

Sie schloss die Augen, schmunzelte.

»Ich liebe dich«, sagte er leise. »Und ich erwarte nicht, dass du auf diese Aussage ordnungsgemäß reagierst. Einigen wir uns einfach darauf, dass du mich in Zukunft Hengst nennst.«

Dr. Rebecca Blumberg lachte laut.

Draußen ging der Nachmittag in den Abend über. In knapp zwei Stunden würde der Regen zu Schnee werden.

Viertel nach acht.

Das Tatort-Intro flackerte über den Bildschirm und Hauptkommissar Gerd Wegmann schaltete den Fernseher aus. Er warf einen prüfenden Blick aus dem Fenster. Der Schnee blieb nicht liegen, fahren war möglich. Gut.

Während er dem Freizeichen lauschte, schnüffelte er in Richtung seiner Schulter. Aftershave vergessen, wo sind nur deine Gedanken? Er ging ins Bad.

Am anderen Ende der Leitung klickte es. Wegmann wartete nicht, bis ein Name genannt wurde und griff nach dem Flakon, der auf der schmalen Ablage über dem Waschbecken stand.

»Es ist so weit, Janine.«

»Was, Gerd?« Sie klang verschlafen. »Ich hab heute und morgen frei.«

Im Hintergrund ertönte ein missbilligendes Grunzen. »Babe, komm wieder ins Bett, was soll der Scheiß?« Die Stimme war jung.

»Umso besser«, sagte Wegmann. Herber Duft umgab ihn.

»Was?«

»Dass du morgen frei hast.«

»Warum?«

»Ich lade dich ein.«

»Spricht da mein Vorgesetzter oder Gerd?«

»Dein Vorgesetzter, Babe. Lass deinen Stecher weiterschlafen. Ich bin in einer halben Stunde vor deiner Tür.«

»Ist das ein Befehl?«

»Wenn du es willst.«

Sie lachte.

»Ich bring Luzifer nach Hause.«

Der Mann machte eine ausladende Geste, obwohl er leise sprach. »Fotze, ey. Ich bring den nach Hause!«

Hauptkommissar Gerd Wegmann hob die Brauen und betrachtete das Schnapsglas zwischen seinen Fingern, bevor sein Blick zum Zifferblatt an seinem Handgelenk glitt. Es war gerade mal halb elf. Und die Promille, die rechts von ihm am Tresen hockten, hatten einen immensen Vorsprung.

»Ich glaube nicht an Gott!«, rief der kleine Mann. Er sah aus wie der missglückte Prototyp eines Rockers. »Gott hat keinen Namen. Luzifer hat einen Namen und ihr Sterblichen glaubt an ihn! Ich will wissen, wer sein Vater ist!«

Wegmann wandte sich der jungen Frau zu, die links neben ihm auf dem Barhocker saß.

»Hab ich zu viel versprochen?«, raunte er ihr ins Ohr.

Kommissarin Untereiners Lippen kräuselten sich. Dann versenkte sie ihren Williams.

Eine Hand legte sich auf Wegmanns Schulter. Genervt schielte er zur Decke und drehte sich dann doch nach rechts.

»Was?«

»Ich sag dir jetzt die Wahrheit.« Der Blick des kleinen Kerls war unerwartet klar. »Es gibt kein Universum. Hier kommt keiner raus. Keiner kommt aus unserem Raum raus. Luzifer hat Gott gefickt. Und ich hab ihn gefickt.« Er blinzelte nicht.

»Und da ist auch schon das Taxi!« Guidos Stimme stoppte den Monolog.

Protest folgte und schließlich Einsicht. Guido war ein geschulter Mann.

Als er hinter den Tresen zurückkehrte, atmete er tief durch. Dann griff er nach den kaum benutzten Grappagläsern im Regal hinter der Bar und begann, das erste von ihnen zu polieren.

Wegmanns Lächeln war süffisant.

»Was war das, bitte schön?«

»Frag nicht, Gerd. Das geht schon seit ein paar Tagen so.«

»Hm.«

»Du hättest gestern hier sein sollen.«

»Warum?«

»Da war so 'ne kleine Dicke. Schwarze Haare. Pagenschnitt. Hat Fragen gestellt und gesoffen wie drei Matrosen. Autorin. Schreibt Krimis.« Der Theker runzelte die Stirn. »Nee, warte, nicht Krimi. Sex and Crime. War ihr irgendwie wichtig, dass das ein Unterschied ist.«

»Hör mir auf mit Autoren!« Wegmann verdrehte die Augen.

Guido lächelte. »Noch einen?«

»Am besten gleich drei.« Mit einem leichten Senken des Kopfs deutete Wegmann auf seine Begleitung. »Muss ein bisschen aufholen.« Ein Grinsen folgte. »Ich bring Luzifer auch garantiert nicht nach Hause.«

»Schon klar.« Guido gluckste. »Das hebst du dir für seine Schwester auf.«

»Du bist weise.«

»Ich bin Barmann.« Er positionierte drei Gläser auf dem Tresen, griff nach der Schnapsflasche und schenkte großzügig aus.

»Und ich ...« Kommissarin Janine Untereiner hob auffordernd ihr leeres Glas, bevor sie ihren Vorgesetzten anblinzelte. »Ich bin Luzifers Schwester. Und du ... bringst mich irgendwohin.«

Wegmann kniff ein Auge zu und ließ sie ausreden.

»Mir egal wohin, es muss nur weich sein«, murmelte sie. »Und warm.«

»Krieg ich hin«, sagte Hauptkommissar Gerd Wegmann und kippte das erste der drei Gläser nach unten.

19

Der Morgen drang störend ins Zimmer.

Tim Taubring betrachtete das Bett.

Es war ein verzerrtes Déjà-vu. Eins, das er nie mit eigenen Augen gesehen hatte. Nicht aus dieser Perspektive. Doch die Erinnerung war da.

Übergroß.

Vor ein paar Wochen hatte Rebecca genauso wie er vor diesem Bett gesessen. Dem Bett, in dem Gerd und er damals gelegen hatten. Nach einer Sauftour. Als die Tür zu Gerds Wohnung offen gestanden hatte. Zu viel Alkohol. Zu wenig

Vernunft. Wie heute. Und, wie es aussah, auch in der vergangenen Nacht. Die schlanken Schenkel, die sich an die seines Freunds pressten, sprachen eine eindeutige Sprache.

Tim Taubring wusste nicht, was er tun sollte.

Er blickte zum Fenster, atmete laut aus.

»Guten Morgen«, sagte er. Mehr fiel ihm nicht ein.

Als sich der Hauptkommissar rührte und langsam den Kopf hob, waren Taubrings Gesichtszüge steif. Er wartete, bis Gerd sich aufgerichtet hatte. Das Jackett hatte sich um seinen Leib verdreht. Der Schlips hing ungebunden um seinen Hals, das Hemd darunter stand offen. Abgesehen davon war er komplett bekleidet. Die Frau neben ihm nicht.

»Habt ihr gevögelt?«

»Was?« Wegmanns Stimme war noch tiefer als sonst.

»Habt ihr gevögelt? Ich frage lieber gleich.«

»Haben wir nicht.« Janine Untereiner hustete leise. Allem Anschein zum Trotz war ihre Verfassung besser als die ihres Vorgesetzten. Innerhalb von Sekunden saß sie auf der Bettkante, verweilte kurz und erhob sich. »Aber es kann sein, dass wir zum guten Schluss auch noch gekifft haben.«

Tim blinzelte empört.

Janine lächelte. »Mund zu, Taubring.«

Schamdreieck, Brüste. Eine kleine Tätowierung neben dem Nabel. Sie stand nackt vor ihm und es scherte sie nicht.

»Was gibt's Neues?«

»Ich ... Was?«

Sie verschwand in Richtung Bad. Ihr Hintern war ansprechend.

»Du bist nicht ohne Grund hier, Taubring.« Wasser plätscherte. »Also: Was gibt's Neues?«

Tim blies die Wangen auf.

»Ich benutz deine Zahnbürste, okay, Gerd?« Janine wartete die Antwort nicht ab.

Hauptkommissar Gerd Wegmann war wieder auf die Matratze gesunken. Ein leises Schnarchen blubberte über seine Lippen.

Tim Taubring schielte zu Decke und war bereit, zu glauben. Einfach alles zu glauben.

Zum Glück bin ich nicht Rebecca, dachte er.

Janine Untereiner kehrte ins Schlafzimmer zurück, betrachtete den großen schlafenden Mann auf dem Bett und stemmte die Hände in die Hüften.

»Also gut«, sagte sie. »Wenn es nichts gibt, das mich betrifft, nehm ich die U-Bahn. Mach dir keinen Stress, Taubring. Ich zieh mich an und bin in fünf Minuten weg.«

Kommissar Tim Taubring lenkte den Audi auf die Hauptstraße.

Obwohl sein Beifahrer geduscht hatte, roch es im ganzen Wagen nach Schnaps. Er drückte den Knopf, und beide Fenster glitten surrend nach unten.

»Ich hab das gebraucht, Tim.« Wegmann grinste glücklich und inhalierte die kalte Luft. »Mir geht's richtig gut!«

»Und ihr habt wirklich nicht …?«

»Nicht, dass ich wüsste. Ich kann mich nicht an alles erinnern, aber ich denke … Nein. Außerdem war ich echt hackestramm. Ich hoffe, dass ich nichts versucht habe und mit Halbmast abbrechen musste.« Er zog ein übertrieben furcht-erfülltes Gesicht. Dann lachte er.

»Janine war nackt«, sagte Taubring knapp. »Sie lag nackt fast auf dir drauf. Sie stand nackt vor mir. Sie hat nackt mit mir gesprochen.«

»Und das ärgert mich ein wenig.«

»Wieso?«

»Weil ich sie nicht nackt gesehen hab. Oder hab ich?« Wegmann runzelte die Stirn.

»Deine Nerven, Gerd ... Deine Nerven.«

»Komm du mal in mein Alter, mein Junge. Dann wird das schon.«

Taubring kniff die Lippen zusammen. Er wechselte auf die Innenspur und trat aufs Gas. Sie waren spät dran. Die Besprechung war für zehn Uhr angesetzt. »Weißt du, wie scheiße es ist, wenn du mich mein Junge nennst?«

»Weiß ich.« Wegmann gluckste. »Apropos ... Hab ich ich ganz vergessen: Ich soll dir Grüße ausrichten.«

»Von wem?«

»Da kommst du nie drauf.«

Taubring sah ihn nur kurz an, dann glitt sein Blick wieder zurück auf die Straße.

»Ich sag's dir, wenn wir am Bahnhof haltmachen.« Sein Freund spitzte betont unschuldig die Lippen. »Zehn Minuten. Ich brauch 'ne Currywurst. Jetzt.«

»Ernsthaft? Inken?«

»Ja.« Currysoße tropfte von dem Stück Wurst, bevor Wegmann es sich in den Mund schob.

»Im Einkaufscenter?« Taubring zog ein ebenso ungläubiges wie amüsiertes Gesicht.

»Genau da«, nuschelte sein Vorgesetzter. Er schloss die Augen und kaute. Ein Ausdruck unverfälschter Glückseligkeit erschien auf seinen Zügen.

Erheitert schüttelte Taubring den Kopf, als das Antlitz von Gerds Sandkastenfreundin vor seinem inneren Auge auftauchte. Die vollen Lippen, der eiskalte Blick, das üppige Gesäß, die Distanz, die lockte und gleichzeitig Grenzen zog. Die Dominanz, die nichts anderes tat. Der Moment, als Inken Eisegoth seinen Ringfinger umgriffen hatte und es nicht um seinen Ehering ging.

»Du weißt nicht, was möglich ist, Tim, du weißt gar nichts!«

»Und außerdem«, Wegmann zog eine Serviette aus dem Halter auf der Ablage und wischte sich über die Mundwinkel, »war sie nicht allein. Was ja eigentlich klar war. Dass sie selbst einen Einkaufswagen schiebt ... Niemals!« Er prustete. »Sie hatte diesen kleinen Hansel bei sich, der damals unter ihrem Tisch gehockt hat, als wir bei ihr waren, und ihr als Schemel herhalten musste oder Zunge auf Abruf oder was weiß ich. Du erinnerst dich? Ach, was frag ich, natürlich erinnerst du dich! Und das Beste ist ...« Glucksend griff der Hauptkommissar nach der Cola und trank einen Schluck, bevor er mit der Flasche in Richtung seines Kollegen wies. »Rebecca kennt den! Der ist Mediziner! Hat wahrscheinlich auch einen Doktor in Irgendwas, was nach der Dissertation keine Sau mehr interessiert!« Ein bösartiges Lachen folgte.

Dr. Jonson? Scheiß auf Dr. Jonson!

Gerd Wegmann fühlte sich so prächtig wie schon lange nicht mehr.

Er nahm die kleine Schale mit Pommes Frites an sich und hielt sie unter den Spender mit Mayonnaise. Es schmatzte unanständig, als er den Aufsatz der Flasche nach unten drückte.

»Willst du?«, fragte er und hielt Taubring die von weißer Creme bedeckten Pommes entgegen.

»Nee, danke.«

»Mach dich locker, Tim. Wenn du morgens keine Bratwurst mehr in dich reinstopfen willst, sondern dich nach Obst, Salat und, Gott bewahre, einem Tomatensaft sehnst ...«

»Dann was, Gerd?«

Wegmann stutzte. Das Gesicht seines Freundes wirkte ernst. Er legte den Kopf zur Seite und musterte den jungen Kommissar einige Sekunden lang, bevor er sprach.

»Du hast den Babysitter –«

»Habe ich nicht.«

»Aber du wolltest.«

Taubring kniff die Lippen zusammen.

»Wie alt ist sie, Tim? Achtzehn?«

Schweigen.

»Sechzehn?«

Schweigen.

»Du bist ein unfassbar schlechter Lügner, mein Lieber.«

»Ich weiß.«

»Fritte?«

»Ja.«

Tim Taubring dachte an den kommenden Mittwoch. Übermorgen. Sein Geburtstag. Cornelia hatte einen Tisch im D'Arcangelo reserviert. Wie schon die beiden Jahre zuvor. Zwanzig Uhr. Sie würde die Ravioli mit Trüffelfüllung bestellen.

31. Frau. Kind. Heim.

Herd.

Er schloss die Lider. Mayonnaise füllte seinen Mund.

Du weißt gar nichts!

»Zieh's durch oder lass es«, sagte Hauptkommissar Gerd Wegmann. »Genau genommen ist es so einfach. Du weißt, dass ich deine Frau sehr schätze. Mehr als viele andere Frauen.« Er hob das Kinn. »Vertraust du mir, Tim?«

Sein Kollege runzelte die Stirn. »Was soll die Frage, Gerd?«

»Vertraust du mir?«

»Ja.«

»Dann werde ich dir jetzt etwas sagen, das du nicht hören willst.« Wegmann stellte die Fritten auf der Ablage ab. »Du hast eine tolle Ehe, Tim. Vielleicht ist dir das einfach nicht bewusst genug.«

»Und das soll ich nicht hören wollen?«

»Ich bin noch nicht fertig.«

Taubrings Kiefermuskeln arbeiteten. »Ich höre«, quetschte er hervor.

»Ich würde sie vögeln.«

»Wen?«

»Deine Frau.«

Ein Zischen drang über Taubrings Lippen. »Willst du mich provozieren?«

»Ich will es nicht nur. Ich mache es.«

Wegmann starrte ihn an.

»Und jetzt hör mir gut zu. Ich würde Conny vögeln. Wenn sie den Anfang machen würde. Wenn es Rebecca nicht gäbe.« Er blickte zur Seite, wartete einen Moment, bevor sein Blick wieder den seines Freundes fand. »Wenn es dich nicht gäbe.«

Tim Taubring schwieg.

Wegmann hob die Augenbrauen. »Das ist dreimal Wenn. Wie viele Wenns hast du?«

»Ich verstehe nicht …«

»Wenn du die Kleine durchziehen willst, mach es. Wenn du deine Frau liebst, muss das nichts, aber auch gar nichts mit ihr zu tun haben. Keiner versteht das besser als ich. Wenn es damit erledigt ist, mach es. Aber …« Der Hauptkommissar lachte leise auf. »Denk an die beschissenen Konsequenzen. Denk an das beschissene Aber.«

»Irgendwie ist es total absurd, das aus deinem Mund zu hören, Gerd. Nachdem vor nicht einmal einer Stunde eine Kollegin nackt in deinem Bett gelegen hat. Eine Kollegin!«

»Ich weiß.«

Taubring verdrehte die Augen.

»Ich hätte gern ein Schaschlik«, plärrte eine Stimme von links. Der Junge, zu dem sie gehörte, war älter, als seine Körpergröße vermuten ließ.

Hauptkommissar Gerd Wegmann betrachtete ihn mit genervtem Ausdruck, dann wandte er sich nach rechts, beugte er sich ein wenig nach unten, bis sein Mund ganz nah an Taubrings Ohr war.

»Du bist ein unfassbar schlechter Lügner, Tim. Und du stehst auf junge Dinger. Und falls deine Frau mal einen Dreier will …«

Erbost starrte sein Freund ihn an.

»Was denn?« Wegmann grinste und knallte einen Zehner auf die Ablage.

»Stimmt so«, sagte er.

»Er hat dich tatsächlich immer noch nicht angerufen?«

Leon Steinkamp machte eine abwägende Geste, bevor er antwortete. »Er hat etwas angedeutet.«

»Gerd? Angedeutet? Das war so klar!« Rebecca Blumberg lachte herzhaft. Das Seniorenpaar am Nebentisch schenkte ihr einen perfekt synchronisierten empörten Blick.

»Hat er in der Tat.« Leon Steinkamp versenkte die Gabel in dem Stück Rahmkuchen, das vor ihm stand.

Seine Freundin sagte nichts, unterdrückte nur ein Glucksen und widmete sich wieder der Donauwelle, die auf einem mit Goldrand versehenen Teller auf sie wartete.

Leon schmunzelte. Das Café, in dem sie saßen, war altbacken. Es altmodisch zu nennen, hätte mehr Charme verlangt.

»Du bist öfter hier?«, fragte er, während er nach der Tasse griff. Weißes Porzellan, goldener Rand. Filterkaffee. Wie es sich gehörte. Radio. Ein lokaler Sender. Schlager, Evergreens. Und das gelegentliche Klirren von Gläsern und das Scheppern von Besteck.

»Ja. Ziemlich oft sogar.«

»Das ist ...«

»Total spießig, ich weiß.« Rebecca grinste. »Ich find's toll!«

»Und hier, in diesem gesitteten Umfeld, willst du über was noch mal mit mir reden?« Steinkamp konnte nicht anders; auch er musste sich ein Grinsen verkneifen.

»Gruppenvergewaltigungen.« Sie versuchte, keine Miene zu verziehen, als sie ein Stück Kuchen in ihren Mund beförderte.

»So, so«, konterte Leon und schob sich ebenfalls ein Stück Kuchen in den Mund. Todernst.

»Und einen verdammt attraktiven Kommissar, der nicht daran glaubt.« Rebeccas Mundwinkel zitterten.

Keine Chance.

Nach nicht einmal einer Sekunde lachten Rechtsmedizinerin und Psychologe lauthals los.

Der ältere Herr am Nebentisch hob die Hand.

»Zahlen, bitte«, schnarrte er und strafte die beiden Flegel links von ihm mit Missachtung.

Wenige Minuten später sah Rebecca ihrem Freund tief in die Augen. »Wir haben uns gestern Abend schon getroffen, Leon. Und jetzt wieder.«

Er lächelte. Musste nichts sagen.

»Judith hat nichts dagegen?« Rebeccas linke Braue wanderte nur ein paar Millimeter nach oben.

»Hat sie nicht.«

»Nun, dann werde ich ihr wohl doch eine zweite Chance geben müssen.«

»Solltest du. Du wärst überrascht.«

Überrascht ...

Rebecca Blumberg dachte an Regen und Zedern und das schattige Gesicht neben ihr auf der Bank.

Als sie ihren Freund ansah, war ihr Blick unstet.

»Was?« Steinkamp runzelte die Stirn.

»Ich weiß nicht, wo ich anfangen soll, Leon.«

Das Surren des Dia-Projektors füllte den Raum.

»Ich fasse zusammen«, sagte Hauptkommissar Gerd Wegmann und fühlte anderthalb Dutzend Blicke auf sich. »Wie Kollege Haase eben schon erläutert hat, ist der Tote erkennungsdienstlich erfasst. Seine Identität ist eindeutig bestätigt. Dieses zu Brei geschlagene Stück Scheiße, und ich bereue kein einziges Wort davon, ist uns allen bestens bekannt als Jegor.« Er griff nach dem obersten Blatt des Berichts, der vor ihm lag. Die Akte der Vollzugsanstalt in Bulgarien war noch in der Nacht gefaxt worden. »Jegor ... Nikitin.« Ein abfälliges Schnauben glitt über seine Lippen. »Kein Wunder, dass er den Nachnamen abgelegt hat.«

Das zerstörte Gesicht nahm die gesamte Wand hinter ihm ein. Der durch einen gezielten Hieb gespaltene Kiefer hatte die linke Wange herabsinken lassen. Wie ein besonders höhnisches, ungewolltes Grinsen nach einem Schlaganfall.

»Der abschließende Obduktionsbericht wird im Lauf des Tages bei uns eingehen. Hauptkommissar Jacobsen, der die Ermittlung im Mordfall Jegor leitet, wird ihn umgehend weitergeben.«

Wegmann sah auf.

»Wir haben zwei tote Frauen. Wir haben ihre beiden Mörder. Und bevor diese Sonderkommission ad acta gelegt wird, erwarte ich einen letzten Einsatz von euch. Wenn mich nämlich nicht alles täuscht, ist dieser Mist noch lange nicht von Tisch und betrifft uns sehr wohl.«

Brummen zog durch das Besprechungszimmer.

»Ich weiß, ich weiß«, sagte der Hauptkommissar und hob beschwichtigend die Hand. »Es ist Montag, und montags hat keiner groß Bock außer den paar Abartigen, die kein Privatleben haben und die wir im Präsidium trotzdem mit durchfüttern müssen.«

Leises Lachen folgte. Wie erwartet.

Tim Taubring zog die Brauen zusammen. Manipulation. Und dieses verdammte Talent zum Delegieren. Er sah seinen Freund an. Scheinbar in Gedanken versunken berührte

Gerd die Dokumente, die vor ihm auf dem Tisch lagen, sein Zeigefinger malte einen großen Kreis darauf. Tims Mund wurde ein Strich. *Falls deine Frau mal Lust ...*

»Ich will den Tag nutzen.« Wegmann ließ den Blick über die vor ihm versammelten Beamtinnen und Beamten gleiten. »Und ich denke, ihr seht das genauso wie ich.«

Nicken. Er hatte sie.

»Gut.«

Betont langsam richtete er sich auf.

»Es ist mir klar, dass eure Bemühungen unter Umständen zu nichts führen werden. Wir haben wenig Zeit, aber ich will, dass, sobald ihr diesen Raum verlasst, Folgendes in Erfahrung gebracht wird: sämtliche Fahrzeugbewegungen am Kanal, Freitagnacht bis Samstagmorgen. Inklusive des gesamten Folgetags. Es gibt nur wenige Kameras dort, der Arm ist tot. Alle Zufahrten, Blitzer, Kontrollen auf den Hauptstraßen, frequentierte Tankstellen etc., das übliche Programm. Abgleich mit allen gestohlen gemeldeten Fahrzeugen der letzten Woche, den regulär gemeldeten eh. In der Nähe befindet sich eine Unterführung, in der der richtig schlechte Stoff gedealt wird. Hört euch dort um.« Er rieb sich über die Stirn. »Sanft, kein Krawall. Die Leute da sind kaputt genug.«

Ein zielgerichteter Blick nach rechts folgte. »Gabriele, du koordinierst die Teams. Grast die Penner auch ab, wenn ihr schon mal dabei seid. BTM-Verstöße interessieren mich nicht. Ich will nur wissen, wer Jegor dort abgeladen hat. Drei Leute sollen in den Falldateien recherchieren und die Modus-Operandi-Erfassungen abgleichen. Setzt den Fokus auf Leichen, die aus einem fahrenden Auto heraus entsorgt wurden. Geht so weit zurück, wie's in der kurzen Zeit machbar ist.

Spielt meinetwegen Schnick, Schnack, Schnuck, ich weiß, dass keiner auf diesen Pingelkram Lust hat. Vielleicht gab es schon mal was ähnliches, vielleicht nicht. So oder so ...« Er verstummte, sein Mund wurde ein nach unten gekrümmter Bogen.

»Du denkst, dass man Jegor finden sollte?« Gabriele Duhn zog die Brauen zusammen.

»Was denn sonst?« Wegmann schnaufte. »Wer auch immer das Arschloch totgeschlagen hat: Dieses Abladen war Teil des Plans. Möglichst würdelos. Das ist Rache.«

»Oder eine Warnung.« Flavio Garcia stand mit vor der Brust verschränkten Armen an Tim Taubrings Seite und blickte den Leiter der Ermittlungen an.

»Ihr zwei«, sagte Wegmann und deutete auf die beiden Kommissare. »Seid in zwanzig Minuten in meinem Büro.«

»Mit Zucker? Wow. Du lässt dich nicht lumpen, Gerd.«

»Jetzt trink deinen Scheißkaffee und lass mich ausreden, wenn ich dir schon einen ausgebe.« Wegmann grinste.

Dirk Haase rührte in seinem Plastikbecher herum und erwiderte das Grinsen. Sie standen neben dem Getränkeautomaten, der an der wahrscheinlich unüblichsten Stelle positioniert war, die eine Behörde als Standort anbieten konnte, und ignorierten beide das geschäftige Treiben, das sie umgab.

»Keine Ahnung, wieso, aber dieses Teil«, der Hauptkommissar tätschelte die Seite des grauen Klotzes, »macht den besten Kaffee im ganzen Präsidium.«

»Es steht im Gang vor dem Klo im Erdgeschoss. Und wenn

ich ganz ehrlich bin, Gerd, es füllt mich ein wenig mit Sorge, wenn ich mitansehen muss, wie viele unserer Ordnungshüter mit schwachen Blasen ausgestattet sind.«

Er betrachtete einen jungen Beamten in Uniform, der mit verkniffenem Gesicht an den beiden Männern vorbeieilte und Haase einen verschreckten Blick zuwarf, als er merkte, dass er beobachtet wurde.

»Tach«, sagte der Leiter des Erkennungsdienstes.

Wegmann unterdrückte ein Lachen. »Es ist Montagmorgen. Das Wochenende fordert seinen Tribut.«

»Jaja.« Dirk Haase brummte. »Deins vielleicht. Meins weniger.« Er trank einen Schluck und musterte die dunklen Schatten auf den Wangen des Ermittlers neben ihm.

Wegmanns Miene wurde weich und konzentriert zugleich. »Danke, dass du mir am Samstag unter die Arme gegriffen hast. Und gestern auch. Ich schulde dir eine Erklärung.«

Haase legte den Kopf zur Seite.

»Ich hab einen Maulwurf in der Abteilung«, sagte der Hauptkommissar leise. »Seit Monaten gibt jemand brisante Details an die Presse weiter. Und in diesem Fall kann ich das wirklich nicht gebrauchen. Du weißt, warum. Es gibt einen Zusammenhang zwischen den Morden. Auch wenn die Sache durch Jegors Tod nun gegessen ist, wie's aussieht.«

»Darf ich ehrlich sein, Gerd?«

»Klar.«

»Ich find's fast ein bisschen schade.«

»Was?«

»Ich war noch nie bei einer Autopsie dabei.« Der untersetzte Mann zuckte die Schultern. »Warum auch? In der Ausbildung hab ich mich erfolgreich davor gedrückt. Ich treibe meine Leute ebenfalls an, aber sie schwärmen dann in der Regel nicht aus. Sie hängen über Gerätschaften, Instrumenten. Notieren Ergebnisse und werten Listen aus. Und im Labor läuft Easy Listening.«

Ein Lächeln begann sich auf Gerd Wegmanns Zügen auszuweiten. »Es hat dir gefallen, mal länger als sonst an der Front zu sein ...«

»Hat es.« Dirk Haase leerte seinen Becher und stellte ihn auf dem Automaten ab. »Du hast einen Termin, Gerd. Die zwanzig Minuten sind um. Ich geh zurück ins Labor.«

»Ein zweites Stück Kuchen?« Leon Steinkamp lächelte die Frau, die ihm gegenübersaß, schelmisch an.

Dr. Rebecca Blumberg blickte dem Kellner, der vor wenigen Sekunden ihre Bestellung aufgenommen hatte, hinterher und seufzte. »Ja. Schlechtes Gewissen, glaub ich.«

»Weswegen?«

»Weil ich vorhin über etwas Entsetzliches gelacht habe.«

»Rebecca. Wir haben beide mit so viel Entsetzlichem zu tun. Wir müssen manchmal darüber lachen. Sonst zerstört es uns.«

»Das ist nun wirklich Lehrbuchgeschwafel, Leon. Ich öffne ihre Körper, du ihren Verstand. Wir machen das beide nicht erst seit gestern.«

»Aber was ich gesagt habe, ist schlicht und ergreifend wahr, so leid mir das auch tut.«

Wahr ...

Dr. Blumbergs Gesichtszüge wurden starr. »Ich habe einen neuen Kollegen. Er könnte mir gefährlich werden.«

Ihr Freund wusste, dass sie nicht von Konkurrenz sprach. Und er wusste, wann er nicht anderes sein sollte als ein Zuhörer.

Die Morgensonne warf einen zaghaften Schimmer auf Rebeccas Kinn und ließ ihre Mundpartie im Dunkeln. »Gerd ist fremdgegangen. Mit irgendeinem kleinen Kripo-Flittchen. Auf ihrer Weihnachtsfeier. Er wollte, dass ich ihn begleite. Ich bin nicht mitgegangen, weil er sich vorher wie der letzte Mensch benommen hat.« Sie sah zur Seite, dachte an ihren verstorbenen Mann, seine unzähligen Affären.

»Leon, ich kann das nicht tolerieren. Ich darf nicht.«

Drafi Deutschers Stimme kratzte durch das Café.

Medizinerin und Psychologe schwiegen.

Sieben Minuten waren lang genug.

Gerd Wegmann sah von den Unterlagen auf, die über den Schreibtisch verteilt waren, und brach das Schweigen als Erster. »Wir beherrschen das Spiel wohl beide.«

Flavio Garcia zuckte bewusst desinteressiert die Schultern. »Wie's aussieht.«

Der Hauptkommissar schob die Lippen vor. »Was immer du mir sagen willst – du hast jetzt die Gelegenheit dazu. Tim wird so schnell nicht aus dem Labor zurück sein.«

»Was sollte ich dir sagen wollen, Gerd?«

»Eine ganze Menge.«

Sie starrten sich an. Wegmann sagte nichts. Garcia sagte nichts.

Runde zwei.

Runde drei.

Als Tim Taubring kurz darauf die Tür zum Büro seines Vorgesetzten aufstieß, empfing ihn eisige Stille. Die Gewissheit, dass bis vor Sekunden noch Tacheles geredet worden war, hing in der Luft wie der Geruch nach frischem, scharfem Schweiß.

»Okay«, sagte Tim gedehnt und verharrte am Türrahmen. »Soll ich draußen warten?«

»Nein«, knurrte Wegmann.

»Komm rein«, knurrte Garcia.

Oh Mann, dachte Taubring, jetzt musst du diesen elenden Macker-Quatsch doppelt ertragen, du hättest vorhin doch eine Currywurst essen sollen!

Er schloss die Tür.

»Prima«, sagte er. »Wenn also jeder klargemacht hat, wann er wie und warum mit wem gevögelt oder nicht gevögelt hat und wo sein Balz-Revier anfängt und endet, kann ich euch ja sagen, was das Labor Neues für uns hat.«

»Du bist nicht witzig«, brummte Garcia.

»Und weißt du, wen das interessiert?« Taubring lächelte süßlich und wirkte so, als hätte er vorhin sein Surfbrett im Flur abgestellt.

»Somnophilie ist gar nicht so selten«, sagte Leon Steinkamp.

»Das ist …« Dr. Blumbergs Oberlippe zog sich leicht nach oben, während sie den Kopf schüttelte. »Ekelhaft. Und du weißt, dass ich nicht prüde bin.«

Der Psychologe betrachtete seine Tasse, die kleine braune Pfütze im Innern. Anstandsrest. Anstand.

»Ehrlich gesagt überrascht deine Reaktion mich ein wenig, Liebes. Es ist eine Paraphilie, ja. Aber normalerweise bist du offen für Abseitiges.« Er schmunzelte halb. »Wenn ich das mal so ungenau definieren darf.«

Rebecca kommentierte die Aussage nicht. Sie dachte daran, wie sehr sie es genoss, sich in Gerds Schoß zu schmiegen. Einzuschlafen. Sein leichter Griff an ihrer Hüfte. Geborgenheit.

»Er muss dich zu dem Fall hinzuziehen«, murmelte sie.

»Denke ich auch.« Steinkamp hob die Hand. Ein freundliches Winken folgte. Der Kellner eilte zur Kasse.

»Kartenzahlung ist wohl nicht?« Leon lächelte mild.

»Doch, man glaubt es kaum.« Rebecca war noch nicht bereit zu lächeln. Im Radio beteuerte Gitte Hænning, dass sie einen Cowboy zum Mann wollte.

Der Psychologe bückte sich und zog seinen Geldbeutel aus der abgegriffenen Ledertasche. Dann sah er seine Freundin mit ernstem Gesicht an. »Er soll mich anrufen. Sag ihm das.«

»Mach ich. Ich ess noch meinen Kuchen, nachdem du gezahlt hast. Ich brauch einen Moment. Allein.«

Als Leon Steinkamp das Café verließ, war seine Brust eng.

Es hatte Kraft gekostet, sich nicht anmerken zu lassen, dass er all das, was sie ihm erzählt hatte, bereits wusste. Die Untreue. So viel mehr.

Somnophilie. Sex mit Schlafenden.

Vielleicht schlafen wir alle.

Leon griff in seine Jacke. ÖPNV. Wochenkarte. Warum hatte er keine Monatskarte gekauft?

Als sein Handy klingelte und er Judiths Namen auf dem Display sah, fiel ihm das Atmen leichter.

»Und das ist alles?«

Wegmann glotzte auf die Laborberichte. Alles, was an Jegor, in seinen zahlreichen Wunden und um ihn herum am Kanal gefunden und analysiert worden war. Viel zu viel und trotzdem keine Auffälligkeiten.

Tim Taubring nickte steif.

»Das ist ... nix!« Erbost starrt der Hauptkommissar seinen Kollegen an.

»Ich weiß. Du sollst Dirk anrufen. Irgendwas ist, und er wollte es mir nicht sagen. Der Molekularbiologe, der bei ihm war, ich hab seinen Namen vergessen, aber er sah echt aus wie Mr. Bean.« Taubring verstummte und verzog mitleidig das Gesicht.

»Tim«, grollte Garcia, der sich darauf beschränkte, das Abziehbild eines schlecht gelaunten Südeuropäers zu sein.

»Oh Mann, ihr geht mir beide gerade echt auf den Sack.« Taubring zog sein Jackett aus. »Gerd, ruf Dirk an. Er will dir etwas sagen, das er mir nicht sagen wollte oder konnte oder was weiß ich. Macht ihr euren Testosteronclub-Scheiß unter euch aus. Ich bin raus!«

Wegmann verdrehte die Augen.

»Ruf ihn an, verdammt noch mal!« Taubring funkelte seinen Vorgesetzten an. »Jetzt!«

Garcia trat ans Fenster, öffnete es und schmunzelte sacht.

Der Leiter der Ermittlungen zeigte keine Regung. »Tim?«

»Was?!«

»Der Molekularbiologe?«

Ertappt kniff Taubring die Lippen zusammen.

»Sah aus, als hätte er am liebsten losgeheult«, presste er hervor. »Frag mich nicht, warum! Frag Dirk!«

Zigarettenrauch zog durch das Büro und Gerd Wegmann griff zum Telefon.

»Klar hab ich ihn gesehen.«

Der Mann lächelte.

»Lag da hinten. Mausetot.«

Gabriele Duhns Blick folgte dem krummen Finger, der zum Kanal wies. Die Sonne schien.

»Und die Polizei zu rufen kam Ihnen nicht in den Sinn? Oder einen Notarzt?«

»Lady«, brummte der Mann. »Ich mach ein bisschen Geld. Will ja leben.« Seine Schneidezähne fehlten.

»Was und wie viel Sie verticken, interessiert mich nicht. Er lag also schon länger dort, als Sie ihn entdeckt haben?«

»Oh ja. War schon geerntet worden.«

»Wie meinen Sie das?«

»Lady, wenn einer nichts bei sich hat, nicht mal ein abgestempeltes U-Bahn-Ticket ... Dann war jemand schneller als ich. In meinem Leben war oft jemand schneller als ich.«

Gabriele runzelte die Stirn.

»Nette Schuhe hatte er.« Der Mann hob die Schultern. Der Kragen seiner Lederjacke war eingerissen. »Aber ich hab nun mal große Füße. Sollte wohl auf großem Fuß leben, wenn Gott mich gelassen und nicht bloß einen Witz gemacht hätte.«

Er lachte meckernd.

Gabriele strich sich über den Nasenrücken und versuchte, den Geruch zu ignorieren. Ein paar Meter weiter spuckte jemand aus. »Sie haben also nicht gesehen, wie er dort abgeladen wurde?«

»Nee, sag ich doch. Ich war unterwegs in der Nacht. Hab gearbeitet.«

»Ich frag halt nach.«

»Das tun Sie, Lady. Sie sind hartnäckig. Ich mag hartnäckige Ladys. Aber bei Ihnen war wohl auch schon jemand schneller als ich.«

Er deutete auf ihre linke Hand.

Garcias Ring.

»Was echt schade ist, Lady. Sie gefallen mir. Sind zwar ein Bulle. Aber klein. Und bestimmt eng. Ich mag es, wenn enge Ladys schreien.«

Er lächelte.

»Das Haar, Gerd.«

»Sag mir etwas, das ich nicht schon im Bericht gelesen hab!«

Dirk Haase schnaubte. »Hast du genau gelesen?«

»Warum ruf ich dich an, Mann?«

»Okay, dann lass es mich so sagen: Es wurde eine Menge Material auf Jegors Leiche gefunden. Schmutz, Fasern. Da war Betrieb. Da hat nicht nur einer versucht zu fleddern. Aber dieses Haar steckte in der Wunde unter seinem Auge. Inmitten der Knochensplitter seines Jochbeins. Umschlossen von geronnenem Blut. Es ist dort reingeraten, als die Tat begangen wurde. Und es ist kurz.«

»Weiter!«

»Es ist dunkel.«

»Dirk!«

»Hat Taubring erzählt, dass Marcel Söhnlein, ein wirklich fähiger Molekularbiologe, bei mir war und fast geheult hätte?«

»In etwa.«

»Und willst du wissen, warum?«

»Ich sage jetzt nichts. Zwing mich nicht dazu, etwas zu sagen.«

»Weil er aus der freien Forschung kommt. Weil er zu neugierig war und seiner Routine gefolgt ist. Weil er das Geschlecht der Person ermittelt hat und wir es nicht verwenden dürfen. Und er darf es uns nicht sagen! Er weiß noch so verflucht viel mehr! Aber ... Paragraph 81 Scheißdreck. Wenn Datenschutz ein Kerl wär, würd ich ihm die Reifen plattstechen!«

Hauptkommissar Gerd Wegmann presste die Kiefer zusammen, bis es schmerzte.

»Hörst du mir zu, Gerd?«

»Ja.«

»Hörst du gut zu?«

»Ja.«

»In der DNA-Analyse-Datei beim BKA gab es jedenfalls keinen Treffer. Diejenige, deren Haar wir auf Jegors Leiche gefunden haben, ist also nicht aktenkundig.«

Wegmann stutzte. Dann lächelte er.

Diejenige ...

»Das Haar ist gefärbt. Ansatz grau und kaum vorhanden. Recht frisch gefärbt also. Ich tippe auf eine handelsübliche Coloration. Wahrscheinlich aus einem Drogeriemarkt.«

»Dirk?«

»Ja?«

»Ich habe dich verstanden.«

»Gut.«

Sachte legte Hauptkommissar Gerd Wegmann den Hörer auf die Gabel.

Er stand auf. Trat ans Fenster.

»Susa de Vries«, sagte er und blickte Garcia an, der eben die Kippe in den Hof schnippte.

»Du weißt alles, was du wissen musst, Gerd.«

»Sag's mir noch mal.«

»Sie und unsere zweite Tote waren ein Paar. Die Betonung liegt auf waren. Die Meier hatte sich von ihr getrennt. Am Abend, bevor die de Vries sich geschäftlich in die Staaten aufgemacht hat. Und von dort aus hat sie immer wieder versucht, ihre Ex zu erreichen. So viel dazu, dass sie sie nicht als vermisst gemeldet hat. Sie dachte, dass sie nicht mit ihr reden will. Dass sie sie meidet. Tja. Auf jeden Fall hat sie sich am Donnerstagabend, nachdem ihr Flieger gelandet war, sofort auf den Weg hierher gemacht. Dann hat sie Schiss vor ihrer eigenen Courage bekommen. Hat eine Nacht lang in ihrem Apartment durchgeheult und sich dann am Freitagabend zur Wohnung ihrer Ex aufgemacht. Eine Flasche Dom Pérignon und einen Gedichtband von Else Lasker-Schüler im Gepäck. Für die große Versöhnung. Und dann stand sie vor Meiers Wohnungstür und hat unser Siegel gesehen.«

Flavios Augen waren kalt.

»Wir haben es aus ihr rausgequetscht. Jedes Detail. Ganz so, wie du es wolltest.«

»Es war grausam, Gerd«, brummte Taubring vom Besucher-stuhl aus.

Grausam? Ja.

Und vielleicht ein Grund.

Wegmann griff nach Garcias Päckchen, das auf der Fenster-bank lag.

»Sabine Meiers Foto hängt hinter mir an der Wand«, sagte

er, während er sich bediente. »Die de Vries hab ich selbst nie gesehen.«

Das Feuerzeug spie die Flamme empor.

»Hat sie kurze dunkle Haare?«

Sie sah nicht fern, auch wenn das Gerät für alles bereit war.

Groß und modern. An der Wand installiert. Ein neuer DVD-Player stand darunter. Auf dem Boden ruhte ein Stapel DVDs. Eine Auswahl aus dem, was der Masse gefiel und im Kino gutes Geld gebracht hatte, ein Treffer sollte dabei sein.

Kalkuliertes Risiko.

Sie biss sich auf die Lippe.

Dachte an zwei tote Gesichter. Die Zeitung war deutlich genug gewesen und sie nicht so dumm, wie die meisten Männer dachten, wenn sie sie zum ersten Mal sahen. Schönheit war von Vorteil. Immer.

Ihr Blick glitt über ihr Dekolletee, streifte den Ansatz perfekter Hügel, das verführerische Dunkel dazwischen, keine Operation. Sie hatte sich eine Tätowierung gewünscht, damals. Eine Schlange um die linke Brust, die zubiss. Sie war achtzehn geworden und statt der gestochenen Natter war ihr der Führerschein finanziert worden. Seit sieben Jahren hatte sie nicht mehr hinter einem Steuer gesessen. Sie runzelte die Stirn. Sah ihre Eltern vor sich, sah sie strahlen, als ihre Tochter bei der Abifeier auf der Bühne gestanden hatte, dekoriert wurde und es ihr nichts bedeutete. Fühlte die Hand des Fahrlehrers auf ihrem Oberschenkel. Anfahren am Berg. Die Hand des Kursleiters, des Lehrbeauftragten, des Kommilitonen. Anfahren und Berge. Was war nur passiert?

Zwei tote Gesichter.

Sie ließ sie vor ihrem inneren Auge lächeln. Ließ sie wieder leben. Auf der Rückbank der Limousine mit ihr scherzen. Belanglos.

Amüsant.

Die Wohnung roch nach Lavendel. Es beruhigte nicht.

Sie setzte ihren nackten Fuß am Couchtisch ab. Spreizte die Zehen, suchte eine geeignete Stelle. Sie musste vorsichtig sein. Nie eine Stelle zweimal. Nicht zu schnell hintereinander. Sie durften es nicht merken.

Dann griff sie nach der Spritze, senkte die Nadel in die blubbernde Masse, die im Löffel kochte, und zog den Kolben nach oben. Der Hohlraum füllte sich mit Gnade.

Schönheit.

Schönheit und Geld und der Moment.

Der Einstich war Routine.

Sie lächelte, ihre Lider flatterten.

Alles war gut.

»Ich kann das übernehmen, wenn du willst.«

»Nicht nötig, Tim. Ich mach's selbst.«

»Dann hau ich jetzt ab, okay? Nach dem, was ich heute morgen bei dir in der Wohnung mitansehen musste, brauch ich eine verspätete Übersprungshandlung. Ich geh mir einen Anzug kaufen.«

Wegmann lachte.

Er hätte das Büro nicht aufsuchen müssen. Ein Anruf hätte genügt.

17:23 Uhr, und der Sitz der Staatsanwaltschaft präsentierte sich bereits halb verlassen.

Was hab ich bloß falsch gemacht im Leben?

Hauptkommissar Gerd Wegmann seufzte.

Dann klopfte er an.

Das gestresste »Ja!«, das aus dem Zimmer ertönte, hätte ihm fast ein Schmunzeln entlockt.

Tim Taubring lehnte an seinem Wagen. Die SMS, die er dreißig Minuten zuvor abgeschickt hatte, hatte er bereits gelöscht.

Der Bus hielt an. Mit einem Ächzen öffneten sich die Türen, Menschen stiegen aus, stiegen ein. Die Leuchtkörper der Laternen zitterten in den ausklingenden Nachmittag und machten aus der Dämmerung Zwielicht.

Das Mädchen näherte sich mit zögerlichen Schritten.

»Tim?« Hoffnung schwang in ihrer Stimme. »Du wolltest mich sehen?«

Er zog ein letztes Mal an seiner Zigarette.

»Steig ein«, befahl er knapp.

»Also gut, Wegmann. Keine Gefahr im Verzug?«

»Leider nicht.«

Barbara Stolkembachs Mundwinkel wanderten umher. »Und es muss trotzdem schnell gehen.«

»Exakt.«

Sie blickte den Hauptkommissar an. Hinter ihr ragten Ordnerrücken bis zur Decke empor. »Ich kann das machen. Ich habe zwei Ermittlungsrichter an der Hand, die ich jederzeit anrufen kann, um einen Beschluss zu bekommen. Dass ich diesen Vorteil nicht ausreizen will, verstehen Sie sicher. Also frage ich Sie noch einmal: Muss es wirklich so schnell gehen? Die übliche schriftliche Vorladung zur Abgabe einer DNA-Probe reicht nicht aus?«

Gerd Wegmann rieb sich über die Nasenwurzel. Er stand vor ihrem Schreibtisch. »Ihnen ist bewusst, dass ich mit dieser Bitte auch hätte anrufen können?«

»Das weiß ich, seit Sie mir gesagt haben, worum es geht. Warum fragen Sie die Frau nicht einfach?«

»Ich habe Gründe.« Er sah ihr direkt in die Augen.

Wie damals, im Dezember. In Herberts Büro, als ...

Sie hielt den Blickkontakt. »Wollen Sie mir noch etwas anderes mitteilen, Wegmann?«

»Vielleicht.«

»Nur zu.«

Er ließ den Kopf leicht zur Seite fallen.

»Barbara«, sagte er mit ruhiger Stimme.

»Ich höre.«

»Viel intimer konnte es nicht sein.«

»Ich weiß.«

»Ist es ein Problem?«

Alles auf eine Karte. Wegmann war Stein nach außen hin, während Schweiß die Achseln seines Hemds durchdrang.

Sie entgegnete nichts, wartete. Das Lächeln, das schließlich ihre Lippen hob, war genüsslich.

»Ich werde nun etwas sagen, womit Sie ziemlich sicher nicht gerechnet haben, Wegmann.«

Er hob das Kinn.

»Ich bin genau so ein großer Spieler, wie Sie es sind«, fuhr die Staatsanwältin fort. »Und, ganz ehrlich, dass Sie tatsächlich angenommen haben, dass ich Dr. Blumberg etwas bezüglich Ihrer ... Nebentätigkeit stecken könnte ...« Sie lachte spöttisch und schüttelte den Kopf.

Ehrlich überrascht zog Wegmann die Brauen in die Höhe. Woher wusste sie ...

»Unerwartet, nicht wahr?«

»Schon«, sagte er vorsichtig.

»Sie haben sich so lange so extrem in mir getäuscht.«

Barbara Stolkembach erhob sich von ihrem Sessel, ging um den Schreibtisch herum, bis sie vor ihm stand. Die kurzen dunkelroten Haare kontrolliert störrisch frisiert, die großen Ohrringe, die Studienrat-Kleidung. Das harte Gesicht, die karge Gestalt.

Ihre Stimme war zu sanft für die folgenden Worte.

»Ich kann Sie nicht ausstehen, daran hat sich nichts geändert. Ich bin Profi. Genau wie Sie, selbst wenn ich immer noch nicht verstehen kann, warum das halbe Dezernat zu Ihnen aufschaut. Und es kann mir auch herzlich egal sein.«

Sie reckte den Kopf.

»Ich besorge die richterliche Anordnung. Wegmann«, flüsterte sie. »Sie haben sie morgen früh auf dem Schreibtisch.«

Dann zog ein kaltes Lächeln über ihre Züge.

»Und dein Gesicht, wenn's dir kommt, werde ich immer vor Augen haben, wenn wir zusammenarbeiten ... Gerd.«

Genau so ein großer Spieler? Er hatte nichts zu verlieren.

»Weil es dir gefallen hat«, raunte er.

Sie spitzte amüsiert die Lippen.

Dann kam sie noch näher. Ihr Blick schraubte sich zu ihm empor.

»Hat es«, hauchte sie. »Und du bleibst ein chauvinistisches Schwein. Und wenn ich sage: Lauf!, dann läufst du für mich.«

Als Hauptkommissar Gerd Wegmann das unscheinbare Gebäude verließ, fühlte er sich auf widersprüchliche Weise gut. Ein guter Tag. Eine gute Nacht davor. Selbst die punktgenau platzierten Beleidigungen aus Barbara Stolkembachs Mund ... Akzeptabel. Sie brauchte das letzte Wort. Er wusste es. Sie wusste es.

Und nun wussten sie beide noch ein wenig mehr.

Wegmann atmete tief durch, rieb sich mit den Händen übers Gesicht. Dann zog er das Mobiltelefon aus der Manteltasche und ging zu seinem Wagen.

Er war bereit für einen guten Abend.

»Der Gürtel sitzt sehr tief.«

Der Verkäufer knetete sein Kinn, während er einen kritischen Blick über die Körpermitte seines Kunden gleiten ließ.

Tim Taubring klemmte die Daumen rechts und links unter den Gürtel. Sie passten gerade so zwischen Hose und Hemd. »Sitzt gut, würde ich sagen.«

Der pummelige Mann, der hinter ihm stand, klang skeptisch. »Schon sehr tief. Nicht, dass es Ihnen nicht stehen würde. Sie haben schöne Hüften. Aber ich ... ich hab da eine Idee. Momentchen!« Und schon war er in den Ausstellungsraum verschwunden.

Schöne Hüften? Taubring hob die Brauen. Okay ...

Er drehte sich zur Seite, musterte das Fallen des Stoffs, den Schnitt. Zupfte an der Gesäßpartie herum, nichts stand ab, sehr gut. Die Farbe war irritierend, ein stumpfes Grau, das Richtung Stahlblau changierte, die Beine waren nicht schmal genug für seinen Geschmack, je italienischer, desto besser, ein dunkles Hemd dazu, Mann, Tim, beschwer dich nie wieder, wenn Conny mit dir Schuhe kaufen gehen will! Er grinste sich im Spiegel an. Dann senkte sich ein Schatten über seine Züge. *»Du wolltest mich sehen?«*

Der Verkäufer näherte sich mit energischen Schritten, die nicht zu seiner Physis passten. »Hier!«, verkündete er strahlend. »Den müssen Sie probieren!«

»Ihr Ernst?«

»Aber ja!«

»Ein schwarzer Anzug?«

»Oh ja.«

»Reservoir-Dogs-Fan, hm?«

»Keine Sorge, ich mach Sie nicht zu Mr. Pink.« Seine linke Augenbraue schoss übertrieben in die Höhe. Attitüde, so ungeniert zur Schau gestellt, dass Taubring nichts anderes übrig blieb, als zu schmunzeln.

Ohne zu protestieren ließ er zu, dass der kleine Mann ihm den Dreiknöpfer an die Brust presste.

»Und jetzt ab in die Kabine!«

Durch das gekippte Fenster drang kühle Luft ins Wohnzimmer. Im Fernseher lief eine Doku, der Ton war abgeschaltet. Eine sichtlich aufgeregte Frau mit Cowboyhut bewegte die aufgespritzten Lippen und formte immer wieder einen sich nicht erklärenden Schmollmund.

»Wieso ist das Ding noch an?«, fragte Gerd Wegmann schläfrig.

»Weil du das Ding nicht ausgeschaltet hast.«

Grunzend löste er die Umarmung, beugte sich zum Couchtisch, griff nach der Fernbedienung, drückte die rote Taste und stand auf. Dr. Rebecca Blumberg rutschte widerstandslos auf die Sitzfläche des Sofas herunter und schaute die Decke an. Ein simpler Abend. Perfekt. Sie genoss das Nichts, das den Montag ausklingen ließ, langte nach der Wolldecke und zog sie über sich.

»Willst du Musik hören?«

Gerds Frage ließ sie nach links blicken. Er stand vor der Stereoanlage, rieb sich mit einer Hand über den Nacken und kratzte sich mit der anderen am Hintern.

Sie schmunzelte. »Mir egal. Wenn du willst – mach irgendwas an.«

»Irgendwas ... Du bist gut.« Sein Zeigefinger wanderte über die Rücken der CDs im Regal und gab nach äußerst kurzer Zeit auf. »Ich drück einfach Play.«

Als er zur Couch zurückkehrte und den Song erkannte, breitete sich ein Grinsen auf seinem Gesicht aus.

»Suede?«

»Nicht deinetwegen, Herr Hauptkommissar.«

»Natürlich nicht.« Er setzte sich. »Komm her!«

Sie robbte näher und legte den Kopf in seinen Schoß. Seine Finger schoben sich zwischen ihre, spreizten sie, umfassten sie spielerisch.

»Was wird das, Gerd?«

»Was?«

»Du willst ...« Sie unterdrückte ein Kichern. »Du willst schmusen?«

»Ich schmuse schon die ganze Zeit. Und ich kann dir eins sagen: Dieses Wort ist glaube ich mit das hässlichste, das ich kenne.«

»Schmusen?«

»Ja.«

»Es gibt weitaus hässlichere Wörter.«

»Sag mir eins! Sofort.«

»Pfropfen.«

Er starrte sie an.

Sie grinste. »Hab ich gewonnen?«

Wegmann schnaufte nur.

Sanft zogen seine Fingerkuppen Linien über ihren Arm, ihre Schulter, ihren Hals, fuhren zurück, ihre Schlüsselbeine entlang.

Es war noch nicht spät. Vielleicht kurz nach neun, vielleicht schon zehn, Dr. Blumberg wusste es nicht genau und es spielte auch keine Rolle. Sie war satt. Sie war müde. Und seine Berührung war Opium.

Ein genießerisches Seufzen entwich ihr, sie schloss die Lider – und brummte ungehalten, als seine Liebkosungen plötzlich aufhörten.

»Sag mal, Rebecca ...«

»Was?«

»Mach ich eigentlich ein blödes Gesicht, wenn ich komme?«

Sie öffnete die Augen. »Das fragst du mich jetzt nicht wirklich!«

»Doch.«

Dr. Rebecca Blumberg, 38 Jahre alt und seit wenigen Monaten Leiterin der städtischen Rechtsmedizin, streifte jegliche Müdigkeit ab und lachte schallend.

»Natürlich machst du ein blödes Gesicht! Jeder macht ein blödes Gesicht dabei.«

»Du nicht.«

»Hör auf zu schmeicheln.«

»Ich schmeichle nicht.«

Sie lachte noch lauter. Dann schüttelte sie den Kopf. »Wie kommst du auf so eine Frage?« Ihr Zeigefinger schnellte in die Höhe. »Nein, warte! Sag nichts! Ich weiß, wieso!«

Dass der Mann, in dessen Schoß sie lag, bei der Bemerkung leicht zusammenzuckte, registrierte sie nicht.

»Du bist auf etwas ganz Bestimmtes scharf, Gerd.« Sie grinste anzüglich. »Aber ganz ehrlich, da hab ich heute echt keine Lust drauf. Außerdem weißt du verdammt genau, dass es dir besser abgeht als mir.«

»Du glaubst wirklich, dass ich nur ans Vögeln denke, hm?«

»Tust du doch auch.«

»Tu ich nicht.«

»Ach?«

»Manchmal denke ich auch an meine Arbeit.«

»Und das ist das Letzte, worüber ich jetzt reden will.«

»Dann sind wir uns doch einig.«

Sie schlang die Arme um seinen Hals, zog ihn zu sich hinab. Der Kuss war nicht zart genug, um romantisch zu sein.

Alles war gut.

»Du siehst toll aus, Süßer.«

Cornelia musterte ihren Mann.

»Wirklich toll. Schwarz ... Hätte ich nicht mal in die engere Auswahl gezogen. Da siehst du mal, wie der Robenzwang uns Anwälte versaut!«

Sie lächelte.

»Der Verkäufer ist schuld.« Mit einem schiefen Grinsen legte Tim die Autoschlüssel auf dem Esstisch ab. »Bedank dich bei ihm.«

Er hatte den Anzug anbehalten. *»Packen Sie den alten ein, ich zahle mit Karte, Diners Club ist kein Problem?«* Kein Problem. Kein weißes Hemd. Ein schwarzes. Irgendwann musste auch Tarantino in seine Schranken gewiesen werden.

Cornelia tänzelte an ihn heran, umfasste das Revers. Sie trug nur ein leichtes Kleid, T-Shirt-Stoff. Bodenlang. Dunkelrot. Der Slip zeichnete sich ab.

»Schwarz in schwarz? Bist du jetzt auf der dunklen Seite der Macht?«

Er lachte. »Du willst keinen Bad Cop, Conny.«

»Vielleicht will ich das ja doch ...« Sie biss sich auf die Unterlippe. »Vielleicht will ich dich nicht mal auspacken.«

Ihre Hand wanderte nach unten.

Er stoppte sie. Sanft, aber bestimmt.

»Willst du was trinken?« Seine Stimme kratzte.

»Schon wieder hier? Hübscher, das wird zur Gewohnheit.«

»Und wäre das wirklich so schlimm?« Im Licht der Neonröhre wirkte Kommissar Garcias Gesicht wie eine Totenmaske.

»Ich könnte deine Mutter sein, Hübscher.« Sie lächelte, und

in dem Lächeln steckte viel mehr als ein Haschen nach Komplimenten.

Flavio erkannte alles.

»Meine Mutter? Niemals.« Er grinste abgeklärt. Es gab nur eine richtige Antwort und er hatte sie gewählt.

Die alte Frau reichte ihm einen Lappen über die Theke hinweg. »Wisch die Tische ab. Dann kann ich zumachen. Und du kannst reinkommen.« Sie langte neben sich, drückte einen für die Kundschaft nicht sichtbaren Schalter.

Das Schild des Kiosks erlosch.

Flavio ging zu den Stehtischen, wischte, wischte ein zweites Mal, dachte an das tränenüberströmte Gesicht einer Frau, die ihre Liebe verloren hatte, wischte für sie, wischte und fühlte sich seit langer Zeit wieder ehrlich.

»Bist du fertig? Dann komm.«

Gut. Alles war gut.

Gerd Wegmann öffnete die Augen.

Sein rechter Arm war eingeschlafen. Rebeccas Kopf schmiegte sich fest in seine Achsel und klemmte das Blut ab. Die Stereoanlage war stumm, der letzte Song schon lange verklungen. Er ließ die Finger spielen, es kribbelte. Dann löste er sich behutsam von der schlafenden Frau, stand auf und schüttelte seine oberen Gliedmaßen so lang, bis alles Gefühl wieder an Ort und Stelle war.

Er blickte zur Anzeige auf dem DVD-Player. Noch nicht einmal 22:30 Uhr. Fast ein bisschen peinlich, dachte er und sah auf seine Geliebte hinab.

Wir arbeiten zu viel.

Wegmann beugte sich nach unten, schob den linken Arm unter ihre Knie, umfasste mit dem rechten ihre Schultern, hob sie an und trug sie ins Schlafzimmer.

Sie wachte nicht auf.

Nicht, als er sie auf die Matratze legte und ihren Leib ausstreckte.

Nicht, als er die Decke über sie zog.

Nicht, als er, nachdem er Hose, Hemd und Socken ausgezogen hatte, ebenfalls unter die Decke schlüpfte und sich an sie drückte.

Nicht, als er ihr einen wirklich ausgefallenen Koituswunsch ins Ohr hauchte.

Lächelnd ließ er den Schlaf kommen.

»Ich ... liebe«, murmelte er.

Alles war gut.

Kommissarin Janine Untereiner stand nur in ein Badetuch gehüllt vor der Waschmaschine, betrachtete die weißlichen Schlieren auf dem Slip, den sie in der Hand hielt, und lachte leise.

Also doch.

»Babe, komm her, der Pizzaservice hat geklingelt und ich hab kein Bargeld!«

Sie verharrte kurz, stopfte den schwarzen Tanga nicht in die gut gefüllte Trommel und beförderte ihn stattdessen mit einem gezielten Wurf ins Waschbecken. Eiweißflecke waren elend hartnäckig. Kaltes Wasser, Duschgel. Nach der Lasagne.

»Bin gleich da«, rief sie und schaltete die Maschine an.

Es war okay.

20

»Ehrlich, das ist nicht okay, Gerd!«

Wegmann grinste so breit er nur konnte. »Ich sehe heute verdammt gut aus, sag's ruhig, ich weiß es selbst!«

Tim Taubring verzog angewidert das Gesicht. »Das ist es nicht! Du siehst verdammt ... gesund aus! Das ist nicht okay.«

»Wie du aussiehst, muss ich dir nicht sagen, oder?«

»Nee, lass mal.«

Schwungvoll wurde die Tür geöffnet.

»Guten Morgen!« Flavio Garcia behielt die Klinke in der Hand. Seine Zähne blitzten. »Ich besorge Kaffee, alles wie immer, oder hat jemand Extrawünsche? Nein? Gut. Bin gleich wieder da!«

Empört deutete Taubring mit beiden Händen auf die Tür, nachdem diese ins Schloss gefallen war.

»Und er sieht aus, als würde er gleich Tango mit irgendjemand tanzen! Das ist doch kacke!«

»Tja, mein Lieber. So fühlt es sich nun mal an, wenn man nicht auf der Sonnenseite des Lebens steht. Das kennst du halt nicht.«

»Oh bitte, Gerd. Keine Sprüche! Und wieso hast du überhaupt einen Rolli an? Was ist das heute? Das geht nicht!«

»Ich hab gedacht, ich probier mal was Neues aus. Ich habe lange geschlafen. Das hat mich mutig gemacht.«

Wegmann verschränkte die Arme vor der Brust, beschloss, das Elend seines Freundes noch ein wenig auszuweiten, rollte mit dem Sessel bis an die Fensterbank zurück und legte dann die Füße auf dem Schreibtisch ab.

»Das machst du nicht«, stammelte Tim.

»Doch.«

Kurze Zeit später öffnete sich die Tür erneut. Aber kein Kommissar mit Kaffee betrat Wegmanns Büro, sondern eine Oberkommissarin mit einem Stapel Akten unter dem Arm.

»Morgen«, grüßte sie knapp.

Ein erleichtertes Seufzen glitt über Taubrings Lippen. Gabriele Duhn betrachtete ihn mit zusammengekniffenen Augen. Die Schatten darunter waren immens.

»Fragt gar nicht erst«, knurrte sie. »Drei Stunden Schlaf. Warum, wollt ihr nicht wissen.« Sie warf die Unterlagen auf den Schreibtisch. »Der abschließende Bericht von Jegors Sektion. Unter anderem. Hab noch nicht reingeguckt.«

Als sie das Paar Herrenschuhe auf dem Tisch erblickte, runzelte sie die Stirn. Dann glitt ihr Blick über lang ausgestreckte Beine und stoppte verwundert auf Gerd Wegmanns Oberkörper.

»Ist das ... ein Rolli?«

»Er ist mutig heute.« Tim Taubring trat an ihre Seite.

»Ist er das?«

»Er hat lange geschlafen.«

»Er ist ein Scheißkerl.«

»Soll ich ihm das ausrichten?«

»Ich bitte darum.«

Wegmann lachte.

Vom Flur her erklang ein dumpfes Poltern. Eine gedämpfte Stimme folgte. »Ich hab vier Becher Kaffee im Arm. Gleich nur noch drei. Kann mir bitte jemand die Tür aufmachen?«

Der Kaffee machte es nicht besser. Und die Berichte, die Gabriele vor einer halben Stunde auf dem Schreibtisch abgeladen hatte, trugen ebenfalls wenig zum Anheben der Laune bei.

»Scheißdreck«, zischte Gerd Wegmann.

Dabei hatte der Tag so perfekt begonnen.

»Ja, Tee! Lass mich einfach machen, Gerd, guck nicht so skeptisch. Mit Milch und Zucker. Warte ab. Der kickt ganz anders als Kaffee. Es wird dir gefallen.«

Ihr Gesicht zog durch seine Gedanken. Die leicht geschwollenen Lider, das wie immer völlig zerzauste Haar, das sie erst eine Stunde später zu einem strengen schwarzen Knoten formen würde. Der Balkon. Ihr Atem, der Wolken vor ihrem Mund formte, ebenso wie der Dampf, der aus der Tasse aufstieg.

»Du willst wirklich draußen frühstücken, Rebecca?«

»Warum nicht?«

»Sieben Grad. Muss ich mehr sagen?«

»Na und? Hat doch was.«

Kurz darauf saßen sie in ihre Bettdecken gehüllt auf Campingstühlen. Die Füße in riesigen Puschen, die Dr. Blumberg für Besucher parat hielt. Seine Fersen schauten heraus, waren schon nach wenigen Minuten eiskalt, aber der Englisch Breakfast in seiner Tasse war heiß, und die Frau, die ihm gegenübersaß, schloss die Augen und genoss die aufgehende Sonne auf ihrem Gesicht. So verdammt gut.

Er runzelte die Stirn.

Gabrieles Stimme klang belegt.

»Jegors Sperma war nicht in ihr.«

»Musst du das so sagen?«

»Was passt dir nicht, Tim?«

»Es hat was von einem Porno. Von einem, den ich nicht sehen will.«

»Schlecht gefickt gestern?« Garcia grinste.

»Gar nicht gefickt«, antwortete Taubring verstimmt.

»Sie aber schon.«

»Mann, Gerd!«

»Schieb deine Befindlichkeiten beiseite, Tim. Es waren drei uns unbekannte Männer, nicht nur zwei, die Laborergebnisse sind eindeutig, Keine Spuren von Latex oder dem Befeuchtungsmittel, das auf Kondomen ist. Also dreimal die volle Ladung ohne Schutz.«

Gabriele verzog keine Miene, als sie dem Hauptkommissar in die Augen sah.

Er hob nur kurz die Brauen. »Jegor hatte demzufolge keinen Verkehr mit Sabine Meier. Wie schon Adam Portulak keinen mit Miriam Santos hatte. Immerhin hatten unsere Killer ihren Trieb im Griff. Noch eine Gemeinsamkeit.«

Garcia seufzte. »Und beide Killer sind tot. Und somit, wenn man es dumm ausdrücken will, gefasst. Wir wissen, dass es Auftragsmorde waren. Schön und gut. Aber wir haben nicht den Hauch eines Hinweises auf den oder die Auftraggeber.« Er fixierte seinen Vorgesetzten so lange, bis der ihn ansah. »Deswegen wurde die Soko heute aufgelöst. Du hast keine Leute mehr, Gerd. Wir sind raus.«

»Ich weiß.« Wegmann kniff die Lippen zusammen.

Wenigstens hatte Barbara Stolkembach Wort gehalten. Als er heute morgen sein Büro betreten hatte, lag der richterliche Beschluss neben dem Telefon. Ihr Anruf hatte ihn kurz darauf erreicht.

»Übereifrig, hm?«

»Barbara, bitte!«

»Sie haben keinen Fall mehr, Wegmann.«

»Ich ...«

»Sie haben den Beschluss. Er gilt. Machen Sie damit, was Sie wollen.«

Er schwieg.

»Wegmann?«

»Ja?«

»Überraschen Sie mich.«

Auf irritierende Weise stachelte es ihn an. Diskret glitt sein Blick über Gabrieles Gesichtszüge. Der Ernst, die Konzentration trotz allem Schlafmangel. Sie starrte auf die Liste, die sie in der Hand hielt. Die Tatsache, dass sie nicht einmal ahnte, was an jenem Abend im Dezember das wirklich Pikante gewesen war ...

Hauptkommissar Gerd Wegmann stand auf.

»Offiziell habe ich vielleicht keinen Fall mehr«, sagte er leise. »Aber ich habe euch.«

Sofort wandten sich ihm drei Augenpaare zu.

»Ich weiß nicht, wie es euch geht. Aber ich habe keine Lust, in den nächsten Tagen Berichte zu schreiben.«

Garcia lachte. »Ich hatte zwar gestern auch keinen Sex, aber ich bin gut drauf. Ich besorg noch mal Kaffee. Und vorher fahr ich sogar zur Bäckerei, den Mist aus der Kantine kann echt kein Mensch essen. Und wenn ich zurückkomme ...« Er griff nach seiner Lederjacke. »Legen wir los, würde ich sagen.«

»Ich bin dabei«, brummte Gabriele. »Aber nur, wenn ich alles, was heute ansteht, mit Tim machen darf.« Sie blickte erst Garcia, dann Wegmann an. »Euch beide ertrag ich gerade nur ganz schlecht.«

Taubring grinste, hob die Hand und erntete ein kraftloses High five von seiner Kollegin.

Flavio Garcia ließ sich nichts anmerken, als er den Ring an Gabrieles Finger aufblitzen sah.

Warum hast du Gerd nicht gesagt, dass du heute nur an der Uni zu tun hast?

Warum hättest du es tun sollen?

Dr. Rebecca Blumberg betrachte seine Hände und fragte sich, wie viele Chirurgenhände sie in ihrem Leben schon betrachtet hatte. Viele. Und nur wenige waren so grobknochig wie seine. Breite Gelenke, aber die Bewegungen waren schnell. Präzise. Kein Zittern.

»Es ist innovativ«, sagte er.

»Es ist vor allem interessant«, sagte sie.

»Ich stelle mir einen Studiengang vor.«

Sie nickte bedächtig. »Ein Neurologe wäre hilfreich.«

Er strahlte sie an. »Meine Rede!«

»Aber keinen dieser weinerlichen Wichtigtuer, bitte.«

Er lachte laut.

Sie zuckte die Schultern. »Wenn Pianisten ihre Finger versichern lassen, verstehe ich das.«

»Bei uns Schnipplern nicht?«

»Tut mir leid, nein.«

»Es geht also um die Kunst?«

»Um nichts anderes.«

»Sollten Sie nicht schon seit einer halben Stunde eine Vorlesung halten?«

»Sollte ich.«

Er lächelte. »Ich hätte Sie gern an meiner Seite.«

Sie hob die Brauen.

»Als Kursleiterin.«

Seine Haut war glatt. Die Rasur perfekt, die Poren klein, Aftershave, Creme. Sie wusste wie er roch, ohne ihn je gerochen zu haben.

»Ich muss los, Thomas.«

»Ja.«

Sie schmeckte Gerd in ihrem Mund, als sie durch die Gänge eilte. Junge Menschen um sie herum. Scherzend, streitend, lachend, debattierend. Die, die sie erkannten, wichen ehrfurchtsvoll zurück. Die anderen rempelten sie an und verschwendeten nicht einen Blick in ihre Richtung.

Gerd Wegmann blickte auf sein vibrierendes Handy.

Leon. Eine SMS. Wenige Worte.

Ruf mich an. Dringend.

Später. Alles, was jetzt zählte, war Taktik.

»Tim, Gabriele. Die de Vries. Ihr fahrt zu ihr. DNA-Abgleich. Sie wird sich weigern. Ich wette drauf. Aber das hier«, er tippte auf den richterlichen Beschluss, »reicht. Bringt sie her. Ich will sie sehen. Und ich werde sie vernehmen.«

Als die beiden Ermittler das Büro verließen, nahm Flavio auf dem Besucherstuhl Platz. »Ich setze fünfzig Euro dagegen«, sagte er. »Alternativ gehst du mit mir in einen Club meiner Wahl. Und ich füll dich so ab, dass du irgendwann tanzt.«

Wegmann schmunzelte. Dann runzelte er die Stirn. Flavios ebenmäßige Züge hatten sich nicht verändert, seit er gesprochen hatte. Keine Regung. Kein Spaß.

»Was?«, brummte er.

»Die de Vries wird sich nicht weigern. Wir müssen sie nur fragen. Und ich hoffe, dass die beiden das tun, bevor sie rumpoltern.«

»Sie ist tatverdächtig, Flavio. Jegor hat ihre Geliebte abgeschlachtet. Sie ist einen Tag vor seinem Tod aus den Staaten zurückgekehrt. Sie war in der Stadt! Sie hatte die Gelegenheit, und sie hatte ein Motiv!«

»Vielleicht. Aber Jegor ist nicht dein Fall. Du verrennst dich, Gerd. Gib die Info an die andere Einheit ab und lass die das regeln.« Flavio legte den Kopf zur Seite, wartete einen Moment. »Es geht dir gar nicht um die toten Frauen, oder?«, sagte er leise. »Es geht um Dubrov.«

Gerd Wegmanns Kiefermuskeln traten hervor.

Das Fenster zeigte Richtung Norden, war ein graues Quadrat.

Neben der Tür stand ein hünenhafter Beamter in Uniform an der Wand und starrte stumpf ins Nichts. Wegmann hatte ausdrücklich darum geben. Nicht Tim, nicht Flavio. Erst recht nicht Gabriele. Es reichte, wenn eine Frau die Vernehmung vom Nebenraum aus als Zeugin durch das verspiegelte Fenster verfolgte. Hier und jetzt brauchte er einen namenlosen Kerl. Gib ihr kein rettendes Ufer! Nichts Vertrautes, das sie ansehen kann.

Mit einer lässigen Bewegung platzierte er den Plastikbecher vor der großen Frau, die am Tisch saß und bereits seit zwanzig Minuten auf ihn wartete. »Die meisten Menschen nehmen ihren Kaffee mit Milch und Zucker. Ich war so frei, Sie zu den meisten Menschen zu zählen.«

»Gerd Wegmann.« Sie legte den Kopf zur Seite. Das Weiß ihrer Augen war rosa.

»Frau de Vries.«

»Mit Ihnen wollte ich am Samstag reden. Hat Ihre Kollegin Ihnen das gesagt?«

Kein Wort von Flavio und Tim.

»Schon möglich. Spielt das eine Rolle?«

Sie lächelte bitter. »Schon möglich.« Behutsam griff sie nach dem Becher. »Was soll das?«

»Was soll was?«

»Diese peinliche Show.«

Er prustete amüsiert, während er Platz nahm.

Sie hatte recht. Es war Show, nichts sonst. Susa de Vries machte ihn nervös. Tims Beschreibung passte perfekt, und dennoch war es etwas anderes, sie vor sich zu sehen. Fleisch und Blut und diese unglaubliche Stimme.

»Ich habe einer DNA-Analyse zugestimmt«, merkte die Holländerin an und betrachtete den Dampf, der aus dem Becher emporstieg. »Ich weiß zwar nicht genau, warum Sie mein genetisches Profil benötigen, aber ich werde mit allem, was ich geben kann, dabei helfen, Sabines Mörder zu finden.«

Wegmann musterte den Becher in seiner rechten Hand. Schwarzer Kaffee. Nicht die Wahl der meisten Menschen. Langsam strich sein Atem seine Nasenscheidewand entlang, er spürte ihn überdeutlich, wie immer, wenn er alle störenden Gefühle aus seinem Innern verbannte. Wenn er kalt wurde.

»Für Ihre Kooperationsbereitschaft danke ich Ihnen, Frau de Vries«, sagte er. »Und ich glaube Ihnen kein Wort.«

»Bitte?« Das breite Gesicht, das sich ihm zuwandte, wirkte irritiert.

»Zwei Tage, Frau de Vries. Länger wird das Labor nicht brauchen. Wir können den ganzen Mist auch abkürzen. Es liegt ganz bei Ihnen.«

»Ich ... ich verstehe nicht.«

»Sie sind tatverdächtig.«

»Ich ...« Es dauerte einen Moment, dann spie die Holländerin das Wort aus: »Was?!«

Wegmann lächelte süßlich und sagte nichts, ließ sie im Unklaren, ließ sie kommen. Gib mir etwas, meine Große. Irgendetwas.

»Tatverdächtig? Ich? Sie glauben allen Ernstes, dass ich Sabine umgebracht habe?« Das Samt in ihrer Stimme wurde zu einem Erdrutsch. »Ich?! Herrgott, ich habe sie geliebt! Sie war die einzige Frau für mich! Was auch immer sie ansonsten getan hat!«

Gerd Wegmann wartete. Ließ die Brocken sinken.

»Ich zweifle nicht an, dass Sie sie geliebt haben. Wo waren Sie in der Nacht von Freitag auf Samstag?«

»Das geht Sie nichts an, verdammt noch mal!«

»Oh, das geht es mich sehr wohl.«

»Was wollen Sie eigentlich von mir? Ich bin ins Präsidium gekommen! Am Samstagmorgen hab ich hier auf der Matte gestanden und wollte mit Ihnen reden! Wie kommen Sie darauf, dass ich –« Sie verstummte abrupt, zog die Augenbrauen zusammen. »Es geht nicht um Sabine.«

»Wo waren Sie in der Nacht von Freitag auf Samstag?«

»Warum wollen Sie das wissen? Was ist in dieser Nacht passiert?«

»Frau de Vries, nichts für ungut, aber ich stelle hier die Fragen.«

Die Holländerin lehnte sich zurück. Trank sehr langsam einen Schluck Kaffee. Dann hielt sie den Becher an ihre Wange, als ob sie sich daran wärmen wollte, und schloss die Lider.

»Ich kann die Aussage auch einfach verweigern. Das wissen Sie genauso gut wie ich.«

Ihre Stimme umstrich Wegmann wie eine Katze.

Tim Taubring stand neben Gabriele Duhn und blickte durch die von der anderen Seite verspiegelte Scheibe in den Vernehmungsraum. Die Lautsprecher waren eingeschaltet.

»Fuck«, zischte er.

»Was?«

»Guck auf seinen linken Schuh.«

Gerd Wegmann hatte die Beine großzügig übereinandergeschlagen. Der rechte Fuß ruhte auf dem Boden, der linke hatte soeben begonnen, leicht auf und ab zu wippen.

Gabriele blickte ihren Kollegen fragend an.

»Er wird das harte Programm auffahren. Er ist angefressen.«

Oberkommissarin Duhns Mundwinkel sackten herab. »Sie hat vorhin bei uns im Auto geheult, Tim.«

»Ich weiß.«

»Also schön«, sagte Gerd Wegmann gedehnt.

Susa de Vries öffnete die Lider.

»Lassen Sie uns noch mal von vorn anfangen.« Er blickte sie an. »Vielleicht hatten wir einfach einen schlechten Start.«

Sie musterte die harten Züge des Ermittlers länger als nötig. »Der Kaffee ist Mist«, sagte sie dann.

»Ich weiß. Mehr kann ich leider nicht bieten.«

Sie lächelte vorsichtig.

»Frau de Vries. Beschreiben Sie mir, was passiert ist, nachdem Sie am Freitagabend vor der Wohnung Ihrer Verlobten angekommen sind.«

»Das steht alles in meiner Aussage, Herr Wegmann.«

»Ja, aber ich will es noch mal hören. Aus Ihrem Mund.« Beinahe entschuldigend zuckte er die Schultern. »Vielleicht haben wir etwas übersehen, vielleicht gab es etwas, das Ihnen nicht wichtig vorkommt, aber für die Ermittlungen von Bedeutung sein kann. Bitte, fangen Sie an.«

Die Holländerin legte beide Hände flach auf die Tischplatte. Ihr mächtiger Busen hob und senkte sich. Der dunkelblaue Hosenanzug begleitete jeden Atemzug, saß wie angegossen.

»Es war gegen einundzwanzig Uhr. Ich hab einen Parkplatz direkt vor dem Haus gefunden. Das war sonst nie so, immer die elende Rennerei, aber an diesem Abend …«

Erneut atmete sie tief durch. »Ich hab geklingelt, und nachdem Sabine nicht aufgemacht hat …«

Ihre Stimme kratzte, sackte dann ab.

»Sie machen das gut«, sagte Wegmann sanft.

Glanz überzog ihre Augen, als sie ihn ansah. »Ich hatte keinen Schlüssel mehr. Sie hat ihn … Als sie gesagt hat, dass Schluss ist, wollte sie, dass ich ihn …«

»Ich weiß.«

»Ich hab alle Klingeln gedrückt. Irgendjemand hat den Türöffner betätigt, ich bin rein. Ich war total nervös, als ich die Treppen raufgestiegen bin. Der Fahrstuhl ist schon lange defekt, ich hab ihr immer wieder gesagt, dass die Verwaltung sich darum kümmern muss, dass sie sich beschweren soll, aber sie wollte nicht dort anrufen. Sabine ist nicht auf Streit aus. Nie. Sie ist in solchen Dingen ... Sie war ...«

Wieder ein Atmen.

»Dann hab ich das Siegel gesehen. Ich hab immer gedacht, dass so was größer sein muss, wichtiger irgendwie, es ist so klein, so belanglos. So schlicht. Es klebte über dem Schlüsselloch. Wie eine Briefmarke.«

Wegmann erkannte, dass ihr Blick schwamm, sie tiefer in den Schmerz eintauchte.

»Und dann ... Ich weiß nicht mehr genau. Etwas Schlimmes musste passiert sein, das war mir sofort klar. Ich kann mich nicht mehr daran erinnern, wie ich nach unten gegangen bin, ich hab nichts mehr gefühlt, war völlig taub. Und dann stand ich draußen, vor der Tür, und da ist dieser Kiosk, sie hat dort gern Eis gekauft, billiges Eis am Stil, aber sie mochte es, und ich sehe die Zeitungen und ich sehe ihr Gesicht und ...« Eine dicke Träne quoll aus ihrem linken Auge.

Er lächelte mitfühlend, ließ sie weiterreden.

»Ermordet ...«

Nur noch ein ungläubiger, brüchiger Hauch.

Gerd Wegmann nickte leicht. Dann blickte er auf seine Hände. Das mitfühlende Lächeln lag immer noch auf seinen Zügen, als er nach wenigen Sekunden den Kopf hob und Susa de Vries direkt in die Augen sah.

»Man hat ihr die Kehle zerfetzt. Sie ist ausgeblutet. Wie ein abgestochenes Schwein.«

Gabriele Duhn öffnete ungläubig den Mund. »Das macht er nicht!«

Tim Taubring kniff die Lippen zusammen.

Die Frau am Tisch blinzelte, versuchte zu verarbeiten. Es gelang nicht.

Wegmann lächelte auch jetzt noch. »Vorher wurde sie vergewaltigt. Ich weiß nicht, ob meine Kollegin das Ihnen gegenüber erwähnt hat, aber als ihre Verlobte sollten Sie ein Recht darauf haben, zu erfahren, was passiert ist, nicht wahr?«

Ein Zittern erfasste Susa de Vries' Finger.

»Wo waren Sie in der Nacht von Freitag auf Samstag?«

Das Zittern wanderte ihre Arme empor.

»Von drei Männern. Und das nicht gerade sanft. Überall dort, wo ein Schwanz eben reinpasst. Wo waren Sie in der Nacht von Freitag auf Samstag?«

»Das geht Sie nichts an!«

Ihr Kinn bebte.

Wegmann beugte sich vor.

»Oh doch«, raunte er. »Der Mörder Ihrer Verlobten ist tot. Er wurde totgeschlagen. Dazu braucht es nicht unbedingt viel Kraft. Für das ganze Davor allerdings schon. Sie haben die Masse, nehmen Sie's nicht persönlich. Aber eine Baby-Lesbe von fünfzig Kilo hätte ihn nicht überwältigen können. Niemals.«

»Baby-Lesbe?«, zischte sie. »Was sind Sie nur für ein Arschloch!«

»Wo waren Sie in der Nacht von Freitag auf Samstag!«

»In einem Bordell!« Sie stöhnte auf. »Ich war in einem Bordell!« Ein kehliger Laut, Befreiung und Last zugleich. »Sind Sie jetzt zufrieden? Ich war in einem Bordell! Ich wusste nicht, was los war! Ich hab nichts mehr begriffen, ich stand völlig neben mir!«

»Und dann gehen Sie in ein Bordell?«

»Ich brauchte Trost!«

»In einem Bordell?« Er lachte verächtlich auf. »Und das soll ich Ihnen glauben? Also bitte!«

Tränen liefen über Susa de Vries' Gesicht. Doch ihr Blick war nicht weniger hart als seiner. »Sie war jung und gelenkig. Hat nach Flieder geschmeckt.« Sie konnte das Zittern ihrer Hände noch nicht kontrollieren. »Kann sein, dass es das Gleitgel war. Ich gebe mich nicht mit minderer Qualität ab. Keine Ahnung, ob Sie mir da folgen können, Herr Wegmann.«

Die Sekunden wurden zäh, der Augenkontakt Kampf.

Dann schob Hauptkommissar Gerd Wegmann seiner Tatverdächtigen den Block entgegen, der schon seit Anbeginn der Vernehmung auf dem Tisch lag. Der Kugelschreiber kullerte über die Platte.

»Adresse des Puffs! Name der Nutte, die Sie geleckt haben! Eine Beschreibung reicht mir auch! Aufschreiben, sofort!«

Er stand auf und verließ das Zimmer.

»Musste das sein?«

»Ja! Musste es!« Wegmann streifte an den beiden Beamten vorbei, die im Nebenraum auf ihn gewartet hatten.

»Warum, Gerd?« Gabrieles Miene war eisern.

»Weil ich es nun weiß.« Der Hauptkommissar griff nach seinem Mantel. »Und es ist scheiße.«

»Was ist scheiße?« Tim Taubring hatte die Arme vor der Brust verschränkt.

»Sie hat mit Jegors Tod nichts zu tun.«

»Und dafür machst du … das?«

»Ja, mache ich. Lasst mich durch, ich hab zu tun!«

Niemand wusste, was genau Gerd Wegmann an diesem Nachmittag zu tun hatte.

Gegen fünfzehn Uhr beschlossen Kommissar Tim Taubring und Oberkommissarin Gabriele Duhn, dass alles Stieren auf Akten sinnlos sei, verließen Wegmanns Büro, sagten sich vor dem Präsidium, dass sie direkt nach Hause fahren würden, und wünschten sich einen angenehmen Feierabend.

Gabriele nahm die U-Bahn, stieg in der City aus und streifte durch sieben Boutiquen, ohne etwas zu kaufen. Dann zog sie sich Flavios Ring vom Finger und betrat die Bar in der Nebenstraße, die ihr nie zuvor aufgefallen war.

Tim parkte an der Haltestelle, obwohl er wusste, dass aus den anhaltenden Bussen nicht die Person aussteigen würde, die aussteigen sollte. Busse kamen, Busse fuhren ab. Taubring rauchte.

Wo Flavio steckte, wussten beide nicht.

Als es zu dämmern begann und Gabriele alle Vorsicht hinter sich ließ und ihre Telefonnummer auf einen Bierdeckel kritzelte, startete Tim seinen Wagen und wusste, was zu tun war.

Die Wohnungstür wurde geöffnet.

»Gerd?«

»Passt es nicht?«

Leon Steinkamps flächiges Gesicht verzog sich unter dem Bart zu einer Entschuldigung. »Ich bin mitten in einem Termin.«

»Ich sollte mich melden.«

»Schon, aber –«

Leon wollte protestieren, doch Wegmann hatte die Größe und die Kraft, um den Psychologen zur Seite drücken. Innerhalb weniger Sekunden stand er mitten in der Praxis, diesem gemütlichen, beruhigenden Raum, und blickte in ein verhuschtes Gesicht, das zu einem Mann gehörte, der sich etwa in seinem Alter befand. Nicht schmächtig, nicht klein. Eine exzentrische Brille, schütteres Haar. Eine Rolex am Arm, Ehering, ein zweiter Ring, nicht protzig, aber aussagekräftig genug. Sechs Streben, wie an einem Rad, Rotary Club.

Wegmann rieb sich über den Nacken, sah unschlüssig hin und her. Konfrontation. Die Wahrheit. Alles andere war Mist.

»Hören Sie«, sagte er zu Leons Klient. »Ich brauche ihn. Genau wie Sie. Ich habe keinen Termin. Sie schon. Das respektiere ich. Wenn es für Sie in Ordnung ist, verkrümel ich mich in die Küche, bis Sie hier fertig sind. Ich ...« Er kniff die Zähne zusammen. »Ich mache die Tür zu. Ich halte mir die Ohren zu. Ich warte einfach. Okay?«

Der Blick des Mannes streifte seinen geöffneten Mantel, glitt an seiner Seite entlang, hin zur der Walther, die immer noch in seinem Schulterholster ruhte.

Er lächelte.

»Okay.«

Tim Taubring summte leise. Töne, Wörter, irgendetwas, er hatte nie gut singen können, setzte alles auf sein Timbre und die Vibration in seinem Brustkorb. Es zeigte Wirkung. Ruhe kehrte in den kleinen Körper ein. Er griff nach der Hand seiner Tochter, strich über die speckigen Finger.

»Er geht doch, kleine Maus«, hauchte er. »Es geht doch.«

Anna schmatzte.

Aus dem Flur ertönte ein Lachen. »Wunderbar! Bis gleich!«

Tim schloss die Augen, zählte bis drei.

»Sei leise«, sagte er dann. »Sie ist eingeschlafen.«

Cornelia stand an der Tür zum Kinderzimmer.

»Ich liebe dich«, flüsterte sie.

Tim lächelte seine Frau an, ging zum Bett, beugte sich hinab und legte Anna behutsam ab. Eine Sekunde Ungewissheit, aber nichts geschah. Anna schlief weiter, ließ zu, dass ihr Vater die Decke über sie zog, das Mobile aktivierte und sanfter Glockenklang das Zimmer einnahm.

Kurz darauf füllte Cornelia in der Küche zum zweiten Mal ihr Glas auf. Kein Unter-der-Woche-Rotwein. Ein edler Bordeaux.

»Findest du das gut?«

»Wirst du jetzt zum Moralapostel?« Sie grunzte spöttisch. »Ausgerechnet du?« Ein tiefer Schluck. »Der Babysitter wird in zwanzig Minuten hier sein. Er heißt Benedikt. Er ist gerade achtzehn geworden. Benedikt, meine Güte! Ben klingt irgendwie sexy.« Sie runzelte die Stirn. »Nein, eher sanft ... Aber Benedikt?«

Tim hob die Brauen. Er lehnte an der Anrichte. Vor dem Anthrazit der Hängeschränke wirkte sein Haar stumpf. »Mich redet auch niemand mit Timotheus an.«

»Stimmt, ich vergaß. Tut mir leid.« Sie leerte ihr Glas und schenkte sich erneut ein.

»Willst du dich betrinken?«

»Nein, ich will dich feiern, Timotheus. Du hast morgen Geburtstag, und ich dachte, reinfeiern wäre ganz in deinem Sinn. Dass wir morgen Abend essen gehen werden, ist ja mittlerweile so was wie Gewohnheit. Und außerdem schon ein bisschen spießig, das musst du zugeben.«

Sie schritt auf ihn zu, trank. »Warum hat Caro den Job bei uns geschmissen, Tim? Einfach so, heute Abend?«

»Du nennst sie Caro?«

»Wie nennst du sie? Carolin?«

»Babysitter.«

Sie schnaubte. Trank erneut.

»Wieso hat Babysitter den Job geschmissen? Hast du eine Ahnung? Ich nämlich nicht. Die meiste Zeit hattest du mit ihr zu tun.«

Seine Lippen wurden ein Strich.

»Was, Tim?«

»Sie ... Sie hat geklaut.«

»Was?«, zischte sie.

Das war der Deal. Tim Taubring fühlte sich elend.

»Dieses kleine Miststück!«

»Ich wollte es dir nicht sagen.«

»Was hat sie mitgehen lassen?«

»Bargeld. Nix Wichtiges.«

»Und du hast sie erwischt? Auf frischer Tat?«

Er nickte.

Als er sah, wie ein dreckiges Lächeln auf die Züge seiner Frau kletterte, blinzelte er irritiert.

Cornelia lachte leise. Kam noch näher. Die Spitzen ihrer Brüste strichen seinen Leib entlang, als sie zu ihm aufsah.

»Und du hast sie nicht bestraft?«, säuselte sie.

»Conny, was soll das?«

Sie lachte herzhaft und schüttelte den Kopf. »Good Cop durch und durch, ich kann machen, was ich will!«

Geschmeidig glitt sie von ihm weg, ging zum Tisch, griff nach der Flasche.

»Hol dir ein Glas, Timotheus. Trink mit mir. Und wenn Benedikt hier ist, gehen wir aus!«

»Ist es in Ordnung, wenn ich lieber ein Bier will? Ich bin vielleicht ein Cop, aber in manchen Momenten bin ich nur ein simpel gestrickter Kerl.«

Cornelia Taubring hob das Glas und salutierte. Das Arbeitslicht in der Küche machte ihre Schönheit ikonisch.

»Du bist der Arm des Gesetzes, mein Gemahl. Und ich ... Ich gebe alles dafür, dass die bösen Jungs, die du fängst, nicht eingebuchtet werden!«

Tim Taubring dachte an das Mädchen. Carolin. Carolin Sommer. Die Enttäuschung auf ihrem Gesicht. Er öffnete den Kühlschrank.

Es entgleitet uns.

Es entgleitet dir.

»Lass uns einfach feiern«, sagte er.

Dr. Rebecca Blumberg bückte sich, tauchte den Arm bis zum Ellbogen in lauwarmes Wasser und zog den Stöpsel heraus. Sofort ertönte ein Gluckern. Das gesamte Badezimmer roch nach einer Überdosis Jasmin, machte den Kopf kirre.

Als sie sich auf die weiße Ledercouch im Wohnzimmer fallen ließ, seufzte sie wohlig. Das Badetuch hatte sie erst letzte Woche gekauft, es war übergroß. Schwarz wie die Nacht. Superweich. Die Medizinerin kuschelte sich in das dicke Frottee und griff nach ihrem Mobiltelefon.

Gerd nahm nicht ab.

Sie hinterließ eine Nachricht auf seiner Mailbox.

Eine halbe Stunde später war sie angezogen, ihr Haar geföhnt. Keine Schminke. Keine Reaktion von Gerd.

Rebecca blickte auf ihr Handy. Ergriff es, wählte eine andere Nummer. Drückte die rote Taste, bevor jemand den Anruf entgegennehmen konnte.

Kleine Poren. Glatte Haut. Vollkommen glatt.

Ein anzügliches Lächeln umspielte ihre Mundwinkel. Warum eigentlich nicht? Sie zögerte nur einen Augenblick lang, dann stand sie auf, ging ins Bad, suchte und fand. Kurz darauf lagen ihre Kleider auf dem Boden. Rasierschaum füllte ihre linke Hand, die rechte hielt den Einwegrasierer.

Zehn Minuten später saß sie wieder auf der Couch und versuchte, das Brennen zwischen ihren Beinen zu ignorieren.

Kein Rückruf. Obwohl sie aufgelegt hatte. Ihre linke Augenbraue hob sich. Also gut. Das Spiel hatte begonnen.

Als sie die Nummer erneut wählte, klingelte es nur einmal.

»Dr. Blumberg. So schnell geh ich normalerweise nicht ran.«

Sie lachte leise, sagte nichts.

»Warum haben Sie vorhin aufgelegt?«

»Ich hatte etwas zu erledigen, Thomas.«

»Und was?«

»Das geht Sie nichts an.«

21

Es schneite.

Mittwoch, kurz nach sieben.

Hauptkommissar Gerd Wegmann schaute aus dem Fenster. In dicken Flocken rieselte das Weiß vom Himmel, der eigentlich schon vom zögerlichen Blau der Dämmerung hätte durchdrungen sein sollen. Es war zu dunkel, und er war zu leer.

Die Bürotür knarrte.

Das Geräusch ließ ihn schmunzeln und machte die Falten um seinen Mund weniger fatal. »Guten Morgen, Tim«, sagte er, ohne sich umzudrehen. »Warum wusste ich, dass du heute früher dran sein würdest?«

»Weil du so unendlich klug bist, Gerd?«

Wegmann grunzte, betrachtete weiterhin den Parkplatz, der langsam von einem weißen Schleier überzogen wurde. Vorboten des Frühlings, am Arsch.

»Der bleibt liegen.«, sagte er.

»Mir egal, ich hab die Winterreifen drauf.«

Die Tür fiel ins Schloss.

»Warum ist hier kein Licht an?«

»Weil ich dich eigentlich überraschen wollte, mein Lieber. Nackt, mit einer Rose im Mund. Ein Traum hätte wahr werden können, wenn du nur zehn Minuten später gekommen wärst.«

»Oje. Schlechte Witze vor acht. Das wird kein guter Tag.«

Surrend ging das Oberlicht an. Tim Taubring löste die Hand vom Lichtschalter und grinste seinen Vorgesetzten müde an.

»Das geht sogar noch schlechter, Tim.«

Wegmann grinste ebenso müde. »Kreislauf oder Kopfweh?«

»Äh ... Kreislauf?«, entschied der junge Ermittler vorsichtig.

»War klar, dass du das sagst.«

Der Hauptkommissar nahm auf seinem Sessel Platz, beugte sich hinab, öffnete die rechte Tür des Schreibtischs.

»Mach die Augen zu!«

»Ich mach's, aber ich gebe zu, dass ich Angst hab«, sagte Tim. Er hörte Wegmanns leises Lachen. Etwas raschelte, Porzellan wurde irgendwo abgestellt. Es knackte blechern. Dann klickte ein Feuerzeug.

»Du kannst sie wieder aufmachen.«

Taubring blinzelte, stutzte. Auf dem Schreibtisch stand ein Teller, darauf ein kleines rundes Küchlein, Schokoladenüberzug mit weißer Spritzglasur, gerade aus der Plastikverpackung gezogen. Die dünne Kerze, die schief darin steckte, brannte. Daneben wartete eine aufgeschraubte Piccolo-Flasche.

»Oh«, sagte er. Alles in seinem Innern wurde warm.

»Tja, da muss ich wohl mit Kopfweh vorliebnehmen.« Gerd Wegmann beugte sich wieder nach unten und nahm ein Wasserglas, gefüllt mit einer ebenso hochprozentigen wie braunen Flüssigkeit, aus dem Schreibtischfach. Dann stand er auf und trat nach vorn.

»Jetzt schnapp dir schon den Tussiquatsch!«

Taubring griff nach der kleinen Flasche.

Er klirrte erstickt, als sie anstießen.

»Zu sehen, dass du erwachsen wirst, macht mich irgendwie traurig.« Wegmann schmunzelte. »Alles Gute zum Geburtstag.«

Sie blickten sich an, nur eine Sekunde lang, dann umarmten sie sich heftig. Whisky schwappte über, versickerte im Rücken des neuen schwarzen Anzugs, und es interessierte Tim nicht.

»Gibst du mir den halben Tag frei?«

»Nun mal nicht frech werden, Taubring!«

»Also ja?«

»Ja.«

Dunkle Haarsträhnen strichen an Garcias rechter Schläfe entlang, untermalten mit ihrem Wippen jedes seiner Worte wie ein schwarzer Textmarker. Seit Minuten schon redete er ununterbrochen. Es war anstrengend.

Die Frisur würde mich irre machen, dachte Wegmann. Er blies die Wangen auf und ließ langsam die Luft entweichen. Sein Magen kämpfte mit dem halben Schokokuchen.

»Flavio«, sagte er. Und gleich noch einmal: »Flavio!«

Perplex verstummte der Ermittler, der auf der Ecke des Schreibtischs saß. Sein Finger tippte auf eine Passage des Protokolls, das er dem Vorgang vor gut einer Stunde entnommen hatte.

»Würde es dir was ausmachen, wenn wir hier abbrechen?« Wegmann seufzte. »Mich regt irgendwie gerade alles auf. Das Licht. Der Schnee. Unsere beiden Aftershaves, die zusammen wie etwas riechen, das vor drei Wochen in der Ecke gestorben ist. Tim ist eh nur noch körperlich anwesend, der hört dir schon seit einer Viertelstunde nicht mehr zu, nicht wahr, Tim?«

»Hm?« Taubring sah auf, als sein Name genannt wurde.

Amüsiert zog sich Wegmanns linker Mundwinkel in die Höhe. Garcia hingegen warf Tim einen bösen Blick zu.

Mit einem Ächzen schob die Hydraulik den Sesselsitz nach oben, als Hauptkommissar Gerd Wegmann aufstand.

»Bevor du protestieren kannst – ich will und werde dir weiter zuhören, Flavio. Aber hier kann ich's im Moment einfach nicht. Ich führ dich aus.« Dann wandte er sich Taubring zu. »Mach dich vom Acker. Du wolltest den halben Tag, du hast ihn hiermit ab jetzt. Auch wenn nicht mal zwölf ist.«

Ein erleichtertes Prusten ging Taubrings Grinsen voraus. »Danke, Gerd.«

Wegmanns Zeigefinger beschrieb einen großen Kreis über den Unterlagen, die auf dem Schreibtisch lagen. »Alles Relevante einpacken. Wir beide machen gleich weiter.« Er nickte Flavio zu und schlüpfte in seinen Mantel. »Ah, und Tim!«

»Was?« Sein Freund hatte bereits die Tür geöffnet.

»Sag Conny einen schönen Gruß von mir. Hab sie lang nicht mehr gesehen. Wird mal wieder Zeit.«

Taubring gelang es, das Lächeln aufrecht zu halten, bis er seinen Wagen aufsperrte.

Susanne Lonski rang nach Atem.

Ihr Kopf fühlte sich an, als ob er gleich explodieren würde und sie brauchte keinen Spiegel, um zu wissen, dass sie puterrot angelaufen war.

Joggen ... Was für eine bescheuerte Idee!

Aber es musste sein. Nicht für irgendeinen Kerl. Nur für dich selbst. Du hast ein Ziel. Nur für dich selbst.

Verdammt.

Und für den echt niedlichen neuen Forensiker, sei doch einfach ehrlich, Susi!

Der Parkplatz des Instituts für Rechtsmedizin war bis auf den letzten Meter besetzt. Selbst an der Einfahrt hatte jemand einen Smart neben den Poller gequetscht. Nur Autos. Keine Menschen. Lächelnd schüttelte Dr. Blumbergs Assistentin den Kopf, beugte sich nach vorn, stützte die Hände auf ihren Oberschenkeln ab und schnaufte ungeniert.

Laufen war nie ihr Ding gewesen. Zu eintönig. Zu plump. Kein Vergleich zu Tanz. Lateinamerikanisch, Paso doble in Perfektion, fast die Teilnahme an der deutschen Meisterschaft ... Dreizehn Jahre waren seitdem vergangen, etwa ebenso viele Kilos auf Susannes Hüften gelandet, es war einfach nur ärgerlich. Auch wenn das Studium ihr den Traumjob beschert hatte und sie –

Grunzend richtete die junge Medizinerin sich auf.

Du bist eine wehleidige Zicke, Susi!

Während sie den gedrungenen Bau betrachtete, dachte sie an den Morgen zurück, an dem sie den Sektionssaal zum ersten Mal nicht als Studentin betreten hatte. Vertretung für einen Krankenschein. Etwas schuldbewusst verzog Susanne den Mund, als sie wem auch immer dafür dankte, dass Mark Winter damals von der Grippe erwischt worden war und sie diese einmalige Chance bekommen und letztlich auch genutzt hatte. Zweite Assistentin. An Dr. Blumbergs Seite.

Sie ist bestimmt schon da. Und so darf sie dich auf keinen Fall sehen ...

Mit der rechten Hand formte sie eine Mulde, strich über das Dach der Limousine, neben der sie stand, und rieb sich den Schnee übers Gesicht.

Kalt. Kalt und erfrischend.

Sie musterte den freigelegten Streifen auf dem Mercedes. Dann breitete sich ein diebisches Grinsen auf ihren Zügen aus. Der Parkplatz war nicht videoüberwacht.

Als Susanne Lonski kurz darauf durch die Gänge des Instituts eilte, prangte auf der Heckscheibe des Mercedes der Umriss eines mit dem Finger in den Schnee gemalten Penis.

»Nett hier. Wo steckt eigentlich Gabriele?«

»Hat sich frei genommen.«

»Tim und sie? Du gibst beiden gleichzeitig frei? Wenn du nicht ausgelastet bist, kannst du gern nachher noch mit zu mir kommen und mein Bad putzen.«

Wegmanns Lachen verschmolz mit der Geräuschkulisse, die das Café füllte. Chansons und Stimmen und das Fauchen des Kaffeeautomaten. Es fühlte sich gut an. Vertraut. Und vor allem ... war es im richtigen Maße warm. Glücklich lächelnd krempelte der Hauptkommissar die Ärmel seines Hemds nach oben, während er durch das Fenster auf die verschneite Straße blickte.

»Leon Steinkamp hast du bis jetzt noch nicht kennengelernt, oder?«

»Der Frage entnehme ich, dass ich das bald werde.« Garcia schob die störrischen Haare nach hinten. Wegmann hatte aufgehört zu zählen, wie oft er die Geste heute schon hatte sehen müssen.

»Kauf dir ein gescheites Gel oder geh zum Frisör.«

Die Kellnerin stellte einen Milchkaffee und einen Espresso auf dem Tisch ab, schaute dabei nur einen der beiden Männer an und wartete etwas zu lang, bevor sie ging.

Flavio Garcia spitzte abwägend die Lippen.

»Das ist ekelhaft. Und du weißt es.« Erheitert schüttelte Wegmann den Kopf.

»Ich kann nichts dafür, Gerd.«

»Natürlich nicht.«

Flavio schloss die Augen. Mit schlafwandlerischer Sicherheit glitt seine Hand zu dem Ordner, der auf dem Tisch lag. Neben Zigaretten, Feuerzeug und dem in einem schlichten grünen Glas brennenden Teelicht. Der Vorgang. Die Soko, die es nicht mehr gab, und alles, was sie ermittelt hatte.

»Mir ist etwas aufgefallen«, sagte er und sah seinen Vorgesetzten an. Kein Charme hing mehr in seinem Blick. »Deine Befragung der de Vries gestern. Ich hab mir die Bänder angehört. Mehrmals. Und davon abgesehen, dass ich vor deiner Unbarmherzigkeit den Hut ziehe ... Sie hat etwas gesagt, das mich stutzig gemacht hat.«

Wegmann runzelte die Stirn.

»Etwas, auf das du nicht eingegangen bist. Leider.« Garcia griff nach seinem Espresso.

Der in Schwarz gekleidete schlanke Mann, der die Tür geöffnet hatte, zog herablassend die Brauen nach oben.

»Ich wüsste nicht, dass Sie erwartet werden.«

»Exakt, werde ich nicht.« Der Mann, der vor ihm stand, sah nach links. Seine gesamte Mundpartie arbeitete. Dann wandte er sich wieder seinem Gegenüber zu, schaute ihm in die Augen, hob betont langsam die Hand und schnippte die Kippe in Richtung der zugeschneiten Rasenfläche. »Sagen Sie ihr, dass ich sie sehen muss.« Sein Blick war kalt und gehetzt. Schnee wirbelte um seinen Rücken.

Der Mann im Türrahmen lachte abgehackt auf. »Sie stellen Forderungen?«

»Sagen Sie's ihr einfach!«

Ein amüsiertes Schnauben folgte. »Wer will sie sehen?«

Er nannte seinen Namen.

Überraschung flog über die Züge des schlanken Mannes. »Warten Sie.«

»Sie war die einzige Frau für mich! Was auch immer sie ansonsten getan hat!«

Gerd Wegmann fühlte seinen Puls im Hals. Susa de Vries' Stimme war ein Echo, das in seinem Hirn hin und her wogte wie eine wütende Brandung.

Ansonsten getan hat ...

»Ich hab versucht, es euch zu sagen!« Garcia fuchtelte mit den Händen neben seinem Kopf herum. »Aber ihr ... Scheiße, ich will nicht wie ein Besserwisser dastehen!«

»Was, Flavio? Was meinst du? Rede Klartext, verdammt!«

»Es sind keine Vergewaltigungen, Gerd! Ich hab's auf dem Mitschnitt gehört und du wirst dich auch so daran erinnern, wie die de Vries reagiert hat! Nämlich gar nicht! Kein Schock, keine Empörung, kein Heulen, kein Schreien! Wie hättest du reagiert, wenn so ein Drecksack wie du dir verkündet hätte, dass deine Geliebte vor ihrem Tod aufs Übelste missbraucht worden ist, hm? Wie hättest du reagiert? Sie hat es gewusst, Gerd! Es hat sie nicht groß schockiert. Zumindest nicht in dem Maß, wie es es hätte müssen, wenn sie nicht damit gerechnet hätte.«

Garcias Augen waren schwarze Löcher.

»Nicht mal die drei Kerle haben sie geschockt. Was sie geschockt hat, war die Tatsache, dass ihrer Sabine die Kehle zerfetzt wurde. Nicht, dass ihr vorher der Arsch aufgerissen wurde.«

Wegmann bekam keine Luft mehr.

»Entschuldigt meine Verspätung. Es ging nicht eher.« Lächelnd stellte der massige Mann, der eben an den Tisch getreten war, seine Tasche auf dem Boden ab. Schneeflocken hingen in seinem Bart.

Wie in Zeitlupe glitt Wegmanns Blick über seine beeindruckende Gestalt.

»Sie müssen Herr Garcia sein«, sagte der Psychologe freundlich und streckte die Hand in Flavios Richtung aus. »Leon Steinkamp. Ich glaube, ich kann helfen.«

»Dr. Blumberg?«

Susanne Lonski schälte sich umständlich aus ihrer Daunenjacke, während sie die verräterische Sporttasche unter den Tisch kickte.

Der Autopsiesaal lag wie ausgestorben vor ihr.

Ihr Blick streifte zwei neue Körper, die gestern Abend noch nicht auf den Tischen gelegen hatten. Jemand hatte sie bereits vorbereitet, aus den Säcken genommen, die äußere Schau durchgeführt, sie gereinigt und dann mit grünem Tuch bedeckt. Dort lag Respekt. Die Handschrift ihrer Chefin. Susanne lächelte. Mark Winter hatte heute frei.

»Rebecca?«

Keine Antwort.

Sie schritt zu der schweren Stahltür, die den hinteren Bereich abtrennte. Die Sohlen ihrer Sneaker quietschten, als sie die Tür öffnete und in den Ruheraum lugte.

»Rebecca?«

Stille.

Sie war allein.

Die junge Medizinerin drehte sich um, blickte auf die Bahren und seufzte. Zweimal Kundschaft. Also schön. Links oder rechts?

Links.

Dann schielte sie zu der riesigen Uhr, die über dem Ausgang hing. Gleich zwölf, sie ist bestimmt zu Tisch, dachte Susanne Lonski, ging zu ihrem Spind, öffnete ihn und griff nach dem grünen Kittel.

Was soll man auch sonst an einem langweiligen Mittwochmittag machen?

Die Seile schnitten in seine Handgelenke.

Seine Arme, zur Seite gespannt. Seine Beine, gespreizt.

Sein Glied ragte prall empor.

»Zu schade«, sagte sie.

Er konnte nicht antworten.

Sie lachte leise. »Was ich alles tun könnte ...«

Er hörte ein Knistern. Blinzelte das Latex an, das seinen Kopf mit Dunkelheit umgab, offen nur am Mund, der zugleich durch eine Stange versiegelt war. Er biss auf das Metall zwischen seinen Zähnen. Ob er wollte oder nicht.

Als das Knistern lauter wurde und ein leichter Stromschlag seine rechte Brustwarze liebkoste, stöhnte er auf.

»Sei still«, flüsterte sie. »Ich will dich still.«

Er atmete stoßweise.

Eine Hand umschloss sein Kinn. Hob es an.

»Du gehörst mir.« Das Dunkle in ihrer Stimme drang direkt in seine Lenden. »Jetzt, in diesem Moment, gehörst du nur mir.«

Als ihre Hand seinen Schaft streifte, glaubte er, zu zerplatzen.

»Du willst kommen, hm?«, schnurrte sie.

Strom leckte über seine Brust, seinen Bauch.

»Wirklich zu schade.«

Ein spielerischer Schlag streifte seine Erektion, ließ sie sich senken und dann erneut emporschnellen. Keine Gerte, kein Stahl. Haut an Haut.

»Willst du mir alles geben?«

Erneut ein Schlag. Härter diesmal.

Er zog die Luft ein, atmete.

»Du willst.«

Ihre Präsenz verschwand. Keine Wärme nahe seines nackten, stehenden Körpers mehr. Kein schwerer Duft, der die Frau, der er sich hingab, umwob wie eine Aura. Nichts.

Er wurde unruhig. Zerrte an den Fesseln.

»Auf die Knie.«

Rau drang ihre Stimme in seinen Kopf, und er stellte nichts infrage, als er zu Boden sank.

Der Knebel wurde aus seinem Mund genommen.

Er keuchte, senkte das Haupt. Luft schoss ungehindert in seine Lungen. Er sog sie gierig ein, nur wenige Sekunden lang. Dann wurde sein Kopf angehoben und er roch. Reinheit, konzentrierte Frau. Unmittelbar vor ihm. Seine Zunge schoss nach vorn, war nichts als ein Reflex. Fand warmes Fleisch, das seinen Mund umschloss, und er leckte, biss, saugte ... bis sie sich zurückzog und sein Atem schnell und hart über seine Lippen schoss.

»Du dienst gut«, sagte sie.

Und alles, was er wollte, war, sie wieder zu spüren, zu schmecken.

Sein Glied zuckte.

Er unterdrückte ein Stöhnen, kniff die Kiefer zusammen.

Der Reißverschluss an seinem Hinterkopf surrte, und er gab ein überraschtes Geräusch von sich, als die Maske nach oben gezogen wurde. Das Licht in Raum war gedämpft und dennoch eine Überforderung für seine Sinne. Er blinzelte. Nach und nach wurde Inken Eisegoths Antlitz klar. Keine zehn Zentimeter von seinem entfernt.

Sie legte den Kopf zur Seite. Betrachtete ihn quälend lang, ohne etwas zu tun. Dann senkte sich ihre Hand, umfasste sein Glied. Rieb nur zweimal daran.

»Komm!«

Sie sah ihm fest in die Augen.

Und Tim Taubring gehorchte.

»Sie haben also Ahnungen. Das ist äußerst interessant.«

Garcia verzog den Mund. »Es wäre mir lieber, wenn Sie es nicht so nennen würden.«

»Warum?«

»Weil ...«

»Es unmännlich klingt? Ich kann gern auf sensible Ader ausweichen, wenn Ihnen das besser passt.«

Gerd Wegmann lachte. Nicht einmal fünf Minuten saß Leon Steinkamp nun am Tisch und schon war Garcia ein zappelndes Wrack.

»Warte ab, bis die Bedienung hier ist, Flavio, und du Leons

wahre Superkraft in Aktion erlebst. Du wirst sofort aufs Klo rennen und losheulen wollen!«

Garcias Antlitz verzog sich zu einer einzigen, riesigen Frage.

Als hätte sie nur auf ihren Einsatz gewartet, erschien die Kellnerin. Kaum dass sie den hinzugekommenen Gast am Tisch erkannt hatte, ging ein Lächeln auf ihren Zügen auf.

»Na, so was! Sie waren lange nicht mehr hier!«

»Das stimmt, meine Gute.«

»Sie nehmen ... warten Sie ...« Sie tippte mit dem Zeigefinger an ihre Nasenspitze. Das Piercing zitterte. »Einen Kaffee mit Dosenmilch. Und eine Menge Zucker, richtig?«

»Ich bin von der alten Schule. Verzeihen Sie mir.«

Die Kellnerin stemmte die Hand in die Hüfte. »Das ist nicht schwer«, sagte sie sanft. »Ich hab übrigens ein neues Tattoo!«

»Und ich erinnere mich noch sehr gut an das alte.« Leon schmunzelte.

»Wollen Sie's sehen?« Sie wartete die Antwort nicht ab, ihre linke Hand wanderte zum vorderen Bund der Jeans, zog das Top nach oben, zeitgleich schob ihre rechte die Hose einen Tick hinab.

Garcias Kinnlade klappte nach unten.

Leon Steinkamp kniff die Lider zusammen und beugte sich ein wenig vor. »Ja«, sagte er nur. Und wie zur Bestätigung: »Ja.« Dann hob er den Kopf und sah die junge Frau an. »Es ist die logische Konsequenz.«

Die Kellnerin lächelte. »Der Kaffee kommt sofort.«

Kommissar Flavio Garcia glotzte ihr einen Moment lang hinterher, bevor er Leon Steinkamp ein verzweifeltes Gesicht zuwandte.

»Wie machen Sie das?«

»Genau dasselbe hat mich Taubring vor ein paar Monaten auch gefragt!« Der Psychologe lachte laut. Seine ganzer Leib bebte. »Wo ist er überhaupt?«

Wegmann griff nach seiner Tasse. »Hat frei. Er hat heute Geburtstag.«

»Was?« Empört schaute Garcia seinen Vorgesetzten an. »Wieso hast du das denn nicht gesagt, Gerd? Ich hab ihm nicht mal gratuliert!«

»Er ist in der Hinsicht ein bisschen eigen, Flavio.«

Genüsslich nahm der Hauptkommissar einen Schluck des inzwischen lauwarmen Milchkaffees. Perfekt. Er schloss die Augen. Die Brutalität wartete, würde kommen. Die wenigen Momente Small Talk waren Balsam, bevor neue Wunden gerissen werden würden. Wegmann blickte zur Decke, dachte an Tim. Schmunzelte.

»Wahrscheinlich ist er jetzt schon zuhause«, sagte er. »Und wird von seiner Frau flachgelegt.«

Wind strich durch den Vorgarten, wirbelte das Weiß auf, das den Rasen bedeckte.

Er blickte auf sie hinab. »Danke.«

»Jederzeit wieder.«

»Ich glaube nicht.«

»Bedauerlich.«

»Trotzdem ... Danke.«

Dann runzelte Tim Taubring die Stirn, folgte nur seinem Gefühl und beugte sich nach unten. Kein Entgleiten mehr.

Sie erwiderte den Kuss sofort, schlang eine Hand um sein Genick. Ihre Zungen tanzten lange und intensiv, bis der

Kommissar und die Domme sich voneinander lösten und schweigend ansahen.

Nach einer Weile senkte er die Lider, drehte sich um und ging.

Inken Eisegoth beobachtete, wie er den Kragen seines Kurzmantels hochschlug, als er über den gewundenen Weg Richtung Straße schritt. Bereits nach wenigen Metern bedeckte Schnee die verstrubbelten blonden Haare.

Inken lächelte. Rauch und Kaugummi.

Er würde wiederkommen. Und sie würde schweigen.

Sie verschwand in der Wärme des Hauses und zog die Tür hinter sich zu.

Susanne Lonski hob den linken Fuß an und rieb die Ferse über ihr rechtes Schienbein. Es juckte höllisch.

Na vielen Dank auch, dachte sie. Gerade mal zwei Kilometer und zack, da ist auch schon die Quittung.

Mit einem mürrischen Brummen legte sie das Skalpell neben der Hüfte der Leiche ab. Dann zog sie die Latexhandschuhe aus, griff nach unten, schob den Zeigefinger in den Schuh und ertastete die kleine Schwellung an ihrer Ferse. Vorgestern gekauft, scheißteuer. Und trotzdem eine Blase! Sie dachte an den Montagabend zurück. Der gesamte Verkaufsraum hatte nach heißem Gummi und Deo gerochen.

»Sie müssen richtig sitzen! Auf keinen Fall zu eng!«

Die Verkäuferin trug ein Tanktop, das unmittelbar unter dem Brustansatz abgeschnitten war, und klang wie Minnie Maus. »Eine Daumenbreite Luft an den Zehen! Diese Regel können Sie sich für die Ewigkeit merken.«

Susanne starrte auf ihre Bauchmuskeln. »Ich werde dafür sorgen, dass es auf meinem Grabstein steht.«

Die Verkäuferin verzog keine Miene.

Wenn Minnie Maus dir eine pumpt, fliegst du durch den halben Laden!, dachte Susanne Lonski und lächelte. »Ein Scherz.«

Mit einer Hand hielt sie sich am Stahltisch fest. Sie musste nicht groß hebeln, der Schuh glitt geschmeidig von ihrem Fuß. Drecksding! Sie knurrte ihn an.

Dann erstarrte sie.

Langsam wanderte ihr Blick zu dem Kühlfach, hinter dem Jegor Nikitins noch nicht freigegebene Leiche ruhte.

Hauptkommissar Gerd Wegmann rammte die Gabel in das Stück Erdbeerkuchen, das vor ihm stand.

»Okay. Aufklärung. Sofort!«

»Ja, ich war bei ihr, Gerd! Und ich bin mir sicher, dass sie dir das nicht verschwiegen hat! Wenn sie's schon ihm erzählt hat!« Unwirsch deutete Flavio Garcia auf den Psychologen. »Und weil sie, wie's aussieht, auch der Grund dafür ist, dass er uns heute schon etwas Sachdienliches mitteilen kann und nicht erst umständlich auf Stand gebracht werden muss. Komm mal runter, Herrgott!«

»Ich komme runter, wenn ich es für angebracht halte«, zischte Wegmann. »Ich weiß, dass du bei ihr warst. Aber ... du gehst zu meiner Freundin, wenn du über etwas reden willst, das dir beim Vögeln eingefallen ist? Du musst schon zugeben, dass das ein klein wenig seltsam ist, oder?«

»Ich kann reden, mit wem ich will! Und Rebecca ebenfalls!«

»Rebecca?« Wegmanns Blicke wurden messerscharfe Blitze.

Flavio reckte das Kinn, doch bevor er etwas entgegnen konnte, kam Leon Steinkamp ihm zuvor.

»Meine Herren, bitte.« Er rührte unaufgeregt in seinem Kaffee herum, dann sah er auf. »Wenn ich etwas dazu sagen dürfte?«

»Ja!«, bellten zwei Stimmen.

Steinkamp lächelte halb.

»Herr Garcia hat sich mit einer Ahnung an Rebecca gewandt. Weil er die Meinung einer Frau, die noch dazu fachbezogen arbeitet, einholen wollte.« Er nickte Wegmann zu. »Das ist nicht seltsam, das ist mutig. Immerhin war der Auslöser der Ahnung nicht ruhmreich.« Er blickte Flavio an. »Sie oder ich?«

»Ich«, brummte Garcia.

Ein Runzeln zog über Wegmanns Stirn, als sein Kollege kurz schwieg, bevor er erzählte.

»Ich war ein Schwein, Gerd. Und die ... sie ... ich weiß nicht mal, wie sie heißt. Ich war ihr wohl zu grob und sie wurde irgendwann ganz steif unter mir, wie ein Brett, und ...« Flavio blickte zur Decke. »Es war mir egal. Es war nicht geil. Aber es hat mich auch nicht gestört. Und dann, als ich fertig war ... als sie weg war ... dachte ich an die betäubten Frauen. Da kam mir zum ersten Mal der Gedanke.«

Der Hauptkommissar kniff die Lippen zusammen.

Sein Kollege sah ihn an, doch es war klar, dass seine folgenden Worte sich an Leon Steinkamp richteten. »Sie haben Schweigepflicht?«

»Nein, Sie sind nicht mein Patient. Aber Sie haben mein Wort.«

»Das reicht mir.«

Garcia ließ Wegmann nicht aus den Augen, während er den

Finger in die Espressotasse senkte, ihn einmal kreisen ließ und dann herauszog.

»Hast du schon mal eine schlafende Frau gefickt, Gerd?«

Wegmann schwieg.

Garcia lachte leise. »Angedockt haben wir doch alle schon mal.« Er leckte die Crema vom Finger.

Gerd Wegmann spürte Steinkamps Blicke auf sich wie glühende Eisen.

»Ich habe keinen Fall mehr«, sagte leise. »Und wir sitzen hier und tun so, als ob das keine Rolle spielt.«

»Tun wir nicht, verdammt noch mal!« Garcias Faust bretterte auf den kleinen Tisch. »Wir haben zwei tote Frauen. Wir haben die Männer, die sie ermordet haben, ja! Uns fehlt der Auftraggeber, ja! Wir haben keine Zeugen, wir haben kaum Freunde. Wir haben Verwandte, die ewig nichts mehr von ihren Nichten, Töchtern, Cousinen gehört haben. Wir haben Nachbarn, die sich nicht beschweren, aber auch nichts sagen können. Wir haben zwei tote Frauen mit Top-Abschlüssen, mit Chancen! Wir haben das Sperma von mehreren Männern und keinen Treffer bei einschlägigen Sexualstraftätern, was aber auch kein Wunder ist, solche Typen treffen sich schließlich nicht zum Gangbang. Wir haben Unmengen von Bargeld in Wohnungen, nach denen ich mir die Finger lecken würde und du sicher auch, Gerd!«

Er atmete tief durch.

»Wir haben Opfer 1, das alle zwei Tage mit der Frau von der Reinigung telefoniert hat, der Frau von der Reinigung! Keine Freundin, keine alte Bekannte. Die Frau von der Reinigung! Das stinkt, Gerd! Das stinkt einfach! Da wurde Kontakt untersagt. Und sie haben mitgemacht, verflucht! Warum?«

»Weil sie dazu gezwungen wurden«, raunte Gerd Wegmann.

»Möglich. Aber das ist mir zu einfach. Ich muss an die Luft.« Flavio Garcia griff nach seinen Zigaretten, stand auf und ging vor die Tür.

Susanne Lonski betrachtete die bleichen, nackten Füße und den Zollstock in ihrer Hand. Die Sneaker.

Sie fühlte, wie Blut in ihren Kopf schoss.

Zum dritten Mal warf sie einen Blick auf die Akte, glotzte auf ihre Notiz. Den Wert, den sie gerade entlang der toten Sohlen gemessen hatte. Die Sneaker ... Das konnte nicht sein!

Sie eilte zum Eingang, fischte ihre Tasche unter dem Arbeitstisch hervor, wühlte wie eine Irre, fand ihr Mobiltelefon und wählte die Nummer von Dr. Rebecca Blumberg.

»Er ist verliebt«, sagte Leon.

»Was?«

»Er ist in die Frau verliebt, mit der du geschlafen hast.«

»Das ist geklärt, Leon.«

»Ist es nicht. Er ist in die Frau verliebt, mit der du geschlafen hast, obwohl du nicht mal Interesse an ihr hattest.«

Wegmanns Gesicht war starr. »Weißt du, mit wie vielen Frauen ich geschlafen habe, ohne Interesse an ihnen zu haben?«

Flavio Garcia stand rauchend im Schnee und dachte an den Nachmittag an der Bushaltestelle zurück.

Rebeccas Worte. Er hatte zugehört.

»Ich war schwanger.«

Ihre Nase hatte diese leichte Krümmung, die Lachfalten um ihre linkes Auge waren tiefer als die, die ihr rechtes umrahmten.

»Ich war schwanger, und ich weiß nicht mal, wer der Vater war.«

Hatte einfach nur zugehört.

Er kniff die Lider zusammen, glitt vier Jahre zurück …

»Ich bin schwanger. Das ist nur deine Schuld, deine Schuld, hörst du, du hättest aufpassen müssen!«

»Ich? Wir! Wir hätten aufpassen müssen!«

Das Wir war mit dem Abbruch gestorben. Alles, was übrig blieb, war das kalte Polster der Liege und die Stimme des Urologen.

»Die Betäubung ist nur örtlich, wirklich keine große Sache.«

Die kleinen Schnittwunden waren schnell verheilt. Sein Ejakulat roch wie immer. War nur nicht mehr ganz so klebrig.

Er trat die Kippe aus.

Als Kommissar Garcia die Tür zum Café öffnete, empfing ihn die Stimme von Edith Piaf und bedauerte nichts.

»Dr. Blumberg?«

»Susanne.«

Lachte sie?

Egal!

»Dr. Blumberg, entschuldigen Sie die Störung, es liegt mir fern, Ihre Mittagspause zu unterbrechen, aber ich habe etwas herausgefunden und ich weiß nicht, was ich nun mit der Information anstellen soll!« Sie schielte zu dem geöffneten Kühlfach. »Ich denke, es ist wichtig und –«

»Susanne, es passt gerade nicht. Wirklich nicht.«

Brüskiert zuckte der Kopf ihrer Assistentin nach hinten.

»Ich ... ich rufe zurück!«, sagte ihre Chefin.

Susanne Lonski war sich nicht sicher, aber sie glaubte, ein Lachen und »Leg schon auf!« zu vernehmen.

Dann war die Verbindung unterbrochen.

»Ausschlaggebend ist wie immer das Einverständnis.« Leon Steinkamp zuckte die Schultern. »Wir hatten das ja schon bei deinem letzten großen Fall.«

Hauptkommissar Gerd Wegmann betrachtete den leeren Dessertteller. Biskuitkrümel. Rote Schlieren. Erdbeerbrocken. Gelee.

»Warum bin ich eigentlich der Einzige, der vorhin ein Stück Kuchen bestellt hat?«

Verwundert blickte Garcia in Steinkamps Richtung. Der schüttelte kaum merklich den Kopf, bevor er sich wieder Wegmann zuwandte.

»Gerd«, sagte er ruhig. »Du weichst aus.«

Als Wegmann den Kopf hob, blitzte Zorn in seinen Augen auf. »Ach was?«

Rote Schlieren. Gelee. Blut. Blut auf Haut. Zerschnitten, geritzt. Gedemütigt. Geschlagen. Deinetwegen.

Steinkamp sah zu Garcia.

»Schweigepflicht?«

Der Kommissar nickte. Mehr war nicht nötig.

Als Leon schließlich sprach, war seine Stimme sanft und fest zugleich.

»Gerd, diese Schuld in dir ... Die krieg ich nicht in drei Sitzungen austherapiert. Ich bin kein Wunderheiler. Du hast dich damals bei der Griechin entschuldigt. Sie hat die Entschuldigung angenommen. Ich denke, dass es das ist, was dir gerade jetzt im Kopf herumspukt. Konzentrier dich bitte auf Folgendes: Sie hat deine Entschuldigung angenommen. Und du hast mir gesagt, dass du nicht das Gefühl hattest, dass sie dich anlügt.«

Gerd Wegmann schloss die Augen, spürte, wie von tief unten der Sturm aufzog. Schob ihn zurück. Wieder.

»Dir ist schon klar, dass du gerade von mir verlangst zu verdrängen, Leon?«

Steinkamp schmunzelte. »Das krieg ich geradegerückt.«

»Na dann.« Wegmanns Brauen hoben sich. Seine Lider waren immer noch geschlossen. »Flavio?«

»Ja?«

»Ein Wort hiervon zu irgendjemand und ich brech dir die Beine.« Er öffnete die Augen.

Garcia grinste schief. »Zurück zum Geschäft?«

»Zurück zum Geschäft.«

»Ich glaub, ich nehme doch ein Stück Kuchen.« Leon lächelte und war nicht überrascht, dass Garcia den dezenten Wink sofort verstand. Sie brauchten etwas, das sie in diesem Moment verband.

»Ich nehm auch eins«, sagte Flavio. »Aber ich glaube, das Bestellen übernehmen besser Sie, Steinkamp. Geht schneller.«

Tim Taubring warf die Pommes in den Mülleimer.

Der Kauf war Gewohnheit gewesen, mehr nicht, die Mayonnaise zu dick in seinem Mund, sie legte sich über Inkens Geschmack und konnte ihn doch nicht zudecken.

Er blickte auf den Fluss.

Auf seine Uhr.

Noch zwei Stunden. Dann wäre die Schicht zu Ende. Normalerweise.

Normalerweise.

Er fühlte ein Echo ihrer Hand in seinem Schritt und schloss die Augen.

Hätten Gerd und Inken sich nicht beim Einkaufen getroffen ... Hätte sie nicht den Gruß ausrichten lassen und so aus der Unsicherheit, die ihre Offerten damals bei ihm ausgelöst hatten, eine Option werden lassen ...

Und nun stand er am Hafen. Hatte zuvor die Kontrolle, die er seit Wochen so mühsam festzuhalten versuchte, für eine Stunde abgegeben. Hatte nicht lenken müssen. Nicht entscheiden und doch scheitern müssen. Fühlte sich auf irritierende Weise sicher. War 31 Jahre alt.

Er öffnete die Lider. Licht schaukelte über die Wellen, als ein Containerschiff vorbeizog. So langsam. Taubring legte den Kopf zur Seite, betrachtete die Reflexionen der unter diesigem Dunst hängenden Sonne, die vom Kiel des Frachters zerteilt wurden. Es hatte aufgehört zu schneien.

Sein Haar war nass.

Sein Herz war ruhig.

Kontrolle.

Kein Entgleiten mehr.

Ein Lächeln hob seine Mundwinkel.

»Fakt ist, Somnophilie, also die Neigung, Sex mit schlafenden oder bewusstlosen Personen haben zu wollen, kommt nicht so selten vor, wie man vielleicht erwartet. Nicht so häufig wie andere Neigungen, das stimmt schon, aber sie zieht sich durch alle Gesellschaftsschichten. Trotzdem, und ich sage das ganz offen: Ich hatte in meiner gesamten Laufbahn erst einen Patienten mit somnophilen Wünschen.«

»Sie haben da ... an Ihrer Lippe ...« Garcia schluckte und deutete dann mit der Gabel auf Leons rechten Mundwinkel. »Schokolade.«

Wegmann grinste. »Und über Koprophilie wollen wir nun wirklich nicht sprechen.«

Der Psychologe wischte sich über den Mund. »Dein gezieltes Fachwissen bereitet mir ihn gleichem Maße Sorge, wie es mich fasziniert, Gerd.«

Wegmann grinste noch breiter.

»Und ich gestehe, dass ich gerade dumm wie Brot bin – aber worüber redet ihr?« Flavio stellte den Teller ab. Bienenstich. Lecker.

Sein Vorgesetzter spitzte die Lippen, rang um Beherrschung und verlor. »Über ein ... Scheißthema!«, platzte er heraus und sagte damit alles. Gackerndes Lachen folgte.

»Dein Pennälerhumor ist echt unter aller Sau«, brummte Garcia.

»Er hat das gebraucht«, sagte Leon nur.

»Wohl richtig.« Ein letztes Kichern wich aus Wegmanns Mund. Dann sah er auf und alles in seinem Blick signalisierte Bereitschaft.

»Leon, waren es Vergewaltigungen?«

Steinkamps Hand wanderte zu seiner Stirn und begann, sie zu massieren.

»Ja und Nein. Ja oder Nein.«

»Das ist doch keine Antwort!«

»Einverständnis, wie ich bereits sagte.«

»Ganz ehrlich, drei beziehungsweise vier Männer? Und Einverständnis?«

»Du hast schon recht, wenn du in dem Punkt zweifelst, Gerd. In der Regel handelt es sich bei derlei Handlungen um Vergewaltigungen widerstandsunfähiger Personen. Rein rechtlich gesehen. Vor allem, wenn die Opfer nicht nur schliefen, sondern betäubt wurden.« Der Psychologe sah zur Decke. »Was mich stutzig macht, ist die Art, wie sie betäubt wurden.«

»Uns auch«, sagte Garcia.

Steinkamp entdeckte ein loses Kabel, das aus der Decke hing und nirgendwo hinführte. Er runzelte die Stirn. »Der Reiz liegt in der Hilflosigkeit. Im Ausüben der Macht. Das ist nicht ungewöhnlich. Auf der anderen Seite wollen diese Täter oft auch bei der Tat erwischt werden, wenn das Opfer durch ihr ...«, er räusperte sich, »... Eindringen geweckt wird. Und sich dann der Strafe hingeben. Gedemütigt werden.«

»Bitte?« Garcia glotzte ihn an.

»Es ist nicht einfach. Es ist nie einfach.« Leon grinste gequält. »In diesem Fall sprechen wir jedenfalls von Männern. Frauen haben die Neigung ohnehin selten.«

»Macht auch schon körperlich gesehen wenig Sinn.« Wegmann trommelte auf seinem Zigarettenpäckchen herum.

»Oh, da muss ich dich enttäuschen.« Steinkamp blickte den Hauptkommissar an. »Die Pharmaindustrie hat in dem Punkt ganz neue Möglichkeiten aufgetan. Sildenafil ist nicht nur ein Segen bei erektiler Dysfunktion. Es kann auch ganz locker missbraucht werden.«

Beide Ermittler schwiegen.

»Mit Viagra kann man einiges an Schindluder treiben. Auch einen Mann vergewaltigen, ohne selbst ein Mann zu sein. Der sexuelle Reiz, den eine Erektion benötigt, ist schnell ausgeführt. Dazu reicht ... ähm ...«

»Handarbeit, schon klar.« Wegmann verzog den Mund. »Gabriele hatte den Gedanken, dass es sich um Bestrafungen handelt. Erniedrigungen.«

»Inwiefern?«

»Nun, insofern, dass die Frauen sich mit den falschen Leuten eingelassen haben könnten. Und diese dann beschissen haben ...«

»Mach's doch nicht so kompliziert.« Garcia sah den Psychologen an. »Sie haben die Akten noch nicht einsehen können, Steinkamp. Was Gerd meint, ist Folgendes: Er wurden immense Mengen Bargeld in den Wohnungen der beiden Opfer gefunden. Da lag der Verdacht nahe, dass die beiden irgendwie in krumme Geschäfte verwickelt waren, bei denen solche Summen als Gewinn zustande kommen können ...«

»Drogen?«

»Möglich. Oder Handel mit einer anderen Ware.« Er atmete schwer aus. »Organe, Babys, Informationen. Es kann alles sein.«

»Denk doch an die Kleider, Flavio! Sie mussten in Rollen schlüpfen!«

»Ich denke an die Kleider, Gerd!«, schnauzte Garcia. »Hast du vergessen, dass ich derjenige bin, der sagt, dass die ganzen Kerle eben nicht als ultimative Demütigung über sie drüber sind? «

»Stopp!«

Steinkamps Hand war nach oben geschnellt.

»Stopp«, sagte er noch einmal. »Das bringt nichts. Ich muss die Fakten sichten. Anhand des Aggressionslevels, das sich in Sekunden zwischen euch beiden aufbaut, kann ich erkennen, dass da einiges im Argen liegt. Nicht nur auf beruflicher Ebene.«

Garcia rümpfte die Nase. Wegmann sah zur Seite.

»Die Herren ...« Der Psychologe griff nach seiner Tasche und stand auf. »Ich habe einen Termin. Zieht mir die nötigen Details aus dem Vorgang, lasst mir alles zukommen, heute noch. Ich gebe mein Bestes. Morgen bin ich schlauer.«

Wegmanns Mundwinkel zogen sich gequält nach hinten. »Ich kann dich nicht bezahlen, Leon. Die Soko –«

»Gerd!« Steinkamp zog seine Jacke an und schüttelte den Kopf. »Wenn du einfach mal die Klappe halten könntest, wenn eine Sache klar ist! Ich erwarte kein Honorar.«

Er griff in die Innentasche der Jacke, zog einen Zwanziger heraus und legte ihn auf den Tisch.

»Begleicht bitte meine Rechnung mit. Das ist Trinkgeld. Und wehe, sie kriegt es nicht«, sagte er und ging.

Der Hauptkommissar glotzte auf den Schein. »Er bewahrt sein Bargeld lose in der Jacke auf?«

»Scheinbar.« Garcia schob die Lippen nach vorn. Dann sah er Wegmann an. »Kommst du mit raus? Danach geb ich einen aus.«

Susanne Lonski schnaufte das Telefon an.

Sie konnte ihn nicht ausstehen, verstand nicht, was ihre Vorgesetzte an ihm fand. Gute Körpergröße, aber das war auch schon alles. Gerd Wegmann war ein ungehobelter ... Arsch.

Aber gerade jetzt ein Arsch, der ihr weiterhelfen konnte.

»Ich gebe Ihnen seine Handynummer, Susanne. Und wehe, Sie geben sie an Winter weiter! Die ist nur für absolute Notfälle!«

Sie drückte die entsprechenden Tasten. Wartete.

Niemand nahm ab.

Verdammt.

Wer noch?

Haase ... Genau, Haase. Wer auch immer der noch mal war!

Susanne blickte auf den laminierten Zettel, auf dem alle relevanten Telefonnummern standen. Präsidium. Zentrale. Also gut.

Die Stimme der Frau war freundlich. Bürgernah.

Warum muss es immer eine Frau am Empfang sein? Susannes Brauen zogen sich zusammen. Sexistischer Haufen!

»Lonski, Rechtsmedizin. Ich hätte gern mit einem Herrn Haase gesprochen, ich glaube er gehört zu Gerd Wegmanns Abteilung.«

»Dirk Haase?«

»Ja! Genau der!«

»Warten Sie bitte einen Moment. Ich verbinde Sie mit dem Leiter des Erkennungsdiensts.«

Fuck, peinlich.

Und dabei hatte Winter es ihr gesagt, jetzt erinnerte sie sich!

»Haase!«, erklang es prompt.

»Äh. Guten Tag, Herr Haase, Lonski hier. Dr. Rebecca Blumbergs Assistentin. Wir hatten letztens schon telefoniert.«

»Frau Lonski. Was verschafft mir die Ehre?«

Der Abend glitt über die Stadt wie goldener Sirup.

Sie stand am Fenster, blickte geradewegs in die Sonne, die den Horizont streifte. Schnee auf Dächern, Bäumen.

Sie wusste, dass sie nicht frieren würde. Nicht auf dem kurzen Weg nach unten. Nicht auf der Fahrt. Dem kurzen Weg nach oben. Dem Weg nach irgendwohin. Die Kälte kam erst in den Stunden danach.

Ihr Blick wanderte zum Couchtisch, strich über das Plastiktütchen, wurde Gier. Die Beherrschung fiel zunehmend schwerer.

Sie durften nichts merken, nein, es geht jetzt nicht, reiß dich zusammen!

Ihr Herz flatterte, obwohl ihr Puls ruhig schlug. Sie beugte sich nach unten, schob die Kappe aus Bändern über ihren Kopf, hochwertig, alles war hochwertig, auch das Heroin auf ihrem Tisch, zwischen Fernsehzeitung, Nagelfeile und Ladyshaver.

Als sie sich ruckartig aufrichtetet, den Kopf nach hinten warf und die Perücke zurechtrückte, ergoss sich eine blonde Flut über ihre Schultern und verhöhnte ihren seit einer Stunde vom Kinn abwärts vollständig enthaarten Körper.

Das Kleid lag auf dem Bett. Ein Nichts aus grüner Seide. Die Schuhe standen davor, farblich passend. Keine Unterwäsche. Aber ein Nerz, der bis zu den Waden reichte.

Noch war Zeit.

Nackt stand sie am Fenster. Die Sonne ging unter.

Germanistik. Sie hatte Germanistik studieren wollen. Schiller. Wegen Schiller.

Es ist der Geist, der sich den Körper baut.

Ein früher Tod.

Was war nur passiert?

»Rebecca, ich bin's.«

Gerd Wegmann stand vor dem Café. Es war spät geworden.

Zwielicht machte die Straße zu etwas Surrealem, das die Ansage auf Dr. Blumbergs Anrufbeantworter hohl wirken ließ.

»Hör zu, Schatz, ich weiß nicht, wie ich's sagen soll, ohne dass es abgedroschen klingt. Also sei mir einfach nicht böse, ja? Ich brauch etwas Zeit für mich. Ich bin gerade fertig geworden und fahre direkt nach Hause, mach mir 'ne Dose Ravioli auf und knall mich auf die Couch.« Er wartete einen Moment. »Wenn du später zu mir kommen willst, würde ich mich ... Also, du musst nicht.«

Das Taxi schlitterte um die Ecke und Wegmann hob den Arm.

»Ich bin jedenfalls da.«

Er legte auf, sah das blinkende Symbol auf dem Display, drückte auf dem Handy herum. Erkannte die Nummer, die versucht hatte, ihn zu erreichen. Dirk Haase.

Zweimal.

Nein, entschied er. Morgen.

Er stieg ins Taxi.

»Ganz schön kalt heute«, sagte die Fahrerin, die eher hinter das Steuer eines Trucks gepasst hätte.

Rebecca kam nicht.

Dirk Haase atmete tief ein. Ein letztes Mal, okay, ein drittes, letztes Mal. Es war schon nach zehn.

Während er Wegmanns Nummer wählte, dachte er an das Telefonat mit Susanne Lonski zurück.

»Seine Sneaker, sie passen nicht!«

»Wie bitte?«

»Ich hab ihn entkleidet, verfluchter Mist!«

»Ja und? Jegor hat Größe 43. Die Schuhe haben Größe 43.«

»Mann, Haase!«

»Lonski, beherrschen Sie sich!«

»Entschuldigen Sie. Aber das hier ist für mich neu. Ich bin allein, ich erreiche Dr. Blumberg nicht und ich weiß nicht ...«

»Reden Sie einfach. Was haben Sie entdeckt?«

»Ich konnte ihm die Schuhe kaum ausziehen. Sie waren ihm zu klein. Ich musste sie runterzerren!«

»Aber ...«

»Es sind Scheißlaufschuhe, Haase!«

»Verdammt, nennen Sie mich Dirk!«

»Er sind Laufschuhe, Dirk. Niemand kauft sich Laufschuhe, die zu klein sind! Selbst wenn man nicht damit laufen, sondern nur cool aussehen will! Das sind nicht seine Schuhe!«

»Was sagen Sie da?«

»Die Spur am Tatort, der Fußabdruck. Es war der Schuh, ja! Aber es kann nicht Jegor gewesen sein, der ihn trug. Jegor war nicht am Tatort! Das war jemand anderes! Jegor hat Sabine Meier nicht umgebracht!« Sie schrie, ohne es zu wollen.

»Ruhig«, sagte er, *»ganz ruhig. Bleiben Sie, wo Sie sind. Ich komme zu Ihnen.«*

Wegmann ging nicht ans Telefon.

Dirk Haase verzog den Mund. Ich muss. Ich muss halt.

Er wählte die Nummer von Hauptkommissar Richard Jacobsen, der die Ermittlungen im Mordfall Jegor leitete.

Sorry, Gerd. Du bist raus.

»Hier entlang, bitte.«

Der Mann fasste sie nicht an.

Sie glitt an ihm vorbei. Die Tabletten, die sie bereits in der Limousine geschluckt hatte, waren Freunde. Gute Freunde. Sie lächelte die beiden Frauen an, die neben ihr gingen. Sie waren schön.

Wir sind schön.

Wir strahlen.

Die Unschuld hat im Himmel einen Freund.

Schiller. Ach, Schiller.

Sie betrat den Raum. Kein Schlafzimmer diesmal? Auch gut. Sie lächelte. Auf ihren Lippen lag nur Labello. Keine Farbe. Die Vorgaben waren eindeutig.

»Bitte, hier.«

Der Mann war nur der Mann. Sie hatte schon vor Monaten aufgehört, ihm Namen zu geben.

Er deutete auf die Couch. Schwarz. Diskret.

Sie setzte sich. Lächelte.

Der andere Mann, der ernste Mann, näherte sich von links.

»Warum tragen Sie eigentlich keinen Kittel?«, säuselte sie.

»Legen Sie sich bitte hin.«

Sie lächelte.

Die Couch war bequem.

Sie lächelte, als die Nadel sich in die Vene auf ihrem Handrücken schob.

Sie lächelte, als ihr rechtes Bein die Couch hinabrutschte, der Nerz sich öffnete und das Seidenkleid präsentierte, das sich bis auf ihren Bauch hochgeschoben hatte.

Keine Unterwäsche.

Alles blank.

Die Unschuld hat im Himmel einen –

22

Sie lachte. »Schläfst du etwa noch, alter Mann?«

»Janine?«

»Genau die.«

»Alter Mann? Ich glaub, es geht los!«

»Es tut mir sehr leid, Gerd, aber für einen Sugardaddy hast du einfach zu wenig zu bieten.«

»Du rufst mich um …« Hauptkommissar Gerd Wegmann rollte schwerfällig zur Seite und blinzelte den Radiowecker an. »Um viertel nach sechs an, um mich blöd anzumachen?«

Richtig angemacht hab ich dich ja schon. Oder du mich. Zu dumm, dass wir's beide nicht mehr wissen. Janine Untereiner grinste süffisant.

Dann wurde ihre Miene mit einem Schlag ernst. »Gerd, du wirst gleich noch mal angerufen. Ich warne dich nur vor.«

Eine Ahnung zog über Wegmanns Stirn, machte den Morgen dunkel.

»Zieh dich an. Du hast einen Tatort.«

»Natürlich ist es hier passiert!«

Kommissarin Untereiner hatte die Arme vor der Brust verschränkt und glotzte den hochgewachsenen Ermittler an, der neben ihr stand. »Schau's dir doch an! Alles, was aus ihr raushängt! Das packst du nicht mal eben so an einem anderen Tatort ein und arrangierst es dann noch mal in schön. Extra für uns.«

Wegmann konnte nicht sprechen. Es war zu viel, einfach zu viel. Zu viel jetzt, zu viel davor, zu viel in seinem ganzen, verdammten Leben.

Speichel füllte seinen Mund, er schluckte, hörte Leon Steinkamps Stimme von irgendwoher.

»Konzentrier dich auf deinen Atem. Er ist ruhig. Langsam. Eins, zwei. Ein und aus. Eins. Zwei.«

Das Gesicht der toten Frau wirkte entrückt, die halb geschlossenen Lider auf obszöne Art lasziv. Das grüne Seidenkleid hing zerschnitten an ihren Seiten hinab. Wie ein Vorhang, ein beschissener Vorhang, der die Bühne umrahmte.

Ihren Schoß.

Das, was davon übrig war.

Wegmann kniff die Lider zusammen, konnte den Blick nicht abwenden. Fokussierte.

»Was ist das da ... in ihrer Scheide?«

Zwischen all dem Rot, dem zerfetzten Fleisch.

Eine Hand in Latex schob sich in sein Sichtfeld. Sofort wurden seine Sinne schärfer, und er erkannte das kurze Zögern, als Rebecca die Regeln abrief, das Protokoll befolgte und nichts berührte, nicht mit ihrer Linken die Reste der Schamlippen behutsam spreizte, um an den Fremdkörper zu gelangen, sondern sich mit der schlanken Zange näherte, die sie in der rechten Hand hielt, kurz justierte und dann etwas aus der Vagina der Toten entfernte.

Roter Schleim zog Fäden.

Die Spuren um die Leiche herum waren gesichert, der Erkennungsdienst hatte vor gut einer halben Stunde das Feld geräumt, alle Fotos waren gemacht. Die Feinheiten würden unter dem Mikroskop und auf einem Stahltisch gefunden werden.

»Winter.«

Mehr musste Dr. Blumberg nicht sagen. Ihr Assistent reichte ihr eine flache Glasschale.

Sie betrachtete das Beweisstück.

»Ein Jeton. Ich erkenne eine Gravur. Welche es ist, kann ich erst sagen, wenn wir ihn gereinigt und alle Rückstände erfasst haben.«

Dann legte sie die schwarze Kunststoffscheibe in der Schale ab. Mark Winter verschloss das Gefäß und entfernte sich mit geschmeidigen Bewegungen.

Ich kann ihn nicht ertragen. Einfach nicht ertragen. Wegmanns Atem schoss laut durch seine Nase.

Janine runzelte die Stirn.

Dr. Rebecca Blumberg richtete sich auf, machte einen großen Schritt nach hinten, um die Beine der Leiche nicht zu berühren. Ihr Kostüm spannte um ihre Schenkel.

»Das ist schon ... brutal«, sagte sie, während sie die Handschuhe auszog und sich den beiden Beamten näherte.

»Sie waren es, die den Zusammenhang hergestellt hat, nicht wahr?« Sie musterte die junge Kommissarin. Pferdeschwanz, eine breite weißblonde Strähne in dem mit Sicherheit nicht naturgegebenen Rot.

»Ja. Kein großes Ding. Er hatte mich in seiner Soko.«

Janine deutete mit dem Kopf in Wegmanns Richtung.

»Dass ich heute hier im Einsatz bin, ist purer Zufall. Der Einstich auf ihrem Handrücken ist's eher nicht.«

Dr. Blumberg nickte anerkennend.

»Du hast gute Leute, Gerd.«

Der Hauptkommissar wandte ihr ein müdes Gesicht zu.

»Ich weiß.«

»Tut mir leid, dass es gestern Abend nicht hingehauen hat. Und ich würde dich jetzt auch wirklich gern zur Begrüßung küssen. Aber du siehst aus, als ob du dich jeden Moment übergeben müsstest.« Ein abgeklärtes Grinsen erschien auf ihren Zügen.

Dann wandte sich sich Janine Untereiner zu. »Ich kenne Sie von den Besprechungen. Ich erinnere mich an Ihr Gesicht. Aber vorgestellt wurden wir uns bis jetzt noch nicht.« Sie streckte die Hand aus. »Blumberg.«

»Untereiner.« Janine ergriff ihre Hand. »Und ich bin nun mal dreist, verzeihen Sie. Sie sind also seine Freundin?« Wieder ein Nicken in Richtung ihres Vorgesetzten.

»Seine Lebensgefährtin.«

Aha. Janine lächelte.

»Und er ist anwesend«, brummte Wegmann. »Und er würde gern kurz mit seiner Frau sprechen. Rebecca?«

Janine betrachtete das sich entfernende Paar.

Sie senkte den Kopf. Das Lächeln verschwand. Wurde weggeschoben von Weichteilen und Zerstörungswut.

Das ist der Job, dachte sie.

»Führ die Autopsie zügig durch«, sagte Wegmann. »Bitte.«

»Du stehst unter Druck, verstehe.« Dr. Blumberg warf einen Blick nach links, sah, wie die junge Kommissarin mit dem Pferdeschwanz sich von der Leiche abwandte und in Richtung einiger Kollegen abzog.

»Sie ist gut«, sagte sie leise.

»Ist sie.«

»Sie ist jung.«

»Ist sie.«

»Wir sollten Potenzial fördern.«

»Sollten wir.«

»Dann wirst du sicher verstehen, dass ich gleich Nico Barthel anrufen werde. Und du wirst wissen, dass er sofort alles stehen und liegen lässt, wenn ich ihn bitte, mir zu helfen. Und das werde ich, Gerd. Und was ich dann nicht gebrauchen kann, ist eine Szene von dir. Ich hab bereits vier Leichen im Saal. Eine fünfte Sektion schaff ich ohne Unterstützung heute einfach nicht.«

Er hob nur leicht das Kinn, blaffte nicht direkt los. War professionell. War ein bisschen stolz auf sich.

Rebecca grinste. »Keine Reaktion? Du hast die Pubertät also hinter dir gelassen?«

»Gerade war ich noch stolz auf mich«, sagte er. »Jetzt bin ich beleidigt.«

Sie lachte leise, ging auf die Zehenspitzen und küsste ihn sanft.

Er erwiderte den Kuss zaghaft, zog dann den Kopf zurück.

»Die Kollegen ...«

»Und die Kolleginnen«, ergänzte sie.

»Klar, vor allem die«, brummte er.

Dann sah er sie an.

»Wo warst du gestern?«

Er öffnete die Tür zu seinem Büro, machte einen Schritt nach vorn und wandte irritiert den Kopf zur Seite, die Klinke in der Hand. »Was ist das?«

»Magnolia«, erklang die Stimme seiner Sekretärin.

»Das ist ... viel«, stellte er fest.

»Das ist der letzte Schrei. Nicht erst seit dem Film.«

»Das ist nahe an Penetranz.«

Sie grunzte amüsiert. »Die Blume bleibt, wo sie ist! Es war schwierig genug, sie zu dieser Jahreszeit zu besorgen. Öffnen Sie einfach ein Fenster.«

Lächelnd betrat er den Raum, schloss die Tür hinter sich, ging zur Fensterfront und befolgte ihren Rat. Der Donnerstagmorgen schob sich über die Skyline, der Latte Macchiato stand bereits auf dem Schreibtisch und kämpfte gegen den floralen Duft an.

Er öffnete sein Jackett, betrachtete die schmale Glasvase auf dem Sideboard, die wie etwas wirkte, das man eher in einem Labor erwartete. Ein einzelner Zweig darin. Neun Blüten.

Die aktuellen Tageszeitungen lagen links neben der Tastatur, er war Linkshänder und sie, die das Vorzimmer beherrschte, war besonnen wie eh und je. Financial Times, International New York Times, The Wall Street Journal, South China Morning Post, The Independent, Le Monde, La Repubblica, einfach nur, weil ihn Berlusconis Kampf amüsierte; sie wusste es, genauso wie sie wusste, dass niemals Zucker in den Latte gehörte, niemals.

Er nahm Platz.

Der Rechner gab ein volltönendes »Bong« von sich, als er den Knopf drückte.

Während er darauf wartete, dass der Monitor ihm den Startbildschirm präsentierte, betrachtete er die Nägel seiner rechten Hand. Maniküre, dachte er. Du musst mal wieder. Er hatte nicht viele Empfehlungen von seiner Ehefrau angenommen, aber die stille Serbin, die die Feile wie einen Pinsel über die Fingerkuppen streichen ließ, während pure Konzentration auf ihren Zügen hing, hatte er zu schätzen gelernt. Dana? Daria? Egal.

Sein Blick wanderte zu dem Mobiltelefon, das seit Tagen in der ledernen Schale ruhte. Diese flache, langgezogene, rechteckige Schale, die oft zu antiken Schreibtischsets gehörte und in der letztlich immer etwas vollkommen anderes als Füller landete.

Das winzige Briefumschlag-Symbol auf dem Display des Prepaidhandys blinkte.

Sein Atem stockte.

Wie in Trance nahm er das kleine Gerät an sich, drückte die passende Taste. Sah die SMS, die in der Nacht eingegangen war. Nur ein Wort.

Check.

Sein Kopf fiel in den Nacken, seine Lider schlossen sich, das Lächeln auf seinem Gesicht wurde breiter und breiter.

Ihr Schlampen, dachte er.

Nun seid ihr alle still.

Endlich still.

Er öffnete die Augen, trank einen Schluck Kaffee. Griff nach der Maus, klickte, checkte den Index. Griff nach dem offiziellen Telefon, Festnetz, wählte, sprach leise. Stieß ab, kaufte.

Dachte an ihre Stimme, die nicht fest genug in ihren lächerlichen Forderungen, aber Risiko genug gewesen war, machte derweil knapp 90.000 Euro Gewinn und trieb einen mittelständischen Zulieferer irgendwo im Osten der Republik in die Insolvenz. Der Gründer hatte ein Jagdgewehr im Schrank und würde sich den Kopf wegblasen. Morgen gegen fünf in der Früh. Das Kaliber war groß genug, um nichts außer einem verwunderten Unterkiefer und einer Menge Schädel an der Wand zu hinterlassen.

Er dachte an ihren Körper.

Schön und still. Ganz still.

Sein Samen. Weißlich auf ihrem Kinn, während ihre Lider geschlossen waren.

Du hättest eine Göttin sein können.

Aber du ... Warst. Gierig.

Der Broker am anderen Ende der Leitung nannte einen Preis.

»Verkaufen«, sagte er und legte den Hörer auf.

»Ich glaub, ich spinne!«

Wegmann starrte an Dr. Blumberg vorbei, Zorn zog wie ein Gewitter über seine Züge. Unsanft schubste er die Medizinerin zur Seite, ließ sie mit empört geöffnetem Mund zurück und stampfte in Richtung der Straße davon.

Auf der Hälfte des Weges holte Tim Taubring seinen Vorgesetzten ein. »Ich hab ihn auch gerade erst entdeckt, Gerd«, zischte er. »Bau jetzt bloß keinen Scheiß!«

»Keine Sorge, Tim.« Wegmann stapfte unbeirrt weiter. »Aufs Maul hau ich ihm irgendwann nachts. Wenn er nicht damit rechnet. Und dann brech ich ihm nicht nur die Nase wie letztes Mal.«

»Gerd, bitte ... Soll nicht lieber ich –«

»Nein. Ich bin ruhig. Ganz ruhig.«

Taubring verzog den Mund, dann wurde seine Mimik starr, als er an der Seite seines Freunds auf das rot-weiße Flatterband zuschritt, das den Tatort abriegelte.

»Einen wunderschönen guten Morgen, Herr Wegmann.« Thorsten Fischers Lächeln konnte falscher nicht sein. Der Reporter griff in seine Jacke und beförderte ein Bonbon hervor. Seelenruhig begann er es auszupacken, ohne die beiden Kriminalbeamten, die sich ihm näherten, aus den Augen zu lassen.

Wegmann betrachtete den schmächtigen Fotografen, der neben Fischer stand, mit herablassendem Blick. »Hat Ihr Lover einen so kleinen Schwanz, dass er ihn mit diesem Riesen-Teleskop kompensieren muss?«

»Ich wusste nicht, dass Sie homophob sind.«

»Bin ich nicht, ich bin sexistisch.«

Fischer lachte abgehackt. »Das wäre mal ein Statement, Wegmann! Was sagt Ihnen, dass ich kein Aufnahmegerät mitlaufen hab?«

»Haben Sie nicht.« Wegmann näherte sich dem Journalisten so weit es die Absperrung zuließ.

»Und jetzt verziehen Sie beide sich. Aber ganz schnell«, raunte er.

Fischer strahlte ihn an. »Selbstverständlich, Herr Hauptkommissar.« Er schob das Bonbon in seinen Mund. »Wir haben eh alles, was wir brauchen.«

»Abmarsch!«, knurrte Wegmann.

»Die dritte Leiche also.« Das Bonbon klackerte zwischen Fischers Zähnen hin und her, während er sprach. »Eine schöne Serie, nicht wahr?«

Wegmann wurde kalt und heiß zugleich. Eine Serie. Er wusste es. Scheiße!

»Und noch dazu ein knackscharfes Foto von einem zärtlichen Kuss vor einer halb ausgeweideten Toten. Ich glaube, man sieht sogar Ihre Zunge in Dr. Blumbergs Mund ... Ein Traum!«

»Verpiss dich, Fischer!«, schnauzte Tim Taubring.

Der Reporter tippte mit zwei Fingern grüßend an seine Stirn. »Ich habe zu danken. Und, Wegmann: Es heißt übrigens Teleobjektiv.«

»Danke, Nico.«

»Nichts zu danken.«

»Doch. Ich weiß das zu schätzen.«

Es war mehr, als er brauchte. Der junge Doktorand atmete tief durch, jetzt oder nie. »Sie wissen, dass Sie mich jederzeit anrufen können, Rebecca.«

»Das weiß ich, Nico. Gehen Sie nicht leichtfertig mit solchen Äußerungen um.« Lächelnd entfernte sich die Leiterin der Rechtsmedizin. »Nehmen Sie bitte Tisch zwei. Ein einfacher Infarkt, schätze ich.«

Er sah ihr hinterher.

Es ist nicht leichtfertig, dachte er.

Dann ging er zum Waschbecken und wusch sich die Arme. Susanne Lonski und Mark Winter, Tisch eins und drei. Tisch vier würde warten müssen, war einfach zu alt und zu offensichtlich. Die zerstörte Frau auf Tisch fünf gehörte Dr. Blumberg.

Er hatte sie Rebecca genannt. Zum ersten Mal.

Und sie hatte nichts dagegen.

Das Wasser war eiskalt.

»Deine Laune ist widerwärtig. Ernsthaft, im Moment kann ich dich nicht ausstehen, Tim.«

»Ich weiß.«

Gerd Wegmann zuckte zusammen und riss das Steuer herum, um dem plötzlich aus einer Parklücke ausscherenden Honda auszuweichen.

»Volltrottel!«, bellte er.

Tim Taubring blickte aus dem Fenster, sah das Gesicht der Frau am Steuer des Hondas vorbeigleiten, ihre verbissene Miene, als sie das Lenkrad drehte. Die Zähne gebleckt, die Lider zusammengekniffen. Eine dicke Brille. Hübsche Haare.

»Ich bin schockiert, Gerd. Natürlich bin ich das. Das, was wir eben haben sehen müssen ... Ich ...«

Das Fleisch, das in Streifen zwischen ihren Schenkeln hing. Wie Papier, das in letzter Sekunde aus einem Aktenvernichter gezerrt worden war. Sie hatte an der Mauer gelehnt, den Kopf gerade, die Arme entspannt. Die Beine gespreizt. Das Gemetzel dazwischen.

»Du bist ekelhaft gut gelaunt, mein Lieber!«

Taubring blickte auf seine Knie. Dachte an den vergangenen Abend zurück. Vorspeise, Hauptgang, Nachtisch, Espresso. Cornelia. Sie hatten lang beim Italiener gesessen. Hatten moderat getrunken, wussten, dass Benedikt, der neue

Babysitter, seine Sache gut machen würde. Waren zuhause angekommen. Hatten gelacht. Hatten den jungen Mann, der nach Australien wollte, bevor das Studium begann, bezahlt. Hatten sich auf der Couch im Wohnzimmer geliebt.

»Ich ... Was soll ich machen, Gerd? Ich kann schlecht lügen. Das sagst du mir immer und immer wieder. Und es stimmt nun mal! Ich fühle mich gerade wie zwei Personen, Mann! Die eine ist entsetzt und gelähmt. Die andere ...«

Er verstummte.

»Es reicht, wenn einer von uns eine Therapie macht.« Der Hauptkommissar wechselte auf die Linksabbiegerspur.

Mit gerunzelter Stirn sah sein Beifahrer ihn an.

»Jetzt weißt du es«, brummte Wegmann.

Tim blickte wieder auf seine Knie und sagte nichts.

Drei Minuten glitt der VW einfach nur über die Straße. Blinken, Stehen. Fahren. Manchmal ein Hupen von irgendwoher.

»Scheiße. Warum fühl ich mich jetzt besser?« Wegmann zog die Nase hoch.

Taubring schmunzelte halb.

»Sie hat nicht reagiert.«

»Bedeutet?«

»Sie hat nicht reagiert.«

Das Haus lag am Rand der Stadt. Ein Bungalow, Sechzigerjahre. Großzügig geschnitten, offene Räume, schamlos viele Quadratmeter, versetzte Ebenen im Wohnbereich. Die Sitzecke war im Boden eingelassen.

Er hatte eine Schwäche für James Bond.

Und eine Frau als rechte Hand zu haben, hievte ihn in die Moderne. Für die *воры в законе,* die *Diebe im Gesetz,* hatte er nur Hohn übrig, sein Körper war frei von Tätowierungen, keinem längst überholten Kodex unterworfen. Er war die Zukunft, dachte global und sein Kragen war weiß.

Genugtuung glitt über Nikolaj Dubrovs Mund, als er die Frau an der Tür betrachtete. Sie stand mit leicht gespreizten Beinen und hinter dem Rücken verschränkten Händen da. Alles an ihr strahlte Drill aus und bildete einen Kontrast zu dem Steinway-Flügel, der sich rechts von ihr befand und nicht bespielt wurde.

Sie lächelte nie. Nie echt.

Unbezahlbar.

Er stellte das Glas mit Karottensaft auf dem verchromten Tisch ab und erhob sich von der Couch. Der cremefarbene Teppich dämpfte seine Schritte, als er sich ihr näherte. Sein Morgenmantel stand offen und nicht ein einziges Mal zuckte ihr Blick nach unten. Sie starrte nur in seine Augen.

»Sie hat nicht reagiert?« Er stand nun direkt vor ihr.

»Wir haben eine Bestellung. Für heute Abend. Überaus lukrativ. Vier Männer. Einer aus Südkorea. Spezielle Wünsche. Sehr speziell. Sie hat nicht reagiert.« Sie hob das Kinn.

Er bezahlte sie nicht für Vorschläge oder gar Alternativen. Sie handelte. Misshandelte. Tötete. Dubrov runzelte die Stirn, ließ den Blick ihr Top heruntergleiten. Ihre Nippel waren hart.

Er schmunzelte kalt.

»Wenn ich dich ficken würde, würde das unsere überaus erfolgreiche Geschäftsbeziehung gefährden. Das ist dir klar, *Золото моё?*«

»Ist es.«

»Ich glaube nicht.« Er hob die rechte Hand, fand ihre Brustwarze und umfasste sie mit Daumen und Zeigefinger.

»Sieh mich an, *mein Gold*.«

Ihre Augen waren dunkel. Er kniff fest zu, hörte, wie sie die Luft einzog. Verstärkte den Druck.

»Du stirbst für mich?«

»Ja.«

»Gut.«

Er wandte sich ab, schlenderte zurück zur Couch.

»Schick zwei Leute zu ihrer Wohnung. Sie kann ein anderes Mal ausschlafen. Heute Abend brauchen wir ihr Allerheiligstes leider noch einmal.« Er schnaufte verächtlich. Dann nahm er Platz, der Morgenmantel klaffte auseinander und präsentierte sein steil aufragendes Glied.

Alena nickte und ging.

»Das ist nett von dir, aber ich kann jetzt nichts essen.«

»Solltest du aber. Es ist schon nach drei.«

»Tim, du bist nicht meine Mutter.«

»Dann pack's halt wieder ein und nimm's mit nach Hause.«

»Ich denke, ich fahre heute direkt zu Rebecca. Und ich glaube nicht, dass sie es gut findet, wenn ich ein vor Fett nur so triefendes Stück Fleischkäse in einem pappigen Brötchen als Abendmahl präsentiere.«

»Nicht zu vergessen ...« Der junge Kommissar hob den Zeigefinger. »Mit Senf!«

»Was es quasi in Gourmetnähe schiebt.«

Taubring lachte leise. »Gerd, wir haben zu anspruchsvolle Frauen. Das werden wir auf Dauer nicht durchhalten.«

Wegmann seufzte zustimmend. Dann zog er die Ellbogen nach hinten, dehnte sich und stand auf. »Ich habe eben mit ihr telefoniert, sie braucht noch mindestens eine Stunde, bis die Autopsie abgeschlossen ist.«

Sein Freund verzog gequält das Gesicht, doch Wegmann, der nun wieder leitete, wieder einen Fall und eine Soko hatte, auch wenn er sich das alles anders gewünscht hätte, nahm es nicht wahr. »Ich muss die ganze Zeit an diesen kleinen Pisser denken«, murmelte er, während er ans Fenster trat.

Taubring blickte von Besucherstuhl aus zu ihm hinauf. Er musste nicht fragen, wer gemeint war. Fischer. Der die Zusammenhänge erkannt hatte. Oder von jemandem gesteckt bekommen hatte. Ein Problem. Ein riesiges Problem. Beides.

Wegmann öffnete das Fenster und zog Päckchen und Feuerzeug aus seinem Jackett.

»An den kleinen Pisser. Und an ... sie.«

Die Flamme, die emporzuckte, war winzig.

»Ich hab schon viel gesehen, Tim. Und wenn ich nur an den Fall mit dem ›Tier‹ zurückdenke ...« Rauch schoss durch seine Nasenlöcher, verschwand in der Kälte des Nachmittags. »Ich kenne Zerstörung. Ich kenne Raserei. Meinetwegen auch Wahnsinn.«

Taubring blickte zu Boden. Gerd hatte achtzehn Jahre Vorsprung, und Tim wusste, dass sein Freund in diesem Moment nicht mit Erfahrung prahlte. Er litt.

»Aber das ...« Wegmanns Mundwinkel umrandeten sein Kinn wie tiefe Schnitte. »Du bist der Empathische von uns beiden. Und auch wenn du abartig gut gelaunt warst ... Was hast du empfunden, als du sie ...« Er räusperte sich. »Als du die Verletzungen gesehen hast?«

Der junge Ermittler fuhr mit beiden Händen an seinen Schläfen entlang. »Sollten wir nicht lieber warten, bis der Obduktionsbericht hier ist?«

»Was hast du gedacht, Tim?«

Taubrings Finger blieben an seinen Schläfen. »Soll ich es wirklich sagen?«

»Ja.«

»Vandalismus.«

Etwas in Wegmann zog sich zusammen.

»Ich bin mir nicht sicher. Von den Eileitern ist ja leider nicht mehr allzu viel zu erkennen.«

Dr. Blumberg hob den Kopf. Die Vergrößerungsbrille mit all ihrer Feinmechanik ließ sie wie ein Geschöpf aus dem feuchten Traum eines Star-Trek-Fans wirken.

»Winter, Ihre Meinung?«

Mittlerweile gab es nur noch einen Tisch, eine Leiche und vier Mediziner, die grübelnd um sie herum standen. Alles andere konnte warten.

Mark Winter griff nach der Lupe. »Ich mach's klassisch, wenn das für Sie klar geht?«

»Wir können von Glück sagen, dass du kurzsichtig bist, was?« Susanne lächelte schief.

»Keine Scherze, bitte.« Rebeccas Gesicht wirkte wächsern unter den Okularen. Das hier war ... anders. Erforderte mehr Respekt als sonst.

Winter beugte sich über den Unterleib, der nur mit wenigen, dezenten Schnitten hatte geöffnet werden müssen. Fast alles lag frei, wenn auch als blutiges Gemisch.

»Könnte eine Verödung sein, da haben Sie recht«, murmelte er.

Susanne Lonskis Mimik war frei von Humor. »Wie alt schätzen wir sie? Ende zwanzig?«

»Eher Mitte«, sagte Winter.

»Das ist Wahnsinn.« Susanne schüttelte den Kopf.

»Darf ich ...?« Nico Barthel glotzte auf das Skalpell in Rebeccas Hand. Dann sah er die Leiterin der Rechtsmedizin an.

»Natürlich. Sagen Sie, was Sie denken.« Hinter den dicken Gläsern waren ihre Augen pures Eis.

»Wenn sie ... etwa in meinem Alter war, warum hat sie sich dann sterilisieren lassen? Das ist nicht nur statistisch gesehen extrem unwahrscheinlich. Das ist so gut wie endgültig. Und ich wüsste nicht, ob ich jetzt schon ...« Er verstummte.

Sie dachten alle weiter.

An den Einstich auf dem Handrücken, die Reste des Klebers, der die Butterfly fixiert hatte. An die Einstiche zwischen den Zehen, in der linken Achsel, sie musste Rechtshänderin gewesen sein. Gut verborgene Spuren. In ihrem Muster bestens bekannt.

»Ich glaube, wir wissen alle, was das Labor bestätigen wird.« Dr. Blumberg nahm die Brille ab.

»Eine Fixerin.« Susanne schüttelte den Kopf. »Die sollten nicht so aussehen.«

»Wie sehen Fixer für dich aus?« Winters Blick war kalt.

»Nicht so, Mark.«

»Du musst noch viel lernen.« Ihr Kollege legte den Kopf zur Seite. »Nur schlechtes Heroin ist schlechtes Heroin. Der gute Stoff kann mehr. Und muss dich nicht zu einem Wrack machen. Nicht, solange du dich nur ansatzweise kontrollieren kannst und Geld hast. Wenn das ausgeht ... Tja.«

»Soll ich jetzt etwa annehmen, dass du drückst?«

Winter lachte hart auf. »Ganz bestimmt nicht. Eine Valium und eine Hallo-wach dann und wann reichen mir.«

Rebecca schwieg. Dachte an Kokain. An ihren toten Mann.

Nico Barthel lächelte schüchtern. »Ich kiffe. Und komme mir gerade schäbig vor.« Er fuhr sich durch das blauschwarze Haar.

Drei Blicke wandten sich ihm zu, zwei davon waren wieder jung, wurden nach Sekunden der Erinnerung älter, ließen Studienzeit und Freiheit hinter sich und wanderten zurück zu dem toten Leib und den Spuren darauf, die von einem zu kurzen, fatalen Leben erzählten.

Jane Doe, die dritte. Die blonde Perücke ruhte neben ihrem Kopf, den kurze, rehbraune Haare bedeckten.

Das Sperma hatte sich während der Tat in ihrem gesamten Unterleib verteilt. Scheide, Gebärmutterhals und -körper waren zerrissen, gingen in Muskeln und Sehnen und Fett über und versprengten Spuren wie nach einer Explosion.

»Wie viele?« Susannes Frage hallte durch den Raum.

Schweigen folgte.

Mark Winter brach es. »Mindestens drei Männer, schätze ich. Warum sollte es diesmal anders sein?«

»Wir werden sehen. Morgen«, sagte Dr. Rebecca Blumberg. Sie hob den Kopf.

»Machen Sie bitte das Radio aus, Nico?«

Es klopfte.

»Ja!«

Hauptkommissar Gerd Wegmann war nicht überrascht, er hatte den Kollegen schon eher erwartet. Das leicht säuerliche Gesicht, das Tim Taubring zog, als der Besucher in den Raum trat, entging ihm ebenfalls nicht.

»Richard«, grüßte er freundlich.

»Gerd.« Hauptkommissar Jacobsen schloss die Tür. Er blickte den jungen Ermittler auf dem Besucherstuhl nicht länger als nötig an. »Tim.«

»Richard.«

»Da sind wir also.« Jacobsen stemmte die Fäuste in die Hüften. »Mein erschlagener Unterweltkiller und deine toten Frauen.«

»Das hört sich an wie aus einem Groschenroman.«

»Jap, tut es.«

»Die Fälle wurden also zusammengelegt?«

»Vor knapp einer halben Stunde.«

»Das ist schnell.«

»Auffällig schnell.«

»Wahlkampf?«

»Wahlkampf.«

»Wer leitet?«

»Tja.«

»Sag nicht tja, Richard.«

»Nach der letzten Nummer weiß ich, dass du die besseren Nerven hast.«

Wegmann grunzte abfällig.

Entschuldigend breitete Jacobsen die Hände aus. »Sieh's positiv, Gerd. Du hast jetzt das große Besteck.«

Und das werde ich brauchen, dachte Wegmann.

Das ganz große Besteck.

Es fühlte sich wie eine Bedrohung an.

»Du bist allein?«

»Wie du siehst.«

Rebecca Blumberg betrat das Büro, schloss die Tür und rümpfte die Nase. Auf dem Parkplatz vor dem Fenster gingen nach und nach die Lichter an. »Was riecht hier so?«

»Etwas zu essen, das du nicht essen willst.« Wegmann wies mit dem Finger auf die Papiertüte der Metzgerei, die auf dem Aktenschrank thronte. »Tim hat seine Feeder-Ambitionen entdeckt.«

Sie lachte. Dann hob sie die braune Mappe an, die sie in der Hand hielt. »Tut mir leid. Schneller war es nicht zu machen.«

»Wenn es länger dauert, dauert es eben länger.« Schatten lagen unter seinen Augen, er schob die Protokolle, die vor ihm lagen, zur Seite.

»Du bist müde«, stellte Dr. Blumberg fest.

»Du nicht?«

Sie kam näher, ließ achtlos den Bericht auf den Schreibtisch fallen. »Ich parke direkt vor der Tür, Gerd. Lass uns nachher gemeinsam rausgehen, Arm in Arm, und alle dumm glotzen. Sie zerreißen sich ja sowieso immer noch das Maul.«

Na dann warte mal auf die Presse von morgen …

Er versuchte zu lächeln.

Geschmeidig lehnte sie sich neben ihm an die Tischkante, beugte sich zu ihm hinab, legte die Hand an seine Wange, strich sanft daran entlang.

»Wir haben Gäste heute Abend.«

»Rebecca, muss das denn wirklich –«

Ihr Zeigefinger verschloss seine Lippen.

»Glaub mir, das ist genau das Richtige. Du brauchst Ablenkung. Und was Gutes in den Magen. Von einem guten Lieferdienst.« Sie grinste. »Ich werd den Teufel tun und heute noch irgendein Stück rohes Fleisch selbst zerschneiden.«

Bilder schossen durch ihren Kopf, das Grinsen verschwand augenblicklich. Sie richtete sich auf, streckte sich über den Schreibtisch und zog den Autopsiebericht zu sich.

»Zwei Details, Gerd. Nicht gut. Willst du sie hören?«

»Werden sie mir den Tag endgültig versauen?«

»Eins davon mit Sicherheit.«

Er stützte die Ellbogen auf dem Tisch ab und bedeckte sein Gesicht mit beiden Händen.

»Mach«, brummte er.

»Ihre Achsel«, sagte Dr. Rebecca Blumberg.

Langsam hob er den Kopf, sah, wie sie ein Foto aus der Mappe zog, es ausrichtete und ihm entgegenschob.

Der zur Seite gestreckte tote Arm wirkte elegant, fast wie die Momentaufnahme einer Choreografie.

»Hier.« Sie hätte nicht darauf tippen müssen. Das Detail schrie ihn förmlich an.

Der kleine Schnitt. Das Markenzeichen, das schon bei der zweiten toten Frau nicht von dem Mann hinterlassen worden war, den es eigentlich auszeichnete. Es war eine verdammte, gefälschte Unterschrift! Und nun, da Jegor tot war ... war es nichts anderes als blanker Hohn. In Wegmanns Ohren rauschte das Blut, die Ecken seines Sichtfelds wurden dunkel.

Rebecca sagte nichts, wartete.

Er presste die Kiefer zusammen, bis es schmerzte, rollte den Kopf zur Seite. Ein Halswirbel knackte.

»Was noch?«, quetschte er hervor.

Immer noch schweigend griff die Leiterin der Rechtsmedizin in die Mappe und zog ein anderes Foto heraus.

Wegmanns Augen weiteten sich, als er erkannte, was darauf zu sehen war: Der schwarze Jeton. Von Vaginalsekret und Blut befreit. Ein filigran geschwungener, luxuriöser Schriftzug darauf.

L'Âge d'Or.

Er atmete in tiefen, schnellen Zügen ein und aus.

Das, worauf er seit Jahren wartete, lag vor ihm!

Als er Dr. Blumberg in die Augen sah, zog etwas beinahe Orgastisches über seine Züge. Sein Puls raste.

»Ist dir bewusst, was du mir hier gerade zeigst, Rebecca?«

Sie runzelte die Stirn. »Das L'Âge d'Or ist ein ziemlich edles Casino, mehr weiß ich nicht, ich war nie dort und –«

»Es ist weit mehr als ein Casino! Es ist Laster! Alles, was du willst!«

Hauptkommissar Gerd Wegmann legte beide Hände flach auf das Foto, ließ nur die Mitte frei. Goldfarbene Lettern auf hochglänzendem Schwarz.

»Das ist Nikolaj Dubrovs Top-Club.«

Es war weit nach zweiundzwanzig Uhr.

Der Parkplatz gehörte zu einem Getränkemarkt. Vereinsamt, ein wenig heruntergekommen. Von Buchen umrahmt, die das Licht der Straße abschirmten und die beschlagenen Scheiben des Audi Quattros in Schatten hüllten.

Der Beifahrersitz war so weit es ging nach hinten geklappt, das Schloss des Sicherheitsgurts hatte sich irgendwann unter ihre rechte Hüfte verirrt, versank immer wieder in ihrem Fleisch. Der Rock hing um ihre Taille, der Slip an ihrem linken Unterschenkel. Keine Jeans. In bestimmten Momenten waren keine Jeans Gold wert.

Gabriele Duhn schloss die Augen. Genoss ihn in sich, seine Bewegungen, seine leisen Laute. So anders. So viel zarter.

Als er kam, sah sie aus dem Fenster. Die blanken Buchenkronen bewegten sich sanft. Die Standheizung brummte.

So viel zarter.

»Warte, ich ...« Ungelenk zog er sich aus ihr zurück, die Hand am Rand des Kondoms. Sie hatte ihm ihre Nummer gegeben, weil er ... zart war. Eine zarte Stimme, die sie nicht in einer Bar wie dieser erwartet hatte. Und weil drei Jacky Cola gereicht hatten. Mit einem Anruf hatte sie nicht gerechnet.

Er rutschte über den Schaltknüppel zurück auf den Fahrersitz, streifte den Gummi ab und verknotete ihn. Die Hose spannte um seine Knie.

»Das war schön.« Er lächelte sie an. »Nicht komfortabel, ich weiß. Aber schön.«

Sie drehte sich ihm zu, bedeckte sich nicht.

»Du bist verheiratet«, sagte sie leise, einer Ahnung folgend.

Er antwortete nicht, sah sie nur an.

»Ich fand's schön«, sagte er.

»Ich auch.« Sie umfasste sein Gesicht mit beiden Händen, schloss die Augen und küsste ihn.

Zur selben Zeit zog Tim Taubring am anderen Ende der Stadt beruhigt die Tür des Kinderzimmers hinter sich zu und ging nur mit einer Pyjamahose bekleidet ins Schlafzimmer zurück, während Flavio Garcia den Kopf in den Schoß der alten Frau legte, zuließ, dass ihre rauen Händen das Haar aus seiner Stirn strichen, und schwieg, so wie sie es vorzog zu schweigen.

»Wenn du einschläfst, schläfst du ein, Hübscher.«

Keine Fragen. Keine Vergangenheit. Nur der Moment.

»Die Heizung funktioniert. Wir werden nicht frieren. Auch wenn es die ganze Nacht dauert.«

Er schloss die Augen, ließ los.

Atmete.

Schlief ein.

»*Therapy*. Ich habe einen verfickt komplexen Serienmord und ich habe *Therapy* gespielt. Mit einem Psychologen, einer Hochbegabten und einer Rechtsmedizinerin.« Wegmann stellte die vier Weingläser im Spülbecken ab.

»Und hat es dir geschadet?«

»Kann ich erst morgen beurteilen.« Der linke Teil seiner Oberlippe zog sich skeptisch nach oben.

Rebecca öffnete den Geschirrspüler und deutete hinein. »Gerd?«

»Hm?«

»Die Gläser. Da rein!«

Er drehte sich zu ihr um, stemmte die Hände in die Hüften. »Kann es sein, dass du versuchst, mich zu erziehen?«

Sie lachte. »Verdammt, ich muss subtiler werden.«

Schmunzelnd trat er auf sie zu und schloss sie in die Arme.

»Du hattest recht«, sagte er, während er mit der Nase über ihr Haar strich. Sie roch nach Amber und sein Hemd stand offen, seit der Besuch das Apartment verlassen hatte. »Die Ablenkung hat gut getan.«

»Wenn man ausklammert, dass Leon und du etwa eine Stunde lang über Sex mit betäubten Personen geredet habt – ja, es hat gut getan. Ich glaube, Judith hat sich ein bisschen in dich verknallt.« Sanft glitten ihre Hände über seine Brust, seine Seiten entlang, hin zu seinem Rücken.

»Ich weiß nicht ... Ich hatte eher den Eindruck, dass sie sich ein bisschen in dich verknallt hat.«

»Gerd, ich habe Augen. Ich kann sehen.«

»Ich auch. Manchmal jedenfalls. Und eine Frau wie sie, Herrgott, Rebecca! Sie macht mir Angst. Ich trau mich nicht mal, was zu sagen, seit ich es weiß. Ich ... was soll jetzt bitte schön dieses Grinsen?«

»Intelligenz schreckt dich also ab?« Rebecca drehte sich aus seiner Umarmung, griff nach den benutzten Tellern und begann, sie in die Spülmaschine einzuräumen.

»Arroganz schreckt mich jedenfalls nicht ab, meine Liebe.« Er trat hinter sie.

»Gerd, ich will jetzt nicht ...«

Er umfasste ihre Hüften.

»Sicher?«

Sie platzierte das letzte Stück Geschirr in der dafür vorgesehenen Halterung. Spürte ihn und sein Verlangen, das sich passgenau zwischen ihr Gesäß drückte. Kurz schloss sie die Augen, dann richtete sie sich auf und drehte sich zu ihm um.

»Ja. Sicher.«

Er legte den Kopf zur Seite. Schwieg.

»Ich will einfach nur schlafen.«

»Gut«, sagte er. »Dann lass uns zu Bett gehen. Aufräumen können wir morgen.«

Er verließ die Küche.

Dr. Rebecca Blumberg verfolgte seinen Abgang. Das locker herunterhängende Hemd, die keiner Mode unterworfene Hose, die blanken Füße.

Ich bin noch nicht fertig mit dir.

Nikolaj Dubrov stellte das nach oben hin leicht zulaufende Glas auf dem Schreibtisch ab und faltete die Hände. Im Büro war es kalt, er hatte die Temperatur der Klimaanlage heruntergedreht. Maßschneiderei forderte nun einmal Opfer. Und unter diesen Umständen erhärtete Nippel waren etwas völlig anderes.

»Was soll das heißen?«

Seine Stimme war frei von Akzent. War es immer gewesen. Perestroika, vorausschauende Eltern, die nur das Beste gewollt hatten. Nur das Beste, kein Akzent. Er starrte die Frau, die vor dem Tisch stand, an und ließ den Blick bewusst langsam nach unten gleiten. Ließ sie spüren, dass er ihre Schwäche sah. Sie würde Scheiße fressen. Nur für ihn.

»Der Auftrag ist geplatzt.« Alena kniff die Kiefer zusammen. Sie trug ein duales Schulterholster heute, zwei SIG Sauer darin. Zwei Kampfmesser an den Unterschenkeln, Tanto und Dolch, Solingen. Im Westend hatten Rocker randaliert. Ein Streifschuss, Druckverband. Viel mehr war nicht nötig gewesen. Einsicht, Reue. »*Ein Missverständnis, alles nur ein Missverständnis!*« Dem bulligen Kerl die Finger zu brechen hatte ihren Abend versüßt. Und dann ... das.

»Wir sind in ihre Wohnung rein. Sie war nicht da. Der Kunde hat den Ersatz nicht akzeptiert«, berichtete sie und verfluchte ihre Brustwarzen.

Dubrov griff nach dem Glas. Trank.

Er stand auf, ging zur Fensterfront. Die Stadt pulsierte.

»Nicht akzeptiert«, sagte er leise.

Dann holte er aus und schmetterte das Glas an die Scheibe. Es zerbarst in einem kristallenen Regen. Schlieren besten Lowland-Whiskys glitten am Fenster hinab.

»WO IST SIE?«

23

Für einen kurzen Moment wusste Gerd Wegmann nicht, wo er war.

Keuchend richtete er sich auf, und der Traum entzog sich ihm augenblicklich, ließ nur ein dumpfes Dröhnen an den Schläfen zurück. Etwas stimmte nicht. Etwas ... Er hatte etwas übersehen. Er rieb sich über das linke Auge und verzog den Mund. Sein Hirn schrie nach einer Aspirin.

»Guten Morgen«, murmelte er, obwohl sich der Morgen alles andere als gut anfühlte.

Als er keine Antwort erhielt, blickte er nach rechts. Zurückgeschlagene Decken, keine Frau neben ihm, aber Duft nach Kaffee, der vom Flur her ins Schlafzimmer drang.

Mit einem erleichterten Seufzen ließ er sich nach hinten fallen, breitete die Arme aus, genoss die frische Bettwäsche, die Rebecca gestern noch aufgezogen hatte, bevor Leon und

Judith eingetroffen waren. Die Erinnerung an ihren Leib an seinem, als die beiden gegangen waren. Nur Nähe. Kein Sex. Er schloss die Augen. Es wurde immer klarer.

»Wenn du mich noch sehen willst, bevor ich mich ins Institut aufmache, solltest du jetzt aufstehen, Gerd. Duschen kannst du immer noch. Und das solltest du. Du bist total verschwitzt.«

Er lächelte. Ja, es wurde immer klarer.

»Komme.«

So schwer es auch fiel – er rollte zur Seite, setzte sich auf, atmete durch. Der Tag, der vor ihm lag, würde hart werden. Milde formuliert.

Er griff nach seiner Hose.

Als er in die Küche trat, deutete Rebecca auf den dampfenden Pott, der auf dem Tisch stand. »Deiner.« Dann trank sie den letzten Schluck ihres Kaffees.

Wegmann schmunzelte. »Du gibst mir eine Tasse mit einem Schaf darauf?«

»Spotte nicht, das sind Erinnerungen.«

»An wen?«

»Geht dich nichts an.«

Leise lachend nahm Gerd Wegmann am Tisch Platz, hob die Tasse an seine Lippen und blinzelte in Richtung des Fensters. Der Himmel war dunkelblau. Keine Wolken. Kalt und klar. Auf der Fensterbank standen fünf Kakteen, die absolut gleich aussahen. Die Sonne würde bald aufgehen.

»Ich werde die Besprechung im Präsidium für zehn Uhr ansetzen. Ich erwarte, dass du dabei bist. Das ist keine Bitte.«

Er grinste sie an. Sie trug einen Hosenanzug, dunkles Braun. Seine Stirn zog sich in Falten, hatte er sie je in Hosen gesehen? Offiziell, fernab der verbeulten Jogginghose, mit der er inzwischen Bekanntschaft gemacht hatte?

Die Zeichen waren da. Überall.

Immer klarer.

»Sieht gut aus«, sagte er, ergab sich der Wärme, die sich in ihm ausbreitete, als er sie betrachtete, und deutete mit dem abgespreizten kleinen Finger auf ihre Beine.

»Ich bin mehr als meine Beine, Gerd.«

Er verdrehte die Augen. »Okay, ich hab's verstanden. Egal, was ich jetzt sage, du wirst es mir als sexistischen Kack auslegen.«

»Genau. Ich erziehe dich ab jetzt mit harter Hand.«

Ein amüsiertes Schnauben leitete seine Antwort ein. »Na dann versuch das mal.«

Ihre Tasche lag bereits auf der Anrichte. Sie packte sie, wühlte darin herum und brummte ungehalten. Dann öffnete sie eine Schublade und zog ein Päckchen Papiertaschentücher hervor, das sie wohl in ihrer Handtasche vermisst hatte. »Ich habe vorhin schon mit Leon telefoniert«, sagte sie. »Er wird dir eine Zusammenfassung mailen, er hat heute keine Zeit. Check dein Postfach, wenn du im Büro angekommen bist.«

Leicht brüskiert spitzte Wegmann die Lippen. Okay, mach ich, dachte er und verkniff sich einen Kommentar. Stattdessen senkte er den Kopf hin zu seiner Achsel und rümpfte die Nase.

Rebecca ging zum Kühlschrank und entnahm eine Flasche Mineralwasser, die ebenfalls in ihrer Handtasche landete.

»Autoschlüssel«, murmelte sie. Dann verließ sie die Küche.

Wegmann sah wieder zum Fenster. Ein schwarzer Schatten zuckte dicht daran vorbei, zu hektisch für einen Vogel. Beinahe panisch. Ein Lächeln huschte über seinen Mund.

Fledermäuse, er wusste nicht warum, aber er mochte sie. Gerade in der Stadt.

Er nahm einen großen Schluck Kaffee.

Dr. Rebecca Blumberg trat hinter ihn, tippte die Tasse an, die er in Händen hielt. Ihre Stimme war direkt an seinem Ohr. Dunkel und weich.

»Das ist ein Geschenk von Ralf. Als wir anfingen zu daten. Ein Jahr später hat er mir den Antrag gemacht.«

Etwas verkrampfte in Wegmann. Hitze schwappte seinen Nacken empor.

Die Frau hinter ihm verschwand, Absätze klapperten, der Wohnungsschlüssel wurde gedreht. »Und übrigens, ich habe vorgestern Abend mit Prof. Dr. Jungfleisch vom Uni-Klinikum geschlafen. Hier. Bis nachher.«

Die Tür fiel ins Schloss und Hauptkommissar Gerd Wegmann bekam keine Luft mehr.

»Hast du –«

»Ja, hab ich!«

Die Zeitung lag auf seinem Schreibtisch und die Titelseite spuckte ihm ins Gesicht.

»Gerd, es ist vielleicht nicht ganz so schlimm, wie –«

»Tim«, zischte Wegmann. »Halt einfach die Fresse!«

Taubrings Kopf ruckte nach hinten.

Sein Vorgesetzter starrte ihn an, entschuldigte sich nicht. »Ich hab's gesehen. Ich hab's gelesen. Es kotzt mich an. Ich werde gleich eine doppelte Kommission auf Sachstand bringen. Ich hab jetzt keinen Nerv für den Scheiß! Ich will nicht reden, ich brauche keine Aufmunterung, ich brauche kein

Verständnis! Ich brauche fünf Minuten meine Scheißruhe, um mich auf die Scheißbesprechung vorzubereiten, akzeptier das einfach und schieb deinen Arsch aus meinen Büro!«

Taubrings Nasenflügel zogen sich zusammen. »Wie du willst.«

Er ging.

Wegmann schloss die Augen.

Atmete durch.

Konnte nicht verhindern, dass das Foto vor ihm aufblitzte, Titelseite, Aufmacher, Rebecca und er, der Kuss, zärtlich, leicht geöffnete Lippen – es hätte fast das Plakat für einen kitschigen Liebesfilm sein können, wäre da nicht die entsetzlich zugerichtete Frauenleiche im Hintergrund ...

Rebecca und er.

Und er.

Er.

»Aber Sie wissen ja selbst, wie das ist. Wenn sie eine Sitzung mit Prof. Dr. Jungfleisch hat, kann es immer etwas länger werden.«

Wieder hallte Mark Winters Stimme durch Wegmanns Schädel. Und dieser Name, dieser Name, der ihn, seit er ihr Apartment verlassen hatte, nicht losließ. Jungfleisch, scheiß auf die Titel! Erst auf der Fahrt zum Präsidium hatte er sich an Winters Worte erinnert, die zu einem zweiten Tritt zwischen seine Beine wurden, nachdem Rebecca ihm den ersten beschert hatte. Während er eine Kaffeetasse mit einem beschissenen Schaf darauf in der Hand hielt. Einem beschissenen Schaf!

Er öffnete die Lider.

Rieb sich über Schläfen, Wangen, Kinn.

Griff nach seinen Zigaretten.

Jungfleisch.

Sie hatte das Bett frisch bezogen. Sich an ihn geschmiegt in der vergangenen Nacht. Ihre Scham war glatt rasiert gewesen. Wie nie zuvor.

Er sah zur Wand. Drei Fotos. Zerschossener Kopf, zerfetzte Kehle, aufgerissener Unterleib. Alles zerstört. Die leicht geöffneten Münder und die unausgesprochene Bitte darin.

Sein Blick wurde schwer.

Er hatte einen Job zu erledigen.

Wenn nicht für sich selbst, dann für die drei toten Frauen.

Zehn Uhr. Sie war nicht da. Auch gut, und wenn schon.

Gerd Wegmann war kalt geworden. Ein kühler, scharfer Wind, gebündelt dank des Entschlusses, den er in seinem Büro gefasst hatte.

»Tja«, sagte er.

Sein Blick wanderte über die im Besprechungszimmer versammelten Menschen. Das große Besteck. Fast vierzig Ermittlerinnen und Ermittler, die alle benötigten Bereiche abdeckten. Und die Staatsanwaltschaft.

Das verdammte, große Besteck.

»Ich will ehrlich zu euch sein. Ich hab nicht damit gerechnet, dass ich so schnell zu meinem Fall zurückkehren würde.« Er lächelte halb. »Als Richard gestern in mein Büro kam, hat er es gut zusammengefasst: ›Mein toter Unterweltkiller und deine toten Frauen.‹«

Leises Lachen erklang. Wegmann seufzte, als er den Tisch und die um einiges umfangreicher gewordene Ermittlungsakte betrachtete. Er strich mit dem Finger über den Ordner.

»Aber genau das ist es, so schäbig es sich auch anhört: Richards toter Killer und meine toten Frauen. Es gehört alles zusammen.«

Er sah zur Seite.

»Eigentlich bin ich davon ausgegangen, dass Dr. Blumberg heute morgen anwesend sein würde, um diejenigen, die aus Richards Team kommen und nicht viel über die Frauenmorde wissen, zu informieren und uns allen die Ergebnisse der Autopsie der dritten Leiche vorzustellen ... Aber, nun ja, sie hat wohl etwas Besseres vor.«

Flavio Garcia, der am Fenster lehnte, warf Tim Taubring einen fragenden Blick zu. Der zuckte nur die Schultern.

»Falls jemand noch aufs Klo muss ...« Wegmann blickte umher. »In fünf Minuten fange ich an. Also macht gefälligst schnell.«

Der Griff um seinen rechten Arm war unerwartet fest.

»Sekunde, Wegmann.«

Der Hauptkommissar drehte sich um.

Kolleginnen und Kollegen zogen an ihm vorbei, mit Aufgaben betraut, konzentriert, debattierend, abwägend. Stimmengewirr füllte den Flur.

Er musterte Barbara Stolkembachs Hand, die seinen Bizeps umklammerte, und spannte den Muskel nur aus einem Reflex heraus an.

»Nett«, säuselte sie, als sie das Pumpen spürte.

»Barbara«, raunte er. »Bitte, nicht jetzt.«

Die Staatsanwältin legte den Kopf zur Seite.

»Dubrov also.«

»Ja. Dubrov.«

»Das ist groß, Wegmann.«

»Ich weiß.«

Sie blickte nach unten, den Bruchteil einer Sekunde nur. Dann sah sie ihm direkt in die Augen.

»Was immer Sie brauchen.«

Er hob die Brauen. Sagte nichts.

»Der Jeton in der Scheide der dritten Toten ...« Ihr Mund verzog sich.

»Ja?«

»Ist schon ein bisschen billig.«

»Billig?«

»Kommen Sie! Das ist ein derart plump positionierter Hinweis! Ein Neonschild wäre weniger auffällig gewesen.«

Wegmann grinste kalt. Sie hielt immer noch seinen Oberarm umklammert.

»Barbara ...«

»Ja?«

»Das ist mir ebenso scheißegal, wie es Ihnen scheißegal ist ...«, setzte er an.

Sie lächelte.

»... wenn es uns einen Grund liefert«, vollendete sie seinen Satz.

»Wenn es uns einen Grund liefert.«

Sie sahen sich an.

»Ich stehe hinter Ihnen.« Ihre Finger glitten von seinem Arm. »Bringen Sie mir nur im Ansatz genügend Beweise und dann ...«

Der Zug um seinen Mund war grimmig. »Reißen wir Dubrov den Arsch auf?«

»Mit Vergnügen«, sagte Barbara Stolkembach. »Und zwar sehr weit.«

Oberkommissar Tajan Davidovic lehnte im Flur vor Wegmanns Büro an der Wand und tippte auf seinem Handy herum.

»Dein Kernteam ist schon drin, Gerd«, sagte er ohne aufzusehen.

»Tajan, was gibt's?«

Der kleine Beamte steckte das Mobiltelefon in die Hosentasche. Jeans. Überall Jeans. Hemd, Hose, Jacke. Wie immer. Der Anblick tat gut. Wegmann lächelte.

Sein Gegenüber lächelte nicht. »Ich hab gehört, wie du eben mit der Stolkembach gesprochen hast.«

»Aha.«

Davidovic schüttelte den Kopf. »Es tut mir leid, dass ich diesmal nicht in deiner Soko sein kann, aber ich ... Du weißt, an wem ich gerade dran bin, und das hat garantiert nichts mit deinem Fall zu tun.« Er hob die rechte Braue. »Beziehungsweise deinen Fällen«, schob er hinterher. »Außerdem ... werde ich zum BKA wechseln.«

Wegmann runzelte die Stirn. Davidovic war eigentlich kein Mann, der um den heißen Brei herumredete.

»Was willst du mir sagen, Tajan?«

Der Oberkommissar kniff die Lippen zusammen. »Du hast mich auf Jegor angesetzt, ich sollte herausfinden, wo er steckt. Vor ein paar Tagen.«

Wegmann legte den Kopf zur Seite. »Ja, habe ich«, sagte er langsam.

»Die Szene ist nervös, Gerd.«

Davidovics Blick rutschte nach unten, flog über strapazierfähigen Bodenbelag, Fußspitzen in Turnschuhen und schwarzem Leder. Dann sah er auf.

»Da stimmt was ganz und gar nicht. Ich war letzte Nacht wieder unterwegs. Dubrov sucht jemanden, ich weiß nicht, wen, ich weiß nicht, wieso. Die Einzige, die ich dazu gekriegt hab, was auszuspucken, ist eine Crackhure, die so fertig ist, dass sie kaum noch stehen kann und normalerweise nur Scheiße labert.« Seine Brauen zogen sich zusammen. »Irgendwer hat Dubrov in die Suppe gespuckt.« Er lachte humorlos auf. »Wobei ... Wenn ich an ihr Gesicht denke, als sie's mir gesteckt hat ... Da hat jemand Dubrov wohl eher in die Suppe gewichst.«

Wegmann schwieg. Dachte an den schwarzen Jeton. Das Blut, das Sekret. Die goldene Schrift. Barbara Stolkembachs Worte, vor nicht einmal einer Viertelstunde.

»Ein Neonschild wäre weniger auffällig gewesen.«

Tajan Davidovics Blick verankerte sich in seinem.

»Ich weiß nicht, wann wir uns wiedersehen werden, Gerd.«

Zwei Sekunden. Fünf. Nicht ein einziges Wort.

Dann atmete Davidovic langsam aus.

»Was auch immer du vorhast ... Pass auf dich auf, ja?«

Er klopfte Wegmann auf den Arm, drehte sich um und ging.

Flavio Garcia steckte sich das dritte Fisherman's für diesen Vormittag in den Mund und tippte auf die Fotos der Überwachungskamera. Er trug die Kleidung vom Vortag und roch nach abgestandenem Rauch.

»Das ist nicht gut. Und es passt zu dem, was du gerade gesagt hast, Gerd. Irgendwie ...«

Gabriele Duhn musterte ihren Kollegen. »Nicht zuhause geschlafen, hm?«

»Nicht zuhause geschlafen, korrekt.« Garcia ließ nicht nicht beirren. »Nicht gut«, wiederholte er. »Drei Leute im Wagen.«

»Und das verfluchte Nummernschild ist nun mal nicht zu erkennen!« Tim Taubring zog zischend die Luft ein. »Das wissen wir bereits. Gerd hat es eben bei der Besprechung ausführlich dargelegt. Was bringt uns das jetzt? Jegors Leiche wurde an dem toten Flussarm aus einer Limousine gestoßen. Die Kamera, die an der Zufahrt zu diesem Lagerhaus installiert ist, zeigt nur die Umrisse von den Insassen. Drei, als sie auf das Gelände gefahren sind. Zwei auf dem Weg raus. Ohne Jegor, der dann schon zerschlagen und eingeschissen am Kai hing. Mit viel Fantasie kannst du Geschlechter hinein-interpretieren, aber ich sehe da nur zwei Köpfe mit kurzen Haaren. Eine Person am Steuer, eine auf der Rückbank. Das ist ... sorry, das ist einfach Dreck! Nicht verwertbarer Dreck. Jeder Rechtsanwalt, dem du das zeigst, fasst dir an den Sack, drückt zu und lächelt dich an.«

»Das stimmt schon.« Wegmann stand auf und zog die Hose ein Stück nach oben. Es wurde wirklich Zeit, dass er seine Garderobe überdachte.

»Aber die Tatsache, dass zwei Personen Jegors Leiche zum Hafen gekarrt haben, und das in einem fetten Benz, sagt uns auch, dass hier oberste Liga gespielt wurde: Keine Angst, aufzufliegen. Maßlose Arroganz. Und einen Einzeltäter kön-nen wir ebenfalls ausschließen.« Ein saurer Ausdruck umgab seinen Mund. »Die de Vries ist sowieso raus. Ja, ich weiß, dass ich das vorhin schon in großer Runde erläutert habe. Mei-nungen dazu?«

Garcia schnaubte. »Ist sie wirklich raus, Gerd? Ich glaube nicht! Und –«

»Zumindest im Fall Jegor«, unterbrach sein Vorgesetzter ihn. »Die Ergebnisse des DNA-Abgleichs liegen vor. Das Haar, das sich in Jegors Wunde unter dem Auge befand, stammt nicht von ihr, sondern von einer anderen Frau. Und es ist auch nicht der Grund, weshalb ich sie für morgen einbestellt hab.«

»Du willst sie wieder selbst vernehmen?« Taubring verzog das Gesicht. »Denkst du nicht, dass du nach deiner letzten Aktion vielleicht besser Gabriele ranlassen solltest?«

Wegmanns Blick war kalt. »Oh nein, Tim. Das mache ich selbst.«

Gabriele runzelte die Stirn. »Was ist eigentlich mit dem Stalker?«

»Dem Typen, der in der Wohnung von Opfer 1 überall seinen Schwanz ausgepackt und bearbeitet hat?« Taubring nahm langsam Fahrt auf.

»Tim!«

»Was denn? Ist doch so! Ich erinnere dich wirklich nicht gern daran, Gabriele, aber in der Wohnung ist dir der Kreislauf weggesackt.«

»Willst du mich jetzt als schwaches Weibchen hinstellen, oder was?«

An ihrer Schläfe schwoll eine Ader an.

»Das will er sicher nicht«, entgegnete Wegmann. »Und was diesen durchgeknallten Wichser Jansen betrifft: Der ist jetzt ein Stalker mit Problemen. Er hat vier Anklagepunkte am Hals. Hausfriedensbruch, Nachstellung, Diebstahl und … Sachbeschädigung.« Er grinste schief. »Diese Art Humor hätte ich Barbara gar nicht zugetraut.«

Garcias Brauen hoben sich. »Äh ... Barbara? Hab ich da was nicht mitgekriegt, Gerd?«

Der Hauptkommissar winkte ab. »Unwichtig.«

Er umrundete den Tisch, zupfte wieder an seinem Hosenbund herum und ging zur Wand, die fast vollständig von Fotos, Berichten und Notizen bedeckt war. Sein Blick schwamm über Gesichter, Skizzen und landete schließlich auf einer Nahaufnahme, die seit heute morgen das Mosaik aus Details ergänzte. Gespreizte Schenkel, dazwischen die zerrissenen Reste all dessen, wonach sich Männer seit Anbeginn der Zeit sehnten. Männer. Und Frauen. Susa de Vries' Gesicht tauchte vor seinem inneren Auge auf. Ihre Tränen waren echt gewesen. Ebenso echt wie ihr Besuch im Bordell, der von der Hure, die nach Flieder schmeckte, bestätigt worden war. Tränen. Sex. Ein Haufen Lügen. Und eine Tasse mit einem aufgedruckten Schaf ... Die Falten um seinen Mund wurden zu Gräben.

»Ich werde mit Thorsten Fischer reden«, sagte er leise.

»Was?«, entgegnete Taubring empört. »Du willst diesem kleinen Stück Scheiße Aufmerksamkeit geben? Nach dem, was heute in der Zeitung steht? Nach allem, was er über dich geschrieben hat? Und über Rebecca?«

»Ich muss, Tim.«

Wegmann atmete tief durch. Dann wandte er sich um.

»Was ich eben in der Besprechung nicht erwähnt habe ...« Er schaute erst Flavio, dann Gabriele an. »Fischer weiß, dass die Frauenmorde zusammenhängen.«

Ungläubig öffnete Garcia den Mund. »Was? Woher? In seinem Artikel hat davon nichts gestanden!«

Wegmann lachte abgehackt. »Ich bin mir sicher, dass er sich diesen Knaller für die Wochenendausgabe aufhebt.«

»Aber woher ... Woher weiß er das?«

Taubring sprang auf. »Weil wir einen gottverdammten Maulwurf in der Abteilung haben!«

»Das ist nur die halbe Wahrheit«, sagte sein Vorgesetzter ruhig, betrachtete die Innenflächen seiner Hände, wischte Asche vom Zeigefinger. »Wir haben einen Maulwurf. Aber ...« Als er aufsah, blickten ihn drei Gesichter an. Wut, Fassungslosigkeit, Sorge. Tim, Flavio, Gabriele. »Ich vertraue euch. Sonst gerade kaum jemandem. Nicht mal mir selbst.«

Oder ihr.

Seine Miene wurde bitter.

»Ja, wir haben einen Maulwurf. Und ich hab nicht mal den Hauch einer Idee, wer es sein könnte.«

Er schaute nach rechts. Taubring stand nur einen Meter entfernt und starrte zur Decke. Der Schnurrbart zuckte um sein Kinn.

»Aber, und das ist essenziell, Tim.« Gerd Wegmann wusste nicht, warum, aber er wollte, dass der junge Ermittler ihn ansah, brauchte den Augenkontakt, jetzt, in diesem Moment. Taubring schien das Bedürfnis zu spüren, senkte den Kopf, fand Wegmanns Blick. Seine Iris war dunkelblau, wie immer, wenn Zorn in ihm wütete.

»Unser Maulwurf, Tim, hätte nur weitergeben können, dass die Frauen vor der Tat Geschlechtsverkehr hatten und zuvor betäubt wurden. Und das hat er mit Sicherheit, sonst wüsste Fischer nicht, dass die Taten zusammenhängen.«

»So weit können wir dir folgen«, knurrte Taubring. »Bitte erspar uns deinen üblichen kryptischen Scheiß.«

»Was unser Maulwurf nicht wusste, weil er es nicht wissen konnte, wir wussten es schließlich selbst nicht«, Wegmanns

Oberlippe hob sich angewidert, »ist die Identität des zweiten Opfers. Sabine Meier. Wir wussten nicht mal ansatzweise, wer sie ist. Und Fischer«, er lachte trocken auf, »Fischer macht einen Artikel daraus, plärrt ihren Namen in die Welt und stellt mich vor der ganzen Stadt an die Wand.«

Schweigen füllte den Raum, blies sich innerhalb von Sekundenbruchteilen zu einem unerträglichen Druck auf.

»Fuck«, flüsterte Garcia.

»Ja, genau. Fuck. Es ist nicht nur unser Maulwurf. Fischer muss eine zweite Quelle haben. Und um nur die geht es mir.«

Wegmann schritt zu seinem Sessel, griff nach dem Mantel, der über der Lehne hing. »Ich fahre zur Redaktion des Express. Jetzt. Und wenn ich Fischer dort nicht vorfinde, werde ich ihn suchen.« Er rückte das Holster zurecht und schloss sein Jackett, bevor er in den Mantel schlüpfte.

»Ich werde ihm meine Eier auf einem Silbertablett präsentieren.« Er blickte nach links. »Und ich will, dass du mich dabei begleitest.«

Gabriele nickte.

»Willst du was essen gehen?« Tim sah auf den Parkplatz herunter.

»Willst du eine ehrliche Antwort?«

»Ja.«

»Nein.«

Taubring lachte und verschränkte die Arme vor der Brust. »Wo warst du letzte Nacht?«

»Bei einer fantastischen Frau.«

»Wo auch sonst.«

Garcia trat neben ihn. Das Fenster stand offen, obwohl sein Kollege die Zigarette längst in den Hof befördert hatte. »Die Kälte«, sagte er.

»Hm?«

»Tut manchmal gut.«

»Ja.«

»Alles Gute nachträglich, Tim.«

»Ja.«

»Ich will ja nichts sagen ...« Mark Winter schielte zur Uhr an der Wand. »Aber hatten Sie nicht um zehn einen Termin im Präsidium?«

»Hatte ich.«

Rebecca durchtrennte den Harnleiter der zweiten Niere. Der Tote war jung. Seine Organe waren alt.

»Nein.«

Thorsten Fischer lächelte.

Hauptkommissar Gerd Wegmann saß am Tisch und starrte den Reporter an. »Drei tote Frauen.«

»Drei gute Storys.« Fischer hob die Schultern.

»Drei tote Frauen! Und Sie sind nicht bereit, mit uns zu kooperieren? Mit Verlaub, das ...« Wegmann spürte, wie sich Gabrieles Hand auf seinen Oberschenkel legte. Er kniff die Lippen zusammen.

»Ich schütze meine Quellen. Im Gegensatz zu Ihnen, Herr Wegmann, nehme ich meinen Job ernst.«

Der schlanke Journalist stand auf, griff nach seinem Handy.

»Trinken Sie Ihren Kaffee aus. Nehmen Sie sich einen Keks. Die Kekse sind wirklich gut. Ich habe zu tun.«

Dann verließ er das Besprechungszimmer.

Stimmengewirr drang vom Redaktionsraum her durch die geöffnete Tür. Drei Telefone klingelten. Ein Mann lachte schrill.

Gabrieles Griff um Gerds Schenkel wurde fest.

»Nicht jetzt«, raunte sie. »Gleich.«

Wegmann schaffte es nicht bis zum Wagen.

Noch in dem engen Gang, der vom Fahrstuhl aus zur Tiefgarage führte, blieb er stehen, presste Lider und Lippen zusammen und boxte blind nach links.

»Scheiße!«, zischte er. Dann schlug er noch einmal zu. Und noch einmal.

Ein roter Streifen zog sich über den strahlend weißen Rauputz. Die Neonröhre an der Decke surrte.

Schweratmend senkte der Hauptkommissar den Kopf.

»Gerd ...«

»Sag nichts, Gabriele. Sag jetzt einfach nichts.«

Ich schütze meine Quellen. Jungfleisch. Meine Quellen. Verdammt, Jungfleisch!

Alles in seinem Verstand schob sich ineinander, wurde ein Handgemenge aus Wut, Hilflosigkeit, Verzweiflung. Die toten Frauen, Fliegen auf ihren Leibern. In ihren Mündern. Rebeccas Stimme. »... *mit ihm geschlafen. Hier.*« Die frischen Laken. Fischers in einem falschen Lächeln erstarrtes Gesicht. »*Nein.*«

Er öffnete die Augen.

Gabriele Duhn sah ihn an. »Wie kann ich dir helfen?«

»Kannst du nicht.« Er glotzte an ihr vorbei.

»Doch«, sagte sie. »Kann ich. Gib mir die Autoschlüssel.«

Dr. Rebecca Blumberg verzog den Mund. Die Ente war zäh, und die Kollegin aus der Inneren hatte schon seit gut zwanzig Minuten kein anderes Thema als Niereninsuffizienz und zudem eine Stimme, die eher in die Sekundärstufe I eines Gymnasiums als an den Tisch des Personalcasinos passte. Aber sie war hübsch. Hatte immens große Titten, guck sie dir nur an. Glotz wie alle, selbst Thomas, oh bitte!

Sie stand auf. »Entschuldigt mich.«

Vor dem flachen Hintereingang angekommen, hob Rebecca den Kopf. Regen nieselte, neckte ihr Gesicht. Irgendwo auf der Hauptstraße ging die Alarmanlage eines Autos los.

Sie schloss die Augen, zog ihr Handy aus der Manteltasche.

»Haben Sie eine Kippe für mich?«

Der Pfleger, der etwas weiter hinter ihr unter dem Vordach stand, zögerte nicht, als sie ihn ansprach. »Klar.«

Eine Tätowierung lief seine Halsschlagader entlang. Der verblassende dunkle Fleck daneben zeugte von einer heißen Nacht. Vor mindestens drei Tagen. Maximal sechs.

Dr. Rebecca Blumberg lächelte halb, steckte das Telefon zurück in die Manteltasche. Dann bedeckte sie seine Hände mit ihren, schützte die Flamme und inhalierte tief.

Das Fenster hatte schon lange keine Scheibe mehr. Wind pfiff durch die großzügige Öffnung, verlor sich im Raum und produzierte einen summenden Ton.

»Es sollte saniert werden. Es war sogar mal ein Club-Areal geplant. Dann Insolvenz. Pleite.« Gabriele Duhn beugte sich nach vorn, öffnete die Papiertüte, die neben ihren Füßen stand, und lugte hinein. »Wir haben noch Banane und Joghurt. Oder Melone mit Stracciatella.«

Wegmann lächelte müde und ließ sich nach hinten fallen. »Entscheide du. Im Moment bin ich eher damit beschäftigt, mir nicht vorzustellen, was auf dieser Couch schon alles passiert ist.«

»Stell es dir ruhig vor.«

»Ha!« Er lachte. »Meine Fantasie ist dreckiger als deine.«

»Sei dir da mal nicht so sicher.« Sie drückte ihm einen kleinen runden Pappbecher in die Hand. »Hier! Banane und Joghurt. Für dich und deine Fantasie.«

Er runzelte die Stirn, sah die Frau, die ihm das Eis reichte, an. Eine Stahlfeder trotzte der Polsterung und bohrte sich in seine rechte Gesäßhälfte. So zerlumpt das Sofa auch war, es roch nicht nach Moder. Wegmanns Blick schweifte umher, glitt über nackte Wände, ein paar leere Bierdosen, Reste eines Teppichs. In der Ecke lag ein Kopfhörer, daneben die gelbe Verpackung eines XXL-Kondoms. Regen prasselte auf die wilde Wiese herunter, die sich vor dem Fenster erstreckte und das verlassene Gelände nach und nach einnahm. Der Hauptkommissar kniff die Lider zusammen. Da war ein Schatten, der durch das Dickicht drang, klein, schlank, braunrot und weiß.

»Ist das ... ein Fuchs?«, flüsterte er und schob sich langsam einen Löffel Eis in den Mund. Sein Holster drückte in seine Achsel.

Gabriele sah auf. »Ja. Kann hier passieren.«

Goldfarbene Augen.

Wegmanns Blick ruhte auf dem Tier. »Ich hab das Bedürfnis, dich zu küssen, und ich weiß, dass es total falsch ist.«

»Ist es«, sagte Gabriele. »Iss dein Eis und stell dir Sachen vor. Dann fahren wir zurück ins Präsidium.«

Der Nachmittag und all seine Analysen, Ergebnisse und Fragen füllten das Büro und ließen den Mann darin kalt.

Hauptkommissar Gerd Wegmann saß an seinem Schreibtisch und starrte auf den Monitor. Starrte auf das Gesicht, das er verkraften konnte. Rundlich, umgeben von braunem Haar, nett irgendwie, ekelhaft nett. Nichtssagend. Warum er? Warum ausgerechnet er? Es war nicht nachvollziehbar und auf unerklärliche Weise gerade deswegen weniger schmerzhaft.

Dr. Hauke Jonson, Chefarzt der Plastischen Chirurgie.

Die Website des Uni-Klinikums präsentierte sich in modernem Design.

Wegmanns Mund verzog sich, als er an die Online-Präsenz der Landespolizei dachte. Verzog sich noch weiter, als er die Maustaste drückte und ein anderes Gesicht auf dem Monitor erschien.

Thomas Jungfleisch. Professor. Doktor.

Eine Pressemitteilung poppte auf. »Das Uni-Klinikum ist stolz, einen überaus renommierten Wissenschaftler in seinen Reihen ...« Wegmanns rechte Hand zuckte, der Cursor fand das X in der oberen rechten Ecke, klickte darauf und das Lob verschwand.

Zurück blieb ein scharfes Antlitz. Dunkles Haar. Ein schiefes Lächeln. Vielleicht Anfang vierzig.

Wegmanns Blick glitt zu seinem Handy. Er atmete tief durch.

Dann nahm er den kleinen Apparat an sich, wählte. Stand auf. Nestelte mit der freien rechten Hand am Verschluss seines Holsters herum.

»Leon! Gut, dass ich dich erwische.«

Ein schneller Blick auf die Uhr. Halb sechs. Vielleicht noch nicht zu spät. »Ja, ich hab deine Mail erhalten ... Ja ... Genau darum geht's.« Er streifte das Ledergeschirr ab. »Eine Bitte: Kannst du morgen im Präsidium vorbeischauen? Ich hab einfach zu viele Fragen.«

Mit einem Tastendruck aktivierte er die Rufumleitung an dem klobigen Telefon, das neben der Schreibtischlampe stand, und lauschte ungeduldig dem Wortschwall des Psychologen.

»Tut mir leid, jetzt hab ich echt keine Zeit und ... Leon ... Leon! Ich muss los. Wirklich!« Ein Griff nach Jackett und Mantel. »Bis morgen!«

Als Hauptkommissar Gerd Wegmann das Licht löschte und die Tür hinter sich zuzog, strahlte der Monitor noch fünf Minuten lang das Gesicht eines renommierten Wissenschaftlers ins Büro. Dann ging der Bildschirmschoner an, und das Logo des Präsidiums ruckelte gemächlich von Ecke zu Ecke.

Keine Garage, das war der einzige Nachteil.

Er würde eine Lösung finden müssen.

Langsam glitt sein Mittelfinger über den grünen Lack. Eigentlich hatte er den Jaguar in schwarz haben wollen, der XJ6 sollte einfach schwarz sein, nicht nur wegen seiner Schwäche für die TV-Serien der Achtziger, die im Fall des *Equalizers* fast schon manisch war. Aber das British Racing Green war nun mal eine Klasse für sich und wirkte im Licht der Straßenlampen noch überheblicher als bei Sonnenschein. Es war bereits seit gut einer Stunde dunkel.

Lächelnd schob er den Schlüssel ins Schloss.

Von Hand absperren ...

Alles von Hand war gut, so gut, wie die komplizierte OP heute Nachmittag verlaufen war. Er vermisste das Operieren. Zweimal die Woche reichte ihm nicht, aber der Ruf des Universitätsklinikums war einfach zu verlockend gewesen. Das weiträumige, hochmodern eingerichtete Apartment, das ihm als zusätzlicher Anreiz zum Stellenantritt geboten worden war, lag citynah, ganz der Logik eines trägen Verwaltungsapparates entsprechend – immerhin war er Single, im besten Alter. Er schmunzelte. Hätten sie ihn mal lieber gefragt, worauf er wirklich Wert legte. Nämlich eine verdammte Garage.

Seine Hand verließ die Kühle des Lacks, er zog den Merino-Kurzmantel fester um sich und machte sich auf den Weg. Wenigstens lag der Parkplatz, den er nach mehreren Runden um den Block gefunden hatte, nicht allzu weit von seinem neuen Zuhause entfernt.

Er spielte mit dem Schlüsselbund in seiner Manteltasche, während er über den Bürgersteig schritt. Dachte an den Rest des Abends. Zu dumm, dass morgen eine große Lehrplanbesprechung für das Sommersemester einberufen war – die Nacht musste also kurz bleiben. Duschen, frisch machen, gegessen hatte er schon heute Mittag, auch wenn die Ente im Personalcasino lausig gewesen war und wie ein Stein in seinem Magen lag. Letztendlich war es nicht sein Magen, den er vorhatte, in den kommenden Stunden zu strapazieren.

Er grinste dreckig.

Dann zog er den Schlüsselbund heraus, suchte den Sicherheitsschlüssel, der die wuchtige Haustür öffnen würde.

Der Griff um seinen Hals war fest, zog seinen Oberkörper nach hinten, er spürte einen Tritt in der rechten Kniekehle, knickte ein, während sein rechter Arm auf den Rücken gehebelt wurde, und das alles ging so schnell, dass er nicht einmal einen überraschten Laut von sich geben konnte, bevor er auch schon bäuchlings auf dem Rasen aufschlug. Die Hand, die seinen Arm fixierte, das Knie, das sein Becken zu Boden drückte. Die Finger an seiner Schulter, die den Nerv quetschten. Nervus radialis. Sterne explodierten hinter seinen Lidern, und er schmeckte Gras.

»Du weißt nicht, wer ich bin.«

Die Stimme war dunkel.

»Aber ich weiß, wer du bist.«

Er schnappte nach Luft. »Ich, hören Sie, ich –«

»Ich höre nicht! Aber du, mein Freund, du hörst auf, die Frauen von anderen Männern zu vögeln, ist das klar?«

»Ich ... Was?«

Ein grober Ruck riss ihn herum, eine Hand bedeckte seine Augen.

»Haben wir uns verstanden?«

Die Hand gab seinen Blick frei, doch er konnte nichts erkennen, blinzelte hektisch, sah einen Schatten, zog die Luft ein. Die Faust donnerte auf sein Auge, und er stöhnte schmerzerfüllt auf.

Die Stimme erklang direkt an seinem Ohr. »Wir haben uns verstanden.«

Dann verschwand das Gewicht des Körpers, gab seine Lungen frei und ließ nichts zurück als einen Hauch Aftershave.

Prof. Dr. Thomas Jungfleisch richtete sich auf, blieb im nassen Gras hocken. Tastete ungläubig sein Jochbein ab.

Nach drei Minuten stand er auf, suchte den Rasen nach dem Schlüsselbund ab, fand ihn und ging zehn Meter zum in sanftem Gelb erleuchteten Eingangsbereich.

Die Abend war mild.

»Ich dachte mir ...«

»Was?«

»Vielleicht möchtest du was trinken gehen. Es ist Freitag. Wochenende. Na ja, nicht wirklich, immerhin müssen wir morgen wieder ran, aber ... Trotzdem ist heute Freitag. Freitagabend. Man sollte an einem Freitagabend nicht zuhause rumhocken und darauf warten, dass es wieder zu regnen anfängt. Und im Fernsehen läuft eh nur Mist und, scheiße, ich weiß nicht, warum ich nicht aufhören kann, vor mich hinzuplappern.«

Sie schwieg. Hörte sein Warten.

Schwieg.

»Möchtest du was trinken gehen?« Seine Stimme war warm. Ein schöner Bariton.

Gabriele Duhn blickte zur Decke und dachte an Füchse.

»Nein, Flavio.«

Es wirkte wie ein Gebet.

Nikolaj Dubrovs Hände waren der Länge nach aneinandergeschmiegt, berührten seine Lippen. Seine Lider waren geschlossen.

Vier Menschen standen Schulter an Schulter im Raum und wagten nicht zu atmen.

Nicht, bevor er es tat.

Die Zeitung lag auf dem Schreibtisch, hinter dem der Russe schon seit Minuten in derselben sakralen Position verharrte.

»Das ist die dritte«, sagte er leise.

Dann öffnete er die Augen.

Alenas Mund war ein blutleerer Strich. Sie wusste, was nun folgen würde.

Dubrov stand auf. Schritt um den Tisch herum.

»Die dritte.«

Seine Stimme war ruhig, fast zärtlich, als er seine engsten Mitarbeiter betrachtete. Treue. Treue war wichtig.

»Die dritte.«

In einer schnellen Bewegung zog er die Glock aus seinem Hosenbund, entsicherte sie und richtete sie aus.

»Eins.« Das erste Gesicht.

»Zwei.« Das erschrockene rechts daneben.

»Drei.« Der dritte Mann konnte gerade noch den Mund öffnen, dann platzte sein Hinterkopf.

Regungslos sah der Russe dabei zu, wie der schlaffe Körper vor ihm in die Knie ging. Treue war wichtig. Aber nicht alles.

»Ich kann das nicht tolerieren«, sagte Nikolaj Dubrov. »Es ist eure Aufgabe. Eure Fehler sind meine Fehler.«

Alena versuchte, ihren Atem zu kontrollieren, während Blut und Knochensplitter ihre Wange hinabglitten.

Hauptkommissar Gerd Wegmann saß auf der Couch und betrachtete seine rechte Hand. Geronnenes Blut auf den Knöcheln. Der Rauputz im Parkhaus, die Augenhöhle und das irritierte Blinzeln in dem attraktiven Gesicht.

»Bis nachher«, hatte sie gesagt.

Sie hatte nicht einmal angerufen.

Er ballte die Hand zur Faust. Die Bierflasche ruhte kalt zwischen seinen Schenkeln.

Im Fernseher lief ein Porno.

Er schloss die Augen, griff nach der Flasche und stellte sie achtlos vor dem Sofa ab.

Wenn es nicht die Gebrauchshand ist, fühlt es sich an wie eine fremde Hand, sagten sie.

Gerd Wegmanns Linke wanderte in seinen Schritt, rieb, öffnete ungeschickt Gürtel, Knopf, Reißverschluss.

Sie hatten recht.

Tim Taubring schlief gut in dieser Nacht. Leon Steinkamp vermisste Judiths kleinen kompakten Körper neben sich, eine Podiumsdiskussion in Essen, es war okay, natürlich war es das. Dennoch fühlte er sich unvollständig, litt ein wenig und genoss zugleich das Gefühl, während Rebecca Blumberg vor den Fotos saß, die sie noch vor wenigen Wochen hatte verbrennen wollen. Sie betrachtete Ralfs Gesicht, sein Lächeln, den dunklen Anzug, blutrot beim Ja-Wort. Den Kuss, von einem bestellten Fotografen festgehalten. Sie glaubte, ihn erneut in sich zu spüren, ihr Unterleib verkrampfte und sie griff nach der Flasche Rotwein, schenkte sich ein, und als ihr Daumen seine Augen auf dem Hochzeitsfoto bedeckte, träumte Cornelia Taubring von einem toten Staatsanwalt, Hotelzimmern und den Nächten vor Tim.

Der Mann, der in Nikolaj Dubrovs Büro am Boden kniete und Blut, Sekrete und Hirnmasse wegschrubbte, dachte an etwas ganz anderes. Whopper oder Big Mac? Er konnte sich nicht entscheiden, würde spontan sein müssen. Er wrang das Tuch in den Eimer aus. Fischte Schädelstücke aus dem Putzlappen, schnaufte und schrubbte weiter. Das Parkett war teuer. Und Knochen hinterließen Kratzer.

Big Mac.

24

»Dann bitte noch drei Käsegriller, nein, doch lieber vier, nein, drei.«

Hauptkommissar Gerd Wegmann verdrehte die Augen. Der Berg von in Papier eingewickelten Fleischwaren wuchs und wuchs.

Genauso wie du wachsen wirst, du kleiner ... Gnom, und zwar in die Breite, dachte er, während er auf das dickliche Kind herunterstierte, das seltsam steif neben seiner Mutter stand, die unterhalb der pinkfarbenen Bomberjacke erstaunlich sportlich wirkte und mit der Ruhe einer Rentnerin einkaufte.

Samstagmorgen. Kurz nach sieben.

Sein Blick glitt an den Beinen der jungen Frau nach oben, über knallenge Jeans. Warum kauft sie um diese Uhrzeit ein? Verharrte auf ihrem Hintern. Warum liegt sie nicht noch im Bett oder strampelt sich schon auf ihrem Heimtrainer ab oder auf ihrem Lover, der garantiert nicht der Vater dieser kleinen Kanonenkugel ist? Wegmann schüttelte den Kopf. Drei weitere Würste landeten auf dem Haufen, der inzwischen für die Grillparty einer ganzen Fußballmannschaft gereicht hätte.

»Darf's noch was sein?«

Der Fleischereifachverkäufer entsprach nicht dem Klischee. Er war dürr, wies aber immerhin die rosigen Bäckchen der Zunft auf und präsentierte der Frau, die er gerade bediente, ein breites Lächeln. Dann nickte er seinem zweiten, schon etwas länger wartenden Kunden zu.

Der Kopf der Frau wackelte unschlüssig hin und her. »Ich überlege noch …«

Oh Mann.

Der Hauptkommissar sah wieder nach unten, direkt in zwei irritierend blaue Augen. Der Junge, der wahrscheinlich nicht einmal drei Jahre alt war, aber schon die Ausmaße eines Vierjährigen aufwies, bewegte sich keinen Millimeter. Starrte nur nach oben. Blinzelte nicht.

Wegmann legte eine scharfe Portion *Was?!* in seinen Blick und kniff zur Sicherheit noch die Lider zusammen.

Der Junge streckte ihm die Zunge heraus.

»Noch sechs Wiener, bitte.«

Herr im Himmel, ich steh im Halteverbot!

Gerd Wegmann atmete genervt aus.

Natürlich hätte er die Metzgerei verlassen und in der Bäckerei nebenan sein Glück versuchen können. Aber ein Zweijähriger hatte ihm den Kampf angesagt, und das konnte der Leiter der Sonderkommission *Gold* nicht auf sich sitzen lassen. Dass der Junge das folgende Starren gewann, schob Wegmann auf eine Verhaltensauffälligkeit und rächte sich an dem Knirps, indem er erneut das Gesäß seiner Mutter begutachtete. Ausgiebig. Die junge Blondine nahm ihre Einkäufe in Empfang und drehte sich schneller um, als Wegmann reagieren konnte.

»Glotzen Sie mir etwa auf den Arsch?«

Wegmann sah auf. Verzog keinen Miene. »Ja.«

»Wichser!«

Energisch stiefelte sie an ihm vorbei, 5,8 Kilo Fleisch in der rechten und ihren Sohn an der linken Hand. Der Kleine schien kurz zu taumeln, rempelte den hochaufgeschossenen Kriminalbeamten an und tapste dann sehr sicher weiter. Die Glocke klingelte, als die Ladentür sich öffnete und schloss.

Ungläubig blickte Wegmann den Verkäufer an. »Haben Sie ... Haben Sie das gesehen?«

»Ja, habe ich.« Wieder ein breites Lächeln. »Was darf's sein?«

»Also nach diesem Auftritt ... Ein Käsebrötchen. Ich weiß, dass Sie Emmentaler dahaben.«

»Mit Gürkchen?«

»Sehe ich aus wie ein Gürkchen-Typ?«

Der dürre Mann legte den Kopf zur Seite.

»Irgendwie schon.«

Fünf Minuten später huschte Gerd Wegmann durch den Regen zu seinem Wagen. Ohne Schirm, aber mit einem belegten Brötchen in der Hand. Ohne Butter. Mit Gürkchen. Keine Tüte.

Schnaufend zerrte er den Strafzettel hinter dem Scheibenwischer hervor, brummte einen Fluch und stutzte.

Dann griff er nach dem zusammengefalteten Blatt, das unter dem Knöllchen gesteckt hatte.

»Flavio?«

»Hat angerufen, es wird später.«

»Hm.« Gabriele Duhn stand in der Ecke des Büros und betrachtete die kleine, gerahmte Fotografie.

»Ich kann mir Gerd nicht mit Mitte zwanzig vorstellen. Auch wenn ich's gerade vor mir sehe. Er sieht komisch aus in Uniform.«

Tim Taubring lachte.

»Frag ihn mal nach seiner Ausbildung! Am besten, wenn er schon leicht einen im Tee hat. Wenn er anfängt, von dem Typen zu erzählen, der sich damals neben ihm in den Fuß geschossen hat, kannst du sicher sein, dass das Beste noch kommt, und –«

Die Tür flog auf, Hauptkommissar Gerd Wegmann stürmte ins Büro, zerrte den Mantel von seinen Schultern, warf das unverpackte Brötchen so achtlos auf den Aktenschrank, dass es über die Kante kullerte, blieb an seinem Schreibtisch stehen und atmete hektisch ein und aus.

»Den Autopsiebericht von Opfer 2! Alle Fotos von Sabine Meiers Leiche, die wir haben! Die Bestandsliste der Kleidung, die in ihrer Wohnung vorgefunden wurde! Sofort!«

Der Mantel verfehlte die Stuhllehne und landete auf dem Boden, der Leiter der Ermittlungen griff zum Telefon, hackte auf die Tasten ein und bellte kaum fünf Sekunden später in die Muschel: »Wegmann! Ist Dirk da? ... Gut, dann muss ich mit Ihnen Vorlieb nehmen. Ich brauche einen Grafologen! ... Ist mir egal, ob das am Wochenende schwierig ist, ich brauche ihn jetzt! ... Weil ich es sage, verdammt! Und wenn nicht in einer Viertelstunde jemand vor mir steht, der Fingerabdrücke abnimmt und direkt abgleichen kann, werde ich ungemütlich! Aber so richtig ungemütlich!«

Er legte auf.

Stützte sich auf der Tischplatte ab.

Schloss die Augen.

»Ihr habt gehört, was ich sehen will«, sagte er leise. »Worauf wartet ihr?«

Tim Taubring warf Gabriele einen Blick zu. Es lag nichts Gutes darin.

Wasser gluckerte durch die Regenrinne, die am Fenster vorbeilief, aber die Frau zwischen den Laken fühlte Morgensonne. Ein warmer Hauch auf ihrer Wange, Sand unter ihren Sohlen, sie hörte das sanfte Rauschen von Wellen. Wind schob sich unter ihren Strandhut, das leichte, bunte Tuch flatterte liebkosend um ihre Seiten, wurde zu einer Hand, die sich um ihre Taille legte. Gebräunt auf der Blässe ihres Körpers, er lachte, zog sie an sich, brummte, sagte irgendwas, seine Stimme wurde grell, ein Piepen. Das Telefon!

Dr. Rebecca Blumberg schreckte hoch.

Panisch glitt ihr Blick zum Radiowecker, dann atmete sie erleichtert aus.

Halb acht. Nicht halb neun oder, noch schlimmer, halb zehn, danke!

Schlaftrunken tappte sie in den Flur, hin zu dem eleganten weißen Apparat, der an der Wand hing und unbeirrt ein Klingeln von sich gab.

»Blumberg«, schnaufte sie in die Muschel.

Es klickte ein paar Mal, bevor eine computergenerierte Stimme lospreschte: »Herzlichen Glückwunsch! Sie wurden ausgewählt! Sie gehören zu den Gewinnern –«

Rebecca hängte den Hörer ein, schloss die Augen und ließ

die Stirn an die Tapete sinken. Dachte an einen Strand, irgendeinen, irgendwo. Nichts um sie herum. Nur Sand und Wasser. Verlockende Einsamkeit, keine Menschen, weder tot noch lebendig. Niemand. Außer ihm.

Wir arbeiten zu viel.

Sie ging zurück ins Schlafzimmer. Schlug die Daunendecke zur Seite und ließ sich quer auf die überbreite Matratze fallen.

An der silbernen Kette, deren Verschluss aufgebogen war und die sie Sekunden zuvor ohne es zu bemerken unter das Bett gekickt hatte, hing ein kleines Medaillon.

Vandalismus ...

Immer wieder flackerte das Wort durch seinen Kopf.

Vandalismus.

Das Wort, mit dem Tim Taubring das definiert hatte, was auch er empfunden und nicht hatte benennen können.

Opfer 3. Das zerstörte Gewebe zwischen ihren Beinen, in ihrem Becken. Der Anblick, der sich kaum in Worte fassen ließ, auch wenn der Obduktionsbericht es unverblümt tat. Die Steigerung eines brutalen Schlächters, der erst bei Opfer 2 in das Spiel eingestiegen war, einen Kollegen imitiert hatte und in der Änderung seines Modus Operandi bei Opfer 3, das er durch den Schnitt in der Achsel klar als sein Werk ausgewiesen hatte ... ja, was offenbarte?

Wut? Verachtung? Rache für Zurückweisung?

Das alles ergab keinen Sinn.

Hauptkommissar Gerd Wegmann spürte, wie Magensäure seinen Rachen emporkroch. Er zog die untere Schreibtischschublade auf, kramte, fand eine Kautablette und schob sie sich in den Mund. Fühlte, wie die Scheibe weich und dann von seinen Zähnen widerstandslos zermahlen wurde.

Vandalismus. Die mutwillige Beschädigung fremden Eigentums.

Eigentum ...

Er lehnte sich zurück, legte den Kopf in den Nacken. Sah zur Decke. Fixierte die hinter einem Stahlgitter ruhende Neonröhre und ließ zu, dass das Leuchten sich in seine Pupillen fraß, bis es schmerzte.

»Gerd?«

Er hatte erwartet, dass Gabriele als Erstes sprechen würde. Die Tatsache, dass es Tims Stimme war, die er vernahm, ließ ihn lächeln, wenn auch kraftlos.

»Was ... ist das? Ich meine, ich sehe es, ich sehe die Fotos. Ich sehe das, was auf dem Papier steht, Gerd ... aber ... ich ...«

»Das ist eine Checkliste«, flüsterte Hauptkommissar Wegmann. »Nein, stimmt nicht. Es ist eine beschissene Bestellung.«

Und all sein Denken wanderte wieder zu der zweiten toten Frau zurück. Sabine Meier. Ihre zerhackte Kehle. Das zerrissene braune Kleid, das sie getragen hatte, als ihr Mörder sie an der S-Bahn-Haltestelle ablud. Ihre freiliegende Brust, die sauber rasierte Scham. Das Blut.

Er schloss die Augen.

Dann richtete er sich ruckartig auf, schüttelte sich kurz und beugte sich nach vorn. Sein Finger stach auf das Foto des Kleiderschranks ein, wanderte auf die Bestandsliste der Kleidung, die in Meiers Wohnung gefunden worden war, und verharrte dann auf dem DIN-A4-Blatt, das hinter seinem Scheibenwischer geklemmt hatte. Kugelschreiber. Die Schrift wirkte beherrscht, nicht allzu weiblich. Aber er hatte eine

Vermutung, und wenn ein Grafologe und ein Abgleich der Fingerabdrücke diese Ahnung bestätigen würden ... Dann hatte Sabine Meier diese Liste selbst verfasst. Wahrscheinlich, während sie ihr diktiert worden war.

Wegmanns Rippen schmerzten, als er vorlas: »Rote Haare, schulterlang. Hosenanzug, dunkelblau, Nadelstreifen. Marlene-Hose. Weiße Bluse, tailliert. Krawatte. Kurz gebunden. Keine Strümpfe. Roter Satin-Hebe-BH. Brüste frei. Roter Satin-Slip, ouvert.«

Fast alles davon war in Meiers Kleiderfundus vorhanden gewesen, bis auf Perücke und Schuhe verstaut in der Waschmaschine, die sie wohl erst am Morgen hatte anschalten wollen.

Wegmanns Mundwinkel sanken nach unten.

Die auf der Liste erwähnte Unterwäsche war nicht in der Wohnung gefunden worden. Roter Satin-Hebe-BH. Brüste frei. Roter Satin-Slip, ouvert. Billig unter dem vor Erfolg nur so strotzenden Look, ein geheimer Wunsch, der aus der Hülle geschält werden konnte. Benutzt werden konnte. Sich nicht wehren konnte ...

Er schob den Unterkiefer zur Seite, dann fuhr er fort: »Stilettos, kein Riemchen, Absatzhöhe zwölf Zentimeter. Schwarz. Kein Lack. Leder.«

Wegmann dachte an das Paar Pumps, das neben der Toilettenschüssel gestanden hatte. Auf dem Sitz waren Sabine Meiers Handabdrücke sichergestellt worden.

Sein Blick glitt nach links, verharrte auf der Nahaufnahme ihres Unterleibs bei der Obduktion. Ihr Bauch, eine kleine Wölbung, überaus attraktiv. Auf der sauber ausgeführten Rasur waren kleine, rote Pünktchen erkennbar. Frisch. Leicht entzündet.

»Achseln unrasiert. Gerne üppig behaart, kein Muss. Schamhaar gestutzt. Breite ein Zentimeter. Farbe egal.«

Sie war naturblond gewesen.

Susa de Vries' Gesicht erschien vor ihm. Ihre Tränen.

»*Sie war die einzige Frau für mich. Was auch immer sie ansonsten getan hat!*«

Es war zu viel.

Hauptkommissar Gerd Wegmann stand auf.

»Ich ... muss kurz raus.«

»Gleich wird jemand vom Labor hier sein, Gerd.« Gabrieles Brauen waren zusammengezogene Gräben. »Du warst sehr deutlich eben.«

»Ich übernehme«, sagte Tim. Er wirkte gefasst. »Geht ihr beide vor die Tür.«

»Ich ... Gabriele ...«

»Lass es, Gerd.«

Er sah zur Seite. »Du kennst Leon?«

»Bis jetzt noch nicht.«

»Er wollte heute reinschauen. Wir haben keine Uhrzeit ausgemacht. Ich hoffe, er kommt bald ...« Wegmann presste die Lippen zusammen, zog seine Zigaretten aus dem Jackett, spürte Gänsehaut auf seinen Unterarmen. Sein Mantel hing vergessen über dem Sessel hinter seinem Schreibtisch. Wind umwehte den Eingangsbereich des Präsidiums, Regenböen drängten sich immer wieder unter das Vordach. Er fror.

»Gibst du mir eine?« Gabriele zupfte an der Schulterlasche ihrer Bikerjacke herum.

»Du rauchst nicht. Also: Nein.« Er grinste halb.

»Mach einfach, lass mich wenigstens cool dastehen, wenn ich schon mit dir Trübsal blasen muss.« Sie schaute zu ihm hoch. Wie klein sie war, überraschte ihn immer wieder aufs Neue.

Sein Blick wanderte zur Straße. Autos zogen vorbei, hatten ein Ziel, irgendeins. In seinem Kopf erhielt Sabine Meiers kalter Leib auf dem Stahltisch ein Outfit. Hosenanzug, elegant, gepflegt. Ähnlich dem, den Rebecca getragen hatte. Gestern morgen, in der Küche. Sein kleiner Finger, der anerkennend auf ihre Beine wies, bevor sie ihm offenbart hatte, dass sie ihn mit einem weiteren Mann ...

Er dachte an Leons Worte im Café.

»Er ist in die Frau verliebt, mit der du geschlafen hast, obwohl du nicht mal Interesse an ihr hattest.«

»Flavio«, sagte er leise.

»Was soll mit ihm sein?«

»Nichts.« Gerd Wegmann hielt ihr das Päckchen entgegen.

Vandalismus.

Eigentum.

Seine Hand umschloss das Feuerzeug und schützte die Flamme, als sie nach oben zuckte und Gabrieles Gesicht mit einem dramatischen Schein erhellte.

»Nur eins noch«, murmelte er.

»Ja?«

»Ich muss es einfach sagen, ich will, dass du es weißt. Vielleicht brauch ich für das Ganze auch einfach nur einen verdammten Schlusssatz.«

Sie hob die Brauen.

»Gabriele, der ganze Mist, der zwischen uns passiert ist ... Es war trotzdem –«

»Sag jetzt bloß nicht geil.«

Wegmann schmunzelte.

Dann glitten seine Gedanken ab, seine Mimik erstarrte und sein Verstand wurde scharf.

Jemand hatte die Liste an seinem Wagen deponiert. Während er in der Metzgerei gewesen war. Bevor das Ordnungsamt seinen Job gemacht und den Strafzettel ausgestellt hatte. Jemand, der nicht nur wusste, wer er war, sondern auch an seinen Fersen hing und geeignete Momente abpasste, um ihn mit Informationen zu versorgen. Jetzt die Liste, zuvor der Jeton.

»Ein Neon-Schild wäre weniger auffälliger gewesen.«

Wieder erschien Barbara Stolkembachs Gesicht vor seinem inneren Auge.

»Bringen Sie mir nur im Ansatz genügend Beweise und dann ...«

Das werde ich, Baby.

Und ich scheiß drauf, woher sie kommen.

Er schnippte die Kippe in Richtung der Straße.

»Lass uns reingehen.«

»Das ist nicht gesund«, sagte sie.

Flavio Garcia stand mit freiem Oberkörper vor dem winzigen Waschbecken und rieb sich das Gesicht mit dem Handtuch ab. Das dünne Frottee schabte über seine Bartstoppeln, ein Rest Wasser lief seine Brust hinab, wurde ein kaltes, langsames Rinnsal über seinen Bauch.

»Die zweite Nacht in Folge, Hübscher. Du läufst davon.«

Ja.

Er senkte den Kopf, blickte auf den Abfluss. Keramik und Rost.

»Soll ich gehen?«

»Nein. Du sollst kämpfen.«

Eine Fotokopie der Liste lag mitten auf dem Schreibtisch, das Original war in eine braune Tüte verstaut auf dem Weg zum Labor. Fingerabdrücke gab es in rauen Mengen, der Verdacht musste nur noch bestätigt werden. Die Grafologin, die Dirk Haases Mitarbeiter aufgetrieben hatte, ließ sich nicht hetzen, auch nicht von einem unter Stress stehenden Hauptkommissar, und würde erst nach dem Mittagessen eintreffen. Es hatte den jungen Chemiker einiges an Überwindung gekostet, dem Leiter der Sonderkommission mitzuteilen, dass er sich gedulden musste.

Wegmann hatte gelassen reagiert.

Warum, verstand niemand.

Und auch jetzt strahlte der große drahtige Ermittler eine Ruhe aus, die Tim Taubring nervös werden ließ.

»Gerd, drehst du dich bitte mal um?«

Sein Freund tat ihm den Gefallen.

»Was ist los mit dir?«

»Was soll mit mir los sein?«

»Du ...« Taubring hob die Hände. »Du bist ... entspannt! Du stehst am Fenster und guckst raus, als ob du ab morgen Urlaub hättest. Das kenn ich nicht von dir! Und, verdammte Scheiße, das sollte auch nicht so sein! Nicht, nachdem diese Liste aufgetaucht ist! Nicht, nachdem nun ziemlich sicher klar ist, dass Flavio die ganze Zeit über mit der Prostitution auf der richtigen Spur war, während wir ... Mann, während wir rumgeeiert sind und wertvolle Zeit verloren haben!«

Gabriele Duhn blickte nicht von den Unterlagen auf, als sie ihrem Kollegen beipflichtete: »Er hat recht, Gerd. Das ist kein Zufall. Das ist eine ... wie nanntest du es noch? Bestellung?«

»Genau.«

»Und da bleibst du ruhig?« Ihre Züge waren steinern, als sie aufsah. »Es wird immer klarer, dass die Frauen dazu gezwungen wurden, sich zu prostituieren und auf unerträgliche Weise erniedrigen zu lassen, und du –«

Wegmann hob die Hand. »Das wissen wir nicht!«

»Was wissen wir nicht?«

»Ob sie gezwungen wurden.«

»Gerd!«, fauchte Gabriele. »Ich hab schon Flavio wegen dieser Aussage angeschrien, ich mach's gern noch mal für dich!«

Seine linke Augenbraue hob sich. »Warum? Weil es nicht in deine feministische Sicht passt?«

»Lass dich nicht auf solche Kämpfe mit mir ein. Mach das nicht.«

Er wollte eben zu einer Erwiderung ansetzen, als das Telefon klingelte. Mit einem ungehaltenen Brummen griff er zum Hörer.

»Ja!«

Nach wenigen Sekunden wurde sein Gesicht lang.

»Was?«

Hauptkommissar Gerd Wegmann lauschte noch einen Moment, dann legte er auf. Stützte sich auf seinem Schreibtisch ab. Als er aufsah, war nichts von der Ruhe übrig. Alles in ihm brodelte.

»Im Foyer wartet ein Mann.« Seine Nasenflügel blähten sich.

Leon. Wo zur Hölle blieb Leon? »Er sagt, dass er nur mit mir sprechen will.«

Taubring schnaufte. »Das hatten wir schon, Gerd. Zweimal, um genau zu sein.«

Wegmann starrte seinen Freund an. »Und kam je was Gutes dabei raus?«

»Thomas!«

»Sag nichts. Es ist peinlich genug.«

»Doch, ich muss ... Das ... sieht schlimm aus ...« Obwohl sie es nicht wollte, streckte sie die Hand in Richtung seines Gesichts aus.

Er wich zurück. Grinste verlegen.

»Ich gehe davon aus, dass du mir nicht glauben wirst, wenn ich sage, dass ich ungeschickt war und gegen den Türrahmen gelaufen bin.«

Dr. Rebecca Blumberg biss sich auf die Unterlippe.

Mitte fünfzig, schätzte Gerd Wegmann.

Er sieht älter aus, als er ist, dachte Gabriele Duhn.

Tim Taubring stand im Nebenzimmer und verfolgte das, was sich im Vernehmungsraum abspielte, mit einem mulmigen Gefühl.

Das Gesicht des Mannes, der am Tisch saß und das Glas Wasser, nach dem er verlangt hatte, nicht einmal angerührt hatte, verzerrte sich zu einem Ausdruck reinster Qual. Die Luft im Zimmer war abgestanden.

»Ich ... ich werde nur mit Ihnen reden«, stieß er hervor und blinzelte den Leiter der Ermittlungen nervös an. »Nur mit Ihnen! Unter vier Augen!«

Der Angesprochene hob entschuldigend die Schultern. »Das ist leider nicht möglich.«

»Aber ...«

Da sitzt ein ganzer Monatssold, dachte Wegmann, als er den Blick über den Anzug gleiten ließ. Dunkles Grau, das kurz vor dem Schwarz haltmachte. Keine einzige unnötige Falte in der Armbeuge, als der Mann die rechte Hand hob und über seine Stirn hin zum Haaransatz strich. Immer wieder.

»Dass wir ein solches Gespräch nur mit Zeugen führen, dient nicht nur meinem Schutz. Es dient auch Ihrem.«

»Schutz«, murmelte der Mann. Dann lachte er verzweifelt auf. »Genau das werde ich brauchen!« Seine Augen zuckten nach rechts. Gabriele.

Der Hauptkommissar runzelte die Stirn, als er verstand. »Soll ich lieber einen Kollegen hinzuziehen?«

»Bitte.«

»Hol Tim.« Mehr musste er nicht sagen, sie war Profi durch und durch.

Kurz darauf betrat sein Freund den Raum und nahm den Platz der Oberkommissarin ein.

»Taubring«, stellte er sich knapp vor. »Herr Kampa, Sie wollen uns etwas mitteilen?«

Gereon Kampa nickte. Das Nicken hörte nicht auf. Auch nicht, als er in sein Jackett griff, eine zusammengefaltete Zeitung hervorzog und auf den Tisch legte.

Express.

Wochenendausgabe.

SERIENMORD!
WIE VIELE FRAUEN MÜSSEN NOCH STERBEN, BEVOR
DIE POLIZEI ETWAS TUT?
Zum mittlerweile fünften Mal innerhalb weniger Monate
wird die Stadt von Verbrechen übelster Sorte heimgesucht!
Was muss geschehen, damit unsere Ordnungshüter aufwachen
und unsere Frauen schützen? Lesen Sie auf Seite 5 weiter!

Fischer.

Dieses miese kleine Arschloch.

Wegmanns Nasenflügel blähten sich. Die Meldung erwischte ihn kalt, dabei hatte er es selbst vermutet, nein, er hatte verdammt noch mal gewusst, dass der Reporter seine Story dann bringen würde, wenn die Auflage am höchsten war! Und doch war es ein Stich, ein verfluchter Stich, die Ahnung schwarz auf weiß bestätigt zu sehen: Fischer hatte sein Insiderwissen nicht für sich behalten. Warum auch? Er breitete es über der Stadt aus wie Nuss-Nougat-Creme auf einem Toastbrot und hatte wahrscheinlich einen Ständer, wenn er daran dachte, was er gerade anrichtete.

Angewidert hob sich Wegmanns Oberlippe, bebte leicht, als er auf die Fotos der drei Frauen blickte, die den Aufmacher bebilderten.

Ein Finger schob sich auf das Porträt der zweiten Toten. Sabine Meier.

»Sie«, sagte Gereon Kampa.

Dann wanderte sein Finger weiter. Hin zu Opfer 3, der verstümmelten Unbekannten. Sie konnte nicht mit einem lächelnden Foto dienen, stattdessen prangte dort ein vergrößertes Abbild der Leiche vom Tatort. Von der Perspektive, aus der Fischers Fotograf das Foto geschossen hatte, wirkte die tote Frau gelangweilt.

»Und sie.« Kampas Stimme war nur noch ein Hauch.

Wegmann blieb stumm. Ein Gedanke schwoll in seinem Hirn an, drohte zu zerplatzen, sobald das passende Wort ertönen würde.

Gereon Kampa sah auf. Sein Blick flog zwischen den beiden Ermittlern hin und her.

»Was wollen Sie uns sagen, Herr Kampa?« Tim Taubring schaute den nervösen Mann mit ausdrucksloser Miene an.

»Ich …

»Wir hören Ihnen zu. Sprechen Sie frei.«

»Ich denke, dass Sie meine DNA haben.«

Taubring zwinkerte irritiert.

Wegmann hörte nur das Wort, das passende Wort. Er schloss die Augen.

»Ich hab … Ich weiß nicht, wie ich es sagen soll … Ich …« Ein dünnes Geräusch wich über Kampas Lippen, zitternd strich sein Finger von einer Frau zur anderen.

»Ich hatte mit beiden Sex.«

Er sah auf, fand Taubrings Blick. Sein Mund verzog sich, legte alles in ihm offen.

»Ich habe Angst.«

»Ich habe einen Zeugen!«

»Was?«

Hauptkommissar Gerd Wegmann hielt das Mobiltelefon locker an sein Ohr. Im Flur herrschte nur wenig Betrieb. Wochenende.

»Ich habe einen Zeugen, der aussagt, dass die Frauen Nutten waren. High-class. So teuer, dass ich sie mir nicht mal leisten könnte, wenn ich halbes Jahr lang meinen gesamten Sold zur Seite legen würde!«

»Wegmann, zur Sache.«

»20.000 Euro! Zwanzig. Tausend. Euro. Für einen gottverdammten einzigen Fick!«

»Gerd!«

Das strenge Nennen seines Vornamens ließ ihn verstummen.

»Einen Moment«, murmelte die Staatsanwältin. Am anderen Ende der Leitung gurgelte es, als das Telefon auf Stoff abgelegt wurde. Wahrscheinlich ihre Schulter. »Ja, die Akte kann dem Richter zugeführt werden.« Die Worte drangen gedämpft in Wegmanns Ohr. »Nicht die! Diese! Herrgott, diese! Ich zeig doch drauf!« Ein genervtes Schnauben folgte. Dann war Barbara Stolkembachs Stimme wieder klar und deutlich zu hören. »Nun, das erklärt zumindest die immensen Bargeldvorkommen in den Wohnungen der Frauen. Hatte er nur Geschlechtsverkehr mit ihnen?« Eine Tür fiel ins Schloss.

Der Hauptkommissar schüttelte leicht den Kopf, die Summe blies sich in seiner Vorstellung zu einem obszönen Gebilde auf. »Was heißt hier nur?«, erwiderte er. »Sie waren bewusstlos, sahen so aus, wie er und seine Kollegen es wollten. Er hat sie auf was weiß ich für Arten rangenommen, das ist schon ein bisschen mehr als ein schlichtes ›nur Geschlechtsverkehr‹!«

»Das war nicht meine Frage.«

»Was denn bitte schön dann?«

»Hat er die Frauen bei Dubrov direkt bestellt? Lief es über das L'Âge d'Or? Oder wurden sie wenigstens von jemandem vermittelt, der diesem arroganten Russen zugeordnet werden kann, am besten zweifelsfrei? Und kann und wird Ihr Mann das bezeugen?«

Schweigen.

»Das reicht nicht, Wegmann.«

Der Leiter der Ermittlungen schaute zur Decke, schloss die Augen.

»Barbara.«

»Ja?«

»Ich habe nach drei verdammten Wochen die erste Spur, die mit einem brauchbaren Zeugen einhergeht. Der Kerl sitzt immer noch im Vernehmungsraum und starrt auf seine Finger. Wenn ich es nicht völlig falsch einschätze, braucht er nicht mal mehr eine halbe Stunde, dann pisst er sich ein.«

Sie schnaubte. »Er ist also verheiratet.«

»Ist er. Aber das ist es nicht. Er hat Angst. Er verlangt Zeugenschutz.«

Barbara Stolkembach lachte zynisch auf.

»Geh wieder rein Gerd. Sorg dafür, dass er blankzieht. Bis auf die Knochen.«

»Willst du dir das wirklich antun?« Kommissar Garcia stand breitbeinig vor dem Fenster. Die Arme verschränkt. Den Blick stur geradeaus gerichtet.

Hinter der einseitig verspiegelten Scheibe verwickelte Tim Taubring den Zeugen seit mehreren Minuten in Small Talk. Gerd hatte den Raum verlassen und war immer noch nicht zurückgekehrt. Gerade erzählte Gereon Kampa ausführlich von den vielen Steinen, die ihm bei seinem beruflichen Werdegang in den Weg gelegt worden waren. Ein fast zutrauliches

Lächeln erschien auf seinem Gesicht, wischte die Angst für einen Moment zur Seite, als er den jungen Kommissar ansah, der auf der Kante des Tischs saß. Tim lachte herzhaft. Das Lachen erreichte seine Augen nicht.

Was sind wir nur für Schweine, dachte Flavio. Der Zug um seinen Mund war bitter.

Gabriele Duhn musterte ihren Kollegen mit skeptischem Blick. Vor etwa einer halben Stunde war Flavio im Präsidium angekommen. Er wirkte entspannt und gleichzeitig nervös, roch anders als sonst.

»Seife«, sagte sie.

»Bitte?«

Zum ersten Mal, seit er an ihre Seite getreten war, schaute Flavio ihr in die Augen.

»Du riechst nach billiger Seife und fragst mich, ob ich mir das antun will?« Sie schüttelte kaum sichtbar den Kopf. »Du vergisst, wo ich eigentlich hingehöre.«

Sexualdelikte. Er schwieg. Sah sie nur an.

»Das, was er erzählt hat, ist nichts.«

Gabriele musste nicht auf den Zeugen im Nebenraum deuten, es war klar, dass sie von seinen vorangegangenen Beschreibungen sprach. Wie Kampa sich die Frauen zurechtgelegt hatte. Wie müßig es war, einen angenehmen Winkel zum Eindringen zu finden, wenn sich kein Gesäß von Geilheit getrieben anbot, sondern emporgezogen werden musste. Wenn die Beine irgendwie immer im Weg waren. Wie schwer diese Beine waren, ohne eigenen Willen, und gleichzeitig so ansehnlich, selbst dann, wenn die Muskeln krampften, weil man sie zu lang zu weit gespreizt hatte, selbst dann, wenn der Samen der beiden anderen Männer noch an ihren

Innenseiten schimmerte, trocknete und es mehr wurde. Immer mehr. Über Stunden hinweg.

Garcias Augenbrauen zogen sich zusammen.

»Und da wird noch einiges kommen, Flavio.« Gabriele hob das Kinn. »Sobald Gerd wieder im Raum ist und die Schrauben anzieht. Und auch das wird nichts sein, was ich nicht mit irgendeiner traurigen Story toppen kann. Ihr vom Dezernat Kapitaldelikte ... Ihr denkt doch immer, dass ihr das große Elend in den Akten habt.« Ihr Mund wurde ein schiefer Strich. »Habt ihr nicht. Das richtig große Elend, das landet bei uns.« Sie sah zur Seite, wieder zum Fenster. Zu Kampas Lächeln.

Die warme Stimme der Kioskbesitzerin hallte durch Flavio Garcias Geist. *»Du sollst kämpfen.«*

Aber wenn ich einfach nicht weiß, wie? Wenn ich immer nur alles falsch mache? Sein Blick glitt über Gabrieles Profil, und das Bedürfnis, sie in die Arme zu schließen, wurde übermächtig.

Er unterdrückte es.

»Wenn ich dich beleidigt habe, tut mir das leid«, sagte er. »Ich halte dich ganz bestimmt nicht für schwach und –«

Ein korpulenter Schatten glitt an der offen stehenden Tür vorbei. Garcias Kopf zuckte zur Seite. Mit zwei langen Schritten stand er im Türrahmen zum Korridor.

»Steinkamp? Wir sind hier!«

Sekunden später betrat der Psychologe den kleinen Raum.

»Ich wollte zu Gerd«, erklärte er. »Unten sagte man mir, dass er in seinem Büro ist. Aber da ist er nicht. Guten Tag, Herr Garcia.«

Flavio ergriff Leons Hand, drückte sie fester als nötig. »Darf ich vorstellen ...« Er deutete auf seine Kollegin. »Frau Duhn.«

Steinkamps Lächeln war professionell. »Ah, Gabriele! Schön, Sie kennenzulernen!«

Gerd Wegmann öffnete die Tür zum Vernehmungszimmer, verteilte lächelnd eine Runde Kaffee, setzte sich, zog einen Aschenbecher aus der Jackentasche, stellte ihn auf dem Tisch ab, zündete sich eine Zigarette an, blickte in Gereon Kampas von Hoffnung erfülltes Gesicht und wurde zum Vollstrecker.

»Details, Herr Kampa. Ich brauche mehr Details.«

Versicherungen. Das aufkommende Nebengeschäft der Banken. Einem Girokonto konnte durchaus eine Police folgen, wenn man Existenzangst an den richtigen Stellen aufbaute und an Unterschrift, Kundenbindung, Provision glaubte.

Kampa selbst hatte keinen Kundenkontakt. Er saß in perfekt klimatisierten Räumen und delegierte. Ließ andere laufen.

Wir unterscheiden uns gar nicht so sehr, dachte Wegmann. Abgesehen davon, dass du Haus, Gattin, Kinder und das Zehnfache an Euros auf dem Gehaltszettel hast, du elender kleiner Wurm.

»Ihre Frau«, sagte er. »Lief wohl nicht mehr so?«

Kampa blinzelte irritiert. »Was hat meine Frau hiermit zu tun?«

Wegmann schnaubte. »Nicht Ihr Ernst!«

Das irritierte Blinzeln blieb.

»Herr Kampa.« Der Hauptkommissar beugte sich vor. »Mal unter uns. Ab einem gewissen Grad an Gewohnheit bringen sie's einfach nicht mehr. Sie wissen, was ich meine. Kein Gestöhne mehr, egal, wie sehr wir uns ins Zeug legen. Und

Blasen ist dann irgendwann auch nicht mehr drin. Schlucken schon gar nicht.«

Tim Taubrings Miene war neutral.

Gereon Kampa schwieg, und Gerd Wegmann zog genüsslich an seiner Zigarette.

»Rauchen Sie?«, fragte er.

»Nein«, entgegnete der Mann im Maßanzug. »Ist ungesund.«

Wegmann lachte leise. »Stimmt.« Er drückte die Kippe aus. »Sie sind ein Vergewaltiger, Kampa.«

Der Mund seines Gegenübers öffnete sich empört. »Nein! So kann man das nicht sehen!«

»Ach kommen Sie!« Wegmanns Oberlippe hob sich zu einem verächtlichen Grinsen. »Sie vögeln bewusstlose Frauen. Die sich nicht wehren können. Die nicht Nein oder Stopp sagen können. Sie zahlen dafür, vergewaltigen zu dürfen. Es tut mir sehr leid, Herr Kampa, aber als nichts anderes wird die Staatsanwaltschaft es interpretieren.«

Kampa senkte den Kopf, murmelte etwas.

»Was? Ich kann Sie nicht verstehen.«

Wieder ein undeutliches Murmeln. Wegmann sah, dass Kampas rechte Wange von einem beinahe spastischen Zittern erfasst wurde.

»Ich kann Sie nicht verstehen!«

Der Kopf des Bankers hob sich wie in Zeitlupe.

»Nur einmal«, sagte er.

»Nur einmal was?«, zischte der Ermittler, der ihm gegenübersaß. Sein Ton wurde scharf. »Nur einmal gekommen, nur einmal gezahlt, nur einmal in den Arsch, ganz kurz vielleicht nur? Oder doch, bis sie blutet? Und das hat sie! Kampa, reden Sie gefälligst Klartext!«

»Es war nur einmal! Nur ein Abend! Und ich habe nicht gezahlt! Ich wurde eingeladen, verdammt! Die beiden anderen Männer kannte ich nicht mal! Ich ... ich war einfach neugierig. Das ist doch kein Verbrechen!«

Sein Blick huschte bittend von Wegmann zu Taubring.

»Neugier ist eine Tugend«, hauchte er.

Dann senkte er den Kopf, betrachtete die Gesichter der toten Frauen. Seine Brust hob und senkte sich, und sein Mund öffnete sich, immer weiter, wurde zu einem verzerrten dunklen Loch.

Kein Schrei kam.

Obwohl er drängte.

»Trinken Sie Ihren Kaffee«, sagte Gerd Wegmann, stand auf und sah auf den langsam in sich zusammensackenden Mann herunter. »Ich bin in zehn Minuten wieder bei Ihnen. Und dann erzählen Sie mir den Rest.«

Leon Steinkamp blickte mit zusammengekniffenen Lidern durch die Scheibe und versuchte alles, was er über die Konstellation der ihn umgebenden Menschen wusste, beiseite zu drängen. Es fiel schwer.

Er brauchte Realität. Etwas Banales.

»Nehmen Sie's mir nicht krumm, Garcia. Aber Sie erinnern mich gerade an meine Schulzeit.«

»Äh, was?«

»Ich vermisse Ihren Geruch. Er war doch sehr ... präsent letztens im Café.«

»Mein Parfüm erinnert Sie an Ihre Schulzeit? Tut mir leid, Steinkamp, aber Sie sind nicht mein Typ.« Flavio grinste schief.

»Sie riechen heute nach der Seife auf den Schultoiletten. Im Raum zwischen Jungs- und Mädchenklo wurde damals eifrig geraucht.« Der Psychologe lächelte, als er den Kommissar ansah. »Wir beide dürften im selben Alter sein. Und Sie wissen ja, wie's in den ausklingenden Siebzigern war.«

»Baujahr '63?« Garcia legte den Kopf zur Seite.

»'60.«

Vierzig? Er ist vierzig oder wird es in diesem Jahr, dachte Gabriele, als ihr Blick verstohlen über Flavios Gesicht glitt. Wieso weißt du das nicht, er sieht um einiges jünger aus. Sie runzelte die Stirn, blickte wieder ins angrenzende Zimmer. Tim Taubring stand mittlerweile am Fenster und schaute hinaus. Sein Jackett hing über der Stuhllehne. Gereon Kampa presste den Kaffeebecher an seine Brust und starrte das Holster an, das Tims Schultern umspannte und wie ein schwarzer Fremdkörper auf dem ebenfalls schwarzen Hemd wirkte.

»Wo ist Gerd?«, fragte sie leise.

»Ich bin hier.«

Wegmann zog die Tür hinter sich zu.

»Und ich wurde am 12. April 1954 geboren. Was bedeutet«, er wies auf die beiden Männer, die vor ihm standen, »dass ihr zwei keine Ahnung habt. Ihr habt die ausklingenden Sechziger nicht miterlebt!« Er grinste kurz, dann fiel das Grinsen in sich zusammen.

»Gut, dass du da bist, Leon. Gut, dass du siehst, was da drin gerade passiert.«

»Ja«, sagte Leon Steinkamp.

Die Nacht glitt über die Dächer wie Öl.

Nur ein Klicken des Feuerzeugs und die Stadt würde brennen. Wie sie es längst im Geheimen tat.

Du solltest aufhören, aus dem Fenster zu starren.

Du solltest nach Hause fahren.

Du solltest sie anrufen.

Du solltest.

So viel.

Und gar nichts.

Was für ein Scheißtag.

»Was machst du noch hier? Es ist schon nach sechs.« Flavio Garcia stand an der Tür und blickte seinen Vorgesetzten mit besorgter Miene an.

Wegmann drehte sich um. Seine Wangen waren dunkle Flächen. Bartstoppeln, zu lang, schon wieder. Er griff an seinen Hals, spürte seinen Adamsapfel, spürte, dass etwas fehlte. Die Kette. Weg. Und er hatte keinen blassen Schimmer, wann und wo er sie verloren hatte. Das Medaillon, die Fotos darin, seine Schwester, seine Mutter. Weg. Er war allein.

»Gegenfrage: Was machst du noch hier, Flavio?« Er lächelte unbeholfen. »Samstagabend. Deine Zeit.«

»Tja.«

»Also: Was machst du noch hier?«

»Ganz ehrlich, Gerd?«

»Ganz ehrlich.«

»Ich will nicht nach Hause fahren.«

Wegmann nickte.

»Komm rein. Mach die Tür zu.«

Sie rollten alles auf. Zogen Bilanz. Verletzten sich mit Fakten. Ertrugen es. Der Whisky, den Wegmann aus dem unteren Fach des Schreibtischs hervorgezogen hatten, verlor Unze um Unze. Sie benutzen keine Gläser. Der Hals der Flasche reichte aus.

Sie rollten alles auf.

Den Vormittag. Die weiteren Geständnisse Kampas.

»Was soll ich denn sagen? Ich bin zu Ihnen gekommen, als ich heute morgen die Zeitung gelesen hab! Ich hab nicht lange überlegt, hab mich einfach ins Auto gesetzt und vor diesem Mistladen hier keinen Parkplatz bekommen.«

Er stellte den Becher auf dem Tisch ab. Der Kaffee war längst kalt.

»Bei der ersten Leiche hab ich noch gedacht ›Ja, okay, kommt vielleicht vor. In dem Milieu, in dem sie sich bewegen, wird nun mal hohes Risiko gefahren.‹ Aber dann ... Der Artikel heute im Express ... Die zweite Tote.« Der Banker schüttelte den Kopf. *»Mit der ersten Frau ... Die, die im Kofferraum gelegen hat ... Mit der hatte ich nichts zu tun. Ich kenne sie nicht. Die dritte Frau, die bei unserem Abend dabei war, war eine andere. Ist ja auch logisch!«* Seine Stimme wurde schrill. *»Die hier«,* er tippte auf das Bild von Opfer 1, *»war da ja schon tot! Schon tot, als ich ... Lieber Herr Jesus, ich will doch nur helfen! Ich will ... helfen!«*

»Wie Sie den Frauen geholfen haben, wissen wir bereits.« Taubring machte sich nicht die Mühe, die Verachtung in seiner Stimme zu verbergen.

»Ich sagte doch schon: Ich war nur neugierig! Und ich wurde eingeladen!«

Wegmann klopfte mit dem Feuerzeug auf die Tischplatte. »Am besten erzählen Sie von Anfang an.«

Kampas Augen waren wässrig, als er den Leiter der Ermittlungen ansah.

»Können Sie mich schützen?«

»Erzählen Sie erst mal, Kampa. Dann sehen wir weiter.«

Und er erzählte. Überdeutlich. Bereits nach fünf Minuten war Hauptkommissar Gerd Wegmann schlecht.

Kampa war in den Raum gerufen worden, als die Narkose einsetzte. Durfte, wie seine beiden Begleiter, zusehen, als Kanülen und Spritzen abgezogen wurden. Sog jede Sekunde in sich auf.

»Sie haben drei Stunden Zeit. Wir warten nebenan«, hatte der Aufpasser verkündet, bevor er verschwunden war. Kampa wusste nicht, wie er hieß, er wusste nicht, wie der Arzt hieß, der bei jeder der Frauen die Vitalfunktionen überprüft hatte, bevor auch er den Raum verließ. Und die drei Frauen ... hatten nicht einmal Namen.

Wegmann dachte an Inken Eisegoth, dachte an Fünf, der seine Herrin begleitet hatte, letzte Woche, im Einkaufscenter. Das Einverständnis und den Respekt, der Sadomasochismus auszeichnete.

Nicht einmal eine beschissene Zahl anstatt eines Namens war den toten Frauen geblieben!

Nur neugierig?

Nein.

Abgebrüht und eiskalt.

»Ich hätte mich gern mit ihnen unterhalten«, sagte Kampa.

»Wie bitte?«

»Ich hätte gern mit den Damen geplaudert, bevor —«

Wegmann sprang auf. »Bevor Sie sie gefickt haben wie eine

Rinderhälfte, in die drei Löcher gebohrt wurden?« Seine Hals-adern traten hervor wie Stahlstränge. Es war zu viel!

»Wer hat Sie eingeladen, Kampa?«, fauchte er.

»Können Sie mich schützen?«

»Nein!«

»Was?« Kampas Stimme brach.

»Aber wenn Sie kooperieren, kann ich die Staatsanwältin viel-leicht davon überzeugen, dass es nur eine Nötigung war und keine Vergewaltigung, obwohl wir beide wissen, dass es anders war!«

Tim Taubrings linke Augenbraue zuckte kaum merklich nach oben.

Kampa atmete schwer. Überlegte.

Wägte ab.

Dann schaute er auf.

»Steffen Kunz. Wir haben geschäftlich miteinander zu tun. Ich hab ihm gute Konditionen für einen Großkredit beschafft. Nach dem Abschluss sind wir zusammen was trinken gegangen. Ein besonderer Club. Das Lotus Loft. Und während er ein Grüntee-Eis gegessen hat und ihm diese Japanerin unter dem Tisch einen geblasen hat, hat er es mir erzählt. Und ja, verdammt noch mal, meine Frau ist schon seit Monaten ein Eisklotz im Bett! Ich wichse mit billigen Heftchen in der Hand auf dem Klo, weil ich weiß, dass sie es nicht ertragen kann, dass Menschen pissen und schei-ßen. Ich war neugierig. Steffens Angebot hörte sich spannend an. Ich hab Ja gesagt. Und dann«, er deutete auf die Zeitung. »Pas-siert das ... Ich will nur helfen.«

Er presste die Lippen zusammen, sein Blick glitt kurz ins Leere. Dann sah er erst Taubring, danach Wegmann an. »Warum tötet jemand die Frauen?«

Der Hauptkommissar schaute reglos auf ihn herunter.

»Sie sind wertvoll«, sagte Kampa. »Eine gute Anlage. Wenn man sie tötet, versiegt ein Cashflow.«

Ein Cashflow, in den du abgespritzt hast, dachte Wegmann. Er musste hier raus.

»Wo finden wir Steffen Kunz? Wir brauchen alle Kontaktdaten«, knurrte er. »Außerdem wird man Ihnen einen Becher bringen und Sie zu den Toiletten begleiten.«

Er verließ das Zimmer.

Sie rollten alles auf.

Den Mittag. Steinkamps Einschätzung.

»Das war nicht gespielt, Gerd. Er hat Angst.«

»Die sollte er besser auch haben. Und zwar vor mir! Fuck!«

Gerd Wegmann stand in seinem Büro und drehte sich immer wieder um die eigene Achse, während er mit der rechten Hand sein Genick umklammerte.

Der Psychologe thronte auf dem Besucherstuhl, als ob er im Bus sitzen würde. Die Beine eng zusammen, die abgewetzte Ledertasche auf dem Schoß. Die Hände an den Henkeln.

»Ich würde ja vorschlagen, dass du einmal gegen die Wand boxt, aber ...« Leons Blick wanderte auf die verletzen Fingerknöchel seines Freundes. »Wie ich sehe, hast du das schon gemacht. Was ist gestern passiert?«

»Nichts«, brummte Wegmann.

»Blödsinn.«

»Nichts, worüber ich jetzt reden will, Leon.«

»Schon besser.«

Sie waren allein im Büro.

Gerd Wegmann kniff kurz die Lider zusammen, dann sah er den

sitzenden Mann an. »Okay, was noch?« Wieder beim Fall. Nur dem Fall.

Steinkamp schob die Lippen vor, akzeptierte die Richtung, die der Hauptkommissar vorgab.

»Du weißt, dass ich nach einer so kurzen Szene nicht wirklich viel über Herrn Kampa sagen kann. Außerdem war ich nur Beobachter.«

»Im Moment bringt mich alles, wirklich alles weiter.« Wegmann warf seinem Gast einen gequälten Blick zu.

Steinkamp trommelte auf den Henkeln seiner Tasche herum. Dann sprach er. »Instrumentell-dissoziales Verhalten ...«

»Aha.«

»Und auch wieder nicht. Ein Hauch Narzissmus. Und auch wieder nicht.«

»Bitte, Leon, das bisschen Kraft, das ich noch habe, werde ich für die nächsten Stunden brauchen. Fass dich kurz. Halte es einfach. Ich bin gerade wütend, dumm und verzweifelt.«

»In Zügen entspricht Kampas Auftritt dem, was man früher psychopathisch nannte. Es geht um Geld, materielle Werte. Macht. Die Somnophilie passt da perfekt ins Bild. Aber dann hat er dieses naive Vertrauen in ...« Leon grinste verlegen. »Nimm's mir nicht übel: in euch. Die Polizei. Die Art, wie er verlangt, dass du ihn schützt, du, Gerd, du als Person. Nicht die Staatsgewalt, für die du stehst. Das ist Glaube. Und fast schon kindlich. Im Ganzen scheint Glaube wichtig für ihn zu sein, wenn man seine Wortwahl betrachtet. Tugend und Glaube. Wenn du mich zu einer Wette zwingen würdest, würde ich sagen, dass seine Frau regelmäßig in die Kirche geht und er schon vor einiger Zeit ausgetreten ist, sie das aber nicht weiß.« Er gab ein ungehaltenes Geräusch von sich. »Entschuldige, ich schweife ab.«

Nicht schlimm, gar nicht schlimm, rede einfach weiter, dachte Gerd Wegmann und ließ Leons Präsenz ihn umarmen. Beruhigen. Er nahm auf der Kante des Schreibtischs Platz.

»Weiter«, sagte er sanft.

»Dass Kampa so vehement darauf beharrt, dass ihn keine Schuld trifft, weil er ja eingeladen wurde, passt auch. Es kann fehlendes Einfühlungsvermögen sein, definitiv fehlendes Schuldgefühl. Allerdings, und das macht es aus psychologischer Sicht immens interessant ...« Leon Steinkamp sah den Leiter der Ermittlungen an. »Normalerweise gehört zu dieser Form der dissozialen Persönlichkeitsstörung auch das Fehlen von Angst. Und dieser Mann da drin, der hatte Angst.«

»Zusammengefasst bedeutet das?«

»Nun, es kann sein, dass Kampa auch einfach nur ein mieses Schwein ist.«

Ein säuerlicher Zug umgab Wegmanns Mundwinkel. Er sagte nichts.

»Wirst du wirklich für ihn mit der Staatsanwaltschaft dealen, Gerd?« Leon sprach leise.

»Das Lotus Loft ist dir kein Begriff, nehme ich an?« Das völlig ahnungslose Gesicht des Psychologen ließ Wegmann hart auflachen. Er schüttelte den Kopf. »Der Club gehört Nikolaj Dubrov. Wie auch das L'Âge d'Or. Was glaubst du, warum meine Soko seit gestern ›Gold‹ heißt?«

»Ich befürchte, ich bin nicht auf dem neuesten Stand.«

Gerd Wegmann machte sich daran, dies zu ändern.

Sie rollten alles auf.

Den Nachmittag. Die zweite Befragung von Susa de Vries.

»Danke, dass Sie gekommen sind.«

Er fühlte sich wackelig, alles war weich irgendwie. Tim hatte angeboten, zu übernehmen, doch die Vernehmung abzugeben kam für Gerd Wegmann nicht infrage.

Er blickte die Holländerin an, die heute nicht wie eine Geschäftsfrau, sondern im wahrsten Sinne des Wortes wie eine Grande Dame wirkte. Susa de Vries trug ein bodenlanges schwarzes Kleid, die kurze Strickjacke darüber war hellgrau, feinstes Mohair. An einem Samstagnachmittag? Meinetwegen, jeder wie er will. Wegmann lächelte so gewinnend es ihm möglich war. Zu wenig in Anbetracht des schlechten Gewissens, das er hatte.

Sie reagierte auf sein Friedensangebot, indem sie gelangweilt die Fingernägel ihrer linken Hand betrachtete.

So hatte es begonnen.

Er hatte alles versucht. Hatte geschmeichelt, hatte gedroht. Ihr die hochgradig verdächtige Reaktion auf die Vergewaltigung ihrer Verlobten vorgehalten, sich entschuldigt. Als letzten Trumpf sogar Liebe ausgespielt. Homosexuelle Rechte. Hatte Sabine Meier eine Nutte genannt.

Und auch Gabrieles Appelle, die vor Verständnis nur so trieften, brachten lediglich dasselbe Resultat hervor. Einen einzigen, verdammten Satz.

»Ich verweigere die Aussage.«

So hatte es geendet.

Nicht ein Detail, das weiterhalf. Nicht ein einziger, durch Druck provozierter Hinweis. Gar nichts. Was auch immer Susa de Vries über die Erwerbstätigkeit ihrer Verlobten wusste, sie behielt es für sich. Als sie ging, blieb sie vor dem Hauptkommissar, der ihr trotz allem die Tür aufhielt, stehen. Sie trug hohe Absätze, war fast so groß wie er.

»Lul«, flüsterte sie.

Wegmanns Niederländischkenntnisse waren rudimentär, aber das Wort Schwanz und die Bedeutung, wenn es auf diese Weise ausgesprochen wurde, waren ihm bekannt.

»Beamtenbeleidigung«, raunte er.

»Zeigen Sie mich an.«

Sie rollten alles auf.

Den Nachmittag. Flavios Anruf.

»Steffen Kunz ist nicht da. Ich steh mitten im Banken-Distrikt. Ganz ehrlich, ich hätte nicht gedacht, dass hier am Wochenende so viele Leute arbeiten. Ich bin nicht mal bis zu seiner Sekretärin gekommen. Schon im Foyer war Schicht. Wenn ich versucht hätte, zum Lift zu gehen, hätte mich die Security wahrscheinlich zusammengeschlagen. So oder so: Nach Aussage des Typen am Empfang ist Kunz heute zuhause. Soll ich hinfahren?«

»Nein. Du bist allein, Flavio. Das wäre unklug.«

»Danke, dass du mir so viel zutraust, Gerd.«

»Ich denke nur an eine kommende Gerichtsverhandlung. Wenn mir irgendein Rechtsanwalt mit Ermittlungsfehlern kommt, springe ich von der Brücke. Außerdem glaube ich, dass ich eh gleich zusammenbreche, ich hab immer noch nix gegessen.«

Garcia lachte humorlos. »Geh mal davon aus, dass Kunz gerade jetzt darüber informiert wird, dass die Kripo nach ihm gefragt hat. Vorteil verspielt, Gerd.«

Wegmann seufzte. »Okay, wir treffen uns vor seinem Haus. Gib mir eine halbe Stunde, ich mach an irgendeinem Imbiss halt und beeile mich!«

»Sieh nur zu, dass du keine Mayo auf der Hose hast. Es reicht, wenn ich nach Schulklo rieche. Wir sollten nicht noch billiger rüberkommen, als wir sind.«

Vierzig Minuten später öffnete eine mütterlich wirkende Frau die Tür und blickte in zwei gezückte Ausweise, über denen jeweils ein Beamtenlächeln aufging. Der Garten, der sich hinter den beiden Ermittlern erstreckte, war riesig und so gepflegt, wie es der Februar zuließ.

»Guten Tag, Frau Kunz«, sagte Hauptkommissar Gerd Wegmann. »Kriminalpolizei. Wir wollen mit Ihrem Mann sprechen. Wir haben ein paar Fragen. Nichts Dramatisches.«

Immer lächeln. Auch in der Lüge.

»Oh!«, entfuhr es Nicole Kunz. »Kriminalpolizei? Das ist ja aufregend!« Ihr Gesicht strahlte unverfälschte Wärme aus. Aus dem Innern der Villa erklang Kinderlachen. »Es tut mir leid, aber Steffen ist nicht da. Er arbeitet heute. Leider. Eine Videokonferenz mit Tokio.« Sie hob entschuldigend die Schultern. »Er ist im Büro. Soll ich Ihnen die Adresse geben?«

Wegmann und Garcia vermieden es, sich anzusehen.

»Sagen Sie ihm einfach, dass wir morgen wieder reinschauen.«

Immer lächeln.

»Wer tötet sie, Gerd? Und warum?«

»Ich habe keine Ahnung, Flavio.«

Cashflow.

Das Wort hämmerte von seinem Hirn aus gegen die Stirn. Mittlerweile war es kurz nach zwanzig Uhr. Die Analyse des Tages war beendet.

Wegmann stand auf.

»Aber wenn ich in dem Tempo weitermache«, er deutete auf die Whiskyflasche, die auf dem Schreibtisch stand. »Kotze ich noch vor zehn in meinen Papierkorb.«

»Und bist morgen fit. Immerhin das.«

Der Hauptkommissar grunzte. »Dein Humor ist meinem zu ähnlich.«

»Oh Gott, ich hoffe nicht!« Garcia klopfte auf seine Oberschenkel. »Brechen wir ab?«

»Ja.«

»Was hast du noch vor?«

»Nichts.«

»Schön, wie ich. Viel Spaß dabei. Ich würd ja sagen, dass ich dich heimfahre, Gerd, aber ich nehme mir ein Taxi. Empfehle ich dir auch.«

Wegmann schmunzelte, öffnete das Fenster und ließ die Nacht in sein Büro.

Lachen füllte den Flur.

Tim Taubring schloss die Wohnungstür, analysierte. Conny. Der Babysitter. Er hatte die Stimme des Jungen nicht so dunkel in Erinnerung.

»Das Klima, in erster Linie das Klima.«

»Ich bitte dich, Ben! Australien! Da denke ich an vieles, aber nicht an das Klima! Da denke ich an Kängurus, Koalas, Krokodile.« Cornelia gluckste. »Ich denke an große Messer, was du wahrscheinlich nicht verstehen wirst. Und an ein brutal schwer zu verstehendes Englisch.«

»Das passt schon. Ich hatte mal eine Freundin aus Down Under.«

»Soso. Eine Freundin.«

»Das ist ja auch der Grund, warum ich wieder hin will. Nach dem Abi.«

Tim betrat das Wohnzimmer. »Hallo ihr zwei. Schläft Anna schon?«

Es war okay. Conny, die auf der Couch saß, das blanke rechte Bein lang ausgestreckt. Ben, Benedikt, der neben ihr lümmelte und ihm lächelnd das Gesicht zuwandte.

»'n Abend, Herr Taubring«, sagte er. »Ja, sie schläft. Schon seit gut einer Stunde.«

Es war okay. Durch und durch okay.

Tim streifte sein Jackett ab.

»Ist das eine SIG?«

»Ist es.«

»Müsste die nicht im Präsidium sein?«

»Wir haben einen Tresor.«

Taubring sah den Abiturienten an, der für die meisten Männer viel zu nah an seiner Frau gesessen hätte. Fühlte die Erinnerung, Inkens Hand an seinem Glied. Seinen Erguss, der über ihre fest zupackenden Finger lief. Fühlte Sicherheit.

»Hat sie dich schon bezahlt?«

»Hat sie.« Benedikt grinste.

»Dann nimm's mir nicht übel, aber ich will sie jetzt für mich.«

Benedikts Grinsen wurde breit. »Bin schon weg!«

Cornelia legte den Kopf zur Seite.

Als die Wohnungstür sich schloss, blickte Tim Taubring seine Frau an und nahm das Holster ab. »Große Messer, hm?«

Sie lächelte.

Jeder Knochen in seinem Leib protestierte, als er die Stufen hinaufschritt. Halb zehn, und es fühlte sich an wie weit nach Mitternacht.

Als Gerd Wegmann das Präsidium verlassen hatte, hatte Regen in der Luft gehangen. Es roch nach Sommer, wie in diesen besonderen Momenten kurz vor einem Gewitter; es war so widersinnig wie der ganze verdammte Tag.

Ein kurzer Halt an der Tankstelle, der Umweg war gratis, das Taxameter gestoppt. Wegmann hatte nicht nur für sich, sondern auch für seinen Fahrer eingekauft. Als er dem älteren Herrn hinter dem Lenkrad das extra lange Zigarettenpapier in die Hand drückte, hatte er nur kurz die Augenbraue gehoben.

»Was?« Der Fahrer grinste. Er hatte nichts von einem Alt-Hippie an sich. »Solang's die Bullen nicht wissen ...«

Wegmann erwiderte das Grinsen und fühlte sich zum ersten Mal an diesem Tag befreit. »Sie wissen schon noch, wo Sie mich vorhin eingesammelt haben?«

»Nee, oder? Machen Sie solche Scherze nicht mit einem alten Mann, der längst in Rente sein sollte! Sie gehören da nicht rein, oder? Sie waren froh, dass Sie da raus waren!«

»Beides«, antwortete der Hauptkommissar und lachte.

»Und Sie haben ordentlich die Lampen an.«

»Auch das.«

»Dann lad ich Sie besser nicht auf 'ne Runde Dope ein, mein Junge. Obwohl ich's gern machen würde, so fertig, wie Sie aussehen.«

Wegmann schmunzelte, als er an der Wohnungstür im zweiten Stock vorbeizog.

Mein Junge ...

Er dachte an Tim Taubring. An die beiden Söhne, die seine Ex-Frau gar nicht schnell genug mit ihrem zweiten Mann hatte zeugen können. An die Sterilisation der dritten, immer noch namenlosen Toten. An Kampas detaillierte Beschreibung ihrer, wie er es genannt hatte, auch ohne Gleitgel bemerkenswert geschmeidigen Fotze. Dachte an Rebecca. Konnte nicht verhindern, dass ein Ächzen über seine Lippen drang, während er weiterging. Er fischte den Schlüsselbund aus der Manteltasche, bog um die letzte Kurve – und blieb überrascht stehen.

Sie saß auf der obersten Stufe. Danach kam nichts mehr. Kein Speicher. Nur die beiden kleinen Apartments im dritten Stock.

»Wie lange wartest du schon hier?«

»Ich könnte jetzt behaupten, schon seit zwei Stunden«, antwortete Dr. Rebecca Blumberg. »Aber ich tu's nicht. Seit knapp zwanzig Minuten.«

Über seine Stirn zog ein Runzeln. »Du hast einen Schlüssel.«

»Ja.« Sie klopfte auf den kleine Pappkarton, der neben ihr auf der Stufe stand. »Und ich habe ein Sixpack.«

»Ich auch.« Mit einem schiefen Grinsen hob er die rechte Hand.

»Aber ich habe noch was, Gerd.«

Wegmann hatte keinen einzigen weiteren Schritt nach oben gemacht. Elf Stufen lagen zwischen ihnen. Elf Stufen und Unsicherheit.

»Ich zeig's dir, wenn du zu mir kommst«, sagte sie leise.

Er tat es, schob ihren Sechserträger nach hinten, stellte seinen dazu und setzte sich neben sie auf die Treppe.

»Nun?«

Sie griff in die Tasche ihres Wollmantels, den sie abgelegt und unter sich zusammengerafft hatte, um möglichst warm zu sitzen, und zog zwei Gegenstände hervor.

Wegmann lächelte. »Romantik also?«

Das Feuerzeug in Rebeccas Hand klickte, daraufhin zündete sie das Teelicht an und stellte es zwischen Pumps und Herrenschuhen auf der Treppenstufe ab.

»Ich war heute am Uni-Klinikum«, sagte sie.

Schweigend betrachtete er die Flamme neben seinem rechten Fuß.

»Ich habe Thomas getroffen.«

Er spitzte die Lippen, dann wandte er sich ihr zu, fand ihren Blick.

»Warst du das, Gerd?«

Sein Gesicht blieb reglos. Zwei Sekunden. Zwei weitere. »Nein.«

Sie schnaubte amüsiert, sah zur Decke. Dabei wanderte ihre Hand zu seiner. Strich sanft über die Schürfwunden auf seinen Knöcheln.

»Ich weiß, dass das nicht nur von einem Schlag aufs Auge kommen kann.«

Er kniff die Lippen zusammen. Der Schmerz war zart. Aber da.

»Das ist doch alles scheiße«, sagte sie.

»Was?«

»Das.«

Sie schaute ihn an und er erkannte die leichte Furche an ihrer Nasenwurzel, die immer dann erschien, wenn Ärger in ihr aufzog, sah ihr linkes Lid, das etwas höher war als das rechte, sah das Eisblau ihrer Iris, das im schummrigen Licht der Straße zu einem hellen Grau wurde, er beugte sich vor, so wie sie, und der Kuss war lang, zart und nass, ohne dass ihre Körper sich berührten.

»Wie alt sind wir, Gerd? Siebzehn?«, murmelte sie in seinen Mund.

Seine Zunge strich ihre Lippen entlang. »Du sitzt vor meiner Tür, Schatz, und hast dich nicht reingetraut. Ich glaube, wir sind fünfzehn.«

Er umfasste ihren Nacken, zog sie näher, doch der Kuss wurde nicht fordernder, blieb genauso langsam wie zuvor.

»Hör auf, mit anderen Männern zu schlafen«, wisperte er. Seine Augen waren geschlossen.

»Hör auf, dich wie ein Neandertaler zu benehmen.«

»Ich bin fünfzehn, ich kann nicht anders.«

»Oh doch, das kannst du.« Ihre Hand fuhr seinen Oberschenkel entlang, glitt nach innen.

»Lass uns reingehen«, raunte er.

»Nein«, flüsterte sie.

Sekunden später saß sie auf seinem Schoß.

Er schob ihren Rock ein Stück weiter nach oben, während er mit der anderen Hand seinen Reißverschluss öffnete. »Hattest du heute keinen Hosenanzug an?«

»Doch, hatte ich.«

»Du hast dich umgezogen?«

»Ich war schon zuhause. Und ich hab immer noch keine neue Strumpfhose gekauft. Sei froh.« Sie griff zwischen ihre Beine, räumte alles Störende zur Seite.

»Es kann jederzeit einer meiner Nachbarn aus seiner Wohnung kommen.« Ein Stöhnen folgte, während er in ihr versank.

»Ja«, hauchte sie. »Wir müssen leise sein.«

»Kann ich nicht versprechen.« Er atmete zischend ein, als sie sich zu bewegen begann.

Vor der Straße her erklang ein Martinshorn.

Rebecca grinste, ihr Becken hob und senkte sich langsam. »Sie spielen unser Lied.«

Wegmann lachte, umgriff ihre Schultern und zog sich tiefer in sie hinein.

»Ist es ...?«

»Nein.« Die Frau, die neben ihr im Wagen saß, schüttelte den Kopf. »Es ist nicht schlimm.«

Mit gerunzelter Stirn blickte die neue Frau aus dem Fenster. Hinter der getönten Scheibe wirkte die Stadt verwaschen.

Die Limousine glitt durch alles, was die Skyline bildete, vorbei an fragmentiert erleuchteten Türmen, verließ Finanzen und Transaktionen. Betrat die Nacht und ihre Szene. Gesichter auf den Bürgersteigen, verzogen zu beigefarbenen Streifen. Lachen. Streit. Leben.

Erneut erklang das Echo seiner angenehmen Stimme in ihrem Ohr. »*Ein Abschluss in Philosophie, nun ja. Zumindest sollte Konversation kein Problem sein.*«

Konversation war möglich, durchaus. Nur eben selten erwünscht. Ein amüsierter Ausdruck hatte seine Mundwinkel umspielt, als er ihre Hoffnungen platzen ließ. Nachdem sie vor seinen Augen masturbiert hatte und ihn, als sie wieder ruhig atmen und die Scham verdrängen konnte, darauf hingewiesen hatte, dass es nicht nur ein einfacher Abschluss war. Es war eine Dissertation. Kant und der Gottesbegriff. Summa cum laude.

Als er sie dann auf seinem Schreibtisch gefickt hatte, ging es nicht um Gott.

Sie hatte die Decke angestarrt und die darin versenkten Halogenlampen gezählt. Immer wieder. Vierzehn. Die zwölfte strahlte schwächer als die anderen.

Es ging um Geld.

Und dass Nikolaj Dubrov ein gut aussehender Mann Anfang dreißig war, machte die Erinnerung an seine rücksichtslosen Stöße nicht angenehmer.

»Willst du was zur Beruhigung?« Die Frau, die in der Mitte des Rücksitzes saß, lächelte sie an. Sie sah aus wie der Inbegriff einer braven Ehefrau aus den Fünfzigerjahren. Nur die leicht schief sitzende Perücke kratzte am Schein.

»Ich glaub schon«, sagte die neue Frau.

»Hier. Die kriegst du auch ohne Wasser runter.«

Sie nahm die kleine Tablette.

»Dann wirst du ganz leicht.«

»Ich liebe dich«, keuchte Gerd Wegmann.

»Ja«, antwortete Dr. Rebecca Blumberg, spürte, wie er sich in sie ergoss, und hörte nicht auf, sich zu bewegen. Das Teelicht, das er umstieß, kullerte die Stufen hinunter, blieb in der Zwischenetage liegen, flackerte noch einen Moment und erlosch.

25

Die Fenster des Wintergartens glänzten.

Frisch geputzt, dachte Hauptkommissar Gerd Wegmann.

Gestern, wenn nicht sogar heute, wie gelangweilt muss man sein? Die Morgensonne tastete sich an den Scheiben entlang und fand nicht einmal Schlieren.

»Danke, dass Sie uns empfangen, Herr Kunz.« Er lächelte.

Steffen Kunz war unscheinbar. Wo Gereon Kampa noch eine gewisse physische Präsenz an den Tag gelegt hatte, präsentierte Kunz ein gepflegtes, durchschnittliches Nichts. Braune Haare, etwas unter 1,80. Weder schlank noch kräftig. Slips in Größe 6, Schuhe in 42/43, Pullis in L, so sicher wie das Amen in der Kirche, Kirchgänge am Sonntag, nicht an jedem, aber wenn, dann immer ein Schein im Klingelbeutel. Ein Gönner.

So seht ihr also aus ...

Bereit dafür, durchs Raster zu fallen. Wegmann lächelte immer noch.

»Meine Kollege, Herr Taubring.« Er wies auf Tim.

»Das sagten Sie bereits.« Kunz' Lippen hoben sich ohne jede Emotion. »Bitte, nehmen Sie beide doch Platz.« Er sah den Leiter der Ermittlungen an, während er den verschnörkelten Eisenstuhl nach hinten zog. »Soll ich Sie mit Hauptkommissar anreden?«

»Warum?«

»Weil Sie eventuell Wert darauf legen?«

Wegmann schnaubte leise. »Mit wem haben Sie sonst zu tun? Mit dem Militär?«

»Vielleicht.« Steffen Kunz' Mimik verschob sich nicht einen Millimeter.

Also gut, dachte der Leiter der Ermittlungen. In die Arena. Kannst du haben.

»Was kann ich euch Gutes tun?« Nicole Kunz stand an der Schiebetür, die den Wintergarten vom Wohnbereich der Villa abgrenzte, und lächelte das einzige ehrliche Lächeln dieses Sonntagmorgens.

»Nichts, mein Herz.« Liebevoll nickte Kunz seiner Frau zu, und Wegmann glaubte, tatsächlich so etwas wie Gefühle in dem Blick des durchschnittlichen Mannes wahrzunehmen. »Obwohl ... Einen Kaffee vielleicht? Einen Tee?« Der Geschäftsmann blickte die beiden Kriminalbeamten fragend an, die sich an an dem schmiedeeisern eingefassten Glastisch niederließen.

»Kaffee«, sagte Taubring.

»Passt schon«, sagte Wegmann.

»Sind Sie sicher?« Nicole Kunz bedachte ihn mit einem beinahe rügenden Blick. »Sie sehen nach einem Espresso aus.« Ihr Lächeln wurde breit. »Ihr gut aussehender Kollege, den Sie gestern dabei hatten, würde mir sicherlich beipflichten.«

»Es tut mir sehr leid, dass ich heute meinen anderen gut aussehenden Kollegen im Gepäck habe, Frau Kunz.« Wegmann grinste. »Der sich über einen stinknormalen Kaffee sicher freuen wird. Ich für meinen Teil hatte schon zu viel Koffein für diesen Morgen.«

Sie schmunzelte und Wegmann spürte das Bedürfnis, sie in die Arme zu nehmen, auf die Stirn zu küssen und ihr sofort ein Kind zu machen. Er stöhnte innerlich auf. Es gab diesen einen verdammten Typ Frau, der ihn völlig aus der Fassung bringen konnte, und Steffen Kunz' Gattin verkörperte ihn mit jeder Pore.

»Das glaub ich nicht«, sagte sie. »Ich mach Ihnen einfach einen Espresso.« Sie berührte ihn leicht an der Schulter, dann ging sie ins Haus zurück.

Jede verdammte Pore.

Mit gerunzelter Stirn sah Wegmann ihr nach, beobachtete, wie ihr rundlicher, kleiner Körper im Wohnzimmer verschwand. Er wusste nicht, was es war. Er wusste nur, was es nicht war: Begehren.

»Also dann ... Wie kann ich Ihnen behilflich sein?« Beinahe lässig legte Kunz den rechten Arm über die Stuhllehne.

Tim Taubring betrachtete die gigantische chinesische Hanfpalme, die zwei Meter neben ihm an der Glasfront stand. »Können Sie sich das nicht denken?«, sagte er und fügte an: »Schöne Palme.«

»Danke. Und um auf Ihre Frage zu antworten: Ich habe keinen blassen Schimmer. Ich hab die Kripo nicht allzu oft im Haus.« Kunz hob die Schultern.

Der Hauptkommissar löste den Blick vom Innern der Villa, drehte sich etwas zur Seite und sah den durchschnittlichen Mann an.

»Einer Ihrer Geschäftspartner ist der Grund für unseren Besuch.«

»So?«

»Kampa.«

»Gereon?«

»Korrekt.«

Kunz' linke Hand fuhr über sein Kinn. »Hab ihn schon länger nicht mehr gesehen. Ich hoffe, es geht ihm gut?«

Die Sorge, die Geste, alles ist falsch an ihm. Wegmanns Mundwinkel hoben sich kurz, bevor er antwortete. »Es geht ihm gut. Das heißt ... gerade jetzt wahrscheinlich nicht mehr ganz so gut wie noch vor ein paar Tagen.«

Steffen Kunz beugte sich nach vorn. »Ist etwas passiert?«

»Kann man so sagen.«

»Drei Frauen sind tot.« Taubring strich über die gläserne Tischplatte, als ob er Schmutz zur Seite wischen wollte.

Kunz runzelte die Stirn. »Moment ... Sie sind doch nicht etwa wegen der Serienmorde hier?« Ungläubig öffnete sich sein Mund. »Jetzt sagen Sie nicht, dass Gereon etwas damit zu tun hat!«

Der Hauptkommissar schüttelte den Kopf. »Hat er nicht.«

»Na, Gott sei Dank!« Erleichtert atmete der Geschäftsmann aus.

»Aber Sie vielleicht.«

Gerd Wegmann lächelte nicht.

»Ich bin aufgeregt.«

Seit mehreren Minuten spielte sie mit dem Kaffeelöffel, den sie in der Hand hielt. Klopfte damit an die Tasse, den Unterteller, wiegte ihn hin und her.

Dr. Rebecca Blumberg lachte. »Musst du nicht sein, Judith.«

»Ich bin's aber!«

Erheitert schüttelte die Medizinerin den Kopf. »Ich war auch noch nie hier, falls das der Grund ist.« War er nicht, sie wusste es. »Und ganz ehrlich, ich finde die Tatsache, dass wir den Altersdurchschnitt gerade massiv versauen ... irgendwie gut.« Sie ließ ein schelmisches Grinsen folgen.

»Von 19,4 auf 20,5. Halb so wild bei 37 Gästen. Ich hab die Bevölkerungsstruktur der Stadt als Basis genommen.«

Unglaublich. Sie musste nicht eine Sekunde lang überlegen ...

Dr. Blumberg ließ den Blick über die anwesenden Gäste im Café schweifen. Ein Hotspot, wenn man dem Stadtmagazin

Glauben schenkte, mit größtenteils studentischem Publikum. Es war nicht auszuschließen, das der eine oder die andere schon in ihren Vorlesungen gesessen hatte. Rebecca konnte sich ihre Gesichter nicht merken, nie, nur die besonderen stachen hervor und fanden einen Platz in ihrer Erinnerung. Es war kein Desinteresse. Es war Schutz.

»Zwei Männer finde ich attraktiv«, sagte Judith und rührte in ihrem Milchkaffee herum. »Und drei Frauen.«

»Du wärst überrascht.«

Leon behielt mit seiner Aussage recht. Judith Beauvoir überraschte Dr. Rebecca Blumberg mit beinahe jedem Satz. So impulsiv. Das Herz auf der Zunge. Eine Unschuld, die Rebecca schon lange verloren hatte. Wieder zog die Erinnerung an Ralf auf, an den Schmerz, die Erniedrigungen. Die Lust. Sein toter Körper auf ihrem Stahltisch. Vor nicht einmal einem halben Jahr.

Ich bin Witwe, dachte sie. Ich bin 38 Jahre alt und Witwe.

Sie hatte nicht groß überlegt, als sie vor einer Stunde zum Telefon gegriffen und drei Anrufe getätigte hatte. Das Resultat war ein spontaner Brunch. Sonntagmorgen. Zehn Uhr. In einem der hippen Cafés, die Monat für Monat die Betreiber wechselten wie manche Leute gebrauchte Unterwäsche, die nicht einmal mehr einen Waschgang verdiente.

»Was denkst du gerade?« Judith blickte sie mit zur Seite gelegtem Kopf an.

Ein Schnaufen glitt über Dr. Blumbergs Lippen.

»Du musst es nicht sagen, wenn du nicht willst, Rebecca.«

»Ich will nicht.«

»Okay.« Judith sah zum Eingang. »Ist sie das?«

Die Medizinerin folgte ihrem Blick. »Ja.«

Cornelia Taubring zog noch im Gehen ihre Jacke aus und winkte den beiden Frauen am Tisch zu.

»Ich hatte noch nie einen Mädelsmorgen!«

Judith strahlte.

Rebecca verzog das Gesicht und verkniff sich die Antwort.

»Nicht gut? Falsche Wortwahl?« Leons Freundin zuckte ein wenig hilflos die Schultern. »Tut mir leid. Zu viel *Sex and the City* geguckt.«

Dr. Blumberg lachte.

»Das ist irgendwie schräg«, sagte Cornelia, während sie am Tisch Platz nahm. »Und es passt perfekt zu meinem derzeitigen Leben. Ich brauch sofort einen Sekt. Oder einen Cosmopolitan.«

»Der Babysitter konnte?« Rebecca hob die Cappuccinotasse an die Lippen.

»Ja. Ben ist ein Guter.« Die Anwältin lächelte die dritte Frau am Tisch an. »Du musst Judith sein. Hi, ich bin Conny.«

»Ich weiß. Und dein Mann soll teilweise aussehen wie Brad Pitt.«

»Sagt wer?«

»Sagt Leon.«

»Oh mein Gott, ich wusste nicht, dass Leon Tims Lenden kennt!«

Rebecca dachte an *Fight Club* und musste zustimmen. Sie kicherte in den Kaffeeschaum herein. Zwei der Personen, die sie angerufen hatte, waren bereits hier. Das Beste kam erst noch.

»So, hier hab ich einen Kaffee und einen Espresso.«

Hauptkommissar Gerd Wegmann schloss die Lider, als Nicole Kunz neben ihn trat, die kleine Tasse vor ihm abstellte und dabei wie eine Sommerwiese roch.

»Danke, mein Herz«, sagte ihr Mann sanft.

»Du magst wirklich nichts, Steffen? Nicht doch einen Lady Grey mit Milch?«

»Nein. Ich hab doch alles, was ich will.«

Wieder diese liebevolle Ehrlichkeit. Das alles konnte nicht sein, war zu widersprüchlich. Ein klebriges Gefühl baute sich in Wegmanns Mund auf.

Niemand sprach, bevor die kleine Frau wieder im Haus verschwunden war.

»Sie haben einen Fetisch, Herr Kunz.« Tim Taubring sah ihren Gastgeber mit undurchdringlicher Miene an.

»Haben wir den nicht alle?«

»Kürzen wir das doch einfach ab.« Wegmann griff nach einem der beiden Zuckerwürfel, die auf dem Unterteller lagen. »Kampa hat Sie belastet. Und er wird aussagen.«

»Sie müssen schon deutlicher werden, Herr Hauptkommissar.«

Bedächtig drehte Wegmann den Würfel hin und her. Er sah nicht auf. »Sie haben Kampa den Fick beschafft. Da muss ich gar nicht deutlicher werden, Sie wissen genau, wovon ich rede. Sie haben die Rechnung beglichen. Und zwei der an der Nummer beteiligten Frauen sind nun tot.«

»Das sind vulgäre Worte.«

Der Leiter der Ermittlungen schnaufte. »Wie ich das nenne, worauf Sie stehen, wollen Sie gar nicht wissen.«

»Was wird mir vorgeworfen? Sie sind nicht hier, um mich

festzunehmen.« Steffen Kunz hob die Hände, präsentierte die Innenflächen. Es wirkte wie eine Entschuldigung. »Dann würden Sie nicht hier sitzen und möglichst vertrauenerweckend Ihren Kaffee trinken.« Er lächelte die beiden Beamten an. »Sie sind hier, weil Sie hoffen, sachdienliche Hinweise von mir zu erhalten. Sie wollen, dass ich Ihnen helfe, weil Ihnen die Scheiße bis zum Hals steht, die Presse auf Ihrer schlampigen Arbeit sitzt wie eine Schar Geier und Sie wahrscheinlich auch von ganz oben Druck bekommen, weil die Landtagswahlen anstehen.« Er griff nach einem der grünen Äpfel, die in der Schale auf dem Tisch lagen, musterte ihn, hauchte darauf und rieb ihn am Ärmel seines Pullovers ab. »Also lassen Sie uns bitte nicht von ›dem Fick‹ reden, sondern von ›der Dienstleistung‹. Vor allem dann, wenn meine Frau in der Nähe ist.«

Taubring presste die Kiefer zusammen, Wegmann starrte auf seine rechte Hand, die Kruste auf den Knöcheln.

»Deal? Deal.« Kunz beantwortete seine Frage selbst und grinste überheblich. »Was wollen Sie wissen?« Er biss in den Apfel.

Showdown, dachte Rebecca schmunzelnd, als sie sah, wie die Tür des Cafés geöffnet wurde.

»Meine Damen«, verkündete sie. »Wir werden nicht unter uns bleiben. Ich war so frei und –«

»Ich gebe zu, das ist nicht ganz das, was ich erwartet habe«, sagte Flavio Garcia, als er an den Tisch trat und dabei nur Dr. Blumberg in die Augen sah.

»Na hallo.« Cornelia Taubring hob den Sekt an ihre Lippen.

Judith Beauvoir ließ den Blick von der Anwältin über die Medizinerin hin zu dem Kommissar ziehen, verfolgte jede Regung, Geste, Körperverlagerung, erkannte drei Arten Einsamkeit und war rundum glücklich.

»Es war ganz einfach.« Steffen Kunz zuckte die Achseln. »Ich hab irgendwann mal einen Gedanken laut geäußert ...«

Während eine Asiatin vor dir auf die Knie gegangen ist? Wegmann benötigte seine gesamte Beherrschung, um nicht so zu reagieren, wie er es wollte. Alles an Kunz machte ihn aggressiv. Seit Minuten schon spürte er Tims bittende Blicke auf sich. Riss sich zusammen. Starrte auf die Espressotasse.

»Und dann?« Taubrings Tonfall war bemerkenswert neutral.

»Wie ich schon sagte, es war ganz einfach.« Kunz kratzte sich am Ellbogen. »Jemand kam auf mich zu, fragte, ob ich bestimmte Wünsche hätte. Dass ich das nötige Kleingeld habe, lag auf der Hand.«

»Jemand. Aha.«

»Exakt, Herr Taubring. Jemand.«

»Und dieser Jemand heißt wie?«

Steffen Kunz lachte spöttisch auf. »Was wollen Sie? Adresse, Telefonnummer? E-Mail-Account? Geburtsdatum? Kommen Sie, so dumm sind Sie nicht!« Er stand auf. Ging zu der Glasfront, die den Wintergarten vom Anwesen trennte, und öffnete eins der darin integrierten Fenster. Der Morgen schob sich fordernd und kalt ins Innere.

»Sie haben ...« Wegmann blickte den Geschäftsmann von unten her an und korrigierte sich: »Sie hatten mit betäubten Frauen Geschlechtsverkehr, Herr Kunz. Sie haben dafür bezahlt. 20.000 Euro. Was weiß ich, wie oft.« Das nötige Kleingeld. Er rümpfte die Nase, wartete einen Moment. »Ein richterlicher Beschluss – wie würde sich das für Sie anfühlen? Nur, damit ich vor der Tür stehe, während Sie auf dem Klo in einen Plastikbecher wichsen, und ich Ihr Sperma mit Miriam Santos in Verbindung bringen kann.«

»Miriam Santos? Wer soll das sein?« Der Geschäftsmann runzelte die Stirn, hob dann den rechten Zeigefinger. »Moment, warten Sie! Das ist Ihre erste Tote. Die, die im Kofferraum beinahe verbrannt wäre.« Er sah Wegmann an. »Dieser ... wie heißt er noch, der Reporter vom Express? Ah, ich weiß, Thorsten Fischer! Schon ein erstaunlich gut vernetztes Kerlchen, finden Sie nicht?«

Das Arschloch hat nicht nur die Hand in deinem Schritt, er weiß, wo er zudrücken muss, damit es richtig weh tut, dachte Wegmann. Er wollte rauchen.

Kunz ließ das Fenster offen stehen und nahm wieder am Tisch Platz.

»Schon komisch«, sagte er. »Ich hätte jetzt doch gern einen Tee. Und Musik. Vivaldi, ganz banal. Immerhin ist Sonntag.« Er lächelte.

Nikolaj Dubrovs schlanker Leib tauchte ins Wasser ein, glitt kaum sechs Meter weiter und gelangte an die beschichtete Wand. Die Maße des Beckens waren überschaubar, wenige Kubikmeter unnatürliches Blau, von im Boden versenkten Strahlern erleuchtet.

Er umfasste den Beckenrand, strich sich mit der Hand das dunkelblonde Haar aus dem Gesicht.

Dampf stieg auf. Vermischte sich mit den Schwaden, die aus der geöffneten Tür der Sauna ins Innere des großzügig geschnittenen Raumes drangen. Etwas entfernt stand ein Laufband, direkt vor der deckenhohen Glasscheibe, die hinter sich Grundstück, sauber gemähten Rasen und als Begrenzung eine dezente Tannenschonung zeigte.

Die junge Frau war nackt. Ihre Brüste wippten kaum, als sie am Beckenrand entlangging und dem Mann im Wasser einen kecken Blick zuwarf. Große Warzenhöfe, gute Hüften, und das schon mit siebzehn. Sie betrat die Sauna und verschwand in dem von hellem Holz umgebenen Bereich. Die Tür knarrte, dann klickte es leise und die Lampe über dem Rahmen leuchtete in samtenen Orange auf.

»Sie hat sich nicht gesäubert«, sagte Alena.

»Ich weiß.« Dubrov tauchte unter und direkt wieder auf. Er schüttelte den Kopf, Wasser spritzte zur Seite. »Sorg dafür, dass nachher jemand die Sitzbänke in der Sauna reinigt.«

Alenas Lippen waren ein gerader Strich, als sie nickte. »Ihr Konsum ist bedenklich.« Sie musste nicht auf den Spiegel und das weiße Pulver darauf deuten.

Dubrov grinste kalt. Dann stieß er sich vom hinteren Beckenrand ab, war mit zwei kräftigen Schwimmzügen an der Leiter. Er kletterte empor, ging ein paar Schritte, rieb sich das Wasser aus dem Gesicht und sah die schwer bewaffnete Frau an, die seit gut einer halben Stunde an der Tür stand und auf den passenden Moment gewartet hatte.

»Aber«, sagte er, während er nach einem der Handtücher griff, die auf dem Vorsprung an der Wand bereitlagen, »sie bläst gut.«

»Das habe ich gesehen.«

»Ich weiß.« Er lachte leise und begann sich abzutrocknen. »Was hast du für mich, mein Gold?«

Etwas wie Stolz umgab ihre dunklen Augen.

»Eine neue Quelle«, sagte sie. »Ein Bulle in Scheidung. Er braucht Geld.«

»Weiter.«

»Fotos der Obduktionen.«

Der Russe nickte. »Wie viel hat es mich gekostet?«

»Nicht mal fünftausend.« Alena lächelte und Nikolaj Dubrov stellte fest, dass er sie zum ersten Mal wirklich lächeln sah.

Er langte nach dem Bademantel, zog ihn an. Gönnte ihr noch ein paar Momente den Anblick seines nackten Körpers, bevor er die Schlaufen verknotete. Sie hatte es sich verdient.

»Das ... ist billig«, sagte er.

»Wolf.«

Gerd Wegmanns linke Augenbraue hob sich. Tim Taubrings Gesicht sah nicht weniger skeptisch aus. Beide schwiegen.

Kunz musste ein Lachen unterdrücken. »Es tut mir leid, aber so hat er sich mir nun mal vorgestellt. ›Ich bin Herr Wolf.‹ Das waren seine Worte.«

»Klar.« Taubring schnaufte verächtlich. »Und er löst Probleme.«

»Ich weiß, wie das klingt. Und ganz nebenbei finde ich, dass *Pulp Fiction* völlig überschätzt wird. Von Christopher Walkens Performance einmal abgesehen. Sie tragen da übrigens eine schöne Uhr, Herr Wegmann. Wo auch immer sie vorher schon gesteckt hat.«

»Es reicht langsam«, knurrte Tim.

Der Geschäftsmann blickte den Kommissar an. »Herr Taubring ... Was soll ich machen? Das ist die Wahrheit. Und in gewisser Weise löst dieser Herr Wolf ja ebenfalls Probleme.«

Die Belustigung auf Steffen Kunz' Gesicht war kaum zu ertragen. Wegmann atmete tief ein. »Hören Sie, Kunz. Wenn wir auch nur ansatzweise Dreck an Ihrem Business finden oder die Kollegen vom Dezernat Wirtschaftskriminalität etwas gegen Sie am Laufen haben, und wenn es auch nur eine klitzekleine Steuerhinterziehung ist, mach ich Sie platt! Was Sie und Ihre beschissenen Geschäftspartner diesen Frauen antun, das –«

»Papa!«

Das Mädchen hatte unordentliche Zöpfe und ein Blatt Papier in der Hand. Sie flog auf ihren Vater zu, der sie sofort um die Taille griff und auf seinen Schoß zog. Die Freiheit ihres hellen Lachens floss wie ein warmer Luftzug über den Tisch und als Wegmann die Zahnlücke erblickte, fühlte er einen Stich im Magen. Sie war vielleicht fünf. Sah aus wie Inken. Damals.

»Was hast du da, Mia?«

»Ich hab dir was gemalt!« Sie reichte Kunz das Papier. »Ein Pony!«

»Das ist schön.« Er strich über ihr Haar, während er die Zeichnung auf dem Tisch ablegte.

»Kaufst du mir ein Pony, Papa?«

»Gestern wolltest du noch eine Katze.«

»Ja, aber Jonah hat auch ein Pony und ich werde Jonah heiraten, wenn ich groß bin, und da brauch ich doch auch ein Pony!« Sie zog einen Schmollmund.

Lächelnd küsste Kunz ihren Scheitel. »Erinnerst du dich an unser Spiel, Prinzessin?«

»Ja.«

»Wir spielen es jetzt.«

»Aber nur, wenn ich ein Pony krieg!«

»Vielleicht, Prinzessin. Vielleicht.«

Gehorsam schloss Mia Kunz die Lider, die Hände ihres Vaters legten sich sanft über ihre Ohren und pressten sich dann fest an ihren kleinen Kopf. Steffen Kunz starrte den Hauptkommissar an. Keine Maskerade mehr.

»Was ich den Frauen antue, ist nichts, Wegmann. Ein bisschen Ficken, nichts abseits der Norm. Sie kriegen nichts davon mit, und es schert sie nicht. Fissuren heilen ab, blaue Flecke verblassen. Was meine Partner tun, geht mich nichts an. Jonahs ...« Er blickte auf seine Tochter hinab, die mit geschlossenen Augen auf seinem Schoß vor sich hin lächelte und begonnen hatte, leise eine Melodie zu summen. »Jonahs Vater macht in Immobilien und besteht darauf, dass sie Jungfrauen sind. Er steht auf Hollywood und die großen Mordfälle der Zwanzigerjahre. Er penetriert sie mit einer Sektflasche, bis sein Schwanz richtig hart ist und spritzt dann in ihre Augen ab. Kostet fünftausend extra.«

Tim Taubring senkte den Blick, versuchte, das Bild seiner Tochter aus seinem Geist zu verdrängen.

»So gesehen bin ich einer der Guten.« Kunz grinste kalt. Dann löste er beide Hände vom Kopf des Mädchens.

»Bumm!«, rief er.

»Bumm!«, antwortete seine Tochter und riss die Augen auf. »Wer sind die Männer, Papa?«

»Das sind Polizisten, Prinzessin. Sie passen auf uns auf.«

Gerd Wegmanns Unterlippe zitterte.

»Bring mich irgendwo hin, wo ich jemanden zusammenschlagen darf. Bitte.« Wegmann starrte aus dem Seitenfenster.

»Weißt du, was ich gemacht hab, als ich bei Kunz aufs Klo gegangen bin?« Tim Taubring glotzte auf das Lenkrad.

Seit gut sieben Minuten stand der zivile Dienstwagen halb auf dem Bürgersteig. Die Straße mündete in ein Waldstück, ließ das Villenviertel hinter sich. Ein mit Nordic-Walking-Stöcken ausgestattetes Seniorenpaar zog schnellen Schrittes an dem parkenden Auto vorbei, ohne auch nur einen einzigen Blick auf die wie versteinert wirkenden Insassen zu werfen.

»Ich bin aufs Klo gegangen, Gerd.« Taubring quetschte die Wörter hervor. »Ich hab gepisst. Und dann auf meine Pisse gekotzt. Auch wenn kaum was rausgekommen ist.«

Er hatte immer noch den leicht sauren Geschmack im Mund. Croissants zum Frühstück. Seine Tochter auf dem Schoß, die sich folgsam mit den kleinen Stücken füttern ließ. Kunz' Tochter, die, nachdem Tim seine Bitte geäußert hatte, seine Hand ergriffen und ihn ins Innere der Villa gezogen hatte.

»*Komm mit, ich zeig dir das Loo.*« Loo. Englisch. Internationale Erziehung. Und nicht der feine Begriff für die Toiletten. Das Mädchen hatte die Tür zum Gäste-WC aufgestoßen. »*Hier. Und wenn du fertig bist, wasch dir die Finger. Das ist sehr wichtig. Ich weiß nicht, wieso, aber meine Mama sagt es. Und deine bestimmt auch.*«

Scheiße, meine Mutter.

»Ich ertrage das nicht«, murmelte Tim.

Wegmann schwieg, dachte an das, was Kunz ihm gesagt

hatte, als Taubring im Inneren des Hauses verschwunden war, um sich zu erleichtern.

»Mir ist klar, was Sie eigentlich von mir hören wollen, Wegmann.«

Sie standen beide vor dem Tisch.

Der Hauptkommissar sah den kleineren Mann an, wartete.

»Sie wollen, dass ich Ihnen bestätige, dass Nikolaj Dubrov derjenige ist, der hinter all dem steht.«

Wegmann hob das Kinn.

»Dubrov kennt mich.« Kunz zuckte die Schultern, als ob dies alles erklären würde. »Ich hab ihm letztes Jahr ein Offshore-Konto auf den Cayman Islands besorgt.«

Er hatte den Moment genau abgepasst. Kein zweiter Beamter war anwesend. Hauptkommissar Gerd Wegmann presste die Zähne zusammen, atmete langsam durch die Nase ein und aus.

»Sie oder Ihre ... Kollegen vom Dezernat Wirtschaftskriminalität können gern danach suchen. Suchen, bis sie in Pension gehen.« Kunz lächelte jovial. »Sie werden nichts finden. Schreiben Sie das ruhig in Ihr, wie heißt es noch, informatorisches Befragungsprotokoll. Ich werde alles leugnen.«

Er blickte zur Decke des Wintergartens. Der Himmel war grau. Bald würde es regnen.

»Wir wissen beide, wozu Dubrov fähig ist. Ich werde nicht für Sie aussagen. Ich bin nicht lebensmüde, und ich denke, Sie sind es auch nicht. Und ich mag es nicht, wie Sie meine Frau ansehen.«

Sein Tonfall war ruhig, als er Wegmann direkt in die Augen blickte. »Und jetzt verlassen Sie mein Haus.«

Dicke Tropfen trafen die Windschutzscheibe.

»Bring mich irgendwo hin, wo ich jemanden zusammenschlagen darf. Bitte«, wiederholte Wegmann.

Taubring lachte humorlos. Dann startete er den Motor.

»Normalerweise würde ich sagen, lass uns was essen gehen.« Er legte den ersten Gang ein. »Aber es ist gerade mal elf. Sonntags.«

»Und ich könnte hochgradig verkatert im Bett liegen«, brummte Wegmann. »Wenn ich mich nicht für diesen Scheißjob entschieden hätte. Meine Mutter hatte recht. Fuck.« Sozialarbeiter.

»Mein Vater auch.« Tim lenkte den Wagen auf die Straße und legte den zweiten Gang ein. Bankkaufmann.

»Also: Wo fahren wir hin?«

»Jedenfalls nicht zum Lotus Loft. Da werden wir um die Uhrzeit eh nur Reinigungskräfte vorfinden.«

»Was du nicht sagst.«

»Wir fahren zum Schießstand.«

»Ich schieße besser als du.«

»Und du hättest schon längst zum Optiker gehen müssen. Ich zieh dich ab.«

Wegmann schloss die Augen und lächelte.

»Was sollte das?«

»Was sollte was?«

»Du rufst mich an, als ob du dir irgendwie Einblick in meinen Dienstplan verschafft hättest, lädst mich auf einen Kaffee ein – um mich vorzuführen?«

Dr. Blumberg hob schelmisch die Brauen. Es war fast Mittag, und sie saßen nur noch zu zweit am Tisch.

»Ich bin kein Objekt, Rebecca.«

»Doch, das bist du.«

»Oh bitte.« Flavio Garcia schmunzelte.

»Und außerdem bist du der Einzige, bei dem ich mir sicher war, dass er nicht schon nach einer Viertelstunde irgendeinen fadenscheinigen Grund aus dem Hut zaubern würde, um sich aus der Situation zu winden.«

»Soso.«

Sie grinste. »Gerd wäre ziemlich sicher schon nach fünf Minuten abgehauen.«

»Wahrscheinlich.« Er grinste ebenfalls und sah aus dem Fenster. Es regnete. Das Licht im Café hielt dem Trübsal auf der Straße stand.

»Wollen wir was essen? Hast du noch Zeit?« Rebeccas Finger trommelten einen kurzen Rhythmus auf die Tischplatte.

»Ja.«

Die Medizinerin griff nach der Speisekarte. Fünf Blätter, zwischen zwei Holzbretter geklemmt. Schick und unhandlich.

»Okay«, sagte sie. »Es gibt ... Burger. Und Curry. Massenhaft Curry. Curry, von dem ich noch nie etwas gehört habe.« Sie schnaubte amüsiert.

»Du liebst ihn sehr, hm?«

Flavios Miene war ernst, als sie ihn ansah.

»Er dich auch«, sagte er.

»Dummes Schwein ... Von wegen!«

Gerd Wegmann stand mitten im Büro und blickte auf die Wand. Die Fotos. Die Toten, die von einer Aura aussichtsloser Hoffnung umgeben waren. »Ich kann nichts verwenden. Ich habe nichts. Nichts! Nicht mal einen einzigen Zeugen, der eine brauchbare Verbindung zu Dubrov herstellen könnte!«

Tim Taubring saß breitbeinig auf dem Besucherstuhl und hob die Hand in einer abwägenden Geste. »Das stimmt nicht ganz. Wir haben den Jeton. Wir haben die Liste. Wir haben Kampa, das andere dumme Schwein. Und er ist bereit, auszusagen.«

Wegmann atmete laut hörbar aus. »Aber das reicht nicht! Kampa ist nicht dicht genug dran. Ich brauch jemanden aus Dubrovs Nahbereich. Zum Beispiel Kunz, der verflucht noch mal leider kein dummes Schwein ist, nicht mal Angst hat und uns zu guter Letzt vorhin auch noch rausgeschmissen hat. Rausgeschmissen! Scheiße, ich würd wieder an die Wand boxen, wenn meine Knöchel nicht schon so verdammt weh-tun würden!«

Zweifelnd verengte Tim die Lider. »Du hast nicht an die Wand geboxt, Gerd. Das glaubt dir keiner.«

Wegmann starrte ihn an. »Ich habe an die Wand geboxt! Frag Gabriele, sie war dabei!«

Sein Freund schüttelte leicht den Kopf. »Das kannst du mir nicht erzählen.«

»Willst du's wirklich wissen?«

Noch bevor Tim antworten konnte, platzte es aus Wegmann heraus. »Ich hab dem nächsten Doktor, mit dem Rebecca ge-vögelt hat, aufs Maul gehauen!«

Taubrings Kinnlade klappte nach unten. Er hatte mit vie-lem gerechnet. Damit nicht.

»Bist du nun zufrieden?«, schrie der Hauptkommissar.

»Also zufrieden kann man nicht gerade sagen, ich –«

»Bohr einfach nicht weiter nach, Tim! Es ist wieder gut zwischen ihr und mir! Oder auch nicht. Ich weiß es nicht. Ich weiß schon seit zwei Wochen nicht mehr, woran ich bin.

Und das kann ich gerade jetzt überhaupt nicht gebrauchen!«

»Willst du darüber –«

»Nein! Will ich nicht! Ich will an die Wand boxen!« Wegmann sank auf seinen Schreibtisch und verbarg das Gesicht in den Händen. Seine Schultern sackten hinab.

Tim blickte auf den Fußboden. An der Spitze seines linken Schuhs hing ein einzelner Grashalm und er hatte keinen blassen Schimmer, woher er kam.

»Gerd«, sagte er leise.

»Hm?«

»Eins verstehe ich nicht: Du fixierst dich gerade voll auf Dubrov.«

Sein Vorgesetzter brummte zustimmend.

»Dir ist bewusst, dass das nur sekundär mit den Frauenmorden zusammenhängen könnte?« Er blinzelte zu seinem Freund empor.

»Tim! Eins ist doch inzwischen klar: Sie waren Prostituierte. Sie sind für Dubrov gelaufen. Beziehungsweise wurden für ihn gefahren, wie wir jetzt ja wissen.« Wegmann ließ die Hände auf die Oberschenkel fallen, sein Gesicht nahm einen angewiderten Ausdruck an. »Dass er Nutten laufen hat, ist ja nichts Neues, das gehört schließlich zum guten Ton im Milieu. Aber das hier ... also dieses ...« Er spuckte das kommende Wort geradezu aus. »Geschäftsmodell! Es ist zu viel, Tim. Frauen in einen goldenen Käfig zu sperren und dann zu so etwas zu zwingen, das ist ... keine Ahnung, wie ich's nennen soll! Mir fällt nur diabolisch ein, und das ist viel zu pathetisch für dieses brutale russische Arschloch.«

Er blickte auf, direkt in Taubrings Augen. »Du willst wissen, ob ich es persönlich nehme? Ja. Das tue ich.« Sein Mund war ein entschlossener Strich. »Ich will Dubrov bluten sehen. Ich will, dass er im Knast keine Freunde hat, außer denen mit dem extragroßen Schwanz. Und wenn das primäre Ziel ist, ihn dazu zu bringen, einen Fehler zu machen, damit wir ihn endlich abgreifen können ... Dann bin ich bereit, alles dafür zu tun. Ich werde Dubrov auf den Sack gehen. Aber so richtig! Und du weißt, welche Mittel uns dafür zur Verfügung stehen.«

Taubring zog die Lippen nach hinten und atmete zischend ein. »Okay ... Das war deutlich.«

»Sag nicht, dass es dich wundert.«

»Es wundert mich nicht, Gerd. Aber es gibt eine andere Richtung vor. Und das erklärt auch, warum du mit der Stolkembach kuschelst: Du willst das Gala-Programm. Wohnraumdurchsuchung. Geschäftsdurchsuchung. Beschlagnahmungen. Ein paar Festnahmen. Dubrov wird im Strahl kotzen.«

Wegmann lächelte kalt. »Ich hoffe doch.«

Er stand auf, ging um den Schreibtisch herum und öffnete das Fenster. Die kalte Luft, die ins Büro schoss, wirkte stumpf. »Und darum brauch ich mehr Beweise. Bessere Beweise. Verdachtsmomente. Konkrete Anhaltspunkte. Nicht nur Hörensagen. Barbara kann erstaunlich geschmeidig sein. Aber ein bisschen was an die Hand muss ich ihr schon geben.«

»Wenn du Barbara sagst, wird mir ganz anders.«

Wegmann grunzte amüsiert, während er die Zigaretten aus seiner Hosentasche zog.

»Apropos ganz anders ...« Taubring richtete sich auf. »Soll ich uns eine Pizza bestellen?«

»Du wirst irgendwann als fetter alter Mann enden, Tim.«

Sein Freund lachte. »Soll ich oder soll ich nicht?«

»Meinetwegen.«

Kurz darauf steckte Tim das Handy ins Jackett zurück und trat neben den Leiter der Ermittlungen.

»Deine Knöchel, Gerd.«

»Was ist damit?«

»Du weißt, dass ich vorhin auf dem Schießstand besser war.«

»Weiß ich«, knurrte Wegmann. Kontaktlinsen, wenn, dann Kontaktlinsen, schwor er sich.

»Du weißt auch, dass du nicht die üblichen Ziele anvisiert hast ...«

»Hab ich nicht?«

»Du hast nicht auf den Kopf oder die Brust gezielt. Du hast dem armen Schattenmann auf den Scheiben permanent in den Schritt geballert.«

Wegmann konnte nicht anders. Das Grinsen kam automatisch.

»Neben uns haben zwei Kollegen vom Dezernat Rauschgift geschossen.« Taubring betrachtete seine Fingerspitzen betont desinteressiert. »Sie haben dich angeglotzt.«

»Rauschgift kann mich mal«, sagte Hauptkommissar Gerd Wegmann und schnippte die Kippe in den Hof des Präsidiums.

»Gerd?«

»Rebecca.«

»Dauert's noch lang bei dir?«

»Ich denke schon. Warum?«

Die Medizinerin presste das Handy an ihr Ohr und betrachtete die Kaffeemaschine. Dachte an die Tasse im Mülleimer. Ein sanftes Lächeln umspielte ihren Mund. Es war kurz vor sechzehn Uhr.

»Wollen wir uns heute Abend bei mir treffen?«

»Hatten wir uns nicht auf etwas geeinigt, Schatz?«

Sie runzelte die Stirn. »Auf was?«

»Deinen neuen Kosenamen für mich?«

»Vergiss es.«

»Oh nein, das vergesse ich nicht!«

»Gerd, ich werde keinen Mann Hengst nennen. Dafür müsste er mich schon Königin nennen! Ein profanes Schatz reicht da nicht.«

Er schnaubte. »Ich komm nachher bei dir vorbei«, sagte er dann. »Aber ich kann wirklich nicht sagen, wann.«

»Ist mir egal. Ich freu mich.«

»Und ich erwarte, dass du was gekocht hast und keine Unterwäsche trägst.« Eine kurze Pause folgte. »Königin.«

Dr. Blumberg grinste.

Der Regen machte schläfrig.

Kommissar Flavio Garcia atmete tief durch. Sein Auto parkte in angemessenem Abstand, hielt ihn auf Distanz und doch nah genug. Er sah, wie immer wieder ein Schatten unter das Vordach des Kiosks glitt. Etwas kaufte. Verschwand. Verweilte. Vielleicht ein wenig plauderte. Mit eng um den Leib gezogener Jacke einen Kaffee schlürfte, während sie im Innern der kleinen Bude hantierte.

Er starrte sein Handy an. Der letzte Anruf lag Monate zurück. Hatte in Streit geendet.

Dann wählte er die Nummer.

»Du sollst kämpfen.«

Und hier fing alles an.

»Garcia«, ertönte wenige Sekunden später eine kratzig klingende, helle Stimme an seinem Ohr.

Er schloss die Augen.

»Ich bin's. Hallo, Mama.«

Hauptkommissarin Regina Hemptstätt leitete das Dezernat Organisierte Kriminalität und blickte Gerd Wegmann skeptisch an. »Ist das alles, was du hast?« Blondiertes, kurzes Haar, Berechnung im Blick. »Und dafür bestellst du uns ein? An einem Sonntag?«

»Er wird Gründe haben«, brummte Hauptkommissar Gregor Umwalzer. Er war klein, dünn, hatte ein auf merkwürdige Weise rundes Gesicht und wurde CC genannt. »Guck dir nur an, wer hier steht, Regina: Du, Gerd, mit dem Kapitaldelikte dazukommen, und ich bring einen netten Schuss Menschenhandel mit.« Er grinste humorlos. »Ein bunter Strauß Schwerverbrechen. Das trommelt niemand einfach so zusammen. Nicht einmal Gerd.«

Die Hauptkommissarin verschränkte die Arme vor der Brust. Ihr langer Leib wirkte angespannt. »Das hoffe ich doch, CC. Ich habe heute noch was vor. Etwas, das meinen Ex-Mann zur Weißglut bringen wird. Alles andere überlasse ich eurer Fantasie.«

Gerd Wegmann lächelte halb. »Du hast recht, Regina: Ich habe nicht viel.« Er blickte auf seine Uhr. »Aber zusammen sollten wir genug an belastendem Material haben. Und darum habe ich –«

Die Tür zu seinem Büro schwang auf. Barbara Stolkembach stand im Türrahmen und zupfte mit der linken Hand an ihrer Strickweste herum, während sie mit der rechten den Taschenschirm ausschüttelte.

»Scheißwetter«, sagte sie.

Knapp zehn Minuten später rieb die Staatsanwältin sich mit beiden Handballen über die Augen und seufzte.

»Schwierig. Wirklich schwierig. Zu schwierig, wenn ich ehrlich bin.«

Sie ließ die Hände sinken.

»Die Beweislast ist nicht unbedingt schlecht.« Ihr Blick glitt über die die drei anwesenden Hauptkommissare. Drei Dezernate, vereint. »Aber wir alle wissen, dass Dubrov nicht mit irgendwelchen blutigen Anfängern vor Gericht erscheinen wird. Da wird mir eine Armee von Anwälten gegenüberstehen. Und ganz vorn das Arschloch Arendt. Die Presse, die im Kielwasser mitschwimmt, lass ich mal ganz außen vor.«

Ihre Miene wurde sauer.

»Ich sag's nicht gern: Aber das hier ist maximal eine Fifty-fifty-Chance. Ein bisschen Prostitution, Steuerhinterziehung, Geldwäsche, die nur unzulänglich bewiesen ist, ein Zeuge, der aussagt, dass er im Auftrag Schutzgeld erpresst hat, aber leider auf Pep und Steroiden ist und kaum geradeaus gehen kann vor lauter Muskeln ...« Sie atmete prustend aus, sah aus dem Fenster.

»Barbara!« Wegmann starrte sie an. »Er hat die Nutten beseitigen lassen! Warum auch immer! Wozu er sie vorher gezwungen hat, steht auf einem ganz anderen Blatt! Er ist skrupellos. Er geht über Leichen. Immer mehr Leichen. Das ist die Chance, ihn kaltzustellen! Vielleicht bekommen wir so eine Chance nie wieder, und dieser gottverdammte Wichser kann in alle Ewigkeit weitermachen, weil wir zu feige waren, sie zu nutzen!«

Die Staatsanwältin wandte sich ihm zu. Ihre Augen waren kalt. »Ich weiß, dass dir Beweise zugespielt wurden, Gerd. Das ist gut und schlecht. Weil deine Beweise verdammt noch mal nicht ausreichen. Noch ein Zeuge! Nur ein einziger Zeuge, der nicht einknickt, würde mir schon genügen! Einer, der direkt belastet, und ich –«

Weiter kam sie nicht.

Die Tür zu Hauptkommissar Gerd Wegmanns Büro wurde so heftig aufgestoßen, dass sie an die Wand prallte. Die Leichenporträts erzitterten.

»Gerd!«, keuchte Gabriele Duhn. »Du glaubst nicht, was gerade passiert ist!«

Der Jeton. Die Liste. Und nun: Ein anonymer Anruf, eine Wochenration nahezu reines Heroin, Wohnort und Name der unbekannten dritten Toten ... Sonntagnachmittag. Wenn brave Bürger Kaffee tranken und Kuchen aßen, der als selbst gebacken serviert wurde und aus der Tiefkühltruhe stammte.

»Unglaublich«, murmelte Gerd Wegmann.

»Und du hast wirklich keine Ahnung, wer dein«, Barbara Stolkembach rümpfte die Nase, »geheimnisvoller Informant ist?«

»Nein.«

»Auf jeden Fall jemand, der Dubrov im Dreck sehen will.«

Wegmann blickte auf sie herunter. Seit mehreren Minuten standen sie in dem kleinen Raum, der an das Vernehmungszimmer grenzte und durch das Fenster Einblick auf eine Situation bot, die niemand erwartet hatte.

Die Staatsanwältin sah den Beamten an ihrer Seite nicht an. Sie war ungeschminkt und wirkte nicht einen Tag älter, als sie war.

»Der Feind meines Feindes ist mein Freund«, sagte sie leise. Dann atmete sie langsam ein und aus. »Geh rein, Gerd. Biete ihm einen Deal an. Er wird annehmen.«

Sie war sich nicht nur sicher. Sie wusste es.

Hauptkommissar Gerd Wegmann nickte, verließ den Raum und betrat das Vernehmungszimmer. Der vor einer Stunde festgenommene Dealer sah ihn mit verweinten Augen an. Auf seiner Oberlippe glänzte Rotz.

Gabriele Duhn zog die Tür hinter dem Leiter der Ermittlungen zu, wartete, bis Wegmann Platz genommen hatte, und ging dann zum Tisch. Sie warf dem nervösen jungen Mann eine Packung Papiertaschentücher zu.

»Putzen Sie sich die Nase«, knurrte sie. »Das ist ja erbärmlich.«

Wegmann betrachtete die Wand zu seiner Linken, dann den Block und den Stift auf dem Tisch. Die beiden Mikrofone. Das Aufnahmegerät.

»Paragraph 29a. Handel mit BTM. Ich denke nicht, dass ich für Sie ins Detail gehen muss, Herr Schneider. Sie sind überführt. Sie sind aktenkundig. Diverse Vorstrafen. Beachtlich für Ihr Alter. Und ...« Er sah den Mann an, der ihm gegenübersaß. Lächelte. »Sie sind auf Bewährung. Das wird eine lange Auszeit diesmal. Eine sehr lange Auszeit.«

Über die Lippen des Dealers wich ein dünnes Geräusch. Sein Gesicht war verzerrt, der schüttere, rötliche Bartwuchs in die Länge gezogener Flaum. Das Holzfällerhemd war zu groß. Er begann zu schluchzen.

»Oh bitte!« Gabriele verdrehte die Augen.

»Meine Freundin.« Schneider keuchte.

»Interessiert mich nicht!«, knarrte der Leiter der Ermittlungen sofort.

»Sie ist schwanger.«

Wegmann senkte den Blick. Wartete so lange, wie er warten musste. Das Schluchzen begann erneut, wurde lauter, unkontrollierbarer. Wurde zum perfekten Zeitpunkt. »Und mit einem Mal haben Sie etwas zu verlieren, hm?«

»Es war guter Stoff«, haspelte Schneider. »Guter Stoff!«

»Und?«, säuselte Wegmann.

»Sie sollte nur guten Stoff bekommen. Sie sollte denken, dass sie es selbst in der Hand hat. Dass niemand es wusste. Sie sollte sich wohlfühlen.«

»Und?«

»Es ist nicht schädlich!«

Wegmann lachte empört auf.

Schneiders Kopf wackelte hin und her. »Nicht so schädlich wie das, was ich sonst vercheckt hab!«

»Und?«

»Ich wollte aussteigen. Sie mit Junk zu versorgen ... sollte mein letzter Job sein.«

»Weil er gut genug bezahlt wurde, nehme ich an.« Wegmann stand auf. »Sie sind ein Arschloch, Schneider. Ein skrupelloses Arschloch, das auf die Leben anderer Menschen scheißt. Und jetzt haben Sie ein neues Leben gemacht und erwarten was von mir? Mitleid?« Ein verächtliches Prusten folgte.

»Nein, ich ...«

»Wer hat Sie zu ihr geschickt? Wer ist Ihr Auftraggeber?«

Schneiders Zähne bohrten sich in seine Unterlippe. Er schwieg.

»Wir haben Sie abgegriffen. Vor der Wohnung einer Frau, die tot ein paar hundert Meter weiter in der Rechtsmedizin liegt. Und das schon seit drei Tagen!«

Der Hauptkommissar wanderte um den Tisch herum, blieb rechts von dem jungen Mann stehen, der mittlerweile in verkrampfter Haltung auf seine Knie starrte. Er roch Schneiders Schweiß. Süßlich und scharf.

»Eine Frau, die dazu gezwungen wurde, sich zu prostituieren. Jetzt sagen Sie nicht, dass Sie das nicht wussten!«

Schneider schwieg weiterhin, und Wegmann trat nah an ihn heran.

»Eine junge Frau, die sterilisiert wurde. Und das sicher nicht freiwillig.«

Näher.

»Keine Kinder. Nur Heroin.«

Noch näher. Sein Schritt befand sich nun direkt neben Schneiders Schulter.

»Und Schwänze.«

Schneiders Blick flog nur kurz nach rechts, auf den verdeckten Reißverschluss der dunklen Anzughose.

»Ich dachte ...« Seine Stimme stockte.

»Was?«

Wegmann wich nicht zurück, hielt die unangenehme Nähe aufrecht.

»Ich hab manchmal mit ihr gesprochen.« Immer wieder kniff Schneider die Lider zusammen. Es wirkte wie ein Nervenschaden. »Sie war nicht unglücklich.«

»Sie urteilen über Glück und Unglück? Sie? Ach, kommen Sie!« Wegmann stemmte die Hände in die Hüften. »Sie haben dafür gesorgt, dass die Frau sich wegschießen konnte. Und das bestimmt nicht, weil sie glücklich war.«

Er wich keinen Millimeter zurück, blieb nah an der Grenze zur Nötigung.

»Keine Kinder«, raunte er erneut. »Nur Schwänze. Und Ihre Freundin ist schwanger.«

Die Hände des Dealers schossen nach oben, begruben sein Gesicht.

»Wer hat Sie zu ihr geschickt, Schneider?«

»Können Sie mich schützen?«

»Kommt ganz darauf an.«

»Worauf?«

»Welchen Namen Sie jetzt nennen. Dort ...« Der Leiter der Ermittlungen wies auf die silbern glänzende Scheibe. »Dort steht die Staatsanwaltschaft und hört zu. Ein glücklicher Zufall, der Ihnen in die Hände spielt.«

Ganz kurz nur glitt Schneiders Blick zum Spiegel, dann ließ er den Kopf in den Nacken fallen und starrte zur Decke.

Wegmann schnaubte verächtlich.

»Sie müssen ernsthaft überlegen? Dann sollten Sie auch über Folgendes nachdenken: Sie wurden nicht mal informiert, dass die Frau, die Sie beliefern sollten, tot ist. Das sollte Ihnen Ihren Stellenwert vor Augen führen.«

Seine Stimme wurde ein bedrohlicher Hauch. »Er ... scheißt nämlich auf Sie.«

Schneider schloss die Augen. Sein Kehlkopf ruckte.

»Dubrov«, hauchte er. »Nikolaj Dubrov. Ich bin tot.«

Kriminalhauptkommissar Gerd Wegmann wich zurück.

»Sind Sie nicht. Ich werde Sie schützen.«

Die langsam abklingende Wärme seines Körpers umgab Dennis Schneider wie ein uneinlösbares Versprechen.

»Perfekt, Wegmann. Perfekt.« Barbara Stolkembach nickte zufrieden. »Wir haben genug, ich werde alles in die Wege leiten.«

Dann ging sie. Es war kalt im Gang.

Gabriele Duhn sah den Hauptkommissar an.

»Was?«, brummte er.

»Manchmal habe ich Angst vor dir.«

»Vielleicht ist das besser so.«

Sie senkte den Kopf.

»Ich habe ihn vorläufig festgenommen, Gabriele. Fluchtgefahr. Ganz in seinem Sinn und nur fürs Protokoll. Er wird heute Nacht hier im Präsidium bleiben. Tust du mir einen Gefallen?«

Die Oberkommissarin schwieg.

»Kontaktiere die Zeugenschützer. Sie sollen schon mal nach einer Wohnung suchen, in der wir Schneider kurzfristig unterbringen können, bevor er in ein anderes Bundesland verschifft wird.«

»Seine Freundin?«

»Ist mir scheißegal.«

»Gerd ...«

»Du willst sie suchen? Mach es. Mach es meinetwegen! Finde irgend so eine Crack-Schlampe, die zu zugedröhnt war, um täglich die Pille zu schlucken. Bring sie her. Ich gliedere sie ins Programm ein, kein Problem. Ich werde sie jedenfalls nicht suchen. Mach du es, wenn du das Bedürfnis hast. Und nenn mich ruhig Hurensohn.«

Als er auf sie heruntersah, wirkten seine Züge versteinert.

Sie schüttelte den Kopf.

»Das bist du nicht, Gerd«, sagte sie. »Das bist du nicht.«

»Was?«

»Das, was du gerade spielst.«

Sie drehte sich um und ging.

Drei Frauen.

Die Fotos lagen auf dem Schreibtisch. Seit knapp einer Stunde von der Wand entfernt, um berührt zu werden. Seit heute Nachmittag nicht nur zwei, sondern drei Namen.

Miriam Santos.

Sabine Meier.

Vivienne Palass.

Die dritte Tote. Eine Identität, die sich wie ein Künstlername las, bislang nur über dem Klingelschild prangte und erst morgen durch das Einwohnermeldeamt eindeutig bestätigt werden konnte. Gerd Wegmann hoffte. Hoffte auf kreative, an Individualität glaubende Eltern und kein Pseudonym. Er rieb sich über die Stirn.

Der Erkennungsdienst hatte keinen Ausweis in dem Loft gefunden, aber eine wahre Flut an Beweismaterial. Und wieder Kleider, diese Unmengen Kleider, Erscheinungen, zu verkörpernde Wünsche.

Spuren eines Kampfes, der kurz und aussichtslos gewesen sein musste.

Kein Blut.

Ohne, dass er es wollte, erschien Janine Untereiners markantes Gesicht vor Wegmanns innerem Auge. Ihr betrunkenes Grinsen, das er seit gestern auch dunkel auf seinem Kopfkissen zu sehen begann und das verhärtet war, als die junge Ermittlerin vor drei Tagen an seiner Seite gestanden und auf das Blutbad hinabgeschaut hatte. Drei Tage. Drei beschissene Tage lag es erst zurück.

»Natürlich ist es hier passiert!«

Hauptkommissar Gerd Wegmann presste die Lippen zusammen.

»Schau's dir doch an! Alles, was aus ihr raushängt! Das packst du nicht mal eben so an einem anderen Tatort ein und arrangierst es dann noch mal in schön. Extra für uns.«

Sanft fuhr sein Zeigefinger über Vivienne Palass' Gesicht, den Tatort, ihren zerstörten Leib. Das Foto auf der Titelseite der Zeitung, das von dem Kuss im Vordergrund dominiert wurde. Rebeccas leicht geöffneter Mund.

»Wenn Sie wissen wollen, wer die unbekannte Tote in der aktuellen Mordreihe ist, schicken Sie eine Streife in die Braustraße 97. Jetzt!«

Mehr hatte der unbekannte Anrufer nicht preisgegeben. Und die Kollegin in der Leitstelle war klug genug gewesen, das kurze Telefonat nicht als Spinnerei abzutun.

Die beiden Streifenpolizisten hatten Dennis Schneider mit dem Zeigefinger an der Türklingel und massenhaft Stoff in der Tasche gestellt.

Der Rest war Routine.

Und doch ... ganz anders.

Immer wieder strich Wegmanns Finger über den Körper der dritten toten Frau.

So, als ob er sie beruhigen könnte.
Die Sonne ging unter.

Im Arbeitszimmer war es dunkel. Nordseite, Ebenholz, das Erbe der Familie. Kolonialwaren. Rauchwaren. Handel mit Orangen, Salz und Pelzen, der über die Jahrzehnte Aktien und Anleihen gewichen war.

Steffen Kunz strich sich über die Schläfe und lauschte dem Freizeichen. Es klickte. Mehr brauchte er nicht.

»Bonus«, sagte er.

Einige Sekunden lang passierte nichts. Kunz spürte ein Brennen in seinen Lungen. Dann endlich. Die Antwort.

»Handy zwei.«

Er drückte die rote Taste.

Die Schublade des schweren Schreibtischs ließ sich schon seit Monaten nicht mehr gut öffnen. Kunz zerrte unwirsch, griff dann hinein und zog ein verpacktes Mobiltelefon hervor. Es klingelte, noch während er es aus dem Blister befreite.

»Was soll das?«, herrschte die Stimme. »Keine Anrufe!«

»Die Situation hat sich geändert.«

»Die Situation ist geklärt.«

»Ich will ... die Situation erweitern«, sagte Kunz.

Stille.

Kunz kniff die Lider zusammen.

Mach schon, mach!

»Wie viele?«

Danke.

»Einer. Er macht Probleme. Er kommt mir zu nah.«

»Gründe interessieren mich nicht.«

Genüsslich spitzte Kunz die Lippen. So und nicht anders sollte es sein.

»Keine Sauerei«, sagte er. »Nicht so wie beim letzten Mal. Das wäre nicht nötig gewesen.«

»Überlassen Sie das mir.«

»Keine Sauerei. Das ist die Bedingung.«

»Und es macht die Situation teurer.«

»Kein Problem.«

»Gut. Den Namen.«

Steffen Kunz nannte ihn.

»Hallo«, säuselte Dr. Rebecca Blumberg, als sie dabei zusah, wie er die Tür zum Apartment schloss. Sie lehnte an der Wand im Flur und grinste.

»Alles ist, wie du es wolltest. Ich habe gekocht und wie du gleich merken wirst, habe ich keine –«

Mit einem einzigen Schritt war er bei ihr, umgriff ihren Kopf mit beiden Händen, zog sie an sich. Küsste sie. Nicht fordernd. Lippen an Lippen. Ein sanftes Kosten, dann und wann das zögernde Vordringen einer Zungenspitze.

Nicht mehr.

»Fang mich auf«, flüsterte Gerd Wegmann.

Sie strich über seinen Nacken. Schwieg. Ließ zu, dass er sein Gesicht in ihrer Halsbeuge vergrub.

Verstand.

»Komm«, sagte sie.

Sie nahm seine Hand und zog ihn mit sich ins Schlafzimmer.

An Nikolaj Dubrovs Schläfe schwoll eine Ader an. Er starrte auf die Fotos der obduzierten Frauen.

»Dieses kleine, miese Stück Nichts!«

Alenas Blick glitt nur für einen Moment zur Decke. Das Halogenlicht hüllte das Büro in sanften, aber geschäftigen Schein.

»Ich habe es nicht erkannt.« Sie gestand ihr Unvermögen ein. War bereit, zu bezahlen. Alles. Alles für ihn.

»Du musst es nicht erkennen, mein Gold!« Der Russe sprang auf. »Ich muss es erkennen! Ich! Und ich erkenne es! Jetzt erkenne ich es!« Er schrie. Schrie, wie sie ihn in vier Jahren nicht hatte schreien hören.

»Er wird Dreck fressen, er wird meine Pisse trinken! Ich werde ihm in den Mund pissen und er wird alles schlucken!«

Dubrovs Antlitz war hasserfüllt, als er auf das Foto der dritten Toten hinabblickte. Ihr ausgestreckter Leib auf dem Stahltisch. Der zur Seite gedrehte Arm. Der Schnitt in der Achsel. Jegors Signatur, die nicht mehr von ihm stammen konnte. Dieselbe Signatur, die ihn in der Achsel der zweiten Toten zum Verräter gemacht hatte, der nichts anderes als den Tod verdiente.

Der verfickte Schnitt.

Der Russe schob den Unterkiefer vor. Seine Lippen bebten. Er hatte sich von einer falschen Fährte täuschen lassen! Wie ein verdammter Amateur! Hatte seinen besten Killer grundlos töten lassen ...

Und es gab nur einen, der ein Motiv hatte, diese Fährte zu legen.

Dubrov kniff die Lider zusammen, beruhigte seinen Atem. Dachte an den Bach, der sich hinter seinem Elternhaus durch die Wiese gegraben hatte. Das Gluckern. Den Singsang seiner Mutter, wenn sie ihn zu Bett brachte.

»Gibt es im Lotus Loft Probleme?«, fragte er leise.

Alena hob die Brauen. Im Erdgeschoss des Gebäudes befand sich das Shaggy, ein erschwinglicher Club, billiger Schampus. Kleingangster, Rapper, die echtes Verbrechen einatmen wollten. Ein bisschen Dope, ein bisschen Crack. Ärger gehörte zum Programm.

»Unten –«, begann sie.

»Ich habe nicht nach ... unten gefragt«, zischte Dubrov.

Alena sah ihn an. Zwinkerte nicht.

»Finde heraus, ob es im Lotus Loft Ärger gibt«, raunte ihr Boss.

Dann ließ er den Kopf zur Seite fallen. In seinem Hals knackte ein Wirbel und er rückte seine Krawatte zurecht. »Wenn es keinen Ärger gibt, lass ihn provozieren. Wir fahren hin.«

Ein fragender Ausdruck zog über Alenas Miene.

Nikolaj trat hinter dem Schreibtisch hervor. »Ich habe ein Bedürfnis«, flüsterte er. »Und deine Aufgabe ist es, dieses Bedürfnis zu befriedigen.«

Sie senkte die Lider.

»Ich möchte jemandem wehtun.«

Ihre Augen blieben geschlossen. Sie fühlte sein Lächeln auf sich.

»Und da ich davon ausgehe, mein Gold, dass du mir deine wundervollen Knochen nicht anbieten wirst ...«

Alena öffnete die Augen, fand zu ihrer Härte zurück. »Ich kümmere mich darum. Und wenn nichts vorliegt, wird in einer halben Stunde etwas vorliegen.«

»Gut. Ich will etwas Teures zerstören.«

Der Kanal lag still im Dunkeln.

»Ich verlasse mich auf Sie!« In der Stimme seines Auftraggebers schwang Angst mit.

»Natürlich«, sagte er.

Er beendete den Anruf und warf das Prepaidhandy mit einem lässigen Schlenker in den Fluss. Genau so, wie er schon das Rasiermesser entsorgt hatte, mit dem er Sabine Meiers Kehlkopf in kleine, weißliche Stücke zerteilt hatte. Selbst an ihrem Kinn hatte Knorpel gehangen, als sie ihn flehend angesehen und ihre letzten Sekunden gelebt hatte.

So schön. So wertvoll.

Das Skalpell, mit dem er Vivienne Palass' Unterleib konzentriert und weitaus langsamer zerschnitten hatte, als die Kripo annahm, hatte er behalten.

Glucksend durchbrach das billige Mobiltelefon die Wasseroberfläche. Sank auf den Boden, verschwand in schleimigem Schlick. Schon nach wenigen Sekunden war alles wieder still.

Wie ein totes, schmales Meer.

Hier war Jegors Leiche abgeladen worden.

Weiter hinten, nahe der Unterführung, brach eine Frau zusammen. Jemand schrie.

Er lächelte, schob die Hände in die Taschen seiner Jacke. Dann ging er los.

Alles lief nach Plan.

26

Es nieselte.

Der Balkon war überdacht, dennoch spritzte Gerd Wegmann immer wieder etwas Regen ins Gesicht. Er genoss es.

»Montag ist vielleicht nicht der beste Tag für einen Zugriff wie diesen. Ich hätte ehrlich nicht erwartet, dass ihr so schnell sein könnt.« Ihre Stimme klang belegt.

Wegmann lächelte, wusste genau, wie sie aussah, als sie hinter ihn trat, die Arme um seine Hüften schlang und sich an seinen Rücken schmiegte. Er war bereits angezogen.

»Es ist kalt«, sagte er. »Leg dich wieder ins Bett.«

»Nein«, brummte sie.

»Rebecca. Es ist gerade mal kurz nach sechs.«

»Und du bist schon wach.«

Seine Brauen hoben sich.

»Bist du aufgeregt?« Sie gähnte zwischen seine Schulterblätter.

Ja.

»Nein.«

»Lügner.«

Er lachte.

»Komm mit mir rein«, grummelte sie. »Ich mach uns Spiegeleier.«

»Ich –«

»Halt die Klappe, Gerd. Jeder mag Spiegeleier. Und jetzt komm.«

Cornelia Taubring grinste verspielt.

Es war das Grinsen, in das er sich verliebt hatte.

»Also dann«, sagte sie.

»Also dann«, sagte er und öffnete die Wohnungstür.

Ihre rechte Hand schoss nach vorn, drückte die Tür wieder ins Schloss.

»Was machen wir nicht?«, fragte sie bestimmt.

Tim Taubring schüttelte den Kopf und gluckste.

»Was machen wir nicht?« Ihr Tonfall wurde überzogen streng.

»Wir stürmen nicht dem SEK hinterher, sondern warten, bis die ihre Arbeit gemacht haben.«

»Braver Kriminalkommissar!«

Sie lächelte. Dann legte sie die Hand an die Wange ihres Mannes.

»Pass auf dich auf«, flüsterte sie.

»Montag ist schon ... ungewöhnlich.«

»Wie oft denn noch, Flavio?« Wegmann stemmte die Hände in die Hüften. »Ist das dein Ziel heute? Mir auf die Nerven gehen, bis ich richtig nervös werde?«

»Du hast deine gebratenen Nudeln nicht mal angerührt.«

»Und?«

»Du musst essen.«

»Herrgott, hast du einen Pakt mit Tim geschlossen?«

Garcia kniff die Lippen zusammen. »Wir haben noch gut fünf Stunden vor uns, bevor es losgeht. Die überstehst du nicht. Ich seh doch, wie aufgekratzt du bist! Iss deine scheißfettigen Nudeln! Oder lass dich wenigstens ablenken.«

»Du willst mich ablenken? Schön! Was willst du machen? Kniffel spielen?«

Garcia blieb genau zwei Sekunden lang ernst. Dann lachte er lauthals los.

Gerd Wegmann stimmte in das Lachen ein.

Die BAO, die Besondere Aufbauorganisation, war bereits seit gestern Abend errichtet, Barbara Stolkembach konnte schnell sein. Und er hatte, als Leiter der Operation, genauso schnell reagiert. Die Einsatzabschnitte waren definiert. Casino, Club, Wohnhaus, eine Garage und eine insolvente Wäscherei, in denen Drogenlabore vermutete wurden. Und zu guter Letzt: die sagenumwobene 23. Etage. Das Büro. Nikolaj Dubrovs Heiligtum.

Drei SEKs. Drei Dezernate. Und eine mehr als ausreichende Menge an Kolleginnen und Kollegen, die durchsuchen, befragen, festnehmen und beschlagnahmen würden.

Ich hab dich bei den Eiern, dachte Hauptkommissar Gerd Wegmann. Und deine Eier sind klein und kalt.

Ein grimmiges Lächeln huschte über seinen Mund.

Dann warf er Flavio einen Seitenblick zu. »Ich hab mal Kniffel um Geld gespielt.«

»Warum wundert mich das nicht?«

»Sie war hübsch. Hatte lange, rotbraune Locken und schwärmte für Rainer Langhans.« Wegmann zuckte die Schultern. »Ich hab sie gewinnen lassen.«

»Hast du sie flachgelegt?«

»Nein. Ich war froh, dass man mich nicht aus der Kneipe geschmissen hat. Ich war vierzehn.«

»Und sie?«

»Zweiundzwanzig.«

»Trottel.«

»Sie war leider nicht Uschi Obermaier.« Wegmann grinste anzüglich. »Dann wäre mein Leben mit Sicherheit anders verlaufen.«

Seine Miene wurde dunkel.

Er betrachtete das Holster, das auf dem Schreibtisch lag. Die Walther schussbereit darin. Der kleine Pappkarton mit chinesischem Fast Food daneben.

»Tim wird beim Lotus Loft vor Ort sein«, sagte Garcia. »Du selbst hast die Einsatzleitung beim L'Âge d'Or. Ich laufe mit, wo man mich braucht.« Er sah seinen Vorgesetzten an. »Ich weiß, dass dein Team üppig aufgestellt ist, Gerd, und den Einsatzplan sind wir inzwischen schon dreimal durchgegangen ... Aber was ist mit Gabriele? Wo steckt sie?«

Wegmann winkte ab. »Vor einer halben Stunde wurde sie angerufen, ein Suizid in der City.«

Verständnislos hob Garcia die Brauen. »Und?«

»Was weiß ich!« Der Hauptkommissar griff nach dem Pappkarton. »Sind da nur Stäbchen bei? Oh Mann, ich kann nicht mit Stäbchen essen!« Er knurrte die Schachtel an. »Auf jeden Fall ist sie nach dem Telefonat ganz zappelig geworden, und ich hab gesagt, dann fahr halt hin, wenn du dir was davon versprichst, solange du rechtzeitig wieder hier bist, ist mir das total egal und ... Flavio?«

»Was?«

»Guck jetzt bitte weg, ich werde was wirklich Unschönes machen.«

Sechs Minuten später fluchte Hauptkommissar Gerd Wegmann äußerst vulgär, langte noch einmal in den Pappkarton, schob sich eine letzte Portion Nudeln mit der Hand in den

Mund, wischte sich dann die Finger an der Hose ab, zog das Handy aus seinem Jackett und nahm den Anruf an.

»Was?«, nuschelte er.

»Komm her.«

Gabrieles Tonfall war sonderbar ruhig.

»Schnell.«

Kein Knochen lag mehr so, wie er liegen sollte.

Das Dach des Audis war eingedrückt.

»Ich kenne das nur aus Filmen«, flüsterte Wegmann. Er musste etwas sagen, irgendetwas, etwas Belangloses, musste die Schuld leicht machen, die sich über ihn legte wie eine schwere Decke und ihm die Luft nahm.

Gabriele schwieg.

Ihr war übel.

»Schick dann und wann eine Streife an seinem Haus vorbei, das sollte reichen.«

Gerds Stimme waberte in ihrem Kopf hin und her. Immer wieder.

Es hatte nicht gereicht.

Gereon Kampas Gesicht existierte nur noch halb. Die linke Hälfte war zu einem aufgeplatzten Etwas geworden, das wie rosafarbener Brei über das Autodach quoll. Der Körper des Bankers war verdreht, sein rechter Oberschenkelknochen hatte die Anzughose durchstoßen, als er beim Aufprall gebrochen war, und ragte als gesplittertes, weißes Stück Richtung Himmel. Umgeben von Muskelfasern und Nadelstreifen. Sein linker Schuh fehlte, befand sich wahrscheinlich irgendwo auf dem Bürgersteig. Schwarze Socken, die den unnatürlichen Winkel im Mittelfuß besonders betonten. Sein Brustkorb lag zu tief für die Hüften, versank zwischen Blech, wirkte eingeknickt und war es wahrscheinlich auch.

So kann man doch nicht atmen, so wenig Blut, dachte Wegmann und ließ den Blick das Gebäude emporklettern.

»Können Sie mich schützen?«

Hin zum elften Stock. Dem Dach, von dem der Banker gesprungen war.

»Das war nie im Leben Selbstmord«, wisperte Gabriele.

Wegmann kniff die Lippen zusammen.

»Können Sie mich schützen?«

»Nein!«

Er starrte auf Kampas Gesicht. Das eine Auge. Es war blind.

»Wir müssen zurück zum Präsidium«, sagte er.

»Ja«, sagte Gabriele.

Als Dr. Rebecca Blumberg die beiden Hautlappen am Bauch der weiblichen Leiche zusammenzog und einen ersten fixierenden Stich machte; als Leon Steinkamp seiner Klientin mit einem bedauernden Blick erklärte, dass er nicht befugt sei, Psychopharmaka zu verschreiben; als Judith Beauvoir eine Frikadelle an der Bude bestellte und dabei in Gedanken das Internet der Zukunft für die nächste Tagung umriss; als Nikolaj Dubrov durch die Stallungen eines Gestüts geführt wurde und genau wusste, dass der Besitzer nicht anwesend war, während dessen Gattin ihn anlächelte; als Alena nach weiteren fünfzig Liegestützen schweißüberströmt in einer kleinen Wohnung am Rand der Stadt auf den Boden sank; als Cornelia Taubring den Rest Wein ins Spülbecken kippte –

als all das passierte, schob Gerd Wegmann die rechte Hand unter seine Schutzweste und kratzte sich an der Brust. Der Mikrofonsteg des Headsets drückte in seine Wange.

Es war längst dunkel.

Sein Blick wanderte über die Monitore, die vor ihm aufragten. Im Inneren des Einsatzwagens roch es nach viel zu viel Mann. Funksprüche flogen umher.

Er grinste kalt. Ein Montag war ungewöhnlich, sicherlich.

Aber nicht dieser.

Nicht, wenn es ans Herzstück ging.

Monitor 2 zeigte den Eingang des L'Âge d'Or. Seit gut einer Stunde herrschte reger Betrieb, kontrolliert und exklusiv. Ein Poker-Turnier. Wegmann schüttelte den Kopf, dachte daran, dass Tim darauf schwor, dass Poker *das Ding* in den nächsten Jahren werden würde. Es war ihm gleich. Alles, was ihn interessierte, waren die Gesichter der Gäste, die er erkannte, und die von angespannter Vorfreude getrieben den Club betraten, der Casino und noch viel mehr war. Er hatte auf C-Prominenz gehofft. Was sich ihm bot, war mindestens zweimal Klasse A.

Selbst wenn der Einsatz zu nichts führen würde – die Schmach war gewiss. Und die daraus resultierende Rufschädigung immens.

Also gut, Dubrov, dachte er. Zeit zu tanzen.

Ein bisschen Widerstand wäre nicht mal schlecht.

»Murphy 1 bereit.«

»Murphy 2 bereit.«

Die beiden Halbgruppen, in die das SEK des Einsatzabschnitts geteilt worden war, rückten vor. Warteten. Monitor 3 und 4.

»Zugriff«, sagte Hauptkommissar Gerd Wegmann.

27

»Seit wann hast du morgens den Fernseher an?«

»Stört es dich?«

Wegmann zog sich das Kissen über den Kopf und schnaufte.

»Du musst nur sagen, wenn es dich stört, dann mach ich ihn aus.«

Genervt stöhnte er in die Bettwäsche, lauschte ihren Schritten. Ins Bad, in die Küche. Wieder ins Bad. Wieder in die Küche. Dann ins Wohnzimmer.

Er schubste das Kissen zur Seite.

»Es stört mich! Da kann ich einmal ausschlafen ...«

Ihre Stimme drang durch den Flur. »Willst du, dass ich zu dir komme?«

Er schmunzelte.

»Willst du oder willst du nicht, Gerd?«

»Komm her und guck es dir an.«

Sekunden später lehnte sie an der Tür zum Schlafzimmer und schaute mit vor der Brust verschränkten Armen und einem süffisanten Grinsen aufs Bett. »Du bist und bleibst ein Schwein.«

»Und deswegen liebst du mich.«

»Wenn jeder einigermaßen gelaufene Einsatz dich so anturnt, solltest du dringend mit Leon sprechen. Dringend!«

»Und du solltest das ausnutzen, meine Liebe. Schamlos.« Auffordernd hob er die Brauen.

»Ich muss zur Arbeit«, entgegnete Dr. Rebecca Blumberg. »Nutz es selber aus.«

Hauptkommissar Gerd Wegmann lachte leise.

Ein guter Tag.

Zufrieden lächelte Wegmann den Plastikbecher an.

Kein sehr guter Tag. Aber ein guter. Er war immer noch damit beschäftigt, die Eindrücke der letzten Nacht zu ordnen. Die abschließende Besprechung war für elf Uhr angesetzt.

Ihm blieben noch 49 Minuten.

»Du warst im Fernsehen!« Tim Taubring schloss die Tür hinter sich.

»Ach was?«

Der junge Kommissar zog den Besucherstuhl aus der Ecke. »Du warst im Fernsehen«, wiederholte er grinsend. »Und es hat dir gefallen. Und da ich weiß, dass man dich normalerweise mit Stellungnahmen oder Pressekonferenzen jagen kann ...«

Sein Vorgesetzter trank den letzten Schluck Kaffee und blinzelte Tim über den Becherrand unschuldig an.

»... lautet meine messerscharfe Schlussfolgerung: Das war Absicht!«, beendete Taubring seinen Satz und setzte sich. »Ich bedaure wirklich, dass ich im Lotus Loft Nutten an die Wand gestellt habe, als du abgepudert wurdest, um adrett in die Kamera zu lächeln, während hinter dir Blaulicht flackert. Ich hab dich vorhin im Frühstücksfernsehen fast nicht erkannt!«

Wegmann lachte. Dann versenkte er den Becher mit einem geschickten Wurf im Mülleimer. Es war Absicht gewesen. Natürlich.

Dubrov sollte sein Gesicht sehen.

»Wenn ich sage, dass ich's persönlich nehme, dann ist das so, Tim. Merk dir das besser.« Der Hauptkommissar richtete sich auf, ging zum Aktenschrank, öffnete ihn, langte hinter einen Ordner und zog ein Deo hervor. Als Rebecca das Apartment verlassen hatte, war er wieder eingeschlafen und hatte vergessen, den Wecker zu stellen. Zum Duschen war keine Zeit gewesen.

Amüsiert schüttelte sein Kollege den Kopf und sah dabei zu, wie Wegmann sein Hemd aufknöpfte. Sekunden später hing Moschus überall im Raum.

»Echt, du bist so ein Klischee ...« Taubring wedelte mit der Hand vor seinem Gesicht.

»Ja. Bin ich. Und ich rieche gut.« Wegmann nestelte an der Brustleiste herum. »Machen wir uns nichts vor, Tim.« Er sah seinen Freund an und nichts von der Leichtigkeit der vorangegangenen Minuten lag mehr in seinem Blick. »Es hätte besser für uns laufen können.«

Nur dreizehn Festnahmen, von denen neun schon wieder auf freiem Fuß waren. Zwei internationale Haftbefehle, die vollstreckt werden konnten. Bloßer Zufall. Und keine Spur von einem Mann namens Wolf. Eins der beiden Drogenlabore hatte sich als Fehlinformation erwiesen und statt eifrig Crack kochender, hochverschuldeter Chemiker nur eine Unzahl streunender Katzen beherbergt, die nach Liebe lechzend um die Beine des SEKs gestrichen waren. Das andere Labor ... nun, die Aushebung war ein Erfolg – wenn auch ein eher bescheidener. Knapp 4000 Ecstasy-Pillen und eine Presse, die noch nicht in Betrieb genommen war. 43 Platten Shit, die dort eigentlich nichts verloren hatten. Und eine

Handvoll traurige Gestalten, die Rattengift unter bereits gestrecktes Speed zogen und bei der Festnahme alle denselben Namen schrien. Wie ein Credo. Nicht den von Dubrov, sondern den eines bekannten Ersatzspielers: Adriano Azizi würde wie schon zweimal zuvor alle Schuld auf sich laden und widerstandslos anstelle des eigentlichen Drahtziehers einfahren. Welche Summe er dafür erhielt, wollte sich Tim Taubring gar nicht ausmalen.

»Immerhin hatten wir ein paar öffentlichkeitswirksame Treffer«, sagte er und grinste schief.

Der Hauptkommissar lachte gehässig. »Oh ja.«

Sein Einsatzabschnitt. Das L'Âge d'Or. Ein Vorstandsvorsitzender, dessen Hände in der Kabine so sehr gezittert hatten, dass er die drei Tütchen Koks neben die Kloschüssel anstatt hinein geworfen hatte. Der Konzern war DAX-gelistet. Und eine Frau, was Wegmann fast ein wenig freute. Kultusministerium. Stabsstelle Irgendwas. Ebenfalls Kokain, aber keine zitternden Hände, sondern pure Arroganz und geweitete Pupillen. »*Suchen Sie doch! Suchen Sie! Los, tatschen Sie mich an, Sie Kretin! Ich zeige Sie an!*« Der Leiter der Operation hatte gelächelt, eine Kollegin hinzugerufen ... und so nahm alles seinen Lauf. Bis hin zu dem gar nicht mal so abgehalfterten Schlagerstar, der eigentlich auf Mallorca hätte sein sollen und in einem der Hinterzimmer nackt und völlig zugedröhnt auf einer Matratze lag, während zwei Minderjährige ihn anpinkelten.

Was blieb, war die Tatsache, dass Nikolaj Dubrov sich dem Zugriff durch pures Glück entzogen hatte. Weder der Russe selbst noch einer seiner hochrangigen Handlanger waren an einem der Einsatzabschnitte zugegen gewesen. Wegmanns

Nasenflügel blähten sich. Man konnte eben nicht alles haben, so sehr man es sich auch wünschte, so sehr er sich auch gewünscht hatte, dem Arschloch höchstpersönlich die Beine auseinanderzutreten, während er ihm das Gesicht an die Wand drückte und –

»Hast du Fischer gestern gesteckt, was wir vorhaben?« Taubring stellte die Frage betont vorsichtig.

Der Leiter der Ermittlungen lächelte leicht.

»Du überraschst mich, Gerd.«

»Wenn es nötig ist, deale ich auch mit dem Teufel.«

»Er ist kein Teufel. Der Express ist ein Drecksblatt. Und Fischer ist ein kleiner, schmieriger Wicht.«

»Vor allem ist er ein schneller kleiner, schmieriger Wicht.«

Wegmann öffnete die Schublade, zog die aktuelle Morgenausgabe hervor und warf sie seinem Freund entgegen.

Taubring zögerte.

Er dachte an beschlagnahmte Computer, Aktenordner. Ausdrucke, Kalender, Firmenbücher und jeden noch so kleinen Papierschnipsel. All das, was unter den strengen Blicken von Hauptkommissarin Hemptstätt in Pappkartons aus Nikolaj Dubrovs Büro getragen worden war. Aus den Büroräumen des Clubs, des Casinos. Des privaten Anwesens.

Selbst wenn alles sauber war – sie machten Scherereien.

Sie waren die Hand, die am Stich kratzte. Die die Reputation aufbrechen und sich entzünden ließ.

»Wie oft hast du seinen Namen im Interview erwähnt?« Mit verengten Lidern sah Taubring Wegmann an.

»Viermal.«

Der junge Kommissar atmete prustend aus, zog die Zeitung zu sich. Betrachtete die Titelseite lange.

»Dubrov bringt dich um …«

»Na dann soll er das mal probieren.«

Die Tür wurde ohne anzuklopfen geöffnet. Gabriele Duhn machte einen Schritt ins Innere, stoppte sofort, verzog das Gesicht. »Wow! Hier riecht's wie ein Hartgeld-Stricher nach Mitternacht. Was macht ihr?«

»Wir bereiten uns auf die Besprechung vor«, sagte Wegmann mit versteinerter Miene.

»Ich bin's nicht.« Taubring hob grinsend die Hände.

Langsam verzog sich der Nebel, ließ einen letzten schüchternen Hauch auf den Wegen zwischen den Stallungen zurück.

Nikolaj Dubrov schaltete den Fernseher aus, schloss die Augen. Ließ seinen Verstand zu Eis werden.

Nach wenigen Sekunden sah er zum Bett.

Das Schlafzimmer war hell eingerichtet, klare Kanten. Nicht der Schnickschnack, den er erwartet hatte. Sie hatte Stil, und sie schlief. Das Laken bedeckte nur ihre Unterschenkel, wurde zum Spotlight auf Alter und die Anstrengung, Attraktivität zu erhalten. Ihr Bauch war muskulös. Wie ihr gesamter Körper. Fast zu hart. Sie war eine auf herbe Art schöne Frau, hatte die Vernachlässigung durch ihren Mann bei Weitem nicht verdient und er hätte sie auch ohne all dies …

Ein Vibrieren erfasste seine Hand, instinktiv umkrampfte er das Mobiltelefon, das er schon vor gut einer halben Stunde aus seinem Jackett gezogen hatte.

Siebzehn Anrufe in Abwesenheit.

Alenas Stimme zitterte. »Ich –«

Weiter ließ er sie nicht kommen.

»Ich weiß es. Ich habe eben die Nachrichten gesehen«, sagte er ruhig.

»Ich –«

»Sei still, mein Gold. Sei still.«

Er ging zum Fenster, öffnete es. Kalt strich der Morgen um seinen Leib, neckte blanke Haut, schob sich zwischen seine Beine wie …

»Nikolaj, bitte, ich –«

»Sei! Still!«, zischte er. Er griff nach dem Vorhang, ließ den dünnen Stoff durch seine Finger gleiten. Blickte auf die Idylle, die sich verschlafen und friedlich vor dem Fenster ausbreitete.

»Ich ziehe dich nicht zur Verantwortung.« Ein Schatten weiter hinten auf der Wiese. Vom Nebel umspielt und wuchtig.

»Du hast einen zusätzlichen Auftrag.«

Alena schwieg.

»Du weißt, von wem ich rede.«

Der Schatten hob das Haupt. Ein Zwölfender.

»Beide. Du beschaffst mir beide!«

Er spürte den Zorn, ließ ihn aufkommen, kurz lodern. Löschte ihn.

»Beide«, wiederholte er leise.

Der Hirsch sah zum Anwesen. Ein paar Ricken umgaben ihn und wirkten im Nebel wie Geister.

»Bring mir das kleine Nichts von Killer.«

Er hob die rechte Hand, formte mit den Fingern eine Pistole und richtete Zeige- und Mittelfinger wie einen Lauf auf den Bock.

»Und bring mir …«

Sein Daumen zuckte nach unten.

»... Gerd Wegmann.«

Die Herde stob auseinander.

»Wenn dir das nicht gelingt, mein Gold«, raunte er. »Schiebe ich dir meine Glock in die Fotze und drücke ab.«

Er legte auf.

Die Frau im Bett rührte sich.

»Ich hätte nicht gedacht, dass du so ein zuvorkommender Liebhaber sein würdest.« Sie lächelte ihn an und Gier schob sich auf ihre Züge.

Check.

Er konnte nicht sagen, wie oft er die SMS seit gestern schon aufgerufen und angestarrt hatte.

Alles gut.

»Sie haben gleich einen Termin.« Seine Sekretärin schob den Kopf ins Büro und ihr toupiertes Haar wirkte dabei wie ein Mahnmal. Im Büro roch es immer noch nach Magnolien. »Einen angenehmen Termin.«

Sie nickte wohlwollend.

»Mittagessen, ich weiß.« Steffen Kunz runzelte die Stirn. »Mit wem noch mal?«

»Ungers und Özdec von der Gewerkschaft.«

»Ah.«

Er ließ das Prepaidhandy in der Schublade verschwinden und schloss den Schreibtisch ab.

»Tun Sie mir einen Gefallen?«

»Dafür bin ich da.«

»Mia will ein Pony.«

»Schon wieder?«

»Ja. Aber dieses Mal ...« Kunz lächelte, dachte an die SMS. »Soll sie eins bekommen.«

Er hatte Kampa gemocht.

Aber es gab Grenzen.

Check.

»Das war ... nun ja. Halbgeil, würde ich sagen.«

Hauptkommissar Umwalzer schüttelte ab und schloss den Reißverschluss der Jeans.

Wegmann zuckte die Schultern. Sein Urin plätscherte ins Pissoir.

»Du hast mehr davon als ich, CC.«

»Auch wieder wahr.« Die zwei internationalen Haftbefehle, die bei der Operation vollstreckt worden waren, fielen in den Bereich Menschenhandel. »So gesehen kannst du mich und mein Dezernat gern wieder hinzuziehen, wenn du einen Rachefeldzug planst, Gerd.« Umwalzers breites Lächeln machte sein rundes Gesicht noch runder.

Der Handtrockner dröhnte wie eine startende Boeing, kaum dass er die Finger darunter schob. Wegmann sah, dass sein Kollege etwas sagte, verstand nichts und verdrehte die Augen.

»Ich hab gesagt«, brüllte Umwalzer, als der Automat auch schon verstummte. »Ich hab gesagt«, begann er noch einmal in normaler Lautstärke. »Dass das alles vielleicht nicht ganz das ist, was du dir erhofft hast. Aber es ist ein Anfang. Wir können ihn festsetzen. Und wenn es eben nur langsam geht, sind wir ... eben langsam.«

Er blickte auf den Handtrockner. »Wer hat dieses Höllending hier einbauen lassen?«

»Ich habe keine Ahnung.« Grinsend packte Wegmann ein.

»Du bist ein bisschen wie ... das da.« Umwalzer deutete auf den weißen Kasten.

»Ich bin wie ein Handtrockner? Also bitte, CC!«

»Du machst gern viel Lärm. Und am Schluss ist alles in trockenen Tüchern.«

Wegmann lachte und schritt zum Waschbecken, während Hauptkommissar Gregor Umwalzer die Präsidiumstoiletten verließ.

Kurz darauf öffnete sich eine der Kabinen.

»Sag nichts, Gerd. Ich hatte einen Burrito zum Frühstück.« Flavio Garcia verzog gequält das Gesicht.

»Du beschattest mich?«

»Permanent.«

»Und jetzt hast du meinen Schwanz nicht gesehen. So ein Pech.«

»Ich werd's überleben.« Garcia trat an das Waschbecken ganz links an der Wand und öffnete den Hahn. »Wieso nennt man Gregor eigentlich CC?«

»Das CC steht für –«

Die Boeing wummerte los. Wegmann lächelte, während er seine Hände hin und her bewegte, bis das Getöse verstummte.

»Chupa Chups.«

»Oh, alles klar.« Der weltbekannte Lolli. Garcia grinste. »Wusstest du, dass der Schriftzug von Dalí ist?«

»Ich bin vielleicht ein Stoffel in Sachen Kunst, aber das wusste ich tatsächlich. Und ich gebe dir einen guten Rat: Erwähn das bloß nicht, wenn Gregor in der Nähe ist. Er mag den Spitznamen eh nicht, und so schwächlich er auch aussieht, wenn du ihn mit etwas Surrealem in Verbindung bringst, haut er dir ohne zu zögern auf die Nase. Frag nicht nach. Glaub mir einfach.«

Garcia lachte.

Die Abschlussbesprechung des Einsatzes war seit zehn Minuten vorbei.

Dr. Rebecca Blumberg konnte sich nicht konzentrieren. Immer wieder schnellte ihr Blick zu dem dunkel umrandeten Auge.

Er sprach routiniert. Zeigte Perspektiven auf, Ideen. Neue Wege. War eine wahre Bereicherung für das Kollegium. In diesen Momenten gab es nur die Forschung, die Bildung. Die Zukunft. Sie hingen an seinen Lippen. Sie alle.

»Nanotechnik«, sagte er. Und sein Auge glänzte inmitten des Hämatoms. Er hatte keine Anzeige erstattet. Nicht einmal gegen Unbekannt. Es wunderte sie nicht.

Zum wiederholten Mal zuckte ihr Handy. Mark Winter, wenige Buchstaben auf dem Display.

Dr. Blumberg, bitte. Ich schaffe es nicht allein.

Rebecca wusste, wie viel Überwindung es ihren Assistenten gekostet hatte, die SMS zu verfassen. Langsam zog ihr Blick über Prof. Dr. Thomas Jungfleischs attraktives Antlitz.

Bitte.

»Ich werde im Institut gebraucht«, sagte sie, griff nach ihrer Handtasche und stand auf.

Er sah sie mit gerunzelter Stirn an. »Du willst schon gehen? Sicher?«

»Sicher.«

Sie lächelte und verließ den Konferenzsaal.

Kaum dass sie die Tür hinter sich zugezogen hatte, lag das Handy in ihrer Hand. *Komme,* tippte sie und schickte die SMS ab.

Sie hatte nicht mit ihm geschlafen.

Aber das musste Gerd nicht wissen.

Noch nicht.

»Du weißt, was ich will, Tim?«

»Möglich.« Taubring grinste wie ein Zwölfjähriger.

»Aber vorher brauch ich ein Nickerchen.« Wegmann unterdrückte ein Gähnen und sah aus dem Fenster.

Die Sonne schob sich träge Richtung Horizont. Weiter hinten hob der Helikopter ab und flog vom Präsidium aus in das wütende Orange des Abends. Fast erwartete Wegmann, dass The Doors erklingen würden und Jim Morrison vom Ende sang. Aber da lauerte keine Apokalypse. Da war nur ein Großeinsatz, der abgeschlossen war. Besprochen. Erfasst und in Auswertung.

»Treffen wir uns vor Guidos Bar?«

»Aber so was von, Gerd.«

»Neun Uhr?«

»Geht klar.«

Wegmann lächelte. »Tim«, sagte er leise, als er nach seinem Jackett griff.

»Hm?«

»Ach ... nichts.«

Gegen neunzehn Uhr ging der Regen in Graupel über.

Zwei Stunden später schneite es.

Als Gerd Wegmann aus dem Taxi ausstieg, verfluchte er sich dafür, dass er nie den Föhn benutzte. Seine Haare waren immer noch nass, die Außentemperatur um gut fünfzehn Grad gesunken, seit er am späten Nachmittag das Präsidium verlassen hatte. Aber er war geduscht, rasiert und gut gelaunt. Eigentlich gab es keinen besonderen Grund für Letzteres, doch heute, an diesem Dienstagabend, fühlte sich alles einfach richtig an.

Sein Blick glitt zur der schwarz lackierten Tür, die ins Innere der Bar führte.

Alles zog ihn hinein, Tim wartete vielleicht schon am Tresen, aber irgendetwas ließ ihn in der Kälte verharren, den Kopf heben und dem Himmel zuwenden. Die Stadt strahlte, nahm dem Firmament das Dunkle. Schneeflocken tanzten über dem Blau, landeten auf seinem Gesicht, und er schloss für einen Moment die Augen.

Erkältung, scheiß drauf, dachte er, es gab heilige Momente, und er spürte, dass dieser einer davon war.

Vor Guidos Bar. Dem Ort, der ihm seit Jahren Zuflucht war. Im schummrigen Licht auf dem Gehsteig, unter jener einen Laterne, die noch nie gebrannt hatte. Schnee im Gesicht. Nasse Haare.

Und einen verdammten besten Freund.

Lächelnd öffnete Wegmann die Lider, zog das Handy aus seiner Manteltasche.

Sie nahm bereits nach dem zweiten Klingeln ab.

»Gerd! Schön, dass du dich meldest, ich hätte dich eh gleich angerufen. Sehen wir uns heute Abend?«

»Leider nicht, Schatz. Ich stehe vor Guidos Bar. Ich treffe mich gleich mit Tim.«

»Na dann rechne ich mal lieber nicht mit dir. Auch nicht später.«

»Du bist eine kluge Frau.«

»Das hast du dir selbst eingebrockt.«

»Ja.« Er schmunzelte.

»Grüß Tim von mir. Habt Spaß. Ihr habt es euch verdient.«

»Mach ich. Also … beides.«

»Weiß ich.«

Er konnte ihr Lächeln spüren. »Bis morgen, Rebecca.«

»Gerd?«

»Ja?«

»Hengst«, schnurrte sie.

Er lachte.

Unmittelbar neben ihm hielt ein Taxi an. Das Licht im Wageninnern ging an, als Tim Taubring die Beifahrertür öffnete und dann einen Schein aus seinem Geldbeutel zog.

»Bis morgen«, raunte Wegmann noch einmal und beendete den Anruf.

Als er die Bar verließ, war er nicht so betrunken, wie er erwartet hatte.

Es war weit nach Mitternacht, aber alles war im Rahmen geblieben. Eine Premiere. Tatsächlich eine verfluchte Premiere!

Amüsiert griff Gerd Wegmann nach seinen Zigaretten.

Sie hatten geredet. Lang, ausführlich. Hatten auch Guido eingebunden. Hatten gelacht, gestritten. Geredet.

Über dies, das.

Gott und die Welt.

Frauen und die Welt.

Männer und die Welt.

Alles dazwischen und die Welt.

Die Flamme, die emporschoss, warf einen versöhnlichen Schein auf Wegmanns kantige Züge. Sicher, es war zu viel Ouzo geflossen. Aber nicht viel zu viel. Eine gottverdammte Premiere.

Rauch schoss durch seine Nasenlöcher, während er erneut auf seine Uhr blickte. Vielleicht war sie noch wach. Und selbst, wenn sie schon schlief ...

Seine rechte Hand umgriff den Schlüsselbund in seiner Manteltasche, während die linke zu seiner Brust fuhr und die vertraute Wölbung ertastete.

Die Kette hatte heute morgen auf dem Küchentisch gelegen, darunter ein Zettel und Rebeccas kontrollierte Handschrift.

Hab ich beim Aufräumen gefunden.

Bin mir sicher, dass du sie genauso vermisst hast wie ich.

Kein Wort zu viel. Hauptkommissar Gerd Wegmann spürte das Medaillon, seine Vergangenheit, die körperwarm auf seiner Haut ruhte, fühlte sich endlich wieder ganz und war bereit für die Zukunft.

Mit einem glücklichen Lächeln auf den Lippen schritt er los. Rebeccas Wohnung war nicht allzu weit entfernt, der Spaziergang würde ihm guttun. Und die Nacht war kalt, aber ehrlich.

Es kam 300 Meter weit.

Dann riss eine starke Hand ihn nach hinten, etwas krachte auf seinen Hinterkopf. Ein Motor jaulte, eine Autotür wurde geöffnet, er wollte schreien, aber ein Tuch drückte sich auf seinen Mund, roch nach Krankenhaus. Der Himmel war königsblau, seine Lider flatterten.

Schwarz.

Tim Taubring hatte Mühe, den Schlüssel ins Schloss zu führen.

Kann das sein, nein, kann es nicht, verdammt, oder doch?

Er runzelte die Stirn, zählte die Schnäpse, während er mit der linken Hand eine Mulde um das Schloss formte, die dem Schlüssel keine Wahl ließ.

Na bitte, geht doch.

Er öffnete die Tür, betrat die Wohnung.

Es roch nach Orangen. Conny hatte neue Teelichter gekauft, heute morgen. Duftlämpchen, was ein Quatsch.

Kichernd hängte Taubring die vom Schnee durchnässte Lederjacke an die Garderobe, entschied, das Licht im Flur nicht anzuschalten, und schlich sehr vorsichtig Richtung Bad. In der Wohnung war es ruhig. Sie hatte sich immer ein Haus gewünscht, mehr Platz, vielleicht im Grünen, ein zweites Kind, Gott bewahre, er war schon jetzt überfordert, und nun, nun hörte er nichts, und die Ruhe erfüllte ihn mit Liebe, weil sie schliefen, sich sicher fühlten, in der Wohnung, die er gefunden hatte, seine Frauen, meine Frauen, Conny, Mensch, Conny ...

Der Wohnungsschlüssel glitt ihm aus den Fingern und schlug mit einem lauten Scheppern auf den Fliesen auf.

Er erstarrte, kniff die Lider zusammen.

Warum hatte er den verdammten Schlüssel überhaupt noch in der Hand gehabt?

Alles blieb ruhig.

Kommissar Tim Taubring ging zum Waschbecken, öffnete den Hahn und steckte den Kopf unter das eiskalte Wasser.

Schwer atmend starrte er auf den Boden vor seinen Knien.

Eine Pfütze links von ihm, das Wasser darin abgestanden. Braun. Alt. Kleine Steine daneben, brüchiger Beton, aufgeplatzt wie brandige, graue Haut. Wie oft war er schon an der leerstehenden Halle vorbeigefahren, entlang eingeworfener Fenster, Graffiti, keine Kunst, pubertäres Geschmiere, das ihn jedes Mal hatte lächeln lassen.

Jung.

Ich war einmal jung.

Er dachte an Gras, das ausgehungert vor Mauern emporragte und den Müll am Boden versteckte. Die alte Fabrik. Ein neuer Besitzer, die Meldung in der Tageszeitung hatte er nur überflogen. Gestern? Vorgestern? Er runzelte die Stirn.

Der Tritt traf ihn direkt auf die Wirbelsäule.

Etwas knackte, er stöhnte auf, fiel nach vorn, wollte sich abstützen. Kabelbinder verhöhnten den Reflex, hielten seine Hände gefesselt auf dem Rücken. Er krachte auf die rechte Schulter. Seine Zähne schlugen aufeinander und er schmeckte Blut. Wieder Blut, während er mühsam auf den Rücken rollte und nach oben sah.

Er konnte sich nicht daran erinnern, wann er vom Stuhl geglitten war. Sein Anzug war schmutzig. Dunkel von trübem Wasser, Staub, Erde. Speichel und Rotz und Blut. Er kniff die Lider zusammen, versuchte den beiden Schatten, die groß und endgültig vor ihm aufragten, Form zu geben. Mehr Form. Details, irgendetwas, wovon er berichten konnte, wenn.

Wenn.

Der umgestoßene Stuhl. Die Campinglampe, die weiter hinten stand und das verlassene Szenario in grelles Hell und Dunkel tauchte.

Der linke Schatten lachte verächtlich auf. Der rechte blieb stumm. Still, nur atmend. Kein einziges Wort, seit endlos langen Minuten schon. Nur Atmen. Immer wieder dieser Atem, der nach Anis roch. Jedes Mal Anis, wenn die Faust in seine Nieren hämmerte. Seinen Unterleib. Seine Hoden schmerzten.

Er konnte nicht verhindern, dass er zusammenzuckte, als Bewegung in den stummen Schatten kam. Ein Griff in den Mantel, etwas wurde herausgezogen. Es klickte metallisch.

Das Klicken. So vertraut.

Der Mann trat breitbeinig über ihn, ging dann langsam in die Hocke und sah ihn mit zur Seite gelegtem Kopf an. Sah, wie Blut in seine Augen rann. Sah, wie er blinzelte, wie er versuchte, zu erkennen. Wie seine Nasenflügel sich blähten und der Schmerz in sein Hirn schoss, als der gebrochene Knochen darüber sich bewegte.

Er keuchte. Glaubte, den Schatten lächeln zu sehen, als er in sein Haar griff und seinen Kopf brutal nach oben zog.

Die Mündung der Walther berührte seine Stirn beinahe zärtlich.

Ebenso gut hätte es seine Dienstwaffe sein können.

»Das war's dann, Wegmann.«

Ich werde sterben.

Hier und jetzt.

Er schloss die Lider.

»Was ist los?«

»Ich kann nicht schlafen.«

»Milch mit Honig, Hase. Manchmal ist es ganz einfach.« Judith zog die Bettdecke bis an die Nasenspitze und schlief weiter.

Leon Steinkamp saß auf der Bettkante. Er sah aus dem Fenster.

Die Scheiße in ihren Seelen ...

Keine Milch.

Kein Honig.

»Es reicht!«

Die Stimme der Frau erklang von links. War dunkel und scharf. Wegmanns Augen zuckten hin zu ihr, blinzelten wild. Seine Sicht war verschwommen, machten sie zu einem hochgewachsenen, ungenauen Etwas, das nur langsam klare Konturen bekam. Etwa zwanzig Meter entfernt. Kurze, dunkle Haare, sie trug braunes Leder. Waffen. So viele Waffen. Und neben ihr stand ...

Sein Atem stockte.

Nikolaj Dubrov lächelte. Dann ging er los, beschleunigte seinen Schritt, wurde schnell.

Wegmann keuchte. Dunkelblauer Maßanzug, eng am Bein, er war dem Russen nie persönlich begegnet, Dubrov sah so jung aus. *Jung. Ich war einmal jung.* Sein Gesicht. Kein Lächeln mehr. Nur noch Hass. Und jetzt.

War er da.

Hauptkommissar Gerd Wegmann atmete schnappend ein, kniff die Augen zusammen. *Wie spät ist es?*

Der Tritt traf ihn mit voller Wucht am Kopf.

Schwarz.

Speichel füllte seinen Mund, er würgte.

»Ach du meine Güte, den Papierkorb, schnell!«

Die Stimme klang seltsam hohl in seinem Kopf. Er fühlte eine metallene Rundung an seinem Kinn, über die eine Mülltüte gespannt war.

Dann erbrach er sich. Es kam nicht viel.

Der Papierkorb verschwand. Er konnte sich nicht bewegen. Niemand wischte ihn ab.

Er atmete. Hielt die Augen geschlossen. Versuchte, wieder in seinen Körper zu finden.

Stille.

Angenehme Wärme.

Nach vierzehn Sekunden fühlte er sich stabil genug und öffnete die Augen.

Ein ... Büro. Elegant und wenig persönlich eingerichtet. Er saß vor einem Schreibtisch. Der Mann dahinter lächelte ein mustergültiges unverbindliches Lächeln. In seinem Rücken pulsierte die Stadt. Lichter, Straßen, Hochhäuser, kleine und große Dramen darin und dazwischen.

»Wir hatten bislang noch nicht das Vergnügen«, sagte er. »Darf ich mich vorstellen?«

»Müssen Sie nicht«, quetschte der Hauptkommissar hervor.

»Ah, Sie kennen mich also.«

Wegmanns Atmen wurde hektisch. Vor ihm saß der Anwalt, dem das halbe Präsidium die Pest an den Hals wünschte. Und Schlimmeres. Alexander Arendt war gut, so gottverdammt gut. Und er stand auf der falschen Seite. Und dies hier war garantiert nicht seine Kanzlei.

Wegmanns Blick zuckte nach rechts, hin zu Aktenschränken, weißem Lack, Chrom, einem Kunstdruck, der nichts auslöste. Wieder zurück, über den künstlich lächelnden Mund in dem glatt rasierten Gesicht, weiter nach links, wo alles falsch wurde, wo Plastikplanen Wände und Boden auskleideten und keine Renovierungsarbeiten zu erkennen waren.

Sein Herz setzte einen Schlag aus. Schlug. Setzte aus. Seine Brust wurde eng.

Angst.

»Herr Wegmann ...« Arendt faltete die Hände und sah ihn an. »Es gibt da wohl ein Missverständnis.«

Atme. Atme. Eins. Zwei.

»Sehen Sie, mein Klient ist der Meinung, dass ich Sie über etwas aufklären soll.«

»Wo ist er?« Wegmanns Stimme war rau.

»Wie meinen?«

»Wo steckt er?«

»Sie reden von Herrn Dubrov?«

»Ich rede von dem Arschloch, das mir ins Gesicht getreten hat!«

»Nun, Herr Dubrov ist ein temperamentvoller Mann.«

Das reichte. Wut drängte die Angst zur Seite, wenn er schon sterben sollte, dort, irgendwo links von ihm, mit Kotze am Kinn, besudelt von Blut und Pisse auf Plastikplanen, dann nicht ohne Widerstand.

»Er ist ein Arschloch!« Wegmann keuchte. »Und er verdient es nicht mal, Mann genannt zu werden! Wo ist er? Warum ist er nicht hier?«

Mit einem Schlag verschwand die vorgetäuschte Freundlichkeit aus Arendts Gesicht. »Weil er Besseres zu tun hat.«

»Ach ja? Und was?«

»Schlafen.«

Das saß. Mit zusammengepressten Lippen starrte der Hauptkommissar den Anwalt an.

»Nehmen Sie sich bitte nicht zu wichtig, Wegmann. Das sind Sie nicht«, sagte Arendt leise. »Sie sind einer von vielen. Sie sind austauschbar. Und Sie sind an diesen Stuhl fixiert. Was nichts anderes bedeutet, als dass ich nun aufstehen, meinen Schwanz auspacken und Ihnen ins Gesicht drücken könnte, ohne dass Sie etwas dagegen tun könnten. Ihr Niveau ist bekannt, Wegmann. Ich lasse mich gerade darauf hinab. Sehen Sie es als ausgestreckte Hand.« Er lächelte nicht.

Wegmann schwieg.

»Sie suchen denjenigen, der für die Morde an den drei Frauen verantwortlich ist.« Arendt richtete sich auf, griff nach der Flasche, die auf einem der niedrigeren Aktenschränke stand. Schenkte bedächtig Wasser in eins der Gläser aus, die um den Flakon gruppiert waren.

Er trank.

Dann sah er dem Ermittler in die Augen.

»Nun«, sagte er. »Das tun wir auch. Wir sind, wenn Sie es so wollen, in diesem Fall auf derselben Seite.« Wieder stieg das falsche Lächeln auf seine Züge. »Wir sind ein Team.«

Wegmann wollte, wünschte, hoffte, dass sein Mageninhalt wieder nach oben drängte. Aber er war leer. Konnte Arendt nur anstarren. Sich sammeln, bis ein einziger Satz all das zusammenfasste, was er fühlte: »Wie können Sie es wagen?« Seine Stimme zitterte vor Zorn.

»Was wagen?« Arendt hob die linke Braue. »Die Wahrheit zu sagen?«

»Diese Frauen ... Was Dubrov ihnen angetan hat ... Wozu dieses Schwein sie gezwungen hat ... Wie können Sie es wagen ...« Wegmanns Stimme brach.

Arendt trat um dem Tisch. Setzte sich auf die Kante. Trank Wasser. Zog ein Blatt von dem Notizblock ab, der neben der Tastatur stand, faltete es und begann, Stücke herauszureißen. Dann blickte er auf den mittels Gafferband jeglicher Bewegung beraubten Kriminalbeamten herunter.

»Sie glauben wirklich, dass die Frauen gezwungen wurden?«

Er lachte leise, zupfte ein letztes Mal und öffnete das Stück Papier in seiner Hand. Es war zu einem Stern geworden.

In Wegmanns Kopf zog ein Sturm auf.

Und Arendts Lachen wurde laut und lauter, zerschlug alles, woran Gerd Wegmann glaubte, und tanzte über die Trümmer.

»Flavio. Es ist kurz nach drei.«

»Ich weiß. Und wir haben beide morgen frei.«

»Es ist kurz ... nach ... drei.« Gabriele Duhn zog den Kimono fester um sich und blinzelte den Mann, der vor ihrer Wohnungstür stand, aus kleinen müden Augen an.

»Und du hast mir aufgemacht.«

Sie schwieg, senkte den Blick.

»Okay«, sagte sie nach einem kurzen Moment. »Komm rein. Nur reden, nicht anfassen.«

Tränen schossen in Wegmanns Augen.

Das konnte nicht sein, all das ... widersprach allem, was er gelernt, gefühlt, erfahren hatte.

»Tja«, sagte Arendt und stand auf. »Manchmal tut es eben weh.«

Bewerbungen. Sie mussten sich bewerben! Wie um eine beschissene Stelle, und sie taten es, taten es tatsächlich! Hatten es getan, taten es wahrscheinlich gerade jetzt auch und waren bereit, dafür ... Wegmann würgte.

»Das ist die Realität.« Die Stimme des Anwalts war geschmeidig. »Finden Sie sich damit ab. Miriam Santos wollte nur das Geld, es steckt nicht mal eine gefühlsduselige Geschichte dahinter. Sabine Meier wollte die Insolvenz der Firma ihrer Verlobten abwenden. Und die Palass wollte fliegen. Dass wir dafür gesorgt haben, dass sie keinen schlechten Stoff erhält, wissen Sie ja inzwischen. Und glauben Sie bloß nicht, dass wir sie angefixt hätten! Das hat sie ganz allein hingekriegt. Und dass Schneider, der kleine Dealer, der sie versorgt hat, seine Aussage widerrufen wird, sollte Ihnen ebenfalls klar sein. Egal, wo sie ihn verstecken. Wir haben seine Freundin. Sie ist auf Turkey und hat mittlerweile einen schönen runden Bauch.«

Gerd Wegmann fühlte nichts mehr. Alles in ihm war taub.

Glaube, das Gute, alles, wofür es sich zu kämpfen lohnte.

Tot.

»Ganz ehrlich«, Arendt schnaubte, »ich hätte mehr von Ihnen erwartet.«

Der Hauptkommissar sah auf.

»Sie haben mich noch nicht einmal gefragt, warum die Frauen sich nicht gewaschen haben, nachdem sie ihre Aufträge ausgeführt hatten. Das sollte Ihnen eigentlich aufgefallen sein. Und wenn nicht Ihnen, dann bestimmt der Rechtsmedizin.« Er spitzte die Lippen. »Dr. Blumberg soll eine kluge Frau sein. Ich bin mir sicher, dass sie Sie darauf hingewiesen hat.«

Wegmanns abgehacktes Atmen trieb Arendt ein Lächeln auf die Züge. »Sie hat also. Aber ich wette, dass sie keine Erklärung bieten konnte. Es ist ja auch etwas ungewöhnlich. Zumindest in unseren Breiten.«

Ein gönnerhafter Ausdruck flog um seine Mundwinkel. »Zweitverwertung, Wegmann. Zweitverwertung.«

Er ließ das Wort wirken. Stach damit in Wegmanns Brust, schürte eine Ahnung und bestätigte sie: »Es waren Bestellungen. Gebrauchte Höschen reichen manchen Männern eben nicht aus. Da muss es schon Missbrauch sein, in den man die Nase versenken kann.«

Gerd Wegmann presste die Lider zusammen.

»Aber kommen wir zurück zu dem, was wirklich wichtig ist. Nämlich der Tatsache, dass Sie hier sitzen und nicht schon totgeschlagen in einem Graben liegen. Immerhin haben Sie uns gestern eine Menge Ärger gemacht.«

Der Anwalt grinste.

»Ich helfe Ihnen gern auf die Sprünge.«

Er stellte das Glas auf dem Schreibtisch ab. Schritt zum Fenster, öffnete es, was nicht sein konnte, die Räumlichkeiten lagen viel zu hoch über der Stadt, und doch sah Wegmann, wie die Scheibe zur Seite glitt und Bauvorschriften missachtete, so wie in der letzten halben Stunde auf alles, was Richtig und Falsch definierte, geschissen worden war. Mit geschickten Fingern zog der Anwalt ein Etui aus seinem Jackett, seine braunen Haare fielen in die Stirn. Kurz darauf steckte ein Zigarillo glimmend zwischen seinen Lippen.

»Sie haben versagt, Wegmann.«

Er machte eine abwägende Geste. Die Glut hinterließ ein Echo vor der Nacht.

»Nicht unbedingt Sie selbst. Aber dieser ganze, träge Apparat, der hinter Ihnen steht.«

Das Braun seiner Augen war hell wie das eines Rehs, als er Wegmann ansah.

»Portulak, der Mann, der die erste Frau aus dem Weg geräumt hat, arbeitete frei. Ist okay für uns. Er hatte einen respektablen Ruf. Und der Markt regelt die Nachfrage.« Er zog genüsslich an dem braunen Stängel. »Aber dann ... haben sich die Spielregeln geändert.«

Arendt schnippte das kaum angerauchte Rillo in die Nacht und schloss das Fenster.

Der würzige Geruch, der das Büro erfüllte, umwehte Wegmanns Nasenflügel. Er sog ihn auf, versuchte, darin einen Halt zu finden.

»Wollen Sie den Killer sehen, den Sie nicht fähig waren zu fassen?« Alexander Arendt trat neben ihn, wartete keine Antwort ab. »Ach, wissen Sie, es ist egal, was Sie wollen!«

Er hob die Hand. Die Geste wirkte theatralisch.

»Alena!«

Dr. Rebecca Blumberg wachte auf.

Halb lag, halb saß sie auf der Couch. Ihr linkes Bein war eingeschlafen. Der Fernseher brummte leise, zeigte Frauen, die auf Heimtrainern versuchten, sexy zu sein.

»Schrott«, murmelte sie. »Das geht doch besser.«

Sie stand auf, schaltete den Fernseher aus und humpelte ins Schlafzimmer, während ihr Fuß kribbelte.

»Er«, sagte Arendt laut, um gegen das Schluchzen anzukommen.

Der kleine drahtige Mann, der vor wenigen Minuten von der großen Frau ins Büro gestoßen worden war, kauerte wimmernd auf dem Boden. Direkt neben dem gefesselten Leiter der Ermittlungen. Sein Gesicht war blutüberströmt.

»Er hat ebenfalls gedacht, dass er clever ist.«

Seit Minuten hatte Gerd Wegmann nichts mehr gesagt, hatte nur gelauscht, hatte das Unerhörte über sich ergehen lassen. Hatte versucht zu atmen. Eins, zwei. Die Angst war wieder da.

Mit einem großen Schritt war der Anwalt an seiner Seite. »Clever. Wie die Polizei. Wie du, Gerd.« Seine Stimme wurde dunkel. »Was glaubst du, wer du bist, dass du uns ans Bein pinkeln willst, hm? Mit ein paar lächerlichen Razzien?«

Sein Atem war heiß, kroch über Wegmanns Ohr, bohrte sich in den Gehörgang,

»Dieser Mann ...« Ein Atemstoß. »Dieser Mann, dem ich nicht die Ehre geben werde, seinen Namen zu nennen, war eine Vertretung. Jegor Nikitins Vertretung. Eine klägliche Vertretung. Und als Jegor wieder da war ...« Ein heiseres Lachen. »Der Markt bestimmt die Nachfrage. Und für ihn hatte mein Klient keine Verwendung mehr. Er war. Einfach. Nicht. Gut. Genug.« Seine Stimme schwoll an, als er sich zur Seite wandte. »Hast du gehört? NICHT GUT GENUG!«

Der Mann am Boden zuckte zusammen wie ein getretener Hund. Dann schien sein Oberkörper einen letzten Kampf auszufechten, gewann gegen das Zittern, und sein Kopf ruckte nach oben, blasse Augen fanden Wegmanns Blick, und seine Lippen formten verzweifelt zwei Worte, während er den Hauptkommissar ansah: »Jeton. Liste.«

»Sei still!«, brüllte Arendt. »Sei einfach still!«

Wegmann zog die Luft beinahe spastisch ein, begriff, und dann stürzte alles auf einmal auf ihn ein. Die Frau, diese Frau, die regungslos neben Dubrov gestanden hatte, die Waffen, die sie trug, aber vielmehr noch diese Präsenz, diese Kälte, als sie sich nach unten beugte und den kleinen Mann unter den Achseln packte und nach oben zerrte ... Die Geschmeidigkeit des Anwalts, als er an ihre Seite trat und Wegmann dabei anlächelte ... Das Blut, das auf seinem eigenen Gesicht inzwischen zu einer Kruste getrocknet war, die nach Furcht stank ...

All das sagte ihm, dass dies das Ende war.

Arendt beugte sich nach unten, nah an den Kopf des bereits schwer misshandelten Mannes. »Wer hat dich beauftragt? Und warum?« Seine Worte schmiegten sich wie ein teurer Schal um den Hals des Killers, der vor ihm kniete und nur durch Alenas Griff aufrecht gehalten wurde.

»Das ist deine Chance.« Als er dem Mann über die Wange strich, zuckte der vor Schmerz zurück.

Der Anwalt schmunzelte. »Sag es«, säuselte er.

»Warum sollte ich?«

»Weil du dann schnell sterben wirst. Es ist deine Entscheidung.«

Und der Killer traf sie.

»Ein Freier. Miriam Santos«, haspelte er. »Sie ist zu früh aus der Narkose erwacht und hat etwas gehört, was sie nicht hätte hören sollen. Waffen und Uran. Südafrika. Sie hat ihn erpresst. Hat gesagt, dass die anderen beiden Nutten eingeweiht sind. Was sie nicht mal waren! Aber ... er hat gut gezahlt! Die Santos war zwar schon tot, er wollte trotzdem auf Nummer sicher gehen. Ich habe nur meinen Job gemacht.« Seine Blicke flogen umher.

Er sah nicht wie ein Mörder aus. Nicht einmal wie ein Dieb.

Wegmann blinzelte.

»Ich hab meinen Scheißjob gemacht! Weil ich nämlich gut bin! Ich bin gut!«

»Dein Auftraggeber. Sein Name«, hauchte Arendt. »Sag seinen Namen.«

»Steffen Kunz. Und ich bin gut genug, ich bin –«

Der Stahlstift war etwa zwanzig Zentimeter lang, durchschlug seine Halsschlagader und den Kehlkopf. Alena vollzog eine kurze Drehung, dann riss sie den Stift aus dem Hals des Mannes, umfasste sein Kinn, drehte seinen Kopf leicht zur Seite und hielt ihn fest.

Es war eine Fontäne.

Eine Fontäne und Röcheln. Dieses Röcheln, wie der Versuch, zu schlucken und gleichzeitig zu atmen, immer wieder, während Blut in einem kräftigen Strahl aus seinem Hals spritzte und Wegmanns Haare, Gesicht, Brust bedeckte. Schlucken, Röcheln. Schlucken. Röcheln.

Es dauerte viel zu lang.

Als endlich Stille einkehrte und Hauptkommissar Gerd Wegmann mühsam die Augen öffnete, waren seine Lider schwer von Blut.

Alexander Arendts Gesicht befand sich direkt vor seinem.

»Und warum habe ich dich das alles sehen lassen, hm?« Seine Brauen hoben sich. »Weil wir den Fall nun übernehmen. Und du ... überlegst dir in Zukunft gut, was du tust oder in die Wege leitest. Wir kennen dich. Besser als du dich selbst. Wir kennen die, die du liebst. Besser als du sie jemals kennen wirst.«

Der Anwalt streckte den Zeigefinger aus und wischte über Wegmanns mit frischem und altem Blut überzogene Wange. Dann steckte er sich den Finger in den Mund und leckte ihn lächelnd ab.

»Und falls du zweifelst ... Sieh auf deine linke Hand.«

Wegmanns Puls pochte an seinen Schläfen, alles war zu viel, seine Beine zitterten schon seit Minuten, er wollte nicht nach unten sehen, wollte nicht, tat es dennoch und erblickte das, was er befürchtet hatte.

Auf seinem linken Handrücken prangte eine Butterfly.

»Du bist raus«, raunte Arendt. »Und du wirst ab jetzt raus bleiben!«

Alena lächelte, zückte die Spritze.

Angst.

Pure Angst.

Gerd Wegmann kniff die Lippen zusammen, krampfte. Konnte es nicht verhindern.

Er wimmerte.

Spürte die Kälte, die sich von der Hand aus in seinen Körper drückte.

Schwarz.

28

Wildleder. Wildleder und Cockpitspray.

Wegmanns Lider öffneten sich, waren tonnenschwer, fielen nach unten. Die Sonne schien, so viel hatte er erkennen können. Die Sonne. Wie schön.

Sein Bewusstsein glitt zurück ins Dunkle. Blieb unter der Oberfläche. Langte benommen nach Details, ergriff sie dann und wann. Bruchstücke der Wettervorhersage. Das Brummen des Motors. Ein hartes Abbremsen.

Wildleder. Wildleder und Cockpitspray.

Jemand umfasste sein Kinn. Eine Hand schlug fest an seine Wange, bewegte das gebrochene Nasenbein. Ließ ihn langsam aufstöhnen, so elend langsam.

»Endstation«, knurrte sie.

Er konnte die Augen nur einen Spalt weit öffnen. Erkannte dennoch das Gesicht, die Härte. Atmete schneller und blieb doch wieder nur langsam.

Sie ließ sein Kinn los, drückte ihn in den Sitz zurück. Dann beugte sie sich über ihn. Er hörte, wie die Autotür geöffnet wurde, spürte ihren Körper an seiner Brust.

Die Berührung verschwand, wurde zu einem Stiefel an seiner Seite. Militärboots. Druck, Schmerz.

Er sackte nach links, war nicht in der Lage, sich festzuhalten und wurde aus dem BMW getreten wie der halb bewusstlose Mann, der er war.

Dr. Blumberg schlug das hartgekochte Ei leicht auf den Teller und rollte es mit der ausgestreckten Hand hin und her. Schale splitterte. Vom Bad her zog karibischer Duft durch den Flur, Wasser brauste polternd in die Wanne.

Spätschicht. Zum Glück.

Rebecca presste die Hände an ihr Gesicht und zog die Wangen langsam nach unten. Die Sonne schien in die Küche. Es war kurz vor neun.

Als ihr Handy klingelte, schloss sie die Augen und seufzte langgezogen. Dann blickte sie zur Seite, erkannte den Anrufer. Lächelte.

»Guten Morgen«, sagte sie sanft.

Fünf Minuten später saß sie im Auto. Hatte sich so schnell angezogen wie noch nie in ihrem Leben. Hatte daran gedacht, das Badewasser abzustellen. Hatte für einen Moment zugelassen, dass Panik in ihr aufglomm. Hatte Tim angerufen. Hatte zugelassen, dass ihr an der roten Ampel Tränen in die Augen schossen.

Die Fahrt verlief wie in Trance.

Als Taubring die Beifahrertür aufriss, sah er sie nur kurz an. »Kannst du fahren? Oder soll ich?«

»Ich kann«, sagte sie und umklammerte das Lenkrad.

Sie mussten nicht suchen.

Sein Körper lag lang ausgestreckt am Kai, war schon von Weitem zu erkennen. Dieselbe Stelle, an der Jegors Leichnam abgeladen worden war.

»Oh Gott, oh Gott«, flüsterte Rebecca, obwohl sie es nicht wollte. Sie würgte den Motor des Audis ab, als sie bremste.

»Gott brauchen wir jetzt nicht«, zischte Tim, öffnete die Tür und schoss aus dem Wagen.

Gemurmel. Vertraut.

Zwei Stimmen.

Jemand nahm ihn in den Arm, zog ihn hoch. Eine andere Hand griff nach seiner, wollte das Mobiltelefon entwenden.

»Nein«, flüsterte er und hielt das kleine Gerät kraftlos fest. »Nein!«

»Ich bin's Gerd. Gib mir das Handy.«

»Rebecca?«

»Ja.«

»Rebecca.«

Eine große Hand strich über sein Haar. »Ruhig, Gerd. Ganz ruhig. Wir sind da.«

Und der Nebel kam erneut, wurde gnädige dicke Watte. Machte die Stimmen zu etwas, das von ganz weit weg zu ihm drang und ihn in Geborgenheit hüllte, obwohl sein Rücken nass war und jede Faser seines Körpers schmerzte.

»Ich muss das melden!«

»Ja, und ich würde ihn am liebsten direkt ins Krankenhaus fahren, Tim! Aber ich hab dir gesagt, was er gerade noch so rausgequetscht hat, als er mich angerufen hat.«

»Seine linke Hand ...«

»Hab ich gesehen.«

»Kannst du ihn irgendwie hochspritzen?«

»Zuerst will ich ihn saubermachen und untersuchen. Wir bringen ihn zu mir.«

»Okay. Ich die Schultern, du die Beine.«

Mehr hörte er nicht, die Watte wurde dicker und dicker.

»Wir müssen ... los ... Tim ... wir müssen ...«

»Gerd, du sitzt in Unterhosen auf Rebeccas Couch. Du kannst nicht aufstehen. Wir müssen erst mal gar nix.«

»Doch!« Wegmann sprang auf, seine Beine knickten weg und er landete sofort wieder auf dem weichen Leder.

»Scheißdreck!« Er blinzelte seinen Freund an. Die provisorische Schiene war ein weißer Fleck in der unteren Mitte seines Sichtfelds. »Spreche ich wenigstens ... wieder normal?«

»Das solltest du selbst hören. Du steckst irgendwo zwischen Schlaganfall und Suff.« Taubrings Gesicht war ernst.

»Wir müssen ... los! Wirklich ... es ist ...«

Tim ließ sich neben seinem Vorgesetzten nieder. »Was ist letzte Nacht passiert, Gerd?«

Wegmann presste die Kiefer zusammen. Schloss die Augen.

»Was ist passiert, Gerd!«

Der Stahlstift, der aufblitzte, kurz bevor er sich tief in Fleisch, Sehnen und Knorpel bohrte. Wie in Butter. So leicht.

»Mach verdammt noch mal das Maul auf! Du bist voll mit blauen Flecken, deine Nase ist gebrochen, deine Schulter war ausgekugelt, du hattest eine halb rausgerissene Butterfly im Handrücken stecken, man hat dich wahrscheinlich für Stunden weggespritzt! Ich weiß, wer das war! Rebecca weiß es! Rede mit mir!«

Und das Blut kam wieder über ihn. Wurde von der Fontäne zur Flut, seine Hände begannen zu zittern, er wollte die Augen öffnen, aber es ging nicht.

Wir kennen die, die du liebst.

Er spürte Taubrings Atem nah am Ohr. Seine Stimme, der Klang, längst Teil seines Lebens. »Gerd, wenn du nicht willst, dass Rebecca es erfährt, warum auch immer, dann sag's mir jetzt. Sie sucht gerade frische Sachen für dich raus und ist sicher gleich wieder da.«

»Ich ...« Wegmann öffnete die Augen, glotzte tumb auf seine Finger. Ballte sie zu Fäusten.

»Ich kann nicht«, wisperte er.

Er konnte Tim nicht ansehen. Blickte stattdessen nach rechts, auf blutige Handtücher, seine Hose, das Hemd, das Jackett, das Parkett würde professionell gereinigt werden müssen, das sind deine Spuren, das ist das, was du in ihr Heim gebracht hast. Was du hinterlässt. Du.

»Ich kann nicht.«

Er atmete tief ein. Dann sah er seinen Freund an. »Ich weiß, wer ... der Auftraggeber ist.«

Ungläubig riss Taubring die Augen auf. »Was?«

»Und ... da ... will ich hinfahren. So schnell es geht!«

»Und das wird nicht so schnell sein, wie du es gerne hättest, Gerd.« Mit einem Bündel Kleidern auf dem Arm betrat Dr. Blumberg das Wohnzimmer.

Eine halbe Stunde.

Nach und nach kehrte Kraft in Wegmanns Beine zurück.

Eine Stunde.

Er konnte gehen, ohne zu taumeln.

»Mein Kopf«, knurrte er. »Ich bin ... zu langsam.« Er rieb sich über die Stirn.

»Dagegen kann ich was machen. Wenn du willst.«

Rebecca hob die Brauen.

»Ist es legal?«

»Halb.«

Er sah sie an, schnaufte. »Mach.« Seine Augen waren hellgrau.

Als ob sie mit der Antwort gerechnet hatte, griff die Medizinerin in die Tasche ihres Rocks und drückte ihm zwei kleine weiße Tabletten in die Hand.

»Schlucken. Abwarten. Es sollte nicht lang dauern.«

Nach einer Viertelstunde hielt Dr. Rebecca Blumberg Tim Taubring an der Wohnungstür am Ärmel zurück. Gerd Wegmann war schon ins Treppenhaus verschwunden. Seine Schritte hallten nach oben.

»Lass ihn auf keinen Fall fahren. Gib ihm keine Waffe.«

»Meine Waffe bleibt bei mir. Wenn jemand sie benutzt, dann ich!«

»Ich sag's nur. Neben dem ganzen anderen Mist hat er ziemlich sicher auch noch eine Gehirnerschütterung. Wenn er sich übergibt, brich alles ab, was ihr gerade tut! Versprich mir das, Tim!« Sie starrte ihn an.

Taubring sah, wie sie versuchte, das Beben ihrer Unterlippe zu verbergen, zögerte nicht, tat das, wonach es ihn drängte. Er nahm Rebecca in den Arm, nur ein paar Sekunden lang, küsste sie zart aufs Haar.

»Ich verspreche es.«

»Danke.«

»Was hast du ihm gegeben?«

»Ritalin.«

»Kunz.«

Die Sonne erhellte zaghaft die Schluchten, die sich dunkel und mächtig zwischen den Hochhäusern erstreckten.

»Kunz! Ich könnte schreien! Fuck! Ich will schreien!« Taubring schlug auf das Lenkrad. Mittwochmorgen. Hohes Verkehrsaufkommen. Die City. Die gottverdammte City.

Gerd Wegmann sah aus dem Fenster. Seine Knie wippten hektisch auf und ab. »Kannst du nicht schneller fahren?«

»Nein, verflucht! Das ist Rebeccas Auto! Ich kann nicht mal eben ein Blaulicht ans Dach klemmen. Fuck!«

»Er ist im Büro. Das hat Nicole gesagt.«

»Nenn seine verdammte Frau nicht Nicole, Gerd. Nenn sie seine verdammte Frau!«

»Ist ja gut, Mann, krieg dich ein!«, schnauzte Wegmann. Sein Blick huschte nervös hin und her. »Er ist in seinem Büro und ich hoffe, er ist dieses Mal wirklich dort und steckt nicht ... mit seinem Schwanz was weiß ich wo.«

Kommissar Tim Taubring presste die Lippen zusammen. Dachte an den Geschäftsmann, den Sonntag, den Wintergarten, die Arroganz, die Selbstsicherheit, das Kind. Mia. Ein Pony. Kunz' Worte.

»Fissuren heilen ab, blaue Flecke verblassen.«

»Wir werden gleich sehen, ob er da ist«, sagte er und trat auf die Bremse, als sich vor ihm ein Peugeot auf die Spur drängelte. Der Jeep hinter ihm hupte. »Und was dann, Gerd? Was dann?«

Sein Freund blickte wieder aus dem Fenster.

»Dann ...« Wegmann fuhr mit dem Finger über den Türrahmen bis hin zum Gebläse. Stellte es ab. »Dann nehme ich ihn fest. Wenigstens das.«

Wenigstens das ...

Taubring fragte nicht nach. Er wechselte auf die rechte Spur, zog an dem Peugeot vorbei und zeigte dem Fahrer den Mittelfinger.

Alles in ihm vibrierte.

Seine Kehle war trocken, er wusste, dass er gerade alles andere als vertrauenerweckend aussah, als er der älteren Frau seinen Ausweis entgegenstreckte. Hinter dem opulenten Schreibtisch wirkte sie nicht nur wie eine Torwächterin. Sie war es.

»In Ordnung«, sagte Steffen Kunz' Sekretärin und tat so, als ob die Schiene in seinem Gesicht nicht existierte. »Hauptkommissar Wegmann, Kommissar Taubring.«

Sie schob ein paar Blätter zur Seite, schien etwas darauf zu lesen. Dann blickte sie über den Rand ihrer Brille zu den beiden Ermittlern auf.

»Herr Kunz hatte gerade einen Termin, er will nicht gestört werden. Ich werde Sie anmelden und vorziehen. Damit sollte ich Ihnen genug entgegenkommen. Wenn Sie also bitte so freundlich wären, bis dahin Platz zu nehmen?«

Es war keine Bitte.

»Immerhin ist er da«, flüsterte Tim Gerd zu, als sie zu der vor dem Panoramafenster arrangierten Sitzgruppe gingen. Cognacfarbenes Leder. Abgesteppt. Samtweich.

»Wasser steht auf dem Tisch. Bedienen Sie sich. Es wird nicht lange dauern.«

Ihr dunkles, gewissenhaftes Timbre hallte durch das Vorzimmer.

Und ein Teil ihrer vorangegangenen Worte schlug in Wegmann ein wie ein Blitz.

... hatte gerade einen Termin ...

Er schoss herum, war mit drei schnellen Schritten am Schreibtisch.

»Einen Termin? Mit wem hatte er den Termin?«

Überrascht blinzelte die Sekretärin den Kriminalbeamten an, der vor ihrem Terrain aufragte.

»Ich wüsste nicht, was Sie das angeht, und –«

»Ist er Ihnen wichtig, hm? Ich merke doch, dass er Ihnen wichtig ist!«

»Ich ...«

»Wer war bei ihm?«

»Ich ... also ...«

»WER WAR BEI IHM?« Wegmann spielte alles aus, was er in diesem Moment war. Aufgeputschte, unberechenbare Präsenz.

»Eine Frau.«

Gänsehaut zog über sein Genick.

»Groß, schlank, dunkle, kurze Haare?«

»Ja! Aber was ...«

Er rannte zur Tür, die ins Büro führte, stieß sie auf.

Taubring folgte ohne nachzudenken, drehte sich nur kurz um, deutete herrisch auf die Sekretärin und fauchte: »Sie bleiben, wo Sie sind!« Dann glitt auch er in Steffen Kunz' Büro und knallte die Tür hinter sich zu.

Sein Herz platzte. Platzte sein Herz?

»Scheiße«, wisperte Tim Taubring, kaum dass die Tür ins Schloss gefallen war. »Scheiße!«

Er schoss nach vorn, hin zu dem leblosen Körper. Umfasste Kunz' Brustkorb, hob ihn an. »Scheiße, Gerd, Scheiße! Mach doch was!«

Gerd Wegmann konnte sich nicht bewegen.

Er starrte auf den Mann, der mit eingeknickten Knien an der Fensterscheibe hing, und gerade von seinem Freund nach oben gestemmt wurde. Der nach unten fallende Kopf. Der sich ständig hin und her schiebende Anzug. Die angeschwollene, aber noch nicht schwarze Zunge. Der Gürtel, der sich um den Hals schlang und am Fenstergriff festgezurrt war. Es gab keinen Lüster. Die Moderne verhinderte ein Erhängen in Tradition.

»Hör auf, Tim«, flüsterte er.

»Ich, Gerd, ich ...« Taubring versuchte, den schlaffen Leib zu fixieren, seine Hände huschten umher, streiften Gürtel, Schultern, hoben das Kinn, während Kunz' Arme um ihn herum baumelten wie die einer Marionette, die vergessen hatte, was eine Umarmung war.

»Hör auf, Tim.«

»Gerd ....«

»Er ist tot. Hör auf, Beweise zu verwässern.«

Ein Pony. Ein gottverdammtes Pony. Taubring verzog das Gesicht, ließ los.

Steffen Kunz sackte wieder nach unten. Etwas in seinem Hals knackte laut. Der Gürtel knarrte, als er sich festzog.

Wie betäubt richtete der junge Ermittler sich auf. Wandte sich um.

»Gerd«, wisperte er.

Seine Augenbrauen waren zu tiefen Gräben geworden und Wegmann wusste nicht, ob es Entsetzen oder Verwunderung war, was sich da auf den symmetrischen Zügen seines Freundes zeigte. Genugtuung war es jedenfalls nicht.

Er deutete auf den Schreibtisch, der sich ganz anders präsentierte als der im Vorzimmer. Elegant und leicht. Nur das altmodische Schreibset, das unter dem Monitor thronte, passte nicht ins Bild.

Ein Blatt Papier lag neben dem Telefon.

Von Hand beschrieben.

Tim Taubring wollte es an sich nehmen, verharrte, sammelte sich. Dann zog er ein Taschentuch aus seiner Hosentasche, entfaltete es und griff damit nach dem Schreiben.

Der Hauptkommissar ging zum Fenster.

Er wusste, was er gleich hören würde. Er hatte die Papierschnipsel gesehen, die neben dem Blatt lagen. Wie scheinbar aus Nervosität entstandener Abfall. Darin ein zurechtgerupfter Stern. Kein Zufall. Eine platzierte Botschaft.

Nur für ihn.

»Ein Abschiedsbrief«, murmelte Tim. Seine Stimme klang leer.

Wegmann sah zu Boden. Er wollte sich nicht vorstellen, mit welchen Mitteln Kunz zum Schreiben gezwungen worden war. Und doch …

»Ich les das nicht vor«, sagte Taubring. Irgendwann. »Es ist ein Geständnis.«

Wegmanns Mund füllte sich mit Bitterkeit.

Weil wir den Fall nun übernehmen.

Die Sekunden dehnten sich. Wurden zu Minuten.

»Er hat die drei Frauen töten lassen«, presste Tim hervor. »Weil er Angst hatte, dass sie seine sexuellen Eskapaden auffliegen lassen würden. Er konnte mit der Schuld nicht leben.

Und vorher hat er dem Killer genug gezahlt, damit der sich nach Südafrika absetzt.« Dann verstummte er.

Der Hauptkommissar hörte, wie sein Freund das Blatt zurück auf den Schreibtisch legte.

»Die Frau, die Kunz vorhin besucht hat, Gerd ... Kennst du sie?«

Wegmann nickte. Nickte in die Lügen hinein.

»Hat sie ihn dazu gebracht?«

Kann man so sagen.

»Okay, ich will gar nicht wissen, wer sie ist. Aber wenn sie dafür gesorgt hat, dass sein Gewissen ihn erdrückt ... Ich bin ganz ehrlich: Es tut mir nicht mal leid, dass er dann Selbstmord begangen hat.«

Wegmann kniff die Lider zusammen.

Selbstmord ...

»Es ist vielleicht so etwas wie Gerechtigkeit.« Tim Taubring trat an seine Seite. Er trug kein Aftershave heute. War nur der, der er war.

Hauptkommissar Gerd Wegmann blickte auf die Stadt. Die Sonne leckte über die Skyline und legte einen goldenen Schein über alle Sünden.

Reden ist Silber.

Die, die du liebst.

»Ja«, sagte er.

OUTRO

Der Wind brauste über das eingezäunte Areal.

Gerd Wegmann schlug den Kragen seines Mantels hoch und sah die schlanke Frau, die am Ende des kleinen Parcours stand, mit erboster Miene an.

»Das ist unfair, Rebecca!«

Der beige Trenchcoat flatterte um ihren Leib.

»Findest du?«, rief sie. »Ich sehe da pure Gleichberechtigung.«

Er verdrehte die Augen.

»Minigolf ... Du hast sie doch nicht mehr alle«, brummte er.

»Das hab ich gehört!«

»Ja, mir egal.«

Der Hauptkommissar stand breitbeinig am Abschlagpunkt der betonierten, grün angestrichenen Bahn. Er kniff die Lider zusammen, richtete den Schläger aus, fixierte das Loch, das um eine Neunzig-Grad-Kurve hinter einem Tunnel lag, und tippte den Ball an. Die rote Hartgummikugel hatte kaum einen Meter zurückgelegt, als eine kalte Böe über das Gelände schoss, sie aus der geplanten Laufbahn drückte und an die Bande knallen ließ.

»Rebecca, das ist scheiße!«

»Die Scheiße hat mich einen Hunderter extra gekostet, Gerd! Die Anlage ist normalerweise noch gar nicht geöffnet.«

»Aus guten Grund«, knurrte er.

Sie lachte laut. Daraufhin legte sie den Schläger über ihre

Schulter und schritt mit wiegenden Hüften auf ihn zu. Der Himmel ragte stürmisch hinter ihr auf.

»Was?«, säuselte sie, als sie vor ihm stand.

»Es ist eine Frechheit. Du bist eine Frechheit.«

Sie hob die Brauen. »Sag jetzt besser nichts Falsches ...«

Er schmunzelte. Dann zog es seinen Blick nach rechts, hin zu der Seenlandschaft, die das Naherholungsgebiet bereicherte. Keine Saison. Keine Besucher. Nur in die Natur geschlagenes Vergnügen hier und da. Sein Blick klebte auf den Gewässern. Den durch den Wind zitternden Oberflächen. All dem darunter.

»Was ist?«, flüsterte Dr. Blumberg, während sie ihn umarmte.

»Nichts.«

»Hör auf, Gerd.«

»Womit?«

»Hör mit dem Nichts auf. Der Fall ist abgeschlossen.«

Ihr Tonfall war ernst.

Er erwiderte die Umarmung, zog Rebecca fest an sich.

»Die Seen«, sagte er.

»Ja?«

»Ich bin mir sicher, dass Portulak die erste Tote in einem See versenken wollte.«

Sie folgte seinem Blick, betrachtete Wasser, Schilf, Binsen.

»Möglich«, sagte sie.

Dann schwiegen sie beide, hielten sich umschlungen und das Echo der vergangenen Wochen brauste über sie hinweg.

»Ein besoffener Abiturient.« Die Rechtsmedizinerin sah den Hauptkommissar an. Das Schwarz um seine Nasenwurzel verblasste allmählich, der Bruch würde zu sehen sein. »Ohne seinen Tod wäre alles anders gekommen.«

»Ich weiß.«

»Gerd?«

»Hm?«

»Es ist vielleicht an der Zeit, dass ich dir etwas gestehe.«

Er grinste auf sie herunter. »Eigentlich hasst du Minigolf?«

»Nein. Ich liebe es.«

Ihre Miene wurde starr. Dann sah sie zur Seite, zum Landesinneren, zu vereinzelt in der Ebene aufragenden Wohnblöcken und den Leben, die darin gelebt wurden. Vor der Stadt.

»Thomas«, murmelte sie.

Prompt zogen sich seine Augenbrauen zusammen.

Dr. Blumberg schüttelte sanft den Kopf.

»Siehst du den Himmel?« Sie deutete auf den Horizont. »Er wird klar.«

»Wenn du versuchst, mich mit Romantik oder Metaphern abzulenken – vergiss es! Was willst du mir sagen?«

Sie lachte leise.

»Mir ist kalt, Gerd! Und dass du mich im Arm hältst, ändert nichts daran, dass mir der Hintern abfrieren wird, wenn ich noch länger hier im Wind stehen bleibe.«

»Du hast es so gewollt, Schatz.«

Rebecca sah ihn einige Sekunden lang schweigend an. Dann senkte sie den Blick.

»Ich habe nicht mit ihm geschlafen«, sagte sie leise.

Zögernd hob sie den Kopf, wartete auf seine Reaktion.

»Das«, Wegmanns Lippen zogen sich nach hinten, wurden zu einem schuldbewussten Grinsen, »ist jetzt ein bisschen suboptimal.«

»Was soll das heißen?«

»Patt ist nun mal Patt, meine Liebe.«

»Was soll das heißen, Gerd?« Eine Ahnung schoss in ihr Hirn.

»Es gibt da diese Kollegin aus dem Dezernat Staatsschutz, und –«

»Das ist nicht dein Ernst!« Sie schlug mit beiden Händen auf seine Brust und drückte ihn nach hinten.

Er ließ sie nicht los, umklammerte weiter ihre Taille.

Schmunzelte.

»Ich weiß, dass die Sache mit dem Minigolf ein Problem werden wird, Rebecca. Aber wenn wir hart an uns arbeiten, könnten wir das in den Griff kriegen. Willst du mich –«

Ihr Zeigefinger verschloss seinen Mund. »Du wirst mir jetzt keinen Antrag machen, Gerd.«

Sie lächelte.

Weiter hinten zuckte ein Blitz über den Himmel.

Es begann zu regnen.

Dramatis Personae

Polizei

Gerd Wegmann *Hauptkommissar, Dezernat Kapitaldelikte*
Tim Taubring *Kommissar, Dezernat Kapitaldelikte*
Flavio Garcia *Kommissar, Dezernat Kapitaldelikte*
Gabriele Duhn *Oberkommissarin, Dezernat Sexualdelikte*
Dirk Haase *Leiter des Erkennungsdienstes*
Janine Untereiner *Kommissarin, Dezernat Kapitaldelikte*
Tajan Davidovic *Oberkommissar, Dezernat Kapitaldelikte*
Richard Jacobsen *Hauptkommissar, Dezernat Kapitaldelikte*
Regina Hemptstätt *Hauptkommissarin, Dezernat Organisierte Kriminalität*
Gregor »CC« Umwalzer *Hauptkommissar, Dezernat Menschenhandel*

Medizin

Leon Steinkamp *Psychologe*
Dr. Rebecca Blumberg *Leiterin der Rechtsmedizin*
Mark Winter *Dr. Blumbergs Assistent*
Susanne Lonski *Dr. Blumbergs Assistentin*
Nico Barthel *Doktorand*
Dr. Hauke Jonson *Chefarzt der Plastischen Chirurgie*
Prof. Dr. Thomas Jungfleisch *Chefarzt der Neurochirurgie*

Justiz

Cornelia Taubring *Rechtsanwältin, Strafrecht*
Barbara Stolkembach *Staatsanwältin, Strafrecht*
Alexander Arendt *Rechtsanwalt, Strafrecht*

R. I. P.

Dr. Ralf Reuter *Dr. Blumbergs verstorbener Mann*
Ellen *Gerd Wegmanns verstorbene Geliebte*
Lutz Klinger *verstorbener Kommissar des Dezernats Kapitaldelikte*
Robert Madroch *aus dem Dienst ausgeschiedener Kommissar des Dezernats Kapitaldelikte*

Privatpersonen

Judith Beauvoir *Leon Steinkamps Freundin*

Inken Eisegoth *eine Domme*
Fünf aka Janosch Markewocz *einer von Inken Eisegoths Subs*
Der Mann *an Inken Eisegoths Tür*

Miriam Santos *eine Frau*
Sabine Meier *eine Frau*
Vivienne Palass *eine Frau*
Die Frau *die Philosophie studiert hat*
Die Frau *auf dem Rücksitz, die die Pillen parat hat*

Nikolaj Dubrov *ein Boss*
Alena *Nikolaj Dubrovs rechte Hand*
Jegor *der zurückkommt*
Der Mann *der nach Anis riecht*
Der Mann *der neben ihm schweigt*
Der Mann *der putzt*
Dennis Schneider *ein Dealer*
Der Mann *am Hafen*

Susa de Vries *eine Geschäftsfrau*
Gereon Kampa *ein Banker*
Steffen Kunz *ein Geschäftsmann*
Nicole Kunz *Steffen Kunz' Frau*
Mia Kunz *Steffen Kunz' Tochter*
Steffen Kunz' Sekretärin

Adam Portulak *der Geschmack hat*
Frau Müller-Anstätt *Adam Portulaks Nachbarin*
Die Frau *die Adam Portulaks Wohnung putzt*

Christof Jansen *der einen Schlüssel hat*

Thorsten Fischer *ein Reporter*
Thorsten Fischers Fotograf
Der kaputte Junge *der Namen kennt*

Carolin Sommer *eine Babysitterin*
Benedikt *ein Babysitter*
Anna Taubring *Tim und Cornelia Taubrings Tochter*

Der Mann *der Janine Untereiner »Babe« nennt*
Der Mann *mit dem Audi Quattro*

Die Frau *am Kiosk*

Guido *der Theker*
Der Mann *der Luzifer nach Hause bringt*

&

der Killer

DANKE an

Tom Becker
für das Antreiben, wenn ich zu wenig bin, das Bremsen, wenn ich zu viel bin, für Diskussion, Debattieren, für all die Liebe und letztlich: Flavios Slips

Linda Walgenbach
für das Mitlesen, Anfeuern, Kritisieren und Sprachnachrichten wie: »Jungfleisch muss weg! Schäfchentasse auch!«

Murielle Matura
für das Mitlesen, Anfeuern, Kritisieren und ein inniges »Pfui, Gwerd!«

Sophia Hiltenbrand
für das Mitlesen, Anfeuern, Kritisieren und eine Nummer auf der Motorhaube mit »magisch« kommentieren

Stefan Hübsch
für Cover, Cut und Uncut, Nippel-Gate und Glock-Problem und das die Wahl zur Qual machen

Hanka Leo
die wundervoll schärfte, maßregelte, zum Limit pushte und dafür sorgte, dass der halbverhungerte Killer-Kater Essen bekam

Diana Kinne
der ich eine Szene widmete, von der ich weiß, dass sie ihr gefällt, und die Gerds Ausbildung um einen Fußschuss erweiterte

Markus Barth
für Feinheiten und Bereitschaft, One-liner, Käse, Rotwein und Whisky – and for being such a fucking muse

Siggi Both
weil der Nachmittag immer noch nachhallt und ich selten so lange so sprachlos war

Oliver Kleinbauer und Tom Marx
für die Kommentare bezüglich mit rechts, mit links oder einer Hand in Gips, die meinem Helden ein neues Erlebnis bescherten

Helge Jungfleisch
der Jenny Capitain auf Pokernde runterschauen lässt und dessen Nachnamen ich für einen schönen Chirurgen geborgt habe

Patrick Kalleicher
der mich zweimal zu dem kleinen Italiener ausführte, der die Carbonara traditionell zubereitet

Ivica Maksimovic
der mir eine Uhr empfahl und sagte: »Bitte zieh sie keinem Killer an.«

den Mann vom Drogenhilfe-Zentrum
der mir versteckte Plätze bestätigte und nicht namentlich genannt werden wollte; das hat er nun davon

Susanne Reeck
die Dope zu Dope machte, Linkshänderinfos gab – und da ist

Yvonne Fell
fürs Stolzsein und es sagen – und fürs Da-sein

Anne Klein
für nicht weniger

Andi Meier
für Alleenringe und diesen besonderen, kalten Tag in Frankfurt

Christian von Aster
*für Finishing Moves und explodierte Kissen – und dem ich nicht
nur deswegen Leons Bart widme*

Andreas Peter und Yazid Benfeghoul
die nicht nur beste Partner, sondern ebensolche Freunde sind

Miro
*der beim Erscheinen dieses Romans zwar erst viereinhalb,
aber mein Patenkind ist*

und erneut
*alle, die ich vielleicht vergaß
für alles, was ich erlebte*

*Germaine Paulus
am 16. November 2020 um 5:28 Uhr in Saarbrücken*

Die Gerd-Wegmann-Reihe umfasst bislang folgende Romane:

Pfuhl

ISBN: 978-3-947652-39-6

Und die Moral

ISBN: 978-3-947652-09-9

Ohmacht

ISBN: 978-3-947652-26-6